LISA SCOTT

Und wenn du nicht die Wahrheit sprichst

Roman

Deutsch von
Karin Diemerling

BLANVALET

Die Originalausgabe erschien 2000 unter dem Titel
»Moment of Truth«
bei HarperCollins, New York

Umwelthinweis:
Alle bedruckten Materialien dieses Taschenbuches
sind chlorfrei und umweltschonend.
Das Papier enthält Recycling-Anteile.

Blanvalet Taschenbücher erscheinen im Goldmann Verlag,
einem Unternehmen der Verlagsgruppe Bertelsmann.

Deutsche Erstveröffentlichung März 2001

Umschlaggestaltung: Design Team München
Umschlagfoto: Ifa-Bilderteam/Photex
Satz: deutsch-türkischer fotosatz, Berlin
Druck: Elsnerdruck, Berlin
Verlagsnummer: 35408
Lektorat: Julia Eisele
Redaktion: Anne Stalfort,
Lektorat text + stil, Hamburg
Herstellung: Heidrun Nawrot
Made in Germany
ISBN 3-442-35408-0
www.blanvalet-verlag.de

1 3 5 7 9 10 8 6 4 2

Für meine Mutter
und meinen Bruder

Ich habe nie anderen die Hölle heiß gemacht.
Ich habe bloß die Wahrheit gesagt. Das war die Hölle für sie.

Harry S. Truman

Erstes Buch

1

Jack Newlin hatte keine andere Wahl, als sich den Mord selbst anzuhängen. Nachdem er diesen Entschluss gefasst hatte, war seine einzige Sorge, dass er nicht damit durchkommen würde. Dass er nicht gut genug lügen konnte, obwohl er Anwalt war.

Die beiden Detectives führten Jack in Handschellen in einen kleinen, fensterlosen Raum im Roundhouse, dem Polizeipräsidium von Philadelphia. In der Mitte stand ein schwerer, am Boden festgeschraubter Metallstuhl mit gerader Lehne, der Jack an den elektrischen Stuhl erinnerte. Er sah schnell zur Seite.

Die Wände waren in einem schmutzigen Grau gestrichen und bis auf Hüfthöhe mit den Abdrücken von Schuhsohlen verunziert. An einer Wand stand ein Schreibmaschinentisch mit einer schwarzen Smith-Corona darauf und zwei alten Holzstühlen davor. Der rechte Stuhl ächzte laut, als der schwergewichtige Detective, der sich als Stan Kovich vorgestellt hatte, breitbeinig darauf Platz nahm.

»Bitte, Mr Newlin«, sagte Detective Kovich und deutete auf den zweiten Stuhl gegenüber.

»Danke.«

Jack setzte sich.

Der Metallstuhl war offenbar für weniger gut betuchte Mörder vorgesehen. Es hatte ihn schon immer gestört, bevorzugt behandelt zu werden. Als Sohn eines einfachen Buchhalters hatte er sich sein Studium hart erarbeitet und es bis zum Anwalt und Kanzleipartner mit einem siebenstelligen Jahresgehalt gebracht. Allerdings war dieses hohe Einkommen nur ein Hungerlohn im Vergleich zu dem Familienerbe seiner Frau. Früher hatte er das Buxton-Vermögen immer zum Teufel gewünscht, doch jetzt war er zum ersten Mal froh darüber. Geld gab schließlich das glaubwürdigste Motiv für einen Mord ab.

»Möchten Sie etwas trinken? Wasser oder eine Cola?«, fragte Kovich.

Der Detective war mit seinem kurzärmeligen weißen Hemd, dessen Kragen von seinem Stiernacken fast gesprengt wurde, ziemlich leicht bekleidet für den Winter. Seine mächtigen Schultern hingen herab, die khakifarbene Stretchhose spannte über seinen Oberschenkeln. Eine unförmige Nase beherrschte das Gesicht, und seine Wangen waren so fleischig, dass sie gegen die goldgeränderte Pilotenbrille drückten. Die dicken Gläser vergrößerten seine braunen Augen, die mit neutralem Blick auf Jack gerichtet waren.

»Nein, danke. Nichts.«

Jack hielt bewusst Augenkontakt mit Kovich, der freundlicher zu sein schien als sein Kollege. Der zweite Detective war stehen geblieben, hatte die Sohle seines feinen italienischen Halbschuhs gegen die Wand gestemmt und außer seinem Namen noch nichts gesagt. Er war schwarz, über einsachtzig groß und schlank. Sein schmales Gesicht passte zu seinem Körperbau, ebenso wie der feine Mund und die Nase, die im Verhältnis zu den hohen Wangenknochen eine Spur zu lang wirkte. Dunkle, fast onyxschwarze Augen beherrschten dieses Gesicht, wie Richter auf einem Thron.

»Beginnen wir damit, dass Sie mir etwas von sich erzählen, Mr Newlin.« Kovich lächelte und zeigte kaffeebefleckte Zähne. »Ach so, dieses Verhör wird übrigens auf Video aufgezeichnet. Nur damit Sie Bescheid wissen.«

Er zeigte vage auf einen verschmierten Spiegel an der Wand, aber Jack sah nicht hin und bereitete sich darauf vor, ein überzeugendes falsches Geständnis abzulegen.

»Also, ich bin dreiundvierzig Jahre alt. Ich bin Partner bei der Anwaltskanzlei Tribe & Wright und leite die Abteilung für Nachlass- und Treuhandangelegenheiten. Ich habe Jura an der Universität von Pennsylvania und in Yale studiert und davor die Girard-Highschool besucht.«

Kovich nickte. »Nicht schlecht. Ich bin beeindruckt.«

»Danke«, sagte Jack. Am stolzesten war er auf Girard, ein Internat, das von der Stephen-Girard-Stiftung für vaterlose Jungen gegründet worden war. Die Girard-Schule war eine Institution in Philadelphia, ohne die er es nie nach Yale oder auf irgendeine andere Universität geschafft hätte.

»Wo sind Sie geboren?«

»Im Norden von Philadelphia. Torresdale.«

»Wohnt Ihre Familie noch dort?«

»Nein. Mein Vater ist schon lange tot, und meine Mutter ist letztes Jahr an Lungenkrebs gestorben.«

»Oh. Ich habe meine Mutter auch vor zwei Jahren verloren. Ich weiß, wie das ist. Kein Zuckerschlecken.«

»Mein Beileid«, sagte Jack. *Kein Zuckerschlecken*. Das war eine derartige Untertreibung, dass er einen bitteren Geschmack im Mund verspürte. Seine Mutter tot. Sein Vater schon vor so langer Zeit gestorben. Und jetzt auch noch Honor. Er räusperte sich. »Vielleicht sollten wir weitermachen.«

»Sicher, sicher«, nickte Kovich schnell. »Sie sind also Anwalt bei der Tribe-Kanzlei. Ziemlich großer Laden, stimmt's? Ich hab mal was in der Zeitung darüber gelesen, wie viel ihr da im Jahr so verdient. Scheint eine richtige Goldgrube zu sein.«

»Sie sollten nicht alles glauben, was Sie lesen. Zeitungen wollen vor allem ihre Auflage steigern.«

»Was Sie nicht sagen.«

Kovich lachte. Ein raues, gutturales Geräusch, das abgehackt aus seiner Kehle hervorbrach. An seinen Kollegen gewandt, der immer noch an der Wand lehnte, bemerkte er: »Davon können wir auch ein Liedchen singen, was, Mick?«

Der Detective, der sich als Reginald Brinkley vorgestellt hatte, nicht als Mick oder Michael, nickte nur. Seine aufeinander gepressten Lippen verrieten Jack, dass er nicht angesprochen werden wollte. Brinkley, ebenfalls mittleren Alters, trug ein gut geschnittenes hellbraunes Jackett mit einer dunkelbraunen Seidenkrawatte, die trotz der späten Stunde noch fest geknotet und mit einer goldglänzenden Nadel an seinem weißen Hemd befestigt war. Sein Blick verbreitete Kälte im Raum, und das emporgereckte Kinn sprach eindeutig von Abneigung. Jack wusste nicht, womit er ihn provoziert hatte, aber hoffentlich würde es sich zu seinen Ungunsten auswirken, dass der Detective ihn nicht leiden konnte.

»Also, Mr Newlin ...«, begann Kovich wieder. »Ach, hören Sie, kann ich Sie nicht einfach Jack nennen?«

»Natürlich.«

»Haben Sie noch mehr Familie, Jack? Kinder?«

»Eins.«

»Ach ja?« Kovich wurde ganz interessiert. »Mädchen oder Junge?«

»Eine Tochter.«

»Wie alt?«

»Sechzehn.«

»Ich auch!« Kovich grinste und zeigte wieder seine schlechten Zähne. »Ein Albtraum, was? Teenager! Haben Sie nur die eine Tochter?«

»Ja.«

»Ich habe zwei. Sechzehn und dreizehn. Meine Frau sagt, wenn die Mädels mal nicht vor dem Spiegel stehen, sind sie bestimmt in irgendeinem Chatroom. Hängt Ihre Kleine auch ständig vorm Bildschirm?«

Jack räusperte sich. »Ich möchte nicht unhöflich sein, aber gibt es einen bestimmten Grund für diesen Smalltalk?« Er war nicht in der Stimmung dafür, und als Mörder musste er das auch nicht sein, fand er.

»Na ja, es gehört zu unserem Job, die Familienverhältnisse festzustellen und die nächsten Angehörigen zu benachrichtigen. Eine Routineangelegenheit, Jack.«

Er erstarrte. Daran hatte er nicht gedacht. Paige würde also irgendeinem Detective gegenüberstehen.

»Meine Tochter hat eine eigene Wohnung. Es wäre schrecklich für mich, wenn sie diese Nachricht von der Polizei erfahren würde. Kann ich es ihr nicht selbst sagen?«

»Sie ist erst sechzehn und lebt schon allein?«

»Meine Tochter ist für mündig erklärt worden. Sie hat eine große Karriere vor sich.«

»Für mündig erklärt worden? Wie geht denn das?«

»Meine Frau und ich haben ein Papier unterzeichnet, das sie rechtlich zur Erwachsenen macht. Ich habe es selbst aufgesetzt. Meine Tochter lebt allein und verdient ihr eigenes Geld. Sie ist Model und – wie auch immer, ich möchte es ihr wirklich lieber selbst sagen … das mit ihrer Mutter.«

Er schwieg kurz.

»Ich könnte sie nach unserem Gespräch anrufen. Ich meine, ich möchte ein volles Geständnis ablegen, jetzt gleich.«

Kovichs Kiefer fiel leicht herab. Brinkley sah ihn mit schmalen Augen an.

Jack bekam einen trockenen Mund. Offenbar war er zu schnell vorgeprescht. »Wissen Sie, ich fühle mich furchtbar, einfach schrecklich. Heute Abend ist etwas Entsetzliches passiert. Ich kann nicht glauben, was ich getan habe. Ich möchte es mir von der Seele reden.«

Kovich nickte ermutigend. »Sie meinen, Sie wollen eine Aussage machen?«

»Ja. Eine Aussage, genau.« Jacks Stimme klang selbst in seinen eigenen Ohren überzeugend zittrig.

»Okay. Schön. Einen Moment.«

Kovich drehte sich mit knarrendem Stuhl zum Tisch um und nahm ein Formular zur Hand, das durch altmodisches Kohlepapier und zahlreiche Durchschläge zu beachtlicher Dicke angeschwollen war. Er stopfte es hinter die Walze der Schreibmaschine und kämpfte mit einem Knick im Papier. Der Detective stellte sich nicht übermäßig geschickt an, seine Pranken schienen besser für einen Football als für dünnes Papier geeignet.

»Jack, ich muss Sie über Ihre Rechte informieren. Sie haben das Recht zu schweigen, Sie haben das Recht …«

»Ich kenne meine Rechte.«

»Trotzdem muss ich sie Ihnen sagen. Das ist Vorschrift.«

Kovich rasselte die Litanei der Rechte herunter, während er das widerspenstige Formular glättete und in die Maschine rollte, bis die Überschrift zu lesen war: VERNEHMUNGSPROTOKOLL

MORDDEZERNAT.

»Haben Sie Ihre Rechte verstanden?«

»Ja. Ich brauche keinen Anwalt. Ich möchte eine Aussage machen.«

»Sie meinen, Sie verzichten auf einen Rechtsbeistand?«, fragte Kovich.

»Ja. Ich verzichte auf einen Rechtsbeistand.«

»Stehen Sie zum gegenwärtigen Zeitpunkt unter dem Einfluss von Drogen oder Alkohol?«

»Nein. Das heißt, ich hatte Scotch getrunken. Bevor es passiert ist.«

Kovich runzelte die Stirn hinter seiner großen Pilotenbrille. »Im Moment stehen sie aber nicht unter Alkoholeinfluss, oder?«

»Nein. Es waren nur zwei Gläser, und das ist schon eine Weile her. Ich bin vollkommen nüchtern.«

Kovich griff nach einem weiteren Formular. »Gut. Sie müssen das hier unterschreiben, es ist eine Verzichtserklärung. Hier auf der ersten Seite und dann die zweite Seite ausfüllen.«

Er schob die Blätter über den Tisch, und Jack unterschrieb auf dem obersten, trug »Ja« nach jeder Frage auf dem zweiten Blatt ein und reichte alles zurück.

»Wir fangen mit den üblichen Fragen zur Person an.« Kovich begann zu tippen: Ermittlungsfall Nummer … »Das ist die notwendige Prozedur. Haben Sie ein wenig Geduld, ja?«

»Sicher.« Jack sah Kovich zu und bekam den Eindruck, dass ein Mordgeständnis, auch ein fingiertes, eine ebenso prosaische Angelegenheit war wie die Eröffnung eines Bankkontos. Ein simpler bürokratischer Vorgang: Jemand füllte ein Formular in dreifacher Ausfertigung aus und dann wurde man lebenslänglich ins Gefängnis überwiesen.

»Ihren Namen und Ihre Adresse, bitte.«

»Ich heiße Jack Newlin und wohne in der Galwith's Alley, Nummer 382.«

Es entspannte ihn, diese einfachen Auskünfte zu geben. Alles lief gut, bis der schwarze Detective sich hüstelnd bemerkbar machte.

»Vergessen wir das Frage-und-Antwort-Spiel für einen Moment, Mr Newlin«, unterbrach Brinkley, wobei er seine helle Handfläche mit den langen, schlanken Fingern bremsend nach außen kehrte. Er richtete sich auf, schloss den mittleren Knopf seines Jacketts und kündigte durch diese schlichten Gesten an, dass er nun die Kontrolle übernehmen würde. »Erzählen Sie uns mit Ihren eigenen Worten, was passiert ist.«

Jack schluckte. Das hier war sehr viel komplizierter. Er versuchte, die versteckte Videokamera und den kritischen Blick des Detectives zu vergessen. »Ich sollte wohl damit beginnen, dass es mit meiner Ehe in letzter Zeit nicht zum Besten stand. Schon seit einem Jahr eigentlich. Honor war nicht besonders glücklich mit mir.«

»Hatten Sie ein Verhältnis mit einer anderen Frau?« Brinkleys Frage kam wie aus der Pistole geschossen und brachte Jack aus der Fassung.

»Natürlich nicht. Nein. Nie.«

Kovich begann im Hintergrund mit erstaunlicher Geschwindigkeit zu tippen.

»Hat sie sich mit einem anderen Mann getroffen?«

»Nein, nein. Nichts dergleichen. Wir hatten einfach Probleme. Unter anderem trank Honor zu viel, und es wurde immer schlimmer.«

»War sie Alkoholikerin?«

»Ja, Alkoholikerin.« Während des vergangenen Jahres hatte Jack sich immer wieder eingeredet, Honor sei keine Alkoholikerin und trinke nur etwas viel. Als ob das einen Unterschied machen würde. »Wir haben uns immer öfter gestritten. Und heute Abend hat sie gesagt, dass sie die Scheidung will.«

»Wie haben Sie reagiert?«

»Ich habe abgelehnt. Ich war schockiert. Eine Trennung konnte ich mir überhaupt nicht vorstellen. Ich liebe sie doch – ich habe sie doch geliebt.«

»Aus welchem Grund hat sie Sie um die Scheidung gebeten?«

»Unsere Meinungsverschiedenheiten liefen immer wieder auf das Gleiche hinaus. Sie glaubte, ich wäre nicht gut genug für sie, sie hätte unterhalb ihres Standes geheiratet.«

Das stimmte. Die wunden Punkte in ihrer Ehe waren ihm so vertraut wie die Schlaglöcher in den Straßen der Innenstadt, und es war immer schwieriger geworden, sie zu umfahren.

Brinkley nickte. »Was löste den Streit heute Abend aus?«

»Wir wollten zusammen zu Abend essen, nur wir beide. Aber ich hatte mich verspätet.« Schuldgefühle erstickten Jacks Stimme, und das war nicht gespielt. Wäre er rechtzeitig nach Hause gekommen, wäre nichts von all dem passiert, und das war noch der geringste seiner Fehler. »Sie war wütend auf mich deswegen und schon betrunken, als ich nach Hause kam. Sie hat mich angeschrien, sobald ich zur Tür herein war.«

»Was hat sie geschrien?«

»Dass ich schon wieder zu spät käme, dass ich nur an mich denken würde. Dass sie mich hasst. Dass ich sie enttäuscht hätte, ihr Leben zerstört hätte.«

Jack suchte die Worte aus den Dauerstreitthemen ihrer Ehe zusammen und rief sich die Einzelheiten des von ihm manipulierten Tatorts in Erinnerung. Er hatte seine Frau tot vorgefunden, als er nach Hause gekommen war, doch sobald ihm klar wurde, wer sie umgebracht hatte und warum, wusste er, dass er es so aussehen lassen musste, als wäre er der Täter. Er hatte sein Entsetzen unterdrückt und alles so arrangiert, dass die Spuren auf ihn als Mörder deuteten, wozu auch gehörte, zwei randvolle Gläser Glenfiddich hinunterzustürzen, für den Fall, dass die Polizei einen Bluttest machte.

»Ich habe mir einen Drink eingegossen, dann noch einen. Ich hatte es gründlich satt. All die Jahre hatte ich versucht, sie glücklich zu machen, aber sie war nie zufrieden. Was dann passierte, war schrecklich. Vielleicht lag es am Scotch. Ich trinke normalerweise nicht viel. Ich wurde fuchsteufelswild.«

»Fuchsteufelswild?« Brinkley legte den Kopf schräg, sein kurz geschnittenes, schon etwas schütter gewordenes Haar ließ die dunkle Kopfhaut durchschimmern. Ein sehr poetischer Ausdruck.

»Fuchsteufelswild, ja.« Jack zwang sich, dabei zu bleiben. »Ich meine, es ging mir auf die Nerven, machte mich rasend. Ihr Schreien, ihre Beleidigungen. Irgendwie ist in mir eine Sicherung durchgebrannt.«

Er dachte an die gefälschten Indizien am Tatort; er hatte ein Kristallglas auf das Parkett geschleudert, wie in einem mörderischen Wutanfall. »Ich habe mein Glas nach ihr geworfen, aber sie hat nur gelacht. Ich konnte es nicht ertragen, dass sie mich ausgelacht hat. Sie hat gesagt, dass sie mich hasst. Und als Erstes würde sie morgen die Scheidung einreichen.«

Jack zermarterte sich das Gehirn auf der Suche nach weiteren Einzelheiten, aber ihm fiel nichts ein.

»Alles, was ich dachte, war: Ich kann das nicht mehr aushalten. Ich hasse ihre Drohungen. Ich hasse *sie*. Und ich will, dass sie endlich *ihre Klappe hält*. Also habe ich das Messer genommen.«

»Was für ein Messer?«

»Ein Fleischermesser, ein Henkels.«

Kovich hörte auf zu tippen. »Was ist ein Henkels?«

»Ein teures Spezialmesser für die Küche«, erklärte Brinkley.

Kovich runzelte immer noch die Stirn: »Wie schreibt man das?«

Jack buchstabierte, und Kovich hackte in die Maschine, aber Brinkley wartete nicht auf ihn. »Mr Newlin, wo befand sich das Messer?«, fragte er.

»Auf dem Esszimmertisch.«

»Was macht ein Fleischermesser im Esszimmer?«

»Es lag bei der Vorspeise, einem kalten Filet Mignon. Sie muss es benutzt haben, um das Fleisch aufzuschneiden. Sie liebte Filet. Ich habe das Messer gesehen und vom Tisch genommen.«

»Was haben Sie dann getan?«

»Ich weiß nicht, wie ich es sagen soll ... das ist sehr schwer für mich. Ich fühle mich einfach furchtbar.« Jacks Gesicht fiel in sich zusammen, die Traurigkeit saß tief, und plötzlich spürte er jede Falte, die die Jahre mit sich gebracht hatten. Er versuchte nicht, seinen Kummer zu verbergen. Es würde wie Reue aussehen. »Ich ... ich ... habe das Messer genommen und sie getötet.«

»Sie haben Ihre Frau erstochen.«

»Ja, ich habe meine Frau erstochen«, wiederholte Jack, erstaunt, dass er die Worte über die Lippen brachte. In Wirklichkeit hatte er das blutige Messer, das aus unerfindlichen Gründen zurückgelassen worden war, aufgehoben und fest in die Hand genommen, um jegliche Fingerabdrücke durch seine eigenen zu verwischen.

»Wie oft?«

»Was?«

»Wie oft haben Sie zugestochen?«

Jack fuhr zusammen. Daran hatte er nicht gedacht. »Ich weiß es nicht. Wahrscheinlich lag es am Whisky, ich war völlig außer mir, wie in Trance. Ich stach immer weiter zu.«

»Dabei gelangte Blut auf Ihren Anzug und Ihre Hände.«

»Ja.« Er sah auf die Spritzer von Honors Blut hinunter, die über seine kornblumenblaue Seidenkrawatte verteilt waren und angetrocknet zwischen seinen Fingerspitzen klebten. Er hatte neben ihr gekniet und sich selbst mit Blut beschmiert. Dabei war ihm so übel geworden, dass er ins Bad rennen musste.

»Hat sie geschrien?«

»Ich glaube schon. Aber ich weiß nicht mehr, wie laut es war«, fügte er hinzu, für den Fall, dass die Nachbarn verhört würden.

»Hat sie sich gewehrt?«

Ein gallenbitterer Geschmack lag auf seiner Zunge. Er stellte sich vor, wie Honor um ihr Leben gekämpft hatte, wie ihre letzten Minuten von Furcht und Panik erfüllt waren. Als sie merkte, dass sie sterben würde. Als sie sah, wer sie umbringen würde. »Sie hat sich heftig gewehrt, aber ungeschickt. Sie war betrunken. Sie konnte nicht glauben, was da geschah. Dass ich sie wirklich töten würde.«

»Was haben Sie dann gemacht?«

»Ich bin zum Telefon gegangen und habe die Polizei angerufen. Ich habe gesagt, dass ich meine Frau umgebracht habe.« Jack hielt inne. »Moment. Zuerst bin ich noch ins Badezimmer gelaufen und habe versucht, mich zu waschen, aber das Blut ging nicht ganz ab. Ich wusste nicht, was ich tun sollte, wie ich meine Tat verbergen sollte. Ich hatte mir vorher ja nichts überlegt. Ich wusste noch nicht einmal, wie ich ihre Leiche aus dem Haus schaffen könnte. Mir wurde klar, dass ich nicht davonkommen würde. Es gab keinen Ausweg. Ich erbrach mich in die Toilette.«

Brinkleys Augen zogen sich zu Schlitzen zusammen. »Warum wollten Sie sich waschen?«

»Ich wollte das Blut abwaschen. Damit ich nicht gefasst würde.«

»In Ihrem eigenen Bad?«

»Ja, schon.« Jack schwieg einen Augenblick verwirrt, aber

Brinkleys durchbohrender Blick zwang ihn zum Weitersprechen. »Wie gesagt, ich war ziemlich durcheinander.«

Brinkley lehnte sich wieder gegen die Wand. »Fangen wir noch mal ganz von vorn an, Mr Newlin. Um welche Zeit sind Sie nach Hause gekommen?«

»Kurz vor acht. Ich hätte schon um sieben da sein sollen, aber ich wurde aufgehalten.«

»Was hat Sie aufgehalten?«

»Ich habe noch mit meinem Partner gesprochen. Dem Geschäftsführer der Kanzlei, William Whittier.« Jack hatte gerade gehen wollen, als Whittier ihn anhielt, um über die Florrman-Rechnung zu sprechen. Es hatte einige Zeit gedauert, bevor er sich loseisen konnte, dann hatte es draußen in Strömen geregnet, und er bekam kein Taxi. Welch bittere Ironie, dass solche banalen Ereignisse Honor an diesem Abend das Leben gekostet und seines unwiderruflich verändert hatten. »Ich hätte wohl anrufen und Bescheid sagen sollen, dass ich später käme, aber ich hielt es nicht für wichtig. Das Mädchen hat montags seinen freien Tag, und wir essen dann meistens spät zu Abend.«

»Wie sind Sie nach Hause gekommen?«

»Ich habe ein Taxi genommen.«

»Was für eines?«

»Kann mich nicht erinnern.«

»Gelb oder illegal?«

»Keine Ahnung. Hat mich nicht interessiert. Der Verkehr war die Hölle.«

Über den Schreibtisch gebeugt nickte Kovich bestätigend. »Der Unfall auf der Vine.«

Brinkley dehnte sich nur gähnend, als wäre er gelangweilt.

»Jemanden wie Sie kriegen wir hier nicht alle Tage herein, Mr Newlin. Wir haben es normalerweise mit Drogendealern, Vergewaltigern und Straßenräubern zu tun. Letztes Jahr hatten wir sogar einmal einen Serienmörder. Aber Ihre Sorte bekommen wir nicht oft zu Gesicht.«

»Was meinen Sie damit, Detective? Ich bin nichts Besonderes.«

»Sie? Aber nein. Sie sind das, was man früher ›einen Mann, der alles hat‹ nannte.« Brinkley rieb sich über seine Brust. »Das ergibt keinen Sinn, was Sie mir da erzählen, Mr Newlin.«

Jack blieb das Herz stehen. Hatte er alles vermasselt? Er presste ein einziges Wort heraus: »Was?«

»Sie sagen, Sie haben Ihre Frau genug gehasst, um sie umzubringen – aber Sie wollten sich nicht von ihr scheiden lassen. So denken Verrückte, aber Sie sind nicht verrückt. Erklären Sie mir das.«

Brinkley verschränkte seine langen, schlanken Arme, und Angst durchfuhr Jack wie ein Stromstoß.

»Sie haben Recht«, sagte er und wählte seine Worte sorgfältig. »Wenn man es so betrachtet, macht es keinen Sinn. Rein logisch gesehen, meine ich.«

»Rein logisch? Aber so betrachte ich die Dinge, Mr Newlin. Das ist die einzig mögliche Art, sie zu betrachten.« Brinkley lächelte freudlos. »Was glauben Sie, wie viele Leute jeden Tag auf diesem Stuhl sitzen und mich anlügen. Keiner von denen ist so gepflegt und so gut gekleidet wie Sie. Aber das heißt nicht, dass Sie nicht auch lügen können. Sie können sogar besser lügen. Sie sind gebildet, Sie finden die richtigen Worte. Das Einzige, was mir hilft zu entscheiden, ob jemand lügt, ist mein gesunder Menschenverstand. Und der sagt mir jetzt, dass Ihre Aussage keinen Sinn macht. Sie ist nicht *logisch*, um Ihren Ausdruck zu gebrauchen.«

»Nein, das stimmt.« Jack sah auf seine Hände mit Honors Blut daran, und der Anblick war so furchtbar, so unbegreiflich, dass die Gefühle, die er den ganzen Abend unterdrückt hatte, mit ganzer Macht in ihm aufwallten. Trauer, Furcht, Entsetzen. Tränen traten in seine Augen, aber er zwinkerte sie weg und gemahnte sich an seine Aufgabe. »Ich habe eben nicht logisch gedacht, sondern rein emotional reagiert. Auf ihr Schreien, ihre Beschimpfungen. Wahrscheinlich auch auf den Scotch. Ich bin ausgerastet und habe es getan. Zuerst dachte ich noch, ich könnte alles leugnen und das Blut abwaschen, aber ich konnte es nicht durchziehen. Ich habe die Polizei angerufen und die Wahrheit gesagt. Ich habe es getan. Es war schrecklich. Es *ist* schrecklich.«

Brinkleys dunkle Augen blieben skeptisch, und Jack erkannte seinen Fehler. Reiche Leute verhielten sich nicht so. Sie legten kein Geständnis ab und plapperten alles aus. Sie erwarteten einfach, ungestraft mit einem Mord davonzukommen. Jack, der nie wie ein Reicher gedacht hatte und dies offenbar auch nicht mehr lernen würde, wusste plötzlich, was er zu tun hatte.

»Detective, das Verhör ist hiermit beendet«, sagte er abrupt und richtete sich auf. »Ich möchte meinen Anwalt anrufen.«

Das zeigte sofortige Wirkung. Brinkley funkelte ihn an, sein Mund wurde zu einem grimmigen Strich, und er verfiel wieder in Schweigen. Jack wusste nicht genau, woran er mit ihm war, aber er spürte, dass er sich seiner Gesellschaftsschicht und Brinkleys Weltbild entsprechend verhalten hatte. Nur so konnte er letztendlich die Zweifel des Detectives beseitigen.

Kovich dagegen sackte an seiner Schreibmaschine in sich zusammen, seine schweren Schultern fielen nach vorn, seine Wurstfinger erschlafften auf den Tasten. »Aber Jack, wir können die Sache doch gleich hier und jetzt hinter uns bringen. Würde uns allen das Leben ein wenig erleichtern.«

»Ihnen vielleicht«, sagte Jack und wandte sich hochmütig ab. Er wusste, wie man mit befehlsgewohnter Stimme sprach, er hatte es sich von anderen abgehört. »Ich bestehe auf die Anwesenheit meines Anwalts. Ich hätte ihn sofort anrufen sollen.«

»Aber Sie brauchen doch nur noch Ihre Aussage zu unterschreiben, dann sind wir mit allem hier durch. So ist es für

Sie und Ihre Tochter am leichtesten.« Kovichs ernste braune Augen bohrten sich in ihn. »Ich habe selbst Kinder, Jack, und ich weiß, wie das ist. Sie müssen jetzt an Ihre Kleine denken.«

»Nein, ich habe schon zu viel gesagt. Ich will meinen Anwalt sprechen, und dann werden wir uns darum kümmern, Paige zu benachrichtigen. Ich möchte nicht, dass Sie so spät am Abend meine Tochter zu Hause aufsuchen. Das ist Belästigung. Ich werde sie durch meinen Anwalt benachrichtigen lassen.«

Detective Brinkley knöpfte sein Jackett zu.

»Suchen Sie sich ein gutes Sprachrohr, Mr Newlin. Sie haben es nötig«, sagte er. Sein Gesicht war eine professionelle Maske. Damit machte er auf dem Absatz kehrt, verließ das Verhörzimmer und schloss die Tür hinter sich.

Kaum war Brinkley draußen, riss Kovich das Blatt mit einem resignierten Seufzer aus der Schreibmaschine. »Jetzt haben Sie's geschafft. Sie haben ihn wütend gemacht mit Ihrer Frage nach Ihrem Anwalt. Mick hasst nichts mehr als Anwälte. Abgesehen von Richtern.«

»Aber ich bin selbst Anwalt.«

»Eben.« Kovich lachte sein gutturales Lachen und wandte sich mit unverminderter Freundlichkeit an Jack. »Sind Sie sicher, dass Sie mir nicht Ihr Herz ausschütten wollen? Ich bin der gute Bulle. Ich mag Anwälte. Immobilienmakler sind's, die ich nicht ausstehen kann.«

»Nein, danke«, antwortete Jack und brachte ein überhebliches Lächeln zustande.

2

Mary DiNunzio strich eine dunkelblonde Strähne in ihren lockeren Haarknoten zurück und lümmelte sich auf einen Drehstuhl am Konferenztisch, der mit braunen Aktenmappen, Prozessnotizen und abgestempelten Beweisdokumenten übersät war. Es war schon längst Büroschluss, aber Mary saß immer noch in den Kanzleiräumen von Rosato & Partner. Sie sah ihrer Freundin Judy Carrier bei der Arbeit zu und bemitleidete sich selbst. Der Hemex-Prozess war endlich vorbei, und sein Nachgeschmack bewirkte, dass Mary ihren Beruf wieder einmal hasste. Anwälte waren noch schlimmer als ihr Ruf, falls diese Steigerung überhaupt möglich war.

»Meinst du nicht, dass ich doch noch Pâtissière in einem feinen Restaurant werden könnte?«, fragte sie laut. »Ich stehe eher auf Süßspeisen als auf Prozesse.«

Judy stopfte einen Aktendeckel in eine Ordnungsmappe vom Typ Ziehharmonika. »Willst du mir nun helfen oder willst du jammern?«

»Dreimal darfst du raten. Außerdem bin ich gerade damit beschäftigt, deine Arbeit zu überwachen. Dieser Aktendeckel gehört nicht dort hinein. Das ist eine Akte mit Notizen, also gehört sie in die Notizenablage.« Mary deutete auf eine Ordnungsmappe am anderen Ende des Tischs. »Dort. Nummer elf.«

»Ach, tatsächlich?« Judy nahm eine neue Akte und schob sie in dieselbe Ablage. Ihr zitronengelbes Haar, das in Form einer Suppenschüssel geschnitten war, fiel ihr kreisförmig ins Gesicht, wenn sie den Kopf beugte. Es erinnerte Mary dann an einen flachen Teller. Obendrein trug Judy noch Silberohrringe, die aus Löffelstielen gefertigt waren. Marys Magen begann zu knurren, bis sie merkte, dass ihre Freundin eine weitere Akte in die falsche Ablage steckte.

»Schon wieder falsch. Das ist das Protokoll einer eidesstattlichen Aussage und gehört in Nummer zehn. Und was ist mit der anderen Akte, willst du sie nicht richtig einordnen?«

»Nein. Guck mal, das hier ist ein Hefter mit Vertragsentwürfen, also gehört er in die zweite Ablagemappe.« Judy steckte die Mappe in eine beliebige Ablage. »Ich habe sie aber gerade in Nummer fünfzehn getan. Frag mich mal, ob mich das kümmert.«

»Es kümmert dich nicht?«

»Nicht im Geringsten.«

Judy sah lächelnd auf. Ihre strahlend blauen Augen lächelten mit, betont von einem kobaltblauen Kittelkleid, das sich um ihre große, kräftige Gestalt bauschte. Judy kletterte auf hohe Felsen und betrieb noch andere selbstzerstörerische Aktivitäten, aber sie hatte bei allen Muskeln eine gute Figur, die sie unbegreiflicherweise unter sackartigen Kleidern verbarg. Der Modegeschmack ihrer Freundin war jedoch nicht das Einzige, das Mary Rätsel aufgab.

»Warum bringst du die Ablage durcheinander, Mädchen?«

»Weil es piepegal ist. Das ist das bestgehütete Geheimnis in Anwaltskanzleien, sogar in einer so smarten wie unserer. Wenn eine Akte erst einmal im Archiv gelandet ist, kümmert sich kein Mensch mehr darum. Sie verstaubt nur noch.«

»Das stimmt nicht. Ab und zu muss man eine Akte noch mal einsehen.«

»Wozu?«

Mary musste nachdenken. »Um das Honorar zu berechnen, zum Beispiel.«

»Quatsch, das wird einfach Pi mal Daumen errechnet, das weißt du genau, und ich weiß es auch.« Judy stopfte die nächste Akte in eine immer dicker werdende Ziehharmonika. »Siehst du? Ich lege sie einfach beliebig ab, wo gerade Platz ist. Das mache ich nach einem Prozess immer so. Es ist noch nie jemandem aufgefallen. Die Welt hat sich einfach weitergedreht.«

»Du meinst, jedes Mal, wenn wir nach einer Verhandlung aufgeräumt haben, hast du die Akten nach Lust und Laune weggepackt?«

»Genau.« Judy grinste. »Hast du dich nie gefragt, warum ich immer schneller fertig bin als du?«

Marys Mund klappte auf. »Ich dachte, es läge daran, dass du schlauer bist.«

»Bin ich auch, und das ist mal wieder das beste Beispiel dafür. Es ist Schwachsinn, sie richtig einzuordnen.«

»Aber es wird von einem erwartet.«

»Ach ja, was nicht alles von einem erwartet wird.« Judy legte eine weitere Akte falsch ab. »Das ist wie mit Personalakten.«

»Sag nichts gegen Personalakten. Meine war immer tadellos.«

»Tja, meine nicht, und wir sind trotzdem bei derselben Firma gelandet, was nur beweist, dass ich Recht habe. Personalakten, Matratzenprüfetiketten – völlig überflüssige Dinge. Das sind bloß Erfindungen, die uns bei der Stange halten sollen.«

»So wie der liebe Gott.«

»Ich wusste, dass du das sagen würdest. Für eine abtrünnige Katholikin bist du gar nicht so abtrünnig.«

»Mea culpa.« Mary schlug die Beine übereinander und spielte mit ihrer Zuchtperlenkette, die sie zu einer elfenbeinfarbenen Bluse und einem grauen, maßgeschneiderten Kostüm trug. Sie war eher klein zu nennen, hatte aber eine hübsche, kompakte Figur und verzichtete auf Berge von köstlichen Ravioli, um sie sich zu erhalten. »Vielleicht sollten wir jetzt etwas essen gehen. Einen schönen Salat.«

»Das ist etwas für kleine Mädchen«, schnaubte Judy und streckte sich nach einem leeren Ablagefach. »Lass mich kurz noch die Ablage zu Ende durcheinanderbringen, dann können wir unseren Sieg im langweiligsten Fall aller Zeiten feiern.«

»Beschrei es nicht. Du weißt noch nicht, ob wir gewonnen haben.«

»Oh doch. Wir waren weniger langweilig als die anderen. Die gute Bennie Rosato könnte noch nicht mal langweilig sein, wenn sie es wollte.«

»Sprichst du von unserer Chefin? Du machst wohl Witze. Hast du sie noch nie vom Rudern erzählen hören?« Mary deutete auf die Wände des Konferenzraums. Eine Wand bestand ganz aus Glas und gewährte Blick auf den Flur mit den Aufzügen, doch die anderen Wände waren mit Kunstdrucken von Ruderern auf dem Schuykill River geschmückt. Neben ihnen hingen Fotos von Studentinnenmannschaften der Universität von Pennsylvania, die an der Boathouse Row vorbeiruderten, dem von bunten Bootshäusern gesäumten Flussufer. »Sie ist die reinste Schlafpille, wenn sie vom Rudern schwärmt. Oder von Golden Retrievern. Wegen Bennie habe ich schon eine richtige Abneigung gegen diese Hunderasse entwickelt. Wenn sie einen Golden Retriever in ein Boot setzen und ihn herumrudern könnte, wäre das wahrscheinlich der Himmel auf Erden für sie.«

Judy unterbrach ihre Fehlablage. »Wenn du mal deinen Hintern hochbekämst und eine Sportart betreiben würdest, könntest du verstehen, warum Bennie so gern übers Rudern spricht. Und ihre Hundevernarrtheit kann ich auch nachvollziehen. Bear ist wirklich ein guter Hund. Ich habe ihn jetzt seit einer Woche in Pflege, und es macht richtig Spaß.«

»Schön für dich. Ich gönne dir den Spaß, solange du mich nicht damit vollschwallst. Oder mir Hundefotos zeigst.«

»Du magst doch Hunde.«

»Nein, ich mag Ravioli, und mich regt es immer noch auf, dass du ein Chaos aus unserer Ablage machst.«

Judy ging nicht darauf ein. »Meine Familie hat Labradors und Golden Retriever gezüchtet, das war toll. Ich überlege gerade, ob ich mir einen Welpen zulegen soll.«

»Na super. Den kannst du dann zwischen zwei Verhandlungen besuchen. Ihm kurz den Kopf tätscheln.« Das Telefon auf dem Sideboard aus Eiche klingelte, und Mary sah stirnrunzelnd hinüber. »Muss ich das annehmen?«

»Natürlich.« Judy sammelte einen Stapel Aktendeckel zusammen, den sie in ein leeres Ablagefach fallen ließ. »Ich bin zu sehr damit beschäftigt, Chaos zu stiften, und du bist näher dran.«

»Aber es ist nach Büroschluss.«

Das Telefon klingelte beharrlich weiter, und Judy machte ein strenges Gesicht. »Geh ran, Mary.«

»Nein. Ich bin fix und fertig. Der Anrufbeantworter ist an.«

Rrring!

»Geh jetzt endlich ran!«, sagte Judy. »Du wirst ein schlechtes Gewissen haben, wenn du das Gespräch nicht annimmst. Merkst du nicht schon, wie es dich zwickt?«

»Das ist ja wohl das Letzte, mit den Schuldgefühlen einer Katholikin zu spielen. Wie tief willst du noch sinken?« Mary schnappte sich den Hörer. »Rosato und Partner … Es tut mir Leid, Bennie ist im Ausland, den ganzen Monat. Ja, es sind noch andere Kanzleipartner hier.« Sie legte eine kleine, sorgfältig manikürte Hand über die Sprechmuschel und sah Judy an. »Ein Mann, der einen Strafverteidiger braucht. Soll ich ihm sagen, er hat die falsche Nummer?«

»Sehr komisch. Frag ihn, wie die Anklage lautet.«

Mary gehorchte, und Judy sah, wie sich das Gesicht ihrer Freundin verfärbte. »Sag ihm, wir übernehmen den Fall«, flüsterte sie schnell.

Marys braune Augen flammten vor Schreck auf. »Einen *Mordfall*? Du und ich? Ganz allein? Das können wir nicht machen! Wir haben keine Befugnis, wir sind nicht kompetent, wir haben keine Erfahrung, wir haben gar nichts …«

»Entschuldigen können wir uns später. Sag ja.«

»Aber wir wissen doch gar nicht, was wir tun.« Marys Hand krampfte sich um den Hörer. »Wir haben erst zwei Mordfälle bearbeitet, und bei einem sind wir beinahe selbst ermordet worden.«

»Ich dachte, du wärst während des letzten Falls erwachsen geworden.«

»Zwei Schritte vor, einer zurück.«

»Du hast zu mir gesagt, du hättest keine Angst mehr.«

»Ich habe gelogen. Ich bin der geborene Angsthase.«

»Sag ihm, wir nehmen an, Schwachkopf!« Judy ließ eine Akte fallen und marschierte zum Sideboard. »Gib mir den Hörer.«

»Nein!« Mary drückte ihn an ihre Brust. »Wir können das nicht! Wir sind nicht clever genug!«

»Sag nicht immer ›wir‹.« Judy entriss ihr das Telefon.

Zehn Minuten später saßen sie in einem Taxi, das sich die Market Street hinunter zum Roundhouse durchschlängelte. Es hatte aufgehört zu regnen, doch die Straßen waren nass, und in den Rinnsteinen flossen kleine Sturzbäche. Übrig gebliebene Weihnachtsgirlanden wehten an den Straßenlampen im Wind, und die Lichter des Marriott-Hotels, der Gallery-Einkaufspassage und der zahlreichen Geschäfte entlang der Market Street spiegelten sich in bunten Kreisen auf dem glatten Asphalt. Mary kam die Stadt verlassen vor, jetzt, wo alle sich von den Feiertagen erholten. Sogar der Taxifahrer war ungewöhnlich schweigsam, aber Mary und Judy machten das mehr als wett. Seit Verlassen des Büros hatten sie ununterbrochen diskutiert. Gott allein wusste, wie viele Prozessstrategien, Vergleichsverhandlungen und Plädoyers schon auf den Rücksitzen der Taxis dieser Stadt besprochen worden waren. Die Cabbies hätten inzwischen Juraexamen ablegen, als Anwälte praktizieren und frischen Wind in den gesamten Berufsstand bringen können.

Mary versank fast in ihrem Trenchcoat. »Ich war noch nie Hauptverteidigerin bei einem Mordprozess.«

»Na und? Wir sind schon als Nebenverteidigerinnen für Bennie aufgetreten.«

»Er hat Bennie angerufen«, insistierte Mary.

»Nein, hat er nicht. Er hat die Kanzlei angerufen. Wir beide haben mehr Erfahrung in Strafprozessen als die anderen in der Firma, abgesehen von Bennie selbst.«

»Zwei Strafprozesse – das nennst du Erfahrung? Das ist

ein Lockvogelangebot, nur mit Anwältinnen statt mit Klimaanlagen.«

»Dann sag ihm das eben.« Judy zuckte die Achseln unter ihrem weißen Steppmantel, der sie umhüllte wie Zuckerglasur einen Krapfen. »Lass den Mann seine Entscheidung doch selbst treffen. Wenn er eine andere Anwältin will, kann er eine bekommen.«

»Ich *werde* es ihm sagen«, verkündete Mary, als hätte Judy ihr widersprochen. Sie sah aus dem Fenster auf die schlafende Stadt.

»Wie sind wir bloß da reingeraten?«

»Wir haben gern Spaß.«

»Ich hasse Spaß. Ich hasse Rudern und Hunde und Spaß jeder Art.«

»Reiß dich zusammen, Schätzchen. Wir kriegen das schon hin. Gebrauch einfach deinen gesunden Menschenverstand. Also, wen hat Newlin umgebracht? Angeblich?«

Mary wurde rot. Zum Glück war es im Taxi dunkel. »Äh, ich weiß es nicht. Hab nicht gefragt.«

»Geschickter Zug.« Judy lachte, Mary nicht.

»Du hättest ihn ja selbst fragen können.«

»Ich dachte, er hätte es dir schon gesagt.«

Mary schloss kurz die Augen. »Ich bin nicht kompetent in dieser Sache. Ich verpfusche sie, bevor ich überhaupt dem Mandanten begegnet bin. Hat man so etwas schon gehört?«

»Ist wirklich ein Rekord«, scherzte Judy, aber ohne Boshaftigkeit. »Wir beide werden es schon schaffen, okay?«

Mary konnte nicht lächeln. Eine Anzeige wegen Vernachlässigung der beruflichen Sorgfaltspflicht war nicht komisch, und Mord war es noch weniger. Sie sah aus dem Fenster, als das Taxi vor dem Roundhouse hielt. Der Regen hatte wieder eingesetzt, ein eiskalter Wolkenbruch. Aus irgendeinem Grund überraschte sie das nicht.

3

Paige Newlin hatte endlich aufgehört zu weinen und schmiegte sich an die Brust ihres Freunds Trevor, genauer gesagt an seinen grauen Abercrombie-Pullover. Er war kratziger als ihr eigenes Kaschmir-Twinset, aber sie brauchte den Trost körperlicher Nähe. Paige zitterte und zuckte immer noch und versuchte, von ihrem Drogentrip herunterzukommen. Sie hatte zum ersten Mal Crystal probiert und nicht erwartet, davon so auszuflippen. Sie fühlte sich wie ein überladener Akku oder als wären elektrische Stromstöße durch sie hindurchgejagt worden. Dabei hatte sie nur gehofft, mit Hilfe des Pulvers das Abendessen bei ihren Eltern besser durchzustehen. Ein Fehler. Ihr schwirrte immer noch der Kopf. Auf dem Flachbildfernseher auf der anderen Seite des Wohnzimmers lief MTV, aber Paige konnte sich kaum auf die Bilder konzentrieren.

Sie fröstelte, obwohl das elegante Apartment gut geheizt und das weiße Sofa mit weichen Gänsedaunen gepolstert war. Ihr Körper, gertenschlank in einem schwarzen Twinset und schwarzen Stretchjeans, die ihre langen Beine wie Lakritzstangen aussehen ließen, war perfekt für ein junges Model. Sie hatte außergewöhnlich schmale Hüften und hohe, kleine Brüste. Nach ihrem Heulanfall glänzten ihre azurblauen Augen vor Tränen, die kleine Stupsnase glänzte rosa, und der weiche, übergroße Mund hatte sich nach unten verzogen.

»Du zitterst immer noch ein bisschen«, sagte Trevor, der sie auf dem Sofa in seinen Armen hielt. Trevor Olanski war ein großer, muskulöser Junge mit dicht gewelltem, schwarzem Haar, grünlichen Augen und hoher Stirn, die in diesem Moment besorgt in Falten gezogen war. Seine Jeans hatten einen länglichen Schlitz über einem Oberschenkel, und er trug braune Doc-Martens-Schuhe. »Soll ich die Heizung noch mehr aufdrehen oder eine Decke holen?«

»Es dauert zu lange, bis ich wieder runterkomme, Trev.«

Paige spielte nervös mit ihrem langen Pferdeschwanz, granatrot und schnurgerade. Dieser Pferdeschwanz war ihr Markenzeichen, ein unverwechselbarer Look, der sie nach Meinung ihrer Mutter an die Spitze bringen würde. Ihre *Mutter*. Was war passiert? Paiges Kopf dröhnte. »Ich brauche keine Decke. Ich brauche mehr Special K.«

»Nein, du hast schon zu viel genommen. Kuschel dich lieber an mich.« Trevor zog sie enger in seine Arme. Das gefiel ihr, obwohl sie immer noch zu seinem schwarzen Jansport-Rucksack auf dem Couchtisch schielte. Aus dem mittleren Fach ragten sein Algebrabuch, ein Taschenrechner mit Kurvendisplay und ein durchsichtiges Fläschchen mit Special – K.-Ketamin heraus, ein Betäubungsmittel, das sie von dem aufputschenden Crystal herunterholen sollte.

»Mehr K. würde mir helfen, Trev. Neben dem Kuscheln. Als Beilage, sozusagen.«

»Du musst Geduld haben, Schatz. Du warst so high, dass es seine Zeit braucht, bis du wieder unten bist. So ist Crystal eben.«

»Das hättest du mir vorher sagen sollen.«

»Hab ich auch. Du wolltest es trotzdem nehmen, weißt du nicht mehr?«

»Ja, ja, vielleicht hast du mich gewarnt. Ich kann mich nicht erinnern.« Paiges Gedanken purzelten durcheinander wie farbige Glassplitter in einem Kaleidoskop, aber ihre Muskeln entspannten sich allmählich durch das K. »Ich komme einfach nicht klar mit dem, was passiert ist. Mit meiner Mutter.«

»Denk jetzt nicht daran. Du hast zu viel durchgemacht heute Abend, viel zu viel.« Trevor wiegte sie in seinen Armen. »Möchtest du etwas trinken? Wasser?«

»Nein.«

»Soll ich den Fernseher ausschalten? Oder den Ton lauter machen?«

Trevor zeigte auf den Bildschirm, aber Paige konnte ihren Blick immer noch nicht klar einstellen. Da war etwas, das aussah wie die Jungs von Smashmouth mit »Dancing on the Sun«, aber es hätten auch irgendwelche anderen herumhüpfenden Kids mit Strickmützen sein können.

»Nee, lass nur.«

»Hast du vielleicht Hunger? Ich kann überbackene Käsesandwiches machen.«

»Zu viele Kalorien.«

Paige schüttelte den Kopf und merkte, wie das K. sie allmählich beruhigte. Der Streit mit ihrer Mutter war der schlimmste seit ihrem Auszug gewesen. Sie war furchtbar wütend geworden und hatte ihre Mutter angeschrien. Dann hatte sie nach dem Messer auf dem Tisch gegriffen. Nein. Sie konnte die Bilder einfach nicht aus ihrem Kopf bekommen. Ihr war kalt bis ins Mark.

»Trev, kann ich bitte noch eine Ladung bekommen?«

»Ich halte das für keine gute Idee, Baby.«

»Aber ich. Ich glaube, ich brauche zwei.«

»Warum entspannst du dich nicht und machst ein Schläfchen? Ich kann dir etwas zu trinken bringen.«

»Komm schon.« Paige verdrehte die Augen. »Nur noch eine, ja? Sei nicht so knauserig.«

Trevor seufzte und lehnte sie sanft gegen das Sofa. »Na schön, aber eine ist genug. Ich will nicht, dass du es übertreibst.«

Er beugte sich über den Couchtisch, nahm das Fläschchen aus der Tasche und schraubte den schwarzen Deckel ab. Dann wühlte er in seinem Stiftemäppchen nach einem billigen Kuli mit Kappenverschluss und füllte damit das Pulver aus dem Fläschchen ab. »Nur noch eine. Dann ist Schluss.«

Paige nickte, aber sie konnte nicht klar denken. Es war alles so furchtbar. Sie hatte gewusst, dass das Treffen zum Abendessen eine Katastrophe werden würde, doch es war noch schlimmer gekommen – ihre Mutter tot, das blutige Messer heiß und schlüpfrig in ihrer eigenen Hand. Sie hatte es fallen gelassen und angefangen zu weinen.

»So, hier«, sagte Trevor und reichte ihr die Kulikappe mit dem K. Sie führte sie an ihre Nase und sog das Pulver ein, erst in ein Nasenloch, dann in das andere, und atmete tief durch. Ihr Gehirn vernebelte sich sofort, sie ließ die Kappe fallen. Sie wollte ihn fragen und auch wieder nicht.

»Trev, habe ich … habe ich es … wirklich getan?«

»Süße, warum fragst du mich das?« Seine grünlichen Augen blickten verwirrt. »Weißt du es nicht mehr?«

»Nein, ich kann mich irgendwie nicht erinnern. Das Crystal. An manches erinnere ich mich, aber nicht an alles.« Paige fühlte Übelkeit in sich aufsteigen. Es konnte nicht wahr sein, und doch … Sie hasste ihre Mutter. Sie hatte ihr schon unzählige Male den Tod gewünscht. »Ich erinnere mich an das Messer und an ihr Schreien.«

»Lass uns jetzt nicht darüber sprechen. Sonst bekommst du noch eine Migräne.«

»Nein, ich will es wissen.«

»Also gut.« Trevor seufzte erneut und rieb beruhigend ihre Schultern. »Also, sie fing wieder an, auf dir herumzuhacken, dass du nicht zunehmen dürftest und all das, irgendwas mit Wasseransammlungen im Körper oder so 'n Zeug. Dann hast du sie angeschrien, und sie hat dich geschlagen und getreten. Das weißt du doch noch, oder?«

»Ja.« Paige versuchte, sich an die Szene zu erinnern. Sie sah sich selbst auf dem Boden des Esszimmers, wie sie vor den Tritten ihrer Mutter wegrollte. »Sie hat mich getreten, ja, und mich angeschrien. Sie hat einfach nicht aufgehört.«

»Ich wollte sie zurückhalten, aber ich habe es nicht geschafft. Dann … na ja, dann bist du irgendwie durchgedreht. Du bist auf sie losgegangen.« Trevors Stimme wurde leise. »So habe ich dich noch nie erlebt. Du warst vollkommen außer Kontrolle. Du hast getobt. Es war, als würde alles auf einmal auf dich einstürzen, und dann hast du zum Messer gegriffen. Erinnerst du dich an das Messer vom Tisch?«

»Ja.« Paige schloss die Augen. Das Messer. Es war dasjenige, das sie immer zum Aufschneiden von Filet benutzten. Wie hatte sie das bloß tun können? Ihre eigene Mutter zu töten. War sie verrückt? War sie ein Monster? Sie hätte das Crystal nicht nehmen dürfen. Sie brach wieder in Tränen aus, und Trevor drückte sie an sich, als sie schluchzte: »Oh Gott, ich kann das nicht glauben. Meine eigene Mutter. Ich habe sie umgebracht.«

»Denk jetzt nicht daran. Entspann dich.« Seine Arme schlossen sie in einen warmen, wolligen Kokon ein. »Es ist nicht deine Schuld. Sie war immer so gemein zu dir. Du kannst nichts dafür.«

Paige lauschte seinen tröstlichen Worten, während das K. seine Wirkung tat. Ihr Atem ging langsamer. Die Überdrehtheit, die das Crystal ausgelöst hatte, ließ nach. Ruhe breitete sich in ihrem Körper aus. Ihre Gefühle gingen auf Abstand, als würden sie nicht zu ihr gehören, doch ihre Augen brannten noch vom Weinen, und sie konnte nicht durch die Nase atmen. Bestimmt sah sie fürchterlich aus. Sie hatte ihr Gesicht studiert, wie andere Mädchen Französisch studierten. Trevor massierte ihre Schultern, lockerte die Muskeln, verminderte den Druck auf ihren Kopf. Einmal hatte er eine drohende Migräne verhindert, indem er sie so massierte. Er kümmerte sich besser um sie als ihre Mutter es je getan hatte.

»So ist's gut«, sagte er und knetete weiter.

Paige hörte ihn, aber ihre Aufmerksamkeit war auf die Bilder gerichtet, die nach und nach in ihr Bewusstsein drangen. Keine Kaleidoskopsplitter mehr, sondern vollständige Fotos, eines nach dem anderen, als würde sie durch ihre Model-Mappe blättern. Ihr Gesicht in weichem Licht. Mit Hintergrundbeleuchtung. Nach zu wenig Schlaf oder zu vielen Drogen. Sie schwebte jetzt.

»Alles in Ordnung?« Trevors Hände bewegten sich über ihren Nacken, fuhren unter ihre Haare. »Geht's dir besser?«

»Viel besser«, hörte Paige sich flüstern. Die Fotos in der Mappe ihres Kopfs zeigten nun ihre Mutter. Ihre Mutter in Perlen von Mikimoto. In einer DKNY-Sonnenbrille. Mit einer Augenfältchencreme von Estée Lauder. Ihre Mutter war eine einzige Ansammlung von Markennamen. Paige lächelte in sich hinein, ließ sich treiben. Sie sah ihrer Mutter sehr ähnlich, das sagten alle. Die Augenfältchencreme löste sich auf, und die blauen Augen der Mutter wurden zu Paiges blauen Augen. Dann wurde das Gesicht ihrer Mutter immer jünger und färbte sich schwarz.

»Hey Baby, bist du noch da? Hörst du mich?«

Paige nickte und entspannte ihre Wangen, um sie zu glätten, wie ihre Mutter es ihr beigebracht hatte. Ihre Mutter war nie Model gewesen, dafür eine Debütantin in der feinen Gesellschaft von Philadelphia. Sie hatte Paige zum Model geformt. Schon als Baby wurde sie für Windelwerbung fotografiert, später für Zeitungsbeilagen und Modekataloge. In diesem Jahr wollte ihre Mutter sie ins YM-Magazin bringen.

Eine plötzliche Angst stoppte Paiges Gedanken. »Vielleicht ist die Polizei schon hinter mir her! Ich meine, sie werden doch nach mir suchen, oder?«

»Nein, keine Angst.« Trevor presste sie an sich. »Sie wissen noch nicht einmal, dass du existierst. Du wohnst ja nicht mehr dort. Wie sollen sie dich finden?«

»Du hast Recht.« Paige drückte seinen Arm, der sich stark wie der Ast einer Eiche anfühlte. Was würde sie ohne ihn tun? Sie verspürte leichten Schwindel gepaart mit Lust auf Sex, eine Wirkung, die das K. manchmal bei ihr hatte. »Ich liebe dich, Trev.«

»Ich liebe dich auch. Wir werden das zusammen durchstehen.«

Paige sah dankbar zu ihm auf. Sie erinnerte sich, wie er dafür gesorgt hatte, dass sie sich an einer Tankstelle auf dem Nachhauseweg wusch. Er hatte ihr gesagt, sie solle das Messer mitnehmen, aber sie hatte es vergessen, und er hatte noch nicht einmal mit ihr geschimpft. »Ich mache mir Sorgen wegen des Messers, Trev. Können sie meine Fingerabdrücke darauf erkennen, wie im Fernsehen?«

»Nein, das glaube ich nicht. Sie müssen sie mit Abdrücken in ihrer Kartei vergleichen oder so, und deine Abdrücke haben sie nicht, weil du noch nie verhaftet worden bist.«

»Was machen wir, wenn die Bullen kommen?«, fragte sie, aber es klang, als hätte ein anderer gesprochen. Etwas in ihr stellte die Frage, dasselbe Prinzip, das auch die Atmung in Gang hielt. Ihr Privatlehrer für Naturwissenschaften hatte es ihr vor den Weihnachtsferien erklärt. Das autonome Nervensystem.

»Was soll ich denen sagen? Ich war zum Abendessen bei meinen Eltern verabredet.«

»Das wissen die Bullen aber nicht, und falls doch, sagst du einfach, du wärst nicht hingegangen. Du kannst ja behaupten, du hättest Migräne gehabt.«

»Aber wenn mich jemand gesehen hat, als ich aus dem Haus ging?« Paige schloss die Augen und lehnte ihren Kopf gegen das weiche Polster, während die Droge ihre Angst vertrieb. »Dieser picklige Typ am Empfang oder einer meiner Nachbarn?«

»Heute saß der alte Typ am Empfang, und der war schon wieder eingeschlafen. Ich habe mich nicht in das Besucherbuch eingetragen, und bei dem Wetter ist auch niemand ausgegangen. Außerdem gibt es dreihundert Apartments in diesem Gebäude. Kein Mensch achtet darauf, wann wir kommen und gehen.«

»Was ist, wenn sie mich verhaften?« Paige sprach die Worte aus, ohne zu glauben, dass so etwas wirklich passieren könnte. Ihr doch nicht. Ihr konnte nichts passieren. Sie schwebte über den Wolken. »Was ist ... wenn sie mich ins Gefängnis stecken?«

»Warum sollten sie dich überhaupt verdächtigen? Soweit die Bullen wissen, hast du deine Mutter den ganzen Tag nicht gesehen. Zuletzt bist du ihr gestern begegnet, bei dem Shooting. Sie hatte wieder getrunken, hast du mir erzählt.«

»Heute auch.« Ihre Mutter war schon blau gewesen, als Paige nach Hause kam. Dann dieses Schreien, die Schläge. Als Paige nach dem Messer gegriffen hatte, hatte ihre Mutter ihr Glas fallen lassen. Scotch war in einem goldenen Bogen herausgeflossen, wie in Zeitlupe. Plötzlich fiel Paige etwas ein.

»Warte mal. Was ist mit meinem Vater?«

»Deinem Vater?«

»Ja. Er muss sie gefunden haben, als er nach Hause kam. Er sollte zum Abendessen zu Hause sein.«

Paige hatte ihn beinahe vergessen, weil er bis zum vergangenen Jahr keine große Rolle in ihrem Leben gespielt hatte. Ihre Mutter hatte sie gemanagt, und ihr Vater war seiner Arbeit nachgegangen. Er war immer nur in der Kanzlei gewesen und hatte sich um die Vermögensangelegenheiten der Familie gekümmert, bis Paige ihm erklärt hatte, sie habe genug von ihrer Mutter und wolle ausziehen. Das hatte ihn aufgerüttelt.

»Ich habe ihn heute im Büro angerufen, und er hat gesagt, er würde abends da sein. Er meinte, ich soll dich zu Hause lassen und allein zum Essen kommen, und ich habe es versprochen. Er sagte, er würde mich dann um sieben sehen.«

»Dein Vater kommt also nach Hause und findet deine Mutter auf dem Boden. Was wird er tun?«

»Keine Ahnung, woher soll ich das wissen?« Paige merkte, wie ihre Stimme ganz hoch wurde, wie die eines kleinen Mädchens. Wegen dieser Piepsstimme wurde sie nicht für Fernsehspots gecastet, und auch ihrer Stimmtrainerin war es nicht gelungen, ihr eine tiefere Lage anzugewöhnen. Das hatte ihre Mutter fast zum Wahnsinn getrieben.

»Wird er denken, dass du es getan hast?«

»Vielleicht«, sagte sie zögernd.

Trevor machte ein besorgtes Gesicht. »Wird er dich bei der Polizei verraten?«

Paige kannte ihren Vater nicht sehr gut, aber sie wusste die Antwort auf diese Frage. »Niemals.«

4

Der Besucherraum im Kellergeschoss des Roundhouse war rechteckig und stickig, ein schmuddeliger, in einzelne Kabinen unterteilter Schlauch, in dem die Anwälte sich mit ihren Mandanten trafen. Ein schmieriger Film überzog die Holztäfelung der Wände, wo sie nicht mit eingerollten Notizzetteln auf Englisch und Spanisch bedeckt waren. Das RAUCHEN VERBOTEN-Schild trug ein Brandmal von einer Zigarette, die Decke hing um einen braunen Wasserfleck herum durch, und der blaugraue Anstrich der Gesprächskabinen war mit Kritzeleien übersät. Haufenweise Telefonnummern und eine große Inschrift: *Gloria liebt Smokey – 4ever.*

Mary und Judy waren die einzigen Anwälte im Raum und warteten auf der einen Seite der kugelsicheren Plexiglaswand, während Jack Newlin auf der anderen hereingeführt wurde. Er war so attraktiv, dass Mary sich bei seinem Anblick unwillkürlich aufrichtete. Groß, breitschultrig und athletisch gebaut, wirkte er auf eine sympathische Art selbstsicher, wenn man von der Anspannung in seinem Gesicht absah. Eine tiefe Furche saß über seinen blauen, von Krähenfüßen umringten Augen, die besorgt dreinblickten. Seine vollen Lippen waren zu einem Strich aufeinandergepresst, und dunkle Schatten bedeckten seine ausgeprägte Kinnlinie. Doch Jack Newlin war der Typ Mann, dem sogar Bartstoppeln gut standen. Er erinnerte Mary an Kevin Costner, nur mit mehr Grips.

»Danke, dass Sie gekommen sind, meine Damen«, sagte Newlin, als er sich setzte. Seine Hände waren mit Handschellen gefesselt, und er steckte in einem weißen Overall aus Papier. »Aber Sie hätten sich nicht beide herbemühen müssen. Ich brauche nur eine Anwältin. Mit wem habe ich am Telefon gesprochen?«

»Mit uns beiden«, antwortete Mary. Sie stellte sich zuerst selbst vor, dann Judy zu ihrer Rechten. »Bei einer Mordanklage arbeiten wir im Team.«

»Ich weiß das zu schätzen, aber ich werde kein Team benötigen. Mit wem habe ich zuerst gesprochen? Mit Ihnen, Mary?«

»Äh, ja.« Mary sah Judy an, die sie mit einem Nicken aufforderte weiterzumachen. Aber Mary wollte nicht weitermachen. »Ich kann diesen Fall nicht allein übernehmen, Mr Newlin. Ich habe nicht genug Erfahrung mit Tötungsdelikten, längst nicht so viel wie Bennie Rosato oder andere Anwälte in dieser Stadt.«

Newlin lächelte freundlich. »Erstens, nennen Sie mich bitte Jack. Zweitens, Sie haben meine Fragen am Telefon ehrlich beantwortet, so wie auch jetzt, und das gefällt mir. Ich brauche keine Anwältin mit jahrzehntelanger Erfahrung. Ich möchte, dass Sie mich vertreten.«

Mary spürte, wie sie bei dem Lob rot wurde. Die Tatsache, dass es von einem derartig gut aussehenden Mann kam, schmeichelte ihr zusätzlich. »Mr Newlin, Jack ...«

»Das ist ein einfacher Fall. Sie werden keine großen Geschütze auffahren müssen. Ich beabsichtige, mich schuldig zu bekennen. Es stimmt, ich habe meine Frau umgebracht. Ich habe es getan.«

Mary war sprachlos. Hatte sie richtig gehört? Seine Worte hingen zwischen ihnen in der Luft. »Sie haben sie umgebracht?«, wiederholte sie schockiert.

»Ja. Die Polizei hat mich verhört, und ich habe ihnen alles gesagt. Ich habe gestanden.«

Mary sah ihn forschend an, und obwohl sie noch nie in die Augen eines Mörders geblickt hatte, war sie verwundert, dass dieser so umwerfend schöne hatte. Aber Ted Bundy hatte auch schöne Augen gehabt. Vielleicht sollten schöne Augen dem Täterprofil von Mördern hinzugefügt werden. »Einen Moment«, sagte sie und versuchte, sich zu sammeln. »Sie haben mit der Polizei gesprochen? Warum?«

»Das war wohl ein Fehler. Ich war verwirrt. Dachte, ich könnte ein paar Fragen beantworten und es hinter mich bringen. Ich weiß, das war dumm von mir. Ich habe die Polizei direkt vom Tatort aus angerufen. Vielleicht lag es am Scotch.«

»Am Scotch?« Mary hätte ihn nie für einen Trinker gehalten.

»Vielleicht sollte ich Ihnen alles von Anfang an erzählen?«

»Warten Sie. Sind Sie jetzt immer noch betrunken?«

»Nein. Kaum.«

»Waren Sie betrunken, als Sie mit der Polizei sprachen?«

»Nein, überhaupt nicht. Ich hatte nur ein paar Drinks.«

»Wie viele?«

»Zwei, glaube ich. Ich bin vollkommen klar. Ist das juristisch von Belang?«

Mary hatte keinen Schimmer. »Ja, das ist es. Deshalb habe ich gefragt. Also, dann erzählen Sie uns mal, was sie denen erzählt haben.«

Sie wühlte in ihrer Aktentasche nach einem Kuli und einem neuen Anwaltsblock. »Langsam, damit ich mir Notizen machen kann.«

Sie schrieb mit, während Judy schweigend zuhörte. Als er geendet hatte, fragte Mary: »Haben Sie das alles auch der Polizei gesagt?«

»Ja, ich habe ihnen alles erzählt.«

»Hat man Sie über Ihre Rechte informiert?«

»Ja. Sie haben mir auch ein Formular gegeben, mit dem ich auf mein Recht zu schweigen und einen Anwalt hinzuzuziehen verzichtete. Zwei Blätter, die ich ausgefüllt und unterschrieben habe.«

Mary warf Judy einen Blick zu, die nur den Kopf schüttelte. Katastrophal.

»Ich denke, das macht Ihr Geständnis rechtsgültig. Ist Ihre Aussage protokolliert worden?«

»Ja, und sie haben mich auf Video gefilmt.«

»Was haben sie sonst noch gemacht?« Sie kannte das Vorgehen der Polizei nur aus dem Fernsehen. Das Gesetz als Serienkrimi.

»Meine Fingerabdrücke abgenommen. Eine Haar- und eine Hautprobe genommen. Sie haben mich in meinem Anzug fotografiert und anschließend Fotos von meinen Händen gemacht. Ich habe einen Schnitt von dem Messer an einer Hand. Sie haben zwölf Fotos davon gemacht, glaube ich. Dann haben sie mir die Kleider weggenommen, weil Blut daran klebte. Sie haben Proben vom Blut meiner Frau von meinen Kleidern und meinen Händen gekratzt.«

Mary war entsetzt, verbarg es aber gut. Schon ihre kurze Laufbahn als Anwältin hatte genügt, um ein Pokerface zu entwickeln. »Sie hatten Blut an sich, das Blut Ihrer Frau?«

»Ja.«

Mary bemerkte, dass er ihr nicht ins Gesicht sah, als er den Kopf hob.

»Dann wollten sie, dass ich meine Aussage unterschreibe, aber ich weigerte mich.«

Marys Stift hielt über dem Papier inne. »Das verstehe ich nicht. Sie haben gestanden, aber die Aussage nicht unterschrieben?«

»Genau. Ich habe verlangt, einen Anwalt anrufen zu können.«

»Warum haben Sie zuerst gestanden und *dann* einen Anwalt verlangt?«

»Weil ich meine Meinung geändert hatte. Auf einmal war ich mir nicht mehr sicher wegen des Geständnisses. Mir wurde klar, dass ich mich nicht selbst vertreten konnte. Zuerst dachte ich, ich könnte es, weil ich auch Jurist bin, bei Tribe.«

»Sie sind Anwalt bei *Tribe*?«, fragte sie erstaunt. Tribe & Wright gehörte zur Crème de la Crème der Anwaltsfirmen, war noch renommierter als Stalling & Webb, wo sie und Judy zuvor gearbeitet hatten. Jack Newlin musste ein As in seinem Beruf sein. Warum hatte er sich dann so dumm verhalten? Und so gewalttätig? Das ergab einfach keinen Sinn.

»Ja, ich leite die Nachlassabteilung. Nachdem ich den Beamten gesagt hatte, was passiert war, begannen sie, mich zu befragen, und ich merkte, dass ich mich nicht gut genug auskannte. Ich wollte mit einem Strafrechtler sprechen, ehe ich das Geständnis unterschrieb. Ich dachte, dass ich mit Hilfe eines Verteidigers ein milderes Urteil auf Grund meines Schuldbekenntnisses erwirken könnte.«

»Warum haben Sie überhaupt mit der Polizei gesprochen? Als Jurist mussten Sie doch wissen, dass das falsch war.«

»Ich war eben vollkommen aufgelöst und konnte nicht klar denken. Hören Sie, ich erwarte jetzt keine Wunder von Ihnen. Ich erwarte nicht, dass Sie mich freibekommen. Wie gesagt, ich bin bereit, mich schuldig zu bekennen.«

Sein Ton blieb ruhig und entschieden, aber sein Blick kam Mary unstet vor. Seine Kiefermuskeln arbeiteten und ließen auf unterdrückte Emotionen schließen.

»Mr Newlin, Jack, ich verstehe, weshalb Sie sich schuldig bekennen wollen. Es gibt sicher eine erdrückende Beweislast gegen Sie. Trotzdem ist es noch verfrüht, über ein Schuldbekenntnis oder Ähnliches zu sprechen.«

»Warum?«

Mary wusste es selbst nicht. Die Vernunft sagte es ihr. »Eine Frage der Vernunft. Ich kann im Moment noch nicht absehen, auf was wir plädieren werden. Zum einen haben Sie gestanden, und es existiert eine Videoaufnahme davon, daher ist Ihre Verhandlungsposition ziemlich schlecht. Zum anderen steht erst noch eine Voruntersuchung an, bei der die Polizei darlegen muss, dass sie genug Beweise hat, um Sie festhalten zu können.« Sie schöpfte aus ihrem Seminar über Strafrecht. Hoffentlich waren die Gesetze inzwischen nicht geändert worden. »Warum sollten wir schon vorher versuchen, ein Urteil auszuhandeln? In der Zwischenzeit können wir unsere eigenen Ermittlungen anstellen.«

»Ermittlungen?«

»Wir ermitteln immer selbst, bevor wir unsere Verteidigung aufbauen.« Das taten sie zumindest in den Anwaltsserien im Fernsehen, Marys größtem Erfahrungsschatz, was Mordprozesse anbelangte.

»Aber ich habe Ihnen doch gesagt, was passiert ist.«

»Wir müssen uns genauestens über die Beweislage informieren.« Mary sah Judy Bestätigung heischend an und erhielt ein zustimmendes Lächeln. »Wir müssen wissen, was die Anklage hinsichtlich der Schwere der Tat und des möglichen Strafmaßes gegen Sie in der Hand hat. Wir brauchen eine überzeugende Verteidigung, die wir dem entgegensetzen können. Aus einer Schwächeposition heraus können wir nicht verhandeln.«

»Hören Sie, Mary, ich will diese Sache so schnell wie möglich hinter mich bringen.« Jacks Mund drückte Entschlossenheit aus, und Mary runzelte verwirrt die Stirn.

»Aber es ist normalerweise nicht der Angeklagte, der von einem schnellen Urteil profitiert, sondern der Staat. Übereiltes Vorgehen hat Ihnen bisher nur geschadet. Wenn Sie uns angerufen hätten, ehe Sie mit der Polizei sprachen, wären Sie jetzt nicht in dieser misslichen Lage. Sie erwartet im schlimmsten Fall die Todesstrafe, ist Ihnen das klar?«

Er schien ihre Warnung mit Absicht zu überhören. »Ich will eine schnelle Verhandlung, weil meine Familie so wenig wie möglich darunter leiden soll. Ich habe eine sechzehnjährige Tochter, Paige, die Model ist. Wenn es schnell geht und wir größeres Aufsehen vermeiden können, hat sie ihre Karriere immer noch vor sich. Sie weiß bist jetzt noch nicht einmal, dass ihre Mutter tot ist. Deshalb wollte ich Sie auch bitten, zu Paiges Wohnung zu fahren und es ihr schonend beizubringen. Ich möchte nicht, dass sie es aus dem Fernsehen oder von der Polizei erfährt.«

»Zu ihrer Wohnung? Sie wohnt nicht mehr zu Hause?«

»Nein. Sie hat ihr eigenes Apartment. Es ist in Society Hill, gar nicht weit von hier.«

Jack nannte eine Adresse, die Mary sich notierte.

»Bitte gehen Sie zu ihr, sobald wir hier fertig sind. Stellen Sie sich vor, Sie müssten eine solche Nachricht von der Polizei erfahren.«

Mary begegnete erneut seinem Blick, der eindringlich und voller Sorge war. Konnte jemand, der seine Frau umgebracht hatte, derart besorgt um seine Tochter sein? Merkwürdig. »Sie wollen, dass ich es Ihrer Tochter beibringe? Ich wüsste gar nicht, was ich sagen soll.«

»Sagen Sie ihr die Wahrheit. Erzählen Sie ihr alles, was ich Ihnen heute Abend erzählt habe.«

»Das kann ich nicht. Was Sie uns anvertraut haben, unterliegt der Schweigepflicht.«

»Nicht in diesem Fall. Ich entbinde Sie von der Schweigepflicht gegenüber meiner Tochter.«

»Das geht nicht.« Mary schielte zu Judy, die bereits den Kopf schüttelte. »Es wäre gegen Ihre eigenen Interessen. Ihre Tochter könnte als Zeugin in Ihrem Prozess vorgeladen werden.«

»Was für ein Prozess? Ich werde mich schuldig bekennen.«

»Das steht noch nicht fest, und wir müssen uns alle Möglichkeiten offen halten. Deshalb werde ich Ihrer Tochter nur das Nötigste berichten. Ich werde ihr sagen, dass ihre Mutter tot ist und ihr Vater von der Polizei festgehalten wird.«

»Aber Paige soll wissen, dass ich zu meiner Tat stehe. Sie soll wissen, dass ich wenigstens kein Feigling bin und die Verantwortung für mein Verbrechen übernehme.«

Seine kräftige Kinnlinie drückte Unnachgiebigkeit aus, doch Mary bemerkte, wie ein kleiner Muskel unterhalb seines Ohrs wieder zu zucken begann. Augen und Wangenmuskeln, was sagten sie aus? Gab es da überhaupt etwas zu erkennen?

»Also gut, ich werde ihr sagen, dass Sie in Erwägung ziehen, sich schuldig zu bekennen, aber nicht mehr. Bis morgen früh hat die Polizei das wahrscheinlich sowieso schon nach draußen durchsickern lassen. Einverstanden?«

»Einverstanden. Darüber hinaus möchte ich Sie noch um einen persönlichen Gefallen bitten, wenn Sie gestatten.« Jack machte einen ausgesprochen verlegenen Eindruck, was Mary sofort entwaffnete. Ein gut aussehender, wohlbetuchter Killer, der sich wie ein netter Junge von nebenan benahm. Ziemlich verwirrend, gelinde gesagt.

»Natürlich. Worum geht es?«

»Paige wird sehr bestürzt und durcheinander sein über diese Nachricht. Würden Sie eine Weile bei ihr bleiben? Sie hat nicht viele Freunde.«

»Ja«, antwortete Mary, obwohl das im Grunde selbstverständlich für sie war. Doch irgendetwas passte hier nicht ganz ins Bild. Ein hübsches, reiches Mädchen ohne Freunde? Was war nur mit dieser Familie los? »Was ist denn mit ihren Klassenkameraden? Wo geht sie zur Schule?«

»Paige ist nicht gerade eine typische Sechzehnjährige. Sie sieht erwachsen aus, benimmt sich erwachsen und verdient Geld wie eine Erwachsene. Sie erhält Privatunterricht zwischen ihren Fototerminen. Mit Gleichaltrigen hat sie schon lange nichts mehr zu tun, und ihr Freund, jedenfalls der, den sie zuletzt hatte, ist bestimmt keine große Hilfe. Bleiben Sie einfach bei ihr, bis sie sich besser fühlt, und warten Sie ab, ob sie mich besuchen kommen will. Ich würde sie gern heute Nacht noch sehen und versuchen, ihr alles zu erklären.«

»Ich werde es ihr ausrichten.« Mary konnte sich nicht vorstellen, dass eine Tochter ihren Vater unter diesen Umständen sehen wollte. Sie erhob sich und steckte Block und Stift ein. »Ich denke, wir sind für heute fertig. Der nächste Schritt ist die Anklageerhebung, bei der Sie formell angeklagt werden und der Haftrichter über eine Freilassung gegen Kaution entscheidet. Ich vermute, dazu wird es morgen früh kommen, aber es besteht die Möglichkeit, dass es schon heute Nacht passiert. Judy wird für diesen Fall im Roundhouse bleiben, bis ich wieder zurück bin. Haben Sie noch irgendwelche Fragen?«

Mary klemmte ihre Aktentasche unter den Arm, und Jack lächelte, was bewirkte, dass sie sich wie ein Schulkind mit Ranzen fühlte.

»Nein, keine. Sie haben das sehr gut gemacht«, sagte er.

Sie lachte errötend. »Anfängerglück. Bis morgen.«

Sie stand auf und ging mit Judy zur Tür.

»Kümmern Sie sich um Paige, bitte.« Seine Stimme klang leicht brüchig.

Mary drehte sich noch einmal um.

»Machen Sie sich keine Sorgen«, hörte sie sich sagen.

5

Die Nachricht von einem Mordfall in der High Society verbreitete sich in Windeseile in Philadelphia. Zuerst erfuhr der Polizeinotruf davon, dann die Beamten vom Morddezernat, die Fahrer der Notarztwagen, die Reporter, die den Polizeifunk abhören, der Gerichtsmediziner, das Polizeilabor und die stellvertretenden Polizeichefs. Dann der Bürgermeister, der Polizeipräsident und der oberste Staatsanwalt. Normalerweise hätte der oberste Staatsanwalt den Fall einfach irgendeinem seiner untergebenen Staatsanwälte zuweisen müssen. Aber wie beim Leben, so galt auch beim Tod eine Hackordnung: Wenn ein Niemand ermordet wurde, ging der Fall an einen der zahlreichen Jung-Staatsanwälte in Philly, die alle furchtbar clever und gnadenlos ehrgeizig waren. Doch der Mord an einer Frau mit dem gesellschaftlichen Status von Honor Newlin, begangen von einem Anwalt mit dem Renommee von Jack Newlin, konnte nur einem einzigen Mann übertragen werden.

»Ruhe!«, sagte Dwight Davis zum Telefon, nahm aber trotzdem den Hörer ab.

Trotz der späten Stunde saß Davis noch in seinem Büro und legte letzte Hand an einen Verhandlungsschriftsatz. Sein Schreibtisch war unordentlich, eine vergessene Gatorade-Dose leuchtete quietschblau zwischen Papierbergen in dem kalten, harten Deckenlicht. Als Amateur-Marathonläufer schien Davis darauf gepolt zu sein, nie zu ermüden. Eine Art nervöser Energie durchzuckte ständig seinen Körper, und wenn er einmal nicht zu seinem täglichen Trainingslauf kam, war er unerträglich. Man erzählte sich, dass seine Sekretärinnen ihm die Laufschuhe nachwarfen, damit er endlich abhaute, weil sie glaubten, er werde beim Laufen mal die Arbeit vergessen. Sie täuschten sich, denn wenn er lief, dachte er Schritt für Schritt, Kilometer für Kilometer, an nichts anderes als an seine Arbeit. Mordprozesse, Tatorte und Plädoyers befeuerten sein Training.

»Sie wollen mich wohl verarschen«, sagte Davis ins Telefon. »Bei *Tribe*? «

Oft wachte er morgens mit einer raffinierten Beweisführung im Kopf auf, und seine besten Schlussanträge dachte er sich auf der Toilette aus. Er wusste die komischsten Gerichtsanekdoten der gesamten Staatsanwaltschaft zu erzählen und lachte am lautesten über die der anderen. Nichts erregte, faszinierte oder begeisterte ihn mehr als die Arbeit eines Staatsanwalts. Kurzum, er liebte seinen Beruf.

»Sie haben es auf Video? Und den Anruf beim Notruf auf Band? Das ist großartig, einfach großartig.«

Davis brach in fröhliches Gelächter aus. Worüber? Darüber, dass einer von ganz oben ganz tief gefallen war? Nein, er war nicht gehässig. Er war einfach glücklich. Glücklich, am Leben zu sein, hier und jetzt, und den Newlin-Fall bearbeiten zu können. Das war der Grund, warum er bisher jede Beförderung abgelehnt hatte. Die Bezahlung wäre zwar besser, aber er hatte keine Lust, über Urlaubsanträge zu entscheiden, Krankheitstage zu zählen, Sekretärinnen einzustellen oder Rechtsassistenten zu feuern. Warum ein Schreibtischhengst sein, wenn man Fälle vor Gericht verhandeln konnte? Warum gehen, wenn man rennen konnte? Und warum sich mit Kinkerlitzchen abgeben, wenn man jemanden wie Jack Newlin anklagen konnte?

»Sie haben das Messer? Sie haben seine Fingerabdrücke auf dem Messer? Sagen Sie den Leuten, sie sollen ihren Arsch hierher bewegen!«

Er konnte nicht aufhören zu lächeln, er fühlte sich prächtig. Der kapitalste Fall in der Stadt, und Newlin hatte genug Zaster, um sich den besten Verteidiger zu nehmen. Ein starker Gegner brachte Davis erst so richtig in Fahrt; seine Erfolgsquote war die höchste der Staatsanwaltschaft. Warum gewann er so oft? Diese Frage war der Auslöser von viel Klatsch, Spekulationen und Eifersucht unter seinen Berufskollegen. Manche glaubten, er gewann, weil er gut aussah und die Geschworenen ihn liebten. Keine schlechte Theorie. Er hatte klare, braune Augen, dichtes, schwarzes Haar, einen wohlgeformten Mund und den sehnigen Körper eines Läufers. Seine Körpergröße lag etwas unter Durchschnitt, doch selbst das gereichte ihm zum Vorteil, denn so konnte er die weiblichen Geschworenen für sich einnehmen, ohne dass sich die männlichen von ihm bedroht fühlten. Doch sein Aussehen war nicht der Grund für seinen Erfolg.

»Wer ist vom zweiten Dezernat an ihm dran? Brinkley und Kovich? Ausgezeichnet!« Davis fuhr sich mit der freien Hand durch die kurz geschorenen Haare.

Andere Staatsanwälte glaubten, Davis gewann, weil er schuftete wie ein Tier. Auch das war plausibel, wenn man sich seine Arbeitszeiten ansah. Er lebte für seinen Beruf und war ständig zur Stelle; früh morgens, wenn die anderen hereinbummelten, und spät abends, wenn sie nach Hause wankten. Der Alltag eines Staatsanwalts war ein dauernder Kampf mit der Zeit, und es schien unmöglich, den ganzen Tag Fälle vor

Gericht zu verhandeln und nebenher noch den notwendigen Papierkram zu erledigen, aber Davis schaffte beides. Natürlich hatte er kein Privatleben. Seine Ehe war nicht über das erste Jahr hinausgekommen, und es gab keine Kinder. Er hielt sich eine kleine, leere Stadtwohnung und hatte noch nicht einmal einen Hund, mit dem er laufen konnte. Doch auch sein Arbeitseifer war nicht das Geheimnis seines Erfolgs.

»Wer wird Newlin vertreten? Erzählen Sie mir nicht, ein Pflichtverteidiger, nicht bei seinem Geld. Hey, da fällt mir ein guter Witz ein, Chef: ›Was haben eine Nonne und ein Pflichtverteidiger gemeinsam? Na? – Die eine kann einem keinen runterholen, der andere kann einen nicht rausholen!‹«

Der Grund, weshalb Davis so oft gewann, war ein ganz einfacher: Er war versessen aufs Gewinnen. Er war eine sich selbst erfüllende Prophezeiung. Er gewann aus demselben Grund, aus dem Reiche das Geld anziehen und Glückspilze das Glück. Gewinnen war das Schönste auf der Welt für ihn, es machte ihm mehr Spaß als alles andere.

»Wer? DiNunzio? Wer ist das?«

Er liebte es zu gewinnen, wie ein Vollblutpferd das Rennen liebt. Schon als kleiner Junge hatte er beim Kartenspielen am Küchentisch geschummelt, und als Quarterback in der Collegemannschaft hatte er versucht, mit Schlägen unter die Gürtellinie den Football bis zur Endzone durchzubringen. Auch vor Gericht tat er alles, um zu gewinnen. Er ging jedes erforderliche Risiko ein und brachte alle möglichen Beweise und Argumente vor. Und gerade weil er diese Risiken einging und diese Argumente vorbrachte, wurden sie zu den richtigen Risiken und den richtigen Argumenten, und er gewann. Dabei hatte Davis keine Angst zu verlieren. Er wusste, dass Verlieren zum Spiel gehörte. Man konnte nicht gewinnen, wenn man Angst vorm Verlieren hatte.

»Oh je, ich glaube, es gibt doch noch ein Problem, Chef«, sagte er plötzlich. »Zu dumm. Mir ist gerade etwas eingefallen. Ich kann den Newlin-Fall leider nicht übernehmen.«

Sein Gesicht bekam einen nüchternen Ausdruck und zeigte die ersten tiefen Falten, die wie Klammern um seinen Mund saßen und als kleine Gabel in der Mitte der Stirn auftauchten. Etwas hatte die Begeisterung in seinen wachen Augen gelöscht. Seine Mundwinkel fielen herab.

»Warum, fragen Sie? Ich werde es Ihnen verraten: *Weil er zu verdammt einfach ist!*«

Er brüllte vor Lachen, als er auflegte, und warf seinen Kugelschreiber gegen die Dartscheibe an der Wand. Ohne sich darum zu kümmern, wo der Stift gelandet war, stand er schnell auf und schnappte sich einen frischen Anwaltsblock, der ihm wie immer das Gefühl eines Neubeginns gab. Davis hatte keine Zeit für Spielchen.

Er war unterwegs zu einem Mordfall.

6

Detective Reginald Brinkley stand allein in der Kaffeeküche des zweiten Dezernats. In ihren Ausmaßen erinnerte sie an einen hochkant gestellten Schuhkarton. Neonröhren an vergilbten Leisten verstärkten eher die Trübseligkeit des Raums als ihn zu erhellen. Wie das gesamte Roundhouse war auch die Kaffeeküche spärlich möbliert und enthielt lediglich einen Tisch mit Stahlbeinen, auf dem die Kaffeemaschine stand, und einen würfelförmigen, braunen Kühlschrank. Die Kaffeemaschine wurde von allen benutzt, der Kühlschrank von niemandem. Sein Inhalt bestand aus einer geöffneten Coladose und einer weißen Plastikgabel.

Der Geruch nach frischem Kaffee und jahrealtem Staub war Brinkley vertraut, und er fühlte sich zu Hause zwischen diesen graugrünen Amtsstubenwänden. Sie waren mit alten Merkzetteln, Polaroidfotos von der Softballmannschaft des Dezernats und einem schwarzen Autoaufkleber bepflastert, der das inoffizielle Motto verkündete: UNSER TAG BEGINNT, WENN EUER TAG ENDET. Der Spruch prangte auch auf schwarzen T-Shirts und Sweatshirts unter einem lächelnden Sensenmann, aber sein makabrer Witz hatte sich längst abgenutzt. Niemand trug die Shirts, sie wurden nur noch zum Spaß an Freunde und Bekannte verschenkt.

Brinkley schüttete Kaffeeweißer in einen dickwandigen Becher mit heißem Kaffee, den er nur aus Gewohnheit trank. Obwohl es schon spät am Abend war, brauchte er das Koffein nicht unbedingt. Er verkraftete den Schichtdienst recht gut und hatte wie sein Vater eine Vorliebe für Nachtarbeit. Außerdem war er immer noch aufgewühlt von seinem Verhör mit Newlin.

Man sah ihm die Erregung nicht an, eine Eigenart, über die sich seine Frau Sheree immer beklagt hatte. *Du lässt mich nicht an dich heran*, hatte sie ständig wie in einer Seifenoper lamentiert und ihn damit sogar dazu gebracht, eine Seelenklempnerin aufzusuchen. So sehr hatte Brinkley sie geliebt.

Bei dieser Erinnerung stöhnte er leise auf. Ein ganzes Jahr lang hatten sie nebeneinander auf einer weichen Couch gesessen, und Sheree und die Psychotante hatten ihn auseinander genommen, seine Persönlichkeit, seinen Job und seine Gefühle. Er unterbrach ihr Gespräch nur selten, sie wussten so gut über ihn Bescheid, dass er sich nicht an dem Gequatsche zu beteiligen brauchte. Die Therapie war sowieso der reinste Schwachsinn. Sheree veränderte sich in dieser Zeit total und trat zum Islam über, was ihrer Ehe den Rest gab. Sie war vor über einem Jahr ausgezogen, und er konnte sich immer noch nicht überwinden, die Briefe von ihrem Anwalt zu beantworten. Scheiß Anwälte.

Er sah zu, wie der kleine Berg aus Kaffeeweißer sich auflöste, eine weiße Insel, die langsam in einem schwarzen See versank, und er beschleunigte ihren Untergang, indem er den Kaffee vorsichtig mit dem Zeigefinger umrührte. Das Gebräu war zu heiß für seinen Geschmack, und er musste sowieso auf Kovich warten. Brinkley hatte sich in die Kaffeeküche verzogen, um dem Lärm im Großraumbüro zu entgehen. Die Jungs, die nicht draußen auf Einsatz waren, palaverten schon wieder über ihre Wetten für den Super Bowl, und er brauchte Ruhe zum Nachdenken. Er betrachtete den schwarzen Strudel in seinem Becher, während er sich über einen ganz bestimmten Anwalt den Kopf zerbrach.

Jack Newlin.

Brinkley hasste Anwälte, aber aus irgendeinem Grund kam ihm Newlin nicht wie ein typischer Anwalt vor und noch weniger wie ein typischer Killer. Er hatte schon Psychopathen, Mafiaschergen und Schlägern gegenüber gesessen, die Leute mit derselben Leichtigkeit auspusteten wie sie niesten. Ihn überlief es jedes Mal kalt, wenn er ihre Geständnisse aufnahm, mit monotoner Stimme heruntergeleiert, aber voller Einzelheiten, bei denen ihm speiübel wurde. Erst letzte Woche hatte er sich von einem kleinen Stück Dreck schildern lassen müssen, wie er eine alte Frau mit einem Cutter zu Tode gefoltert hatte. Der Junge hatte furchtbar gelangweilt ausgesehen, als er berichtete, dass er sie posthum auch noch vergewaltigt hatte.

Brinkley rührte erneut mit dem Finger in seinem Kaffee und pustete gedankenverloren darauf.

Ebenso wenig passte Newlin in die Sparte der Gewalttäter. Der Detective dachte an die, die er verhaftet und in den Knast geschickt hatte: Sanchez, McGarroty, Wertelli. Alles Verlierertypen. Sie waren das Gegenteil der eiskalten Psychopathen; die Gefühle gingen mit ihnen durch, sie brannten vor Wut. Gewöhnlich hatten sie keine Jobs oder waren gerade mal wieder wegen Alkohol, Crack oder Kokain gefeuert worden. Und sie waren Wiederholungstäter.

Newlin gehörte nicht zu dieser Sorte. Er war erfolgreich in seinem Beruf, wusste seine Gefühle zu beherrschen und trank offenbar so wenig, dass zwei Whisky ihn »fuchsteufelswild« machen konnten. Brinkley hatte außerdem die Liste mit den Fällen durchgesehen, die von den örtlichen Krankenhäusern gemeldet worden waren und bei denen Verdacht auf häusliche Gewalt bestand. Newlins Frau war nicht dabei gewesen.

Andererseits sprach alles für Newlin als Täter. Der Mann hatte gestanden, und was machte es schon, wenn seine Geschichte nicht ganz stimmig war? Möglich, dass die Sache Newlin verwirrt hatte, so ein Mord konnte einen schon durcheinander bringen. Obendrein war der Typ Anwalt und daran gewöhnt, das Rechtssystem zu manipulieren. Das war sein Beruf, er war reich dabei geworden. Wahrscheinlich hatte er mit sich selbst gewettet, dass er seine Frau um die Ecke bringen und mit reiner Weste fröhlich weiterleben konnte. Deshalb hatte er am Ende doch noch seinen Anwalt angerufen. Glaubte wohl, seine Geschichte sei wirr genug, um einen Freispruch zu erwirken. Vielleicht dachte er auch, er könnte auspacken, einen vorteilhaften Handel abschließen und in null komma nichts wieder draußen sein.

Brinkley schüttelte den Kopf. Lange war er der Überzeugung gewesen, nur reiche Weiße könnten ungestraft mit einem Mord davonkommen, bis O. J. Simpson bewiesen hatte, dass das Gesetz auch für reiche Schwarze käuflich war. Welch ein Fortschritt. Er nippte an seinem Kaffee, als Kovich hereinkam.

»Na, kalt genug?«, fragte sein Kollege und marschierte geradewegs auf die Kaffeemaschine zu.

»Noch nicht.«

»Verstehe nicht, wie du deinen Kaffee lauwarm trinken kannst, wenn eine frische Kanne mit heißem vor deiner Nase steht.«

»Wo warst du? Ich warte hier schon die ganze Zeit auf dich.« Brinkley hielt seinen Becher auf Armeslänge von seinem sauberen Anzug weg, weil er die Tapsigkeit seines Partners kannte. »Ich will endlich zum Tatort.«

»Ich weiß, ich auch.« Kovich griff nach einem Styroporbecher und schenkte sich Kaffee ein. »Ich musste mal für kleine Jungs. Erschieß mich.«

»Du lügst. Du hast Wetten für den Super Bowl abgeschlossen.«

»Ich doch nicht. Glücksspiel ist in diesem Staat verboten.« Kovich trank seinen Kaffee.

»Beeil dich. Wir hätten schon längst vor Ort sein sollen. Wir haben das Pferd von hinten aufgezäumt, indem wir zuerst mit dem Ehemann gesprochen haben. Ich bin mir wie ein Vollidiot vorgekommen, als ich ihn nach dem Messer gefragt habe. Als würden wir im Dunkeln tappen.«

»Was hätten wir denn tun sollen? Wir hatten keine andere Wahl. Der Typ hat 911 angerufen und gestanden. Sie haben ihn am Tatort verhaftet, und wir mussten ihn sofort vernehmen. Der Lieutenant wollte Newlin nicht auf Eis legen. Wir haben ein Geständnis, das als Beweis vor Gericht zulässig ist. Verdammt, er hätte es sogar unterschrieben, wenn ...«

Kovich unterbrach sich, aber beide wussten, wie der Satz weitergehen sollte. *Wenn du es nicht vermasselt hättest, Mick.*

Brinkley ging nicht darauf ein. Es war richtig gewesen, Newlin zu befragen, und er war nicht der erste Verdächtige, der seine Meinung änderte, wenn es ans Unterschreiben des Geständnisses ging. Er wollte nicht darüber streiten. Kovich war seit fünf Jahren sein Partner, und sie hatten ein angenehmes, wenn auch distanziertes Verhältnis zueinander. Brinkley wollte es so. Er traf sich auch mal mit Kovich privat, wenn er um eine Einladung nicht herumkam, hatte aber seinen Kollegen noch nie gefragt, warum er ihn Mick nannte statt Reg. Oder warum er immer »Sorry, Cholly« sagte oder »Jawoll, Bill«.

»Lass mich das hier noch austrinken, dann fahren wir hin und holen uns, was wir brauchen.«

»Holen uns, was wir brauchen?«, echote Brinkley. »Das heißt also, du magst ihn?«

»Ich mag ihn nicht, ich *liebe* ihn.«

Das war Polizeijargon. Wenn die Detectives sagten, dass sie einen Verdächtigen »mochten«, verdächtigten sie ihn des Mordes. Wenn sie ihn »liebten«, stand seine Schuld für sie fest. Niemand außer Brinkley fand das zynisch.

»Weißt du was? Ich glaube, ich mag ihn nicht«, bemerkte Brinkley zu seiner eigenen Überraschung, worauf Kovich aufhörte, seinen Kaffee zu schlürfen.

»*Was?*«

»Ich mag ihn nicht. Zumindest jetzt noch nicht.«

»Herrje. Ich glaub's nicht. Sag, dass du mich verscheißerst, Mick.«

»Nein.«

»Von was redest du da? Das ist eine Ente!« Der Slangausdruck für einen leichten Fall. Die Lösung watschelte von selbst zur Tür herein.

»Du hast es gehört. Ich bin mir noch nicht sicher.«

»Ach, zum Teufel. Warum magst du ihn nicht?«

»Weiß nicht.«

»Mick …«

»Mir wird schon noch ein Grund einfallen.«

»Mick. Schätzchen. Baby. Wir haben ihn auf Band. Der Drecksack hat dir die ganze Geschichte erzählt, hübsch eins nach dem anderen. Er hatte ihr Blut an seinen verdammten Händen. Die Jungs von der Streife haben richtig daran getan, ihn gleich einzukassieren. Das Labor wird seine Abdrücke auf dem Messer finden.«

»Es ist sein Messer und sein Haus. Natürlich werden sie seine Abdrücke dort finden.«

»In Blut getaucht?«

»Außerdem will ich nichts mehr von dem Messer hören.« Brinkley hatte einen Anfall bekommen, als er erfuhr, dass die Spurensicherung das Messer schon eingetütet hatte. Er hatte es an seinem ursprünglichen Platz am Tatort sehen wollen, und Polaroids waren kein Ersatz.

»Das Labor ist dabei, die Fingerabdrücke zu vergleichen. Zehn zu eins, dass sie einen vollständigen, blutigen Abdruck finden und er von Newlin stammt.«

»Hast du noch mal dort angerufen? Schon irgendwelche Ergebnisse?«

»In einer Stunde. Sie wissen, dass es ein heißes Ding ist.« Solche Eile war hochkarätigen Mordfällen vorbehalten, und das zweite Dezernat hatte noch nicht viele Fälle erlebt, die hochkarätiger waren als dieser. »Sie haben schon die Staatsanwaltschaft verständigt, Mick. Wir werden Newlin gleich morgen anklagen können.«

»Nein.« Brinkley hatte befürchtet, dass es so ablaufen würde, dass diese Dummköpfe ihm den Fall aus der Hand nehmen würden. »Es ist noch zu früh. Der Fall ist mir übertragen worden, ich bin der Verantwortliche. Ich gebe hier die Befehle, nicht die, verdammt noch mal.«

»Hör mal, die Sache ist uns doch auf dem Silbertablett präsentiert worden. Newlin hat schon bei der Zentrale zugegeben, dass er seine Frau auf dem Gewissen hat. Von der Streife wissen wir, dass es keine Anzeichen für einen Raubüberfall gibt, alles ist an seinem Platz. Er hat sofort reinen Tisch gemacht bei uns und wollte sich die Sache von der Seele reden. Du hast es doch gehört. Er war nervös wie nur was. Noch nie habe ich ein so schuldbewusstes Gesicht gesehen, du etwa?«

Kovich sah zur Tür und senkte seine Stimme.

»Im Übrigen muss ich dir wohl nicht erst sagen, dass die da oben von uns verlangen, den Fall so schnell wie möglich abzuschließen. Das ist eine Riesensache. Klagen wir Newlin sofort an, stehen wir gut da, wenn die Zeitungen es bringen. Klagen wir ihn nicht an, sieht es so aus, als würde er eine Sonderbehandlung bekommen.«

»Wieso?«

»Er ist weiß, ist dir das nicht aufgefallen? Und ich dachte immer, du bist ein schlauer Bulle.« Kovich grinste, wurde aber gleich wieder ernst. »Ich versteh dich nicht, Partner. Du hasst doch die Anwälte.«

»Eben. Deswegen habe ich keine Lust, mich von einem reinlegen zu lassen.«

»Du denkst, er legt uns rein?«

Kovich sah betroffen aus. Er war nicht dumm, keiner von den Detectives war das. Man musste schon ziemlich gut sein, um es unter dem neuen Polizeipräsidenten zum Detective zu bringen. Es war, als stünde die gesamte Polizei seit seiner Ernennung unter Beobachtung.

»Schiebt sich selbst einen Mord in die Schuhe? Warum?«

»Ich weiß es nicht.« Brinkley dachte nach. »Um jemanden zu schützen.«

»Wen denn?«

»Vielleicht hat er eine Geliebte. Andererseits sieht er nicht so aus, als ob er fremdgehen würde.«

»Mick, ich bitte dich.« Kovich sah wieder zur Tür. »Alle außer dir und mir gehen fremd.«

»Geliebte oder nicht, irgendwas ist faul.« Brinkley stellte seinen noch vollen Becher ab. Er hatte keine Zeit zu warten, bis der Kaffee genug abgekühlt war. »Machen wir uns auf den Weg.«

»Vielleicht hat er einen Liebhaber?« Kovich warf seinen Styroporbecher in den Mülleimer, wobei die restliche Flüssigkeit herausschwappte. »Heutzutage ist alles möglich.«

»Zu viele Möglichkeiten. Wir wissen einfach nicht genug.«

Kovich warf seinem Partner einen spöttischen Blick zu, während er seine Krawatte festzurrte. »Weißt du, was dein Problem ist?«

»Ja. Aber du wirst es mir sicherlich trotzdem sagen.«

»Du musst alles kompliziert machen. Der Kaffee wird heiß gebrüht, aber du willst ihn kalt. Ein Mörder gesteht freiwillig, aber du musst das Ganze hinterfragen. Verstehst du, was ich meine?«

Brinkley ignorierte das. Genau so hatte Sheree auch immer geredet. »Komm jetzt. Ich brauche einen Partner, keinen Seelenklempner.«

7

Mary stieg in der zehnten Etage der Colonial Hill Towers aus dem Aufzug und betrat einen eleganten, schiefergrau gestrichenen Flur mit platinfarbenen Wandleuchten im Artdéco-Stil. Sie zog den Zettel mit der Nummer von Paige Newlins Eigentumswohnung aus ihrer Jackentasche und entzifferte ihn, wobei sie beinahe mit einem hochgewachsenen, jungen Mann in zerrissenen Jeans zusammenstieß, der es offenbar sehr eilig hatte. Sein schwarzer Rucksack schlug gegen ihre Schulter.

Mary entschuldigte sich automatisch, während der Junge wortlos an ihr vorbei zum Aufzug drängte. »Hat deine Mutter dir keine Manieren beigebracht?«, rief sie ihm nach, aber er blieb stumm und verschwand hinter der silbrigen Fahrstuhltür.

Sie sah auf ihren Zettel. Neben der Nummer des Apartments stand Paiges Telefonnummer. Sie hatte sich angemeldet, bevor sie hinaufgefahren war, weil es die Vorschriften des Sicherheitspersonals in der Eingangshalle so verlangten. Nun ging sie den Flur entlang, fand die richtige Tür und dachte schweren Herzens an die bevorstehende Aufgabe. Sie kam aus einer italienischen Familie, die eng zusammenhielt und eine zuverlässige Quelle des Trostes und der Geborgenheit darstellte, so anstrengend und entnervend sie manchmal auch sein mochte. Wie sollte sie einem jungen, allein lebenden Mädchen diese Hiobsbotschaft überbringen? Hör mal, dein Papa hat deine Mama umgebracht?

Mary klopfte zögerlich an die Tür. Sie hasste die langweiligen Seiten des Anwaltsberufs, aber noch mehr hasste sie es, wenn es aufwühlend und tragisch wurde. Sie brauchte einen Job, der sie emotional weniger in Anspruch nahm. Ärztin in der Notaufnahme vielleicht. Oder Krebsspezialistin für Kinder.

Paige Newlin, eingehüllt in einen blauen Chenillebademantel mit einem Muster aus übergroßen Kaffeetassen, kauerte schluchzend auf dem weißen Sofa. Den Kopf mit dem leuchtend roten Pferdeschwanz hatte sie in Marys Armen vergraben, und ihre knochigen Schultern bebten beim Weinen. Sie war sehr groß, aber dünn und feingliedrig und war sofort in Tränen ausgebrochen, als Mary ihr mitgeteilt hatte, dass ihre Mutter ermordet worden war.

»Ich kann es nicht fassen. Meine Mutter tot?«, heulte Paige.

Mary zog sie an sich, und das Mädchen brach in ihrer Umarmung zusammen, so dass beide in den daunenweichen Polstern des Sofas versanken. Sie konnte Paiges Kummer nachempfinden. Sie selbst hatte bereits den Verlust ihres Mannes verkraften müssen. Jetzt, zwei Jahre später, war sie gerade dabei, sich wieder aufzurichten, ihrem Beruf nachzugehen und ein halbwegs normales Leben zu führen, ohne ständig an ihn zu denken. Sie sah sich im Zimmer um, um ihre berufliche Distanz wiederzugewinnen.

Die ganze Wohnung war in einem warmen Cremeweiß gehalten, sogar der Couchtisch und das große Hi-Fi-Regal hinter dem Sofa bestanden aus weiß gebeiztem Holz. Das Regal war gut bestückt mit CDs und einer erstklassigen Stereoanlage. Bücher waren keine zu sehen, mit Ausnahme einiger dekorativ verteilter, glänzender Bildbände. Die gesamte Einrichtung ließ auf Mittel schließen, die die der meisten Teenager – und auch mancher Anwälte – bei weitem überstiegen. Mary stellte sich Paiges luxuriöses Singledasein vor und wusste sofort, dass sie nicht mit ihr tauschen wollte, trotz aller materiellen Vorteile.

»Ich sollte zu ihnen kommen … zum Abendessen«, stammelte Paige zwischen zwei Schluchzern. »Ich bin nicht hingegangen. Wäre ich doch nur gegangen …«

»So darfst du nicht denken. Es ist nicht deine Schuld. Du kannst nichts dafür.«

»Ich habe sie doch gestern noch gesehen … beim Shooting.«

»Was für ein Shooting?«

»Eine Fotosession in der Innenstadt, für die Zeitung. Meine Mutter hatte mich für das Kaufhaus Bonner gebucht, und dort war auch der Termin. Sie war auch dort.«

Eine Fotosession? Nicht gerade der Stoff, aus dem ein normales Teenagerleben bestand, soweit Mary sich erinnerte. Mit sechzehn hatte sie lateinische Verben konjugiert und den Bund ihres Schuluniformrocks umgeschlagen, um ihn kürzer zu machen. Sie war ins Büro der Mutter Oberin gerufen worden, wo man sie aufgefordert hatte, niederzuknien. Nicht um zu beten, sondern damit festgestellt werden konnte, ob ihr Rocksaum den Boden berührte.

»Wer tut so etwas? Wer?« Paige begann zu zittern, und Mary fühlte tiefes Mitleid mit ihr.

»Es kommt noch schlimmer, Paige. Ich muss dir etwas sehr Ernstes sagen.«

»Hm?« Paige sah auf, ihr Pferdeschwanz war zerzaust und ihre Augen vom Weinen geschwollen. Mary sah den Schmerz in ihrem makellosen Gesicht und die roten Flecken, die sich über dem V-Ausschnitt des Bademantels gebildet hatten. Sie bekam diese Flecken auch, wenn sie sich aufregte, und das Jucken unter ihrer Seidenbluse sagte ihr, dass es in diesem Moment wieder so weit war. Vergeblich versuchte sie, sich vorzustellen, wie sie selbst auf das reagieren würde, was sie Paige mitzuteilen hatte.

»Du solltest wissen, dass dein Vater wegen Mordes an deiner Mutter verhaftet worden ist. Er beabsichtigt, sich schuldig zu bekennen«, sagte Mary schlicht.

Paige schnappte nach Luft, ihr Mund formte ein entsetztes O.

»Was ... was haben Sie gesagt?«

»Dein Vater will sich schuldig bekennen, und wir werden ihn vor Gericht vertreten. Er konnte nicht selbst kommen und es dir sagen, weil er in Untersuchungshaft sitzt, aber er lässt dir ausrichten, dass er dich liebt.«

»Mein Vater? *Mein Vater?*« Paiges tränenglänzende Augen blickten wild umher. »Er hat gestanden? Er sitzt in Untersuchungshaft? Das ist unmöglich.«

»Es ist ein Schock, ich weiß.«

»Er hat es nicht getan. Er könnte so etwas nicht tun. Niemals.«

Paige schüttelte so heftig den Kopf, dass ihr Pferdeschwanz schlenkerte.

»Was hat er genau gesagt?«

»Er will sich schuldig bekennen, mehr darf ich dir nicht sagen.«

Marys Augen wurden feucht angesichts der Qual des Mädchens, und sie gab es auf, die kühle Professionelle zu spielen.

Italienerinnen hatten ein Recht auf ihre Gefühlsausbrüche.

»Das verstehe ich nicht.« Paige sackte wieder in sich zusammen, und Mary schlang einen Arm um ihre schmale, bebende Gestalt.

»Ich kann es dir leider nicht erklären. Aber wenn du möchtest, bringe ich dich zu deinem Vater, und du kannst ihm alle Fragen selbst stellen.«

»Mein Vater ist wirklich ... im Gefängnis?«

»Ja, im Roundhouse. Wahrscheinlich wird noch heute Nacht oder morgen früh Anklage gegen ihn erhoben. Die Zeitungen werden morgen voll davon sein, und er macht sich deswegen große Sorgen um dich.«

»Oh Gott, mein Vater.« Paiges Gesicht verschwand hinter ihren kindlichen Händen, und ihr Kopf schwankte auf einem

Hals, der so zart und schwach wirkte wie ein Grashalm. Sie weinte herzzerreißend. Mary schwor sich wieder einmal, den Beruf zu wechseln.

»Könnte ich bitte ein Glas Wasser haben?«, fragte Paige schließlich mit erstickter Stimme.

»Natürlich«, antwortete Mary, froh darüber, dass sie etwas Praktisches tun konnte. Sie durchquerte das Wohnzimmer zu der nebenan liegenden Küche. Als sie das Licht anknipste, erstrahlte vor ihr eine ultramoderne Einbauküche, die so perfekt ausgestattet und so sauber war wie in einem Musterhaus: Arbeitsflächen aus schwarzem Granit, eine polierte Edelstahlspüle und nirgends ein Krümel Essbares. Noch nie hatte Mary eine solche Küche gesehen, außer in Katalogen, und sie empfand eine spontane Abneigung gegen diese Umgebung. Sie öffnete den weißen Hängeschrank über der Spüle, in dem sich lauter passende Gläser befanden, und füllte eines mit Wasser. Neben der Spüle entdeckte sie ein kleines Foto in einem herzförmigen Silberrahmen, das sie neugierig in die Hand nahm.

Es war im Sommer aufgenommen und zeigte Paige, wie sie in abgeschnittenen Jeans und T-Shirt in die Kamera grinste. Hinter ihr stand ein junger Mann, der seine gebräunten, muskulösen Arme um sie geschlungen hatte. Paiges Hals und ihre langen Haare verdeckten sein Gesicht, er schien ihren Nacken zu küssen. Das musste der Freund sein, den Newlin erwähnt hatte.

»Bitte, mein Wasser«, ließ sich Paiges schwache Stimme vernehmen, und Mary schnappte Glas und Foto und eilte zurück ins Wohnzimmer. Sie reichte das Wasser dem erschöpften Mädchen, dessen Schluchzen allmählich in eine Art Schluckauf überging und dann ganz aufhörte.

»Ich habe dieses Foto von dir und deinem Freund gefunden. Möchtest du ihn nicht anrufen? Es würde dir vielleicht helfen, ihn um dich zu haben.«

»Was? Mein Freund?«

»Ist er das nicht? Dein Vater hat mir von ihm erzählt.« Mary hielt Paige das Foto hin.

»Ja, das ist er.«

»Wie heißt er? Er scheint nett zu sein.«

»Trevor. Trevor Olanski.«

Mary sah sich das Bild noch einmal an. »Komisch. Er erinnert mich an den Jungen, dem ich vorhin draußen im Flur begegnet bin.«

»Nein, das kann nicht sein.« Paige trank einen Schluck Wasser.

»Trevor war heute Abend nicht hier.«

»Nicht?« Mary blinzelte. »Ich könnte schwören, dass er vor dem Aufzug mit mir zusammengestoßen ist.«

»Trevor war heute Abend nicht bei mir.« Paige wischte sich die Augen. »Ich glaube ... ich würde jetzt gern zu meinem Vater gehen.« Sie strich eine Haarsträhne zurück, stand auf und zog den Bademantel um ihren mageren Körper zusammen. Gesicht und Brust waren mit flammend roten Flecken übersät, die ihre äußerliche Gefasstheit Lügen straften. »Ich ziehe mir nur schnell was an.«

»Klar«, nickte Mary, sah dem Mädchen nach, als es in seinen Frotteeslippern davonschlurfte, und ließ sich verwirrt in einen Sessel sinken.

Sie starrte auf das herzförmige Foto. Das Gesicht des Freundes war wirklich nicht zu erkennen. Warum glaubte sie dann so sicher, dass es sich um den Jungen aus dem Flur handelte? Sie fuhr mit der Fingerspitze über das Bild und blieb bei einem Riss in seinen Jeans hängen, der neben Paiges schlanker Hüfte zu sehen war. Der Riss verlief längs über seinen Oberschenkel.

Mary sah genauer hin. Heutzutage trugen viele zerrissene Jeans, manche kauften sie sogar extra so. Dann fiel es ihr ein. Der Junge im Flur hatte auch einen länglichen Riss in seiner Hose gehabt. Merkwürdig. Wenn Marys Jeans abgetragen waren, rissen sie immer quer auf, nicht längs. Dieser Schnitt musste also mit Absicht hineingemacht worden sein. Wie viele Kids schnitten ihre Jeans auf diese Weise ein? Manche vielleicht, aber nicht viele. Zudem hatten der Junge aus dem Flur und der auf dem Foto schätzungsweise die gleiche Größe und Statur.

Das gab ihr zu denken. Log Paige? War ihr Freund vorhin doch bei ihr gewesen? Nein, bestimmt nicht. Warum sollte sie lügen? Na gut, vielleicht war es etwas Persönliches. Vielleicht hatte Paige sie angelogen, weil Mary nicht wissen sollte, dass sie Besuch von Jungs bekam. Mit sechzehn war sie dafür auch noch viel zu jung, und Mary kannte dreiunddreißig Nonnen, die das sofort durch eine eidesstattliche Erklärung bestätigen würden. In dieser Hinsicht war sie ausnahmsweise mal mit ihrer Kirche einer Meinung. Plötzlich ging eine Tür in der Wohnung auf, und Paige erschien in einfacher Freizeitkleidung. Mary stellte das Foto ab, konnte aber die Nonnen nicht ganz aus ihren Gedanken verbannen.

8

Brinkley stieg aus dem Chrysler und ließ seinen Blick über die nächtliche Szene im Nieselregen wandern. Streifenwagen, Übertragungswagen des Fernsehens und die schwarzen Fahrzeuge von der Gerichtsmedizin verstopften die schmale Straße mit den Millionen Dollar teuren Stadtvillen im Kolonialstil, von denen viele die eiserne Tafel des Denkmalschutzamtes trugen. Polizisten standen um die Streifenwagen herum, ihr Atem bildete Dampfwölkchen in der Kälte. Das gelbe Absperrband wurde unter dem Andrang der Medienleute zum Zerreißen gedehnt, wie Brinkley mit Unmut registrierte.

Er wusste, worauf sie scharf waren: die Leichensack-Aufnahme. Sie wollten ein Foto von der Leiche, wie sie in einem schwarzen Plastiksack auf einer Tragbahre aus dem Haus und in den bereitstehenden Leichenwagen transportiert wurde. Dieses Bild bedeutete höhere Einschaltquoten und Auflagen. Der extrastarke Reißverschluss des Leichensacks würde zwar wie immer fest geschlossen sein, doch diese Diskretion regte nur die schmutzige Fantasie des Publikums an.

Brinkley knallte die Wagentür zu, und Kovich tat es ihm nach. Die Detectives wechselten einen Blick über das regennasse Autodach, weil sie den gleichen Gedanken hatten. Wenn diese Idioten wüssten, wie ein Mord wirklich aussah, würden sie dem Leichensack nicht mit freudiger Erwartung entgegensehen, als handelte es sich um einen Geburtstagskuchen. Ihnen würde wie Brinkley übel werden, eine Übelkeit, die sich jedes Mal einstellte, wenn er den an neue Autos erinnernden Geruch des schwarzen Kunststoffmaterials einatmete.

Er biss die Zähne zusammen, als er die Schaulustigen beiseite drängte, zeigte dem uniformierten Polizisten an der Tür überflüssigerweise seine Marke und betrat das Haus der Newlins.

Kovich trug sie beide in die Anwesenheitsliste ein und ließ sich Zeit dabei, weil er das Protokoll schreiben musste und verantwortlich dafür war, dass jede Einzelheit festgehalten wurde. Brinkley hatte den Fall zugeteilt bekommen und würde die Ermittlungen leiten. Er ging mit schnellen Schritten in den Hausflur und fand sich unversehens im Auge eines Spurensicherungs-Hurrikans wieder. Experten wirbelten um ihn herum, staubten Telefon und Möbel zur Abnahme von Fingerabdrücken ein, steckten routinemäßig Gegenstände von einem Beistelltisch in durchsichtige Beweismitteltüten und saugten den wertvollen Orientteppich nach Haaren und Stofffasern ab. Hinter dem Eingangsbereich zuckten die Blitzlichter der Fotografen.

Brinkley nahm sein Notizbuch und folgte den Blitzen ins Wohnzimmer. Dabei musste er wieder an den Rat eines erfahrenen Kollegen denken: *Ein guter Cop muss ein Hirn wie eine Toilette haben. Wenn du an den Tatort kommst, vergiss all deine Vermutungen und vorgefassten Meinungen. Drück einfach die Toilettenspülung.*

Etwas derb, aber anschaulich, und Brinkley hatte seitdem keinen Tatort mehr betreten, ohne eine Toilettenspülung in seinem Kopf zu hören. Ein sinnvolles Hilfsmittel, vor allem in diesem Fall, in dem der Ehemann verhaftet worden war und gestanden hatte, bevor der verantwortliche Detective überhaupt einen Blick auf den Ort des Geschehens werfen konnte.

Brinkley ließ den Raum auf sich wirken. Er war für städtische Verhältnisse ziemlich groß und hatte zwei Kamine an gegenüberliegenden Wänden. Verschnörkelter Stuck zierte die hohe weiße Decke. Wie in einem Museum. Er notierte sich, was er sah, und fertigte dann eine gewissenhafte Skizze an. Zwar würden die Experten von der Spurensicherung maßstabsgetreue Zeichnungen des Raums erstellen, aber er hatte gern zusätzlich etwas Eigenes in der Hand.

Er skizzierte das graue Sofa und die zwei dazu passenden Sessel vor dem gläsernen Couchtisch, der nun allerdings von Fingerabdruckspulver geschwärzt war. Noch etwas anderes fiel Brinkley auf. Er kniff die Augen zusammen und ging mit gezücktem Bleistift darauf zu. Mitten auf der Glasplatte, halb verborgen von einem Kristallaschenbecher, der einen einzigen Zigarettenstummel mit rosa Lippenstift daran enthielt, lag ein kleiner Haufen aus schwarzem Dreck. Möglicherweise hatten ihn die Spurensicherungsleute wegen des Aschenbechers nicht bemerkt, oder sie waren noch gar nicht fertig mit dem Tisch. Jedenfalls war der Dreck zu dunkel für Zigarettenasche.

Brinkley schätzte die Entfernung von der Sofalehne bis zu dem Dreckhäufchen ab, dann setzte er sich und streckte ein Bein aus. Der Absatz seines Schuhs, an dem nasser Straßenschmutz hing, schwebte über den Dreckspuren auf dem Tisch. Sobald der Schmutz antrocknete, würde er genau auf diese Stelle bröseln.

Jemand hatte vor kurzem seine Füße auf den Couchtisch gelegt, jemand, der zwischen einem Meter achtzig und einem Meter fünfundachtzig groß war. Brinkley stand auf, schnappte sich einen vorbeikommenden Spurensicherungsmann und wies ihn an, die Dreckspuren zu fotografieren, sie einzutüten und das Sofa abzusaugen.

»Ziemlicher Palast hier, was? Riecht alles nach Geld«, sagte Kovich und trat neben ihn.

»Hm?« Brinkley blieb in der Nähe, während der Techniker Polaroidfotos von dem Dreckhäufchen auf dem Tisch machte. Er wollte keinen Pfusch bei dieser Arbeit. Deshalb hatte er die Spuren auch nicht selbst eingesammelt. »Werd bloß nicht neidisch. Du hast doch auch Geld.«

»Aber nicht so viel.« Kovich gestikulierte mit dem dünnen Block in seiner Hand. »All diese Bilder, Möbel, das Kristallzeugs. Das dort sind frische Blumen in der Vase. Echte Rosen, ich hab daran gerochen. Die haben richtig Schotter hier.«

»Wenn du richtig Schotter haben willst, kannst du ihn auch bekommen. Das Geld dieser Leute nimmt dir nichts weg. Hat überhaupt nichts mit dir zu tun.«

»Schon gut, Mick.« Kovich gab kopfschüttelnd nach. »Ich habe uns eingetragen. Der Staatsanwalt ist auch schon hier.«

»Mist. Wer hat den Fall bekommen?«

»Dreimal darfst du raten. Davis.«

»Der Wunderknabe. Und wir treffen als Letzte bei dieser Party ein.« Brinkley sah zu, wie der Beamte den Schmutz in eine Beweismitteltüte kratzte.

»Was ist das in der Tüte?«

»Dreck vom Tisch.«

»Gute Arbeit, Kollege. In einem so feinen Haus ist Dreck auf dem Tisch natürlich ein Verbrechen«, lachte Kovich.

»Blödmann«, sagte Brinkley, musste aber gegen seinen Willen grinsen, während er die Skizze von den Möbeln zu Ende brachte.

Er zeichnete den Couchtisch, um seine Füße-auf-dem-Tisch-Theorie zu stützen, und bemerkte dabei, dass die Oberfläche glänzte, wo kein Pulver hingelangt war. Wann war der Tisch zuletzt poliert worden? Er machte sich eine Notiz, wobei ihm noch etwas auffiel. Es standen keine Fotorahmen darauf. Er sah sich um. Kein einziges Foto im ganzen Zimmer. Noch nicht einmal von der Tochter, dem Model?

»Kovich, du hast doch Kinder.«

»Soweit ich mich erinnere.«

»Hast du Bilder von ihnen im Wohnzimmer?«

»Klar. Katie stellt sie überall auf. Die meisten sind aus der Schule.«

»In diesem Wohnzimmer sind keine Fotos.«

»Na und?«

»Ich bin wirklich froh, dass du hier bist, Kovich. Du bestärkst meinen Glauben an die Arbeit der Polizei.« Brinkley beendete die Zeichnung, und Kovich spähte über seine Schulter.

»Das ist hübscher als meine Notizen, Mick. Ich glaube, du bist ein Künstler.«

»Verpiss dich«, sagte Brinkley gutmütig und marschierte ins Esszimmer. Er hatte schon gehört, dass die Leiche sich dort befand, wäre aber auch von selbst darauf gekommen. Der Raum war bereits von einem durchdringenden Geruch erfüllt. Nicht nach Verwesung, dazu war es noch viel zu früh, sondern nach Blut. Frisches Blut hatte ein süßliches Aroma, bevor es gerann und streng roch. Er achtete nicht weiter darauf, sondern sah sich um und begann zu zeichnen.

Noch ein großes Zimmer, noch ein steingemauerter Kamin, und in der Mitte ein edler Mahagonitisch mit acht hochlehnigen Stühlen. Zwei Plätze waren gedeckt: Hausherr und Hausherrin. Zwei Champagnerflöten neben weißen Tellern. Appetizer auf einer Designerplatte. Sonst nichts. Keine Bücher, keine Fotos, kein Krimskrams. Kein Stapel mit Post und

Rechnungen, keine Zeitungen. Nichts, das Brinkley etwas hätte sagen können. Andererseits sagte ihm auch dieses Nichts etwas. Es gab kein Leben in diesem Haus – schon bevor sich ein gewaltsamer Tod in ihm ereignet hatte.

»Mick, wir sollten weitermachen«, sagte Kovich, der eine weitere Seite mit Notizen vollgekritzelt hatte. »Der Gerichtsmediziner und Davis sind beim Kadaver.«

»Lass mir noch eine Minute Zeit.«

Brinkley überhörte den kaltschnäuzigen Polizeiausdruck. Er wollte mit der Leiche bewusst bis zum Schluss warten. Sorgfältig skizzierte er die Umgebung: den ost-westlich ausgerichteten Tisch, die hohe, makellos weiße Decke. Die Wände waren mit einem dünnen, rosafarbenen Stoff bespannt, der glänzte und wellenartig gemustert war. Er hatte einen bestimmten Namen, Sheree würde ihn bestimmt kennen. Brinkley nahm sich vor, sie danach zu fragen, ehe ihm wieder einfiel, dass sie nicht mehr mit ihm zusammenlebte.

»Mick, bist du fertig?«, drängte Kovich.

Brinkley nickte und machte ein paar Schritte, konnte aber die Leiche immer noch nicht sehen, weil der Staatsanwalt und der Pathologe ihm die Sicht versperrten. Weitere Spurensicherungsexperten schwirrten um den Kreideumriss der Leiche auf dem Boden herum, vermaßen, fotografierten und saugten eine Brücke ab. Brinkley machte auf sich aufmerksam, indem er einfach hoch aufragend und schweigend dastand. Die Spurensicherungsleute verzogen sich, der Staatsanwalt stand auf, und der Gerichtsmediziner schloss seine Tasche und erhob sich ebenfalls.

Davis schüttelte Brinkleys Hand über die Leiche hinweg.

»Na, Reg, macht die Arbeit Spaß?«

»Aber immer, Dwight.«

Der Staatsanwalt hatte seine Krawatte gelockert und ein gelber Anwaltsblock ruhte in seiner Armbeuge wie ein Neugeborenes. »Wie ich höre, haben Sie schon Erstklassiges bei dem geständigen Ehemann geleistet.«

Brinkley wusste nicht, ob das sarkastisch gemeint war. »Er hat sein Geständnis nicht unterschrieben.«

»Ich meine es ernst, ihr Jungs habt eure Arbeit wieder mal großartig gemacht. Ich brauche keine Unterschrift. Er hat gestanden, und wir haben das Video, mehr ist nicht nötig. Ich brauche nicht noch einen Dokumentarfilm über seine Tat.« Davis nickte beiden Detectives zu. »Wollen Sie mir kurz berichten, was der Gatte gesagt hat?«

Brinkley schwieg beharrlich, so dass Kovich mit einer genauen Wiedergabe der Vernehmung begann. Davis machte sich Notizen und nickte die ganze Zeit, wobei er immer zufriedener dreinsah, und Brinkley dachte bei sich, dass er noch nie einen so verdammt glücklichen Staatsanwalt gesehen hatte. Kovich brachte seine Geschichte zu Ende, und Davis klappte den Block zu. »Klingt gut, meine Herren«, lobte er. »Reichlich Material, mit dem ich arbeiten kann.«

»Dann lasst uns jetzt mal hier fertig werden, ja?«

Der Pathologe, Aaron Hamburg, drehte sich um und blinzelte durch seine zweigeteilte Brille. Hamburg war einer der besseren Gerichtsmediziner, ein verschrumpelter, glatzköpfiger Mann nicht weit entfernt vom Rentenalter. Brinkley kam gut mit ihm aus, doch an diesem Abend wirkte er müde und erschöpft und wollte offenbar bald Feierabend machen. Die Detectives sollten die Leiche untersuchen, damit er sie etikettieren, in den Leichensack stecken und einen blutlosen, Y-förmigen Autopsieschnitt in ihre Brust ritzen konnte.

»Tut mir Leid, dass ich so spät dran bin, Aaron«, sagte Brinkley und meinte es aufrichig.

»Schon gut. Ist heute einfach nicht mein Tag.« Hamburg war einen Kopf kleiner als Brinkley und trug einen zerknitterten grauen Anzug, eine dunkle Krawatte und ein blaues Gebetskäppchen, das schief an einer unnachgiebigen Haarklemme hing. »Ich weiß, dass du zuerst mit dem Ehemann reden musstest. Das Eisen schmieden, solange es heiß ist, stimmt's?«

Kovich nickte bestätigend, während Brinkley auf den Kreideumriss um die Leiche deutete. Er hasste es, wenn irgendein Trampel die Fundstelle markierte. Dabei konnten wichtige Spuren verfälscht oder zerstört werden. »Wer hat sie markiert?«

»Dodgett«, schnaubte Hamburg. »Er macht das immer. Gibt ihm das Gefühl, ein echter Cop zu sein.«

Brinkley fand das nicht komisch. »Wenn ich diesen Schwachkopf das nächste Mal sehe, werde ich ihm sagen, wohin er sich seine Kreide stecken kann. Also, was hast du gefunden, Aaron?«

»Du hast Glück, endlich mal eine eindeutige Sache. Ich sage dir jetzt, was ich Davis gesagt habe. Die noch inoffizielle Todesursache sind mehrfache Stichverletzungen. Wenn ich die Leiche sauber gemacht habe, weiß ich Genaueres, aber es sieht nach fünf Stichen aus. Der tödliche hat die Lungenarterie durchtrennt. Der Temperatur und der Gesichtsverfärbung nach zu urteilen ist der Tod zwischen achtzehn Uhr dreißig und zwanzig Uhr dreißig eingetreten. Ganz klarer Fall.«

»Ist dir etwas Ungewöhnliches aufgefallen, Aaron?«, fragte Brinkley, worauf Davis ihn stirnrunzelnd ansah.

»Warum fragen Sie, Brinkley? Gibt es irgendwelche Unklarheiten?« Davis sah besorgt aus. »Erzählen Sie's mir.«

Brinkley seufzte innerlich. Er sprach nicht gern über seine Zweifel. Im Grunde sprach er mit niemandem gern, außer mit Kovich, und manchmal sprach er noch nicht mal gern mit dem. »Ich bin mir nicht ganz sicher in Bezug auf Newlin, das ist alles.«

»Warum nicht?« Davis legte den Kopf schräg. Hinter ihm schlossen die Spurensicherungsleute ihre Arbeit ab. Die Party neigte sich dem Ende zu. »Er hat gestanden, oder? Gleich am Tatort und dann noch einmal bei Ihnen, richtig?«

»Ein Geständnis ist nicht automatisch die Lösung.«

»Seit wann das denn nicht? Wie heißt es immer so schön in den Prüfungstests: ›Erläutern Sie Ihre Antwort‹.«

Davis grinste, und Kovich musste lachen.

»Wie ich das immer gehasst habe«, scherzte er mit. »Erläutern Sie Ihre Antwort. Vergleichen Sie und arbeiten Sie die Unterschiede heraus. Ich habe diesen Scheiß verflucht.«

Davis grinste immer noch. »Beschreiben Sie den Sachverhalt. Führen Sie Ihre Begründung aus.«

Brinkley ignorierte das Geplänkel. Er konnte nie über eine Leiche hinwegsehen und machte deshalb keine Witze am Tatort.

»Es ist einfach noch zu früh, um etwas Endgültiges zu sagen. Seine Geschichte schien mir nicht ganz stimmig.«

»Warum?«

»Ich glaube ihm eben nicht.« Brinkley hasste es, ausgequetscht zu werden. »Ich habe den Verdacht, dass Newlin lügt.«

»Tatsächlich?« Davis verschränkte seine Arme samt Anwaltsblock vor der Brust. »Warum sollte der gute Mann lügen?«

»Ich weiß nicht, es ist nur so ein Gefühl. Er machte den Eindruck, als würde er lügen. Möglicherweise deckt er jemanden, nur weiß ich nicht, wen.«

»Haben Sie einen Beweis dafür? Irgendwelche Anhaltspunkte?«

»Nein, aber wie gesagt, es ist noch zu früh.« Brinkley merkte, dass Kovich auf seine Füße sah. Er war ein zu loyaler Partner, um über ihn zu lachen.

Hamburg kniff skeptisch die Augen zusammen. »Ich bin ja nur der Leichendoktor, Jungs, aber ich kann hier nichts Zweifelhaftes erkennen. Sie hat Stichwunden, die meisten Blutungen sind innerlich. Ein paar Wunden an den Fingern, Kampfspuren. Vermutlich hat sie versucht, das Messer zu packen, aber sie kann sich nicht sehr stark gewehrt haben. Sie war sturzbetrunken. Man riecht es noch durch die Poren.« Hamburg verzog das Gesicht. Als religiöser Mensch missbilligte er so etwas.

»Ich werde es erst im Autopsiesaal sicher wissen, aber ich

glaube, ihr habt kein Glück, Jungs. Manchmal sind die Dinge so einfach, wie sie scheinen.«

»Und manchmal scheint es nur so«, sagte Brinkley, aber Davis versetzte ihm mit seinem Block einen Klaps auf den Arm.

»Kopf hoch, Mann. Sie haben den Fall im Griff. Ich sage, er ist eine Ente, aber ich habe Ihren Einwand registriert. Wenn Sie etwas Konkretes haben, lassen Sie es mich wissen. Zur Sicherheit werde ich mir erst einmal das Videoband ansehen. Ich schicke Ihnen noch heute Nacht jemanden, der eine Kopie abholen soll.«

Davis sprach von dem Video, als handelte es sich um den neuesten Hollywood-Reißer, fand Brinkley. Anwälte! »Ich werde sehen, was ich tun kann.«

»Lassen Sie sich nicht allzu lange Zeit, mein Freund. Der Ehemann wird morgen wegen Mordes angeklagt, und Sie wissen, was darauf steht.«

»Gleich die Todesstrafe? Warum das?« Es ging Brinkley auf die Nerven, dass der Staatsanwalt in fast jedem Fall die Todesstrafe forderte. Das war vollkommen unverhältnismäßig, aber im gegenwärtigen politischen Klima fand es die Zustimmung der Öffentlichkeit. Den Detectives gefiel dieses Vorgehen nicht; schließlich kannte das Gesetz nicht umsonst Abstufungen bei der Schwere der Tat und sah unterschiedliche Strafmaße vor. »Nach Newlins Aussage haben wir es noch nicht einmal mit Vorsätzlichkeit zu tun.«

»Brutaler Mord. Viele Stichwunden. Hinweis auf Folterung.«

»Er hat sie doch nicht *gefoltert*«, widersprach Brinkley.

»Die Zahl der Stichwunden ist entscheidend, das wissen Sie. Warum sollte Newlin mit einer leichteren Anklage davonkommen als jeder Durchschnittsbürger?«

Brinkley antwortete nicht. Alle wussten, dass der Durchschnittsbürger in der Todeszelle schwarz war.

»Warum nehmen Sie dieses Schwein in Schutz, Brinkley? Einen kaltblütigen Mörder, der seine eigene Frau umgebracht hat? Er ist mit einem Fleischermesser auf eine hilflose Frau losgegangen, die zu betrunken war, um sich zu wehren.«

»Ich nehme ihn nicht in Schutz«, entgegnete Brinkley. »Ich halte ihn für einen Lügner.«

Hamburg gähnte. »Diese Diskussion überlasse ich jetzt euch Experten. Ich gehe nach Hause ins Bett.«

Er nahm seine Tasche und trottete davon, einen Assistenten im Schlepptau. Davis folgte ihm, nachdem er sich verabschiedet hatte, und Brinkley sah ihn nicht ungern ziehen.

»Beeilt euch, Leute! Und dann raus mit euch«, sagte er brüsk, worauf sich die restlichen Spurensicherungsexperten zerstreuten. Eine Frau warf ihm einen empörten Blick zu, und Kovich bemerkte das.

»Was mein Partner meint, ist: Danke für eure großartige Arbeit. Gute Nacht, schönen Heimweg und morgen sehen wir uns wieder in alter Frische.«

Zu Kovichs Freude lachte die Frau, doch Brinkley dachte nicht daran, sich zu entschuldigen. Er kniete sich mit einem Bein neben die sterbliche Hülle von Honor Newlin. Sie lag auf dem Rücken, ihr schräg geneigter Kopf von der blöden Kreide umrahmt, doch ihre feinen Züge waren auch im Tod noch schön. Ihr dunkelblondes Haar bildete ein weiches Kopfkissen, die Arme hatte sie hochgerissen, so dass man die Handflächen sah, die mit Schnittwunden übersät waren. Das Blut von den Schnitten war über ihre Finger gelaufen und hatte sich in den Handflächen gesammelt, so dass es aussah, als würde sie im Tod ihr eigenes Blut auffangen.

Brinkley untersuchte die Häufung von klaffenden Wunden unter der weißen Seidenbluse. Hamburg hatte gesagt, die meisten Blutungen seien innerlich, und er konnte sich nun mit eigenen Augen davon überzeugen. Er zog seinen Stift aus der Tasche, beugte sich vor und drückte damit eine der Wunden seitlich auseinander, ohne auf den Gestank aus Blut, Zigaretten und Alkohol zu achten, der von der Leiche ausging. Die Tiefe der Stiche betrug seiner Schätzung nach zehn bis fünfzehn Zentimeter, und sie waren in einem schiefen Winkel von oben nach unten ausgeführt worden. Das sagte ihm, dass der Täter stark war, aber nicht ungewöhnlich stark, und größer als Mrs Newlin. Zwischen eins achtzig und eins fünfundachtzig? Er dachte an die Schmutzspuren auf dem Couchtisch. Würde Newlin seine Füße auf den Tisch legen? Vielleicht, nachdem er ein paar Drinks intus hatte, aber bestimmt nicht während eines Streits mit seiner Frau.

»Meine Güte, kannst du diesen Typ verstehen?«, sagte Kovich von der anderen Seite der Leiche her. »Schönes Haus, schöne Frau, massenhaft Geld. Und er hat nichts Besseres zu tun, als sie umzubringen.«

Brinkley hörte nicht auf ihn, sondern widmete sich weiter der Toten, die keine anderen Verletzungen zeigte. Er schätzte ihr Gewicht auf gut 60 Kilo bei einer Größe von knapp einssiebzig. Außer der Seidenbluse trug sie eine schwarze Stretchhose, die ihre schlanken Beine betonte und kurz über den Knöcheln endete. Ihre Schienbeine verjüngten sich zu schmalen Fesseln und Füßen, an denen pinkfarbene Schuhe saßen. Er musste zweimal auf diese Schuhe sehen. Sie waren hinten offen, hatten einen flachen Absatz und vorne ein schmales, elastisches Riemchen, das allerdings beim rechten Schuh gerissen war.

»Der eine Schuh ist kaputt«, bemerkte er und begann zu skizzieren.

Kovich nickte. »Ist wahrscheinlich gerissen, als sie nach hinten gefallen ist.«

»Komisch, dass er nicht einfach abgefallen ist. Er ist hinten offen. Alberne Schuhe.«

»Aber sexy. Machen mich richtig an. Weißt du, welche ich auch richtig geil finde? Diese Sandaletten mit den dicken Sohlen – wie heißen die noch? Plateausohlen, genau. Die sie immer in Pornofilmen tragen. Ich mag die weißen mit den hohen Absätzen. Oder die roten. Die roten sind richtig scharf.«

»Du bist wirklich ein anspruchsvoller Typ, Kovich.«

»Ich habe einen ganz einfachen Geschmack.« Kovich kniete nieder und stützte sich mit einer Hand ab. Sein Hintern ragte in die Höhe und seine Kartoffelnase berührte fast den Boden, so dass er einem großen Hund beim Spielen ähnelte. »Gleich kannst du dich bei mir bedanken, Mick.«

»Wieso?«

»Guck mal.« Kovich zeigte auf einer Stelle hinter der Leiche, auf Brinkleys Seite. Etwas Winziges, Goldenes schimmerte im Weg des Staubsaugers eines Spurensicherungsmannes. Es hatte sich in der dicken Wolle der gemusterten Brücke verfangen, weshalb Brinkley es aus seiner Position nicht sehen konnte. Kovich bedeutete dem Techniker mit dem Staubsauger, sich zu entfernen, und beide Detectives beugten sich dicht über den Gegenstand.

»Komisches kleines Ding«, sagte Brinkley. Golden funkelnd saß es in einem der Paisley-Augen des Perserteppichs. Es sah aus wie ein winziges Schmuckstück. Brinkley betrachtete es forschend, wollte es aber nicht anfassen, bevor es fotografiert worden war.

»Was ist das?«

»Ein Ohrringstecker. Meine Tochter Kelley verliert sie auch dauernd.«

»Was ist ein Ohrringstecker?«

»Der Verschluss, mit dem Ohrringe hinter dem Ohrläppchen befestigt werden. Trägt Sheree so etwas nicht?«

»Nein«, antwortete Brinkley kurz angebunden. Eines Tages würde er Kovich erzählen, dass er und Sheree sich getrennt hatten. Doch jetzt blickte er gleichzeitig mit seinem Kollegen auf Honor Newlins Kopf. Sie hatte noch beide Ohrringe an, eine einzelne, große Perle an jedem Ohrläppchen. Er beugte sich tiefer und spähte hinter das linke Ohr. Der Stecker war noch dran. »Der hier ist noch da. Sieh auf der anderen Seite nach.«

Kovich beugte seinen Kopf wie ein Automechaniker unter ein Fahrgestell. »Der hier auch.«

»Also ist es nicht ihr Stecker.«

»Falsch.« Kovich richtete sich auf. Die Leiche lag zwischen ihnen wie eine Grenzlinie. »Es könnte ihrer sein, nur eben nicht von diesen Ohrringen.«

»Stimmt.«

»Siehst du, du bist nicht der einzige Schnüffler in diesem Raum.«

Brinkley lachte und stand auf. Ein letztes Mal ließ er die Augen prüfend über die Leiche wandern. Es wurmte ihn, dass die Leute von der Spurensicherung das Messer schon eingepackt hatten. Konnten sie die Tatwaffe nicht ein Mal an Ort und Stelle lassen? Nein, sie mussten sie sofort ins Labor bringen. Das war das Problem bei diesen gottverdammten eiligen Jobs. Alle rannten herum wie aufgescheuchte Hühner und veranstalteten ein einziges Chaos. Bei wichtigen Fällen sollte man besonders langsam vorgehen, nicht besonders schnell. Frustriert sah er sich um.

Am anderen Ende des Esszimmertischs waren die beiden gedeckten Plätze nach wie vor unberührt. Das Geschirr bestand aus feinstem, weißem Porzellan mit einem schmalen, schwarzen Rand, und vor jedem Teller standen Weinkelche und Wassergläser aus geschliffenem Kristall. Brinkley winkte eine Technikerin mit einer Fingerabdruck-Ausrüstung herbei. »Hier sollte irgendwo ein Scotchglas sein. Nein, zwei.«

»Da waren auch zwei, Detective. Sie sind schon eingetütet worden. Rick dort« – sie zeigte auf einen rothaarigen jungen Mann – »hat Polaroids gemacht.«

»Na toll.« Brinkley hätte am liebsten laut geschrien. Er marschierte auf den Rothaarigen zu, ließ sich die Fotos geben und studierte sie nacheinander. Aufnahmen von der Toten, aus jedem grausigen Blickwinkel. Wo waren die Gläser?

Da. Ein Whiskyglas lag auf der Seite neben der Leiche, der herausgeflossene Inhalt sah aus wie eine dunkle Schlange. Drei verschiedene Ansichten. Ein weiteres Foto von einem gleichen Whiskyglas, zerbrochen auf dem Parkettboden.

Fünf Aufnahmen davon. Brinkley sah automatisch auf den Boden. Er war sauber gefegt.

»Verdammter Mist!«, explodierte er schließlich.

»Was ist los?«, fragte Kovich und trat zu ihm.

»Sie haben das zerbrochene Glas eingesammelt! Ich wollte sehen, wohin es gefallen war!«

»Du hast doch die Fotos, und sie werden alles untersuchen. Du weißt das. Wir bekommen sicher bald den Bericht.«

»Hätten sie nicht warten können?« Brinkley blätterte wutschnaubend durch die Polaroids. Sie waren unscharf und sagten ihm nichts. »Wir werden wichtige Details übersehen, verdammt!«

»Es gibt nichts zu übersehen, Mick.« Kovich breitete seine fleischigen Arme aus, als gehörte ihm das Esszimmer. »Wir haben den Täter. Was gibt es da zu übersehen?«

»Wann hat Newlin sein Geständnis ausgespuckt?«

»Wen kümmert's?«

»Mich! Verbrecher gestehen nicht gleich nach der Tat.«

»Reg dich ab, Bruder. Okay, wir haben es hier nicht mit einem durchschnittlichen Verbrecher zu tun, das würde ich auch sagen. Da gebe ich dir Recht. Aber jetzt hör auf rumzunerven. Ich sag dir, wie es meiner bescheidenen Ansicht nach war.«

Kovich schob ungeduldig seine Pilotenbrille nach oben.

»Wir haben hier einen anständigen Bürger vor uns, einen *reichen* anständigen Bürger, der durchgedreht ist. Einen Anwalt, der keine andere Möglichkeit sah. Er ist kein Krimineller, also stellt er sich. Beziehungsweise er stellt sich, als er merkt, dass er keine Chance hat, wie er selbst sagt. Er ist nicht von der Rolle, weil er es getan hat, sondern weil er in den Knast wandern wird. Wie du schon so richtig bemerkt hast, er ist eben Anwalt.«

Brinkley dachte darüber nach. »Du hältst ihn also auch nicht für den Typ, der einen Mord begeht.«

»Er ist nicht unser typischer Mörder, das stimmt.« Kovich

trat näher heran. »Aber wie typisch er ist, ist scheißegal, Mick, das weißt du genau. Newlin hat es getan, so viel steht fest. Bloß weil es ihm hinterher Leid tut oder er Angst bekommt oder ihm schlecht wird, heißt das nicht, dass er unschuldig ist. Mag sein, dass er zum ersten Mal in seinem Leben das Gesetz gebrochen hat, dass er noch nicht mal eine Ampel bei Rot überquert hat, bevor er seine Frau erstach. Ich mag ihn, Mick, wirklich. Er ist unser Mann, und alles hier spricht dafür.«

Brinkley betrachtete wortlos den Tatort. Er musste einräumen, dass Kovich möglicherweise Recht hatte. Es passte alles zusammen. Der für zwei Personen gedeckte Tisch. Die Scotchgläser. Die unberührte Vorspeisenplatte. *Kaltes Filet Mignon, ihr Lieblingsfleisch.* Das Fleisch war außen kohlschwarz und innen zartrosa und saftig. Man hatte es kalt aufgeschnitten serviert, zusammen mit einem grobkörnigen Senf und goldbraun glänzenden Brötchen.

Kovich folgte dem Blick seines Partners. »Herrje, so einen Braten hab ich schon seit einem Jahr nicht mehr gegessen, nicht mehr seit Billys Ruhestandsparty. Weißt du noch, wie wir mit ihm in die Stadt gefahren sind, ins ›Palm‹? Köstlich, ich liebe dieses Restaurant.«

»Nein.« Brinkley starrte auf die Servierplatte. Neben dem Senf befand sich ein großer Klecks einer weichen, klumpigen Pampe von hellbrauner Farbe. Es sah nicht nach einer Bratensoße aus.

»Sieh dir das an, Kovich. Das ist Hummus.«

»Was für'n Ding?«

»Hummus.« Brinkley kannte das Zeug von Sheree. Als sie Muslimin wurde, hatte sie begonnen, allen möglichen Mist zu fressen. Good bye Schweinekoteletts mit grünem Gemüse, hallo Bohnensuppe und Vollkornfladen. »Das ist so eine Art Dip, aus Kichererbsen und Tahin.«

»Tahin? Ist das nicht so eine tropische Insel, wie Hawaii?«

»Nein, eine Paste. Aus Sesamkörnern.«

»Sieht aus wie Babykacke.«

»Schmeckt auch wie Babykacke.«

»Und du isst so was?«

»Nur, um meine Ehe zu retten.«

Sie lachten, dann bemerkte Brinkley: »Nicht gerade eine Vorspeise, wie sie bei den meisten Leuten auf den Tisch kommt.«

»Wie Käsebällchen, zum Beispiel.«

»Genau.« Brinkley wusste nicht, was Käsebällchen waren, verzichtete aber darauf nachzufragen. Kovich aß eine Menge Müll. Ring-Dings und Hot Dogs. »Wie Käsebällchen.«

»Schön, na und?«

»Warum tischen sie Hummus zum Fleisch auf? Die Frau hat den Appetizer vorbereitet und wartet darauf, dass Newlin nach Hause kommt.« Brinkley schob die Polaroids in seine Jackentasche, deutete unbestimmt auf die Servierplatte und dachte laut nach. »Newlin sagt, seine Frau mag Filet. Wir wissen außerdem, dass sie Scotch trinkt. Also Leute, die auf Fleisch und Whisky stehen, kapiert?«

»Schätze schon, Bill.«

Brinkley ließ sich nicht beirren. Er hatte das Gefühl, auf etwas gestoßen zu sein, wenn er auch nicht wusste, ob es wichtig war oder nicht. »Warum haben sie dann dieses Hummus-Zeug auf der Platte? Fleischliebhaber essen kein Hummus. Es ist ein Fleischersatz. Entweder isst man Hummus oder Fleisch.«

»Verstehe. Das eine oder das andere. Du glaubst also, Newlin isst Hummus?«

»Quatsch. Kein Mann isst Hummus. Es sei denn, er will seine Ehe retten.« Brinkley scherzte nicht. »Leute, die Fleisch essen, essen kein Hummus. So läuft das nicht.«

»Woher zum Teufel weißt du das, Mick?«

»Weiß ich eben.«

Er wollte nicht darüber reden. Sherees Bekehrung zum Islam. Der weiße Schleier, den sie auf einmal trug, mit dem sie ihren schönen Körper verhüllte. Der Koran, in dem sie die ganze Zeit las. Es war der Anfang vom Ende gewesen für sie beide.

»Das Zeug war für jemand anderen. Es sollte noch jemand anders zum Essen kommen heute Abend.«

»*Was?*« Kovich schob seine Brille hoch, wobei rote Druckstellen auf seiner Nase sichtbar wurden.

»Du hast mich schon verstanden. Sehen wir uns den Rest des Hauses an.«

Brinkley und Kovich gingen in die Küche, wo ein großer bunter Salat mit einem rosafarbenen Dressing wartete, und sahen sich dann das Bad an. Sie registrierten die blutbeschmierten Handtücher und die Toilette, in die sich Newlin übergeben hatte. Der Geruch war unverkennbar, doch die Detectives machten sich gewissenhaft Notizen, fertigten Skizzen an und gingen dann hinauf in den ersten Stock. Das Schlafzimmer wirkte steril, die Kleiderschränke waren aufgeräumt und wohlbestückt. Auf dem weißen Toilettentisch stand ein Hochzeitsfoto, das die Hausherrin in einem weißen Kleid mit einer bauschigen, wolkenartigen Schleppe zeigte. Die beiden getrennten Badezimmer waren ordentlich und ließen nichts Besonderes erkennen. Brinkley machte sich ein paar kurze Notizen und gab Anweisung, die Toilettengegenstände in Labortüten zu versiegeln.

Alle Zimmer waren perfekt eingerichtet und aufgeräumt, selbst die Bibliothek und das Arbeitszimmer der Frau, das eine Menge Fotos von ihr selbst, ihrem Mann, Pferden und einem Boot enthielt, aber nur ein einziges von der Tochter. Es war ein gestelltes Foto für eine Anzeige, auf dem das Mädchen zwar wunderschön aussah, das aber nichts Persönliches hatte.

Brinkley brachte Aufkleber an den Aktenordnern an, damit sie in Kisten verpackt und beschlagnahmt wurden, und hörte die Nachrichten auf dem Anrufbeantworter ab, alles Routine. Nichts, was er fand, war auch nur annähernd so interessant wie der Ohrstecker.

Schließlich gelangte er in das Zimmer der Tochter, das Zimmer eines Kindes, das alles hatte. Ein großes Himmelbett, einen Schreibtisch voller Bücher und ein Regal mit hübschen, weißen Porzellanpuppen. Er ließ seinen Blick über die drei Regalreihen schweifen, doch die Puppen starrten nur mit leeren Gesichtern zurück. Der Ohrstecker ging ihm nicht aus dem Kopf. Brinkley näherte sich dem Toilettentisch und suchte ihn nach einem Schmuckkästchen ab. Vor dem Spiegel waren Parfümfläschchen, Haarschmuck und ein Kästchen aus einem knotigen Holz aufgereiht. Er versuchte, den Deckel mit seinem Stift anzuheben, doch es war verschlossen. Irgendwo musste der Schlüssel sein. Brinkley durchstöberte die Schubladen mit Hilfe des Stifts. Seidenhöschen, T-Shirts und Pullis in allen Farben des Regenbogens, säuberlich zusammengefaltet. Kein Schlüssel für das Kästchen, nichts. Er würde ihn schon finden, nachdem es beschlagnahmt worden war.

Den Schubladen den Rücken kehrend sah er unterm Bett nach, auch unter der Matratze, und ging dann ins Badezimmer. Es war üppig ausgestattet, aber nichts wirkte auffällig, außer einer Plastikpackung mit kreisförmig angeordneten, rosa Anti-Baby-Pillen. Brinkley sah so etwas zum ersten Mal, denn Sheree hatte keine gebraucht. Er wandte sich ab und ging hinaus, um Kovich zu suchen.

»Ich muss immer wieder an dieses Steckerteil denken«, sagte er zu seinem Partner, als sie gemeinsam die breite, mit Teppich ausgelegte Treppe hinuntergingen. »Etwas, das leicht verloren geht, liegt neben der Leiche. Naheliegender Schluss wäre, dass es dem Mörder beziehungsweise der Mörderin gehört und sich während des Kampfs gelöst hat.«

»Gib's auf, Mick. Ich hab dir doch gesagt, dieser Ohrstecker könnte schon vor langer Zeit verloren gegangen sein.«

»Vielleicht. Vielleicht hat ihn aber auch die Person fallen lassen, die Newlin zu decken versucht. Eine Person, die Hummus isst und ihre Füße auf den Tisch legt.«

Sie erreichten das untere Ende der Treppe, wo die Spurensicherungsexperten mit den letzten Aufgaben beschäftigt waren. Eine niedrige Stahlbahre wurde hereingerollt, deren Räder über die dicken, wertvollen Teppiche quietschten. Einer der Gerichtsassistenten machte eine fragende Geste, und Brinkley nickte geistesabwesend.

»Ohrringe, Vegetarier und schmutzige Schuhe auf dem Tisch? Ich bin kein Experte, aber für mich klingt das nach Teenager.«

»Meinst du das ernst?«

»Todernst. Ich will mit der Tochter sprechen.«

»Mein Gott, Mick.« Kovichs Augen weiteten sich hinter den großen Fenstern seiner Brille. »Sie ist so alt wie Kelley.«

»Kelley verliert auch immer ihre Ohrstecker, wie du mir gerade erzählt hast«, erwiderte Brinkley, wurde aber von den Eins-zwei-drei-Rufen der Gerichtsassistenten abgelenkt, denen das Geräusch eines sich schließenden Metallreißverschlusses und das erneute Quietschen der Räder auf den Teppichen folgten. Die Bahre mit dem schwarzen Leichensack ratterte an den Detectives vorbei.

»Der Horrorfilm zur Mitternacht«, flapste Kovich, doch Brinkley gab Honor Newlin ein stummes Versprechen.

Ich werde deinen Mörder finden, sagte er zu ihr. Er wusste, dass sie ihn hören konnte, irgendwo in einer anderen Welt.

9

Nachdem Mary Paige bei ihrem Vater abgeliefert hatte, ging sie auf der Suche nach Judy zurück in die Lobby des Roundhouse, in der auch zu dieser Stunde noch viel los war. Angestellte der verschiedenen Abteilungen standen grüppchenweise in ihren Mänteln zusammen und unterhielten sich, ohne sich an dem hektischen Geschehen um sie herum zu stören. Zwei Polizisten hetzten zum Ausgang, ihre Waffenholster und Funkgeräte schlugen gegen ihre Hüften, und drei weitere zerrten einen mehr als übergewichtigen Betrunkenen in Handschellen vorbei. Die Spitzen seiner Turnschuhe quietschten auf dem glatten Fußboden, was die Beamten an der Sicherheitskontrolle zum Lachen brachte.

Die ovale Halle mit ihren dramatischen Bögen galt zur Zeit ihrer Erbauung als hochmodern, wirkte aber mittlerweile reichlich antiquiert und erinnerte Mary immer an *The Jetsons*, eine alte Fernsehserie um eine Familie aus der Zukunft. Holzleisten zur Schalldämpfung umringten den Raum, der Fußboden bestand aus bunt gescheckten Fliesen, und die Wände waren mit Ölporträts von Polizeioberen behängt, die in dem futuristischen Ambiente fehl am Platz wirkten. Die amerikanische Flagge und die blaue Flagge des Staates Pennsylvania flankierten den Schalter der Sicherheitskontrolle, ihr Synthetikstoff schimmerte dumpf in der Neonbeleuchtung. Mary entdeckte Judy Zeitung lesend auf der anderen Seite der Halle und eilte zu ihr.

»Los, komm mit«, sagte sie und packte die Kollegin am Arm. »Wir müssen reden.«

Sie drängte Judy in eine Nische, wo sie niemand hören konnte, und berichtete über den merkwürdigen Zwischenfall mit dem Foto in Paiges Wohnung. »Findest du es nicht komisch, dass sie mich anlügt und mir erzählt, sie wäre heute Abend nicht mit ihrem Freund zusammen gewesen?«

»Du weißt nicht, ob sie gelogen hat. Ob der Junge im Flur wirklich ihr Freund war.«

»Ich bin mir ziemlich sicher. Aber warum sollte sie lügen?«

»Vielleicht denkt sie, dass dich ihr Privatleben nichts angeht, Schlaukopf.«

»Paige sollte heute Abend zum Essen zu ihren Eltern kommen, das hat sie mir gesagt. Es ist ihr rausgerutscht.« Mary sah verstohlen über ihre Schulter. Eine Gruppe von Frauen unterhielt sich neben einer Ausstellungsvitrine mit Modellen von Streifenwagen. »Was hältst du davon?«

»Ich glaube nicht, dass das von großer Bedeutung ist. Kann ich mir nicht vorstellen.«

»Was ist, wenn sie wirklich bei ihren Eltern war? Wenn ihr Freund sie begleitet hat? Wäre das auch nicht von Bedeutung?«

»So war es aber nicht, Mary. Newlin hat gestanden. Er hat gleich nach der Tat die Polizei angerufen und die Verantwortung für sein Verbrechen übernommen, was ja auch nur recht und billig ist.«

»Es könnte sein, dass er sie schützen will.«

»Indem er sich fälschlich des Mordes bezichtigt? Wer würde so etwas tun?«

»Ein Vater, der seine Tochter liebt«, antwortete Mary ohne Zögern, worauf Judy sie ansah, als wäre sie nicht ganz dicht.

»Mein Vater würde das niemals tun, obwohl er mich liebt.«

»Wirklich nicht?«

»Aber nein. Einen Mord gestehen, den er nicht begangen hat? Dafür ist er viel zu ehrlich.«

»Mein Vater würde es sofort tun.« Mary sah ihren Vater vor sich, seine warmen, braunen Augen, sein sanftes, rundliches Gesicht. »Er würde alles für mich tun, jedes Opfer bringen. Ihm wäre jedes Mittel recht, um uns vor etwas Schlimmem zu bewahren.«

»Und Richtig und Falsch zählen dabei gar nicht?«

»Falsch ist jedes Übel, das mir oder meiner Schwester zustoßen könnte.«

Judy schüttelte den Kopf. »Das sehen die meisten Leute wohl anders, und ich bezweifele stark, dass es in Newlins Fall zutrifft. Lass dich nicht von seinem Aussehen täuschen.«

»Tu ich auch nicht.«

»Tust du doch. Ist auch kein Wunder. Aber wie du ihm selbst schon sagtest, gibt es massenhaft Indizien dafür, dass er es getan hat, und keine, die auf Paige als Täterin deuten.«

»Woher willst du das wissen? Wir suchen doch gar nicht danach. Niemand tut das.«

Je länger Mary redete, desto überzeugter wurde sie. »Die Bullen haben ihm seine Geschichte natürlich abgekauft und betrachten sie als Fakt. Wir haben ihm seine Geschichte ebenfalls abgekauft und betrachten sie als Fakt. Jack Newlin wird sich schuldig bekennen und lebenslang ins Gefängnis wandern, richtig?«

»Richtig.«

»Aber was ist, wenn er unschuldig ist? Wenn wir diesmal statt eines schuldigen Klienten, der uns weismachen will, dass er unschuldig ist, einen unschuldigen Klienten haben, der uns weismachen will, dass er schuldig ist?«

Jack beobachtete, wie Paige den Besucherraum betrat, ein gertenschlankes Mädchen in einer schicken, schwarzen Lederjacke. Die blauen Augen erfassten den schmutzigen Raum mit einem entsetzten Blick, dann ging sie schnell zu dem Stuhl ihm gegenüber. Ihr Gesichtsausdruck war so gequält, als wäre sie diejenige, die den Rest ihres Lebens im Gefängnis verbringen würde. Was in gewisser Hinsicht auch stimmte, dachte Jack.

»Dad, ich kann das nicht zulassen.« Tränen stürzten aus Paiges Augen, und ihre Stirn überzog ein Geflecht vorzeitiger Sorgenfalten. »Ich kann es nicht zulassen. Ich werde es nicht zulassen.«

»Das musst du aber. Du hast keine Wahl.«

»Aber es ist nicht richtig. Dein Beruf, dein Leben.« Paige wischte sich die Tränenbäche von den Wangen. Ihr Haar, das sie zu der glatten Pferdeschwanzfrisur zurückgebunden hatte, die Jack so gern sah, war feucht vom Regen. »Dad, sie könnten dich zum Tode verurteilen!«

»Nein, das werden sie nicht.« Jack versuchte, ruhig zu bleiben. Er wollte sie so vieles fragen, doch vor allem musste er sie von seiner Entscheidung überzeugen. Ihr ganzes Leben konnte in einer einzigen Nacht zerstört werden. »Hör mir zu, Paige. Wenn ich mich schuldig bekenne, werden sie nicht die Todesstrafe verhängen. Das ist so üblich.«

»Aber Dad, dein ganzes Leben im Gefängnis? Das ist furchtbar.«

»Nein, ganz und gar nicht. Sie werden mich nach Woodville schicken, wo die ganzen reichen Typen einsitzen. Es ist dort wie im Country Club. Sammy Cott musste letztes Jahr auch dort hin. Hat sein Golf-Handicap um zehn Schläge verbessert.« Jack setzte ein Lächeln auf, konnte Paige aber keines entlocken. »Kopf hoch, Schatz. Es wird mir gut gehen.«

»Nein, nein.« Paige begann wieder zu weinen. »Diese Männer ... die anderen Häftlinge ... werden dir wehtun.«

»Das wird mir nicht passieren. Anwälte haben einen besonderen Status im Gefängnis, wusstest du das nicht? Sie sind sehr wertvoll für die anderen, und niemand tut ihnen etwas.«

»Das stimmt nicht«, platzte Paige heraus. »Ich habe es im Fernsehen gesehen, auf HBO gibt es so eine Serie. Du solltest mal sehen, was sie da mit den Leuten machen. Es ist auch ein Anwalt dabei, und sie ...«

»Das ist doch nur Fernsehen«, unterbrach Jack schnell. Sie musste vernünftig bleiben, durfte nicht hysterisch werden. »Es kommt alles in Ordnung, Schatz. Vielleicht gefällt es mir sogar dort. Vielleicht werde ich endlich mal ein paar ehrliche Mandanten vertreten, was meinst du?«

Er lächelte wieder, aber Paige weinte zu sehr, um es zu sehen. Sie hielt den Kopf gesenkt und hatte ihr hübsches Gesicht mit den langen, schlanken Händen bedeckt. Jack zog es das Herz zusammen, als er bemerkte, wie sie zitterten. Er liebte sie so sehr, seine schöne Tochter. Er hatte gerade erst begonnen, sie kennen zu lernen, als das Unglück geschah. »Es ist schon gut. Weine nicht mehr, Liebling.«

»Nichts ist gut. Alles ist schrecklich.«

»Ich werde es schon in Ordnung bringen, du wirst sehen.

Du kannst mich jede Woche besuchen, wann immer du willst. Die Welt wird nicht untergehen, weil ich ins Gefängnis komme. Wir werden uns am Ende öfter sehen als jetzt. Wer weiß, vielleicht bekommen wir noch eine richtig enge Vater-Tochter-Beziehung.«

Jack lachte und sah, wie ihre Haltung sich endlich entspannte. Ihr Gesicht kam hinter den Händen hervor, mit verquollenen Augen, aber lächelnd, und ihm wurde leichter ums Herz. Es überwältigte ihn, wie groß die Kraft der Liebe war, selbst in den schwierigsten Zeiten. Besonders in den schwierigsten Zeiten.

»Dad, das ist nicht komisch.«

»Man muss auch das Positive sehen. Keine Anzüge und Krawatten mehr, die ich hasse wie die Pest. Und ich bekomme mein Essen fertig serviert. Du weißt doch, was für ein miserabler Koch ich bin. Erinnerst du dich an das Truthahnsteak aus Tofu, das ich einmal für dich gemacht habe? Und an dieses Hummus, das du so gern magst? Bei mir sah es aus wie Spucke.«

»Das ist auch nicht komisch.« Doch Paige kicherte, und Jack strahlte.

»Soll auch nicht komisch sein. Väterwitze sind nie komisch, das weiß jeder.«

»Du bist aber nicht so ein Vater.«

»Und ob ich das bin!«, sagte Jack mit gespielter Beleidigung. »Erst recht, wenn es um lahme Witze geht. Erinnerst du dich an den mit der Avocado?«

»Nein, erzähl.«

»Okay, was sagte die Avocado, als sie den Sellerie heiratete?«

Jack spürte einen Kloß im Hals, als seine Tochter antwortete: »Bis dass das Salatbesteck uns scheidet.«

»Richtig«, sagte er mit belegter Stimme. »Das ist doch ein ziemlich schlechter Witz, oder?«

»Schrecklich schlecht.« Sie wischte sich die Augen.

»Du würdest sagen, ein krass schlechter Witz.«

»Ein megakrass schlechter Witz«, lachte Paige, und dieser Klang berührte Jack so tief, dass er schnell weiterredete und hoffte, der Kloß in seinem Hals werde sich dabei auflösen.

»Betrachte es einmal so, Schatz. Mich trifft die meiste Schuld an dem, was geschehen ist. Es hat sich zusammengebraut seit dem Tag, als deine Mom und ich geheiratet haben. Du kennst nicht alle Ursachen, und du sollst nicht dafür bezahlen müssen.«

»Aber du hast es nicht getan.« Paige knetete ihre Stirn, die immer noch vor Angst und Sorge gerunzelt war. »Mein Kopf bringt mich um. Ich sollte der Polizei die Wahrheit sagen. Ich sollte es sein, die ein Geständnis ablegt.«

»Tu das nicht! Das darfst du noch nicht einmal denken. Ich verbiete es dir«, sagte er streng.

Paige sah erschrocken auf. »Ich könnte ihnen alles sagen, weißt du. Du kannst mich nicht aufhalten.«

»Ich würde behaupten, dass du lügst, um mich zu decken. Sie würden mir glauben und nicht dir.«

»Warum?« Paiges Blick durchbohrte ihn, und Jack wusste, dass es jetzt darauf ankam, überzeugend zu sein. Sie überlegte ernsthaft, sich zu stellen, das sah er. Er hätte darauf vorbereitet sein müssen, sie hatte schon immer ein weiches Herz.

»Aus mehreren Gründen. Zum einen, weil ich ihnen eine Geschichte erzählt habe, die nur mich belastet. Zum anderen, weil sie eindeutige Beweise gegen mich haben.«

»Wie das?«

»Das brauchst du nicht zu wissen.«

»Ist ja auch egal. Ich könnte ihnen die Wahrheit sagen.«

»Nein, bitte nicht. Wen würdest du eher ins Kittchen schicken: ein hübsches, junges Mädchen oder einen Anwalt? Darüber braucht man doch gar nicht nachzudenken.«

»Ich weiß nicht.« Paige schüttelte den Kopf. Ihre Haut zeigte Stressflecken. »Gott, mein Kopf wird gleich explodieren …«

»Paige, lass mich einmal in deinem Leben etwas für dich tun.«

»Du hast schon etwas für mich getan. Du hast gearbeitet und Geld verdient.«

»Das habe ich nicht in erster Linie für dich getan. Und was ich verdient habe, war nur ein Taschengeld im Vergleich zum Vermögen deiner Mutter, das weißt du.«

»Du warst da, Dad.«

»Stimmt, ich war da. Ich war anwesend.«

»So habe ich das nicht gemeint ...«

»Aber ich. *Ich* habe es so gemeint.« Jack beugte sich über den Tisch. »Ich war da, mehr nicht. Ich habe alles deiner Mutter überlassen, war nur irgendein Typ im Hintergrund. Gut, bei deinen Geburtstagspartys habe ich mich gezeigt. Ich war wie ein Schauspieler, der die Vaterrolle spielt. Aber ich war dir kein richtiger Vater, nicht so, wie es sein sollte.«

»Und wie sollte ein Vater sein?« Paige blinzelte, ihre Augen glänzten. »Ein Held?«

»Nein, kein Held. Nur ein ganz normaler Mann«, erwiderte Jack, und seine Gedanken klärten sich auf einmal beim Reden. »Ich werde das hier für dich tun, ich habe es schon getan. Aber es gibt auch etwas, das du für mich tun musst. Du musst mir erzählen, was wirklich mit deiner Mutter passiert ist.«

Paige senkte die Augen und seufzte tief auf. »Was passiert ist? Schwer zu sagen. Ich meine, ich weiß es irgendwie nicht.«

»Was soll das heißen, du weißt es nicht?« Jack hörte, wie Ärger sich in seine Stimme schlich. »Du warst doch dabei, oder?«

»Ja.«

»War Trevor auch da?«

»Nein, er ist zu Hause geblieben, wie du es wolltest.«

»Stimmt das auch?«

»Dad.« Paige funkelte ihn empört an. »Ich hab's dir doch gesagt.«

»Gut.« Jack rutschte auf seinem kalten Stuhl nach vorn und beobachtete, wie Paiges Hand erneut zitterte, als sie sich über die Haare strich. »Ich weiß, es ist schwer für dich. Was auch zwischen dir und deiner Mutter passiert ist, es fällt bestimmt nicht leicht, darüber zu reden.«

»Du kannst dir das gar nicht vorstellen.« Sie ließ den Kopf hängen und klang so gequält, dass Jack sich fragte, warum er darauf bestand. Er wollte seine Geschichte mit der Wirklichkeit abgleichen, falls sie ihn noch einmal verhörten, aber vor allem wollte er, dass Paige Rechenschaft ablegte, wenigstens vor ihm. So viel waren sie Honor schuldig. Er unterdrückte seinen Unmut, als Paige von neuem zu weinen begann.

»Es tut mir Leid, es tut mir so Leid«, schluchzte sie. »Es ist so schwer ... Ich weiß noch nicht einmal, wo ich anfangen soll.«

»Am besten am Anfang.« Jack dachte an ihren Anruf im Büro am Nachmittag. Er hatte gerade am Schreibtisch gesessen und einen Brief aufgesetzt und war hocherfreut gewesen, dass Paige ihn bei der Arbeit anrief. Sie hatte gesagt, sie werde zum Abendessen nach Hause kommen, und hatte ihm auch den Grund verraten und dass sie beabsichtige, Honor die Neuigkeit abends ebenfalls mitzuteilen. Sie sagte, sie brauche seine Hilfe, um es ihrer Mutter beizubringen. Sie konnte nicht wissen, wie sehr sie Hilfe nötig haben würde.

»Oh, nein.« Paige sah auf ihre Hände, die schlaff in ihrem Schoß lagen, und blinzelte ihn dann durch die Tränen hindurch an.

»Ich glaube ... ich bekomme eine Migräne. Eine schlimme. Dad.«

»Oh Gott.« Jack war betroffen. Paige wurde schon seit ihrer Kindheit von Migräneanfällen geplagt, lähmenden Kopfschmerzen, die meist in Stresssituationen auftraten und sie für Stunden in ein abgedunkeltes Zimmer verbannten.

»Hast du die Aura gesehen?«, fragte er besorgt. Er meinte

das Doppeltsehen oder die Lichtfunken, die immer als Warnung vorausgingen.

»Ich glaube, ja. Warte.«

Paige hob eine Hand, drehte sie langsam und betrachtete sie mit einem seltsam defokussierten Blick. Jack hatte sie schon oft dabei beobachtet. Wenn sie eine Aura sah, war die Migräne im Anzug, und sie hatte nur noch wenige Minuten, um in ihr Bett zu flüchten. Die einzige andere Möglichkeit war, Duadrin zu schlucken, ein Schmerzmittel, das die schlimmsten Symptome abwehrte, wenn es rechtzeitig eingenommen wurde.

»Hast du deine Medizin dabei?«

»Nein.« Es kam wie ein leiser Klagelaut heraus. »Als die Anwältin mir sagte, dass du hier bist, habe ich mich nur schnell angezogen. Ich konnte an nichts anderes denken. Ich habe noch nicht einmal eine Tasche dabei.« Ihre Hand fiel wieder in ihren Schoß. »Oh je. Es geht los.«

»Ach du lieber Himmel, keine Tabletten?« Dann konnten die Schmerzen nicht aufgehalten werden, sie rasten wie ein Güterzug mit Volldampf auf seine Tochter zu. Jack hatte schon oft genug miterlebt, wie schnell sie hereinbrachen. Innerhalb von fünf bis zehn Minuten würde Paige nur noch ein stöhnendes, gepeinigtes Etwas sein. Das konnte er ihr nicht antun. »Schatz, geh nach Hause und leg dich sofort hin. Die Anwältinnen sind noch oben. Geh zu ihnen und lass dich nach Hause fahren.«

»Nein, nein, ich will mit dir reden.« Sie hob eine Hand an ihre Stirn und betastete sie vorsichtig. »Ich will dir sagen, was mit Mom passiert ist.«

»Du solltest besser gehen.« Jack brannte darauf zu hören, was geschehen war, aber er konnte sein Kind nicht dieser Folter aussetzen, ihren Kopf quasi eigenhändig in den Schraubstock spannen. »Bitte, Paige, wir sprechen ein anderes Mal darüber. Geh nach Hause. Ich lauf dir bestimmt nicht davon.«

»Nein, nein ... es geht ... ich schaff es schon.« Sie rieb sich die Stirn. »Mom und ich waren allein. Ich wollte mit euch essen ... Ich weiß nicht, wo ich anfangen soll.«

»Du warst gekommen, um mit uns zu Abend zu essen«, half Jack nach. »Eigentlich hätte ich auch schon da sein sollen, aber ich wurde aufgehalten. Es tut mir so Leid.«

»Es ist nicht deine Schuld.« Wieder traten Tränen in ihre Augen, aber sie wischte sie mit dem Handrücken weg. »Ich war zu früh. Es würde schlecht laufen, das wusste ich schon. Also – ich kam nach Hause, und sie war da. Ich wollte warten, bis du kommst ... um es ihr zu sagen, aber sie fing an, auf mir herumzuhacken. Sagte, ich hätte zugenommen.« Paiges Tränen versiegten, ihre Stimme wurde bitter. »Ich würde dick aussehen. Würde zu viel Wasser im Körper haben. Oh Gott, mein Kopf.« Paige knetete die Stelle zwischen den Augenbrauen. »Verdammt.«

»Du musst gehen. Bitte geh.«

»Nein.« Sie machte eine abwehrende Handbewegung. »Sie nörgelte die ganze Zeit an mir herum. Ich dürfte nicht zunehmen, müsste mich mehr beherrschen. Müsste mehr darauf achten, was ich esse, jetzt, wo meine große Chance gekommen wäre.«

Jack stöhnte innerlich auf. Als Paige heranwuchs, hatte Honor begonnen, ihr ständig wegen ihrer Figur zuzusetzen. Er hatte gesagt, sie solle damit aufhören, sie werde Paige noch in die Magersucht treiben, aber keine von beiden hatte auf ihn gehört. Als wäre er nur eine Stimme hinter den Kulissen gewesen in einem Drama, das sich zwischen Mutter und Tochter abspielte.

»Ihr habt euch also gleich gestritten, kaum, dass du da warst.«

»Ja. Sie hat mich so wütend gemacht. Ich meine, ich wusste, warum ich zunehme ... und sie nicht. Und dann dachte ich, Scheiße, wer ist sie eigentlich, mir zu sagen, was ich tun soll, ich bin kein Kind mehr ... ich erwarte selbst ein Kind.«

Jack überkam ein komisches Gefühl bei diesen Worten. Paige hatte es ihm zwar schon am Telefon gesagt, aber von Angesicht zu Angesicht wurde es zu einer unleugbaren Tatsache. Sein Kind erwartete ein Kind. Ihr gemeinsames Kind erwartete ein Kind.

Was für alle Eltern ein Schock wäre, war für ihn und Honor eine Katastrophe, in Anbetracht ihrer Vergangenheit. Er konnte sich nur allzu gut vorstellen, wie Honor die Neuigkeit aufgenommen hatte.

»Oh, nein. Das wird ein ganz übler Anfall.« Paiges Stirn zog sich vor Schmerz zusammen, vergeblich von ihrer Hand massiert.

»Hör zu … ich dachte, sie kann mir jetzt nichts mehr sagen, weil ich selbst eine Mutter sein werde. Nicht nur sie. *Ich*. Auf einmal war ich total glücklich darüber. Richtig glücklich, und ich wollte es ihr sagen. Das habe ich dann auch getan.«

Jack sah die Szene im Geiste vor sich. Paige, wie sie voll Freude eine Nachricht verkündete, die für Honor der schlimmste Albtraum war.

»Ich habe gesagt: ›Mom, ich bin schwanger. Deshalb habe ich dauernd so einen Hunger. Ich muss essen und niemand kann etwas dagegen tun. Weil ich *ein Baby bekomme*.‹« Paige unterbrach sich. »Die Migräne fängt an. Ich muss schneller sprechen. Ja, und dann habe ich ihr Gesicht gesehen und ich konnte es nicht glauben. Ihre Augen, sie wurden riesig und starrten mich wütend an. Sie sah aus wie eine Hexe.«

Jack wollte sich diesen Gesichtsausdruck noch nicht einmal vorstellen.

»Dann hat sie mich geschlagen.« Neue Tränen schossen in Paiges Augen. »Sie schlug mich direkt ins Gesicht, eine richtig harte Ohrfeige. Sie hat mich schon oft beschimpft, aber noch nie geschlagen. Noch nie. Sie schlug mich so fest, dass ich vom Stuhl fiel. Sie hat mich einfach vom Stuhl geworfen, auf den Boden. Ich konnte es nicht fassen.«

Jack dagegen glaubte es ohne weiteres. Honor war zwar keine gewalttätige Frau, doch diese Neuigkeit konnte sie schon zur Gewalt getrieben haben. Sie hatte darüber den Verstand verloren und sie alle miteinander ins Verderben gestürzt. Am liebsten hätte er Paige auf der Stelle die Wahrheit gesagt, er verspürte den Drang, ihr alles zu erklären, aber er hielt sich zurück. Das war weder der richtige Ort noch der richtige Zeitpunkt. In wenigen Minuten würde die Migräne mit voller Wucht zuschlagen. Dann würde sie noch nicht einmal mehr sprechen können.

»Dann habe ich mich aufgerappelt. Mein Gesicht tat weh, und ich fing an zu weinen. Sie hat mich gepackt und mich wieder zu Boden geworfen und mich getreten. Sie hat mich getreten, Dad, immer wieder. In meinen Bauch.«

Paige schluchzte, und Jacks Magen knotete sich zusammen.

»Sie hatte ihre Mules an, diese ganz spitzen, und sie zielte damit auf meinen Bauch. Sie trat ganz fest zu, mit der Spitze. Wegen dem Baby. Als ob sie es aus mir heraustreten wollte.«

Nein! Jack schüttelte nur den Kopf. *Nein!* Er wusste nicht, ob er es laut ausgerufen hatte.

»Sie fing an zu schreien: ›Entweder machst du es weg, oder ich mach es weg! Du machst es weg, oder ich mach es weg!‹ – Dad ... mein Kopf. Ich kann nicht mehr.« Paige bedeckte ihr Gesicht mit den Händen und brach schluchzend über dem Tisch zusammen. »Ich weiß nicht mehr, was als Nächstes geschah. Wirklich nicht, Dad. Ich schwöre es.«

Sturzbäche flossen aus Paiges Augen, aber sie versuchte weiterzusprechen. »Es tat weh, ich hatte Schmerzen, im Bauch und in der Brust ... es tat furchtbar weh. Ich habe mich von ihr weggerollt, ihr gesagt, ich würde nicht abtreiben. Aber sie ist immer wieder auf mich losgegangen und hat nicht aufgehört, mich zu treten.«

Nein. Er wollte nichts mehr hören. Paige sollte das alles nicht noch einmal durchmachen.

»Ich hatte solche Angst ... und solche Schmerzen. Ich konnte nichts mehr sehen. Weißt du, ich habe nicht wirklich geglaubt, dass sie mich umbringen würde, aber ich bin sehr wütend geworden, weil sie mir wehtat, mir und meinem Baby. Es war ... als wäre ich schon sehr lange wütend, mein ganzes Leben lang. Dann bin ich irgendwie aufgestanden, glaube ich, und habe das Messer genommen.« Paige sah auf, ihr schmerzverzerrtes Gesicht war nass vom Weinen. »Ich kann nicht mehr denken.«

Jack zwinkerte seine eigenen Tränen weg. Es war alles seine Schuld. Er war nicht da gewesen. Nicht nur an diesem Abend, sondern während ihrer ganzen Kindheit. Ihm war zwar nicht bewusst gewesen, wie sehr sie gelitten hatte, aber das war keine Entschuldigung. Er hätte es wissen müssen, das war seine Aufgabe als Vater. Er hatte seine eigene Tochter im Stich gelassen, und als ihm das endlich klar geworden war, war es zu spät. Schuldgefühle überkamen ihn, überrollten ihn wie eine Welle.

»Ich bin irgendwie total durchgedreht. Ich habe geschrien und geweint, ich meine, ich wusste, dass ich wütend auf sie war, aber ich habe einfach die Kontrolle verloren. Und dann habe ich zugestochen, und dann ... und dann lag sie auf einmal auf dem Boden. Ich ließ das Messer fallen, es war ganz blutig. Das hatte ich nicht gewollt ... Ich habe sie einfach dort liegen lassen und bin weggerannt. Ich bin gerannt wie verrückt. Es tut mir Leid, Dad. Es tut mir so schrecklich Leid.«

Paiges Worte lösten sich in Tränen auf, und ihre Schultern sackten zusammen wie die Wände eines Puppenhauses.

Jack konnte nicht anders, er musste seine gefesselten Hände an die Trennwand aus Plexiglas heben und sie mit den Fingerspitzen berühren. Sie fühlte sich kalt, hart und leblos an, so ganz anders als das warme, seidige Haar seines kleinen Mädchens. Wie oft hatte er Paiges Kopf gestreichelt? Nicht oft genug. Deshalb musste er sie jetzt retten.

»Paige«, sagte er, »was hast du der Anwältin gesagt?«

»Ich habe gesagt, dass ich nicht bei euch war.« Paige wurde von Schluchzern geschüttelt. »Dass ich nicht hingegangen bin.«

»Gut, du warst also überhaupt nicht bei uns heute Abend. Du bist nie hingegangen. Bei dieser Geschichte musst du bleiben, hast du verstanden?«

»Es ist eine Lüge. Gott, mein Kopf. Diese Lichter.«

»Natürlich ist es eine Lüge. Das ist mir egal.« Jack nahm seine Hände von der Trennscheibe und beugte sich beschwörend vor. »Du darfst nie ein Wort sagen, Paige, hörst du? Zu niemandem. Sonst bist du verloren und dein Baby auch.«

»Mein Baby?« Paige sah ihn tränenblind an. Ihre Augen waren rot und geschwollen, Gesicht und Hals mit Flecken bedeckt.

»Was ist mit meinem Baby?«

»Denk an dein Kind, Paige. Wir haben noch nicht einmal darüber gesprochen, was aus ihm werden soll. Was hast du vor?«

»Ich weiß es noch nicht genau.« Paige wurde ruhiger. »Heiraten wahrscheinlich. Trevor möchte es.«

Jack schauderte bei dem Gedanken. »Was ist mit dem College? Du hast mir gesagt, du würdest das Modeln zurückstellen, um aufs College zu gehen.«

»Ich werde später gehen, nach dem Baby.«

Jack biss sich auf die Zunge. »Okay, nehmen wir für den Moment an, dass diese Entscheidung richtig ist. Aber wenn du dich stellst und der Polizei die Wahrheit sagst, wer soll dann das Kind aufziehen? Trevor etwa? Nie im Leben. Du musst jetzt an das Baby denken, nicht an mich. Bitte kümmere dich nicht um mich. Wenn die Polizei dich verhört, sagst du, dass du nicht bei uns warst. Sag, meine Tat hätte dich vollkommen überrascht. Geh nicht zur Anklageerhebung oder irgendeinem anderen Gerichtstermin. Lass mich tun, was ich tun muss.«

»Das kann ich nicht.«

»Leg deine Hand auf deinen Bauch, Paige. Tu es.« Jacks Stimme war derart gebieterisch, dass sie in seinen eigenen Ohren fremd klang. Etwas geschah mit ihm. Er hatte das Gefühl, als käme er gerade zu sich, als würde er endlich er selbst. Vielleicht war er sogar dabei, sich rein zu waschen. »Leg deine Hand auf deinen Bauch.«

Paige gehorchte und legte ihre schmale, blasse Hand auf das weiche Leder ihrer Jacke. Jack sah, dass sie ihm zuhörte.

»Das ist dein Baby dort drin. In deinem Bauch. Diesem Baby gelten jetzt in erster Linie deine Verpflichtungen, nicht mir. Du wirst bald eine Mutter sein. Du *bist* eine Mutter. *Sei* eine Mutter.«

»Ist gut, Dad«, flüsterte Paige, und Jack erkannte an ihrem Blick, dass sie sich erst noch an diese Rolle gewöhnen musste. Aber sie würde auf ihn hören, würde tun, was er gesagt hatte. Sie trug jetzt Verantwortung für einen anderen Menschen, genau wie er.

In dieser entsetzlichen regnerischen Nacht war sie zur Mutter geworden.

So wie er endlich zum Vater geworden war.

10

Es war schon spät in der Nacht, als Mary den Bus der Linie C bestieg und sich mit ihrer großen Umhängetasche und der Aktentasche auf einen der blauen Kunststoffsitze im vorderen Teil niederließ. Der Bus war ein neues Modell, weiß, kastenförmig und rundherum mit Werbung für Fernsehshows besprüht, sogar über den Fenstern. Um diese Zeit war er fast leer und brauste mit einem dumpfen Brummen die Broad Street hinunter. Die Büros und Geschäfte hatten längst geschlossen, die Leute, die in der Innenstadt eingekauft hatten, waren nach Hause gefahren, und Mary hätte vernünftigerweise das Gleiche tun sollen. Doch stattdessen fuhr sie zu ihren Eltern nach South Philly. Sie redete sich ein, dass es ja fast auf ihrem Nachhauseweg lag, aber irgendwann hörte sie auf, ihren Entschluss vor sich selbst zu rechtfertigen. Nachdem sie den ganzen Abend in die Abgründe der Familie Newlin geblickt hatte, sehnte sie sich einfach nach einer normalen Familie. Oder zumindest nach ihrer Familie, in der man sich nicht gegenseitig abstach und die einzigen ernsthaften Streitigkeiten sich um den Papst drehten. Wer immer auch behauptet hatte, ein Mensch könne nie wieder in das Haus seiner Kindheit zurückkehren, war nicht in der Nähe der Endstation von Linie C aufgewachsen.

Mary sah aus dem Fenster in die Dunkelheit, wo die Broad Street das marmor- und spiegelglänzende Bankenviertel hinter sich ließ und in die trendige South Street mit ihren bunten Neonlichtern überging, die von modernen Reihenhäusern voller Anwälte, Ärzte und Steuerberater gesäumt wurde. Dieses elegant sanierte Viertel verschwand nach fünf oder sechs Blocks und wurde von weniger eleganten Reihenhäusern mit kleinen Geschäften dazwischen abgelöst: Kosmetikstudios, Beerdigungsunternehmen und die unvermeidlichen McDonald's- und Dunkin'-Donuts-Läden. Hier begann die vorwiegend von Italienern bewohnte Gegend, in der sie aufgewachsen war. Sie lag zwar nur eine Viertelstunde vom Zentrum Philadelphias entfernt, hätte sich aber genauso gut in einem anderen Teil des Landes befinden können. Trotzdem waren die Straßen dieses Viertels für sie wirklicher als die Anwaltsfirmen in der Innenstadt.

Mary grübelte darüber nach, während sie durch die nächtlichen Straßen fuhr und sich immer besser fühlte, je weiter sie nach Süden kam. Sie dachte an Judy, die ebenfalls sehr an ihrem Heimatkaff in Kalifornien hing und ihr einmal erzählt hatte, dass es so etwas wie ein Gedächtnis der Erde gab. Mary hatte das nie ganz verstanden, aber das Entscheidende dabei war, dass man sich am wohlsten auf dem Fleckchen Erde fühlte, auf dem man aufgewachsen war. Egal, welche Veränderungen mit einem selbst oder mit der Landschaft passierten, man fühlte sich dort immer besonders gut. Es gab einem Kraft, auf diesem Fleckchen Erde zu stehen.

Der Bus fuhr und fuhr, und sie sah zu, wie die Stadtlandschaft sich in Reihen von niedrigen, mit einer grauen Schmutzschicht überzogenen Häuschen verwandelte. Staub und Abgase hatten sich in jede Fuge gesetzt und den Mörtel geschwärzt. Doch die ursprüngliche Farbe der Ziegelsteine leuchtete immer noch durch, ähnlich hartnäckig wie das Unkraut, das in den Rissen im Bürgersteig wuchs. Jedes Haus war aus Steinen in einem anderen Farbton erbaut. Manche waren dunkelgelb wie Goldlack, andere sogar orange wie Kürbisse, und natürlich gab es auch das klassische Dunkelrot. Die Fassaden zeigten unterschiedliche dekorative Elemente; bei manchen waren die Ziegelsteine unter dem Dach so angeordnet, dass ihre Enden hervorstanden und einen hübschen Fries im Mäusezähnchenmuster ergaben, bei anderen unterstrich eine Schicht aus schmaleren Ziegeln die flache Dachkante, ein typischer Fassadenschmuck der ärmeren Wohnviertel. Die kleinen Treppen vor den Haustüren bildeten den Mittelpunkt. Sie waren wie ein willkommen heißendes Lächeln; man sah Marmor, Beton und glatte Steinplatten, die für einen herrschaftlichen Anstrich sorgten.

Mary ließ sich davonschaukeln, den Blick auf die Straßen gerichtet. Die Häuser waren alle eingeschossig, so dass der Nachthimmel sich über ihnen erstreckte wie eine weite Prärielandschaft. Das Funkeln der Sterne wurde von den Telefonkabeln nicht beeinträchtigt. Sie lächelte in sich hinein. Sie fuhr nach Hause.

Das Stück Land, mit dem man verwurzelt war, musste nicht aus hohen, zerklüfteten Bergen oder schattigen Wäldern bestehen, wie Judy sie beschrieben hatte. Es konnte auch aus Asphalt und Beton sein. Wie die schmutzigen, heruntergekommenen, engen, kaugummibespuckten Straßen von South Philadelphia. Auch ein Großstadtviertel konnte Heimatgefühle auslösen, wenn man dort seine Kindheit verbracht, gelacht und gespielt hatte und zur Schule gegangen war, und man hatte genauso ein Anrecht auf Anhänglichkeit an seine Heimat wie die Landeier.

Als der Bus sich ihrer Straße näherte, klemmte Mary ihre Aktentasche unter den Arm und machte sich zum Ausstieg bereit. Sie hielt sich an einer Stange fest und las die Anzeigenbanderolen, die über den Fenstern entlangliefen. SCHWANGER? oder HILFE BEI BEWERBUNGSSCHREIBEN.

Der Bus hielt so ruckartig wie schon in jenen Tagen, als sie mit ihm von der Highschool nach Hause gefahren war. Damals wäre so manches katholische Schulmädchen um ein Haar durch die Windschutzscheibe geschleudert worden. Doch Mary ließ sich nicht austricksen. Sie hielt sich an der Stange fest, bis der Bus vollständig zum Stehen gekommen war, und dankte dem Fahrer freundlich beim Aussteigen. Das hatte sie ebenfalls bei den Nonnen gelernt: Halte die andere Wange hin, auch wenn dich jemand grundlos fertig machen will. Leider hatte Mary diese Haltung ablegen müssen, um es zur Rechtsanwältin zu bringen – die Konfessionsschule bereitete einen nur auf das Leben einer Heiligen vor.

Doch Stellenangebote für Heilige waren einfach zu dünn gesät.

Die Zimmer im Erdgeschoss des Reihenhäuschens ihrer Eltern waren aufgereiht wie die Perlen eines Rosenkranzes: Wohnzimmer, Esszimmer, Küche. Die kleine Küche war der einzige Raum, in dem sich die DiNunzios an Wochentagen länger aufhielten. Darin standen ein rechteckiger Resopaltisch mit schaumstoffgepolsterten Stühlen, umgeben von weißen, melaminbeschichteten Hängeschränken und einer weißen Arbeitsplatte, die in jeder Ecke Wasserrisse hatte. Heiligenbildchen und Palmzweige vergilbten hinter altmodischen schwarzen Lichtschaltern. Ein Glasrahmen mit einem verblichenen Papstfoto war im vergangenen Jahr von der Wand gefallen und auf dem dünnen Linoleumboden zersprungen. Marys Mutter hatte dies als ein schlechtes Omen gedeutet und eine Woche lang Rosenkränze gebetet, wobei Mary es sich verkniffen hatte, sie daran zu erinnern, dass Jesus Christus nicht an den bösen Blick glaubte.

»Ist es zu spät, um noch vorbeizuschauen, Dad?«, fragte Mary, als ihr Gesicht den abgetragenen, karierten Flanellbademantel ihres Vaters streifte.

Er umarmte sie zur Begrüßung in der warmen Küche, und als er sie losließ, war sein Blick vorwurfsvoll. »Was soll das heißen, Mädchen? Du kannst jederzeit nach Hause kommen, egal, wie spät es ist. Außerdem weißt du, dass ich immer lange auf bin und fernsehe.«

Mariano DiNunzio war ein Mann von fast fünfundsiebzig Jahren, klein, pausbäckig, mit vollen Lippen und erstaunlich wenig Runzeln im Gesicht, abgesehen von den tiefen Lachfalten um die Augen. Eine Brille mit dunklem Gestell saß tief auf einer Knollennase, und unter seinem Bademantel trug er ein weißes Trägerunterhemd und Schlafanzughosen. Er hatte mit den Jahren an Gewicht zugelegt, verfügte aber immer noch über die muskulöse Statur des Fliesenlegers, der er gewesen war, ehe sein Rücken schlapp gemacht hatte. Seine Gestalt erinnerte an einen städtischen Hydranten, nur viel kräftiger. Bei den DiNunzios lag der Schwerpunkt im unteren Körperbereich.

»Danke, Paps«, antwortete Mary. Sie hatte natürlich gewusst, dass er das sagen würde, aber seine Worte trösteten sie dennoch. Sie war schon immer der Liebling ihres Vaters gewesen und stand ihm auch als Erwachsene noch sehr nahe, auch wenn sie mit der Zeit festgestellt hatte, dass ihre Gespräche aus zahlreichen ritualisierten Passagen bestanden, ähnlich wie der Wechselgesang zwischen Priester und Gemeinde. *Et cum spiritu tuo.*

»Ich mach uns Kaffee. Willst du schon mal den Tisch decken?«

»Klar.« Mary lächelte, weil auch diese Frage zum Ritual gehörte, genauso wie das nächtliche Kaffeemachen. Während sie Tassen und Unterteller aus einem Schrank holte, schlurfte ihr Vater zur Spüle, um Wasser in die Espressomaschine zu füllen. Die DiNunzios benutzten immer noch ein altmodisches Gerät aus Edelstahl, bei dem nur eine Delle am Boden von seinem über dreißigjährigen Gebrauch zeugte. Der Fortschritt machte einen Bogen um diesen Haushalt, Gott sei Dank.

»Du solltest öfter vorbeikommen, Mary«, sagte ihr Vater, als das Wasser in den unteren Teil der Kanne zischte. Er drehte den Hahn ab, stellte die Kanne auf die Arbeitsplatte und zog den Plastikdeckel von der Kaffeedose, die sofort einen aromatischen Duft verströmte. Dann löffelte er den gemahlenen Kaffee in den Einsatz der Kanne, und das Geräusch in der stillen Küche war Mary aus ihrer Kindheit noch so vertraut wie das Geräusch der kleinen Schaufel, mit der sie im dunklen, nassen Sand am Strand von Jersey gebuddelt hatte. Tschak, tschak, tschak. Obwohl sie nur zu zweit waren, machte ihr Vater immer acht Tassen, eine Sandburg aus Koffein.

»Noch öfter? Daddy, ich komme praktisch jeden Sonntag zum Essen her.« Mary setzte vorsichtig zwei Tassen an ihren angeschlagenen Henkeln ab und nahm zwei Untertassen mit einem nachgemachten englischen Muster heraus, die sie bei Wanamaker's gekauft hatten, einem Geschäft, das es nicht mehr gab. Obwohl Mary das alte Geschirr liebte, konnte sie der Versuchung nicht widerstehen, ein wenig zu sticheln. »Meinst du, wir werden je aus Bechern trinken?«

»Was für Becher?«

»Kaffeebecher. So was gibt es jetzt, mit Sprüchen drauf. Sehr beliebt.«

»Kluges Mädchen«, schnaubte ihr Vater und blinzelte hinter seiner dicken Brille, die jedoch längst nicht so dick war wie die ihrer Mutter. Ihre Mutter war fast blind, nachdem sie ein Leben lang im Keller des Hauses Näharbeiten im Akkord ausgeführt hatte. Ihr Vater hatte zwar noch relativ gute Augen, konnte dafür aber kaum noch hören – das Resultat des Zusammenlebens mit drei Frauen: Mary, ihre Zwillingsschwester und ihre Mutter. Mary hatte ihm zwei Hörgeräte gekauft, ehe er sich schließlich mit dem abfand, das er jetzt trug. Es saß in seinem Ohr wie eine braune Schnecke.

»Doch, wirklich. Ich könnte dir einen mit der Aufschrift ›Bester Vater der Welt‹ kaufen.«

»Nein danke. Becher sind einfach nicht so schön wie Tassen mit Untertassen.«

»Aber alle anderen haben sie.«

»Ich weiß. Ich bekomme noch so einiges mit, weil ich ab und zu mal aus dem Haus gehe.« Er lächelte, und Mary grinste zurück. Es war ein Spiel, das sie gern spielten.

»Und Computer. Alle haben heutzutage Computer.«

»Computer?« Ihr Vater lachte meckernd. »Das weiß ich aus dem Fernsehen. Überall Computer. Du kennst doch Tony von nebenan? Er hat jetzt einen Internetanschluss.« Ihr Vater wedelte mit dem blauen Kaffeelot vor ihr herum. »Schreibt dauernd Briefe an eine Frau aus Tampa in Florida. Was sagst du dazu?«

»Da hast du's. Du könntest auch so eine Brieffreundin in Tampa haben.«

»Aber ich interessiere mich mehr für meine Tochter und frage mich, warum sie sonntags nicht mit uns in die Kirche geht.«

»Ach, Dad.« Mary ging zu der Schublade mit den Bestecken und nahm zwei Kaffeelöffel heraus. »Fängst du wieder damit an?«

»Deine Mutter würde sich freuen, wenn du mitkämst. Gerade vorhin, bevor sie zu Bett ging, hat sie zu mir gesagt: ›Wäre es nicht schön, wenn Mary mit uns allen zur Kirche ginge?‹ Angie kommt jetzt nämlich auch immer mit.«

»Bei Angie ist das was anderes. Sie war schließlich Nonne.«

Das kam mit unbeabsichtigter Bitterkeit heraus, und ihr Vater ließ die runden Schultern hängen. Es tat ihr weh, ihn zu enttäuschen. Schuldgefühle sammelten sich wie eine schwere, graue Wolke über ihr, bereit, auf sie loszuregnen.

»Okay, okay. Vielleicht gehe ich irgendwann mal mit. Zufrieden, Dad?«

»Gut.« Ihr Vater nickte einmal mit seinem fast kahlen Kopf, auf dem noch ein dünner Kranz von mattgrauen Haaren wuchs. Er stellte die Espressomaschine auf den Herd, schaltete das Gas ein und drehte sich um, als es sich mit einem hörbaren *flumm* entzündete. Die Zündflamme des alten Herdes war wieder zu hoch eingestellt. »Wie wär's mit nächstem Sonntag?«

»Am nächsten Sonntag?« Mary zog zwei Servietten aus dem Plastikhalter auf dem Tisch. »Du verhandelst wirklich hart.«

»Ich war im Baugeschäft, vergiss das nicht.«

Sie lachte. »Na schön, nächsten Sonntag.« Als sie sich an ihren angestammten Platz am Tisch gesetzt hatte, fügte sie hinzu: »Falls ich nicht arbeiten muss.«

Ihr Vater wandte sich wieder dem Herd zu, um die Kanne im Auge zu behalten, und Mary bemerkte, wie er seine schwere Hand stützend an den Rücken legte. Seit ein paar Jahren hielten ihn die Rückenschmerzen nachts wach, wenn er auch immer so tat, als sähe er freiwillig bis zwei Uhr morgens fern und sie bei diesem kleinen Selbstbetrug mitmachte. Es erschien ihr grausam, es nicht zu tun, doch an diesem Abend musste sie mal wieder nachfragen. »Dad, was macht dein Rücken?«

»Keine Klagen«, antwortete er wie immer. *Et cum spiritu tuo.*

»Ich weiß, dass du nicht jammern willst, aber ich möchte es wissen. Wie geht es deinem Rücken?«

»Gut.« Er öffnete das Brotfach und zog eine Plastiktüte

mit einem italienischen Brötchen heraus. Wie jeden Morgen war er in der Bäckerei an der Ecke gewesen und mit genau drei Brötchen zurückgekommen: eins für sich, eins für Marys Mutter und eins für alle Fälle. Die Brötchen wurden mit Butter bestrichen und in den Kaffee getunkt, wo das geschmolzene Fett dicke Augen hinterließ und das Aroma verstärkte. Er holte das letzte Brötchen aus der Tüte, faltete diese zweimal und legte sie für die morgigen Brötchen in das Schrankfach zurück. Mit Recycling hatte das nichts zu tun.

»Nimmst du deine Tabletten gegen die Schmerzen?«

»Die machen mich nur schläfrig.« Er legte das Brötchen auf einen Teller, den er neben die Butter auf den Tisch stellte. Mary wusste, dass gleich ein Hickhack losgehen würde, weil jeder das Brötchen dem anderen überlassen wollte.

»Machst du deine Übungen?«

»Ich hole jeden Morgen die Zeitung, und nachmittags gehe ich mir eine Zigarre kaufen, zusammen mit Tony.«

»Aber du hast doch Schmerzen. Wie schläfst du denn?«

»Mit geschlossenen Augen.« Ihr Vater lächelte, aber Mary blieb ernst.

»Du bleibst nachts auf und siehst fern, aber nicht weil das so spannend ist, sondern weil du nicht schlafen kannst. Hab ich Recht?«

Er ließ sich schwerfällig auf seinem Stuhl nieder und stützte dabei eine Hand auf die Tischkante. Sein Gesichtsausdruck veränderte sich nicht, das schelmische Lächeln spielte noch immer um seine Lippen, aber er schwieg. Sie saßen am Tisch und sahen sich über das angeschlagene Porzellan hinweg an.

»Dein Rücken macht dir Probleme«, sagte Mary. »Sei ehrlich.«

»Warum willst du das unbedingt wissen?«

»Keine Ahnung. Ich möchte einfach, dass du es mir sagst.«

Ihr Vater stieß einen schweren Seufzer aus. »Okay. Mein Rücken tut weh. Ich habe Schmerzen.«

»Nachts?«

»Ja.«

»Wann sonst noch?«

Er antwortete nicht, schürzte nur die Lippen. Der Kaffee machte sich im Hintergrund bemerkbar, eine einzelne Eruption, wie ein versehentlicher Rülpser.

»Die ganze Zeit?«

»Ja.«

»Aber nachts am meisten?«

»Nur, weil ich dann keine Ablenkung mehr habe.« Seine Stimme war ruhig. Der Kaffee hinter ihm rülpste noch einmal.

»Das tut mir Leid. Gibt es irgendetwas, das ich für dich tun kann?«

»Nein.«

»Vielleicht sollten wir noch mal einen neuen Arzt ausprobieren. Ich könnte dich zur Uniklinik bringen. Dort haben sie erstklassige Ärzte.«

»Du hast mich doch schon letztes Jahr dorthin geschleppt. Nun ist's genug.« Er winkte ab. »Bist du deswegen hergekommen? Um über meine Rückenschmerzen zu sprechen?«

»Auch, ja.«

»Also, damit gehst du mir bloß auf die Nerven. Gar nicht gut für meinen Rücken.«

Er lachte, und Mary stimmte mit ein. Merkwürdigerweise fühlte sie sich besser, weil er ihr die Wahrheit gesagt hatte, auch wenn es eine traurige Wahrheit war. Sie würde einen neuen Plan ausbrüten müssen, um ihn wieder zu einem Doktor zu bringen.

Die Kaffeekanne auf dem Herd dampfte jetzt nur noch manierlich, und sie konnte einen ersten Hauch des köstlichen Dufts schnuppern. Es machte Spaß, mitten in der Nacht Kaffee zu trinken, eine Familientradition, die so selbstverständlich war wie Fisch am Freitag. Als ihr Mann Mike noch lebte, hatte er oft an den nächtlichen Kaffeesitzungen teilgenommen. Er hatte mit ihrem Vater über Baseball gefachsimpelt und sich sogar einmal hustend an einer Zigarre versucht. Mike hatte so wunderbar in ihre Familie gepasst, manchmal besser als sie selbst, und dann war er plötzlich nicht mehr da gewesen. Sie merkte, wie sie schlucken musste und die Trauer neu und ungemildert in ihr aufstieg. Das war schon lange nicht mehr vorgekommen, doch der Newlin-Fall weckte Erinnerungen.

»Kind, was ist denn los?«, fragte ihr Vater und bedeckte ihre Hand mit seiner Pranke. Sie fühlte sich warm und trocken an. »Ich hab doch nur Spaß gemacht. Du gehst mir überhaupt nicht auf die Nerven.«

»Ich weiß.« Mary schluckte die Tränen herunter. »Alles in Ordnung.«

»Du weinst ja fast. Wie kann da alles in Ordnung sein?« Er griff nach dem Serviettenhalter, aber es waren keine mehr da, und er machte Anstalten aufzustehen.

Mary griff nach seiner Hand, als er sie wegzog. »Nein, bleib sitzen. Es geht mir gut. Ich weiß, dass ich dir nicht auf die Nerven falle. Oder doch, das tue ich, aber deswegen bin ich nicht traurig.« Sie lächelte ein wenig zittrig zum Beweis. »Ich musste auf einmal an Mike denken. Du weißt schon.«

Sein Gesicht wurde ernst, die Augenbrauen zogen sich zusammen.

»Ach so. Michael.«

»Aber es geht mir gut.«

»Mir auch.«

»Gut. Was macht dein Rücken? Keine Klagen?« Sie lachten beide.

Der Kaffee dampfte und zischte und drohte überzulaufen. Sie bemerkten es gleichzeitig, aber Mary war schneller am Herd.

»Hab ihn schon«, sagte sie mit einem letzten Schniefen. Sie wollte das Gas nur herunterdrehen, aber die Flamme ging ganz aus, so dass sie den Brenner neu entzünden musste. »Diese Zündflamme ist Mist, Dad.«

»Ich hab dir doch gesagt, sie können das nicht reparieren.«

»Ich werde sie verklagen.« Sie beugte sich zum Anzünden herunter und verbrannte sich beinahe die Wimpern bei dem *flumm.* »Wenn ich dir schon nicht mit deinem Rücken helfen kann, will ich wenigstens etwas wegen dem verdammten Herd unternehmen.«

»Kind, du sollst nicht fluchen«, sagte ihr Vater, aber sie hörte schon an seiner Stimme, dass er nicht bei der Sache war. Als sie sich umdrehte, sah er immer noch traurig aus. Sie hatte es geschafft, dass er an Mike dachte, und plötzlich bereute sie es, nach Hause gekommen zu sein. Ihrem Vater ging es besser, wenn er mit seinem Fernsehen und seinen Rückenschmerzen allein war.

»Dad, ich muss dich etwas fragen. Ich habe seit heute diesen neuen Fall. Er ist ziemlich schwierig, ein Mordfall.«

Die runden Augen ihres Vaters wurden noch runder. »Mary, du hast doch gesagt, du würdest keine Mordfälle übernehmen.«

»Ich weiß, aber der hier ist etwas Besonderes. Der Angeklagte ist ein Familienvater, und ich glaube, er ist unschuldig. Halt mir also bitte keine Predigten wie Mama. Es ist mein Beruf, okay?«

»Schon gut, schon gut.« Ihr Vater hob beschwichtigend die Hände. »Nicht schießen.«

»Entschuldige.« Sie setzte sich wieder, während sich die Küche mit Kaffeeduft füllte. »Hier also meine Frage: Wenn ich einen Mord beginge, würdest du bei der Polizei ein falsches Geständnis ablegen, um mich zu schützen?«

»Wenn *du* einen Mord begehen würdest?« Seine Stirn überzog sich mit erschrockenen Runzeln. »Du würdest doch nie jemanden ermorden!«

»Ich weiß. Aber mal angenommen, ich hätte es getan, würdest du für mich ins Gefängnis gehen?«

Ihr Vater zögerte nicht. »Natürlich, ich will doch nicht, dass sie dich hinter Gitter stecken. Wenn du jemanden umgebracht hättest, dann aus einem guten Grund.«

Mary dachte darüber nach. Was konnte Paiges Grund gewesen sein? »Was wäre ein guter Grund?«

»Wenn du in Lebensgefahr wärst und dich verteidigen müsstest.«

»Notwehr.«

»Genau.« Er legte den Kopf schräg. »Oder das, was ich vorhin in der Glotze gesehen habe, diese Frau, die ihren Mann umgebracht hat. Er hat sie immer geschlagen, weißt du, wenn er besoffen war. Jeden Abend. Eines Abends ist er vom Angeln nach Hause gekommen und hat ihr einen Fisch in den Hals gestopft. Einen Fisch! Sie ist fast daran erstickt. Was für ein *cazzone.*« Er schauderte. »Irgendwann hatte sie so die Schnauze voll davon, dass sie ihn erschossen hat.«

»Wenn mir also jemand so etwas antäte, hätte ich einen guten Grund, ihn zu erschießen.«

»Wenn dir jemand so was antäte, würde *ich* ihn erschießen.«

Mary lächelte. Ihr Vater war ein derart friedfertiger Mensch, dass allein die Vorstellung absurd schien. Andererseits – so wie er es gesagt hatte, war er vielleicht doch dazu in der Lage. Immerhin war er sein Leben lang ein gestandener Handwerker gewesen, kein Chorknabe.

»Jetzt kommt der schwierige Teil. Was würdest du sagen, wenn die Person, die ich getötet hätte, meine Mutter wäre?«

»Deine Mutter?« Die schütteren Augenbrauen ihres Vaters schossen nach oben. »Deine *Mutter*?«

»Ja.«

»Wenn du deine eigene Mutter umgebracht hättest?« Er fuhr sich mit der Hand über die Glatze. »Großer Gott. Also, dann würde ich sagen, dass deine Mutter wirklich schlimme Sachen mit dir gemacht haben muss.«

»Würdest du selbst dann noch für mich ins Gefängnis gehen?«

»Na klar, sofort.« Er schob nachdenklich die Unterlippe vor.

»Dann erst recht.«

»Warum?«

»Weil es meine Schuld gewesen wäre, wenn deine Mutter dir Schlimmes angetan hätte.«

»Wieso das?«

»Weil ich es zugelassen hätte.« Er schob ihr den Teller mit dem Brötchen hin und schenkte Kaffee ein. »Jetzt iss aber, Kind.«

11

»Ich habe Jura an der Universität von Pennsylvania und in Yale studiert und davor die Girard-Schule besucht.«

Es war kurz nach zwei Uhr morgens, und Dwight Davis hatte beschlossen, die Nacht durchzuarbeiten. Pünktlich um neun würde er Anklage gegen Newlin erheben, und zu diesem Zweck sah er sich nun das Vernehmungs-Video zum x-ten Male an. Solche Sorgfalt ließ er nicht nur wegen Brinkleys Bedenken walten, sondern weil er seine Anklagen immer aufs Gewissenhafteste vorbereitete. Er hatte jeden Satz von Newlin mitgeschrieben. Der Staatsanwaltschaft standen nicht die Mittel zur Verfügung, ein sofortiges Transkript anfertigen zu lassen, wie es in jeder Zivilrechtskanzlei selbstverständlich gewesen wäre – und das, obwohl bei Straffällen die Gerechtigkeit und nicht Geld auf dem Spiel stand. Davis würde dieses Missverhältnis nie akzeptieren können.

»Sie sollten nicht alles glauben, was Sie lesen. Zeitungen wollen vor allem ihre Auflage steigern.«

Er saß am Kopfende eines Tischs in einem kleinen, spärlich beleuchteten Konferenzraum der Bezirksstaatsanwaltschaft. Kisten mit Prozessakten waren an der gegenüberliegenden Wand aufgestapelt, dazu eine Reihe von Beweisstücken auf Schaumstoffunterlagen, und obenauf lag eine geöffnete Tüte mit altbackenen Chips. Davis störte sich nicht an der Unordnung, Hauptsache, er hatte das Büro für sich. Er war als Einzelkind in einer harmonischen Familie aufgewachsen und brauchte Ruhe zum Denken und zum Arbeiten. Wenn er die Anklage in einem Fall führte, wurde die Zeit ohne klingelnde Telefone noch rarer als sonst, und der Fall Newlin erforderte Zeit. Die Laborergebnisse hatte er bereits verschlungen, sie lagen wie ein Fächer vor ihm ausgebreitet.

»Ich möchte nicht unhöflich sein, aber gibt es einen bestimmten Grund für diesen Smalltalk?«

Die blutigen Fingerabdrücke auf dem Messer stimmten mit Newlins überein. Die serologischen Untersuchungen wiesen ebenfalls auf ihn, und an seinem Jackett waren Fasern von der Seidenbluse des Opfers gefunden worden, was auf einen Kampf hindeutete. Den Labortechnikern war es sogar gelungen, seine Fingerabdrücke von ihrer Bluse und ihren Händen abzunehmen. Und die Fotos von Newlin zeigten einen kleinen Schnitt an seiner rechten Hand, der von dem Messer stammte. Alle materiellen Beweise waren vorhanden. Doch je öfter Davis sich die Videoaufnahme ansah, desto mehr sagte sein scharfes Auge ihm, dass etwas mit Newlins Geständnis nicht stimmte. Irgendetwas an seinem Verhalten war verräterisch, seine Nervosität oder eine andere Auffälligkeit, die Davis nicht genau benennen konnte. Der Mann log.

»Ich sollte wohl damit beginnen, dass es mit meiner Ehe in letzter Zeit nicht zum Besten stand.«

Davis musste herausfinden, worin die Lüge bestand. Sein Instinkt und seine Erfahrung sagten ihm, dass sie irgendwo in diesem Geständnis steckte. Aber wo? Er saß am einen Ende des Tischs und Newlin auf dem Bildschirm am anderen, kampfbereit im Dunkeln. Oder Beinahe-Dunkeln. Die letzte Jalousie vor dem Fenster, das auf die Arch Street hinausging, war schief hochgezogen und erinnerte an einen orientalischen Fächer. Die kaputten Jalousien würden nie repariert werden; sie gehörten zur Raumausstattung wie die vergessene Chipstüte.

»Schon seit einem Jahr eigentlich. Honor war nicht besonders glücklich mit mir.«

Die Bilder auf dem Monitor waren graustichig und unscharf, die Beleuchtung zu dunkel. Unter Newlins Nase verlief eine Reihe von Zahlen – eine die Zeit bis auf Hundertstelsekunden genau messende Uhr. Doch die Ziffern waren verschwommen. Wann würden sie je eine anständige technische Ausrüstung bekommen? Dann, wenn die Jalousien repariert würden. Geld, Geld, Geld. Frustriert griff Davis nach der Fernbedienung, drückte auf STOP und spulte die Stelle zurück. Wo war die Lüge? Was stimmte nicht mit diesem Geständnis?

»Irgendwie ist in mir eine Sicherung durchgebrannt. Ich habe mein Glas nach ihr geworfen, aber sie hat nur gelacht. Ich konnte es nicht ertragen, dass sie mich ausgelacht hat.«

Lügner, Lügner, Lügner. Plötzlich ging Davis auf, dass es der Ablauf des Mordes war, über den Newlin log. Er war nicht im Affekt geschehen, angeheizt durch den Whisky und die angedrohte Scheidung. Newlin war nicht der Typ, der ein Verbrechen aus Leidenschaft beging, dazu brauchte man ihn nur anzusehen. Er war ein kühl berechnender Nachlass-Anwalt, ein Mann, der den Tod plante. Was konnte offensichtlicher sein? Überhaupt – was für eine Memme warf schon vor Wut mit einem Glas um sich? Frauen zerschmetterten Gläser, Männer schlugen zu. Nein, Davis nahm ihm diesen ganzen Quatsch nicht ab.

»Ich wusste nicht, was ich tun sollte, wie ich meine Tat verbergen sollte. Ich hatte mir vorher ja nichts überlegt. Ich wusste noch nicht einmal, wie ich ihre Leiche aus dem Haus schaffen könnte.«

Er betonte es zu oft, ein klassischer Fall. Davis hatte das schon hunderte Male erlebt. Er wusste über Newlin Bescheid. Jeder kannte die Familie, eine der reichsten der Stadt, und immer war von dem Geld der Frau die Rede, dem Buxton-Vermögen. Man brauchte nur der Spur des Geldes zu folgen. Newlin musste seine Frau ihres Geldes wegen umgebracht haben, ganz schlicht und einfach. Ganz sicher hatte er den Mord vorher geplant. Entweder wollte er sie von Anfang an selbst töten, oder er hatte jemanden angeheuert, und etwas war schief gelaufen. Jedenfalls hatte Newlin versucht, seinen Plan zu verbergen und den Mord als außer Kontrolle geratenen Streit zu verkaufen. Was war wirklich geschehen? Davis würde es noch herausfinden müssen, aber wo ein solcher Haufen Geld im Spiel war, konnte es sich nur um eine vorsätzliche Tat handeln.

»Ich habe eben nicht logisch gedacht, sondern rein emotional reagiert. Auf ihr Schreien, ihre Beschimpfungen. Wahrscheinlich auch auf den Scotch. Ich bin ausgerastet und habe es getan.«

Vor Wut sah der Staatsanwalt Newlins Bild einen Augenblick lang nur verschwommen. Er hätte sich ohrfeigen können, weil er den Beschiss am Tatort nicht gleich durchschaut hatte, diese viel zu perfekten Indizien. Newlin war nach Hause gekommen, hatte seine Frau erstochen und alles so arrangiert, dass es nach einem Kampf aussah. Er hatte das Whiskyglas zu Boden geschmettert, nachdem sie tot war. Hatte über ihrer Leiche einen Scotch getrunken und sich zu seiner gelungenen Leistung gratuliert. Hatte den Verwirrten gespielt, als er sich die Hände wusch, und Krokodilstränen vergossen, als er die Polizei anrief.

»Detective, das Verhör ist hiermit beendet. Ich möchte meinen Anwalt anrufen.«

Davis verstand Brinkleys Problem nicht. Vielleicht hatte der Detective die Laborergebnisse noch nicht vorliegen gehabt, oder er hatte gerochen, dass Newlin log, aber die falschen Schlüsse daraus gezogen. Für Davis war Newlin ein berechnender, kranker, eiskalter Mörder. Er würde Newlins Plan auf den Grund gehen und in Erfahrung bringen müssen, wie er vorgehabt hatte, an das Geld seiner Frau zu gelangen.

»Ich bestehe auf der Anwesenheit meines Anwalts.«

Davis hasste Typen wie Newlin, die nichts als Geld im Kopf hatten. Sie stellten den Niedergang aller Werte dar, und die Folgen hatte er schon allzu oft aus erster Hand miterlebt. Zuhälter, die ihre Mädchen mit Crack gefügig machten und ihnen die Kehle durchschnitten, wenn sie aufmüpfig wurden, Drogendealer, die ihre Kuriere abknallten, wenn sie in die eigene Tasche wirtschafteten, Marihuana-Dealer im Teenageralter, die ihre Konkurrenten mit einem Schuss aus einer Neunmillimeter exekutierten. Newlin war nicht besser als sie, nur besser gekleidet.

»Ich hätte ihn sofort anrufen sollen.«

Davis starrte wie blind auf den Bildschirm. Es gab noch etwas, das er nicht verstand. Warum hatte Newlin überhaupt so viel gesagt? Warum hatte er sich so viel vermasselt? Er hörte, wie Newlin in kühlem, unpersönlichem Ton seine Forderungen stellte, und wusste die Antwort. Newlin war ein bekannter Anwalt mit einem dicken Selbstbewusstsein und entsprechendem Hochmut. Er wollte ihnen eine lange Nase drehen. Er glaubte, er könne ungeschoren davonkommen. Die Gesetzesvertreter überlisten, selbst wenn sie einen Vorsprung hatten.

»Ich will meinen Anwalt sprechen, und dann werden wir uns darum kümmern, Paige zu benachrichtigen.«

Davis musterte den Menschen auf dem Bildschirm, und sein Instinkt sagte ihm, dass er es mit dem Bösen in seiner hinterhältigsten und verführerischsten Gestalt zu tun hatte. Ein netter Kerl. Partner in einer renommierten Kanzlei. Liebevoller Vater. Davis ließ sich davon nicht hinters Licht führen, im Gegensatz zu Brinkley.

»Ich werde sie durch meinen Anwalt benachrichtigen lassen.«

Davis konnte sich ausrechnen, was Newlins nächster Schritt sein würde. Er würde um einen Handel bitten. Ihm war klar geworden, dass er bei der Polizei zu viel geplaudert hatte und die Beweislast gegen ihn sprach. Er würde einen Prozess mit dem damit einhergehenden Aufsehen, der Peinlichkeit und psychischen Belastung vermeiden wollen. Man sollte ihm den Weg ebnen, wie er es gewohnt war. Newlin würde alles daransetzen, dass die Anklage auf vorsätzliche Tötung abgemildert wurde, dann bekam er vielleicht zwanzig Jahre, von denen er acht bis zehn absitzen würde. Er käme als Mann in den besten Jahren heraus und könnte über den ganzen Zaster seiner Frau verfügen. Zwar würde die Lebensversicherung wegen des Mord-Geschreis nicht zahlen, aber er hätte sowieso schon tonnenweise Geld auf die Seite gebracht.

»Aber ich bin selbst Anwalt.«

Davis runzelte finster die Stirn. Ein Anwalt, der für Geld mordete, brachte Schande über den ganzen Berufsstand. Davis war immer stolz auf seinen Beruf gewesen und hasste Newlin für sein Verbrechen. Er hasste ihn in Honor Newlins Namen und im Namen des Volkes von Pennsylvania. Nur die Gerechtigkeit bot ihnen allen Schutz. Es klang abgedroschen, aber letztendlich klang alles abgedroschen, für das es sich einzutreten lohnte. Davis glaubte an die Gerechtigkeit, Newlin glaubte an Geld. *»Nein danke«,* sagte Newlin auf dem Video, und Davis sah sein überhebliches Lächeln.

Es bestärkte ihn in seiner Entscheidung. Auf einmal wusste er, was er zu tun hatte, aber er würde die Zustimmung von oben dafür brauchen. Sein Ersuchen war ungewöhnlich, aber dies war schließlich ein ungewöhnlicher Fall. In all seinen Jahren als Staatsanwalt hatte er überhaupt erst zweimal darum ersucht, und der Fall Newlin war gravierender als jene anderen beiden. Dies war der Fall seines Lebens, seines und Newlins. Es gab nur eine Vorgehensweise. Auf den Notizblock vor sich schrieb er: KEINE VERHANDLUNGEN.

Er unterstrich es mit fester Hand. Der Staat Pennsylvania würde Jack Newlin keine Strafmilderung im Gegenzug zu einem Schuldbekenntnis anbieten. Newlin würde nach vollem

Recht und Gesetz angeklagt werden, als der gemeine Mörder, der er war, auch in seiner Hundert-Dollar-Krawatte. Man würde ihm den Prozess machen und ihn für den Mord an seiner Frau zum Tode verurteilen, dafür würde Davis sorgen.

Er schaltete den Videorekorder aus, klappte seinen Anwaltsblock zu und stand auf. Er streckte sich und dehnte jeden Muskel. Obwohl er seit zwanzig Stunden nicht geschlafen hatte und seit zwei Tagen nicht gelaufen war, fühlte er sich plötzlich fit und stark. Wach und bereit. Voll da. Davis würde gewinnen.

Weil er immer gewann.

Zweites Buch

12

Früh am nächsten Morgen fand sich Mary wieder im Besucherraum des Roundhouse ein, um vor der Anklageerhebung mit Newlin zu sprechen. Unbeeindruckt von der düsteren Umgebung saß sie vor der kugelsicheren Trennscheibe, gekleidet in ein dunkelblaues Kostüm und eine hochgeschlossene Bluse, die ihre hektischen Flecken verbergen sollte, welche vor Gericht zweifellos wie Rosen erblühen würden. Die Tatsache, dass sie diese Rötungen schon in diesem Moment spürte, nur in Jacks Gegenwart, konnte sie sich kaum selbst erklären, geschweige denn ihrem Mandanten. Allerdings war sie sicher, dass die Ursache mehrere allgemeinmoralische und berufsethische Grundsätze und vielleicht sogar ein christliches Gebot verletzte.

Mary räusperte sich. »Zeit, sich für die erste Runde aufzuwärmen. Ich habe ein Konzept für die Verteidigung ausgearbeitet und muss Sie auf die Anhörung zur Anklageerhebung vorbereiten.«

»Sicher, danke.« Jack wirkte müde in seinem zerknitterten Overall, doch seinem guten Aussehen konnten die Spuren der Erschöpfung nichts anhaben. Der Bartschatten von gestern war zu rauen Stoppeln angewachsen, ein Zeichen dafür, wie wenig ihm an seinem Äußeren gelegen war. Er strich sich mit unruhiger Hand durch die sandfarbenen Haare. »Sagen Sie mir zuerst, wie es steht.«

»Besser als erwartet. Meine Nachforschungen haben mich zuversichtlich gemacht. Deshalb bin ich hier.«

»Nein, ich meinte dort draußen. Der Fall ist in allen Nachrichtensendungen. Wie verkraftet Paige das Ganze?«

»Ziemlich gut.« Mary entging nicht, dass seine erste Frage seiner Tochter galt. Sie beschloss, ein wenig auf den Busch zu klopfen. »Wissen Sie, ich habe mir so meine Gedanken über Paige gemacht. Wo war sie gestern Abend, als Ihre Frau ermordet wurde?«

»Bei sich zu Hause, denke ich. Warum ist das wichtig?«

Jacks Miene verriet nicht mehr als leichtes Interesse, und Mary war zu verwirrt, um zu entscheiden, ob er sich verstellte. Sie wollte ihm zugleich glauben und nicht glauben und schwor sich, in Zukunft nur noch hässliche Mandanten zu vertreten.

»Paige sagte mir, sie wäre zum Abendessen mit Ihnen und Ihrer Frau verabredet gewesen, hätte aber abgesagt. Stimmt das?«

»Ja, das ist richtig.«

»Sie sagt die Wahrheit?«

»Natürlich.« Jacks blaue Augen wurden zu Eis.

»Ich frage, weil Teenager sich gern mal etwas ausdenken.«

»Nicht Paige.«

»Verstehe.« Mary schwieg einen Moment. Log er? »Sie haben das bei unserem ersten Treffen nicht erwähnt.«

»Ich dachte nicht, dass es von Bedeutung ist.« Jack runzelte die Stirn. »Wen interessiert es schon, wer zum Essen an dem Abend kommen sollte, an dem ich meine Frau umgebracht habe?«

»Mich zum Beispiel. Das gehört zu meinem Beruf. Ich habe das Gefühl, dass Paige mich angelogen hat. Sie sagte, ihr Freund Trevor sei gestern Abend nicht bei ihr gewesen, aber ich glaube, dass er doch da war.«

»Was? Wie kommen Sie darauf?«

»Er ist mir vor Paiges Wohnung begegnet, als ich auf dem Weg zu ihr war.« Sie wartete, ob Jack eine Reaktion zeigte, aber er blieb ruhig, abgesehen von dem Zucken in seinem Unterkiefer. »Und Sie sagen, Paige lügt nicht.«

»Tut sie auch nicht. Außer wenn es um Trevor geht. Ich

mag ihn nicht, und Paige weiß das. Wahrscheinlich hat sie deswegen nicht die Wahrheit gesagt, damit ich nicht erfahre, dass er bei ihr war. Paige lässt manchmal etwas in ihren Gesprächen weg, wie wir alle.« Er musterte sie eingehend. »Sie sind bestimmt keine Lügnerin, Mary, aber ich wette, Sie erzählen Ihrem Vater nichts von Ihren Männerbekanntschaften, stimmt's?«

Mary wand sich innerlich. Er hatte Recht, aber der Vergleich überzeugte sie nicht. Sie überlegte, ob sie ihn direkt mit der Behauptung konfrontieren solle, dass er Paige schütze, entschied sich aber dafür, nur ihre Zweifel durchblicken zu lassen. »Na gut, machen wir weiter. Schließlich bin ich nicht gekommen, um mit Ihnen über Paige zu sprechen. Ich habe meine Hausaufgaben gemacht. Der Hauptbeweis der Anklage gegen Sie wird Ihr Geständnis sein, beziehungsweise die Videoaufzeichnung davon.«

»Die Polizei sagt, es gibt auch noch andere Beweise. Materielle Beweise, Spuren. Das haben sie mir mitgeteilt.«

»Ich weiß.« Mary sah auf ihre Notizen. »Aber lassen Sie mich der Reihe nach vorgehen. Wir können dem entgegenhalten, dass Sie zum Zeitpunkt Ihres Geständnisses betrunken waren.«

»Betrunken?«

»Ja. Sie sagten, Sie hätten ein paar Scotch getrunken. Zwei oder drei, Sie waren sich nicht sicher.« Sie wühlte in ihrer Aktentasche, zog weitere Notizen sowie die relevanten Gesetzesparagraphen hervor. »Sie sagten, Sie seien es nicht gewöhnt zu trinken und hätten sich übergeben müssen. Das ist juristisch von Bedeutung und wirft Zweifel auf die Gültigkeit Ihrer Verzichtserklärung, was die Anwesenheit eines Rechtsbeistands betrifft. Das Gesetz besagt eindeutig, dass Sie bei Trunkenheit nicht auf einen Rechtsbeistand verzichten können.«

»Aber ich war nicht betrunken.«

»Sie haben möglicherweise drei Scotch getrunken.«

»Es waren zwei, glaube ich.«

»Könnten es nicht auch drei gewesen sein? Sie sprachen mir gegenüber von ein paar Gläsern. Das sind für mich mindestens drei.«

»Sie wollen, dass ich sage, es seien drei gewesen, ist das der Sinn der Übung?« Jack lächelte offen, seine Zähne waren gerade und regelmäßig. »Wollen Sie etwa meine Aussagen mit mir einüben, Frau Anwältin?«

»Natürlich nicht.« Mary schrieb ihren Mandanten nie vor, was sie zu sagen hatten, wenn es auch schon vorgekommen war, dass sie dem einen oder anderen einen Tritt unterm Tisch versetzt oder ihm zugezischt hatte, er solle den Mund halten. Dagegen war nichts einzuwenden, es brachte einem sogar Respekt ein. »Aber wenn sie zwei oder drei Whisky getrunken haben, war der Alkoholgehalt in Ihrem Blut ziemlich hoch. Wir müssen zwar warten, bis die Polizei die Testergebnisse herausrückt, aber ich habe vor, geltend zu machen, dass Sie bei Ihrem Geständnis nicht zurechnungsfähig waren.«

»Aber Sie haben mich gestern doch gesehen. Ich war nicht betrunken.«

»Zu diesem Zeitpunkt vielleicht nicht mehr. Außerdem kann ich bei einem Gespräch nicht unbedingt feststellen, ob jemand betrunken ist.«

»Das ist doch albern.« Jack beugte sich vor, und seine betonte Sprechweise signalisierte mühsam beherrschte Verärgerung. »Ich sage Ihnen, ich war nicht betrunken, als ich mit der Polizei sprach. Die Detectives haben mich gefragt, ob ich unter Alkoholeinfluss stehe, und ich habe nein gesagt. Ich habe das auch in der Verzichtserklärung angegeben und unterschrieben.«

»Sie können nicht beurteilen, ob Sie betrunken waren oder nicht.« Mary hatte nicht mit so viel Widerstand von einem Mann gerechnet, dessen Leben sie zu retten versuchte, aber vielleicht hätte sie darauf vorbereitet sein sollen. Die Situation war regelrecht absurd. »Eine Menge Betrunkene halten sich für nüchtern. Manche fahren deshalb noch Auto.«

»Ich *weiß*, dass ich nicht betrunken war.«

»Wie können Sie sich dessen so sicher sein, Jack? Ihre Handlungen waren nicht gerade rational. Zuerst mit dem Geständnis anzufangen und dann den Anwalt anzurufen. Sie konnten nicht klar denken, weil Sie getrunken hatten.«

»Aber dann habe ich meine Frau umgebracht. Das hat mich ernüchtert.«

»Ich finde das nicht komisch«, entgegnete Mary kühl, obwohl seine Gefühllosigkeit nicht echt klang. »Warum sträuben Sie sich so? Ich bringe Ihnen gute Nachrichten. Ohne dieses Geständnis ist das Belastungsmaterial gegen Sie sehr viel dünner. Ich beabsichtige, den Detectives bei der Voruntersuchung einen Strich durch die Rechnung zu machen, indem ich beantrage, das Geständnis nicht als Beweis zuzulassen.«

»Tun Sie das nicht. Ich glaube nicht, dass es funktioniert, und es wird die Vorteile gefährden, die mein Schuldbekenntnis mir verschafft hätte.«

»Nein, das wird es nicht. Der Staatsanwalt wird unter diesen Umständen einen Antrag auf Nichtzulassung erwarten.«

»Ich will den Handel nicht vermasseln.«

»Es *gibt* keinen Handel.« Mary beugte sich zu der kugelsicheren Trennscheibe vor. »Und ich würde mich an Ihrer Stelle nicht darauf verlassen, dass überhaupt einer zustande kommt. Bis jetzt hält die Anklage alle Trümpfe in der Hand, und wenn wir uns nicht wehren, wird sie sie ausspielen. Sie wird sich viel eher auf einen Handel einlassen, wenn sie glaubt, dass wir eine gute Verteidigung haben und unserem Antrag auf Nichtzulassung stattgegeben werden könnte. Der Staatsanwalt verliert nämlich auch nicht gern einen Prozess.«

»Verstehe«, nickte Jack abweisend. »Ich werde darüber nachdenken und Ihnen Bescheid geben.«

»Ich präsentiere Ihnen einen Trumpf auf dem Tablett und Sie wollen darüber nachdenken?« Mary umklammerte ihren

Stift und versuchte, Ruhe zu bewahren. Seine Halsstarrigkeit bestärkte sie nur. Wenn sie richtig lag, war sie gerade dabei, mit ihm um sein Leben zu ringen. »Ich bin hier die Anwältin, Jack.«

»Und ich bin der Mandant. Ich treffe die Entscheidungen. Schließlich kenne ich das aus meiner eigenen Berufspraxis: Ich habe meine Mandanten zwar juristisch beraten, aber ihnen oblag letztlich die Entscheidung. Oft war ich nicht mit ihnen einer Meinung, aber ich habe mich stets nach ihren Wünschen gerichtet.«

»Wir haben es hier aber nicht mit Nachlassfragen zu tun, bei denen der Tod des Mandanten vorausgesetzt wird. Mein Job ist es, Ihr Leben zu retten.«

»Wie auch immer, der Anwalt ist nur ein Vertreter.«

»Das stimmt nicht ganz.« Mary hatte noch fleißig gebüffelt, nachdem sie vergangene Nacht von ihrem Vater weggegangen war. »Eine Strafsache ist etwas anderes als eine Zivilrechtsangelegenheit. Als Strafverteidigerin habe ich die Pflicht, den Antrag auf Nichtzulassung zu stellen. Sie können nicht den Umfang Ihrer Verteidigung bestimmen, auch wenn Sie das Recht auf einen Verteidiger haben. Das ist in der Verfassung festgelegt. Haben Sie nie vom Sechsten Amendment gehört?«

Da er schwieg, fuhr Mary unverdrossen mit ihrem Vortrag fort.

»Wenn ich den Antrag nicht stelle, könnten Sie sich nach der Verurteilung an ein Berufungsgericht wenden, weil Ihre Anwältin Mist gebaut hat. So etwas kennt ihr Zivilrechtsanwälte natürlich nicht. Ich wäre als unfähig gebrandmarkt und würde eine Rüge wegen Vernachlässigung der beruflichen Sorgfaltspflicht bekommen, etwas, das ich nicht unbedingt in meiner Personalakte stehen haben möchte.«

»Ich wollte es eigentlich nicht sagen, aber Sie zwingen mich dazu. Wäre es nicht möglich, dass Sie sich in Bezug auf diesen Nichtzulassungsantrag irren?«

»Nein. Ich habe die entsprechenden Paragraphen studiert.«

»Aber wie Sie mir gleich zu Anfang sagten, haben Sie nicht viel Erfahrung mit Mordanklagen. Haben Sie schon jemals einen solchen Antrag gestellt?«

Mary musste schwer schlucken. »Nein.«

»Was wäre, wenn Ihre Einschätzung falsch ist? Ich habe so dies und das von anderen Gefangenen gehört, die mehr Erfahrung in solchen Dingen haben als wir beide zusammen. Sie halten es für verrückt, nicht sofort das Beste aus meinem Schuldbekenntnis herauszuholen.«

Sie hätte am liebsten geknurrt wie ein Hund. Sie brauchte keine juristischen Ratschläge von Schwerverbrechern. Sie hatte Recht mit dem Antrag und dem Geständnis. Das war keine Frage der Erfahrung. Oder doch? Ihr fiel im Moment keine Entgegnung ein.

»Mary, Sie arbeiten hart, um mir zu helfen, und ich weiß das zu schätzen. Ich hatte nicht an eine solche Verteidigungsstrategie gedacht. Sie erscheint mir falsch in Anbetracht der Tatsachen. Ich muss mir das erst durch den Kopf gehen lassen. Das ist doch nur vernünftig, oder?«

Er atmete hörbar aus, und Mary nickte, immer noch verunsichert. Vielleicht hätte sie diesen Fall nicht übernehmen sollen. Vielleicht war sie wirklich nicht erfahren genug. Sie spielte mit dem Leben eines Menschen. Und dennoch.

»Nein, ist es nicht. Aber Sie können bis morgen früh darüber nachdenken. Rufen Sie mich an und sagen Sie mir, dass Sie einverstanden sind.«

»Ich werde Sie anrufen.« Jack stand auf, die Handschellen pressten seine Arme gegen den Overall. »Stellen Sie bitte keinen Antrag, bis wir wieder miteinander gesprochen haben.«

»Warten Sie«, sagte Mary zögerlich, als er sich zum Gehen wandte.

»Ich wollte Sie noch über den Ablauf der Anklageerhebung in Kenntnis setzen. Damit Sie wissen, was Sie erwartet.«

»Die Anklageerhebung ist unwichtig. Es kümmert mich nicht, ob ich vorläufig auf Kaution herauskomme oder nicht.« Jack ging zur Tür und rief den Wärter, der ihn sofort wegführte.

Mary blieb verdattert zurück. Noch nie hatte ein Mandant sie einfach so sitzen lassen, schon gar nicht einer in Fußfesseln. Er deckte seine Tochter, es gab keine andere Erklärung. Die Verteidigung von Jack Newlin erwies sich als ein Weg voller Hindernisse, die er selbst aufbaute, und sie wurde dabei zur Gegnerin ihres eigenen Mandanten.

Sie wollte gewinnen, fürchtete aber, dass es kein großer Sieg wäre, falls es ihr gelänge.

13

Davis drückte auf STOP, als das Video mit Newlins Geständnis zu Ende war, und beobachtete seinen Boss, Bill Masterson, den Bezirksstaatsanwalt von Philadelphia. Masterson saß missmutig hinter dem großen Mahagonischreibtisch seines sonnigen Büros, der mit vergoldeten Auszeichnungen, Briefbeschwerern mit Gedenkinschriften und signierten Fotos voll gestellt war. Auf den Fotos war Masterson unter anderem mit dem Bürgermeister, verschiedenen Bezirksamtsleitern, dem Clown Bozo, dem versammelten Stadtrat und Elmo aus der Sesamstraße zu sehen. Seine untergebenen Staatsanwälte witzelten oft, dass die Express-Filmentwicklung speziell für Bill Masterson erfunden worden war.

Davis machte sich langsam Sorgen. Sie hatten sich das Video dreimal hintereinander angesehen, und jedes Mal hatte Masterson am Schluss nur »noch mal von vorn« gesagt. Auf Davis' Theorie des vorsätzlichen Mordes war er bisher überhaupt nicht eingegangen. Im Augenblick runzelte er die Stirn, was ihm zusammen mit seinen Hängebacken das Aussehen einer Englischen Bulldogge verlieh. Er war ein Schrank von einem Mann, ein mächtiger Klotz mit den Verbindungen eines Elitestudenten, grobknochig, aber beweglich und immer noch fit. Seine rote Gesichtsfarbe bildete den Hintergrund für große, stechend blaue Augen, die mit einem imposanten Zinken um die Vorherrschaft in seinem Gesicht wetteiferten.

»Nun, was meinen Sie, Chef?«, fragte Davis.

»Ich bin nicht glücklich damit.«

»Sie sind nie glücklich.«

»So viel ist bekannt.« Masterson sah finster unter einem Dach graublonder Haare hervor.

»Wo liegt also das Problem?«

Mastersons Blick wanderte zu einem Fenster in einer Wand voller Urkunden, Fotos und gerahmter Zeitungsartikel. NEUER SIEG FÜR MASTERSON lautete eine der Schlagzeilen unter Glas. Die Morgensonne strömte durch das Fenster an den Huldigungen vorbei und ließ die kristallenen Briefbeschwerer auf seinem Schreibtisch funkeln. Davis wusste nicht, ob sein Vorgesetzter zum Fenster hinaus träumte oder wieder einmal seine gute Presse las.

»Chef, ich weiß, dass es noch ein wenig früh ist, aber mein Entschluss steht fest. Ich habe erst zweimal darum ersucht, im Fall Hammer und im Fall Bertel, und ich hatte beide Male Recht, wie Sie wissen. Sie sind beide tot, und sie hatten es verdient. Mit Newlin ist es genauso.«

Masterson blinzelte zum Fenster hinaus oder auf seine Schlagzeilen. Das braune Telefon auf seinem Schreibtisch läutete schrill, und er streckte den Arm aus und drückte eine Taste, damit Annette, seine Sekretärin, das Gespräch annahm. Davis spulte das Videoband zurück, weil er nichts anderes zu tun hatte. Er war Experte im Umgang mit Masterson und wusste, dass er ihn nicht zu sehr drängen durfte.

»Sie wissen doch, Chef, wie groß das Echo in der Öffentlichkeit und den Medien war. Allgemeine Zustimmung. Unser Handeln hat den Leuten Vertrauen in dieses Amt und in

Ihre Person gegeben. Ich muss Sie nicht an den Fall Bertel erinnern, oder?«

Die Fakten sprachen für Davis, er musste sie nicht herausposaunen. Leon Bertel hatte einen beliebten Apotheker in Tacony ermordet, und seine Hinrichtung, einen Monat vor der letzten Wahl, hatte Mastersons Erfolg gesichert.

»Ich sage, keine Verhandlungen mit Newlin. Ich möchte Ihr Okay, bevor die Gegenseite damit ankommt. Habe ich Ihr Okay? Chef?«

Masterson löste seinen Blick endlich von der Wand und richtete ihn auf den Schreibtisch.

»Schmutzige Sache«, sagte er endlich.

»Ein Mord eben. Umso mehr Grund, dieses Schwein ans Kreuz zu nageln. Er bringt seine Frau um und denkt, er kann sich da einfach so herauswinden. Er wäre in null komma nichts wieder draußen und würde sich ein schönes Leben machen mit der dicken Kohle. Ich will es auch der Presse mitteilen, gleich von Anfang an. Kein Handel, keine abgesprochene Strafminderung im Fall Newlin. Wir machen ihm den Prozess. Sorgen dafür, dass er seine gerechte Strafe bekommt.«

Masterson begann, mit einem zierlichen, goldenen Kugelschreiber zu spielen, rollte ihn hin und her über eine schwarze Kladde. Sonnenstrahlen wurden von dem goldenen Stift reflektiert. Das Telefon läutete wieder, und der Stift kam zum Stillstand, während Masterson den Anruf wortlos umleitete.

»Ich sehe das Problem nicht, Chef. Was gibt es da zu überlegen? Wir haben hier einen eiskalten Killer, noch Blut an den Händen. Denken Sie doch mal weiter. Nehmen wir an, Newlin sitzt ein paar Jahre ab oder bekommt sogar Bewährung. Gar nicht unwahrscheinlich bei ihm, ein vorbildlicher Häftling, lässt sich nichts zu Schulden kommen. Wollen Sie, dass er in Kürze wieder frei herumläuft? Glauben Sie, den Leuten gefällt das? Ein Reicher, der so billig mit einem Mord davonkommt, und zwar mit unserer Hilfe, das heißt, mit Bill Mastersons Hilfe?«

Der Goldkuli rollte hin und her, also zog Davis einen weich gepolsterten Stuhl vor den Schreibtisch und übte sich in Geduld. Er war einer der wenigen Staatsanwälte, denen der Chef so viel Zeit bei einem Gespräch unter vier Augen widmete. Die meisten kamen nur bis zum zweiten Satz, bevor Mastersons Aufmerksamkeitsspanne erschöpft war, der Bürgermeister anrief oder das aktuelle Spiel übertragen wurde. Basketball war wichtig. Masterson hatte seine Prioritäten.

»Sie haben doch gemerkt, dass er lügt, oder?«, fragte Davis.

»Klar.« Masterson winkte mit einem riesigen, fleischigen Handteller ab. »Das tun sie alle.«

»Was ist es dann?«

»Newlin ist bei Tribe.«

»Na und?«

»Wissen Sie, wie viel Tribe im letzten Jahr für meine Wahlkampagne gespendet hat?«

Davis traute seinen Ohren nicht. Er hätte nie erwartet, dass der Chef so etwas offen aussprechen würde. »Er ist schuldig, Chef. Er hat sie umgebracht.«

»Sicher, aber bei dieser Sache darf es keinen Fehler geben.« Der Bezirksstaatsanwalt sah seinen Untergebenen nicht an, sondern beobachtete den Kuli, als würde er von einer anderen Hand bewegt. »Man kann nicht gegen Tribe angehen und falsch liegen.«

»Ich liege nicht falsch. Das wissen Sie. Sie kennen mich.«

Der Stift kam zu einem plötzlichen Halt. Das Telefon klingelte, und Masterson sah auf. Diesmal drückte er keine Taste, sondern nahm den Hörer ab und bedeckte mit einem Blick zu Davis die Sprechmuschel.

»Bringen Sie mir mehr«, bellte Masterson. »Dann reden wir noch mal darüber.«

»Ist das etwa ein Nein? Oder ein Ja mit Vorbehalt?«

»Raus!«, sagte Masterson und wirbelte seinen Schreibtischsessel herum.

Davis erhob sich geschmeidig, strich seine Hosenbeine glatt und trug es mit Fassung. Er hatte nicht erwartet, dass der Chef ihm die Zustimmung verweigern würde, aber so schnell ließ er sich nicht unterkriegen. Im Gegenteil, die Herausforderung spornte ihn an. Sie würde ihm den Sieg noch versüßen, er würde die Verzögerung seines Triumphs genießen. Denn schließlich war er kein Sprinter, er war Marathonläufer. Er hatte einen langen Atem. Das war die Gelegenheit, es zu beweisen.

Davis eilte aus dem Büro des Bezirksstaatsanwalts, um sich auf die Suche nach Beweisen zu machen, die Jack Newlin in die Todeszelle bringen würden.

14

Die Medien belagerten das Gerichtsgebäude. Übertragungswagen, Kameraleute und Reporter mit winzigen Notizblocks verstopften die Filbert Street, eine enge Seitenstraße. Schwarze Fernsehkabel wanden sich über den Bürgersteig wie Großstadtpythons, und Übertragungsmasten rangen mit den Linden um Luftraum. Fernsehreporter brüllten Anweisungen an ihre Kamerateams, Atemwolken trieben in der Morgenluft. Die Winterkälte kniff in Wangen, die nur durch eine dicke Make-up-Schicht geschützt waren, doch die Berichterstatterinnen vergaßen das Wetter, als ein Taxi vorfuhr, dem Staatsanwalt Dwight Davis entstieg.

»Mr Davis, einen Kommentar zum Newlin-Fall?« »Dwight, wird die Anklage die Todesstrafe fordern?« »Mr Davis, werden Sie die Anklagevertretung übernehmen?«

»Kein Kommentar«, rief Davis, als er den Bürgersteig betrat. Sein dunkles Haar lag wie ein Helm um seinen Kopf, und sein Backenbart hatte eine Länge, die schon ein wenig gewagt schien für einen Staatsanwalt. Er trug einen Nadelstreifenanzug und bewegte sich geschickt vom Taxi auf das Gericht zu. Die Medien liebten Davis, ein Gefühl, das auf Gegenseitigkeit beruhte, nur nicht an diesem Morgen. Sein Gesichtsausdruck war mürrisch, und als die Journalisten nicht aufhörten, ihm den Weg zu verstellen, verlor er seinen restlichen Humor. »Verschwindet!«, brüllte er und eilte zum Eingang des Gebäudes.

Nach Davis trafen Mary DiNunzio und Judy Carrier ein, ganz bescheiden zu Fuß. Niemand erkannte sie und bettelte um Kommentare. Sie gehörten nur zur Kanzlei von Bennie Rosato, zwei von den vielen jungen Anwältinnen und Anwälten, die in das Gerichtsgebäude strömten. Mary schnaubte verächtlich angesichts der Aufregung. »Dwight Davis, darunter tun sie's nicht«, bemerkte sie. »Sie fahren schwere Geschütze auf. Sie haben Angst vor uns.«

»Vor uns? Vor dir, meinst du wohl. Und zu Recht.« Judy musterte Davis vor ihnen. »Schau mal, Barbie. Ken spielt heute auch mit. Er hat sogar seine Aktentasche aus Plastik dabei.«

»Sieh mal, wie er rennt. Er weiß, dass ich gut vorbereitet bin. Es ist mehr als ein Staatsanwalt nötig, um mich aufzuhalten.« Mary war aufgedreht, trotz des Gesprächs mit Jack. Ihr eigener Mandant stellte sich gegen sie? Sollte er doch. Sie hatte sich noch nie so gut gefühlt vor einem Gerichtstermin. »Lauf nur, mein Kleiner.«

Judy lachte, als sie die Drehtür anschubste. »Du bist ja richtig tollkühn heute Morgen.«

»Vorübergehende Unzurechnungsfähigkeit«, erwiderte Mary und betrat hinter ihr die Tür.

Jack fand sich unversehens mit Handschellen an einen Metallstuhl gefesselt in einer gekachelten Zelle wieder. Direkt vor ihm stand ein großer Fernseher auf einem wackeligen Tischchen. An der Wand hing ein schwarzes Telefon, doch ansonsten war die Zelle leer. Die ganze Szene hatte etwas ausgesprochen Unwirkliches, als sollte er gefoltert werden, indem man ihn zwang, stundenlang schlechte Sitcoms anzusehen. Der Bildschirm zeigte bislang nur grauen, elektrostatischen Nebel, begleitet von einem lauten Knistern, das ihm in den Ohren wehtat. *Krrkkrrkkrrk.*

Der Beamte hatte gesagt, er bringe ihn zu seiner Anklageerhebung, die sich Jack allerdings etwas anders vorgestellt hatte. Es wäre besser gewesen, sich von Mary vorbereiten zu lassen, doch was sie über seine Tochter gesagt hatte, hatte ihn zu sehr erschüttert. Hatte Paige ihn ebenfalls belogen? War Trevor dabei gewesen? Unmöglich. Ihr Bericht hatte vollkommen überzeugend und stimmig geklungen. Genauso würde Honor reagiert haben, vor allem, wenn sie betrunken war. Hatte Trevor etwas mit Honors Ermordung zu tun? War Paige überhaupt dabei gewesen? Hatte er sich etwa umsonst geopfert?

Krkkrkkrk. Bei dem entnervenden Knistern konnte er nicht denken. Er verfluchte sich, weil er gestanden hatte, ehe er genau wusste, was passiert war. Seine Reaktion war beinahe reflexartig gewesen, geleitet vom Vaterinstinkt – beschützen, verteidigen, versorgen. Vielleicht war es auch nur das schlechte Gewissen eines schlechten Vaters gewesen, der seine Fehler mit einem Schlag wieder gutmachen wollte. Hätte er so überstürzt ein falsches Geständnis abgelegt, wenn er sich nicht für die Katastrophe verantwortlich gefühlt hätte? Er konnte die Frage nicht beantworten. Er wusste es nicht. Unruhig rutschte er auf dem harten Stuhl herum.

»Sitzen Sie still!«, befahl der Beamte an der Tür. »Sonst kann die Kamera Sie nicht richtig erfassen!«

»Die Kamera?«, fragte Jack. Es musste sich um eine Art interne Fernsehanlage handeln. Er suchte die Zelle mit den Augen ab. Sie war duster, nur von einer blanken Glühbirne im Flur und dem Schnee auf dem Bildschirm erhellt. Eine Kameralinse lugte über dem Gehäuse des Fernsehers hervor. *Krkkrkkrk.*

»Sitzen Sie still, verdammt noch mal!«

Plötzlich hörte das Knistern auf, der graue Schnee verschwand, und an seine Stelle trat ein farbiges Bild, das in vier Kästen unterteilt war. Der obere rechte Kasten zeigte einen Miniatur-Gerichtssaal, der obere linke eine Nahaufnahme von einem Richter, einem unscheinbaren Mann in Krawatte und Strickjacke statt schwarzer Robe. Im unteren linken Viertel saß eine gut gekleidete Frau hinter einem Schild mit der Aufschrift STAAT PENNSYLVANIA, im unteren rechten ein junger Mann hinter dem Schild PFLICHTVERTEIDIGER. Wenn seine Situation nicht so verzweifelt gewesen wäre, hätte Jack laut gelacht. Es sah aus wie ein Hollywood-Gerichtsdrama.

»Halten Sie sich gerade!«, befahl der Beamte. »Machen Sie sich bereit. Sie sind gleich drauf.«

Im Fernsehgerichtssaal schien man auf etwas zu warten, doch Jacks Gedanken eilten voraus. Eingedenk Marys Unerfahrenheit bezweifelte er, dass man ihn gegen Kaution freilassen würde. Aber deswegen hatte er sie schließlich angeheuert. Er wollte keinen erfahrenen Strafverteidiger, der sofort dahinter kam, dass er sich die Tat selbst anhängte. Es war nie seine Absicht gewesen, Bennie Rosato selbst mit seinem Fall zu betrauen; er hatte eine von ihren jungen Anfängerinnen gewollt und mit Freude die zögerliche Stimme am Telefon vernommen. Doch möglicherweise hatte er sich in Mary getäuscht. Offenbar hatte sie bereits den Verdacht, dass Paige irgendwie beteiligt war, und das machte ihm Sorgen. Ironie des Schicksals. Ihre Unerfahrenheit glich sie durch umso größeres Engagement aus, und sie war nicht so unterkühlt wie die abgebrühten, älteren Anwälte. Sie war mit dem Herzen dabei, was Jack gegen seinen Willen rührte. Obwohl sie ihn kaum kannte, setzte sie sich mit aller Kraft für ihn ein. Er lächelte, trotz der eng sitzenden Handschellen, der unheimlichen Fernsehanlage und der Tatsache, dass er gleich wegen Mordes angeklagt werden würde.

»Noch zwei Minuten, Newlin!«

Jack versuchte, Mary aus seinen Gedanken zu vertreiben. Sie war seine Anwältin und bei allem Eifer hoffentlich eine hundsmiserable. Ihre Fragerei drohte Paige bloßzustellen und seine Pläne zu durchkreuzen. Falls es stimmte, was sie über Trevor in Erfahrung gebracht hatte, saß er in der Tinte, aber er konnte jetzt keinen Rückzieher mehr machen. Er musste die Sache durchziehen, die Farce weiterspielen. Auf Grund lebenslanger Übung war er ganz gut darin, wie er feststellte.

»Okay, Newlin«, rief der Beamte. »Sie sind drauf.«

Das laute Knallen des Richterhammers drang aus dem Fernseher, und Jack spürte seine Anspannung. Er musste die Wahrheit herausfinden, und das von seiner Zelle aus.

Aber jetzt war Showtime.

15

Der Saal, in dem die Verfahren zur Anklageerhebung stattfanden, lag im Kellergeschoss des Gerichtsgebäudes und wirkte nicht ohne Grund wie eine Fernsehkulisse. Im Prinzip war er auch nichts anderes. Der Raum hatte die Größe und Form einer Theaterbühne und war nur halb so groß wie ein normaler Gerichtssaal. Ausstattung und Sitzordnung entsprachen dem üblichen Standard – links der Tisch der Verteidigung, in der Mitte das Richterpodium und rechts der Tisch der Anklage –, doch dominiert wurde der Saal von einer großen, auf dem Podium installierten Kamera. Neben der Kamera stand ein Fernsehmonitor mit ebenfalls viergeteiltem Bild: Richter, Gerichtssaal, Staatsanwalt und Verteidiger. Eine durchsichtige, kugelsichere Trennwand schützte die Anwesenden hinter der Gerichtsschranke vor den Zuschauern, die etagenweise auf Kunststoffsitzen saßen wie ein Studiopublikum. Der Fall Newlin hatte bereits Schlagzeilen gemacht, so dass die Reihen dicht besetzt waren mit Journalisten und Neugierigen in dicken Wintermänteln.

Mary saß mit Judy im Publikum und verglich den wirklichen Gerichtssaal mit seiner Bildschirmversion, während sie darauf wartete, dass ihr Fall aufgerufen wurde. Die Kamera reduzierte das schimmernde Messingsiegel des Staates Pennsylvania auf einen Kupferpfennig und schrumpfte den Richter zu einer Ameise mit Brille zusammen. Jack war nirgends auf dem Monitor zu sehen.

»Das ist doch nicht richtig.« Tomatengroße Flecken erschienen auf Marys Hals. »Heute wird darüber entschieden, ob mein Mandant gegen Kaution freigelassen wird oder nicht, und wir sind noch nicht einmal am selben Ort. Wie sollen wir uns denn beraten?«

»In vielen Staaten wird die Anklageerhebung inzwischen über Fernsehanlagen abgewickelt, das spart Geld«, entgegnete Judy. »Du hast ein Telefon an deinem Tisch, über das du mit ihm kommunizieren kannst. Wenn du den roten Knopf drückst, kann das Publikum dich nicht hören.«

»Aber sein Wärter kann alles hören, was er sagt, und der Richter und die Anklage hören alles, was ich sage. Sieht so etwa das Recht aus, sich durch einen Anwalt vertreten zu lassen?

»Du findest dieses Vorgehen ungesetzlich?«

»Ist der Papst katholisch?« Mary sah zum Monitor hin, auf dem die Kästen verschwanden und Jacks Gesicht erschien, fremdartig und überlebensgroß. Die Nahaufnahme ließ die Anspannung deutlich erkennen, die das Blau seiner Augen trübte und seinem Gesicht etwas Starres gab. Sie vermutete, dass ihr Verdacht gegen Paige ihm Kopfzerbrechen bereitete, und das war gut so. Ob es daran lag, dass sie ihn auf einem Bildschirm sah, oder an dieser Kevin-Costner-Ähnlichkeit, sie spürte jedenfalls, dass er eine Rolle spielte und seine Geschichte eher einem Drehbuch als der Wahrheit entsprach. Aber jetzt war es ihre Aufgabe, ihn gegen Kaution freizubekommen, wie schlecht die Chancen dafür auch stehen mochten. Sie erhob sich.

»Viel Glück«, sagte Judy.

Mary formte mit den Lippen ein stummes Danke, ignorierte das beginnende Jucken an ihrem Hals und ging zu der Tür in der kugelsicheren Trennwand, die ein Gerichtsbeamter aufschloss. Es war ganz still auf der anderen Seite, ein erwartungsvolles Schweigen, das sie einschüchterte. Sie nickte dem Pflichtverteidiger zu, der beiseite trat, als sie seinen Tisch übernahm. Auf der anderen Seite ließ Dwight Davis sich gewandt am Tisch der Anklage nieder. Es sah bei ihm viel routinierter aus, und Mary bemerkte, wie die beiden Gerichtszeichner ihn aufs Korn nahmen. Sie konnte das verstehen. Er war ein richtiger Anwalt, noch dazu einer mit bemerkenswert unbeflecktem Ruf.

Auf dem Podium rückte der Haftrichter seine Riesenameisenbrille zurecht und zupfte an seiner Strickjacke. Haftrichter waren die unterste Stufe in der Richterhierarchie und bekamen selten einen privaten Strafverteidiger bei der Anklageerhebung zu Gesicht, ganz zu schweigen von einem Staatsanwalt des Kalibers von Dwight Davis. Mary hatte den Eindruck, dass der Haftrichter jeden Strahl des ungewohnten Rampenlichts genoss.

»Mr Davis, werden Sie den Staat in dieser Sache vertreten?«, fragte er in gewichtigem Ton.

»Ja, Euer Ehren«, sagte Davis devot. Sogar Mary wusste, dass die Anrede übertrieben war und die meisten Anwälte den Mann einfach mit seinem Namen ansprachen.

»Guten Morgen, Euer Ehren.« Mary tat es Davis gleich und stellte sich vor, worauf der Richter nickte.

»Sehr schön. Mr Newlin, können Sie uns hören?« Der Richter sprach zu einer Kamera im hinteren Teil des Gerichtssaals, über einem Monitor mit einem weiteren Bild von Jack.

»Ja, Euer Ehren«, antwortete Jack mit durch die Mikrofone verzerrter Stimme.

»Mr Newlin, es handelt sich bei diesem Verfahren um die Anklageerhebung«, verkündete der Richter überflüssigerweise. »Gegen Sie wird Anklage wegen Mordes an Honor Newlin erhoben.«

Mary bemerkte, wie Jack zusammenzuckte, eine kleine Bewegung, die auf dem großen Bildschirm nicht zu übersehen war.

»Mord ist das schwerste Verbrechen, das ein Mensch an einem anderen Menschen begehen kann. Die Voruntersuchung ist für den dreizehnten Januar in diesem Gerichtsgebäude festgesetzt worden. Sie werden um neun Uhr morgens hierher gebracht und gehört werden. Haben Sie das verstanden?«

»Ja, Sir.«

»Gut. Wie ich sehe, haben Sie einen privaten Strafverteidiger, so dass ich Ihnen keinen Pflichtverteidiger zuweisen muss. Damit kommen wir zur Frage der Kaution.«

Der Richter wandte sich an den Staatsanwalt. Auf dem Bildschirm war sein Gesicht im Profil zu sehen.

»Mr Davis, ich nehme an, dass Sie dazu etwas zu sagen haben.«

»Das haben wir, Euer Ehren.« Davis stand aufrecht wie ein Zinnsoldat. »Wie Sie wissen, wird bei einer Mordanklage im Großbezirk Philadelphia in der Regel keine Freilassung gegen Kaution bewilligt. Der Staat ist der Überzeugung, dass der Haftrichter sich an diese Regel halten sollte, denn eine Freilassung gegen Kaution wäre in diesem Fall nicht angebracht.«

Jetzt schaltete sich Mary ein.

»Euer Ehren, wir sind der Meinung, der Angeklagte sollte gegen Kaution freigelassen werden. Es gibt Präzedenzfälle für eine Freilassung gegen Kaution bei Mordanklagen. Das Gesetz besagt nur, dass sie nicht wie bei anderen Verbrechen automatisch bewilligt wird. Hingegen wird sie üblicherweise bewilligt, wenn der Angeklagte ein unbescholtener, rechtschaffener Bürger ist.« Sie hatte die ganze Nacht über Paragraphen und Fällen gebrütet. »Das ist bei Mr Newlin der Fall. Er ist Partner bei der Anwaltskanzlei Tribe & Wright, außerdem Mitglied im Vorstand des Roten Kreuzes und mehrerer anderer gemeinnütziger Einrichtungen. Er hat keinerlei Vorstrafen. Das alles macht ihn zu einem eindeutigen Kandidaten für eine Freilassung gegen Kaution.«

»Ihre Argumente sind stichhaltig, Ms DiNunzio.« Der Richter machte ein abwägendes Gesicht und rieb sich das Kinn wie ein Jurist in einer Vorabendserie. »Es stimmt, der Angeklagte ist ein bekannter Bürger dieser Stadt. Was sagen Sie dazu, Mr Davis?«

»Euer Ehren, nach meiner Ansicht spricht gerade der hohe Bekanntheitsgrad des Angeklagten gegen eine Freilassung auf Kaution. Erstens sollte er auf Grund seiner gesellschaftlichen Stellung nicht besser behandelt werden als andere Angeklagte. Zweitens verfügt er als wohlhabender Partner einer großen Anwaltsfirma über umfangreiche finanzielle Mittel, zu denen noch ein beträchtliches Familienvermögen kommt. Daher besteht erhöhte Fluchtgefahr. Er könnte seine finanziellen Mittel dazu benutzen, sich der Gerichtsbarkeit durch eine Flucht außer Landes zu entziehen.«

Mary schüttelte den Kopf. »Euer Ehren, es besteht keineswegs erhöhte Fluchtgefahr. Mr Newlin hat zahlreiche Bindungen beruflicher und privater Natur in dieser Stadt. Seine Tochter Paige lebt und arbeitet in Philadelphia.«

Jack erschrak bei der Erwähnung seiner Tochter, über seine Stirn zuckten Sorgenfalten. Er wollte nicht, dass Paige mit hineingezogen wurde, was Mary in einen Konflikt brachte. Aber sie musste alle verfügbaren Argumente anführen, ob es ihm passte oder nicht. Sie erhaschte ein schwaches Spiegelbild von sich auf der Glasscheibe des Monitors und bemerkte, dass sie beinahe genauso gestresst aussah wie Jack.

Davis unterdrückte ostentativ ein Lachen. »Euer Ehren, ich finde es unbegreiflich, dass die Verteidigung ausgerechnet

Mr Newlins Bindung an seine Tochter heranzieht. Schließlich ist er des Mordes an ihrer Mutter angeklagt.«

Der Haftrichter sah in die Kamera, als erwartete er, in Großaufnahme zu erscheinen. »Mr Newlin, ich habe die Argumente Ihrer Anwältin gehört, aber ich muss gegen Sie entscheiden. Eine Freilassung gegen Kaution wird nicht bewilligt. Sie werden bis zu Ihrem nächsten Gerichtstermin ins Bezirksgefängnis überführt.« Der Richter schloss eine Akte und öffnete die nächste. »Damit ist die Anklageerhebung gegen Sie abgeschlossen, Mr Newlin. Bitte unterschreiben Sie das vor Ihnen liegende Formular, dann wird man Sie zurück in Ihre Zelle begleiten.«

Jack verschwand so plötzlich, als hätte jemand mit der Fernbedienung das Programm gewechselt, und Mary sah mit Missfallen, wie die vier Kästen auf den Bildschirm zurückkehrten. Sie wusste, ohne es rational begründen zu können, dass Jack unschuldig war. Sie musste es nur beweisen.

Den erbittertsten Gegner hatte sie in ihrem Mandanten, und die erste Runde war an ihn gegangen.

16

Auf dem Weg zurück in die Kanzlei machte Mary einen Umweg durch die junge und hippe Etage des Kaufhauses Bonner, das in der Nähe des Gerichts lag. Die Etage hieß tatsächlich Young & Hip, was Mary sofort sagte, dass sie dort nichts zu suchen hatte. Als Jugendliche war sie höchstens Schuldbewusst & Sündig gewesen, um als Anwältin zu Schuldbewusst & Honorarberechnend überzugehen.

Sie schlenderte zwischen Ständern mit Oberteilen hindurch, die zu winzig aussahen, um auch nur eine Brust bedecken zu können, und Röckchen, die man sicher nicht am Bund umschlagen musste, um sie zu kürzen. Wo blieb da der

Spaß? Mary erwog zu fragen, wo die richtigen Kleider seien, im Gegensatz zu den Puppenkleidern hier, aber sie war ja nicht zum Vergnügen hier. Sie machte sich auf die Suche nach einer Verkäuferin.

»Können Sie mir vielleicht helfen?«, fragte Mary eine dünne junge Frau mit ungefähr dreihundert Plastikspangen im Haar. Jede Spange hatte die Form eines kleinen Schmetterlings, der wundersamerweise auf einem winzigen Haarzöpfchen gelandet war. Mary machte keine Bemerkung über die Frisur der jungen Frau und tat so, als wäre es nicht nur normal, den Kopf voller Insekten zu haben, sondern geradezu wünschenswert.

»Ich brauche einige Informationen über eine Fotosession, die hier am Sonntag stattgefunden hat. Modeaufnahmen für das Kaufhaus. Für eine Zeitungsbeilage, glaube ich.«

»Warten Sie.« Die Verkäuferin legte einen grünlackierten Fingernagel an die Wange, und Mary gab sich wiederum den Anschein, als hielte sie dies für eine ganz natürliche Farbe an menschlichen Händen. »Da müssen Sie unsere Abteilungsleiterin fragen. Sie ist dort drüben.« Sie streckte die Hand aus, und Mary folgte ihrem grünen Fingernagel wie einer Ampel, die zum Losgehen aufforderte.

Die Abteilungsleiterin erwies sich als die jüngste und hippste von allen, was Mary sich hätte denken können; kurze, kanariengelbe Haare im gewollt fettigen Look, ein offensiv zur Schau getragener dunkler Haaransatz und ein Zungenpierce, das eine Sprachbehinderung verursachte. Ansonsten war sie groß und schlank mit kontaktlinsenblauen Augen und einem Namensschild, welches sie als »Tori!« vorstellte.

»Entschuldigen Sie, waren Sie zufällig bei der Fotosession am vergangenen Wochenende dabei?«, fragte Mary.

»Klar.« Tori! lehnte sich gegen einen Chromständer mit Caprihosen. NEUESTE FRÜHJAHRSMODE verkündete ein Schild, ungeachtet der Tatsache, dass es mitten im Winter war. »Ich bin bei allen Shootings dabei. Party zwischen den Klamottenständern, verstehen Sie.«

Mary nickte. »Ein Model mit dem Namen Paige Newlin müsste daran teilgenommen haben. Eine Rothaarige. Erinnern Sie sich an sie?«

»Ohgottohgott, ihre Mom ist gerade ermordet worden, stimmt's?«, kreischte Tori! als wäre sie bei einem Popkonzert, und Mary sah sich nervös um. Zum Glück war die Abteilung fast leer. Mary trat näher an Tori! heran.

»Es wäre mir lieb, wenn Sie meine Fragen vertraulich behandeln würden. Ich bin Anwältin und arbeite an dem Fall. Deshalb muss ich wissen, ob Sie Paige Newlin bei dem Fototermin gesehen haben.«

»Oh Mann, das ist so verrückt, dass ihre Mutter ermordet wurde und alles. Ich habe ihren Namen in der Zeitung gelesen. Newlin. Das ist ja sooo abgedreht.«

»Ja. Haben Sie nun eine Rothaarige gesehen oder nicht? Mit langem Pferdeschwanz?«

»Eine Rothaarige?« Tori! faltete ihre Zunge um das Pierce, was ihr anscheinend beim Nachdenken half. »Äh, nein. Da waren so viele Mädchen. Ich fand sie alle nicht so heiß.«

»Sind Sie einem der Manager der Models begegnet?«

»Nee, Manager kommen nicht zu den Shoots.«

Mary überlegte. Paige hatte gesagt, ihre Mutter sei dabei gewesen. »Was ist mit Müttern, die ihre Töchter managen? Wie Paiges Mutter, Mrs Newlin.«

»Ich weiß nicht. Kann mich nicht erinnern. Ich hatte viel zu tun, musste die Ware zusammensuchen, die für die Fotos gebraucht wurde.«

Mary seufzte. »Sie haben also weder Paige noch ihre Mutter gesehen?«

»Nein. Kann Ihnen leider nicht helfen. Aber vielleicht Fontana. Sie ist unsere Schneiderin.« Tori! schnalzte wieder mit ihrem Pierce und begann dann wie wild zu winken. »Fontana!«

Mary drehte sich um. Mit damenhaften Schritten kam eine sehr kleine Frau auf sie zu, nicht größer als Marys Mutter. Sie trug ein dunkelblaues Kostüm, eine weiße Bluse mit Schleife am Kragen und braune Schuhe mit vernünftigen Absätzen. Ihre Brille war altmodisch und ihr Lächeln herzlich, und Mary wusste sofort, dass Fontana wie sie selbst der Sorte Klein & Italienisch angehörte.

Sie unterdrückte den Impuls, sich ihr in die Arme zu werfen.

»Ich sage nichts Schlechtes über andere.« Fontana sprach mit starkem Akzent, während sie auf ihren kurzen Beinen weitereilte, aber Mary hatte keine Schwierigkeiten, sie zu verstehen. Wenn man in South Philly aufgewachsen war, konnte man sich mit jeder Schneiderin, jedem Frisör und jedem Gangster verständigen.

»Sie sollen auch gar nichts Schlechtes sagen«, erwiderte Mary, die sich bemühte, mit ihr Schritt zu halten. Fontana Giangiulio ging bestimmt schon auf die Siebzig zu, aber ihr Tempo war das einer Siebzehnjährigen. »Ich möchte nur, dass Sie mir sagen, was Sie gesehen haben.«

»Ich muss jetzt ein Hochzeitskleid machen. Keine Zeit.«

»Ich begleite Sie. Ich will Sie nicht aufhalten. Aber erzählen Sie mir bitte, was Sie beobachtet haben. Es ist sehr, sehr wichtig.«

»Ich möchte nichts sagen.« Fontana schüttelte nervös den Kopf. »Ich tratsche nicht.«

»Nein, wenn es die Wahrheit ist, ist es kein Tratschen. Sie könnten jemandem damit das Leben retten.«

»*Oh Dio*«, seufzte Fontana, hastig weitertrippelnd. »Ich sage nichts.«

»Sie haben die Newlins am Sonntag gesehen. Die Mutter und ihre Tochter Paige. Sie haben Paiges Kleid abgesteckt.«

»Nur den Saum. Das Kleid war gut. Der Saum war nicht in Ordnung.«

»Sie haben also mit Paige gearbeitet.«

»Ich habe nur Saum abgesteckt. Die Leute denken immer, wir hören und sehen nichts. Aber wir hören. Wir sehen.«

»Das stimmt, ich weiß.« Mary konnte sich genau vorstellen, wie die kleine Fontana zwischen den Models herumwuselte und sich hinkniete, um zu ihren Füßen den Saum mit Kreide zu markieren. Schneiderinnen wurden als Dienstboten betrachtet, und Dienstboten waren unsichtbar, vor allem für Damen wie die Newlins. »Was haben Sie gesehen?«

»Oh Madonna mia!« Fontana wedelte mit ihrer winzigen Hand, als sie den Aufzug betraten. Mary nutzte die Gelegenheit, um zu verschnaufen, solange Fontana still stehen musste. »Sie haben gestritten, die beiden!«

Mary versuchte, sich ihre Aufregung nicht anmerken zu lassen. »Sehr?«

»Und wie! Sie haben sich angezischt wie zwei Schlangen! Aber nur in der Umkleidekabine.«

»Worüber haben sie gestritten?«

»Die Mutter hat ihre Tochter beschimpft. Sie hat die Kleine *una puttana* genannt!«

»Una puttana?« Mary war schockiert. Das bedeutete Hure.

»*Si, si!* Ich dachte schon, ich höre nicht richtig!« Fontana schüttelte ein Stockwerk lang ihren Kopf, immer noch bestürzt über dieses Verhalten. »Dann hat die Tochter angefangen zu weinen. Und die Mutter, die hat gelacht.«

»Sie hat gelacht?«

»*Si, si!* Sie hat gelacht, und dann ist sie einfach weggegangen!«

»Sie ist weggegangen?«

»Si!« Fontana sprang im zweiten Stock aus dem Aufzug und rauschte durch die Kosmetikabteilung. Das glänzende Chrome des Clinique-Standes spiegelte sich in ihrer Brille, aber Mary sah, wie ihre alten Augen dahinter feucht wurden.

»Das Mädchen hat geweint, ihr ganzes Make-up war im Eimer. Den Saum musste ich auch neu feststecken. Die Kleine war so hübsch, ein richtiger Engel.« Fontana steuerte an dem schwarz glänzenden Chanel-Stand vorbei, den Mary nur als dunklen Koloss wahrnahm. »Ich habe das Mädchen in die Arme genommen, bis sie sich beruhigt hatte. Dann hatte sie ihr Make-up ausgebessert und ich den Saum. Und wir beide haben getan, als wäre nichts gewesen.«

Mary sah das genau vor sich. »Und dann?«

»Dann fing die Fotosession an.«

»Das ist ja furchtbar«, sagte Mary. Sie wusste jetzt, dass das Verhältnis zwischen Mutter und Tochter ausgesprochen gestört gewesen sein musste. Wie lange war das schon so gegangen? Wie lange hatte die Mutter Paige auf diese Weise terrorisiert? Wohl schon eine ganze Weile, wenn Paige sich so schnell erholen und ihre seelischen Narben hinter Make-up und einem professionellen Lächeln verbergen konnte. Hatte Jack davon gewusst? War es in Umkleideräumen und hinter verschlossenen Türen geschehen, oder suchte sie nur nach Entschuldigungen für ihn? Was hatte ihr Vater gestern Nacht beim Kaffee gesagt? *Weil es meine Schuld gewesen wäre, wenn deine Mutter dir Schlimmes angetan hätte.*

»Hat es sonst noch jemand mitbekommen?«

»*Si, si!* Es gibt einen, der weiß, dass ich die Wahrheit sage.« Fontana blieb abrupt stehen und hob einen Zeigefinger.

»Wer?«, fragte Mary atemlos.

»Unser Herr Jesus«, sagte Fontana.

Das ging über Marys Verständnis. Wo war Jesus, wenn eine Mutter ihre Tochter als Hure beschimpfte?

17

Jack ging unruhig in seiner Zelle auf und ab und wartete darauf, das Münztelefon im Gang benutzen zu können. Der Wärter hatte versprochen, dass er telefonieren dürfe, bevor sie zum Bezirksgefängnis fuhren, aber das war nun schon eine Stunde her. Er hatte sich beschwert und behauptet, er müsse seine Anwältin anrufen, was jedoch nicht stimmte. Mary war die letzte Person, die er im Moment anrufen wollte. Er musste Trevor sprechen und ihn dazu bringen, ins Gefängnis zu kommen. Wo war der Junge in der Nacht von Honors Ermordung gewesen? Notfalls würde er die Wahrheit aus ihm herausschütteln.

»Wärter! Ich muss sofort telefonieren!« Jack machte auf dem Absatz kehrt, als er das Zellengitter erreicht hatte, lief zur Wand, machte wieder kehrt. Die Zellen lagen nebeneinander wie Hühnerkäfige und von ihren weiß gestrichenen Gitterstäben blätterte die Farbe. Der verdreckte Betonboden senkte sich zu einer schmalen Abflussrinne ab, und es gab keine Toilette. Angeblich wurden die Gefangenen bei Bedarf hinausgeführt, doch in den Zellen stank es nach Urin wie im Zoo.

»Feuer! Es brennt!«, schrie Jack, doch niemand kam. Ein alter Mann in der Nachbarzelle lachte leise; er lachte vor sich hin, seit sie ihn dort hineingesteckt hatten. Jack tigerte weiter auf und ab und trieb sich mit seinen Grübeleien zum Wahnsinn. Was war, wenn Trevor Honor umgebracht hatte? Oder wenn er und Paige es gemeinsam getan hatten? Wenn alles gelogen war, was Paige ihm erzählt hatte?

Der Gefangene in der Nachbarzelle lachte lauter, als könnte er Jacks Gedanken lesen.

18

»Ms DiNunzio«, sagte Brinkley an Kovichs Seite, »haben Sie etwas dagegen, wenn wir uns setzen, ehe Sie uns erklären, was wir zu tun und zu lassen haben?«

»Hinter Ihnen stehen Stühle. Am Esstisch.« Mary deutete

darauf, und Brinkley sah sich in Paige Newlins elegantem, femininen Apartment um. Sofa, Stühle und Couchtisch waren ganz in Weiß und Creme gehalten, so dass er sich plötzlich vorkam wie ein Elefant im Porzellanladen.

»Jetzt geht's los, Mick«, bemerkte Kovich jovial, während er einen Stuhl vom Esszimmer zum Couchtisch zerrte und Brinkley es ihm nachmachte. Die Stühle zogen Schlittenspuren in den schneeweißen, dicken Teppich. Als Brinkley und Kovich sich gesetzt hatten, fuhr die Anwältin fort.

»Das Gespräch wird folgendermaßen ablaufen, Detective Brinkley«, sagte Mary von ihrem Platz neben Paige Newlin aus. »Sie können Ihre Fragen stellen, aber Paige wird nicht antworten, wenn ich sie anweise, es nicht zu tun. Sie hat viel durchgemacht und fühlt sich sehr schlecht. Wie ich Ihnen bereits am Telefon sagte, verstehe ich nicht, weshalb Sie überhaupt mit ihr sprechen müssen.«

»Es geht uns nur um ein paar Hintergrundinformationen.« Brinkley zog einen Notizblock aus seiner Brusttasche und klappte ihn auf. Eine zweite Anwältin, deren Namen er vergessen hatte, hockte am Rand des Sofas. Sie trug ein unförmiges Cordkleid. Es wunderte ihn nicht, dass weibliche Anwälte sich genauso geschmacklos kleideten wie männliche.

»Ms Newlin«, begann er, »ich möchte Ihnen zunächst unser Beileid zum schmerzlichen Verlust Ihrer Mutter ausdrücken.«

Kovich neben ihm nickte einfühlsam, wie immer, wenn sie die nächsten Angehörigen benachrichtigten.

»Danke.«

»Ich muss Ihnen jetzt ein paar Fragen stellen.« Brinkley fummelte einen Kuli aus der Spiralheftung seines Notizblocks. »Wie alt sind Sie?«

»Sechzehn.«

Brinkley begann mit den Aufwärmfragen, um sie zum Reden zu bringen. Sie sollte sich nicht bedroht fühlen, denn er wollte sie in Ruhe beobachten. Als Erstes fiel ihm auf, dass sie durchstochene Ohrläppchen hatte. Sie trug winzige Perlenohrringe, eine Miniaturausgabe derer ihrer Mutter. Er dachte an den Stecker auf dem Teppich.

»Geburtsdatum?«

Sie antwortete, nippte an einem Glas Wasser und stellte es auf einem Untersetzer auf dem Couchtisch ab. Kummer lag auf ihren perfekten Gesichtszügen, und ihre Mundwinkel waren vor Schmerz nach unten gezogen. Sie trauerte ganz offensichtlich, selbst für seinen misstrauischen Blick. Trotzdem konnte es niemandem entgehen, wie gut sie aussah. In ihren Bluejeans und einem edlen, weißen Rollkragenpullover war Paige Newlin einfach eine Wucht. Große, blaue Augen, ein sinnlicher Mund und glänzende rote Haare, die über ihre Schultern fielen.

Brinkley notierte sich ihr Geburtsdatum. »In Philly geboren?«

»Nein. In der Schweiz. Meine Eltern waren gerade auf Reisen.«

»Sie wohnen hier, in den Colonial Towers?«

»Ja.«

»Wie ich gehört habe, haben Sie vorher zu Hause bei Ihren Eltern gelebt. Wann sind Sie hier eingezogen?«

»Anfang letzten Jahres.«

»Ihre Eltern haben ein schönes Haus. Überall Antiquitäten und sehr elegant eingerichtet.« Brinkley machte eine vage Geste. »Und erstklassig in Ordnung gehalten. Gibt es eine Putzfrau?«

»Ja, eine Haushaltshilfe.«

»Wie oft kommt sie?«

»Zweimal die Woche, montags und dienstags.«

»Sie war also gestern da?«

Mary beugte sich zu Paige. »Nur, wenn du es zufällig weißt.«

Paige zuckte die Achseln. »Ich weiß es nicht. Ich wohne jetzt hier.«

»Verstehe«, nickte Brinkley. Er dachte an den Schmutz auf dem Couchtisch. Wenn die Haushaltshilfe am Montag sauber gemacht hatte, war der Schmutz am Abend des Mordes höchstwahrscheinlich frisch gewesen. »Wie kam es, dass Sie hierher gezogen sind?«

Mary unterbrach ihn. »Ihre Frage ist nicht klar formuliert, Detective, und im Übrigen kann ich die Relevanz nicht erkennen.«

»Ich versuche nur, ein paar Hintergrundinformationen zu sammeln.«

»Und was für ein Hintergrund soll das sein?«

Er versuchte es noch einmal. »Ich möchte wissen, warum Sie bei Ihren Eltern ausgezogen sind.«

»Ich wollte selbstständig sein. Allein leben. Unabhängig sein.«

»Haben Sie sich gut mit Ihren Eltern verstanden?«

»Ja.«

»Auch mit Ihrer Mutter?«

Mary hüstelte. »Sie hat das gerade beantwortet, Detective Brinkley. Auch hier sehe ich nicht ein, warum es von Bedeutung ist, mit wem sie sich verstanden hat oder nicht.«

»Ich frage mich, warum sie schon so früh von zu Hause ausgezogen ist. Es ist ungewöhnlich, und wir klären gern alle Fragen, die unser Vorgesetzter uns vermutlich stellen wird. Er legt viel Wert auf Einzelheiten.«

»Das ist Ihr Problem.«

Brinkley wurde allmählich ungehalten und sprach Paige nun direkt an. »Sind Ihre Eltern gut miteinander ausgekommen?«

Mary ging sofort dazwischen. »Ich weise Paige an, das nicht zu beantworten.«

Brinkley verlor die Geduld. Ihm war noch nie ein Rechtsanwalt begegnet, der sich nicht der Wahrheit in den Weg gestellt hätte. Er hatte kein Verständnis für diesen Beruf. »Sie behindern die polizeilichen Ermittlungen, Ms DiNunzio.«

»Das ist nicht wahr, aber ich werde mich jetzt nicht mit Ihnen streiten.«

Mary wandte sich an Paige: »Antworte einfach nicht.«

Paige nickte zittrig, und Brinkley sah auf seinen Notizblock. »Hat Ihr Vater Ihre Mutter je geschlagen?«, fragte er, worauf Mary die Krallen ausfuhr.

»Detective, Paige spricht freiwillig mit Ihnen. Wenn Sie mit dieser Art von Fragen weitermachen wollen, werden Sie sich eine Vorladung besorgen müssen, dann treffen wir uns im Roundhouse wieder.«

Brinkley wechselte einen Blick mit Kovich. Keiner von beiden wollte das Mädchen ins Präsidium vorladen. Offiziell war sie nur eine Angehörige des Opfers. Es würde wie Schikane aussehen, wenn sie sie unter Zwang befragten, zumal bereits ein Verdächtiger verhaftet worden war. »Ich glaube, das wird nicht nötig sein. Paige, wann haben Sie Ihre Mutter zum letzten Mal lebend gesehen?«

DiNunzio lehnte sich in das Sofapolster zurück, und Paige antwortete. »Am Sonntag. Dem Tag, bevor sie … na ja, Sie wissen schon. Wir waren zusammen bei einem Fototermin.«

»Sie sind Model, so weit ich informiert bin.«

»Ja.«

»Warum war Ihre Mutter mit bei dem Fototermin?«

»Sie war meine Managerin.«

»Hatten Sie je eine andere Managerin?«

»Nein.«

»Wollten Sie jemals eine andere?«

»Nein. Sie war immer noch meine Managerin, als sie …«

»Verstarb«, ergänzte Brinkley, und Paige nickte dankbar. Brinkley rutschte auf seinem Stuhl nach vorn. »Was genau macht eigentlich die Managerin eines Models?«

»Sie hat meine Karriere gemanagt, die Termine organisiert, mit der Agentur verhandelt.«

Brinkley machte sich eine Notiz. »Und was ist die Agentur?«

»Die vermittelt den Models ihre Jobs«, ließ Kovich sich unvermutet vernehmen, und Brinkley sah ihn überrascht an.

»Okay«, sagte er nach einer Pause und drehte sich wieder zu der Tochter um. »Wissen Sie, was ich nicht kapiere?«

»Was?« Paige schürzte ihre Lippen, die leicht bebten. Das gab Brinkley zu denken, und er vermerkte es in seinem Kopf.

»Ich kapiere nicht, wie man so dünn bleiben kann.«

»Man isst eben nichts!«, erwiderte Paige und zeigte ein plötzliches Lächeln, das auf Brinkley erleichtert wirkte.

»Aber wie kann man nichts essen?«, fragte er. »Also ich, ich liebe Essen. Spareribs, Hamburger, Milchshakes. All das geben Sie auf?«

»Milchshakes? Die mag ich auch, aber hallo.« Sie lachte.

Kovich boxte Brinkley in den Arm. »Viele Models rauchen«, sagte er mit einem weltgewandten Lächeln. »So bleiben sie schön dünn.«

Brinkley hätte ihm am liebsten eine verpasst, hielt sich aber zurück. »Was weißt du denn übers Abnehmen, Partner? Sieh dich doch mal an.«

Die Anwältinnen lachten und Paige auch. Brinkley fühlte, wie die Anspannung nachließ und die Stimmung lockerer wurde.

»Ich weiß Bescheid«, entgegnete Kovich. »Ich habe meinen Finger am Puls der Zeit, Mick.« Zur Verdeutlichung legte er einen dicken Wurstfinger an sein Handgelenk, dann richtete er das Wort an Paige. »Ich habe eine Tochter in Ihrem Alter. Sie erzählt mir immer alles über die Models. Wer raucht und wer nicht. Viele rauchen, aber sie versuchen, es zu verbergen. Kate Moss raucht. Naomi Campbell auch. Stimmt's oder hab ich Recht?«

»Das stimmt. Ihre Diät besteht aus Wasser und Camels.« Paige nickte bestätigend. »Aber das ist nicht mein Diätgeheimnis.«

Kovich beugte sich vor. »Was ist Ihr Geheimnis?«

»Kinderportionen«, sagte Paige in vertraulichem Ton.

»Die meisten Leute essen viel zu viel auf einmal. Aber Kinderportionen, die bringen's. Hab ich ganz allein herausgefunden.«

»Kinderportionen«, wiederholte Kovich, als handelte es sich um ein verdammtes Staatsgeheimnis. Brinkley versuchte, das Gespräch wieder in die richtige Richtung zu lenken. Er würde seine Antworten schon noch bekommen, wenn auch langsam und auf Umwegen.

»Man kann keine kleinen Cheeseburger machen.«

»Man darf überhaupt keine Cheeseburger essen, wenn man abnehmen will«, sagte Paige. »Kein rotes Fleisch. Keine Butter. Kein Öl.«

»Kein Fleisch?«, fragte Brinkley beiläufig. »Sind Sie Vegetarierin?«

»Klar«, nickte Paige mit Befriedigung. »Wie die meisten Supermodels auch.«

Brinkley schüttelte den Kopf, mit den Gedanken woanders. Das würde das Hummus auf der Vorspeisenplatte erklären. Die Tochter war also doch zum Abendessen da gewesen. »Das müsste ich mir noch mal überlegen, ob ich das alles aufgeben will. Ich stehe auf Fleisch.«

»Sie werden sich daran gewöhnen, es ist nicht schwer.«

»Also *ich* könnte mich nie daran gewöhnen«, erklärte Kovich kategorisch, doch Brinkley entschuldigte sich plötzlich, stand langsam auf und schüttelte sein Hosenbein über dem Knöchelholster herunter.

»Meine Damen, ich unterbreche nur ungern, aber dürfte ich mal die Toilette aufsuchen? Dauert nicht lange.«

»Natürlich«, antwortete Paige. Mary sah wenig begeistert aus, hielt ihn aber nicht zurück, und Brinkley verließ das Zimmer.

»Erste Tür rechts«, rief Paige ihm nach.

Brinkley ging hinein und schloss die Tür hinter sich. Im Bad konnte er die anderen weiter über Diäten sprechen hören. Diese Mary DiNunzio würde bald misstrauisch werden, er hatte also nicht viel Zeit. Er klappte den Toilettensitz mit einem Knall nach oben und hustete, als er das Medizinschränkchen öffnete. Die kleinen Fächer waren fast alle leer. Frischluftspray, Gästeseifen. Da, ein Kamm.

Brinkley zog ihn vorsichtig an einer Ecke heraus. Seidenweiche rote Haare hingen zwischen den Zähnen. Er riss etwas Toilettenpapier ab, streifte die Haare damit vom Kamm und legte ihn zurück in das Schränkchen. Dann verwahrte er das Papier mit den Haaren sorgfältig in der Innentasche seiner Jacke. Die Probe würde vor Gericht nicht als Beweis zugelassen werden, denn die Methode ihrer Entnahme war nicht koscher, und er konnte sie nicht den offiziellen Beweismitteln der Spurensicherung hinzufügen. Aber sie war auch gar nicht für den Prozess gedacht. Er schloss das Schränkchen, drückte die Toilettenspülung und verließ das Badezimmer. Die Gruppe im Wohnzimmer wirkte so vertraut wie ein Kaffeekränzchen. Kovich konnte gut mit Frauen umgehen. Sheree hatte ihn immer mit einem großen Teddybär verglichen.

»Na, schon abgenommen, Partner?«

»Bin auf dem besten Weg«, sagte Kovich und schob seine Brille nach oben. »Keine öligen Sachen mehr. Kelley sagt mir das auch immer. Das ist flüssiges Fett. Richtig?«

Paige nickte glücklich, während Brinkley sich setzte. »Wir werden unser Gespräch jetzt zum Abschluss bringen«, sagte er. »Ich will Sie nicht zu lange aufhalten.« Er nahm den Notizblock zur Hand. »Das ist eine schwere Zeit für Sie, ich weiß.«

»Danke. Ich fühle mich wirklich nicht besonders. Gestern Abend hatte ich eine schlimme Migräne. Und am Abend davor auch.« Brinkley dachte nach. »Kam das, nachdem Sie gehört hatten, was …?«

»Nein, schon davor, am Nachmittag. Ich sollte gestern bei meinen Eltern zu Abend essen, aber ich habe abgesagt, wegen der Migräne.«

Mary hob die Hand wie ein Schiedsrichter bei einem Foul. »Ich glaube, das genügt jetzt, Detective. Sie sagten, Sie wären fertig.«

Aber Brinkley konnte noch nicht Schluss machen. Seine Hummus-Theorie stand auf dem Spiel. »Ich möchte das gerne klären. Sind Sie gestern Abend zum Haus Ihrer Eltern gegangen?«

»Nein. Ich war hier. Ich sollte zum Essen kommen, aber ich habe abgesagt. Ich bin zu Hause im Bett geblieben.«

Brinkley sah sie forschend an. Ihre feine Haut war vor Erregung gerötet, aber das konnte unter den Umständen ganz normal sein. Die Hummus-Theorie wäre damit jedenfalls gestorben. »Gibt es eine Möglichkeit, das zu überprüfen?«

»Was?«

»Wo Sie sich gestern Abend aufgehalten haben?«

Mary stand abrupt auf. »Die Relevanz dieser Frage ist für mich nicht ersichtlich. Ich weise Paige an, nicht zu antworten.«

»Es handelt sich nur um die vollständige Klärung eines Sachverhalts.«

»Nein, es handelt sich um ein Verhör. Sie haben bereits ihren Vater des Verbrechens angeklagt. Wenn Paige nun selbst einen Anwalt braucht, werden wir ihr einen besorgen. Im Übrigen kann ich mich nicht erinnern, dass Sie ihr ihre Rechte vorgelesen hätten.«

»Das ist nur bei einer Vernehmung in Polizeigewahrsam nötig, und sie befindet sich nicht in Polizeigewahrsam.«

»Es kommt mir aber langsam so vor«, entgegnete Mary, während Paige mit zitternder Hand nach ihrem Wasserglas griff.

Brinkley erhob sich, klappte seinen Notizblock zu und steckte ihn wieder in die Brusttasche seines Jacketts. »Ich denke, wir müssen die Unterhaltung nicht weiter fortsetzen.« Er sah zu Paige herab, die trotz ihrer Größe plötzlich in dem Sofa zu verschwinden schien. »Es tut mir Leid, dass wir Sie heute belästigen mussten, Ms Newlin. Wir werden uns bemühen, die Untersuchung abzuschließen, ohne Sie noch einmal zu stören. Bitte rufen Sie uns jederzeit an, falls Sie irgendwelche Fragen haben.«

»Das wird sie«, sagte Mary spitz, und Brinkley schluckte eine Erwiderung hinunter.

»Hier ist meine Karte.« Er zog seine Brieftasche heraus und öffnete sie. Das schwere, goldfarbene Polizeiabzeichen blitzte in der sonnigen Wohnung auf, als er eine Visitenkarte herauszog, und er bemerkte, wie Paige bei seinem Anblick die Stirn runzelte. Eine normale Reaktion? Die meisten Leute ließen sich davon beeindrucken. Er kannte einen Cop, der behauptete, mit Hilfe des Abzeichens jede Frau ins Bett zu bekommen. Brinkley reichte Paige die Karte, aber Mary nahm sie an ihrer Stelle.

»Danke«, sagte sie und ging zur Tür. »Ich bringe Sie hinaus.«

Kovich stand auf, und Brinkley griff nach seinem Mantel und verließ die Wohnung mit mehr ungeklärten Fragen als zuvor.

»Du bist nicht ganz dicht, Mick«, sagte Kovich, und schüttelte die Winterkälte von seinem Sportjackett aus Polyester ab. Es war ein klarer, kalter Tag mit einer Temperatur knapp über Null, aber Kovich trug nie einen Mantel. Er wollte nicht den harten Mann herauskehren, er fror einfach nie. Brinkley konnte das nicht verstehen.

»Da bin ich anderer Meinung.« Sie schlenderten von dem Apartment-Hochhaus zu ihrem Chrysler. Der Wind pfiff durch die Pine Street, und Brinkley knöpfte seinen schwarzen Ledermantel zu.

»Diesen Hummus-Scheiß kannst du vergessen. Die Kleine sollte zum Abendessen kommen, Mami hat das Zeug aufgetischt, dann hat Töchterchen abgesagt.«

»Ja, ja.«

»Sie hat es nicht getan, Mick. Außerdem haben wir den Vater unter Schloss und Riegel, und Davis ist an dem Fall dran. Was glaubst du, was passieren wird? Du hast einen vagen Verdacht, und deshalb lässt er Newlin frei? Bist du plemplem? Die Zeitungen nennen ihn schon den ›Keine-Verhandlungen-Davis‹. Die Voruntersuchung geht bald los.«

Brinkley blinzelte in die kalte Sonne, als täte sie seinen Augen weh. »Sie hat kein Alibi.«

»Sie braucht auch keins. Du hast den Laborbericht gelesen. Die Abdrücke stammen von ihm. Die Fasern, die DNA, alles passt.«

»Der Laborbericht besagt gar nichts. Nicht, wenn er den Tatort präpariert hat, um die Tochter zu schützen.«

»Niemand könnte einen Tatort dermaßen gut präparieren!«

»Nicht mal ein Anwalt?«

»Heiliger Bimbam!« Kovich lief schneller, sein Atem dampfte wie bei einer Lok, und Brinkley sah, dass er sich allmählich richtig aufregte. »Ich versteh dich nicht, Mick.«

Brinkley schwieg.

»Zuerst war ich auf deiner Seite, aber jetzt, wo ich sie gesehen habe, komm ich nicht mehr mit. Sie ist noch ein Kind. Sie ist wie die Mädchen in Kelleys Zeitschriften. Sie ist wie Kelley, Herrgott noch mal.«

»Nein, ist sie nicht. Du kennst sie nicht.«

»Hör auf mich, ich bin selbst Vater, Mick. Teenager unterscheiden sich nicht so sehr voneinander. Hast du das Mädchen nicht gesehen? Sie ist total durcheinander, geschwollene Augen, rote Nase, all das. In dem Alter verkraften sie Probleme nicht besonders gut. Wenn Kelley einen Pickel hat, schließt sie sich in ihr Zimmer ein und heult. Sie sind große Tragödinnen, alle miteinander. Diese Kleine war wirklich fertig.«

»Kein Wunder, wenn sie es getan hat. Wie du schon sagst, sie ist ein Teenager, kein abgebrühter Schweinehund.«

Kovich schnaubte. »Jemand, der seine eigene Mutter umbringt, ist ein abgebrühter Schweinehund. Das versteht sich von selbst.«

Brinkley erwog das, als sie beim Wagen ankamen. Kovich atmete inzwischen ein wenig leichter.

»Was hast du eigentlich im Bad gemacht?«, fragte er und öffnete die Fahrertür.

»Gepinkelt«, antwortete Brinkley. Er dachte an den Ohrstecker.

19

Mary und Judy blieben noch, nachdem die Detectives gegangen waren, und standen in Paiges Küche herum. Marys Zweifel an Paiges Bericht waren durch Detective Brinkley noch verstärkt worden, der offenbar Jacks Geständnis in Frage stellte und Paige verdächtigte. Sie fragte sich, was er wusste und ob er irgendwelche Indizien hatte, die für Jacks Unschuld sprachen. Aber das konnte ihr vielleicht auch Paige sagen.

»Das war nicht besonders lustig, was?«, fragte sie das Mädchen.

»Nein.« Paige öffnete den Kühlschrank, holte eine Kanne mit Orangensaft heraus und stellte sie auf der schwarzen Granitarbeitsplatte ab. »Sie sind am Ende ziemlich nervig gewesen.«

»Sie bekommen eine Zulage fürs Nervigsein.«

Paige lächelte nicht. »Was wollten die denn bloß von mir? Sie haben fast so getan, als wäre ich die Schuldige. Glauben Sie, sie verdächtigen mich oder so was?«

Mary musterte ihr Gesicht. Paige war eindeutig besorgt. »Sie müssen jedes Verbrechen untersuchen, und wir müssen das innerhalb bestimmter Grenzen zulassen.«

»Aber sie haben doch schon meinen Dad im Gefängnis.«

Sie nahm ein Glas aus einem spiegelnden Hängeschrank und schenkte sich von dem frisch gepressten Orangensaft ein, ohne Mary und Judy etwas anzubieten. »Sie wollen ihn noch nicht mal auf Kaution herauslassen. Warum kommen sie dann noch zu mir?«

»Sie müssen alles überprüfen. Ich dachte, es wäre angenehmer für dich, hier befragt zu werden als auf dem Präsidium.«

»Allerdings. Ich will nie wieder dahin.« Sie trank von ihrem Saft, das Fruchtfleisch blieb am Glas hängen. »Irgendwie ist das alles ganz schön viel. Ich meine, morgen wird meine Mutter beerdigt. Sie werden meinen Dad wohl nicht dafür rauslassen, oder?«

»Wahrscheinlich nicht.« Mary fand die Frage merkwürdig. Ihr Verdacht gegen Paige verfestigte sich, je mehr Zeit sie mit ihr verbrachte. Sie hatte nur keine handfesten Beweise. Noch nicht.

»Er tut mir so Leid. Ich mache mir Sorgen um ihn.«

»Das brauchst du nicht.« Judy berührte Paiges Arm. »Wir kümmern uns um deinen Vater, und du kümmerst dich schön um dich selbst. Wir werden natürlich zur Beerdigung kommen.«

»Danke. Das ist nett.«

»Machen wir doch gern.«

Judy wechselte einen Blick mit Mary, doch deren Zweifel ließen sich nicht zerstreuen. Sie musste immer wieder daran denken, was Fontana ihr im Kaufhaus erzählt hatte: dass die Mutter Paige eine Hure genannt hatte. Welche Gefühle hatte das Mädchen seiner Mutter wohl nächsten Tag entgegengebracht? War Paige immer noch wütend genug gewesen, um sie umzubringen? Wohl kaum. Aber was, wenn das schon ihr ganzes Leben lang so gegangen war? Mary beschloss, in dieser Richtung weiterzuforschen. Wenn sie Jacks Unschuld schon nicht durch ihn selbst beweisen konnte, dann vielleicht durch seine Tochter.

»Ich weiß nicht viel über das Leben eines Models«, sagte

Mary. »Es klingt toll. Aufregend, glamourös. Gefällt es dir, zu den Fotosessions zu gehen und all das?«

»Klar, schon. Es ist cool. Aber man geht nicht einfach zu einer Fotosession. Man arbeitet eher bei einer. Ich meine, es ist echt harte Arbeit.«

»Wirklich? Wieso? Nehmen wir zum Beispiel diesen Termin bei Bonner. Muss man nicht nur ein falsches Lächeln aufsetzen und hübsche Kleider tragen? Genau wie Anwältinnen?«

Paige lachte. »Oh nein, kein Vergleich. Man muss stundenlang stehen und wird nicht besonders gut behandelt.«

»Tatsächlich? Ich habe immer geglaubt, Models würden wie Stars hofiert, vor allem, wenn sie noch ihre Managerin dabei haben.«

Mary wählte ihre Worte mit Bedacht, doch Judy warf ihr einen warnenden Blick zu.

»Schön wär's«, sagte Paige und sah auf einmal wieder bedrückt aus. »Meine Mutter hat mich ständig kritisiert, mir gesagt, was ich falsch mache, zum Beispiel, wenn meine Hände in der Gegend rumhängen. Ich weiß manchmal nicht, wohin mit meinen Händen.«

Sie verstummte, und als Mary gerade nachbohren wollte, mischte sich Judy ein.

»Aber Paige, ich dachte immer, es ist die Aufgabe der Fotografen, die Mädchen besser aussehen zu lassen«, bemerkte sie, und Mary wusste, dass sie eine bestimmte Absicht damit verfolgte. Judy war der einzige Mensch, der sich noch weniger für den Modelberuf interessierte als sie selbst.

»Nein. Sie sagen einem, wie man stehen soll, das ist alles«, gab Paige zurück, nichts ahnend von dem Tauziehen, das über ihrem Kopf stattfand. »Das Model muss den Rest machen.«

Mary ließ nicht locker. »Kannst du mir ein paar von den Fotografen nennen, mit denen du arbeitest? Zum Beispiel den, der die Aufnahmen im Kaufhaus Bonner gemacht hat? Ich würde gern ein gutes Foto für berufliche Zwecke von mir machen lassen. So im Stil ›Knallharte Anwältin vor einem Regal mit Gesetzestexten‹.«

Judy prustete, und Paige stellte ihren Saft ab. »Caleb Scott hat bei Bonner geknipst, aber den würde ich nicht empfehlen. Er ist ein Arschloch. Meistens arbeiten wir mit Vivi Price, besonders für die Kataloge. Sie hat ein eigenes Studio in New York. Schon mal von ihr gehört? Sie war früher Assistentin bei Demarchelier.«

Mary speicherte die Namen in ihrem Gedächtnis. »Trevor findet es bestimmt gut, ein richtiges Model zur Freundin zu haben«, machte sie einen weiteren Vorstoß.

»Trevor? Ja klar, er findet es cool.« Paige sah auf ihre Armbanduhr, eine silberne Rolex, die lose wie ein Armband um ihr knochiges Handgelenk hing. »Also, ich muss gleich los. Ich bin mit ihm zu einem späten Mittagessen verabredet. Er hat erst um drei wieder einen Kurs und muss nicht auf dem Schulgelände bleiben.«

»Wo geht er denn zur Schule?«

»Er ist an der Philadelphia Select, einer Privatschule, die aufs College vorbereitet. Nächstes Jahr geht er nach Princeton. Er ist total intelligent.« Paiges Lächeln wurde professionell. »Ich muss mich jetzt fertig machen, sonst komme ich zu spät. Ich brauche immer eine Ewigkeit, bis ich fertig bin.«

»Wo triffst du dich mit ihm? Vielleicht können wir dich ein Stück mitnehmen.«

»Nein. Ich rufe mir ein Taxi. Ich muss nur bis zum Four Seasons. Aber danke.«

»Alles klar.« Mary stupste Judy an. »Dann machen wir uns mal besser auf den Weg«, sagte sie und versuchte, nicht übereifrig zu klingen. Sie musste sich beeilen, wenn sie ihr Vorhaben in die Tat umsetzen wollte.

Mary eilte mit energischen Schritten den Bürgersteig entlang und hob dabei immer wieder den Arm, um ein Taxi herbeizuwinken, jedoch ohne Erfolg. Es war so kalt, dass die Spucke auf dem Gehweg gefror. Die Bäume reckten sich wie dunkle Hände in einen knallblauen Himmel. Sie liebte Philly im Winter.

»Ist dir nichts aufgefallen an dem, was Paige gerade gesagt hat?«

»Du spinnst doch.« Judy hielt keuchend Schritt. Sie schleppte schwer an einer braunen Aktentasche mit vielen Fächern, wie sie Juraprofessoren trugen. »Was hast du bloß immer mit Paige? Warum magst du sie nicht?«

»Ich halte sie für selbstsüchtig. Sie hat uns noch nicht einmal etwas zu trinken angeboten und sich kaum bedankt. Auf solche Dinge kommt es an.«

»Blödsinn.« Judys Mund wurde zu einem Strich, und ihre Stimme bekam eine gewisse Schärfe. »Schlechte Manieren verstoßen nicht gegen das Gesetz, so weit ich weiß.«

»Aber sie verraten so einiges.«

»Ach ja, was denn? Wir müssen hier eine Verteidigung vorbereiten, und sie ist nicht die Angeklagte, sondern ihr Vater, falls du dich erinnerst.«

»Aber ich glaube, dass er unschuldig ist, also muss ich anderen Möglichkeiten nachgehen.« Mary fröstelte in ihrem ungefütterten Trenchcoat, als sie wieder einem Taxi winkte. Sie stritt sich sonst nie mit Judy. Plötzlich war ihr sehr kalt.

»Richtig?«

»Falsch. Deine Annahme entbehrt jeder Grundlage.« Judys Augen wurden zu skeptischen, blauen Schlitzen, und sie blieb mitten auf dem Bürgersteig stehen, vor einer Reihe von Häusern im englischen Kolonialstil des 18. Jahrhunderts. Die sanfte Pfirsichfarbe der Ziegelsteine und die Bläschen in den längs unterteilten Fensterscheiben bezeugten ihr Alter. »Wir haben keinen Grund anzunehmen, dass Newlin unschuldig ist oder seine Tochter schuldig.«

»Ich habe dir doch von Paiges Streit mit ihrer Mutter im Umkleideraum erzählt.« Mary stand ihrer besten Freundin

Auge in Auge gegenüber. »Wetten, es war nicht das erste Mal, dass sie sich so heftig gestritten haben?«

»Das genügt nicht. Alle streiten sich von Zeit zu Zeit mit ihren Müttern und am meisten wahrscheinlich in Umkleidekabinen. Deswegen gehen sie nicht gleich hin und bringen sie um.«

»Paige hat gerade gesagt, sie wünschte, ihr Vater könnte zur Beerdigung kommen. Wenn du davon ausgingst, dass dein Vater deine Mutter erstochen hat, würdest du ihn dann bei ihrer Beerdigung sehen wollen?«

Judy schniefte. Die Spitze ihrer Himmelfahrtsnase war rot vor Kälte. »Nein.«

»Und hast du nicht gemerkt, dass Paige viel mehr Mitgefühl mit ihrem Vater hat, der uns erzählen will, dass er ein Mörder ist, als mit ihrer Mutter, die ermordet wurde? Ich meine, wenn Paige ihre Mutter getötet hat und ihren Vater dafür in den Knast gehen lässt, wird sie sich doch sicher schuldig fühlen, oder? Ich kann nicht der einzige Mensch auf der Welt mit Schuldgefühlen sein.« Judy zuckte die Achseln. »Okay, ich geb's zu, es ist merkwürdig.«

»Um also meine Hypothese, dass Jack seine Tochter schützen will, zu untermauern, müssen wir in kürzester Zeit so viel wie möglich über diese Familie in Erfahrung bringen. Wir müssen die Ereignisse rekonstruieren, die zu dem Mord geführt haben, ihn in einen Zusammenhang stellen. Leuchtet dir das ein?«

»Ich schätze schon.«

Mary verbarg ihre Überraschung. Hatte sie gewonnen? Konnte es so einfach sein? »Du stimmst mir zu? Du glaubst, dass ich Recht habe?«

»Möglicherweise.«

»Bist du sicher? Ich meine, meistens täusche ich mich.«

Judy lachte. »Diesmal nicht. Du wirst gerade vor meinen Augen erwachsen. Was hast du als Nächstes vor, Boss? Es ist dein Fall.«

Mary dachte einen Moment nach. Plötzlich fühlte sie sich leicht schwindelig. »Am besten fährst du jetzt zurück ins Büro und suchst nach Präzedenzfällen für die Voruntersuchung. Ich werde meiner Spur folgen.«

»Deiner Spur?«, grinste Judy. »Du bist Anwältin, kein Privatdetektiv.«

»Widersprich mir nicht, ich bin der Boss!« Ein freies Taxi rauschte vorbei, und Mary winkte wie besessen. »He, warten! Anhalten!«

»Mary!«, rief Judy ihr nach. »Wo willst du hin?«

»Fang mich, wenn du kannst!«, schrie Mary zurück, als sie das Taxi einholte, und Judy rannte ihr lachend nach.

20

Brinkley stand zusammen mit Kovich und Dwight Davis um einen Edelstahltisch und verfolgte die Autopsie. Er bezähmte seine Gereiztheit über Davis' Gegenwart und seine Abneigung gegen die Prozedur, indem er der Klaviermusik lauschte, die aus dem CD-Spieler im Regal erklang. Hamburg ließ immer Chopins Nocturnes laufen, und obwohl Brinkley normalerweise keine Klassik hörte, wusste er sie in diesem Fall zu schätzen. Die romantischen Töne ergaben eine eigenartige Hintergrundmusik für das Diktat des Pathologen, das er in ein schwarzes Mikrofon sprach, das spinnengleich von der Decke herabhing.

»Autopsie der Leiche von Honor Buxton Newlin, fünfundvierzig Jahre alt, weiblich«, begann Hamburg. Er trug blaue Gummihandschuhe und einen fleckenlosen weißen Kittel.

Honor Newlins Leiche lag unbekleidet auf dem Stahltisch, die Augen geschlossen und die Brust grausam durchlöchert von den Wunden, die ihr den Tod gebracht hatten. Brinkley wandte in einer Art von Schamgefühl die Augen ab, und

Hamburg bekundete seinen Respekt, indem er Größe, Gewicht, Augen- und Haarfarbe der Toten in beinahe rabbinerhaftem Singsang aufzählte.

»Die Leiche wurde am zwölften Januar ins gerichtsmedizinische Institut von Philadelphia gebracht ...«

Sie waren noch am Anfang der Autopsie. Hamburg hatte die Kleider der Frau weggeschnitten, der erste Schritt zu einer äußeren Untersuchung. Die Inspektion der Bluse allein hatte einige Zeit in Anspruch genommen, da Hamburg sehr gründlich vorging, jede Stichwunde einem Riss in der weißen Seide zuordnete und die Zahl der Blutflecken auf Übereinstimmung prüfte. Der Staatsanwalt, die Detectives und der Pathologe hatten die Kleider und den pinkfarbenen Schuh mit dem zerrissenen Riemchen untersucht, aber Brinkley konnte keine Schlüsse aus dem Schuh ziehen, und Davis hielt ihn für unbedeutend.

»Kopf: Der Kopf sieht normal aus. Kein Hinweis auf Schädelverletzungen. Die Kopfhaare sind ...«

Davis stieß leicht gegen Brinkley und drängte ihn gegen die grünen Stahlschränke, die ringsum an den Wänden des Leichenschauhauses standen. Der für die Obduktionen vorgesehene Bereich war sehr beengt und wurde von einer Reihe von Stahltischen mit einem Abfluss in der Mitte und einem Waschbecken unter der Kopfseite eingenommen. Im Moment fanden keine anderen Autopsien statt, was Brinkley als Geschenk des Himmels empfand. Er sah weg, als Hamburg unter den schmerzlich schönen Klängen des einsamen Klaviers das getrocknete Blut aus Honor Newlins Wunden wischte.

»Brust: Die Brust weist beträchtliche Verletzungen auf. Es gibt fünf Wunden im Brustbereich. Die erste Wunde von links ist posthum zugefügt worden ...«

Brinkley zwang sich hinzusehen. Die Haut der Frau schimmerte rein und weiß wie Porzellan, nun, da alles Blut herausgeflossen war. Verwirrt wandte er wieder den Blick ab. Er hatte schon unzählige Leichen gesehen, die meisten davon schlimmer zugerichtet als diese. Was also verstörte ihn so? Vielleicht weckte Honor Newlin in ihm Gedanken an ein besseres Leben. Oder es lag daran, dass er sich nicht sicher war, ob sie ihren Mörder schon gefasst hatten.

»Abdomen: Das Abdomen ist flach. Keine Anzeichen von Verletzungen …«

Brinkley ließ seinen Blick über ihre schmale Taille gleiten. Ihr Bauch wirkte fest und elastisch, der Bauchnabel war ein kleiner, hübscher Knopf. Wie war das passiert? Hatte ihr Mann ihr das wirklich antun können? Oder ihr Kind? Dieses Kind, mit den großen, blauen Augen und den seidigen Haaren? Brinkley brauchte Antworten, und zwar schnell. Er wusste, dass die Medienberichte über die Weigerung der Staatsanwaltschaft zu verhandeln in erster Linie Versuchsballons waren, auf die die Öffentlichkeit sofort positiv reagiert hatte. Der Tenor der Passantenbefragungen war: Rübe ab.

»Jetzt zur Rückseite.« Hamburg winkte einem Assistenten, und gemeinsam drehten sie die Leiche mit einer einzigen geübten Bewegung um. Die Arme verharrten auf Grund der Leichenstarre steif an den Seiten. »Der Rücken zeigt normale Konturen«, fuhr Hamburg fort. »Kein Anzeichen von Verletzungen am Rücken. Obere Extremitäten: Die oberen Extremitäten weisen Defensivwunden auf …«

Brinkley betrachtete die Schnitte an den Fingerspitzen. Die Vorstellung, dass jemand die Hände hob, um sich gegen ein Messer zu schützen, deprimierte ihn jedes Mal aufs Neue. Am schlimmsten waren die Defensivwunden bei Tötung durch Schusswaffen. Allzu oft schon hatte er dabei zugesehen, wie Hamburg die Hand einer Leiche hob, um das Loch darin mit der Kugel und dem Einschussloch am Körper zu vergleichen. Er wusste, dass es sich um eine Reflexbewegung handelte, aber es lag auch eine tragische, verzweifelte Hoffnung darin.

»Untere Extremitäten: Die unteren Extremitäten weisen Anzeichen von … hmm …«

Brinkley riss sich aus seinen Gedanken. Die Leiche lag nun

wieder auf dem Rücken, und Hamburg beugte sich über sie, so dass die schwarze Kappe auf seinem Hinterkopf wie ein Interpunktionszeichen wirkte. Er blinzelte durch seine Brille auf den rechten Fuß der Toten und drückte am großen Zeh herum. Unaufgefordert griff Brinkley nach dem noch eingetüteten rosa Schuh mit dem gerissenen Riemen und hielt ihn dem Pathologen hin, der sich aufrichtete und das Mikrofon abschaltete.

»Ich glaube, unsere Freundin hat einen gebrochenen Zeh«, sagte Hamburg nachdenklich.

Brinkley wusste nicht, ob ihn der Zeh beschäftigte oder die Musik, die gerade in schnellem, dramatischem Lauf die Oktaven hinunterstürmte. Hamburg nahm den Schuh und hielt ihn an den Fuß.

»Es ist der rechte Schuh, der mit dem gerissenen Riemen. Kaputter Zeh, kaputter Schuh. Irgendwelche Theorien, Jungs?«

Brinkley schob sich interessiert näher heran. »Du denkst, der Zeh ist im selben Moment gebrochen, als das Riemchen gerissen ist?«, fragte er, während Kovich schweigend zuhörte.

Hamburg nickte. »Scheint so.«

Davis schüttelte den Kopf. »Könnte sie sich den Zeh nicht zu einem anderen Zeitpunkt gebrochen haben? Gebrochene Zehen werden meistens nicht behandelt. Man wartet einfach, bis der Bruch verheilt ist.«

Hamburg nickte wieder. »Das stimmt, aber der Zeh ist ziemlich angeschwollen. Ich würde sagen, es handelt sich um eine frische Verletzung.«

»Wie frisch?«, fragte Davis, seinen unvermeidlichen Notizblock an den Nadelstreifenanzug gepresst.

»Von gestern oder vorgestern.«

»Solche Schuhe zieht man nicht mit einem gebrochenen Zeh an«, gab Brinkley zu bedenken, aber Davis schnaubte verächtlich.

»Das weiß man nie. Davon können Sie nicht ausgehen. Sie scheint mir eine ziemlich eitle Frau gewesen zu sein.«

»Das sehen Sie dieser Leiche an?«, fragte Brinkley herausfordernd. Die Behauptung kam ihm pietätlos vor.

»Ja, an ihren Kleidern zum Beispiel, die haben eine Stange Geld gekostet. Und sie ist sehr schlank, sie achtet auf ihre Figur.«

Brinkley überlegte. Davis war nicht dumm, aber er war trotzdem ein Arschloch. »Hören Sie, es ist sehr viel wahrscheinlicher, dass sie gegen irgendetwas getreten ist und sich dabei den Zeh gebrochen und den Schuh zerrissen hat. Was meinst du, Aaron?«

»Ist nicht mein Spezialgebiet, aber das würde ich auch vermuten. Du glaubst, sie hat ihren Angreifer getreten?«

»Nein.« Brinkley war verunsichert. »Eine Defensivwunde am Fuß? Wie oft kommt so was vor?«

»Hin und wieder«, antwortete Hamburg nachdenklich. »Bei Frauen schon. Sie treten aus Verzweiflung um sich.«

»Genau«, stimmte Kovich zu. »Haben wir schon bei Vergewaltigungsfällen erlebt. Erinnerst du dich an den Fall Ottavio, Mick?«

Brinkley erinnerte sich. »Aber das hier ist kein Fall von Vergewaltigung. Bei einer Vergewaltigung liegt das Opfer auf dem Boden und tritt nach oben. Versucht, den Kerl in den Schritt zu treffen oder so. Aber hier hat die Frau gestanden, als sie erstochen wurde. Hätte sie getreten, um sich zu verteidigen, hätte sie das Gleichgewicht verloren.« Er demonstrierte es und fiel fast um. »Seht ihr?«

»Vielleicht ist sie ja auf dem Boden liegend erstochen worden und hat nach oben getreten«, brachte Kovich vor, doch Hamburg machte ein zweifelndes Gesicht.

»Das kann ich nicht ausschließen, aber auch nicht bestätigen. Bei dieser Anordnung der Wunden kann ich nicht genau bestimmen, welches der tödliche Stich war. Aber ihr müsst bedenken, dass sie eine Menge getrunken hatte. Ihr Alkoholspiegel war hoch, weshalb ihr Widerstand nicht besonders heftig gewesen sein kann. Wenn sie von unten nach oben getreten hat, dann nicht sehr kraftvoll. Nicht kräftig genug, um sich einen Zeh zu brechen.«

Kovich wandte ein: »Es sei denn, sie hat Newlin getreten, bevor er anfing, auf sie einzustechen.«

»Wenn es Newlin war«, korrigierte Brinkley und spürte Kovichs entnervte Reaktion.

Davis neben ihnen schwieg und starrte auf die Leiche. »Newlin hat nichts davon erzählt, dass sie ihn getreten hat.«

»Wir haben ihn auch nicht danach gefragt, Mick.«

»Aber es passt nicht zu seiner Geschichte. Danach hat sie bloß geschrien. Sie hat ihn verbal provoziert, und er ist aggressiv geworden. Hat zurückgeschrien. Das Glas nach ihr geworfen.«

»Warum machst du so ein Theater um diesen Zeh, Mensch«, schoss Kovich zurück. »Er hat sie überwältigt, sie hat sich gewehrt. Wenn es zu einem Kampf kommt, wird meistens was gebrochen.«

»Ich stimme mit Stan überein«, sagte Davis im Ton eines Richters, der ein Urteil verkündet. »Der gebrochene Zeh ist nicht weiter von Bedeutung. Sie war betrunken, sie trat nach Newlin. Es ist eine Art von Defensivverletzung.«

Brinkley musterte Davis. »Das klingt, als hätten Sie Ihr Urteil bereits gefällt.«

»Das habe ich auch«, nickte Davis beinahe fröhlich. »Ich habe mir das Video mehrmals angesehen, und ich weiß, wie die Sache gelaufen ist.«

»Das wissen Sie?« Brinkley runzelte die Stirn. »Auf Grund eines Videos?«

Hamburg bedeutete ihnen, still zu sein. »Auseinander, ihr beiden«, befahl er und schaltete das Deckenmikrofon wieder ein.

Nach der Autopsie, die ohne weitere Zwischenfälle abgeschlossen wurde, bekam Brinkley den Staatsanwalt vor dem

Gebäude der Gerichtsmedizin zu fassen. Der nach Joseph W. Spelman benannte flache Ziegelsteinbau lag an einer vielbefahrenen Ecke, begrenzt vom Schuylkill Expressway und einem Komplex aus Universitätsklinik, Kinderkrankenhaus und den Veteranenkliniken. Der Wind wirbelte in unberechenbaren Böen um die Gebäude, und der Verkehr sorgte für ein konstantes Rauschen.

»Davis«, rief Brinkley, wohl wissend, dass der Staatsanwalt ihm aus dem Weg ging. »Haben Sie noch eine Minute Zeit?«

»Für Sie doch immer.« Ohne seinen Schritt zu verlangsamen, drehte Davis den Hals, während er über den Parkplatz zu seinem Dienstwagen eilte, einem neuen, weißen Ford. »Was kann ich für Sie tun, Meister?«

»Sie sagen, Sie haben sich das Video mit dem Geständnis angesehen.« Brinkley knöpfte in der eisigen Luft schnell sein Jackett zu. Autos standen kreuz und quer auf dem Platz, der gerade neu geteert wurde. Davis hatte in einer Zone vor einem Schild mit der Aufschrift NUR FÜR ANGEHÖRIGE VON VERSTORBENEN geparkt. »Haben Sie bemerkt, was ich meinte ...«

»Ja, habe ich. Ich glaube auch, dass Newlin lügt. Aber ich halte ihn für den Täter.«

Brinkley verstand gar nichts mehr. »Worüber lügt er dann Ihrer Meinung nach?«

»Das Gerede, dass er die Tat nicht geplant hat, ist Quatsch. Er will sich mit einem Schuldbekenntnis aus der Sache herausverhandeln.« Davis' entschlossenes Kinn durchschnitt die kalte Winterluft. »Da kann er lange warten.«

»Sie machen einen Fehler, Davis. Ich bin nicht sicher, dass er der Täter ist.«

»Haben Sie irgendetwas in der Hand, das Ihre Zweifel rechtfertigen würde?«

»Noch nicht. Ich fange gerade erst an ...«

»Sagen Sie mir Bescheid, sobald Sie etwas finden, okay? Halten Sie mich auf dem Laufenden. Ich muss jetzt los.« Davis öffnete die Fahrertür, aber Brinkley hielt sie fest, so dass er sie nicht zuziehen konnte.

»Hören Sie, wir haben heute Morgen mit der Tochter gesprochen. Ich arbeite an der Theorie, dass der Vater sie schützen will. Sie oder jemand anderen.«

»Es gibt nichts, das diese Theorie unterstützen würde. Rein gar nichts.«

»Ich werde etwas finden.«

»Tun Sie das.« Davis entließ ihn mit einer Handbewegung und schloss die Tür des Ford. Der Motor sprang sofort an, und Brinkley blieb allein auf dem Parkplatz zurück.

Als er sich umdrehte, sah er Kovich vor dem Gebäude der Gerichtsmedizin warten, eine ferne Silhouette.

21

Mary sah sich staunend in dem hallenartigen Lagerhaus um. So viel freien Raum hatte sie noch nie um sich gehabt, zumindest nicht in der Stadt. Das Gebäude lag in der Nähe des Delaware River, an der Grenze zu New Jersey. In Philadelphia war man gezwungen, bis nach Camden zu fahren, wenn man richtig Platz haben wollte. Die Nachmittagssonne strömte durch die deckenhohen Fenster, und ihre Sicherheitsgitter warfen ein rautenförmiges Muster auf den groben Zementboden. In Camden musste sogar leer stehender Raum geschützt werden. Es gab nicht viel zu gewinnen in Phillys östlichen Ausläufern.

Mary stand mit ihrer Aktentasche da und rief »Hallo«, um zu hören, ob es ein Echo gab, aber ihre Stimme verklang in den vier hohen Stockwerken aus unverputzten Backsteinmauern. Es handelte sich um ein ehemaliges Möbellager, jetzt vollkommen leer bis auf eine Ecke, in der eine kleine, neue Welt geschaffen worden war.

Mary ging fasziniert darauf zu. Es gab drei durch Bruchsteinmauern unterteilte Räume, die aussahen, als hätte die Baufirma die Decken und die vierte Wand vergessen. Der erste Raum von links war eine Art offener Garderobe, in der junge Mädchen sich vor aller Augen umzogen. Mary wusste sofort, dass keines von ihnen katholisch war.

Der daran angrenzende Raum enthielt ein Make-up- und Frisurenstudio mit zwei zusammenklappbaren Metalltischen, auf denen sich schwarze Puderpinsel sowie mehrschichtige Kästen voller Schminkutensilien, Gesichtspuder und Grundierungen türmten. Models in Spitzen-BHs und Höschen hockten auf Klappstühlen und Obstkisten, während modisch gekleidete Männer und Frauen ihre Gesichter schminkten und ihre Haare stylten. Ein Model bekam einen französischen Knoten ausgekämmt, wobei ihr Kopf mit jedem Bürstenstrich nach hinten gerissen wurde. Mary zuckte zusammen. Sie war zwar Anwältin, aber diese Art von Qual könnte sie nicht über sich ergehen lassen.

Neben dem Make-up-Raum befand sich der eigentliche Anproberaum, in dem die Mädchen wie auf einem Mode-Fließband von einer Station zur nächsten wandelten, obwohl Mary bei all dem Umherlaufen die Reihenfolge nicht erkennen konnte. In einer Ecke standen ein Bügelbrett mit Dampfbügeleisen und mehrere Kleiderständer auf Rollen. Ein kurzer Blick auf die Kleider genügte, um sie in die Kategorie Young & Hip einzuordnen. Das Young & Hip-Geschäft florierte offenbar. Young war dabei das entscheidende Wort. Mary war nun nahe genug heran, um die Models genauer betrachten zu können, die ihr wie kleine Mädchen beim Verkleidenspielen vorkamen. Die meisten hatten kaum das Teenageralter erreicht; die jüngsten waren etwa zehn, die ältesten fünfzehn oder sechzehn Jahre alt. In der Gruppe war keine einzige voll entwickelte Brust zu sehen, aber die Kids schienen auch nur dünne Hemdchen an Stelle ausgewachsener Kleider vorzuführen. Eines der Models, eine blonde Lolita mit

Kulleraugen, saß auf einem Regiestuhl, während ein Mann in Schwarz ihr falsche Wimpern anklebte. Ihre Füße in den schwarzen Riemchensandalen reichten kaum auf den Boden, und sie umklammerte eine Barbie-Puppe, die zufällig die gleichen Sandalen anhatte. Nirgendwo war eine Mutter in Sicht.

Plötzlich ertönte Geschrei aus dem offenen Bereich nebenan. Er wurde lediglich von einem riesigen, weißen Stück Papier begrenzt, das von einer Stahlstrebe an der Decke herabhing. Es diente als Hintergrund für die Fotos und war nahtlos über den Zementboden ausgerollt wie ein Papierteppich. Die Mädchen stolperten immer wieder in ihren hohen Absätzen über den Rand, und ein Mann schrie sie an, sie sollten den Untergrund nicht zerreißen. Eine der offenbar doch anwesenden Mütter entschuldigte sich für ihre Tochter und zerrte sie von der Papierfläche herunter. Mary konnte es nicht fassen. Wenn jemand sie so behandelt hätte, wäre ihre Mutter auf ihn losgegangen. Aber sie war nicht hier, um der Kinderarbeit einen Riegel vorzuschieben, sie hatte einen Mandanten zu verteidigen.

Entschlossen ging sie auf den nächsten Mann in Schwarz zu, dessen lockiger, brauner Pferdeschwanz sich bis zu seiner Taille ringelte. Er kehrte ihr den Rücken zu und beugte sich über einen großen Stahlkoffer mit einer Fotoausrüstung. Objektive, Kameras und Blitzlichtgeräte lagen in grauem Schaumstoff eingebettet, und bei ihrem Anblick kam Mary der Gedanke, dass die Geräte besser behandelt wurden als die Mädchen.

»Entschuldigen Sie«, hüstelte sie, doch Pferdeschwanz drehte sich nicht um. »Ich suche den Fotografen Caleb Scott.«

»Ich bin sein Assistent, einer von vielen. Er steht dort drüben, aber du solltest ihn jetzt besser nicht stören, Baby. Er ist auf dem Kriegspfad.« Der Assistent musterte sie über seine Schulter hinweg durch die kleinste Brille, die sie je gesehen hatte. »Ich kann dir jetzt schon sagen, was er dir antworten wird.«

»Okay, schieß los«, sagte Mary.

»Du musst mindestens dreißig Pfund abnehmen, eher mehr. Du bist sowieso zu alt. Du musst deine Nase richten lassen und was mit deinen Haaren anstellen. Die Farbe ist unmöglich und der Schnitt vom letzten Jahr.«

Er wandte sich wieder dem Koffer zu, während Mary erwog, seinem Pferdeschwanz den Finger zu zeigen.

»Ich bin Anwältin, kein Model.«

»Dann bist du perfekt«, entgegnete er, ohne sich noch einmal umzudrehen.

Caleb Scott kochte auf dem Papierteppich vor sich hin. Die Hasselblad hing an seiner schmalen Hüfte wie eine Pistole. Er war groß und dünn, trug einen schwarzen Rollkragenpullover, ausgewaschene Jeans und Mephisto-Schuhe mit Kreppsohlen. Seine dichten grauen Haare und ein antrainierter englischer Akzent dienten ihm neben seiner konstant schlechten Laune als Markenzeichen. Er ärgerte sich gerade über einen gelben Strahler an einer hohen Stange, der immer im falschen Moment aufleuchtete. Aus der verängstigten Haltung seiner Assistenten, die sich bemühten, das Ding zu reparieren, schloss Mary, dass Wut und Übellaunigkeit zu Scotts Normalzustand gehörten. Allerdings drückte er seine Wut nicht in einer Weise aus, die Mary vertraut war – Schreien, Tränen, jahrzehntelange Vendetta –, sondern indem er immer angespannter und verkniffener wurde.

»Mr Scott, ich habe ein paar Fragen, aber es wird nicht lange dauern«, sagte Mary, als sie sich ihm näherte.

»Lassen Sie sich Zeit. Offensichtlich habe ich hier ja momentan reichlich davon.«

»Ich vertrete Jack Newlin und stelle Nachforschungen an bezüglich der Mordanklage gegen ihn. Vielleicht haben Sie in der Zeitung darüber gelesen. Ich brauche Informationen über Paige und ihre Mutter, Honor.«

»Ich habe keine Zeit zum Zeitunglesen. Ich muss zu Terminen hetzen, wo ich dann stundenlang herumstehe und warte.« Scott funkelte böse einen Helfer an, der mit einer neuen Glühbirne vorbeihuschte. Die Mädchen in ihren Unterkleidchen hielten ihre Positionen unter den heißen Lampen, und ihre Mütter standen an der Seite und sahen zu, wie sie schwitzten.

»Sie haben nichts von Honor Newlins Ermordung gehört?«

»Das habe ich nicht gesagt. Natürlich habe ich davon gehört, einer meiner Assistenten hat es mir erzählt. So etwas spricht sich herum. Wenn wir auf die Zeitungen warten müssten, um Neuigkeiten zu erfahren, würden wir eingehen wie die Primeln. So wie ich hier gerade.«

Seine schmalen Lippen verzogen sich zu einer Märtyrergrimasse, was Mary zu der kühnen Vermutung veranlasste, dass zumindest er katholisch war.

»Sie haben auch im Kaufhaus Bonner fotografiert, oder?«

»Ich mache alle Bonner-Shoots in Philly.«

»Wie ich höre, hatten Honor und Paige einen Streit bei diesem Termin, in einem der Umkleideräume. Wussten Sie das?«

»Natürlich! Denken Sie vielleicht, dass in dieser Branche irgendein Furz geheim bleibt?« Scott deutete auf seine Assistenten, die um das defekte Licht herumschwärmten. Es wollte immer noch nicht aufleuchten, obwohl sie auf einem schwarzen Knopf herumdrückten, der auf einer Art Autobatterie saß.

»Die Branche ist eine einzige Gerüchteküche. Man könnte sich den ganzen Tag das Maul zerreißen, wenn man nichts Besseres zu tun hätte, aber die meisten Leute haben Besseres zu tun. Nur ich muss hier herumstehen und mich mit Anwältinnen unterhalten. Wenn ich nicht gerade den Babysitter spiele.«

»Sie wussten also von diesem Streit im Umkleideraum?«

»Schätzchen«, sagte Scott und sah Mary zum ersten Mal direkt an, »die beiden haben sich gestritten, wo immer sie aufgetaucht sind. Die Mutter war ein reinrassiges Miststück und die Kleine eine Prinzessin auf der Erbse. Als ich hörte, dass die Mutter umgebracht wurde, habe ich nur gedacht: Bravo, Mädchen.«

Mary stockte der Atem. »Was haben Sie gedacht?«

»Ich habe zuerst geglaubt, die Kleine hätte sie umgebracht.«

»Wegen des Streits? Worum ging es dabei überhaupt?«

»Nicht deswegen, nein. Die beiden haben eben über das gestritten, worüber sie alle streiten.«

Diesmal zeigte Scott auf die Mütter, die am Rand des Papierteppichs an ihren Kaffeebechern nippten. Zwei hatten ihre Handys am Ohr, und Mary hörte, wie sie die nächsten Termine ihrer Töchter verschoben, weil sich wegen des kaputten Strahlers eine Verzögerung ergeben hatte. »Sehen Sie sich die mal an. Können Sie das verstehen? Mütter, die ihren Kindern so etwas zumuten? Ich nicht.«

Sie schüttelte den Kopf, ganz seiner Meinung. »Machen sie das wegen des Geldes, oder warum?«

»Nein. Ich werd's Ihnen erklären. Sehen Sie sich die Mädchen mal an.« Scott deutete auf die Models, die sich immer noch bemühten, still zu stehen, nun schon seit beinahe fünf Minuten. »Sie sind schön, nicht wahr? Jede einzelne von ihnen.«

Wieder musste sie ihm zustimmen, wenngleich ihre Schönheit unter dem dicken Make-up verborgen war.

»Es geht nicht ums Geld. Sie haben einen anderen Ehrgeiz. Sie hoffen darauf, dass ihre Kleine die nächste Claudia oder Naomi wird. Dass sie das große Los zieht. Und dann, wer weiß? Dann kann sie einen Märchenprinzen heiraten. Oder einen Rockstar. Nach Hollywood gehen. Es wie Julia Roberts machen. Es ist ein Lotteriespiel, nur mit Menschen aus Fleisch und Blut.«

Mary ließ ihre Augen über die jungen Gesichter wandern, während er sprach. Sie waren alle so hübsch, lauter perfekte Puppen. »Aber eine von ihnen wird es schaffen, oder?«

»Unterbrechen Sie mich nicht.« Scott machte eine Pause, wie um sie zu bestrafen. »Die Wahrheit ist: Keine von denen wird groß rauskommen. Es sind Kids aus Philly, die ganz süß in Katalogen und Zeitungen aussehen. Manche werden vielleicht zu Probeaufnahmen nach New York eingeladen, aber keine ist wirklich etwas Besonderes. Ich habe heute dreiundzwanzig von ihnen hier und morgen wieder dreiundzwanzig und übermorgen wieder. Sie haben alle hübsche Gesichter, aber keine hat das Gesicht. Keine von denen wird es schaffen, und wenn sie erst einmal sechzehn sind wie Paige, dämmert es ihnen. Und dann geht das große Geschrei los.«

Mary verstand endlich. »Paige wird es nicht schaffen?«

»Keine Chance. Aber ihre Mutter wollte das nicht wahrhaben. Sie müssen sie anders ausleuchten, Wenn doch nur das Make-up besser wäre, bla, bla, bla. Bei Honor waren immer die anderen schuld.«

»Sie haben sich mit Honor gestritten?«

»Jedesmal, wenn ich Aufnahmen mit ihrer Tochter machte. Paige wurde manchmal bloß wegen ihrer Mutter nicht gebucht, ich schwör's. Niemand wollte sich mit Honor abgeben. Es ging gegen die Mutter, nicht gegen Paige.« Scott schnaubte verächtlich. »Die Mütter des Fußballer-Nachwuchses sind nichts gegen die Mütter des Model-Nachwuchses. Das hier ist die Jugendliga der Magersüchtigen.«

Mary konnte nicht darüber lachen. »Glauben Sie, Paige weiß, dass sie es nicht schaffen wird?«

»Sicher, inzwischen schon.«

»Haben Sie mit ihr darüber gesprochen?«

»Nein, ich spreche nicht mit den Mädchen, ich fotografiere sie. Aber ich weiß Bescheid. Die Kids sind ehrlich, sie leugnen die Wahrheit nicht, im Gegensatz zu ihren Eltern.« Scott wurde von einem Assistenten abgelenkt, der erleichtert den Daumen hob. Der Strahler funktionierte wieder.

»War reizend, mit Ihnen zu plaudern. Zurück an die Front«, sagte er und stakste mit gezückter Kamera davon.

Mary blieb noch einen Moment, um ihm bei der Arbeit zuzusehen. Er knipste ununterbrochen und brüllte dabei Anweisungen: Dreh deinen Kopf nach links, nein, weniger, kann mal jemand ihren BH-Träger zurechtrücken, hör auf zu kichern, steh still, während ich die Kamera einstelle, nicht so viel Zähne zeigen, Schätzchen.

Als sie sich von der Szene abwandte, konnte sie beinahe verstehen, dass einige ihre Mütter umbringen wollten, wenn sie heranwuchsen. Sie selbst verspürte ja schon den Drang, diese Frauen umzubringen.

Mary sah auf ihre Uhr und eilte zum Ausgang. Es galt, eine Verabredung zum Mittagessen einzuhalten.

22

»Gott sei Dank«, sagte Jack heiser, als sich endlich ein Wärter den Zellen näherte. »Ich muss meine Anwältin anrufen!«

»Halt's Maul, Newlin.« Der Wärter war jung und stämmig, trug einen dichten Schnurrbart und eine wütende Miene zur Schau. »Glaub ja nicht, dass du hier was Besonderes bist.«

»Ich habe das Recht, meine Anwältin anzurufen, wie jeder andere auch.« Jack beherrschte sich mühsam. Er musste unbedingt mit Trevor sprechen.

»Ach ja, eure Rechte. Das ist alles, was ich den ganzen Tag lang höre.« Der Wärter zog einen Schlüsselring aus der Hosentasche, und ein Kollege tauchte zur Verstärkung auf. »Ich kenne deine Rechte, Freundchen. Du hast das Recht auf drei freie Mahlzeiten am Tag, die dir vom Zimmerservice gebracht werden. Du hast das Recht auf kostenlosen Wasser- und Stromverbrauch und das Recht, in den Nachrichten zu sein wie ein verdammter Filmstar.« Der Wärter rammte einen Schlüssel in das Zellenschloss. »Du hast so viele Scheißrechte, so weit kann ich gar nicht zählen. Jetzt dreh dich um und leg die Hände auf den Rücken.«

»Ich muss wirklich dringend telefonieren.« Jack drehte sich um und bot seine Handgelenke dar, worauf die Wache die Tür aufriss und die Handschellen zuschnappen ließ.

»Beschwer dich bei Gericht, Herr Anwalt.« Der Wärter zerrte ihn unsanft am Ellbogen heraus und schob ihn den Gang entlang, doch Jack blieb frustriert stehen und explodierte.

»Verdammt noch mal! Ich warte jetzt seit Stunden darauf, einen beschissenen kleinen Anruf machen zu können!«

»Halt die Fresse!«, brüllte der Wärter und stieß ihn so fest, dass er das Gleichgewicht verlor und nach vorn fiel.

»Nein!«, schrie Jack. Er konnte den Fall nicht mit seinen gefesselten Händen abfangen und schlug mit voller Wucht auf dem Betonboden auf. Ihm blieb die Luft weg. Sein Kinn war angeknackst, und er fühlte sich eine Weile benommen.

Als er den Kopf hob, sah er in das lachende Gesicht des Wärters.

23

Im Labor des Roundhouse herrschte Hochbetrieb, und alle Kriminalisten arbeiteten mit wachen Augen, außer einer Kollegin. Sie hatte auf Brinkleys Anweisung die ganze Nacht durchgearbeitet, sich mit dem FBI in Verbindung gesetzt und die DNA-Tests durchgeführt, die er brauchte. Er musste Druck machen wegen der Ergebnisse, um Davis einen Schritt voraus zu sein. Brinkley erwog, sich bei der Technikerin zu bedanken, ließ es aber bleiben. So etwas gehörte schließlich zu ihrem Job. Wenn es ihr nicht passte, sollte sie sich einen anderen suchen.

»Was haben Sie über diesen Ohrstecker herausgefunden?«,

fragte er und trat mit Kovich an den weißen Labortisch. Vor ihnen befanden sich mehrere Mikroskope und Objektträger, die sorgfältig aufgereiht und mit Fall-Nummern versehen waren. »Er gehört ihr, nicht wahr?«

»Dem Kadaver?«

»Nein, der Tochter. Der Ohrstecker gehört Paige Newlin, oder?«

»Nein. Ich habe ein paar Schuppenproben von dem Haar genommen, das Sie mir gegeben haben, und sie mit Hautschüppchen von dem Stecker verglichen. Sie stimmen nicht überein.«

»Was?« Brinkley konnte seine Enttäuschung nicht verbergen.

»Sind Sie sicher?«

»Haar? Was für'n Haar?«, fragte Kovich, doch Brinkley beachtete ihn nicht.

»Sind Sie wirklich hundertprozentig sicher?«, wiederholte er. Er hätte seinen rechten Arm darauf verwettet, dass der Stecker der Tochter gehörte.

»Absolut, Detective. Ich habe die Proben unterm Mikroskop untersucht und zur Sicherheit noch eine DNA-Analyse gemacht und …«

»Moment mal.« Kovich lächelte schief. »Kommen wir noch mal auf dieses Haar zurück.«

»Das braucht dich nicht zu kümmern«, sagte Brinkley, aber Kovich schob entschlossen seine Brille nach oben.

»Entschuldige, Mick, ich interessiere mich nun mal sehr für dieses Haar. Es ist dir vielleicht neu, aber Haare gehören zu meinen Hobbys. Ich wette mit dir, dass ich nur einen Blick auf dieses Haar zu werfen brauche, um sagen zu können, woher es stammt. Ich bin ein echter Haarexperte.«

Die Labortechnikerin sah von einem zum anderen und hob abwehrend die Hände. »Lasst mich da raus, okay? Mir wurde gesagt, ich soll es inoffiziell untersuchen, also habe ich das gemacht.«

»Schon gut«, sagte Brinkley, aber Kovich streckte die Hand aus.

»Kommen Sie, rücken Sie's raus. Geben Sie mir das Haar. Ich kann aus dem Effeff eine Kohlenstoffdatierung machen. Damit bringe ich meine Freunde immer wieder zum Staunen, wirklich. Ihr solltet mich mal auf Partys erleben.«

»Hier.« Die Laborantin zog das eingetütete Haar aus einem unbeschrifteten Aktendeckel und gab es ihm.

»So, so.« Kovich hielt die Tüte gegen das Neonlicht. »Ja, es ist eindeutig ein ganz besonderes Haar. Ich sehe, dass es von einem umwerfend hübschen, jungen Model stammt, das zwar keine schwere Straftat begangen hat, aber viel zu gut aussieht, um frei herumlaufen zu dürfen.«

Brinkley hörte den schneidenden Ton in Kovichs Stimme. Zu der Technikerin sagte er: »Haben Sie auch den anderen Vergleich gemacht, um den ich Sie gebeten hatte?«

»Na klar. Warten Sie.« Sie drehte sich um, blickte in ein großes, schwarzes Mikroskop und drehte an dem seitlichen Chromknopf, um es scharf zu stellen. »Sehen Sie selbst. Sie stimmen überein.«

Brinkley schob Kovich mit dem Ellbogen beiseite und spähte in das Mikroskop. Ein weißer Kreis starrte ihn an, durch den ein dicker roter Strich mit einer helleren Linie in der Mitte verlief.

»Das ist ein Haar? Was ist die Linie in der Mitte?«

»Das ist der Kortex. Sozusagen das Mark des Haares. Jetzt werfen Sie einen Blick auf diesen Objektträger.«

Brinkley wartete, bis ein zweiter roter Strich in dem hellen Kreis auftauchte. »Sieht genauso aus.«

»Stammt auch vom selben Kopf.«

»Sehr schön«, flüsterte Brinkley, doch Kovich boxte ihn weg.

»Lass mich auch mal.« Der schwere Detective beugte sich über das Gerät. »Ah, noch mehr Haar, meine Spezialität.«

»Dieses wurde am Körper der Verstorbenen gefunden«,

sagte die Technikerin. »Mehrere davon sogar. Es zeigt dieselbe Struktur wie das in der Tüte.«

»Kapiert, Kovich?«, fragte Brinkley. »Haare von der Tochter an der Mutter. Was sagt dir das?«

Kovich richtete sich vom Mikroskop auf, seine Miene war nicht freundlich. »Es sagt mir, dass wir beide jetzt gleich mal eine kleine Spritztour machen, Mick.«

»Das ist ein eindeutiges Indiz, Stan.«

»Wir sprechen noch darüber. Aber nicht vor der Dame hier. Es könnten Kraftausdrücke fallen.« Er wandte sich an die Kollegin.

»Danke.«

»Sie werden mir doch keinen Ärger machen, Detective Kovich?«

»Nee. Ich werde nur meinem Partner hier eins überziehen. Wollen Sie dabei zugucken?« Kovich wandte sich zum Gehen, und Brinkley folgte ihm.

»Vergessen Sie den Bericht nicht«, rief die Frau ihnen nach und drückte Brinkley einige Blätter in die Hand. »Übrigens, was den Dreck in Tüte A vom Couchtisch betrifft ... Er besteht aus Kies, Ruß, Kieselerde und Partikeln von Hundekot. Eine Mischung, wie man sie üblicherweise neben dem Gehsteig findet.«

»Das hätte ich dir auch sagen können, Mick«, lästerte Kovich, als er Brinkley nach draußen führte. »Ich bin Experte für Partikel von Hundekot.«

Brinkley verzichtete auf eine Entgegnung und klemmte sich den Bericht ungelesen unter den Arm.

Da im Präsidium alles gleich die Runde machte, waren Brinkley und Kovich dazu übergegangen, sich in ihrem Chrysler zu streiten. Die Streits schienen immer dann auszubrechen, wenn sie mit dem Wagen unterwegs waren. Vielleicht war das überhaupt die einzige Gelegenheit, bei der sie miteinander sprachen, Brinkley wusste es nicht.

»Die Haare an der Mutter stammen von der Tochter«, sagte er und wurde langsam ärgerlich. »Willst du mir weismachen, das hat nichts zu bedeuten?«

»Nein. Es hat etwas zu bedeuten.« Kovich fuhr ziellos im Norden der Stadt herum und lugte über das Lenkrad in den blendend hellen Sonnenschein. »Es bedeutet, dass die Mama ihre Tochter umarmt hat.«

»Aber die Tochter hat ausgesagt, sie hätte ihre Mama an dem Tag gar nicht gesehen.« Der Chrysler, eine alte Schrottmühle, war noch nicht warm genug gelaufen, um die Heizung anstellen zu können, daher ließ Brinkley seinen Mantel zugeknöpft. Bei dem Wagen handelte es sich um ein 88er Modell, das eine andere Abteilung abgestoßen hatte. Die Mordkommission bekam immer die ausrangierten Kisten, ihr Wagenpark war eine einzige Schande.

»Dann hat sie ihre Mutter eben an einem anderen Tag umarmt. Als sie dieselbe Bluse trug.«

»Wie wahrscheinlich ist das? Sie haben nicht zusammen gewohnt.«

»Sie haben sich bei der Arbeit gesehen, und sie haben sich ab und zu umarmt.«

»Und die Haare sind seitdem nicht abgefallen?«

»Nein. Ich bin der große Haarexperte, und ich sage, Haare kleben an einem. Ich habe immer noch Hundehaare an mir, und der Köter ist schon seit einem Jahr tot.«

»Scheiße, Stan, sei nicht so stur. Natürlich würden wir niemanden auf Grund eines solchen Indizes verhaften, aber wir würden der Spur todsicher folgen. Nur diesmal nicht. Wir lassen die Tochter einfach ungeschoren.«

»Wir haben schon jemanden verhaftet, Mick.« Kovich bremste vor einer Ampel. »Wir haben den Kerl eingelocht.«

»Dann lochen wir ihn eben wieder aus.«

Kovich lachte. »Das wird nicht passieren, das weißt du genau.«

»Sollte es aber.«

»Ja, klar.«

»Wir gehen zum Lieutenant und sagen: Hören Sie, wir haben berechtigte Zweifel.« Brinkley gestikulierte, breitete die Arme aus. »Geben Sie mir einen Tag. Geben Sie mir zwei Tage. Lassen Sie mich mit dem Mädchen reden, ihm ein bisschen einheizen. Ich krieg es schon aus ihr raus.«

Kovich seufzte tief, als die Ampel grün wurde und er anfuhr. »Davis ist sich seiner Sache sicher.«

»Er irrt sich.«

»Er hat die Fingerabdrücke und alles.«

»Alles inszeniert.«

Kovich bog rechts in die Broad Street ein, in der es von Studenten der Temple-Universität mit Daunenjacken und schweren Rucksäcken wimmelte. Die McGonigle Hall und andere Universitätsgebäude säumten die Straße, und granatrote Flaggen mit einem großen, weißen T darauf hingen von den Straßenlaternen und blähten sich wie Segel im Wind. Eine davon war zerfetzt. Kovich schaltete die Autoheizung an, worauf kalte Luft durch die Lüftungsschlitze blies.

»Hilfst du mir trotzdem?«, fragte Brinkley, aber Kovich schüttelte bereits den Kopf. Brinkley schien es, als hätte er schon seit Beginn des Falls den Kopf geschüttelt.

»Nein.«

»Danke.« Brinkley blickte aus dem Fenster auf die jungen Leute. Sie drängten aus dem Studentenpavillon, schoben sich an der mit Efeu überwucherten Mitten Hall vorbei, deren graue Steine an mittelalterliche Kirchen erinnerten, und quollen durch das schmiedeeiserne Tor in die Berk Mall. Die College-Studentinnen waren jung und hübsch, doch Brinkley achtete kaum darauf. Er fummelte an der Klimaanlage herum und versuchte, ihr den Garaus zu machen.

»Tut mir Leid, Junge.«

»Schon gut.«

Kovich kniff die Augen zusammen. »Ich bin kein schlechter Cop, Mick.«

»Hab ich nie gesagt.« Brinkley drehte die Belüftungsklappen in alle Richtungen.

»Es gibt nur etwas, das du nicht verstehst. Hier geht es nicht um Newlin. Nicht mehr.«

»Was soll das heißen?«

»Tun wir mal so, als wäre Newlin unschuldig. Ich glaube es zwar nicht, aber tun wir mal so. Wie Gene London immer sagte.«

»Gene London?«

»Der Typ in dem Kinderprogramm. Erinnerst du dich nicht an die *Gene London Show*, die lief, als wir klein waren? Tun wir so, als wär Märchenstunde, hat er immer gesagt.«

»Nein.«

»Was ist mit Pixanne? Tussi in grünen Strumpfhosen? Flog immer herum wie eine Fee?«

»Nein.«

»Häuptling Halftown? Mit seinem Indianerkopfschmuck?«

»Nein.«

Kovich runzelte die Stirn. »Wo zum Teufel bist du aufgewachsen, Mick?«

»Nicht im selben Philly wie du. Na und?«

»Vergiss es. Sagen wir also, Newlin ist unschuldig. Und du glaubst, das ist wichtig.«

»Natürlich. Es ist die Wahrheit.«

»Nein.« Kovich schnalzte mit der Zunge, als er den Wagen in eine Seitenstraße lenkte und Gas gab. »Falsch, Kumpel. Newlin war mal wichtig, aber er hörte auf, wichtig zu sein, als er zum Telefon griff und der Zentrale sagte, er hätte es getan. Ab da war nicht mehr er es, der zählte, sondern die Zentrale, die uniformierten Kollegen, die Spurensicherung und wir. Kannst du mir folgen?«

»Nein.«

»Stell dich nicht so an. Als Nächstes kam das Labor ins

Spiel, die Beweisaufnahme und dann der Staatsanwalt.« Kovich schlug mit der flachen Hand auf das Lenkrad. »Der verdammte Anwalt des Staates. Mr Dwight Davis und seine Bande. Dann der Haftrichter, und bei der Voruntersuchung wird es ein Amtsrichter sein. Was jetzt zählt, sind allein die Mühlen der amerikanischen Justiz. So weit alles klar?«

Brinkley hörte auf, mit der Belüftung zu spielen. Sie war nicht kaputt zu kriegen. Nichts klappte mehr, seit seine Frau ihn verlassen hatte.

»Jetzt steckt Newlin in den Mühlen, und die Mühlen mahlen unaufhaltsam. Und weißt du was? Es scheint Newlin gar nicht viel auszumachen. Er war ja schließlich selbst der Depp, der sie in Bewegung gesetzt hat. Er hat das Ding angekurbelt. Den Hebel umgelegt. Den Tiger gereizt. Verstanden?«

Brinkleys Blick fiel auf den Laborbericht auf seinem Schoß. Das Haar der Tochter lag immer noch zwischen den Seiten. Halb wünschte er, er hätte es nie mitgenommen. Dann könnte er die ganze Sache vielleicht vergessen. Einfach loslassen. Er hatte sich schon mit dem Ohrstecker und dem Hummus geirrt. Was war nur los mit ihm?

»Also, wie du siehst, geht es hier überhaupt nicht mehr um Mr Newlin. Er war vielleicht mal ein reicher, mächtiger Anwalt, aber jetzt ist er nur noch der arme Wicht, der die Mühlen angeworfen hat, und er wird in ihnen zerrieben werden wie ein Weizenkorn. Niemand kann ihn mehr retten, weder du noch ich. Ich kann ihn noch nicht einmal mehr sehen. Er ist weg, Mick, verschwunden. Und ehe du anfängst, ihn zu beweinen, denk daran, dass er die ganze verdammte Chose selbst angezettelt hat.«

Brinkley starrte auf die Seiten vor ihm. KRIMINALISTISCHER LABORBERICHT. Alles umsonst. Wenn die Wahrheit nicht mehr zählte, dann wusste er nicht, was überhaupt noch zählte. Mit Sheree war es das Gleiche gewesen. Er hatte sie nicht davon überzeugen können, dass sie schon längst besaß, wonach all ihre neuen Freunde suchten. Ob sie es Gott, Allah oder Jehova nannten, es ging letztlich immer um Liebe. Und Sheree wurde geliebt. Von ihm.

»Meine Frage an dich ist also: Wenn unser Mr Newlin verurteilt werden möchte und die Mühlen der amerikanischen Justiz ihn verurteilen wollen und sogar seine eigene Tochter will, dass er verurteilt wird, warum glaubst du dann, dich dem entgegenstellen zu können?«

Der Text des Berichts verschwamm vor Brinkleys Augen. War er dabei, den Verstand zu verlieren? Ständig dachte er an Sheree statt an seine Arbeit. Vielleicht war das sein Problem. Die schwarzen Buchstaben traten an einer Stelle plötzlich scharf hervor. Es war der DNA-Vergleich einer Zelle des Haars, Probe A, mit einer Zelle eines Hautschüppchens von dem Ohrstecker, Probe B. Viele kleine Buchstaben, die besagten, dass ihre DNAs nicht übereinstimmten. Probe A ließ auf eine weibliche DNA schließen. Probe B ließ auf eine männliche DNA schließen. Brinkley las den Satz noch einmal. Das Steckerteil gehörte zum Ohrring eines *Mannes*?

»Stan, fahr rechts ran«, sagte Brinkley, und der Wagen kam abrupt zum Stehen.

24

Mary saß hinter ihren Ray-Bans auf einer eiskalten Parkbank am geschäftigen Logan Square. Läufer sprinteten in dicken Trainingsanzügen und Baumwollhandschuhen auf dem Weg zum Fluss an ihr vorbei. Eine Schar katholischer Schulmädchen in flachen, braunen Schuhen und blauen Uniformen drängte sich an einer Ecke zusammen. Angestellte eilten zurück ins Büro, nachdem sie die Mittagspause in einem der nahe gelegenen Restaurants wie dem Au Bon Pain, dem Subway oder Mace's Crossing verbracht hatten. Mary konnte die

Geschäftsleute an einer Hand abzählen, die möglicherweise im Four Seasons gegessen hatten.

»Es ist rattenkalt, Mary«, sagte Lou, der neben ihr saß. Lou Jacobs war ein pensionierter Polizist, der gelegentlich als Ermittler für die Rosato-Kanzlei arbeitete. Sein dünnes Haar war silbrig geworden wie Zedernzapfen und sein Gesicht von vielen Angelausflügen nach Ventnor wettergegerbt. Er hatte eine stämmige, aber durchtrainierte Figur, scharfe blaue Augen und eine lange, gebogene Nase wie ein Möwenschnabel. Lou und Mary hatten schon einmal in einem Mordfall zusammengearbeitet und Mary hatte ihn angerufen und gebeten, sich mit ihr zu treffen.

»Ich weiß, dass es kalt ist, Lou. Aber einem stahlharten Cop macht die Kälte doch nichts aus, oder?«

»Verschone mich damit.« Lou schob die Hände in die Taschen seiner gefütterten Windjacke mit hohem Reißverschlusskragen. Darunter trug er ein blaues Baumwollhemd, eine Strickkrawatte und eine Cordhose. Er wollte wenigstens gut aussehen, wenn er sich schon die Eier abfrieren musste. »Mary-Baby, ich will dir mal einen Tipp geben. Als ich noch bei den Cops war, habe ich eine Menge Leute beschattet. Wir haben immer im Auto gewartet, weil es da warm war.«

»Das geht nicht. Es gibt hier keine Parkplätze.«

»Außerdem – wenn man den Verdächtigen keine Wanze ansetzen oder ihr Telefon abhören kann, muss man ganz nahe an sie herankommen, um zu hören, was sie sagen. Glaub mir. Ich gebe hier echtes Profi-Wissen an dich weiter.« Lou wies mit runzeliger Hand auf das bogenförmige, graue Gebäude des Hotels Four Seasons, das eine Ecke auf der anderen Straßenseite einnahm. Das Hotelrestaurant ging auf den Logan Square hinaus, und um den Platz herum staute sich der Verkehr. »Wir sind einfach zu weit weg, um etwas zu hören oder zu sehen.«

»Das weiß ich. Ich arbeite gerade an der Lösung.« Mary schmollte hinter ihrer Sonnenbrille.

»Also, fassen wir zusammen. Wir sind gekommen und haben gesehen, wie das Mädchen und ihr Freund sich zur Begrüßung umarmt haben und in das Restaurant gegangen sind. Seitdem sitzen wir hier wie die Eiswürfel.«

»Okay, und was sollten wir deiner Meinung nach jetzt tun?«

Lou nickte liebenswürdig. »Also. Dieses Mädchen, Paige, weiß offenbar, wie du aussiehst. Weil sie dich kennt. Aber mich kennt sie nicht.«

»Nein.«

»Es ist schon spät, und ich habe noch nicht zu Mittag gegessen. Also schlage ich vor, dass ich das jetzt tue, und zwar im Four Seasons.« Lou deutete mit dem Kopf auf das Hotel. »Ein schönes, dickes Steak käme mir gerade recht. Mit einem Bier dazu. Importbier natürlich.«

Mary wurde munter. »Gute Idee! Du gehst hinein und belauschst sie!«

»Heineken wäre prima.« Lou sah träumerisch zum Restaurant hinüber. »Oder Amstel.«

»Dann kommst du zurück und berichtest mir, was du gehört hast!«

»Vielleicht einen kleinen Cappuccino hinterher.«

Lou zeigte Mary ein durchtriebenes Lächeln. »Ich höre besser, wenn ich einen kleinen Cappuccino nach meinem Steak und meinem Amstel trinke.«

»Geh schon, los!« Mary versetzte ihm einen aufgeregten Schubs, und Lou erhob sich steif von der Bank.

»Soll ich dir eine Doggie-Bag mitbringen?«

»Bring mir lieber Beweise.«

Lou murmelte etwas und machte sich davon.

Kaum war er weg, fiel Mary ein, dass sie auch an einem gemütlicheren Ort hätte warten können, aber da war es zu spät. Sie presste die Beine zusammen und kauerte sich mit hochgezogenen Schultern in ihren Mantel. Die Wolkenkratzer hielten die Sonnenstrahlen ab. Der Wind fegte vom Schuylkill River über den breiten Boulevard. Passanten warfen ihr neugierige Blicke zu. Sie entdeckte Lou durch die breiten Scheiben des Restaurants an einem Tisch in der Nähe von Paige und Trevor. Sie rutschte an den vordersten Rand der Bank. Ihr Hintern war gefroren. An ihrer Strumpfhose bildeten sich Eiskristalle.

Mary sah zu, wie Lou bestellte und dann eine warme Mahlzeit serviert bekam. Sie klapperte mit den Zähnen, während Jogger, Geschäftsleute und Obdachlose an ihr vorbeizogen. Ihr war kalt bis hin zu den Kontaktlinsen, aber sie wollte nicht gehen. Das war ihre Chance. Wenn sie mit ihrer Vermutung richtig lag, steckten Paige und Trevor gemeinsam hinter dem Mord. Sie betete, dass Lou etwas Belastendes mithörte.

Schließlich lief sie auf und ab, damit ihr warm wurde und die Zeit schneller verging. Das machte sie so lange, bis sie mit ihren Pumps im Kopfsteinpflaster stecken blieb. Sie lernte die für Touristen aufgestellten Erklärungstafeln auswendig und erfuhr, dass auf dem Logan Square früher öffentliche Hinrichtungen stattgefunden hatten. Der Swann-Brunnen war nach einer Präsidentin der Brunnen-Gesellschaft von Philadelphia benannt und die drei mit Grünspan überzogenen Figuren in der Mitte des Brunnens – ein Mann, eine Frau und ein junges Mädchen – verkörperten drei Flüsse Philadelphias: den Schuylkill, den Delaware und den Wissahickon. Sie hoffte, dass Lou Nützlicheres erfuhr oder zumindest Interessanteres.

Eine Stunde später sah Mary, wie Paige und Trevor bezahlten und das Restaurant verließen. Sobald sie außer Sicht waren, stand Lou auf und folgte ihnen. Sie wurde ganz aufgeregt. Was hatte er gehört? Waren die beiden Komplizen? Sie zitterte, diesmal vor Erwartung, und richtete ihre Augen auf den Hoteleingang.

Endlich kam Lou heraus, überquerte den Platz, auf dem livrierte Bedienstete die Wagen der Gäste parkten, und ging mit flotten Schritten über die Straße und auf die Parkbank zu.

Mary stand auf. »Sag schon, sag schon, sag schon!«, rief sie und hüpfte dabei wie ein Gummiball.

»Heiliger Strohsack! Ist das kalt hier draußen!«

»Was gab's?«

»Vorweg einen Caesar's Salad, dann den chilenischen Seebarsch statt eines Steaks und hinterher Schokoladentorte mit entkoffeiniertem Cappuccino. Ganz ausgezeichnet.«

»Nein, ich meine, was hast du gehört?«

»Nichts.«

»Was?« Mary war geknickt. »Gar nichts?«

»Natürlich habe ich zugehört, aber sie haben nichts Interessantes von sich gegeben. Sie haben sich die ganze Zeit über Kinderkram unterhalten. Er hat von seiner Französischarbeit und seinem Leichtathletikteam erzählt, und sie hat von irgendwas gesprochen, das wie Wu-Tang klang.«

»Wu-Tang?«

»Sagt dir das was?«

»Musik. Eine Rap-Gruppe.«

»Rap!«, schnaubte Lou. »Rap ist keine Musik. Stan Getz ist Musik. Oder Charlie Parker. Oder Miles.«

Mary war zu enttäuscht, um darüber zu diskutieren. »Meine Spur ist also im Sand verlaufen.«

»Nimm's nicht so schwer.« Lou setzte sich auf die Bank, wobei er zuerst seine Cordhose hochzog, damit sie keine Knitterfalten bekam. »Du hast mich noch nicht gefragt, wo sie jetzt sind.«

»Wo sind sie jetzt?« Mary sah ihn an, und ihre Miene erhellte sich. »Wo sind sie?« Sie sah prüfend zum Hoteleingang. »Sie sind nicht herausgekommen. Weder vor dir noch nach dir!«

»Sie sind noch drinnen. Wollten sich ein Zimmer nehmen.«

»Ein *Zimmer*?« Ihr blieb der Mund offen stehen. Sie hatte gar nicht gewusst, dass sie so prüde war. Na ja, irgendwie doch. »Sie wollten sich *zusammen* ein Zimmer nehmen?«

»Nein, getrennt.« Lou grinste. »Natürlich zusammen.«

»Das ist ja unglaublich. Sie sind doch noch viel zu jung dafür!«

»Wohl kaum. Jedenfalls waren anscheinend alle Zimmer ausgebucht, und sie hatten keine Reservierung. Aber dann sind sie darauf gekommen, dass sie gar kein Zimmer brauchen.«

»Nein? Wieso?«

»Weil sie es in der Garderobe miteinander treiben.«

»*Was?*« Mary fiel aus allen Wolken, doch Lou sah ganz sachlich auf seine Uhr.

»Sie sollten inzwischen fertig sein.«

»Fertig?«

»Sie sind jung. Was soll ich sonst dazu sagen? Wir waren alle mal so.«

Mary ging nicht darauf ein. »Woher weißt du das?«

»Ich bin ihnen gefolgt, nachdem sie an der Rezeption abgewiesen worden waren. Ich dachte zuerst, sie würden hinaus ins Atrium gehen, aber sie sind schnell rechts in die Garderobe abgebogen. Sie liegt gleich hinter dem Foyer.«

Mary ließ sich empört auf die Bank sinken. »Ihre Mutter ist gerade ermordet worden. Lässt sie das denn völlig kalt?«

»Ich sag dir was, Mary.« Lous Augen tränten in dem kalten Wind. Silberfäden wirbelten um seinen Kopf. »Wenn das meine Tochter wäre, würde ich ihr eine kleben. Die sind beide völlig verzogen, wenn du mich fragst. Reiche Kids. Die denken, sie können sich alles erlauben.«

Mary nickte zustimmend. Manchmal klang Lou wie ihr Vater, es war beinahe unheimlich. Sie sagte sich, dass Italiener und Juden viel gemeinsam hatten, nur dass Italiener noch mehr Schuldgefühle mit sich herumschleppten.

»Es ist verdammt schlechtes Benehmen, aber das heißt noch nicht, dass die Kleine ihre Mutter auf dem Gewissen hat. Ich weiß das aus Erfahrung, ich habe viele Angehörige von Verbrechensopfern erlebt. Ein Vater hat angefangen zu lachen, als ich ihm sagte, sein Kind ist tot. Er konnte gar nicht mehr aufhören. Danach kann man nicht gehen. Die Leute äußern ihre Trauer auf unterschiedlichste Weise.«

»Sex in der Öffentlichkeit ist Trauer?«

»Für manche ja.«

Mary sah zweifelnd zum Hotel hinüber. »Möchte wissen, wann sie rauskommen. Paige sagte, Trevor hätte um drei einen Kurs.« Sie schielte auf ihre Uhr. Kurz vor drei. »Sie hat gelogen.«

»Vielleicht auch nicht. Vielleicht hat sie es ihm ausgeredet.«

»Verstehe ich nicht.«

»Du bist eben kein Mann. Ende der Diskussion.«

»Hmm.« Mary beobachtete unschlüssig den Eingang. Einerseits wollte sie sehen, wie lange die beiden dort drin blieben und was sie als Nächstes taten, andererseits hatte sie ein schlechtes Gewissen, weil sie Judy so lange allein im Büro ließ. Sie erklärte Lou ihr Dilemma, während sie ihr Handy aus der Tasche zog, die Nummer des Büros wählte und eine Nachricht hinterließ.

»Sie ist nicht da«, sagte sie und schob mit der flachen Hand die Antenne herunter. »Dann sollte ich hier bleiben.«

»Hier? In dieser Kälte?«

»Du fährst zurück ins Büro. Ich bleibe hier.« Mary fühlte sich auf einmal richtig gut. Aufgaben verteilen. Einen Fall übernehmen. Alte Männer herumkommandieren.

»Was willst du hier denn allein machen?«

»Warten, bis sie herauskommen. Ihnen folgen. Sie *observieren*«, antwortete sie, doch Lou sah sie nur ausdruckslos an, seine Augen blanke Spiegel in seinem gebräunten, faltendurchzogenen Gesicht. Entweder verstand er keine Polizeisprache mehr oder er hatte etwas gegen ihre neu entdeckte weibliche Autorität. »Also schön, Lou. Du bist hier der Cop. Hilf mir. Sag mir, was ich tun soll.«

»Ich bleibe hier. Und wir warten ab.«

»Okay, gut. Ich bin einverstanden.«

»Bleibt dir auch nichts anderes übrig.«

Mary grinste. »Ich glaube, dir gefällt unsere Zusammenarbeit.«

»Ich hab ja auch nichts Besseres zu tun. Außerdem will ich nicht, dass du dem Jungen zu nahe kommst. Ich mag ihn nicht. Er ist eine miese Ratte, glaube ich.«

Marys Verdacht erhielt neue Nahrung. Lou kannte sich aus. »Du glaubst, Trevor steckt mit drin?«

»Ich hab keine Ahnung, wer da wo mit drinsteckt. Für mich sind sie erst einmal nur zwei Kids. Ich weiß nicht genug, um irgendwelche Schlüsse zu ziehen, außer, dass sie für zwei Oberklasse-Kids ziemlich wenig echten Schliff haben.«

Mary konnte ihm nicht widersprechen.

Mary und Lou beobachteten den Eingang des Four Seasons, unterstützt von zwei Bechern heißem Kaffee, drei weichen Brezeln und einem Hot Dog, den Mary von einem Stand vor der naturwissenschaftlichen Akademie herüberbalanciert hatte. Gegen halb vier ging sie zu heißem Kakaowasser in einem weißen Styroporbecher über. Immer noch kein Zeichen von Paige oder Trevor, aber Mary sah die gesamte Kanzlei von Morgan, Lewis und Bockius von einem Firmenmittagessen kommen, lachend und plaudernd. Sie hatten ein gutes Jahr gehabt. Schon wieder.

»Warum hassen alle Leute Anwälte?«, fragte sie Lou, während sie an ihrem lauwarmen Kakaowasser nippte und den Blick auf den Hoteleingang gerichtet hielt.

»Weil sie es können«, antwortete Lou. »Es ist wie bei diesem dreckigen Hundewitz. Kennst du den?«

»Ja, du hast ihn mir erzählt. Die Pointe lautet: Weil sie es können.«

»Genau«, sagte Lou, obwohl er sich nicht erinnerte, Mary den Witz erzählt zu haben. Er würde ihn normalerweise nie einer Frau erzählen. Mary war zwar noch ein halbes Kind, aber doch auch eine Frau.

»Hab ich dir den Witz wirklich erzählt?«, fragte er nach.

»Ja«, sagte sie, trinkend und wachsam.

Wenn das stimmte, bereute er es.

Mary spielte Quizshow mit Lou. »Weißt du, was die drei Statuen im Swann-Brunnen sind?«

Lou spähte hinter sich auf den stillgelegten Brunnen. »Nackt.«

»Nein. Ein Mann, eine Frau und ein junges Mädchen.«

»Nackt.«

»Nein!« Marys Zähne klapperten. »Ich meine, weißt du, was sie darstellen? Abgesehen davon, dass mich die drei Figuren an die Newlins erinnern?«

»Keine Ahnung.«

»Die drei Flüsse, die durch Philadelphia fließen. Kennst du ihre Namen?«

»Tick, Trick und Track?«

»Nein.«

»Groucho, Harpo und Chico?«

»Nein.«

»Jesus, Maria und Joseph?«

Mary wartete.

»Okay, sag's mir«, gab Lou auf.

»Da sind sie! Sie kommen raus!« Mary sprang von der frostigen Bank, als sie an der Tür des Four Seasons Paige und Trevor auftauchen sah, die erstaunlich distanziert wirkten für ein junges Paar, das gerade in einem Garderobenraum Sex gehabt hatte. Sie hielten noch nicht einmal Händchen, dachte Mary kopfschüttelnd. »Siehst du?«

»Ja, ich sehe sie«, sagte Lou, stand langsam auf und steckte die Hände in die Hosentaschen.

»Nein, ich meine, siehst du, sie hätte nicht mit ihm schlafen sollen. Er hält noch nicht mal ihre Hand.«

Seine gegen die Kälte zusammengekniffenen Augen waren unverwandt auf das Hotel gerichtet. »Was?«

»Ach, vergiss es.«

»Guck mal.« Lou runzelte die Stirn. »Sie nehmen zwei Taxis.«

»Oh nein.« Mary sah, wie der Türsteher ein Taxi für Paige herbeiwinkte, Trevor ihr hineinhalf und dann wartete, bis das nächste Taxi in der Reihe vorfuhr. »Wo will er denn hin? Seine Schule ist nur drei Blocks von hier entfernt. Wozu braucht er da ein Taxi?«

»Vielleicht ist er spät dran.«

»Mit dem Taxi dauert es doch noch länger.« Mary schnappte ihre Tasche von der Bank. »Ich fahre hinterher.«

»Nein, das übernehme ich. Ich will dich nicht in seiner Nähe haben.« Lou machte einen Satz an den Randstein und winkte einem Taxi, das ihnen auf dem Parkway entgegenkam. »Du übernimmst das Mädchen.«

»Nein, sie kennt mich doch.« Mary drängte sich vor ihn und winkte wie wild. »Ich nehme ihn.«

»Mary, warte.« Lou packte sie am Arm. »Lass mich das machen. Du übernimmst sie, ich kümmere mich um ihn.«

»Nein!« Mary riss die Wagentür auf, bevor das Taxi überhaupt zum Halten gekommen war. »Fahr du ihr hinterher.«

»Mary, halt!« Lou hielt den Türgriff fest. »Dieser Junge könnte gefährlich werden. Sprich nicht mit ihm. Komm ihm nicht zu nahe.«

»Ich pass schon auf. Ich bin nicht Judy oder Bennie. Du verwechselst deine Anwältinnen.«

»Ha! Ihr macht alle nur Ärger«, erwiderte Lou und hob den Arm für das nächste Taxi, als Mary davonbrauste.

25

Dwight Davis hatte einmal eine Stelle bei Tribe & Wright angeboten bekommen, weshalb der Prunk der Kanzlei ihn nicht mehr beeindrucken konnte. Sie nahm die obersten sechs Stockwerke eines Wolkenkratzers ein, von denen jedes auf das Geschmackvollste mit hellen, speziell angefertigten Möbeln ausgestattet war und in vornehmem Glanz erstrahlte. William Whittier hatte als Geschäftsführer das größte Büro, und Davis durfte dort auf ihn warten. Laut Auskunft seiner Sekretärin war Whittier kurz »nach nebenan« gegangen – offenbar der Firmencode für das Aufsuchen der Toilette.

Davis hielt eine geblümte Kaffeetasse in der Hand und verbiss sich ein Grinsen über die feudale Einrichtung. Erfolg wurde in Anwaltsfirmen nicht länger an der Zahl der Bürofenster gemessen – im Zuge moderner Architektur konnte noch nicht einmal mehr Anfängern im ersten Jahr der Zugang zu Licht und Luft vorenthalten werden –, sondern an der Zahl der Schreibtische. Ein zweiter oder dritter Schreibtisch war so wichtig geworden wie ein zweites oder drittes Haus oder Auto. Whittier besaß drei Schreibtische; er leitete die Firma nicht nur, er erhielt auch den höchsten prozentualen Anteil an allen Honoraren. Mit anderen Worten, er war ein richtig hohes Tier.

Whittiers Hauptschreibtisch präsentierte sich als riesige, schimmernde Bastion aus heller Eiche, deren einzige Existenzberechtigung darin bestand, einen Stapel Korrespondenz, eine Schiffsuhr aus Messing und eine Miniatur-Vitrine mit einer Füllersammlung zu tragen. Der zweite Schreibtisch, an den die Sekretärin Davis geführt hatte, stellte das Palm-Beach-Haus unter den Schreibtischen dar, subtropisch und extravagant. Seine große, runde Teakholzplatte war so leer wie der Hauptschreibtisch, abgesehen von einem graugrünen Konferenztelefon mit geckoartigen Füßen. Der dritte Schreibtisch, der wie ein solides Landhaus in der Ecke stand, diente offenbar als Computertisch, da auf ihm ein flacher Laptop ruhte. Für das Geld, das nur einer von diesen Schreibtischen gekostet hatte, hätte Davis einen Experten bezahlen können, mit dessen Hilfe irgendein mieses Verbrecherschwein mehrfach lebenslänglich hinter Gitter gewandert wäre. Aber bei Tribe dachte man anders über diese Dinge. Deshalb hatte er damals die angebotene Stelle abgelehnt.

»Sie müssen Dwight Davis sein«, dröhnte Whittier von der Tür her. Bill Whittier war ein schlaksiger Mann von eins fünfundachtzig, der einen grauen Nadelstreifenanzug und ein breites, kumpelhaftes Grinsen im Gesicht trug. Er musste mittleren Alters sein, durchquerte den Raum aber mit einem lässig schlenkernden Gang, der Davis an einen in die Jahre gekommenen Verbindungsstudenten erinnerte, vor allem, als Whittier ihn auch noch zur Begrüßung auf die Schulter schlug. »Freund Masterson hat mir alles von Ihnen erzählt«, sagte er und streckte die Hand aus.

»Spielen Sie Tennis, bei diesem Händedruck?«

»Hah! Sehr gut. Squash, um genau zu sein. Da hat man's nicht so weit zur Bar.«

»Verstehe.« Davis lächelte. Natürlich, Squash. Er lehnte sich in seinem Sessel zurück. »Danke, dass Sie schon heute Zeit gefunden haben.«

»Kein Problem. Diese Sache hat für mich allererste Priorität.«

Whittier setzte sich Davis gegenüber, strich seine hellblonden Haare mit Fingerspitzen, an denen merkwürdig kleine, abgerundete Nägel saßen, zurück und drehte sich just in dem Moment zur Tür, als ein zweiter Anwalt in einem italienischen Anzug hereinkam. »Und hier kommt Art, pünktlich wie immer.«

Der Eingetretene war schmaler und kleiner als Whittier, hatte hagere Wangen, glatte, mit Gel zurückgekämmte schwarze Haare und wache, dunkle Augen hinter Brillengläsern von der Größe einer Vierteldollarmünze. Whittier wandte sich wieder an Davis. »Es macht Ihnen sicher nichts aus, wenn einer meiner Partner, Art Field, bei unserem Gespräch dabei ist.«

»Natürlich nicht. Guten Tag.« Davis, der so etwas erwartet hatte, schüttelte Fields Hand. Field würde als Whittiers Berater fungieren und sicherstellen, dass der Verbindungsstudent sich selbst oder die Firma nicht in Schwierigkeiten brachte. Daneben würde er als eine Art menschliches Tonbandgerät später alles bestätigen, was Whittier gesagt hatte, ob er es tatsächlich gesagt hatte oder nicht. Wozu waren Partner schließlich da?

Whittier entspannte sich und schlug die langen Beine übereinander. »Wie geht es Ihrem Boss? Er hält die bösen Jungs hinter Schloss und Riegel, wie ich höre. Wir sind sehr stolz auf ihn hier bei Tribe.«

»Ich bin stolz darauf, für ihn arbeiten zu können«, erwiderte Davis und fragte sich im Stillen, ob Whittier ihn an die Wahlkampfspende seiner Firma erinnern wollte. »Aber wenn man ihm so etwas sagt, schickt er einen geradewegs zur Hölle.«

Whittier lachte, ein kerniges Ha-ha, das Höflichkeit, aber keine Heiterkeit ausdrückte. »Er ist ein bisschen reizbar, stimmt's?«

»Jeder hat mal gute und weniger gute Tage.«

Whittier gab ein neues Ha-ha von sich und wurde dann ernst. »Schreckliche Sache mit Honor Newlin, einfach schrecklich. Und mit Jack natürlich. Er war einer von uns, wissen Sie.«

»Ich weiß.« Davis nickte ungeduldig. Natürlich wusste er, dass Newlin bei Tribe angestellt war, deshalb hatte er Masterson schließlich gebeten, diesen Termin zu vereinbaren. Es drängte ihn mit jeder Faser seines Körpers, das Geplänkel abzukürzen, aber damit würde er nichts erreichen.

»Eine furchtbare Tragödie, ganz furchtbar. Wir stehen immer noch unter Schock, meine Partner und ich, ganz zu schweigen von den emotionalen Konflikten. Jack hat gestanden, wie wir aus den Morgenzeitungen erfahren haben.«

»Ich kann das weder bestätigen noch bestreiten.«

»Natürlich.« Whittier schüttelte den Kopf. »Es war in allen Nachrichten. Ein Partner von Tribe & Wright, schrecklich. Schrecklich für Jack und für die Firma.« Er fuhr fort, den Kopf zu schütteln, doch sein welliges, blondes Haar geriet nicht aus der Fasson. »Wir können es nicht verstehen, wissen Sie. Jack war ein ausgezeichneter Partner. Ein verantwortungsvoller Ehemann und Vater. Absolut unbegreiflich.« Er seufzte. »Aber wie man so schön sagt: Wer kann schon in einen Menschen hineinsehen?«

»Ja«, sagte Davis, weil ihm nichts Besseres einfiel, obwohl sein Gegenüber sowieso keine Antwort zu erwarten schien. Er wurde den Eindruck nicht los, dass Whittier kein juristisches Genie war und aus taktischen Gründen und nicht seiner Intelligenz wegen auf dem Geschäftsführerposten saß. Zweifellos hatte er die richtigen Verbindungen, was nunmal das A und O in leitenden Verwaltungspositionen war.

»Honor Newlin war eine so wunderbare Frau. Auch meine Frau mochte sie sehr.«

»Ach ja? Hatten Sie privat auch Kontakt miteinander?«

»Gelegentlich, nicht oft.«

»Wie oft?«

»Selten.« Whittier sah Davis wachsam an. »Hier geht es um Jack, nehme ich an. Nicht um mich oder meine Partner.«

»Richtig«, antwortete Davis und wünschte, er hätte sich etwas beiläufiger ausgedrückt. Einmal Staatsanwalt, immer Staatsanwalt, und jetzt hatte sich Whittier zurückgezogen, war buchstäblich auf seinem Sessel nach hinten gerutscht.

»Also, Davis, ich bin kein Prozessanwalt und bringe deshalb meine langen Arbeitstage nicht mit Firmenrecht zu, wie Sie vielleicht wissen. Aber mein Studium liegt noch nicht so lange zurück, dass ich vergessen habe, was eine staatsanwaltliche Anordnung ist. Mir wurde mitgeteilt, dass ich unter Strafandrohung verpflichtet bin, mit Ihnen zu sprechen. Ist das der Fall, Sir?«

»Ja.«

»Sie haben die Anordnung bei sich, der Form halber?«

»Selbstverständlich.«

»Sie werden sie bitte Art aushändigen, bevor Sie gehen. Ich möchte nicht in der Position sein, freiwillig etwas ausgesagt zu haben, das Jack schaden könnte, wenn Sie verstehen, was ich meine.«

»Alles klar. Darf ich?« Davis griff nach einem der unbenutzten Anwaltsblöcke auf dem Tisch. Er wusste, Whittier wäre sofort wieder auf der Hut, wenn er seinen eigenen Block zücken würde, und er konnte nur etwas aus ihm herausbekommen, indem er unauffällig vorging. »Korrigieren Sie mich bitte, falls nötig. Sie sind der geschäftsführende Partner hier, und Jack Newlin hat den Bereich Vermögens- und Nachlassverwaltung geleitet, ist das richtig?«

»Ja, das ist richtig.«

»Er war Ihnen unterstellt?«

»Ja. Alle Abteilungsleiter sind mir direkt unterstellt.«

Davis machte sich eine Notiz, um Whittier daran zu gewöhnen. Bei Gericht machte er sich die ganze Zeit Notizen, damit die Geschworenen nicht merkten, was für ihn wichtig war und was nicht. »Wie ich höre, vertritt die Firma Tribe auch Honor Newlins Familienstiftung.«

»Ja, die Buxton-Stiftung.«

Davis nickte. »Was ist eigentlich eine Stiftung genau?«

»Hol mich der Teufel, wenn ich das weiß.« Whittier lachte wieder. »Kleiner Scherz.«

»Dachte ich mir«, sagte Davis, obwohl er sich nicht so sicher war.

»Also, eine Stiftung ist sozusagen eine private Wohltätigkeitsorganisation, in diesem Fall von einer Familie gegründet. Die Buxton-Stiftung spendet einen Großteil des Familienvermögens für wohltätige Zwecke. Das Gesetz verpflichtet Stiftungen, jährlich fünf Prozent aus dem gesamten Fonds zu spenden. Unsere Kanzlei hilft der Buxton-Stiftung dabei, berät sie steuerlich und füllt die Papiere und Anträge aus, die Uncle Sam verlangt. Es ist ein ziemlicher Papierkrieg, wie Sie sich vorstellen können. Im Prinzip arbeitet man für den Staat.«

Davis überhörte die Spitze, ob beabsichtigt oder nicht. »Und die Angelegenheiten der Buxton-Stiftung wurden von Jack Newlin bearbeitet?«

»Ja. Jack brachte die Stiftung zu uns, als er Honor heiratete, und betreute ihre Angelegenheiten im Namen der Firma. Im Grunde genommen leitete er die Stiftung. Er saß zusammen mit Honor im Vorstand und delegierte die juristischen Aufgaben an unsere Partner in den diversen Abteilungen sowie an Mitarbeiter und Rechtsassistenten.«

»Wie groß ist die Buxton-Stiftung?«

»Sehr groß.«

»Wie groß?«

Whittier schielte zu Field, der kaum merklich nickte. »Die Buxton-Stiftung gehört zu den größten Familienstiftungen und umfasst einen Fonds von etwa zweihundert Millionen Dollar.«

Davis schluckte. Das war wirklich allerhand. »Wie viel zahlt die Stiftung der Firma Tribe pro Jahr an Honoraren?«

»Ist das von Bedeutung?« Whittier zog eine farblose Augenbraue hoch, seine herzliche Munterkeit war plötzlich schal wie abgestandenes Bier.

»Unbedingt.«

»Dreieinhalb bis vier Millionen Dollar pro Jahr.«

Davis schrieb es auf, als ob er eine derart hohe Summe vergessen könnte. »Die Kanzlei hat sicher nicht viele Klienten, die einen solchen Betrag einbringen, oder?«

»Die Stiftung ist unser größter Klient, und mehr werde ich dazu nicht sagen. Haben wir uns verstanden?«

»Sicher.« Davis ging es von einer anderen Seite an. »Was Newlin betrifft – hat er einen festen Anteil an den Honoraren erhalten, die die Stiftung an die Kanzlei zahlt? Ich weiß, dass das in größeren Kanzleien üblich ist.«

Whittier nickte. »Das stimmt. Jack war der Rechnung stellende Partner in den meisten Buxton-Angelegenheiten, daher erhielt er einen Prozentsatz an den Honoraren, die von seinem Klienten gezahlt wurden, sozusagen als Rechnungsbonus.«

»Wie hoch war dieser Prozentsatz?«

»Recht hoch. Dreiunddreißig Prozent, so weit ich mich erinnere. Wir können Ihnen die genaue Zahl nennen, wenn Sie uns eine staatsanwaltliche Anordnung zur Dokumenteneinsicht bringen.«

»Schön.« Davis gab sich einstweilen mit der Antwort zufrieden.

Newlin hatte also ein Drittel bekommen, mehr als ein Wucherer, aber weniger als ein Anwalt bei Verleumdungsklagen. Wenn die von Buxton gezahlten Honorare sich auf drei Millionen Dollar im Jahr beliefen, was noch niedrig angesetzt war, hatte Jack davon eine Million mit nach Hause genommen. Daneben bedeutete es, dass die Kanzlei, wenn sie zwischen der Stiftung und Newlin zu wählen hätte, sich für die Stiftung entscheiden würde, egal, ob sie dafür einen Partner ans Messer liefern musste oder nicht.

»Sprechen wir jetzt über den Abend von Honors Ermordung.«

»Gern«, sagte Whittier deutlich erleichtert, und Davis fand es bezeichnend, dass er lieber über einen Mord sprechen wollte als über Geld.

»Sie haben Jack am Abend des Mordes gesehen, nicht wahr?«

»Ja. Lassen Sie mich nachdenken.« Whittier ließ seinen Blick zu einem Panoramafenster mit spektakulärem Blick über die Stadt schweifen. Davis beobachtete ihn so genau, dass er sah, wie sich seine Pupillen im helleren Licht verengten. »Gegen sechs Uhr war das, glaube ich.«

»Wie lange haben Sie mit ihm gesprochen?«

»Etwa eine Viertelstunde.«

»Existiert für dieses Gespräch eine Honorarabrechnung?«

»Ja, wir berechnen Arbeitsgespräche in Einheiten von sechs Minuten«, antwortete Whittier ohne Scham. »In meinem Terminkalender müsste die genaue Zeit festgehalten sein.«

»Ich würde gern Ihre Eintragungen für diesen Tag sehen.«

Whittier wechselte einen Blick mit Field und sagte dann: »Sie werden der Kanzlei eine staatsanwaltliche Anordnung zur Herausgabe von Dokumenten übergeben?«

»Ja, sie ist bereits in der anderen Anordnung enthalten.«

»Gut.« Whittier drückte einen Knopf an der Telefonanlage und bat seine Sekretärin um die Aufzeichnungen. Davis war sicher, dass sie sich auch in seinem Laptop befanden, aber das hätte bedeutet, sich vom zweiten Schreibtisch zum dritten zu bewegen. Während sie auf den Ausdruck warteten, schwieg Whittier und genoss die Aussicht, als wären weder Davis noch Field anwesend. Nach ein paar Minuten kam die Sekretärin mit den Aufzeichnungen herein, reichte sie ihrem Chef und verschwand wieder.

Whittier zog eine Lesebrille mit Horngestell aus der Innentasche seines Jacketts und setzte sie auf. »Schlimm, dass ich die jetzt brauche«, grummelte er, mehr zu sich selbst.

»Wie sieht's aus?«, fragte Davis ungeduldig. Wenn etwas mit Newlins Plan schief gegangen war, dann konnte es nur am Zeitfaktor liegen.

»Ja, ich hatte Recht«, sagte Whittier und deutete mit dem Zeigefinger auf einen Eintrag. »18.15 bis 18.30: JN betr. Florrman-Rechnung. Das bedeutet, dass ich in dieser Zeit mit Jack Newlin über die Honorarrechnung im Fall Florrman gesprochen habe.«

»Darf ich mal sehen?« Davis nahm das Papier, ohne sich dazu zu äußern, dass Whittier einem Klienten ein Gespräch über dessen Rechnung in Rechnung stellte. Das war eine verbreitete Praxis in renommierten Kanzleien, wie er wusste. Auf diese Weise finanzierten die Anwälte ihre zweiten und dritten Häuser. Davis überflog die Eintragungen. Mist. Das falsche Timing konnte er vergessen. »Haben Sie die Eintragung sofort nach dem Gespräch vorgenommen?«

»Ja, das mache ich immer.« Whittier schwieg einen Moment. »Jetzt muss ich natürlich wieder an dieses Gespräch denken.«

»Ich wollte Sie gerade danach fragen. Erzählen Sie mir davon.«

»Also, ich sah Jack an meiner Tür vorbeikommen, sein Büro ist am anderen Ende des Flurs, und mir fiel auf, dass er früher ging als sonst. Ich hatte schon den ganzen Tag über mit ihm über die Florrman-Rechnung sprechen wollen, war aber vor lauter Terminen nicht dazu gekommen. Als ich ihn sah, wusste ich, dass ich ihn mir sofort schnappen musste. Ich rief ihn an, aber er blieb nicht stehen, also lief ich ihm hinterher. Ich sagte ihm, dass ich mir über die Rechnung Sorgen machte, die seit sechs Monaten ausstand. Es war an der Zeit, den Klienten wirkungsvoll zu mahnen. Wirkungsvoller jedenfalls, als Jack es bisher getan hatte.«

»Was hat er Ihnen geantwortet?«

»Er hasste es, Klienten zu mahnen, aber er sagte, er werde sich darum kümmern, müsse nur jetzt gehen. Er habe Honor versprochen, mit ihr zu Abend zu essen.«

»Er sagte wörtlich: Ich habe Honor versprochen, mit ihr zu Abend zu essen?«

»Ja, und er wirkte unruhig.«

Davis schrieb die Aussage nieder. »Wie unruhig?«

»Sehr. Er war während der ganzen Zeit bedrückt, schien nervös und in Eile. Es war so auffällig, dass ich ihn darauf ansprach. Ich fragte ihn, ob etwas nicht in Ordnung sei.«

Davis machte sich weiter Notizen. Das klang alles nach Vorsätzlichkeit, ausgezeichnet. »Was hat er geantwortet?«

»Er sagte, es sei alles bestens.«

»Würden Sie dieses Gespräch und ihre Beobachtungen dazu vor Gericht bezeugen?«

»Wenn ich vorgeladen werde.«

»Schön. Wissen Sie, wie er und Honor zueinander standen?«

»Nun, sie machten einen harmonischen Eindruck, so weit wir das beurteilen konnten. Sie lebten jedoch sehr zurückgezogen, waren kein Paar, das viel auf Partys ging oder sich in Wohltätigkeitsorganisationen engagierte, abgesehen von der Stiftung. Aber Honor war eine großartige Frau, sehr liebenswürdig. Lebte ganz für ihren Mann und ihre Tochter.«

Davis hielt kurz inne. »Sie muss ein Testament hinterlassen haben.«

»Ja, es wird sobald wie möglich eröffnet und als rechtswirksam bestätigt.«

»Das Testament wurde von dieser Kanzlei aufgesetzt, nicht wahr?«

»Ja, ich habe die Aufsetzung selbst beaufsichtigt.«

Das überraschte Davis nicht. Eine derart wichtige Urkunde musste natürlich vom geschäftsführenden Partner abgesegnet werden, und Newlin war viel zu schlau, um sie selbst aufgesetzt zu haben. Es hätte nicht gut ausgesehen, einen letzten Willen vorzubereiten, der ihn als den glücklichen Gewinner des Buxton-Jackpots benannte. »Wen hat sie als Erben eingesetzt?«

»Der Begünstigte kann erst bekannt gegeben werden, wenn wir den Totenschein erhalten, und die Information ist außerdem streng vertraulich.«

»Ich werde sie auch bis zur Testamentseröffnung, bei der sie der Öffentlichkeit zugänglich gemacht wird, vertraulich behandeln. Aber ich muss es jetzt sofort wissen. Wer erbt nach ihrem Testament?«

»Nun ja.« Whittier räusperte sich, so dass die lose Haut an seiner Kehle über dem steifen weißen Kragen erzitterte. »Die

Antwort auf Ihre Frage ist recht kompliziert, aber im Wesentlichen hat Honor ein privates Vermögen im Wert von fünfzig Millionen Dollar hinterlassen. Wie Sie wissen, ist dieses Geld vom Stiftungsfonds getrennt, der auf Dauer angelegt ist und selbstverständlich nach ihrem Tod weiterbesteht. Nur die fünfzig Millionen gehören zur Erbmasse, und davon ist nichts für wohltätige Zwecke vorgesehen.«

Davis grinste in sich hinein. *Nur* die fünfzig Millionen.

»Newlin erbt also die fünfzig Millionen.«

»Nein.« Whittier schüttelte den Kopf. »Keineswegs. Die Tochter erbt alles. Paige erbt die fünfzig Millionen.«

Der Staatsanwalt bekam einen trockenen Mund. Das konnte doch nicht sein. Damit hätte sich das Motiv, von dem er ausgegangen war, in Luft aufgelöst. »Newlin erbt nichts?«

»Jack? Keinen Penny.« Whittier presste entschieden die Lippen aufeinander. »Er bekommt gar nichts.«

»Das ist unmöglich. Haben Sie das Testament vorliegen? Ich werde den Inhalt vertraulich behandeln, und es unterliegt als Dokument der staatsanwaltlichen Anordnung.«

»Ich habe es sogar dabei.« Whittier schielte erneut zu Field, dann zog er einen dicken Papierstapel mit einer blauen Rückenheftung aus der vor ihm liegenden Mappe und schob ihn über den Tisch.

»Danke«, sagte Davis, der begierig danach griff. Die Seiten fühlten sich glatt an, und es juckte ihn buchstäblich in den Fingern, als er das Dokument durchblätterte. Er las die üblichen Formalien nur quer, bis er zu den Verfügungen kam, die das eigentliche Vermächtnis in klaren Worten enthielten. Sie sahen vor, dass Paige ein Drittel des mütterlichen Vermögens an ihrem einundzwanzigsten Geburtstag erben sollte, ein zweites Drittel mit fünfundzwanzig Jahren und das letzte Drittel, wenn sie dreißig wurde. Jack Newlin wurde nirgends erwähnt. Davis sah sprachlos auf, doch Whittier schien ein plötzliches Interesse an der Stadtlandschaft vor seinem Fenster entwickelt zu haben.

»Wenn Sie weitere Fragen haben, sollten Sie mit einem unserer anderen Partner sprechen«, bemerkte er beiläufig.

»Was meinen Sie?« Davis blickte zwischen Whittier und Field hin und her. Er verstand nicht, was da vorging. Das Testament hatte ihn völlig aus der Bahn geworfen. Wollten sie ihm etwas mitteilen? Jedoch auf indirekte, versteckte Art? Das war das Vorgehen einer Anwaltskanzlei, die einen ihrer Partner loswerden wollte, ohne dafür haftbar gemacht werden zu können. »Mit wem sollte ich noch sprechen?«

»Er heißt Marc Videon. Aber sie bräuchten auch für ihn eine staatsanwaltliche Anordnung.«

»Ich werde sie sofort herüberschicken lassen.«

»Wir brauchen sie, bevor Sie mit ihm sprechen.«

»Betrachten Sie sie als erhalten.« Davis hatte es eilig. Wohin sollte das führen? »Wer ist dieser Videon?«

»Einer unserer besonders spezialisierten Juristen. *Sui generis*. Eine Abteilung in sich selbst.«

»Und was ist sein Spezialgebiet?«

»Scheidungen«, antwortete Whittier, worauf Davis eine geschlagene Minute lang nichts zu sagen wusste.

26

»Folgen Sie diesem Taxi!«, sagte Mary zum Fahrer und fühlte sich wie eine Actionheldin im Film.

Der Taxifahrer, ein zierlicher, dunkelhaariger Mann mit lockigem Schnurrbart, drehte sich zu ihr um. »Nix verstehen«, sagte er, worauf Mary etwas enttäuscht auf Trevors Taxi zeigte.

»Los! Hinterher!«, befahl sie. Sie ließ das Taxi vor ihnen nicht aus den Augen, als es im dichten Verkehr auf der Market Street vorankroch. Trevors Kopf war zu erkennen und bewegte sich, als spräche er mit seinem Fahrer. Kurz darauf streckte er einen Arm aus dem Rücksitzfenster und hielt einen Wagen auf der Nebenspur zurück, der sich vor sie setzen wollte. Offenbar hatte er es eilig. Sein Taxi beschleunigte und verließ die Innenstadt in westlicher Richtung.

»Schneller, bitte!«, rief Mary. Trevors Schule lag bereits hinter ihnen, er ging also nicht zu seinem Kurs. Was hatte er vor? Irgendetwas war da im Busch, ihr Verdacht war doch nicht so blöd gewesen. Trevors Taxi erreichte die Siebzehnte Straße und bog nach links ab, eine Abkürzung, die Mary ständig benutzte, wenn sie durch die Einbahnstraßen ihrer Heimatstadt navigierte. Als der Stadtgründer William Penn das Straßennetz vor rund zweihundert Jahren angelegt hatte, hatte er nicht mit gewieften Taxifahrern und Anwältinnen gerechnet. Sie versuchte zu erraten, wo Trevor hinwollte, und stellte zehn Minuten später fest, dass sie den Nagel auf den Kopf getroffen hatte. Beide Taxis hielten in einer Parkbucht vor dem Bahnhof an der Dreißigsten Straße, eines nach dem anderen, als hätten sie nichts miteinander zu tun. Beide Fahrgasttüren öffneten sich gleichzeitig. Mary stieg nur eine Sekunde nach Trevor aus und folgte ihm in das Bahnhofsgebäude. Mühsam bezähmte sie ihre Aufregung. Trevor eilte durch die mit hellbraunem Marmor ausgekleidete Bahnhofshalle und Mary blieb ihm dicht auf den Fersen, als er sich durch die Menge der Reisenden schlängelte, die aus dem gerade angekommenen Zug aus Washington quoll. Er ging geradewegs auf den Fahrkartenschalter zu, und sie erhöhte ihr Tempo.

Die Schlange vor den Schaltern war lang. Mary stellte sich hinter Trevor in die zickzackförmig verlaufende, mit schwarzem Band abgeteilte Reihe. Sie betrachtete ihn genau. War er der Junge, mit dem sie im Flur von Paiges Apartmentgebäude zusammengestoßen war? Sie konnte es nicht sagen. Er hatte hellbraune Haare, die in einem kunstvollen, teuren Fransenschnitt um seine Schläfen lagen, und trug eine dünne Goldkreole im Ohr. Seine Augen waren groß und leuchtend grün, und sein Profil zeigte eine gerade Nase mit einer kess nach oben gerichteten Spitze. Die Schultern erschienen breit unter der braunen Bomberjacke und dem weißen T-Shirt, und er war sicher über eins achtzig groß. Trevor wirkte auf Mary wie ein junger Prinz, ein Männertyp, den sie nicht mochte. Vielleicht, weil niemand sie für eine Prinzessin halten würde. Wenn Paige die Prinzessin auf der Erbse war, verkörperte Mary die bodenständige Bauerstochter.

NÄCHSTER SCHALTER FREI blinkte es in weißen Leuchtbuchstaben auf einer Tafel, und die Schlange rückte weiter. Es ging ungewöhnlich schnell voran, da vier Schalter besetzt waren und ausnahmsweise niemand den kompletten Fahrplan aufgesagt haben wollte. Trotzdem machte Trevor einen ungeduldigen, geradezu nervösen Eindruck. Die Hand an seiner Seite zuckte unaufhörlich, und er trat von einem braunen Doc-Martens-Schuh auf den anderen. Was hatte er bloß? Warum war er so in Eile?

Die Schlange bewegte sich wieder, und obwohl noch drei Kunden vor ihm waren, zog Trevor bereits seine Geldbörse aus der hinteren Hosentasche und klappte sie auf, so dass Mary einen verstohlenen Blick darauf werfen konnte. Es war eine Börse aus feinem Kalbsleder, in deren linker Hälfte vier Kreditkarten steckten, darunter eine goldene American-Express-Karte, eine VISA und eine MasterCard. Mary traute ihren Augen nicht. Selbst sie würde keine goldene Amex-Karte bekommen. Bezahlte dieser Junge seine Rechnungen selbst? Woher hatte ein Schüler so viel Geld?

Sie merkte sich dieses Detail und rückte weiter vor. Mittlerweile glaubte sie fest, dass es Trevor war, den sie im Flur gesehen hatte, aber sie wollte ganz sichergehen. Sie räusperte sich und beschloss, ihm ein wenig auf den Zahn zu fühlen. »Entschuldigen Sie bitte, ich möchte nicht unhöflich sein, aber wohnen Sie nicht auch in den Colonial Hill Towers? Eine Freundin von mir wohnt dort, und ich glaube, ich habe Sie schon einmal im Aufzug gesehen.«

»Nein.« Trevor schüttelte gereizt den Kopf. »Ich wohne in den Außenbezirken. In Paoli.«

»Aber vielleicht waren Sie mal zu Besuch dort, in Colonial Hill?«

Die Reihe schob sich weiter, und Trevor war als Nächster dran.

NÄCHSTER SCHALTER FREI blinkte die Tafel. Einer der Angestellten winkte ihn zu sich.

»Nein«, antwortete er über die Schulter hinweg. »Noch nie.«

»Entschuldigung, dann habe ich mich wohl geirrt.« Mary sah Trevor nach, wie er zu dem Schalter hastete. Er log – natürlich war er schon bei Paige gewesen. Aber warum leugnete er es? Logen manche Leute einfach aus Gewohnheit? Und wo wollte er überhaupt hin? Sie versuchte, das Gespräch am Fahrkartenschalter zu belauschen, aber er war zu weit weg. Dann leuchtete die Tafel wieder auf, und eine Amtrak-Angestellte am anderen Ende der Schalterreihe nickte ihr zu. Verdammt. Sie wollte wissen, wohin Trevor fuhr. Sie zögerte und spitzte die Ohren.

»Wollen Sie bis morgen warten?«, fragte ein Mann hinter ihr ungeduldig, worauf Mary zum Schalter marschierte.

»Ich brauche eigentlich keine Fahrkarte, ich habe ein Problem«, sagte sie zu der älteren Frau in rotblauer Uniform. Ihre Augen hinter der Brille mit dem verzierten Goldgestell waren stark geschminkt, und ihr Lächeln trug rosa Lippenstift.

»Ein Problem?« Die Frau zog eine halbmondförmig gemalte Augenbraue hoch, und Mary trat dichter an die Scheibe heran.

»Ich bin verliebt.«

»Das ist allerdings ein Problem.«

»In den jungen Mann dort drüben. Ich habe mich nur angestellt, weil ich ihn so süß fand. Finden Sie ihn nicht auch süß?«

Die Angestellte musterte Trevor. »Für einen Typen mit einer Nasenkorrektur schon.«

»Meinen Sie?«

»So was sehe ich sofort.«

»Das ist doch ungerecht. Warum dürfen Frauen eitel sein, aber Männer nicht?«

Die Frau lächelte mit ihren glänzend rosa Lippen. »Solche Dinge bringen sie uns bei Amtrak nicht bei.«

Mary lachte. Sie behielt Trevor im Auge, der seinen Schalter mit zwei blauen Fahrkarten in der Hand verließ. »Können Sie mir sagen, wo er hinfährt? Es im Computer nachsehen oder so?«

»Nein. Sie sollten ihn sowieso lieber vergessen. Da wird nichts draus.« Die Angestellte deutete mit der Hand hinter Marys Rücken. Dort lief Trevor gerade in die ausgestreckten Arme eines blonden Mädchens mit langen, glatten Haaren. Sie sah etwas älter aus als er. Trevor umarmte sie und gab ihr einen langen, feuchten Kuss.

»Heiliger Strohsack«, flüsterte Mary.

»Sieht aus, als wär er schon vergeben.«

»Wenn Sie wüssten.« Mary schüttelte den Kopf und sah, wie Trevor zu einem zweiten, tiefen Kuss ansetzte.

»Sie müssen jetzt den Platz freimachen«, sagte die Angestellte.

»Aber denken Sie dran, andere Mütter haben auch hübsche Söhne.«

»Klar, danke.« Während Mary sich vom Schalter entfernte, umarmte Trevor das Mädchen noch einmal. Dann sah er auf seine Uhr, legte einen Arm um sie, und die beiden eilten lachend in die Bahnhofshalle.

Mary folgte ihnen, um herauszufinden, welchen Zug sie nahmen. Sie konnte nicht glauben, was dieser Kerl tat. So ein Schwein. Unter der schwarzen Anzeigetafel in der Mitte der geschäftigen Halle blieb sie halb verborgen stehen. »Intercity nach New York auf Gleis sechs, bitte alle einsteigen«, dröhnte eine Stimme aus dem Lautsprecher. Die Informationen auf der Anzeigetafel wechselten geräuschvoll, und sie beobachtete, wie Trevor und die Blonde zum Gleis sechs hechteten, wo bereits andere Fahrgäste anstanden, um ihre Tickets dem blau uniformierten Schaffner an der Schranke zu zeigen.

So war das also. Trevor hatte eine andere Freundin, mit der er nach New York fuhr. Mary sah den beiden nach, als sie ihre Fahrkarten vorzeigten und auf der Treppe hinunter zum Zug verschwanden.

27

Lou saß in einem klapprigen, schwarzen Taxi ohne Lizenz und folgte Paiges Yellow Cab über die Race Street. Hinter ihnen lag der Parkway, vor ihnen die roten Leuchtbuchstaben der Restaurants von Chinatown. Paiges Taxi fuhr nach Osten, weg vom Stadtzentrum. Lou rutschte auf dem Rücksitz nach vorn, die Augen auf den gelben Wagen gerichtet. Was war diese Paige nur für ein Mädchen? Im Four Seasons essen? Überall mit dem Taxi hinfahren?

Lou schüttelte den Kopf. Damals, als er noch ein Junge aus der Leidy Street war, ging er zu Fuß. Oder fuhr mit dem Fahrrad. Nahm die Straßenbahn, deren Funken sprühende Drähte wie ein schwarzes Spitzenmuster über der Stadt hingen. Oder die Hochbahn, mit ihrem Geruch nach verbranntem Gummi. An Taxis dachte man gar nicht. Erst mit fünfundzwanzig fuhr er zum ersten Mal in einem, und es war noch immer etwas Besonderes für ihn. Nach wie vor konnte er keines anhalten, ohne ein gewisses Gefühl von Luxus zu verspüren.

»Sie scheint abbiegen zu wollen«, sagte der Fahrer, ein junger Schwarzer, der ganz aufgedreht war, weil er jemandem folgen sollte. Lou störte das nicht. Er mochte es, wenn Leute sich für etwas begeistern konnten.

»Bleiben Sie an ihr dran«, sagte Lou, in Gedanken mit Paige beschäftigt. Was war das überhaupt für ein Name, Paige? Seit wann wurden Mädchen so genannt? Er kannte Namen wie Sally, Mary, Selma. Aber Paige? Lou machte ein grimmiges Gesicht. Was sollte aus einem Mädchen werden, wenn man es Paige nannte?

»Sie ist rechts in die Zwölfte abgebogen«, sagte der Fahrer und gestikulierte wild mit einer Hand. Er trug ein buntes, geflochtenes Band ums Handgelenk. »Soll ich Gas geben?«

»Nein, verlieren Sie sie nur nicht.« Der Junge ließ die Schultern hängen, und Lou tat es Leid, ihm den Spaß zu verderben.

»Mögen Sie Musik?«, fragte er, um etwas zu sagen, als der Verkehr ins Stocken geriet. Bauarbeiten um das Convention Center herum verengten die Straße, die Presslufthämmer ratterten wie Maschinengewehre.

»Klar, ich stehe total auf Musik.«

»Was hören Sie?«

»Rap.«

»Alle hören heutzutage Rap.«

»Ist auch gut.«

»Wirklich? Wer ist denn ein guter Rapper?«

»DMX. Dr. Dre. Kennen Sie die?«

»Ich kenne Dr. Dre. Er behandelt meine Prostata«, sagte Lou, und der Fahrer lachte.

Paiges Taxi bog nach rechts in Richtung der Gallery-Einkaufspassagen ab, was Lou erstaunte. Sie ging einkaufen? Er hätte bei ihr mehr auf Luxusmarken wie Neiman Marcus als auf JCPenney getippt, aber das Taxi hielt kurz vor der Passage. Er sah sich um. Was gab es sonst noch hier? Den Busbahnhof. Wollte sie etwa die Stadt verlassen?

»Sie will aussteigen«, sagte der Fahrer, der den Hals reckte und einen halben Block hinter dem anderen Taxi hielt. Lou fischte schnell einen Zwanzig-Dollar-Schein aus der Tasche und reichte ihn nach vorn. Der Fahrer starrte verwundert auf den Schein.

»Es kostet nur drei Dollar.«

»Weiß ich. Von dem Rest müssen Sie sich eine Platte kaufen.«

»Eine Platte? Sie meinen, eine CD?«

»Eine CD, genau. Kaufen Sie sich *Stan Getz at the Shrine.*« Lou sah, wie Paige sich auf dem Rücksitz bewegte. Sie bezahlte ebenfalls gerade. »Getz. Können Sie sich den Namen merken?«

»Nie von ihm gehört. Ist er neu?«

»Nein, er ist alt. Sehr alt. So alt wie ich. Versprechen Sie mir, dass Sie sich diese CD besorgen.«

»Okay, versprochen«, sagte der Fahrer, und Lou stieg aus. Als Paige aus ihrem Taxi kletterte, sah sie anders aus als zuvor. Sie trug eine schwarze Baseballkappe, ihr roter Pferdeschwanz baumelte aus der Öffnung hinten. Beim Gehen setzte sie zusätzlich eine dunkle Sonnenbrille auf. Eine amateurhafte Verkleidung, aber warum machte sie sich überhaupt die Mühe? Um einkaufen zu gehen? Mit dem Bus zu fahren? Was sollte das? Der Newlin-Mord beherrschte zwar die Schlagzeilen der *Daily News* und des *Inquirer*, aber bisher war kein Foto des Mädchens veröffentlicht worden. Die Artikel befassten sich nur mit dem Vater.

Als Paige die Straße entlangging, zog sie selbst mit Sonnenbrille und Baseballkappe die Blicke von Passanten und Bauarbeitern auf sich. Lou wunderte das nicht. Sie trug einen schwarzen Minirock und Beine bis zum Hals. Obwohl es kalt war, hatte sie nur eine dunkelblaue Jacke im Matrosenstil darüber an, die den Rock fast bedeckte. Ihre Schritte waren so lang, dass er außer Puste kam, und die Art, wie sie sich bewegte, hatte etwas Spezielles. Trotz ihrer klobigen, schwarzen Schuhe ging sie, als wäre der Bürgersteig ein Laufsteg. Lou gefiel es, sie zu beobachten, doch dann bekam er ein schlechtes Gewissen. Sie war viel zu jung, und außerdem fand er, dass junge Mädchen sich wie Damen benehmen sollten und nicht wie diese Kleine. Auch wenn sie es in der Garderobe des Four Seasons trieb.

Sie überquerte die Market Street hinter der Gallery-Passage, und Lou folgte ihr in sicherem Abstand. Wo wollte sie hin? Ihr Ziel lag offenbar nicht in nächster Nähe. Warum hatte sie sich so früh vom Taxi absetzen lassen? Offenbar, weil niemand wissen sollte, wohin sie ging. Zusammen mit ihrer Verkleidung konnte er daraus nur schließen, dass das Mädchen entweder unter Verfolgungswahn litt oder etwas zu verbergen hatte.

Sie kamen in das alte Geschäftsviertel, das nun mehr oder weniger verlassen dalag, nachdem die größeren Firmen alle nach Norden in die neuen, glitzernden Wolkenkratzer umgezogen waren. Lou konnte sich noch an die Zeiten erinnern, als dieser Stadtteil voller Leben war, rund um das Ben-Franklin-Hotel, das Bundesgericht und vor allem die Hauptpost. Heute benutzten alle E-Mail, und die Hauptschlagader des Viertels, die Chestnut Street, wurde von Verkaufslagern mit Autostereoanlagen, Kreditunternehmen und Alles-für-einen-Dollar-Läden gesäumt. Doch Lou hatte keine Zeit für sentimentale Gedanken. Paige war an einem abgasgeschwärzten, niedrigen Gebäude angekommen und verschwand hinter der stählernen Eingangstür. Lou kannte das Haus nicht. Neben der Tür hing ein kleines Schild, das er mit zusammengekniffenen Augen entzifferte.

FRAUENGESUNDHEITSZENTRUM.

Lou zögerte. Er wusste nicht, ob er dort hineindurfte, als handelte es sich um die Damentoilette oder ein Dessous-Geschäft. Er vergrub die Hände in den Hosentaschen. Der Wind zerzauste seine Haare, während er dort im kalten Sonnenlicht stand. Leute eilten vorbei und drehten sich neugierig nach ihm um. Auch als Mann konnte er dort hineingehen, oder? Er lebte schließlich in einem freien Land. Er strich seine Haare glatt, rückte die Krawatte zurecht und betrat das Gebäude.

Paige fuhr mit dem Aufzug in den vierten Stock, was Lou an der altmodischen Leuchttafel über der einzigen Aufzugtür ablas. Er folgte ihr. Das Frauengesundheitszentrum war hell erleuchtet und in einem freundlichen Lavendelton gestrichen. Polstersessel von derselben Farbe standen in zwei Reihen vor einem Fernseher in der linken Ecke des Wartezimmers. Den großen Empfangstresen schützte eine Glasscheibe – wohl eine Sicherheitsmaßnahme. Pastellzeichnungen von Frauen hingen an den Wänden, und an einer Seite lagen Frauenzeitschriften auf einer Bank aus. Auf dem Läufer unter der Bank stand ein großer Weidenkorb, in dem Lou irgendwelche künstlichen Dekorationsfrüchte vermutet hätte. Doch er enthielt Probepackungen von Slipeinlagen.

Lou sah verlegen zur Seite und entdeckte die kleine Newlin. Sie hatte ihre Sonnenbrille abgenommen, nicht aber die Kappe, und sprach mit einer jungen, schwarzen Sprechstundenhilfe hinter der Glasscheibe. Während er so dastand, sahen ihn beide Frauen plötzlich komisch an. Er vermutete, dass es aus automatischer Vorsicht geschah, und nicht weil er ein jüdischer Opa war.

»Kann ich Ihnen helfen, Sir?«, rief die Sprechstundenhilfe quer durch den Raum, und Paige sah ihn unter dem Schirm ihrer Mütze mit dem Aufdruck GUESS hervor neugierig an.

»Äh, nein, danke«, stotterte er. »Ich bin hier mit jemandem verabredet.«

»Mit wem?« Die Sprechstundenhilfe war hübsch, hatte große, braune Augen und ein nettes Lächeln. Ihre Haare waren zu Fingerwellen onduliert, was Lou gerne mochte. Er hatte noch die Zeit erlebt, als sie zum ersten Mal in Mode kamen, in den vierziger Jahren. Genauso wie Faltenröcke. Die mochte er auch, aber sie waren längst verschwunden.

»Ich, äh, ich warte auf meine Tochter. Sie wollte sich hier mit mir treffen, aber ich bin zu früh.«

»Hat sie einen Termin?«

»Nein, sie wollte ohne Termin herkommen.« Lou machte

ein paar Schritte nach vorn, und wenn er einen Hut aufgehabt hätte, wäre er in seiner Hand gewesen. Er bemerkte, dass Paige den Wortwechsel verfolgte, ihre geschürzten Lippen verrieten leichte Ungeduld. »Geht das?«

»Nun ja, manche unserer Patientinnen kommen einfach so vorbei, aber Ihre Tochter braucht einen Termin, um unsere Serviceleistungen zu nutzen.«

»Ach so, klar. Aber ich bin doch richtig hier, oder? Ich meine, hier bekommt man Verhütungsmittel und so was, stimmt's?«

»Das ist eine unserer Dienstleistungen, ja.«

Die Sprechstundenhilfe gestattete sich ein Lächeln und deutete auf einen Ständer mit Broschüren auf dem Tresen. *Deine Fortpflanzungsorgane. Wie taste ich meine Brüste ab? Der erste Besuch beim Gynäkologen.*

»Wenn Sie mehr über uns wissen wollen, lesen Sie die rosa Broschüre.«

»Danke.« Lou nahm die empfohlene Broschüre mit der Überschrift: *Unsere Serviceleistungen.* Sie enthielt vielleicht Nützliches und war ihm weniger peinlich als *Deine Brüste.* »Werd mich informieren.«

»Nehmen Sie ruhig Platz. Sie können hier auf Ihre Tochter warten, und wenn sie kommt, gebe ich ihr einen Termin.«

»Gut, in Ordnung, dann warte ich.« Lou nickte und sah sich in dem Meer aus Lavendel nach einem Sitzplatz um. Er fühlte sich genauso merkwürdig wie damals, als er zum ersten Mal die Kanzlei Rosato betreten und nur Frauen um sich herum gesehen hatte. Inzwischen hatte er sich daran gewöhnt, das hatte nur ein Jahr gedauert. Er erspähte einen Stuhl in der Nähe des Empfangs und versuchte mitzuhören, was Paige sagte. Es klang wie »Schsn snzaden?« Dasselbe Problem hatte er schon im Four Seasons gehabt, und er überlegte, ob es nicht an der Zeit war, nachzugeben und sich ein Hörgerät verpassen zu lassen.

Paige beendete ihr Gespräch mit der Sprechstundenhilfe

und setzte sich auf einen Stuhl nicht weit von seinem, an derselben Wand. Falls sie ihn aus dem Four Seasons wiedererkannte, ließ sie sich nichts anmerken. Sie knöpfte ihre Jacke auf, schlug die Beine unter dem schwarzen Rock übereinander und griff nach der Zeitschrift *Seventeen*. Ihr Kopf mit der Kappe war tief über die Hochglanzseiten gebeugt, als wollte sie sie auswendig lernen.

Lous langjährige Erfahrung in seinem Gewerbe riet ihm, es langsam angehen zu lassen. Das Mädchen war aus einem sehr persönlichen Grund hier, und er fühlte sich ein wenig schäbig, weil er ihm nachspionierte. Nach allem, was er über die Kleine wusste, war sie die Tochter eines Mordopfers und hatte in den vergangenen Tagen die Hölle durchgemacht. Was ging es ihn an, wenn sie mit ihrem Freund in der Garderobe herummachte? Dass ihre Gefühle ziemlich durcheinander waren, konnte er gut verstehen. Aber aus welchem Grund war sie hier?

Er dachte nach. Wenn sie die Pille bräuchte oder ein Unterleibsproblem hätte, wäre sie sicher zu einem richtigen Gynäkologen gegangen. In eine dieser schicken Praxen um das Pennsylvania Hospital herum, die näher an ihrer Wohnung lagen. Kein Grund für ein reiches Mädchen, in stümperhafter Verkleidung dieses Frauengesundheitszentrum aufzusuchen, es sei denn, hier wurde etwas geboten, was sie woanders nicht bekommen konnte.

Lou hatte so seine Vermutung. Er schlug die Broschüre auf und las: *Wir bieten gynäkologische Gesundheitsfürsorge für Frauen und Mädchen. Alle von der Verbraucherschutzbehörde FDA anerkannten Verhütungsmethoden, gynäkologische Untersuchungen, Schwangerschaftstests ohne Voranmeldung, Tests auf sexuell übertragbare Krankheiten und Schwangerschaftsabbrüche innerhalb der ersten drei Monate.*

All diese Leistungen konnte das Mädchen auch bei einem normalen Arzt bekommen. Außer einer.

Arme Kleine. Sie steckte ganz schön im Schlamassel. Lou schielte zu ihr hin, um festzustellen, ob schon etwas zu sehen war. Sie sah dünn und sehr hübsch aus. Vielleicht war es noch zu früh. Er hatte zwei erwachsene Söhne, die woanders lebten, und erinnerte sich nicht mehr an die Schwangerschaften seiner Frau, außer, dass sie damals keine Sardellenpizza essen mochte. Es waren andere Zeiten damals. Er hatte die Geburten nicht miterlebt, die Schwestern hatten die Babys herausgebracht wie UPS-Pakete.

Lou wollte seine Vermutung bestätigt wissen. Er stand auf, ging zum Empfang und nahm sich eine neue Broschüre. Eine weiße mit dem Titel: *Was Sie erwartet, wenn Sie sich für einen Schwangerschaftsabbruch entscheiden.* Die Sprechstundenhilfe telefonierte. Auf dem Rückweg lächelte er Paige zu und ließ sie die Broschüre sehen. Mit hörbarem Stöhnen setzte er sich wieder und schlug das Faltblatt auf.

»Erstaunlich, was sie hier alles bieten«, sagte er, an niemand Bestimmten gerichtet.

Paige reagierte nicht und las weiter in ihrer Zeitschrift.

»Sieht aus, als würden die hier sich wirklich auskennen.« Er richtete das Wort direkt an Paige. »Was meinen Sie?«

»Ich weiß es nicht.« Sie machte ein unverbindliches Gesicht unter ihrer GUESS-Kappe.

»Wissen Sie, ich bin ein bisschen in Sorge. Meine Tochter, sie überlegt ... sie will vielleicht abtreiben lassen.«

»Oh«, hauchte Paige und errötete. Lou fiel auf, wie zart und hell ihr Teint war.

»Ich möchte Ihnen nicht zu nahe treten, es ist nur, weil sie meine einzige Tochter ist. Sie hat so viele Fragen, und sie kann sich nicht entscheiden, und ich möchte nicht, dass sie ... na ja, das hier ist ja schließlich kein Krankenhaus, verstehen Sie.« Er steckte seine Nase wieder in die Broschüre. »Tut mir Leid. Ich hätte nicht damit anfangen sollen.«

Paige wandte sich mit einem geschmeidigen Drehen ihres langen Halses wieder ihrer Zeitschrift zu.

Lou gab vor, die Informationen zu studieren, und ließ das Schweigen sich ausbreiten. Wenn sie etwas sagen wollte, würde sie das schon tun. Er hatte es immer wieder erlebt, wenn er junge Zeugen befragte. Gerade junge Mädchen wollten tief im Innern vor allem gefallen, und Schweigen erwies sich oft als das beste Mittel. Also sagte er nichts mehr.

Auch Paige schwieg und las ihre Zeitschrift.

Lou raschelte mit dem Faltblatt.

Paige blätterte in ihrer Zeitschrift.

Lou begann zu zweifeln, ob Schweigen in diesem Fall wirklich das geeignete Mittel war.

»Sie sollte zu einer Beratung gehen«, sagte Paige endlich und sah auf.

»Zu einer Beratung? Nicht zum Arzt?«

»Nein. Bei der Beratung untersuchen sie einen nicht oder so was.« Paiges Gesichtsausdruck war weicher geworden, und sie wirkte auf Lou plötzlich wie ein ganz normaler Teenager, nicht wie ein Model. »Die Beraterinnen können die Fragen Ihrer Tochter bestimmt beantworten und ihr dann helfen, eine Entscheidung zu treffen. Sie reden einfach nur mit ihr.«

Lou wartete einen Moment, ließ sich Zeit. »Sie reden nur mit ihr?«

»Genau.« Paige nickte, der Schirm ihrer Mütze hüpfte auf und ab. »So oft sie will. Und sie sind richtig nett.«

»Sie sind nett?«

»Sehr nett.« Paige zeigte ein spontanes Lächeln. Lou hatte den Eindruck, als wollte sie sich ihm anvertrauen, aber ein Teil von ihr blieb auf der Hut.

»Sie meinen wirklich, die Beraterinnen hier können meiner Tochter helfen? Sie ist nämlich ziemlich durcheinander.«

»Ganz bestimmt. Das ist doch ihr Job. Sie drängen einen zu nichts, sie hören einfach nur zu und helfen einem, sich zu entscheiden.« Paige lächelte wieder, diesmal auch mit den Augen, und Lou sah, wie jung sie war, wie verletzlich. Sie wusste zu viel über Schwangerschaftsberatung, um nicht selbst schwanger zu sein.

Die interne Sprechanlage am Empfang piepte, und sowohl Lou als auch Paige sahen bei dem Geräusch auf. Die Sprechstundenhilfe unterbrach ihr Telefonat, stand auf und nahm eine Karteikarte vom Schreibtisch.

»Ms Stone«, sagte sie zu Paige. »Sie können jetzt hineingehen. Ich bringe sie zum Sprechzimmer.«

Ms Stone. Lou überraschte der falsche Name nicht. Dieses Mädchen war so auf Geheimhaltung bedacht, dass er sich fragte, ob überhaupt jemand außer ihr von ihren Schwierigkeiten wusste. Er sah zu, wie sie die Schultern unter ihrer Matrosenjacke straffte und der Sprechstundenhilfe aus dem Wartezimmer folgte. Sie war so furchtbar beherrscht für ihr Alter, und ihre unterkühlte Art erinnerte ihn an die Kids aus den Gangs, die er auf der Straße sah. Kids ohne erwähnenswerte Eltern, die sich selbst durchschlugen. Sie wurden älter, aber nie wirklich erwachsen. Seltsamerweise schien es diesem Mädchen, dem es sicher nie an etwas gefehlt hatte, das man für Geld kaufen konnte, nicht besser zu ergehen.

Lou blieb sitzen, obwohl er nun die Gelegenheit gehabt hätte, sich unbemerkt zu verdrücken. Auf einmal wurde er sehr müde. Er wusste nicht, wann die Kinder um ihn herum sich so verändert hatten, aber das hatten sie, irgendwann im Laufe seines Lebens. Sie waren so leer im Innern, nichts kümmerte sie mehr. Sie hörten sich Hits an, die morgen vergessen waren, sahen Filme, die nicht lustig waren, und lasen keine Bücher. Sie spielten keine Ballspiele mehr auf der Straße, sie sammelten Waffen und knallten sich gegenseitig ab. Lou verstand nicht, wie es so weit hatte kommen können, aber es war passiert, und es war auch mit Paige Newlin passiert. Etwas fehlte in ihrem Herzen, und Lou fürchtete, dass nichts auf der Welt diesen Mangel beheben konnte.

Er brauchte ein paar Minuten, bis er aufstehen konnte, aber am Ende stand er auf.

28

Kovich las den Laborbericht und benutzte das Lenkrad als Pult, während der Wagen im Leerlauf am Straßenrand hielt. Kleine Gruppen von Studenten auf dem Weg zu ihren Seminaren überquerten vor ihnen die Straße, aber Kovich achtete nicht auf sie. »Der Ohrstecker ist von einem *Mann*?«

»So steht es da.« Brinkley beugte sich zu ihm herüber und zeigte mit einem steifgefrorenen Finger auf die Stelle. Die Heizung in ihrem zerbeulten Chrysler war immer noch nicht angesprungen, und die Hochhäuser an der Broadstreet ließen keine Sonne durch.

»... wies abgestreifte Hautzellen eines Mannes auf.«

»Okay, na und?« Kovich sah ihn an, worauf Brinkley sich in seinem Sitz zurücklehnte.

»Ich weiß nicht. Lass mich nachdenken. Das ist eine ziemliche Überraschung.«

»Nur, weil du davon ausgegangen bist, dass er der Tochter gehört.«

Brinkley sammelte sich. »Noch mal der Reihe nach. Wir finden ein Ohrsteckerteil neben der Leiche, was darauf schließen lässt, dass es bei einem Kampf mit dem Täter abgefallen ist.«

»Was auf die *Möglichkeit* schließen lässt, dass es bei einem Kampf mit dem Täter abgefallen ist. Es könnte aber auch von jemand ganz anderem stammen. Der Teppichreiniger trägt vielleicht einen Ohrring. Oder ein schwuler Innendekorateur. Heutzutage trägt fast jeder Kerl in Philly einen Ohrring, manche auch zwei. Mein eigener Bruder trägt einen, heilige Scheiße. Das Teil könnte sonst wem gehören.«

»Okay, aber es wäre möglich, dass der Stecker bei dem tödlichen Kampf verloren gegangen ist.«

»Möglich wär's.«

»Gut. Wenigstens räumst du die Möglichkeit ein.« Brinkley sah durch die Windschutzscheibe auf die Studenten. Junge Männer und Frauen strömten in Parkas und mit bunten Expeditionsrucksäcken in die Gebäude. Einige der Jungen hatten ihren Arm um ein Mädchen gelegt, aber die Rucksäcke waren im Weg. Brinkley beobachtete sie zerstreut.

»Zuerst dachte ich, er gehört der Tochter. Sie ist die Täterin und der Vater will für sie in den Knast gehen. Richtig?«

»Du bist dümmer als du aussiehst, im Gegensatz zu mir. Aber ja, richtig.«

Brinkley dachte zu angestrengt nach, um seinen Kollegen zu fragen, was er damit sagen wollte. »Wenn der Fundort nun darauf hindeutet, dass der Ohrstecker während des Kampfes mit dem Mörder verloren ging, dann war der Mörder männlich. Kombiniert man nun meine Theorie mit dem Beweisstück, muss man annehmen, dass ein Mann zusammen mit der Tochter am Tatort war.«

Kovich nickte. »Es sei denn, Newlin trägt einen Ohrring, und davon habe ich nichts gesehen.«

»Außerdem ist da noch der Dreck auf dem Couchtisch, den jemand hinterlassen haben muss, nachdem die Haushälterin am Montag sauber gemacht hat. Das passt zu der Anwesenheit eines Mannes, denn die meisten Frauen legen ihre Füße nicht auf Couchtische.«

»Die meisten nicht, meinetwegen. Also?«

»Wir haben also einen Mann am Tatort, den das Mädchen mitgebracht hat. Ich glaube nicht, dass Newlin der Täter ist, und es gibt keinen Mann in der Geschichte, den er decken würde, es sei denn einen, von dessen Anwesenheit er nichts wusste. Einen Mann, den seine Tochter mitgebracht hat.« Brinkleys Herz schlug schneller, während er weiter aus dem Fenster starrte. Ein Studentenpärchen küsste sich. Junge Liebe, er konnte sich kaum noch daran erinnern. Doch, halt – er erinnerte sich. »Die Tochter hat einen Freund.«

»Woher weißt du das?«

»Du hast sie doch gesehen. Sie ist umwerfend. Sie muss einen Freund haben.« Brinkley deutete aus dem Fenster auf das knutschende Pärchen. »Ein Mädchen wie die muss einen Haufen Verehrer haben.«

Kovich schwieg, aber Brinkley bemerkte es nicht.

»Sagen wir, sie nimmt ihren Freund zum Essen bei den Eltern mit, und sie bringen die Mutter gemeinsam um. Oder die Tochter tut es, und der Freund hilft ihr oder umgekehrt. Wir haben den Falschen verhaftet, Stan. Wir müssen noch mal mit dem Mädchen sprechen und herausfinden, ob sie einen Freund hat.«

»Nein.«

»Was?«

»Wir werden sie nicht noch einmal quälen.« Kovich schob ihm den Bericht hin, und Brinkley wusste, er hatte verloren.

»Warum nicht?«

»Weil sie noch ein Kind ist, Mick.«

»Na und? Wir verhören ständig Kinder. Dieses Kind ist zufällig nicht aus dem Getto, also kriegt es eine Vorzugsbehandlung?«

»Komm mir nicht auf die Tour, Mick. Dazu kennst du mich zu gut.« Kovich wurde einen Tick lauter. »Das Mädchen hat ihre Mutter verloren und bald darauf auch noch ihren Vater. Wenn du herausbekommen willst, ob sie einen Freund hat, überleg dir was anderes.«

Brinkley überlegte. »Okay, fahren wir. Dreh um.«

Kovich löste die Handbremse. »Gut«, sagte er, aber Brinkley hörte den Winterwind in seiner Stimme.

Es war nie gut, wenn Kovich »gut« sagte.

Brinkley sah sich in der Eingangshalle der Colonial Towers um. Schwarzer Marmor, weich gepolsterte Sessel und ein eleganter Empfangstresen mit einem jungen Typen dahinter. Seine Uniformmütze war ihm in den Nacken gerutscht, sein Hals ragte wie eine Spargelstange aus dem Hemdkragen.

Brinkley stellte sich und Kovich vor, und der Junge nahm Haltung an, als er die Polizeiabzeichen sah.

»Mordkommission? Sicher, meine Herren. Womit kann ich dienen?«

»Ich möchte Ihnen ein paar Fragen über eine Bewohnerin hier stellen. Paige Newlin.«

Das Mienenspiel des Wachmanns wechselte augenblicklich von Furcht zu Wiedererkennen.

»Sie wissen, wen ich meine.«

»Klar, das Model.« Der junge Mann runzelte die Stirn. »Ich habe gelesen, dass ihr Vater ihre Mutter umgebracht hat. Grauenvoll.«

Brinkley gab keinen Kommentar ab. »Wir ermitteln in diesem Mordfall und brauchen einige Informationen über ihr Kommen und Gehen.«

»Sie kommt und geht total unregelmäßig, ist ja auch kein Wunder bei ihrem Job. Aber sie fällt auf, wissen Sie.« Der Junge lächelte schüchtern. »Sie ist eine echt heiße Nummer.«

»Haben Sie sie je in Männerbegleitung gesehen? Mit einem Freund, zum Beispiel?«

»Hm, ja. Sie geht mit einem Typen, einem Studenten oder so, schon seit sie hier eingezogen ist.«

Bingo. »Sie ist fest mit ihm zusammen?«

»Sieht so aus.«

»Bleibt er über Nacht?«

»Ich mache die Nachtschicht, nicht die Frühschicht. Aber ich glaube, ja.«

»Wie sieht er aus?«

»Wir nennen ihn den Schönling. Er sieht aus wie aus einem Abercrombie-Katalog, wissen Sie.«

Brinkley hatte keinen Schimmer. »Nein, weiß ich nicht.«

»Ziemlich groß, Typ Sportskanone. Gut aussehend. Reich.«

»Trägt er einen Ohrring?«

»Kann ich nicht sagen. Ich glotze vor allem seine Freundin an.«

»Haben Sie ein Besucherbuch?«

»Ja, klar.« Der junge Sicherheitsbeamte tauchte hinter den Tresen, zog ein großes, schwarzes Buch hervor und schlug es auf.

»Zeigen Sie mir die Einträge vom Montag«, bat Brinkley.

Der Junge blätterte zu der entsprechenden Seite und drehte das Buch um. Es war ein normales Hauptbuch mit Linien und Spalten, in denen die Ankunftszeiten der Besucher und ihre Namen eingetragen waren. Brinkley fuhr mit dem Finger über die Spalten, hielt bei Paige Newlins Namen inne und zeigte auf den daneben stehenden Eintrag. Trent Reznor.

»Trent Reznor, das ist er«, verkündete Brinkley zufrieden.

»Hä? Das kann nicht sein.« Der Junge kam um den Tresen herum und starrte auf das Besucherbuch. »Trent Reznor ist bei den Nine Inch Nails.«

»Was?« Brinkley sah ihm über die Schulter, blätterte dann zurück und überprüfte jeden Eintrag neben Paige Newlins Namen. »Ben Folds, Thurston Moore, Gavin Rosdale«, las er laut vor, und der Junge nahm seine Mütze ab und kratzte sich am Kopf.

»Moment. Ben Folds ist von Ben Folds Five, Thurston Moore ist bei Sonic Youth. Das sind alles Bands. Keiner davon kann sein richtiger Name sein.«

Brinkley blätterte noch weiter zurück »Dave Mathews, Eddie Vedder. Auch Rockstars, oder?«

»Ja, ältere.«

Brinkley schlug wutentbrannt die Seiten um und sah überall nach, wo er Paige Newlins Namen entdeckte. Die Einträge reichten bis zum Dezember des Vorjahres zurück. Jedes Mal stand ein anderer Name neben dem des Mädchens, und die Handschrift war auch jedes Mal verschieden. Manchmal nach rechts geneigt, manchmal nach links, aber immer anders. Mist!

»Lesen Sie denn nie, was die Leute hinschreiben?«, wollte er wissen.

»Äh, nein.« Der Junge wurde rot. »Ich meine, normalerweise nicht, glaube ich. Wir bitten sie nur, sich einzutragen.«

»Was hat das Ganze dann für einen Sinn? Wozu sollen Besucher sich eintragen, wenn Sie die Namen nicht überprüfen? Wozu sitzen Sie überhaupt hier rum?« Brinkley wurde laut, und Kovich packte ihn am Arm.

»Entschuldigung«, sagte er gepresst. »Mein Partner und ich gehen jetzt. Vielen Dank für Ihre Hilfe.«

»Sicher, gern«, antwortete der Junge eingeschüchtert, während Kovich Brinkley zum Ausgang und hinaus auf die Straße schob.

Die Sonne schien hell, aber ein scharfer Wind blies um die Ecken des hohen Gebäudes. Der Verkehr sauste vorbei, flüssig zu dieser Stunde, und zwei gut gekleidete ältere Frauen näherten sich auf dem Gehsteig. Kovich drückte Brinkleys Schulter.

»Reg dich ab, Mick. Du hast den Jungen angeschrien.«

»Er ist eine Niete!«, hörte Brinkley sich brüllen. Er brüllte sonst nie.

»Er ist doch noch grün hinter den Ohren!«, schrie Kovich zurück und baute sich vor ihm auf. Die beiden Frauen hasteten an ihnen vorbei.

»Dann sollte er nicht so einen Job machen! Wie will dieses Früchtchen denn Sicherheit für die Bewohner gewährleisten?« Brinkley zeigte auf die beiden Frauen, die sich erschrocken umsahen. »Diese Leute zahlen für ihre Sicherheit!«

»Was geht's dich an? Du wohnst doch nicht hier. Du drehst langsam durch bei diesem Fall, merkst du das nicht?«

Das machte Brinkley nur noch wütender. Anscheinend konnte niemand außer ihm die Wahrheit erkennen. »Dieser Typ, ihr Freund, er hat was zu verbergen. Das scheinst du nicht zu merken!«

»Nein, ich sag dir, was ich merke!« Kovich brüllte jetzt aus voller Kehle. »Der Freund ist ein kleiner Angeber. Einer, der gern über die Stränge schlägt und Autoritäten eine lange

Nase dreht. Scheiße, wer von uns hat sich noch nie zum Spaß mit einem falschen Namen eingetragen?«

»Ich!«

»Aber ich hab's oft genug getan, als ich jung war.«

»Wozu, verdammt?«

»Aus Spaß, Mick! Einfach so aus Spaß!«

»Das ist doch kein Spaß!«

»Du würdest Spaß noch nicht mal erkennen, wenn er dich in den Arsch beißen würde, Mann! Du weißt überhaupt nicht mehr, wie man lacht! Du bist nur noch ein miesepetriger Stinkstiefel, seit Sheree dich verlassen hat!«

Brinkley wollte gerade zurückschreien, verstummte jedoch, als er das hörte. Seine Brust hob und senkte sich heftig.

Kovich blinzelte hinter seiner übergroßen Pilotenbrille. »Ach, Scheiße«, sagte er leise und ließ die runden Schultern sinken.

Brinkley konnte auf einmal kaum noch schlucken, geschweige denn reden. Er machte auf dem Absatz kehrt und ging unter den starrenden Blicken der Passanten davon, so blind vor Wut und Schmerz, dass er den Mann nicht bemerkte, der von einem Wagen am Bordstein aus die Szene fotografierte.

29

Davis erkannte, wer Marc Videon war, kaum dass er das Büro des Scheidungsanwalts bei Tribe & Wright betreten hatte. Marc Videon war das personifizierte notwendige Übel. Auf Firmenrecht spezialisierte Kanzleien wollten vermeiden, dass ihre Klienten aus dem Top-Management woanders hingingen, um ihre Ehefrauen loszuwerden, weil sie dann möglicherweise nicht zurückkamen. Also waren sie gezwungen, ein so genanntes notwendiges Übel zu beschäftigen. Davis war noch in jeder großkotzigen Anwaltsfirma in Philly einem begegnet, und sie ähnelten sich auf deprimierende Weise: Das notwendige Übel war immer ein Außenseiter in einem schlechten Anzug, nominell zwar ein Partner mit beschwichtigend hohem Gehalt, doch stets nur zu den Firmenereignissen eingeladen, zu denen auch die Büroboten kamen, zum Beispiel die obligatorische Weihnachtsfeier. Davis sah gleich, dass Videon diesem Typus entsprach, mit seinen zu breiten Nadelstreifen, die zu eng um seine stämmige Figur saßen, seinem leicht fettglänzenden kleinen Gesicht und den unnatürlich schwarzen Haaren zu einem ebenso schwarzen Spitzbart.

»Setzen Sie sich, bitte«, sagte Videon und nahm selbst Platz.

Sein Büro war genauso groß wie die Räume der anderen Partner bei Tribe, doch in Anwaltsfirmen kam es vor allem auf die Lage an, und dieses Büro befand sich im Niemandsland, verbannt ins unterste Stockwerk, in die Nähe des Kopierraums. Davis konnte die daraus hervordringende Hitze spüren und den Lärm der Kopiergeräte hören, die, groß wie Pottwale, stapelweise Papier verschluckten und wieder ausspuckten. Es wunderte ihn nicht, dass Videon nur einen Schreibtisch besaß, einen unförmigen Kasten in Walnussfurnier, dazu Stühle und Beistelltische, die von einem begrenzten Möbelbudget sprachen.

»Danke.«

Davis setzte sich Videon gegenüber, dessen Schreibtisch mit Papieren, Fallakten und bekritzelten Notizzetteln überhäuft war. Die Richtlinien des Staates Pennsylvania für Unterhaltszahlungen lagen auf der Tastatur eines schwerfälligen, grauen Laptop. Davis holte seinen Anwaltsblock hervor. Neben ihn platzierte sich Art Field, das wandelnde Tonbandgerät mit Juraexamen. Whittier hatte sich entschuldigt; vermutlich drängte es ihn, damit fortzufahren, sein Vermögen in Sechs-Minuten-Etappen zu vergrößern.

»Ich weiß es zu schätzen, dass Sie sich so kurzfristig zu einem Gespräch mit mir bereit erklärt haben.«

»Was heißt hier ›bereit erklärt‹? Ich muss auf Anordnung des Oberstaatsanwalts mit Ihnen reden, *n'est-ce pas*?« Videons kleiner Kopf drehte sich zu Art Field, der sichtlich verärgert darüber war, dass die Aufmerksamkeit auf ihn gelenkt wurde.

»Ja«, antwortete Field. »Es liegt auch eine Anordnung zur Dokumenteneinsicht vor.«

Videon lächelte. »Schön, schön. Harte Bandagen.«

Er strich sich mit wohlmanikürter Hand durch die schütteren Haare, die nichtsdestoweniger schwarz wie die Nacht waren. *Nachtschwarz* war wahrscheinlich auch der Name der Tönung, die er verwendete, dachte Davis maliziös. Videon musste mindestens sechzig sein.

»Ich wusste, dass Sie früher oder später zu mir kommen würden. Beginnen wir damit, unserem Entsetzen über Honor Newlins Ermordung Ausdruck zu geben.«

»Es ist entsetzlich«, entgegnete Davis ernst. Er war sich nicht sicher, ob er dieses notwendige Übel mochte. Kein Wunder, denn solch ein Übel sollte nicht allzu beliebt sein, ob notwendig oder nicht.

»Ja, natürlich, entsetzlich. Eine entsetzliche Tat, eine entsetzliche Tragödie. Habe ich jetzt oft genug ›entsetzlich‹ gesagt, um als guter Mensch zu gelten? Anders ausgedrückt, brauchen Sie diesen verlogenen Quatsch?« Videon hielt kurz inne, als erwarte er eine Antwort, aber Davis tat ihm den Gefallen nicht. »Also, kommen wir zu den Fakten. Honor Newlin war am Montag bei mir. Am Tag ihrer Ermordung. Sie wollte sich von Jack scheiden lassen.«

»Fangen wir ganz am Anfang an.« Davis zückte seinen Stift. »Wann genau haben Sie mit ihr gesprochen?«

»Sie war mein erster Termin am Montagmorgen, glaube ich. Warten Sie.« Videon schob die Richtlinien für Unterhaltszahlungen beiseite, rückte den Laptop zurecht und drückte ein paar Tasten. Davis konnte den Bildschirm nicht sehen. »Honor kam um 9.30 Uhr. Sie war zu spät, und sie hatte schon etwas getrunken.«

Davis machte eine Notiz und ließ sich seine Überraschung nicht anmerken. Er wagte es nicht, Field anzusehen. »Woher wissen Sie das?«

»Ich kannte sie. Außerdem bot ich ihr ein Glas an, und sie lehnte ab. Sagte, sie hätte schon einen Drink gehabt.«

»Was boten Sie ihr an?«

»Sie bevorzugte Scotch.« Videon lächelte. »Sie missbilligen das sicherlich.«

»Offen gesagt, ja.«

»Sind Sie schon einmal geschieden worden, Mr Saubermann?«

»Ja.«

»Gut für Sie. War es wenigstens richtig schmutzig und gemein?«

»Nein, im gegenseitigen Einvernehmen.«

»Gott, was für eine Verschwendung.« Videon seufzte. »Tut mir Leid, dass Ihnen meine Methoden nicht gefallen. Ich bin Scheidungsanwalt, mein Lieber. Ich halte immer einen Vorrat an Taschentüchern für die Frauen und Scotch für die Männer bereit. Manchmal wird die Rollenteilung aufgehoben, von Frauen mit mehr Schotter als Östrogen.« Er zeigte lässig auf ein Schränkchen, das unter dem Fenster mit Aussicht auf ein Parkdeck stand. »Möchten Sie einen Schluck?«

»Ich trinke nicht.«

»Das dachte ich mir«, lachte Videon. »Was tun Sie denn, um sich zu vergnügen?«

»Ich kämpfe für das Gesetz.« Davis lächelte.

»Ha! Ich wusste gleich, dass wir nichts gemeinsam haben.« Videon schob sich in seinem Schreibtischsessel mit hoher Lehne nach vorn. »Sie wollen die Welt verändern, stimmt's?«

»Vielleicht«, antwortete Davis, der es noch nie so betrachtet hatte.

»Tja, und ich arbeite daran, dass sie so bleibt, wie sie ist. Die Reichen sitzen auf Geld und Macht. Die Armen versuchen, auch etwas davon abzubekommen, und kriegen eins auf den Deckel. Sie, mein Lieber, stellen die Ordnung wieder her, und ich sorge auf Wunsch meiner Klienten dafür, dass die armen Schlucker keinen Fuß ins Trockene kriegen.« Videon lehnte sich zurück und musterte Davis aus seinen dunklen Augen. »Meine Ehrlichkeit scheint Ihnen Unbehagen zu bereiten.«

»Es würde mir mehr behagen, wenn wir endlich über den Fall Newlin sprechen könnten«, erwiderte Davis ungeduldig.

»Aber das tun wir doch. Honor Newlin brachte das große Geld in die Ehe ein, und sie wollte es wieder mitnehmen.« Videon wandte sich wieder seinem Computer zu und scrollte durch eine Datei. »Seit Beginn dieses Jahres habe ich Honor Newlin zwei Mal gesehen, einschließlich des Tages, an dem sie umgebracht wurde. Ich werde Ihnen meinen Terminkalender ausdrucken. Außer am Montag dieser Woche habe ich mich am vierten Januar mit ihr getroffen, dem ersten Arbeitstag im neuen Jahr. Sie sagte, ihr Neujahrsvorsatz sei, Jack den Laufpass zu geben.«

Davis notierte sich das. »Noch einmal kurz zurück. Hat sie Sie angerufen, um den ersten Termin auszumachen?«

»Ja, sicher.«

»Wie verlief er?«

»Nun, sie sagte mir, sie wolle sich scheiden lassen.«

»Gab sie Gründe an?«

»Sie fand, ihre Ehe sei gescheitert. Es war alles nicht so gekommen, wie sie es sich erhofft hatte. Sie hatte *l'ennui, la malaise* und andere französische Leiden. Sie litt unter dem Leeren-Haus-Syndrom und erwartete von Jack, die Leere zu füllen, indem er zum geschäftsführenden Partner aufstieg. Aber das tat er nicht, noch nicht mal mit dem Buxton-Zaster im Hintergrund. Und warum?« Videon warf Field einen Blick zu, der jedoch weder um Erlaubnis noch um Zustimmung bat. »Es hieß, Jack sei ein zu netter Kerl, er habe keinen Killerinstinkt. Ha! So kann man sich täuschen.«

Field räusperte sich. »Das genügt, Marc.«

»Wie ich höre, hat Jack ein Geständnis abgelegt«, sagte Videon zu Davis. »Stimmt das?«

»Dazu kann ich nichts sagen.«

»Natürlich. Was für eine perfekte Antwort. Wie wird man so wie Sie? So aufrecht, so gut. Ich wollte schon immer mal einem von den Guten begegnen, aber ich bin Scheidungsanwalt. Habe ich das bereits erwähnt?« Er gluckste über seinen eigenen Scherz. »Wie gesagt, Honor wollte die Scheidung, und sie bat mich bei unserem ersten Treffen, ihren Ehevertrag zu prüfen.«

»Sie hatte einen Ehevertrag?«

»Sehe ich aus, als wäre ich von gestern?«

»Haben Sie ihn selbst aufgesetzt?«

»Es steckt mehr in meinem hübschen Köpfchen, als man glaubt.«

»Was sah er vor?«

»Was schon? Dass Jack im Fall einer Scheidung *rien* bekommt. Nichts. Null.«

Davis schrieb. »Hat Sie das nicht in einen Loyalitätskonflikt gebracht? Ich meine, Jack war Ihr Kollege, warum kam seine Frau dann wegen des Ehevertrags zu Ihnen?«

»Jack bat mich selbst, das verflixte Ding aufzusetzen, obwohl es ganz und gar zu seinem Nachteil war. Aber die Buxton-Foundation ist seitdem zu einem unserer wertvollsten Klienten geworden, ha, ha.«

»Was ist daran so komisch?«, fragte Davis gereizt, und auch Field sah entnervt aus.

»Nun, die Stiftung ist eine private Wohltätigkeitsorganisation, im Gegensatz zu öffentlichen karitativen Organisationen wie dem Roten Kreuz. Was bedeutet, dass die Honorarabrechnungen praktisch nicht kontrolliert werden. Das ist noch besser als ein großer Firmenklient, denn die prüfen ihre

Rechnungen. Die Buxton-Stiftung kommt einer Lizenz zum Rauben und Plündern gleich.«

Field schnappte nach Luft: »Marc! Beherrschen Sie sich!«

Videon schnaubte verächtlich. »Als ob das nicht alle wüssten.«

»Was reden Sie da!«, sagte Field. »Bitte entschuldigen Sie meinen Partner …«

»… er weiß nicht, was er tut«, ergänzte Videon, doch Field fand das gar nicht komisch.

»Das reicht jetzt wirklich, Marc. Mr Davis, wechseln Sie bitte das Thema, sonst muss ich dieses Gespräch beenden.«

»Gut«, nickte Davis, obwohl er gern noch mehr über den Wert der Stiftung für Newlin gehört hätte. »Wir waren beim Ehevertrag.«

Videon seufzte theatralisch. »Der Ehevertrag war hieb- und stichfest, wie ich Honor beruhigen konnte. Daraufhin bat sie mich, den Scheidungsantrag vorzubereiten, den sie am Tag ihrer Ermordung mit mir durchgehen wollte.«

»Haben Sie ihr die Papiere an diesem Tag mitgegeben?«

»Nein. Es waren zwei unbedeutende Tippfehler darin, aber sie wollte nicht auf einen korrigierten Antrag warten. Ich sagte, wir würden ihr die Unterlagen per Kurier nach Hause schicken, und dann musste ich zu einer Besprechung. Ich ließ sie aber zuerst noch unterschreiben, damit es später nicht vergessen wurde.« Er suchte seinen Schreibtisch ab und wühlte zwischen den gelben Zetteln herum, die ihn wie Herbstlaub bedeckten. Schließlich zog er ein weißes Blatt hervor. »Hier.«

Davis überflog die Seite. Eine standardmäßige Versicherung der Richtigkeit der Angaben und darunter die Unterschrift. *Honor Buxton Newlin.* Ihre Handschrift war feminin, und Davis starrte voll Mitgefühl darauf. Damit hatte sie wohl ihr Todesurteil unterschrieben. Er dachte über die Konsequenzen dieser Scheidung nach. »Wenn Honor sich hätte scheiden lassen, wäre Jack dann in der Kanzlei geblieben?«

Videon befingerte seinen steifen Spitzbart. »Wohl eher nicht.«

»Obwohl er die Nachlassabteilung leitete?«

»Was heißt das schon.«

»Wäre er entlassen worden?«

»Nein, er wäre freiwillig gegangen, um sich die öffentliche Kastration zu ersparen.«

»Was meinen Sie?«

»Honor sagte mir, sie wolle nicht mehr täglich wegen der Stiftungsangelegenheiten mit Jack zu tun haben. Folglich wäre die Betreuung der Buxton-Stiftung – und damit auch die Erstellung der Rechnungen – auf jemand anderen übergegangen, wahrscheinlich an den großen Bill Whittier selbst, weil uns alle hier der Teufel holen würde, wenn wir diesen Klienten verlieren. Jack wäre also total angeschmiert gewesen.«

Davis dachte an sein Gespräch mit Whittier. Dann wandte er sich an Field. »Wenn Honor sich hätte scheiden lassen und Newlin seinen Anteil an den Buxton-Honoraren verloren hätte, wäre sein Einkommen um rund eine Million Dollar im Jahr gesunken, richtig?«

»Ja«, antwortete Field.

Videon brach in Lachen aus. »Vom Bettler zum Edelmann und wieder zurück«, prustete er, aber Davis war zu konzentriert für solche Possen.

»Hatte Newlin Ihres Wissens noch irgendwelche anderen Einkommensquellen?«

»Davon ist mir nichts bekannt«, sagte Field, und Videon sah ihn ungläubig an.

»Machen Sie Witze?«

»Newlin konnte also seine Position und sein Einkommen aus den Buxton-Rechnungen nur behalten, wenn er mit Honor verheiratet blieb. Oder wenn sie starb, bevor sie sich von ihm scheiden lassen konnte.«

»Das habe ich nicht gesagt«, beeilte sich Field zu protestieren.

Videon hob die Hand. »Ich bin Zeuge. Das hat er nicht gesagt. Damit würde er sich eine Riesenklage auf den Hals laden.«

Davis ignorierte ihn und überdachte seine Anklage neu. Nach Stand der Dinge war es unwichtig, dass Newlin nicht als Begünstigter im Testament seiner Frau auftauchte. Eine Million Dollar pro Jahr und die Erhaltung einer Karriere genügten als Motiv. Ganz klar, Newlin hatte sie umgebracht, um seine Pfründe zu behalten. Doch die Theorie der Vorsätzlichkeit griff nur, wenn Newlin von den Scheidungsplänen gewusst hatte. Er wandte sich wieder an Videon, der endlich aufgehört hatte zu lachen. »Wie oft hatten die Newlins schon über die Scheidung gesprochen?«

»Sie hatten überhaupt nicht darüber gesprochen.«

»*Was?* Natürlich hatten sie das.«

Videon lächelte. »Woher wollen Sie das wissen?«

»Ich habe es einfach vorausgesetzt.«

»Mr Saubermann, Sie sollten bedenken, dass unser Verstand aussetzt, wenn wir etwas voraussetzen. Das hat Camus gesagt. Oder Sartre. Oder mein Grundschullehrer.«

Davis war nicht nach Witzen. »Wie konnten sie nicht darüber gesprochen haben? Das gibt es doch gar nicht.«

»Hatten sie aber nicht. Mein Eindruck war, dass Honor den Gedanken schon länger mit sich herumgetragen hatte und dann – zack! – Nägel mit Köpfen machen wollte. So war sie, impulsiv und zerstörerisch. Sie sagte, sie mache sich Sorgen, dass Jack an Scheidung denken könne, und wolle ihm zuvorkommen. Er hatte keine Ahnung, dass sie plante, den ersten Schritt zu tun. Sie konnte es kaum erwarten, sein Gesicht zu sehen, wenn er davon erfuhr.«

»Könnte sie es ihm nicht am Telefon gesagt haben, vielleicht noch am selben Tag?«

»Glaube ich nicht. Das sähe ihr nicht ähnlich.«

Davis wollte sich nicht damit zufrieden geben. Seine Anklage stand und fiel mit der Frage, ob Newlin Bescheid gewusst hatte. Wenn nicht, würden die Geschworenen ihm seine Geschichte mit dem Wutanfall wegen der Scheidung abkaufen. »Das ist aber sehr unwahrscheinlich. Ehepaare reden lange über eine Scheidung, bevor sie sie schließlich einreichen.«

»Wieder eine Voraussetzung, *mon frère.*« Videon schüttelte tadelnd den Kopf. »Manche reden darüber, viele aber nicht. Meistens gehen die Männer nach der Überraschungstaktik vor, aber ich habe es auch schon bei Frauen erlebt. Sie vermeiden das Thema, solange sie können, und schreiten dann zur Tat. Ein glatter Schnitt. In Fällen, in denen ein Vermögen auf dem Spiel steht, rate ich sogar zu einem Präventivschlag, um den Vorteil nicht aus der Hand zu geben und eine Anfechtung des Ehevertrags zu vermeiden. Sozusagen das Pearl Harbour vor dem Ehekrieg.«

Davis ließ sich das alles durch den Kopf gehen. »Moment mal. Sie und Newlin haben in derselben Kanzlei gearbeitet, nur durch ein paar Stockwerke getrennt. Wie konnte Honor Sie aufsuchen, ohne dass Newlin es herausfand?«

»Vielleicht hat er es herausgefunden, das kann ich nicht ausschließen. Ich habe Honor jedes Mal gefragt, ob sie mich hier treffen wolle oder woanders. Sie sehen ja, ich residiere nicht gerade im Schloss von Versailles.« Videon umfasste mit einer spöttisch großspurigen Geste sein Büro. »Ich wollte ihr entgegenkommen und einen privateren Ort vorschlagen, auch um Jack nicht vorzeitig zu warnen. Aber sie bestand darauf, mich hier zu treffen.«

Davis' Miene hellte sich auf. »Das heißt, als Honor zu Ihnen kam, dem Scheidungsanwalt der Kanzlei, wussten alle, die sie sahen, dass sie sich von ihrem Mann scheiden lassen wollte. Sekretärinnen, Büroboten, andere Anwälte – mehrere Leute müssen sie gesehen haben. Das wäre doch sofort ein Klatschthema, oder?«

»Und ein ziemlich heißes dazu. Nicht ganz so heiß wie die Geschichte über das Paar in der Bürodusche, die ich letzte Woche verbreitet habe, aber das tut hier nichts zur Sache.«

Davis überhörte den zweiten Teil. Was für ein Schwätzer. »Es wäre also möglich, ja sogar wahrscheinlich, dass Newlin von Honors Besuch bei Ihnen an diesem Morgen erfahren hat?«

»Das wäre es, ja.«

Davis merkte, wie sich ein erleichtertes Grinsen auf seinem Gesicht ausbreitete. Er konnte durch Videons Aussage belegen, dass Newlin gewusst hatte, was sich gegen ihn zusammenbraute. Damit würde zusätzlich Whittiers Zeugenaussage gestützt, dass Newlin sehr nervös war, als er an dem Abend nach Hause ging. Er musste geahnt haben, dass Honor ihn beim Abendessen mit der Scheidung konfrontieren würde, worauf er blitzschnell plante, sie umzubringen. Damit handelte es sich auf jeden Fall um eine vorsätzliche Tat. Nach dem Gesetz war auch dann von Vorsätzlichkeit zu sprechen, wenn nur Minuten zwischen Planung und Ausführung der Tat vergingen; es mussten keine Wochen dazwischen liegen. Einen bezahlten Killer konnte Newlin nicht mehr dingen, weil er keine Zeit dazu hatte. Der Mord an seiner Frau war pure Schadensbegrenzung. Davis sprang vor Aufregung fast von seinem Sessel, als alle Puzzleteile plötzlich zusammenpassten. »Ich nehme an, Sie würden diese Aussage vor Gericht wiederholen?«

Videon blickte zu Field. »Was soll ich antworten, Boss?«

»Wenn Sie vorgeladen werden, müssen Sie erscheinen und aussagen.«

»Sie haben es gehört, Mr Davis.«

Doch Davis hatte noch eine letzte Frage. »Warum wollte seine Frau Sie unbedingt in Ihrem Büro aufsuchen? Warum das Risiko eingehen, dass es sich herumsprechen könnte? Was hatte sie davon, ihren Mann bloßzustellen?«

»Wieder setzen Sie voraus, dass andere die Welt mit Ihren Augen betrachten. Das ist ein entscheidender Fehler. Sie können sich nicht vorstellen, warum Honor Newlin ihren Mann demütigen wollte, weil Sie selbst so etwas nicht tun würden.

Sie haben es zweifellos auch noch nie getan, da Sie von einer einvernehmlichen Scheidung sprachen.« Videons joviale Züge verhärteten sich. »Sie haben Honor Newlin nicht gekannt. Sie war eine schöne Frau, eine wunderschöne Frau, aber kein netter Mensch.«

»Sprechen Sie nicht schlecht von einer Toten, Marc«, unterbrach Field, aber Videon winkte ab.

»Sie müssen verstehen, dass Honor Newlin eine der gemeinsten und bösartigsten Frauen war, die diese Erde je mit ihrer Gegenwart beglückt haben. Ihre Gemeinheit äußerte sich sehr subtil, aber natürlich auf gesellschaftlich akzeptable Weise. Honor konnte mit anderen Menschen einfach nichts anfangen. Mit Männern vielleicht etwas mehr, aber auch das hielt nicht lange vor. Sie war zu keinem dauerhaften Gefühl fähig, außer Gleichgültigkeit. Honor Newlin war eine Asoziale in Samt und Seide.«

»Herrgott, Marc!«, rief Field, und Davis wurde ärgerlich.

»Das ist wohl ein bisschen hart, oder? Schließlich hat sie sich sozial engagiert und durch ihre Stiftung gute Werke getan.«

Videon lachte spöttisch. »Sind Sie wirklich so naiv, oder proben Sie schon Ihren Auftritt vor den Geschworenen? Honor Newlin interessierte sich nicht im Geringsten für Wohltätigkeitsarbeit. Die Stiftung existiert schon seit vielen Generationen und wird noch lange nach ihr weiter bestehen. Es war ihr egal, wohin das Geld ging. Jack kümmerte sich darum, er setzte sich sogar richtig für die gute Sache ein. Honor war das scheißegal.«

Davis ließ sich nicht überzeugen. »Kannten Sie sie denn so gut?«

»Gut genug. Frauen erzählen ihren Scheidungsanwälten alles. Wir sind die Frauenärzte unserer Branche.« Videon beugte sich über seinen unordentlichen Schreibtisch. »Ich sage Ihnen, Honor Newlin hätte es in vollen Zügen genossen, Jack vor seinen Partnern, den Sekretärinnen, den Klienten und der ganzen verdammten Firma zu demütigen. Sie hatte beschlossen, ihm die Eier abzuschneiden, und zwar mit einem stumpfen Messer, einfach so, aus reiner Langeweile. Und sie wollte, dass alle dabei zusahen, alle sollten wissen, dass sie es war, die das Messer schwang. Doch siehe da, Jack hat sich gewehrt. Ich hätte nie gedacht, dass er Mumm genug dazu hätte.«

»Marc!« Field sprang auf. »Das ist jetzt wirklich genug. Mr Davis, Sie haben alle Informationen, die Sie brauchen, nehme ich an.«

Davis nickte schnell. »Von Mr Videon, ja. Aber es gibt noch etwas, das ich erledigen muss, bevor ich gehe.«

30

»Trevor ist abgehauen«, sagte Mary, als sie in den Konferenzraum platzte, in dem überall Akten und Unterlagen für den Fall Newlin herumlagen. Es war bereits nach Büroschluss, und die Kanzlei war geschlossen, denn niemand machte Überstunden, wenn die Chefin nicht da war. Sie zog ihren Mantel aus, warf ihn über einen Drehstuhl und berichtete Judy und Lou von der Szene am Bahnhof, der Blonden und dem Intercity nach New York.

Judy machte große Augen. »Zuerst Sex in der Hotelgarderobe mit Paige, und dann steigt er mit einem anderen Mädchen in den Zug? Was für ein mieser Dreckskerl!«

»Überrascht mich nicht«, bemerkte Lou traurig, strich seine Hosen glatt und ließ sich auf einem Stuhl am Konferenztisch nieder. Er war selbst gerade zurückgekommen und sehnte sich nach einem Roastbeef spezial, einer Tüte Pommes und einem ordentlichen Bier. »Ich wusste, dass die kleine Wanze nichts Gutes im Schilde führt. Aber das Schlimmste kommt erst noch. Ich habe euch auch etwas zu erzählen.« Er schilderte sein Erlebnis mit Paige im Frauengesundheitszentrum. Als er fertig war, schwiegen alle drei betreten.

»Es geht mit Sicherheit um eine Abtreibung«, sagte Mary nach einer Weile. So wenig sie Paige mochte, empfand sie doch Mitgefühl. »Sie nehmen dort hauptsächlich Abtreibungen vor, deshalb blockieren auch ständig irgendwelche Fanatiker von den Lebensschützern den Eingang.«

Judy nickte. »Ich habe mir immer mein Diaphragma-Gel dort besorgt, aber da war ich eher die Ausnahme. Du hast Recht, Mary. Ich glaube auch, dass sie abtreiben lässt.«

»Meint ihr, sie hat es gleich heute machen lassen?« Mary ging zur Anrichte, goss heißen Kaffee in einen Styroporbecher und streute künstliche Milch darüber. Sie nahm einen Schluck, doch ihre Nase taute davon nicht auf. Italienische Nasen brauchten etwas länger. »Es könnte sein, bei der Tarnung und allem.«

»Niemals«, widersprach Judy. »Sie hatte kurz zuvor Sex mit ihrem Freund, vergiss das nicht. Danach lässt man noch nicht mal einen Abstrich machen, geschweige denn eine Abtreibung.«

Lou wollte nichts mehr davon hören. Abstrich. Diaphragma-Gel. Brustabtasten. Wo blieb eigentlich sein Bier?

Mary schlürfte nachdenklich ihren Kaffee. »Dann ist sie also zu einer Beratung gegangen. Ja, das könnte sein. Sie hat keine Freunde, ihre Mutter ist tot, und ihr Vater sitzt im Gefängnis. Sie braucht jemanden, mit dem sie reden kann. Da Trevor nicht mit zur Beratung gekommen ist, hat sie wahrscheinlich auch nicht mit ihm darüber gesprochen.«

Lou streckte die Beine aus und kreuzte die Knöchel. »Ich glaube nicht, dass sie es ihm gesagt hat. Ein Kerl, der weiß, dass seine Freundin schwanger ist, treibt es nicht mit ihr in der Garderobe, und beim Mittagessen haben sie auch nicht über Babys gesprochen.« Er seufzte. »Das Mädchen tut mir Leid. So hübsch, die Welt könnte ihr offen stehen. Jetzt ist sie ganz allein, wirklich eine Schande.«

Mary tat der Vater mehr Leid. »Wenn Jack weiß, dass seine Tochter schwanger ist, hat er um so mehr Grund, sie zu schützen. Er wird sie und das Baby retten wollen. Haben wir da nicht sogar was übersehen? Braucht sie in ihrem Alter nicht die elterliche Zustimmung für eine Abtreibung?«

Judy runzelte die Stirn. »Stimmt, du hast Recht. Bis achtzehn in diesem Staat. Aber wenn Newlin von Paiges Schwangerschaft wüsste, würde er sie nicht in einem Frauengesundheitszentrum abtreiben lassen. Als der Supervater, der er deiner Meinung nach ist, würde er ihr den besten Arzt der Stadt besorgen.«

»Vielleicht weiß er von der Schwangerschaft, aber nicht von den Abtreibungsplänen«, überlegte Mary laut. »Das könnte sein, vor allem, wenn sie vorläufig nur zur Beratung geht. Dafür braucht sie keine Zustimmung. Falls Jack nur weiß, dass sie schwanger ist, wird er allein deswegen die Schuld auf sich nehmen.«

Lou schüttelte den Kopf. »Du hast mich zwar nie gefragt, aber ich würde nie die Schuld an einem Mord für mein Kind auf mich nehmen. Ich würde wollen, dass meine Tochter selbst die Verantwortung für ihr Handeln übernimmt. Wie soll sie denn sonst je erwachsen werden?«

Mary konnte es nicht fassen. Zwei gegen eine. »Aber was wäre, wenn du dich dafür verantwortlich fühltest? Wenn du über lange Jahre zugelassen hättest, dass die Mutter das Kind misshandelt? Nicht körperlich, sondern seelisch?«

Lou schnalzte mit der Zunge. »Tut mir Leid, Mary. Wenn sie das Messer in die Hand genommen hat, ist sie auch verantwortlich. Ich würde sie die Strafe absitzen lassen, auch wenn sie mein eigenes Kind wäre.«

»Mein Vater würde für mich in den Knast gehen, und ich bin überzeugt, dass Jack genauso denkt.«

Judys Miene war angespannt. »Mary, wäre es nicht möglich, dass du Newlin auf ein Podest stellst? Du kennst ihn doch kaum. Er ist nicht dein Vater.«

»Das weiß ich«, fuhr Mary sie mit heißem Gesicht an. Dieser Fall stellte ihre Freundschaft auf eine harte Probe. »Jack ist unschuldig, und ich werde nicht zulassen, dass er für ein Verbrechen verurteilt wird, das er nicht begangen hat. Wir sind ganz nah an etwas dran und müssen der Sache auf den Grund gehen.«

»Aber Bennie hat schon ein paar Mal angerufen.« Judy wies auf eine Reihe von gelben Merkzetteln. »Sie ist zwar im Ausland, aber auch dort haben sie Telefone. Muss ich dir erst erklären, was sie zu dem Ganzen sagen würde? Dass wir gegen die Anweisungen unseres Mandanten handeln? Versuchen, seine Unschuld zu beweisen, obwohl er die Tat gestanden hat?«

»Das ist mir egal.« Mary hörte ihre Stimme schwanken und wusste, dass nicht nur Empörung über die Ungerechtigkeit der Situation der Grund war. »Es läuft gut. Wir machen Fortschritte.«

Lou sah zweifelnd aus. »Das würde ich nicht sagen. Bis jetzt schnüffeln wir nur im Privatleben anderer Leute herum.« Er sah Mary direkt an. »Ich finde, du solltest darüber nachdenken, den Fall niederzulegen, Mary. Er gerät außer Kontrolle, und schließlich werden wir alle von Bennie Rosato bezahlt.«

»Heute kann ich die Niederlegung des Mandats sowieso nicht mehr einreichen. Das Gericht hat längst geschlossen.« Mary sah auf ihre Uhr. Kurz nach sieben. »Hey, um diese Zeit etwa ist es passiert. Das ist die beste Zeit, sich den Tatort anzusehen.«

»Den Tatort? Ich dachte, du hasst Verbrechensschauplätze!«, rief Judy, aber Mary griff schon nach Tasche und Mantel.

»Das war mein altes Ich. Mein neues Ich lebt am Tatort erst richtig auf.« Sie schlüpfte in ihren Mantel, der sich immer noch kalt anfühlte, und sah Judy hoffnungsvoll an. Sie maßen sich mit Blicken, und Judy gab nach.

»Ich sag dir was, Herzchen«, verkündete sie. »Ich gehe mit, aber nur heute Abend. Wenn wir nichts finden, lassen wir die Sache fallen. Wir legen gleich morgen das Mandat nieder.« Mary überlegte kurz und nickte dann. »Einverstanden. Nichts wie hin. Wenn ich nur eine Nacht habe, will ich sie auch ausnutzen.«

Lou ging das zu schnell. »Moment mal, meine Damen. Was ist mit Bennie?«

Mary war schon an der Tür. »Du brauchst nicht mitzukommen, Lou. Wir verstehen das, nicht wahr, Judy?«

»Natürlich.« Judy nahm ihren voluminösen, weißen Daunenmantel von einem Stuhl. »Bleib nur hier. Wenigstens einer, der vernünftig ist. Im Gegensatz zu mir. Ich lasse mich gern feuern.«

Judy sah Mary an. »Noch was: Wir müssen zuerst zu mir nach Hause fahren und mit Bear Gassie gehen. Ich bin zur Zeit Hundesitter, falls du das vergessen hast.«

»Okay«, sagte Mary. »Vielleicht feuert sie uns nicht, wenn wir uns gut um ihren Wauwau kümmern.«

Judy schnaufte. »Sie feuert uns trotzdem. Sie wird uns nur nicht umbringen.«

»Oh doch, das wird sie«, sagte Lou und griff nach seiner Windjacke.

31

Es hatte den ganzen Tag gedauert, Jack zusammen mit einer Busladung anderer Gefangener ins Bezirksgefängnis zu überführen. Dort war er geduscht, rasiert und mit Antiläusemittel besprüht worden und hatte anschließend gewaschene und gebügelte blaue Gefängnisklamotten ausgehändigt bekommen. Gegen Abend fand er sich auf einem Plastikstuhl an der hinteren Wand des Fernsehraums von Block C wieder. Ein mit Drahtgitter geschützter Apparat plärrte von der Decke und wurde von den über dreißig Insassen ignoriert, die sich auf wenigen Quadratmetern zusammendrängten. Der Raum war ständig in Bewegung, der Lärm ohrenbetäubend und die Luft stickig von Körperausdünstungen.

Die meisten Gefangenen waren muskulös, pockennarbig und gepierct. Sie hatten lange Haare, Dreadlocks oder kunstvoll geflochtene Afrozöpfchen, und ein Kahlköpfiger trug tätowierte Flammen auf seinem Schädel. Ein Riese mit einem blonden Pferdeschwanz zwischen den breiten Schultern sah aus wie ein wahnsinnig gewordener Wikingergott. Jack hielt ihren Blicken und denen der Wärter stand. Er wusste, dass er die Sensation des Tages war. Sein Foto prangte auf der Titelseite der Boulevardzeitung auf dem festgeschraubten Tisch, und der Gefangene, der ihm Kartoffelbrei auf den Teller gehäuft hatte, hatte seine Tätigkeit unterbrochen, um ihm die Hand zu schütteln.

»Warum?«, hatte Jack erstaunt gefragt.

»Bin noch nie einem echten Millionär begegnet«, hatte der andere geantwortet.

Es war ihm nicht möglich gewesen, mit Trevor zu sprechen. Die Telefonate aus dem Bezirksgefängnis mussten angemeldet werden, und es durften nur der eigene Anwalt und ein enges Familienmitglied angerufen werden. Er grübelte darüber nach, ob er Mary anrufen und ihr von seinem Verdacht gegen Trevor erzählen sollte, aber das hieße, Paige mit hineinzuziehen, und er konnte Paige unmöglich opfern. Im Fernsehen lief Werbung, und nach einer Weile merkte Jack, dass er in Gedanken immer noch bei Mary war.

Was ihn tröstete und beunruhigte, beides zugleich.

32

Devil's Inn stand auf dem weißen, kastenartigen Schild. Es war von innen beleuchtet und so leicht, dass es im Wind hin und her schwankte und der altmodische rote Teufel mit dornigem Schwanz und Dreizack ins Tanzen geriet. Das Devil's Inn unterschied sich nicht von vielen anderen heruntergekommenen Eckkneipen in den Arbeiterwohnvierteln Philadelphias, und Brinkley war lange genug im Dienst, um nicht nur die Kneipen, sondern auch die Alkoholwerbung zu missbilligen, die um sie herum aus dem Boden schoss. Doch seine Missbilligung hielt ihn nicht davon ab, beim Teufel einzukehren und den Whisky zu schlürfen, für den an jeder Straßenecke geworben wurde.

Diese Bar war seine Lieblingskneipe in West Philly und nicht weit von dem Block gelegen, in dem er aufgewachsen war. Das Liberty's in Fairmount, wo sich die anderen Detectives trafen, mied er. Er hasste Bars, in der jeder jeden kennt. Im Devil's Inn wusste niemand, wie er hieß, und so sollte es auch bleiben. Das war allerdings auch schon der einzige Vorzug, denn von einer gemütlichen Kneipe konnte nicht die Rede sein. Die Bar war klein und düster und roch nach Staub und Schmutz. Abgestandener Zigarettenrauch hing an den Cocktailservietten, und der geflieste Boden war mit einer schmierigen Schicht überzogen. Der Spiegel hinterm Tresen war zu blind, um irgendetwas widerzuspiegeln, Staub lag auf den wenigen Flaschen im obersten Regal, und eine stumpf gewordene Goldgirlande zierte die Kasse, ein Überbleibsel von Weihnachten vor fünf Jahren. Brinkley bezweifelte, dass sie jemals abgenommen würde.

Er saß über seinen Whisky gebeugt und betrachtete die anderen Gäste am Tresen. Alles ältere schwarze Männer, von denen er sich nur durch die Krawatte unterschied und die ihn zum Glück nicht weiter beachteten. Von seinen alten Nachbarn war keiner darunter. Sie waren alle gestorben oder weggezogen und hatten das einst anständige schwarze Wohnviertel den Jugendbanden, Dealern und cracksüchtigen Prostituierten überlassen. Sperrholzplatten bedeckten jetzt die Fenster, hinter denen einst Vorhänge oder Jalousien hingen. Die Stadtverwaltung ließ leer stehende Reihenhäuser mit Brettern vernageln, damit sich dort kein Gesindel einnistete, aber die Cops wussten, dass sich das Gesindel dadurch nur umso besser verschanzen konnte. Brinkleys Elternhaus hatte noch nicht einmal Sperrholz vor den zerschlagenen Fenstern, es war ungeschützt den Elementen ausgesetzt wie eine nackte Frau. Er fuhr nie daran vorbei, wenn er ins Devil's Inn ging, sondern machte lieber einen Umweg.

Brinkley trank seinen Whisky und bedeckte das Glas mit der Hand, so dass es die Wärme von der Handfläche aufnahm und dann wieder abgab. Seine Hand verließ nie das Glas, wenn er zum Trinken ins Devil's Inn kam, und er fragte sich, was das wohl zu bedeuten hatte. Er saß ziemlich tief in der Scheiße, wenn das Einzige auf der Welt, woran er sich festhalten konnte, ein Whiskyglas war. Er kippte den letzten Schluck herunter, und auf einmal entdeckte er Kovich auf dem Barhocker neben sich.

»Buh«, machte sein Partner, »ich bin Casper, der freundliche Geist.«

Brinkley wusste vor Überraschung nicht, was er sagen sollte. Er hatte Kovich nie hierher mitgenommen, die Kneipe noch nicht einmal erwähnt. Doch da saß er, wie immer ohne Winterjacke. Brinkley konnte die kalte Nacht an ihm riechen.

Kovich sah sich in dem Raum um, in dem Nebelschwaden aus Zigarettenrauch hingen. »Ist das ein schlechter Traum?«

Brinkley lächelte schief. »Woher wusstest du, dass ich hier bin?«

»Ich bin dir gefolgt.«

»Im Ernst?«

»Ja. Aber nur zwei Mal.«

»Klette.« Brinkley lächelte wieder, der Whisky machte ihn lockerer.

»Wie soll ich denn sonst rausfinden, was ich wissen muss? Du erzählst mir ja nichts.«

Kovich winkte dem alten Barkeeper, der ihm halb den Rücken zugekehrt hatte, und bestellte ein Miller Lite. Brinkley sagte ihm nicht, dass er lange darauf warten konnte.

»Ich hab dir nachspioniert, als du anfingst, so mies gelaunt zu sein. Dachte mir, dass Probleme zwischen dir und Sheree dahinter stecken.«

»Wieso?«

»Ich bin Schnüffler von Beruf, hast du das vergessen? Ich hab's gerochen.« Kovich machte dem Barmann erneut ein Zeichen, der gerade ein Glas in einem schmutzigen Becken abwusch. »Hey, Freund, ein Miller Lite für mich und noch einen Schuss für meinen Anwalt.« Der Barmann reagierte nicht, und Kovich schob frustriert seine fleischige Unterlippe vor. »Was ist los? Bin ich zu weiß, um einen Drink zu bekommen?«

»Er hört schlecht.« Brinkley beugte sich über den Tresen. »James!«, schrie er, und der Angerufene drehte sich um. »Ein Miller und noch einen Schuss!«

»Lite!«, fügte Kovich laut hinzu.

Brinkley starrte ihn an. »FdH ist das Geheimnis. Das gilt auch beim Trinken.«

Brinkley lachte, als der Barkeeper mit einer beschlagenen Flasche und einem Bierglas zu ihnen kam und ihm Whisky nachgoss. Beide Detectives nahmen einen kräftigen Schluck.

Kovich räusperte sich. »Du glaubst also, der Freund von dem Mädchen hat was zu verbergen, weil er sich unter falschem Namen einträgt, stimmt's?«

Brinkley nickte, erleichtert, dass Kovich nicht mit Sheree anfing.

»Daraus habe ich messerscharf geschlossen, dass wir seinen richtigen Namen rauskriegen müssen. Und während manche Leute hier sitzen und in ihren Drink weinen, waren andere schwer aktiv.« Kovich bückte sich, brachte eine Einkaufstüte aus Papier zum Vorschein und zog einen Stapel Kataloge für Mädchenbekleidung heraus. Er breitete sie gefächert auf dem Tresen aus wie ein erstklassiges Pokerblatt. Es waren mindestens zehn, markiert mit gelben Post-it-Zetteln. »Meine Tochter sammelt die, um mich in den Bankrott zu treiben.« Er schlug den zuoberst liegenden Katalog auf und deutete auf ein Foto von Paige Newlin. Sie trug einen Schlapphut mit einem Plastikgänseblümchen darauf. »Erkennst du unsere Kleine?«

»Ja, klar.«

»Ich rufe also bei der Katalogfirma an und frage nach ihr, aber niemand kennt sie. Sie geben mir den Namen des Fotografen, mit dem sie in Philly zusammenarbeiten, David Soundso heißt er. Er weiß nicht viel über das Mädchen, und mit der Mutter hatte er nur am Telefon zu tun, aber er sagt, Paiges Freund wär einmal bei einem Shooting dabei gewesen. Er hat sich sofort an den Namen erinnert. Weil er so ungewöhnlich wäre, sagt er, aber ich glaube, weil er stockschwul ist und der Junge so verdammt gut aussieht.«

Brinkley richtete sich auf seinem Barhocker auf. »Und wie heißt er?«

»Trevor Olanski. Was sagst du jetzt?« Kovich nahm einen großen Schluck Bier. »Dachte mir, ich lass ihn gleich mal überprüfen. Hab Morrie von der Jugendabteilung angerufen, und der hat ein bisschen rumgefragt.«

»Was hast du rausgefunden?«, fragte Brinkley mit plötzlich klarem Kopf.

»Sieht so aus, als hätten sie unseren Trevor beim Koksdealen geschnappt, am Dienstag letzter Woche. An der Philadelphia Select, einer schicken Privatschule in der Innenstadt, auf die er geht.«

»Meine Fresse«, sagte Brinkley erstaunt. »Ist Anzeige gegen ihn erstattet worden?«

»In der Akte steht nichts davon. Und aus der Liste der Gerichtstermine geht hervor, dass die Anzeige am nächsten Tag zurückgezogen wurde. Riecht alles verdammt danach, als hätte jemand seine Beziehungen spielen lassen, aber der verantwortliche Officer ist im Urlaub. Ich werde es rauskriegen, sobald er wieder da ist.«

»Dann werden wir uns wohl mal mit dem Jungen unterhalten, was?«

»Ich habe morgen früh einen Termin mit ihm, bei seinen Eltern in einem noblen Vorort. Du darfst mitkommen, obwohl du schwarz bist.«

»Du Hund!«, lachte Brinkley. Das waren großartige Neuigkeiten. Vielleicht führte dieser Freund sie auf die richtige Spur. »Heißt das, du gibst mir Recht?«

»Bild dir bloß nix ein. Ich denke immer noch, du spinnst.«

»Gut, dann weiß ich, dass ich auf dem richtigen Weg bin«, gab Brinkley automatisch zurück, aber das wollte er eigentlich nicht sagen. Was er meinte, war: Danke für deine Hilfe.

Kovich steckte die Kataloge wieder ein. »Keine Ursache«, sagte er nach einer Weile, und Brinkley lächelte gequält.

33

Davis sah sich in Jack Newlins geräumigem, gut ausgestattetem Büro im obersten Stockwerk von Tribe & Wright um. Eine große Fensterfront bot Ausblick über den gesamten Westen der Stadt, lichterfunkelnd jetzt bei Nacht. Ein Designerschreibtisch aus Kirschholz samt passenden Beistelltischchen umrahmten ein gemustertes Sofa, und es gab noch zwei weitere Tische: einen glänzend polierten Lesetisch vor einem Aktenschrank aus dem gleichen Holz und an der Wand gegenüber einen modernen Computertisch mit einem Laptop darauf. Drei Schreibtische insgesamt – Davis hatte nichts Geringeres erwartet. Mehrere Fotos in Silberrahmen von Honor und Paige Newlin standen auf ihnen verteilt. Es war seltsam, ein Bild von der lebenden Honor Newlin zu sehen, und Davis wurde an den Zweck seines Aufenthaltes erinnert.

Er wollte so viel wie möglich über Jack Newlin in Erfahrung bringen. Also ging er zu dem Aktenschrank und öffnete die oberste Schublade, die leicht und geräuschlos auf Schienen bester Qualität herausglitt. Davis überflog die ordentlich geführten Akten, die durchweg Angelegenheiten der Buxton-Stiftung betrafen. Er griff in die erste Mappe, zog einen braunen Aktendeckel mit Korrespondenz heraus und blätterte darin. Die Briefe befassten sich mit der Besteuerung einer Spende an Bibliotheken im Wert von fast einer Million Dollar. Der Staatsanwalt hätte sie gleich wieder gelangweilt zurückgelegt, wenn sie ihn nicht in seiner Überzeugung bestätigt hätten, dass Newlin ein sorgfältiger und geduldiger Planer war. Er versah die Akte mit einem Siegel, damit sie von dem uniformierten Polizisten beschlagnahmt werden konnte, der vor der Tür mit einem Durchsuchungsbefehl und einem hilfsbereiten Sicherheitsbeamten von Tribe wartete. Später würde er die Unterlagen in Ruhe in seinem Büro studieren.

Davis öffnete die zweite Schublade, und sein Blick fiel sofort auf eine Akte mit der Aufschrift *Vertraulich – Gehälter und Prämien.* Er zog sie heraus und ließ seinen Blick über die darin befindlichen Unterlagen gleiten. Sie stellten eine Auflistung der Gehälter dar, die die Anwälte mit Partnerstatus im vergangenen Jahr bezogen hatten. Sie waren nach der Höhe der Beträge geordnet, und er musste nicht lange suchen, um Newlins Namen zu finden. Er kam an zweiter Stelle, gleich nach William Whittier. Laut Liste hatte Newlin 525 000 Dollar als Partneranteil bekommen und eine Million Dollar als Prämie für die von ihm in die Firma gebrachte Verwaltung der Buxton-Stiftung.

Davis stieß einen leisen Pfiff aus. Er hatte diese Informationen im Groben zwar schon von Whittier erhalten, aber es war noch etwas anderes, die Zahlen schwarz auf weiß zu sehen. In der Erwartung, dass das letztjährige Einkommen das höchste darstellte, blätterte er zurück. Doch es verhielt sich anders. In der Liste des vorletzten Jahres stand Newlin zwar auch an zweiter Stelle, doch sein Gehalt betrug 575 000 Dollar, und auch seine Prämie war mit 1,1 Millionen höher. Der Staatsanwalt verglich die Zahlen noch einmal zur Sicherheit, aber er hatte richtig gelesen. Er blätterte noch weiter zurück zum Jahr davor. Wieder war Newlins Einkommen höher gewesen, 625 000 Dollar Gehalt und 1,3 Millionen Prämie. Und er stand in jenem Jahr an erster Stelle der Gehaltsliste, nicht Whittier. Zufall?

Davis überprüfte Whittiers Einkommensentwicklung und die einiger anderer hochrangiger Partner. Alle bezogen Gehälter und Prämien, die von Jahr zu Jahr stiegen. Das war die normale Entwicklung bei einem erfolgreichen Anwalt und galt selbst für Davis, wenn sein Gehalt auch deutlich geringer war. Doch Newlins Einkommen war gesunken.

Davis zählte zwei und zwei zusammen. Aus dem, was Videon ihm erzählt hatte, schloss er, dass Honor Newlin die Aufgaben, die die Buxton-Stiftung ihrem Mann übertrug, allmählich reduziert und sie an Whittier umgeleitet hatte. Sie hatte ihren Mann Hunderttausende von Dollar pro Jahr gekostet und ihn vor der gesamten Kanzlei gedemütigt. Im Prinzip hatte sie ihren Mann schrittchenweise gefeuert und ihm Grund genug gegeben, ihren Tod zu wünschen, ehe sie den Geldhahn ganz abdrehte.

Ein ausgezeichnetes Motiv. Davis klappte die Akte zu, kennzeichnete sie als beschlagnahmt und durchsuchte die unterste Schublade, die nichts Bedeutsames enthielt. Er wollte gerade gehen, als sein Blick auf den Tisch mit dem Computer fiel, den er beinahe vergessen hätte. Er hob den Deckel des Laptop an, der nicht richtig geschlossen war, sondern nur heruntergeklappt, um die Tastatur vor Staub zu schützen. Davis hatte die gleiche pingelige Angewohnheit.

Der große Monitor war schwarz, das Gerät befand sich im

Ruhezustand, und er drückte eine Taste, um es aufzuwecken. Newlins Arbeitsprotokoll für den Tag des Mordes erschien, und Davis setzte sich und ging es langsam durch. Ein Tag, unterteilt in Sechs-Minuten-Einheiten, die den Angelegenheiten der Buxton-Stiftung gewidmet waren. Die berechnete Zeit war genau und vollständig belegt: *Aufsetzen von Verträgen, Aufsetzen einer Urkunde für eine Schenkung an ein örtliches College; Überarbeitung einer Pressemitteilung über eine Initiative zur Versorgung von Schulen mit Computern; Besprechung einer Gemeinschaftsschenkung an die Krebsgesellschaft.*

Er überprüfte die Telefonate und die anderen Angaben auf der Liste. Alle Anrufe hatten mit der Buxton-Stiftung zu tun. Die einzige Arbeitszeit, die nicht in Rechnung gestellt werden konnte, war die für den Einstellungsausschuss: Newlin hatte ein Gespräch mit einem Jurastudenten wegen eines Sommerpraktikums geführt.

Der Laptop war ihm keine große Hilfe, aber Davis beschloss, ihn trotzdem zu beschlagnahmen, was im Rahmen des Durchsuchungsbefehls durchaus vertretbar war. Er wollte das Gerät schon ausschalten, als er die Kontrollleiste am unteren Bildschirmrand entdeckte.

Er sah genauer hin und bemerkte, dass ein weiteres Programm hinter einem Fenstersymbol aktiv war. Er bewegte die Maus und klickte in den Kasten. Eine bunte Website erschien auf dem Monitor. Sie gehörte zu einem Online-Reisebüro, das einen Flug nach London bestätigte. Das Ticket war am Morgen bestellt worden, ein Flug mit British Airways in der kommenden Woche, ohne Angabe des Rückflugdatums. Davis sah sich die Reservierung an, die nur auf den Namen Jack Newlin lautete. Ein Einzelticket.

Ja! Das war es! Warum hatte Newlin seine Frau nicht mitnehmen wollen? Weil er wusste, dass sie zu diesem Zeitpunkt bereits tot sein würde, deshalb. Er hatte geplant, das Land nach ihrer Beerdigung zu verlassen.

Davis fühlte sich so gut, als hätte er einen Marathon gewonnen. Zusammen mit dem, was er von Videon erfahren hatte, verfügte er nun über mehr als genug Belastungsmaterial, um Masterson davon zu überzeugen, dass sie sich auf keine Verhandlungen einlassen sollten. Danach würde es ein Kinderspiel sein, eine Verurteilung zu erreichen. Dieses Einzelticket gehörte genau zu der Sorte Indizien, die die Geschworenen mit Vorliebe schluckten. Newlin würde teuer für sein Verbrechen bezahlen.

Davis klickte zum Spaß auf *Drucken*, um sich ein kleines Souvenir mitzunehmen.

34

Mary, Judy und Lou gingen durch die Erdgeschossräume im eleganten Haus der Newlins. Sie notierten die Lage der Zimmer, um über die Fundorte von Beweisstücken im Bilde zu sein, und versuchten, sich zu orientieren. Doch auch nach gründlichem Absuchen von Wohnzimmer, Esszimmer und Küche hatten sie nichts gefunden, das ihrer Verteidigung nützen könnte. Mary war niedergeschlagen, was diesmal allerdings nicht an ihrem Abscheu vor Verbrechensschauplätzen lag. Selbst die großen Blutflecken auf dem Esszimmerteppich hatten sie nicht aus der Fassung bringen können, weil andere Sorgen sie plagten. Der Tatort lieferte keinen einzigen Hinweis auf den Mord, der von Jacks Schilderung abwich.

»Sieht nicht gut aus«, sagte sie laut, während Judy einen Grundriss zeichnete und Lou unruhig hin und her lief, die Hände auf dem Rücken verschränkt.

»Wir hätten den Hund mitnehmen sollen«, bemerkte Judy, ohne den Blick von ihrer Zeichnung zu heben. Sie hatten das Tier auf Anweisung des am Eingang wachenden uniformierten Polizisten vor dem Haus angebunden. Der Beamte war dort aufgestellt worden, um Reporter fern zu halten, hatte seinen Job aber spontan auf Golden Retriever ausgedehnt.

Mary hörte kaum hin. Es war seltsam, in Jacks Haus zu sein und keine Spur von ihm zu entdecken. Nichts in dem eiskalten Wohnzimmer, dem piekfeinen Esszimmer und der klinisch weißen Küche – die größere Ausgabe von Paiges Küche – deutete darauf hin, dass er hier lebte. Jedes Mal, wenn sie sich diese Familie vorzustellen versuchte, sah sie nur die problematische Beziehung zwischen Mutter und Tochter, bei der Jack außen vor blieb.

Sie dachte an den Swann-Brunnen auf dem Logan Square, wo sie den ganzen Nachmittag auf der Lauer gelegen hatte, an die Frau, das Mädchen und den Mann auf der anderen Seite des Brunnens. Tolle Symbolik, aber was nützte sie ihr? Sie durchschaute die psychologischen Strukturen, doch was sie brauchte, waren Beweise. Vielleicht im ersten Stock.

Sie ging die mit Teppich ausgelegte breite Treppe hinauf, Judy und Lou im Schlepptau. Der erste Raum oben war eine kleine Bibliothek, die nach Marys schneller Einschätzung nur zur Repräsentation diente, weshalb sie Judy dort zurückließ. Als Nächstes kam ein kleines Arbeitszimmer – der kalten Atmosphäre nach zu schließen wohl Honors –, das sie auf Lou abschob, um schnell weiter zum Ende des Flurs zu gehen, wo sich offenbar das Schlafzimmer befand. Die weiße Flügeltür davor war geschlossen, und als sie diese öffnete, hatte sie das deutliche Gefühl, einen entscheidenden Schritt zu tun. Sie musste hier etwas finden, oder Jack war verloren.

Das Zimmer war völlig ausgeräumt. Es enthielt ein großes Doppelbett, von dem die Bettwäsche abgezogen worden war, eine Reihe von Spiegelkommoden mit halb herausgezogenen Schubladen, einen Alkoven mit Fenstersitz ohne Sitzkissen und Bücherregale ohne Bücher. Die Polizei musste Jacks persönliche Sachen beschlagnahmt haben, sobald Anklage gegen ihn erhoben worden war. Marys Mut sank, sie streifte durch den Raum wie eine Schlafwandlerin. Sie hätte früher herkommen sollen. Hatten die Cops wirklich nichts übrig gelassen? An einer Seite stand eine Tür offen, die anscheinend zu einem Wandschrank gehörte, und sie ging hinüber, um ihn zu inspizieren.

Ein großer, begehbarer Wandschrank mit langen Kleiderstangen an jeder Seite, ebenfalls leer, sogar die Bügel fehlten. Auch die Schuhfächer aus Holz waren leer, als wären die Bewohner gerade ausgezogen. Mist. Sie verließ den Wandschrank und sah sich weiter um. Hinter zwei über Eck liegenden Türen befand sich, was sie erwartet hatte: zwei Badezimmer, leer. Sie schüttelte den Kopf. Sie hatte es vermasselt. Es gab nur noch eine Chance: Paiges Zimmer.

Sie eilte zurück durch den Flur, weil sie das Zimmer der Tochter auf der anderen Seite der Treppe vermutete, wie das bei reichen Leuten üblich war. Die Kinder wurden schön weit weg von den Eltern untergebracht. Diese Sitte kam ihr so fremd vor. Zu Hause hatten Mary und ihre Zwillingsschwester sich ein Zimmer geteilt, das dem Schlafzimmer ihrer Eltern direkt gegenüber lag, so dass sich alle vom Bett aus gute Nacht zurufen konnten. Sie lief ans andere Ende des Flurs, öffnete eine zweite weiße Flügeltür und knipste das Licht an.

Der Raum wirkte unberührt. Hier und da klebten Zettel, die etwas als Beweisstück markierten, aber die Cops hatten die Sachen noch nicht konfisziert oder sie nicht als so wichtig betrachtet wie Jacks Besitztümer. Paiges Zimmer war genauso groß wie das elterliche Schlafzimmer und verkörperte den Traum jedes kleinen Mädchens. Ein weißes Himmelbett auf einem zartrosa Orientteppich nahm die Mitte ein, bedeckt von einem weiß und rosa gewürfelten, handgearbeiteten Quilt. Weiße Nachttischchen standen zu beiden Seiten, und an der linken Wand prangte eine passende Frisierkommode neben dem begehbaren Kleiderschrank.

An der rechten Wand befanden sich weiße Bücherregale und ein kleineres Regal, das sofort Marys Aufmerksamkeit erregte. Es war voller Puppen, alle etwa fünfzehn Zentimeter groß, mit den gleichen perfekten Gesichtern, Kulleraugen und roten Kussmündern. Sie trugen wunderhübsche Kleider, und Mary erkannte sie sofort wieder – sie hatte solche Puppen einmal als Kind im Zimmer einer ihrer Spielkameradinnen gesehen. Es waren Madame-Alexander-Puppen, viel zu teuer für die DiNunzios. Sie hatten damals schon um die fünfzig Dollar das Stück gekostet. Inzwischen musste man wahrscheinlich ein Vermögen dafür bezahlen.

Mary betrachtete sie eine Weile wie verzaubert. Mindestens zwanzig Puppen saßen mit ausgestreckten Beinen in dem Regal, ihre schwarzen Samtschühchen berührten einander. Die deutsche Puppe trug ein Dirndl, die französische war in die französische Nationalflagge gehüllt, und die italienische hatte grüne und rote Bänder in ihrem Kunsthaar. In der Mitte der obersten Reihe saß eine Puppe, die größer war als die anderen, zwar auch eine Madame Alexander, aber offensichtlich das Meisterstück. Mary musste sich sehr beherrschen, um sie nicht in die Hand zu nehmen. Sie sollte hier arbeiten und nicht mit Puppen spielen.

Mit kritischem Blick ging sie die Bücherregale ab. Sie enthielten nur Schulbücher und Lektüre aus dem Schulkanon, keine anderen Romane oder Sachbücher. Sie war schon immer der Auffassung gewesen, dass man durch einen Blick in Bücherregale viel über jemanden erfahren konnte, und diese Regale bestätigten ihre schlechte Meinung von Paige. Auf einem Bord über dem Schreibtisch stand ein exquisiter CD-Player, was Mary äußerst merkwürdig fand. Paige wohnte seit einem Jahr nicht mehr hier. Warum sollte sie einen CD-Spieler zurücklassen? Ein so teures Gerät war nicht leicht zu ersetzen, selbst für ein reiches Mädchen. Mary nahm es genauer in Augenschein.

Es sah nagelneu aus, und daneben lag ein Stapel CDs. Weezer, Offspring, Dave-Matthews-Band; Namen, von denen Mary zwar gehört hatte, deren Musik sie aber nicht kannte. Wie alt waren diese Platten? Sie nahm ein paar in die Hand und entzifferte die winzigen Copyright-Daten. Alle stammten vom letzten Jahr. Warum hatte Paige nicht nur ihren CD-Spieler, sondern auch ihre neuen CDs zurückgelassen? Dann entdeckte sie etwas auf dem Schreibtisch, neben einem Löschblatt voller Teenagerkritzeleien. Es war Paiges Führerschein, komplett mit einem Foto des Mädchens, das sich selbst für die Passbildkamera in Pose geworfen hatte. Welches junge Mädchen ließ schon freiwillig seinen Führerschein zurück? CDs konnte man ersetzen, sogar einen CD-Spieler, aber einen Führerschein?

Mary sah sich im Zimmer um, ihre Gedanken überschlugen sich. Es war zu ordentlich, um überstürzt verlassen worden zu sein, aber seine Bewohnerin war trotzdem aus irgendeinem Grund überstürzt weggegangen und nicht mehr zurückgekehrt. Sie lief zum Wandschrank und sah hinein. Er war zum Platzen voll. Zwei Reihen mit Röcken und Oberteilen, Fächer voll ordentlich gefalteter Pullover und Twinsets, und Dutzende von modischen Schuhen in den Schuhfächern. Was hatte das zu bedeuten?

Sie versuchte, den Ablauf zu rekonstruieren. Angenommen, Paige hatte ihrer Mutter gesagt, sie wolle ausziehen, sie habe sogar schon eine Wohnung in den Colonial Hill Towers gefunden. Was war daraufhin passiert? Was konnte die zurückgelassenen Sachen erklären? Plötzlich wusste sie es. Paige war nicht abrupt weggegangen, man hatte sie einfach nicht wieder hineingelassen. So musste es gewesen sein. Das Zimmer war noch in genau demselben Zustand wie an dem Tag, als Paige ihren Eltern – oder ihrer Mutter – gesagt hatte, dass sie ausziehen werde. Ihre Mutter hatte sie nichts mitnehmen lassen, es war alles noch da. Sie hatte ihr eigenes Zimmer nicht mehr betreten dürfen. Alles, selbst der Führerschein, hatte ersetzt werden müssen.

Marys Herz schlug schneller. Das steckte also hinter der Fassade des jungen, erfolgreichen Models, das sich mit Zustimmung seiner Eltern eine eigene Wohnung kaufte. Vielleicht war Paige nicht im Zorn ausgezogen, aber sicherlich ohne den Segen ihrer Mutter. Mary wollte ihre Entdeckung gerade den anderen beiden mitteilen, als ihr einfiel, dass sie sich das Bad noch nicht angesehen hatte.

Sie schaltete das Badezimmerlicht an und sah sich sorgfältig um. Nichts Ungewöhnliches, abgesehen von der Menge an Kosmetika und einer kompletten Haarpflegeserie eines Starfriseurs, Shampoos, Conditioner und »Silk Groom«, was immer das war.

Sie ging zurück ins Zimmer und blieb noch einmal vor den Puppen stehen. Sie waren so hübsch, so perfekt. Vor allem die große ganz oben, mit ihrem blauen Gewand und der glänzenden Schleppe, die sie einhüllte wie eine Wolke. Ihre blonden Plastikhaare waren zu einer Bienenkorbfrisur aufgesteckt. Mary vermutete, dass es sich um Madame Alexanders Version von Aschenputtel handelte. Es juckte sie in allen Fingern, dieses Aschenputtel einmal in die Hand zu nehmen.

Ach, pfeif drauf. Warum eigentlich nicht?

Mary zog ihre Blusenmanschetten über die Hände, damit sie keine Fingerabdrücke hinterließ und nicht von den Cops wegen Mordes verhaftet wurde. Das war echt professionelles Verhalten, vor allem wenn man so etwas Bescheuertes unternahm, wie an einem Tatort mit Puppen zu spielen. Als ihre Hände vollständig bedeckt waren, zog sie die Puppe an den Haaren zu sich heran. Dann stockte ihr der Atem. Nicht wegen des Wunderwerks von Puppe, sondern wegen dem, was unter ihrem Satingewand verborgen lag.

»Lou!«, rief sie. »Judy! Kommt mal schnell her!«

Ein in pinkfarbenes Leder gebundenes Büchlein mit dem Aufdruck »Mein Tagebuch« war hinter der Puppe versteckt gewesen, die nun unbeachtet auf dem Boden lag. Mary berichtete, was nach ihrer Vermutung zwischen Paige und der Mutter passiert war, während die drei um das Tagebuch herumstanden und überlegten, was sie tun sollten.

»Reißen wir es uns unter den Nagel«, sagte Mary aufgeregt. »Was man gefunden hat, darf man behalten. So steht es doch im Gesetz, oder?«

»Sollten wir nicht dem Polizisten an der Tür Bescheid sagen?«, wandte Judy ein, doch Mary schüttelte den Kopf.

»Nein, er wird es sofort beschlagnahmen und dann abgeben, ohne dass wir es lesen können.« Sie sah Lou um Bestätigung an.

»Das stimmt. Der uniformierte Kollege wird es nicht öffnen, dazu ist er nicht befugt. Und wenn es erst einmal als Beweisstück eingetütet ist, gehört es der Polizei.« Die tiefen Falten um Lous Mund wurden durch das kalte Badezimmerlicht hervorgehoben, das auf sein Gesicht fiel. Dennoch wirkte er nicht alt auf Mary, sondern erfahren.

»Wenn es Newlins Verteidigung dient, müssen sie es herausrücken, so lauten die Vorschriften über den Umgang mit Beweismitteln.« Mary wusste das noch von ihrer nächtlichen Paukerei. »Aber wer weiß, wann wir es bekommen. Es hat schon Fälle gegeben, in denen so etwas Monate dauerte oder ganz verschleppt wurde.«

Judys Gesicht war ernst. »Das stimmt. Ich habe Fälle studiert, bei denen die Polizei manche Beweisstücke nie herausgab.«

»Ich werde es jetzt aufschlagen«, verkündete Mary und streckte den Arm nach dem Tagebuch aus, doch Lou hielt sie zurück.

»Nein. Lass mich das machen, falls ich als Zeuge vernommen werde.« Er griff in die Innentasche seiner Windjacke, zog ein weißes Stofftaschentuch heraus und wickelte es geschickt um seine Hand. Mary sah beeindruckt zu.

»Trägst du das immer mit dir herum, um Beweisstücke einzusammeln?«, fragte sie.

»Nein, normalerweise putze ich mir die Nase damit«, antwortete er und nahm das Büchlein vom Regal.

Drittes Buch

35

Mary saß Jack in dem winzigen Besuchszimmer gegenüber, das kaum zwei mal zwei Meter maß, aber immerhin keine Trennscheibe hatte. Die Betonwände waren in mattem Anstaltsgrün gestrichen und durch kugelsichere Fenster unterbrochen. An einer Stelle ragte ein leuchtend roter Knopf aus der Wand, und Mary, die noch nie zuvor in einem Gefängnis gewesen war, nahm an, dass es sich um den berühmt-berüchtigten Panikknopf handelte. Bei jedem anderen Gefangenen hätte sie der Anblick nervös gemacht, doch in Jacks Gesellschaft fühlte sie sich vollkommen sicher, wenn auch nicht vollkommen kühl und professionell.

»Wir müssen miteinander reden«, begann sie.

»Sicher, worum geht es? Um die Voruntersuchung?«

Er lächelte freundlich, obwohl er angespannt und erschöpft aussah. Sein Gesicht war blass, und er wirkte unruhig, schlug ständig die langen Beine übereinander, die in dunkelblauen Hosen und Turnschuhen steckten. Ein hellblaues T-Shirt hing locker um seine Schultern; der V-Ausschnitt gab ein wenig blonde Brustbehaarung frei, und die Ärmel waren kurz genug, um seine sehnigen Oberarme vorteilhaft zur Geltung zu bringen. In Marys Augen standen ihm eine Gefängnisuniform und Handschellen ausgesprochen gut.

»Nein, es geht um Ihre Verteidigung. Wir müssen noch mal von vorn anfangen. Ich glaube nicht, dass Sie Ihre Frau umgebracht haben.«

Sein Lächeln erstarb. »Ist das Ihr Ernst?«

»Ja. Ich glaube, dass Paige es getan hat, zusammen mit ihrem Freund Trevor. Sie hätten an jenem Abend zum Essen zu Hause sein sollen, doch als Sie eintrafen, war Ihre Frau bereits tot. Sie haben alles so arrangiert, dass es aussah, als hätten Sie den Mord begangen. Aber Sie sind unschuldig.«

»Das ist doch Unsinn, Mary. Natürlich habe ich es getan.«

»Nein, Paige hat es getan, und Sie wollen sie schützen. Wenn Sie mir die Wahrheit sagen, können wir ihr helfen. Die Staatsanwaltschaft wird ihr den Handel anbieten, den sie Ihnen verweigert.«

»Ich habe es getan. Sie wollen es nur nicht glauben.«

»Weil es eine Lüge ist.«

»Nein, Sie irren sich. Ich bin der Schuldige, und ich habe gestanden.« Jacks Augen wurden schmal. »Ich hatte sogar Blut an meinen Händen, und Sie weigern sich, es zu glauben?«

»Genau.«

»Machen Sie sich nichts vor, Mary. Sie sehen mich in einem falschen Licht.«

»Tue ich nicht. Warum sollte ich?«

»Sie wissen, warum. Sagen Sie es mir.« Jack zuckte nicht mit der Wimper, und Mary wurde puterrot. Er wusste es also. Sie konnte es nicht leugnen und versuchte es auch gar nicht.

»Sie haben Recht ... aber nur damit. Ich habe eine Schwäche für Sie, ich bekenne mich schuldig. Es ist mir sehr peinlich, aber ich weiß trotzdem, dass ich mich nicht irre.« Mary schob energisch das Kinn vor, auch wenn Gesicht und Hals immer noch in Flammen standen. »Sie haben Ihre Frau nicht umgebracht, das steht fest. Ich kann durchaus zwischen einem Fall und meinen persönlichen Gefühlen unterscheiden.«

»Nein, das können Sie nicht. Sie können das eine nicht vom andern trennen. Sie sind zu emotional und ein Neuling im Strafrecht. Sie wollen nicht glauben, dass ich eines Mordes fähig bin, und das ist furchtbar naiv. Deshalb sind Sie auch dagegen, auf der Basis meines Schuldbekenntnisses zu verhandeln.«

»Jack, geben Sie auf.« Mary beugte sich eindringlich über den Tisch. Sie musste ihn überzeugen. »Ich kann es Ihnen jetzt sagen: Es wird keinen Handel geben, nicht für Sie. Es steht heute in allen Zeitungen. Masterson hat offiziell verlautbaren lassen, dass es keine Absprachen zur Strafminderung geben wird. Kein Handel, keine Gnade, verstanden? Wenn der Staatsanwalt die Höchststrafe fordert, sind Sie auf dem besten Weg in den Todestrakt. Dwight Davis hat schon zehn Männer dorthin gebracht, und Sie werden der elfte sein. Sagen Sie mir die Wahrheit, dann kann ich Ihnen helfen, bevor es zu spät ist.«

»Das ist doch nicht zu fassen.« Jacks Gesicht verfärbte sich vor Ärger. »Ich hätte nie jemand mit so wenig Erfahrung engagieren dürfen.«

»Ich habe genug Erfahrung, um zu wissen, dass Sie lügen, weil Sie Paige decken wollen. Paige und Ihre Frau haben sich ständig gestritten. Ihre Frau hat Ihre Tochter unter ungeheuren Druck gesetzt und sie jahrelang seelisch gequält, auch noch als ihre Managerin. Sie haben immer die Augen davor verschlossen, es vielleicht vor sich selbst geleugnet, und als Sie endlich aufwachten, war es beinahe zu spät.«

»Das ist nicht wahr.« Jacks Blick wurde finster, seine Lippen schmal.

»Sie haben Paiges Abnabelung unterstützt, gegen den Willen Ihrer Frau. Sie haben die Mündigkeitserklärung aufgesetzt, aber Honor ließ Paige noch nicht einmal mehr in ihr Zimmer. Sie behielt alles, was das Mädchen besaß, wie eine gemeine Diebin. Sogar Paiges Tagebuch. Ich habe es in ihrem Zimmer gefunden.«

»*Was?*«, explodierte Jack. »Sie hatten kein Recht, dort herumzuschnüffeln!«

»Meiner Vermutung nach begann Ihre Ehe vor etwa einem Jahr auseinander zu brechen, als Sie sich auf Paiges Seite stellten. Seitdem versuchen Sie, alles an ihr wieder gutzumachen, und übertreiben es dabei. Deshalb wollen Sie jetzt ihre

Tat auf sich nehmen. Glauben Sie mir, ich erkenne Schuldgefühle auf den ersten Blick. Sie sind meine ständigen Begleiter.«

»Mary, was reden Sie da? Warum tun Sie Paige das an? Sie verhören sie, Sie lesen ihr Tagebuch, beschuldigen sie des Mordes. Sie werden noch ihr Leben ruinieren!«

»Sie helfen Ihrer Tochter nicht, indem Sie die Verantwortung für ihr Verbrechen auf sich nehmen. Das ist mir jetzt klar. Sie schaden sich damit, und sie schaden ihr. Sie muss lernen, eigenverantwortlich zu handeln. Sonst erziehen Sie ein Kind dazu, zu erwarten, dass man ihm immer und überall den Weg ebnet. Aber so funktioniert die Welt nun mal nicht. Paige ist wie eine Orchidee, Jack, die nur im Treibhaus gedeihen kann, doch da draußen weht ein kalter Wind.«

»Paige geht Sie gar nichts an!«

»Was ist dann mit Trevor? Sie schützen ihn ebenfalls. Paige hat über ihr Zusammensein mit ihm gelogen, sie hat uns beide angelogen.«

»Das hat sie nicht!«, brüllte Jack.

»Blödsinn!«, brüllte Mary zurück. Sie wühlte in ihrer Aktentasche und pfefferte ihm eine Zeitung entgegen. STREIT IM ROUNDHOUSE, lautete die Schlagzeile. »Schon die Morgenzeitung gelesen? Kovich und Brinkley streiten sich auf der Straße vor den Colonial Hill Towers. Was glauben Sie wohl, was die dort gemacht haben?«

Jack nahm die Zeitung in seine gefesselten Hände und las den Artikel mit immer tieferem Stirnrunzeln.

»Sie haben sich nach Paige und Trevor erkundigt. Ich bin auf diese Idee gekommen, und die Cops sind auch nicht blöd. Sie können diese Sache nicht kontrollieren, Jack. Die Polizei verdächtigt Paige bereits, warum hören Sie also nicht mit dieser Farce auf, ehe alles noch schlimmer wird?«

»Sie zerstören das Leben meiner Tochter, ist das Ihre Absicht?«

Jack warf die Zeitung auf den Tisch und sprang auf, Mary

ebenso. Sie standen sich Auge in Auge in dem engen Raum gegenüber, eine plötzliche, aggressive Intimität.

»Hören Sie, Jack. Ich weiß, warum Sie das tun. Ich weiß, dass Paige schwanger ist.«

»Hören Sie endlich mit Paige auf!«, schrie er. »Lassen Sie meine Tochter in Ruhe! Lassen Sie mich in Ruhe. Sie und Ihre Kanzlei sind gefeuert!«

»Trevor hat bereits eine andere. Wollen Sie Paige damit allein lassen? Wie können Sie ihr helfen, wenn Sie im Gefängnis sitzen? Oder tot sind? Und was ist mit Ihrem eigenen Leben? Haben Sie kein Recht darauf?«

»Jetzt reicht's!«, donnerte Jack. Er drehte sich unversehens um und schlug mit seinen gefesselten Händen auf den roten Panikknopf an der Wand ein. Der Alarm ging sofort los, sein Heulen erschütterte die engen vier Wände.

»Was machen Sie da?«, rief Mary verwirrt, aber ihre Stimme ging in dem Lärm unter.

»Es reicht! Ich bringe Sie um!«, bellte Jack und ging ihr trotz der Handschellen an die Kehle. Seine Hände umfassten lose ihren Hals, und sein Gesicht war von gespielter Wut verzerrt. Mary begriff sofort, was er vorhatte. Es sollte so aussehen, als wollte er sie erwürgen. Durch das Fenster sah sie Wärter in schwarzen Hemden aus dem Wachraum stürzen.

»Ich bring dich um, du Miststück!«, schrie Jack wieder, doch sein Griff war harmlos. In seinen Augen lag nichts als Schmerz.

»Jack, nein!«, flehte Mary und versuchte, seine Hände wegzuziehen, doch es war zu spät, die Hölle brach los. Wärter mit gezogenen Waffen stießen die Tür auf, und ein Riese stürmte herein und schlug Jack mit dem Kolben seiner Pistole nieder. Das Geräusch war Übelkeit erregend. Jacks Augen froren fest unter dem Schlag, und für den Bruchteil einer Sekunde stand er bewusstlos und starrte Mary mit leerem Blick an. Sie fing ihn in ihren Armen auf, aber er war zu schwer und sank zu Boden.

»Jack!«, schrie sie ungehört in dem Tumult. Vier bewaffnete Wärter packten ihn und zerrten ihn hinaus, wobei sie seinen Kopf seitlich gegen den Türrahmen knallten.

Ein junger Wärter eilte auf Mary zu, fasste sie an den Schultern und sah ihr besorgt ins Gesicht. »Sind Sie in Ordnung?«

»Ja, ja, natürlich.« In ihren Augen standen Tränen der Frustration. »Nichts passiert. Er wollte mir nicht wirklich …«

»Dieses Arschloch kommt sofort in die Iso, darauf können Sie sich verlassen.«

»In die Iso?«

»Isolation, Einzelhaft. Vierundzwanzig Stunden in einem Käfig. Wir werden die Polizei rufen, dann können Sie Anzeige wegen Körperverletzung erstatten.«

»Nein, ich will keine Anzeige erstatten. Er hat nur so getan …«, sagte sie mit belegter Stimme, worauf der Wärter sie ungläubig losließ.

»Hey, Lady, wachen Sie auf. Der Kerl hat versucht, Sie umzubringen.«

»Nein, er hat nur so getan. Es war nicht echt.«

Ein angewiderter Ausdruck trat auf die Züge des Mannes. »Ich verstehe nicht, was ihr Bräute an diesen Verbrechertypen findet.«

Mary machte sich nicht die Mühe, ihn aufzuklären. Sie wischte sich die Tränen ab, richtete ihre Kleidung und griff nach Handtasche und Aktentasche. Sie musste etwas unternehmen, bevor es zu spät war.

36

Brinkley fing die Zeitung nicht auf, die Captain Walsh ihm und Kovich über seinen Schreibtisch hinweg zuwarf. Sie war ihm bereits von dem alten Mann am Kiosk gezeigt worden, von den uniformierten Kollegen im Foyer und den Jungs vom Dezernat, die das Foto ausgeschnitten und in der Kaffeeküche aufgehängt hatten. Ein Witzbold hatte ihm einen Schnurrbart verpasst und Kovich einen würstchenförmigen Schwanz.

»Erklären Sie mir das, Sie zwei Vollidioten!«, schrie Walsh, nachdem das Schmierblatt wie ein Zelt auf dem Schreibtisch gelandet war. Der Captain war so sauer, dass es ihn kaum auf seinem Stuhl hielt.

Dwight Davis, frisch rasiert und in frischem Anzug, lehnte hinter ihm an einem niedrigen Aktenschrank. Er machte ein ernstes Gesicht, und obwohl er im Recht war, reizte es Brinkley, ihm eine reinzuhauen.

»Ich bedauere das sehr, Captain«, sagte der Detective stattdessen und sah seinem Boss gerade in die Augen. Captain Derrick Walsh war ein kräftiger Mann mit lockigen, schwarzen Haaren und einem Muttermal, das sich von seiner rechten Wange bis zum Auge zog. Brinkley schätzte, dass er so ein harter Kerl geworden war, weil er mit diesem Mal hatte aufwachsen müssen. »Ich übernehme die volle Verantwortung dafür, Sir. Es war meine Schuld.«

»Meine aber auch«, ergänzte Kovich, worauf der Captain explodierte.

»Und ob es Ihre gottverdammte Schuld ist. Wessen Schuld soll es denn sonst sein? Meine etwa?« Die gewölbte Brust des Captains hob und senkte sich schwer unter seinem gestärkten weißen Hemd, das die Streifen seines Dienstrangs und ein goldenes Polizeiabzeichen trug. Das war der einzige Schmuck im gesamten Büro, keine der zahlreichen Ehrungen, Auszeichnungen und lobenden Erwähnungen, die der Captain erhalten hatte, waren dort ausgestellt. Brinkley hatte Walsh immer respektiert, weil er kein Angeber war, und daher traf ihn seine Kritik besonders hart. Die Tatsache, dass er sich seines Verhaltens gründlich schämte, machte es auch nicht besser.

»Ich habe die Kontrolle über mich verloren«, gestand er. »Es wird nicht wieder vorkommen.«

»Das wird es nicht, darauf können Sie Gift nehmen! Sie glauben also, wir haben den Falschen eingelocht, Reg? So steht es in dem Artikel, irgendjemand hat das mitgehört. Aber Ihre bessere Hälfte hier denkt, es ist der Richtige. Super, ganz große Klasse! Wie können Sie so blöd sein, über einen unabgeschlossenen Fall *auf offener Straße* zu diskutieren?«

»Tut mir Leid, Captain.« Brinkley hätte am liebsten zerknirscht den Kopf hängen lassen, aber vor Davis kam das nicht in Frage. Der Staatsanwalt hatte bei dieser internen Polizeiangelegenheit im Grunde sowieso nichts verloren.

»Und ausgerechnet bei diesem Fall. Was sind Sie eigentlich, zwei unterbelichtete Anfänger?«

»Es war meine Schuld, Captain. Ich habe damit angefangen. Es tut mir wirklich Leid.«

»Das reicht nicht, Reg. Sie wissen genau, dass polizeiliche Ermittlungen absolut vertraulich behandelt werden müssen. Und Sie haben Ihre nicht nur in der Gegend herumposaunt, sondern auch noch darüber gestritten. In aller Öffentlichkeit!«

»Es war mein Fehler, Captain.«

»Dann geht dieser Drecksack von einem Reporter auch noch rein und spricht mit dem Sicherheitsbeamten im Foyer, der ihm erzählt, dass Sie wegen irgendwelcher Einträge ins Besucherbuch über ihn hergefallen sind. Jetzt nennt man Sie ...«

Der Captain nahm die Zeitung und zerriss fast die Seiten beim Blättern.

»Einen Hitzkopf«, half Davis aus.

Brinkley stöhnte innerlich auf. Nun mischte sich auch noch der einsame Rächer ein. Walsh schmeckte Davis' Anwesenheit genauso wenig, das merkte er. Er hatte das ganze Dezernat vor der Staatsanwaltschaft blamiert, und dabei hielten die meisten dieser Anwälte die Cops sowieso schon für Trottel. Mist.

Kovich hüstelte. »Nur der Ordnung halber, Captain, wir sind nicht über den Sicherheitsbeamten hergefallen.«

»Das ist mir scheißegal!« Walsh zog eine buschige Augenbraue hoch, so dass sie an sein Muttermal stieß. »Das hätte nie passieren dürfen. Nichts davon! Einzelheiten unserer Ermittlungen sind bekannt geworden, was immer dieser Quatsch mit dem Besucherbuch zu bedeuten hat!«

Davis verschränkte seine Arme. »Der Reporter hat mich angerufen, weil er eine Bestätigung wollte. Ich habe sie ihm natürlich nicht gegeben, aber ich kenne den Kerl. Er ist der Gerichtsreporter des Blatts, und er ließ mich inoffiziell wissen, dass er noch weitere Informationen hat. Er konnte sie nur nicht veröffentlichen, weil seine zweite Quelle einen Rückzieher gemacht hat.« Davis zögerte kurz, ehe er weitersprach, doch Brinkley wusste, dass es sich nur um eine Kunstpause handelte. »Er sagte, die beiden Detectives hätten sich darüber gestritten, ob dieser Trevor mit der Tochter liiert ist.«

»Himmel, Arsch und Wolkenbruch, Reg!«, brüllte Walsh. »Sie bringen mich noch um! Sie bringen mich ins Grab! Was zum Teufel haben Sie sich dabei gedacht?!«

»Ich war auch nicht ganz unbeteiligt, Captain«, warf Kovich ein, aber Brinkley bedeutete ihm zu schweigen. Er musste die Sache selbst ausbügeln und sie dem Captain erklären. Schlimmer konnte es nicht mehr kommen.

»Captain, es ist so: Ich habe den Verdacht, dass Newlin sich den Mord selbst anhängt. Ich glaube, dass er die Tochter deckt oder ihren Freund oder alle beide.«

Die Augenbrauen des Captains schossen in die Höhe. »Wollen Sie mich verarschen, Reg? Ich habe die Akte gelesen, ich habe den Laborbericht gesehen. Die Fingerabdrücke, das Blut, DNA-Tests, den ganzen Kram. Wir haben Anklage gegen den Vater erhoben. Von was reden Sie, verdammt noch mal?«

»Der Freund ist kürzlich beim Jugenddezernat aufgefallen, wir wollten dem gerade nachgehen. Außerdem haben wir einen Ohrstecker neben der Leiche gefunden, der möglicherweise ihm gehört. Wir haben vor zu überprüfen, wo er sich zur Tatzeit aufgehalten hat.«

»Soll das heißen, dass ihr einem anderen Verdächtigen nachjagt, obwohl ihr schon einen verhaftet habt – einen *geständigen Verdächtigen*?«

»Er ist der falsche Mann«, sagte Brinkley, und je öfter er es sagte, desto überzeugter wurde er.

Der Captain wandte sich an Kovich. »Stan, denken Sie etwa auch, dass wir den falschen Mann haben?«

»Ich bin bereit, mit Mick zusammen weitere Ermittlungen anzustellen, Captain. Ich vertraue seinem Urteil.« Kovich nickte, und Brinkley machte ein unbewegtes Gesicht. Hätte er für einen Moment aus seiner Haut gekonnt, wäre er seinem Partner um den Hals gefallen.

»Das ist ja ganz rührend«, sagte der Captain. »Aber was denken Sie wirklich?«

»Darauf kommt es nicht an. Brinkley leitet die Ermittlungen. Es ist sein Fall.«

»Herrgott, das bringt mich um den Verstand!« Walsh sprang auf. »Kovich, antworten Sie mir! Hat Newlin seine Frau umgebracht, ja oder nein?«

»Ja«, sagte Kovich nach einem Moment des Überlegens.

»Sehr gut! Jetzt leiten Sie die Ermittlungen, das ist ein Befehl!«, schrie Walsh, und die beiden Detectives sahen ihn wie vom Donner gerührt an. Die hereinkommenden Fälle wurden nach dem Losverfahren verteilt, wen es traf, der hatte den Fall, und damit basta. Man konnte diese Regel doch nicht plötzlich über den Haufen werfen. Die meisten Detectives betrachteten es als Schicksal oder Vorsehung, wer wann welchen Fall zugeteilt bekam.

»Captain, ich war dran, es ist mein Fall.« Brinkley bewahrte einen höflich respektvollen Ton, doch Dwight Davis runzelte die Stirn und setzte zu einer Predigt an.

»Reg, bei allem Respekt, wissen Sie überhaupt, was Sie da

tun? Masterson hat öffentlich erklärt, dass wir nicht verhandeln werden, weil der Fall hieb- und stichfest ist. Ich habe dasselbe erklärt. In demselben gottverdammten Blatt.« Davis deutete auf die zerknitterte Zeitung. »Dann kommen Sie daher und lassen uns wie Volltrottel dastehen. Ich muss das jetzt Masterson erklären, Masterson muss es dem Bürgermeister erklären, der Bürgermeister muss es der Öffentlichkeit und den Medien erklären. Sie wissen, wie das alles zusammenhängt, Reg.«

»Ich weiß«, sagte Brinkley zähneknirschend, weil er nun einmal einen Fehler gemacht hatte.

»Heute ist die Voruntersuchung im Newlin-Fall, falls Sie das vergessen haben. Ich muss darlegen, dass die Beweislage für einen Mord und für Newlin als Täter spricht. Ein Kinderspiel – bis heute. Wie soll ich Sie als Zeugen vernehmen? Was wollen Sie sagen? Dass Sie glauben, der Angeklagte sei unschuldig? Oder soll das hier der erste Fall in unserer Geschichte werden, in dem der Leiter der polizeilichen Ermittlungen nicht als Zeuge aussagt?«

Brinkley hatte schon darüber nachgedacht. »Ich werde bis zur Voruntersuchung eine Lösung gefunden haben. Sie können auf mich zählen.«

Davis hob abwehrend eine Hand. »Nicht mehr seit diesem Artikel. Jetzt wird man Sie ins Kreuzverhör nehmen, und selbst DiNunzio wird wissen, was Sie Ihnen für Fragen zu stellen hat. Sie sind am Arsch, Reg. Sie können nicht in den Zeugenstand.«

Brinkley spürte plötzlich, wie ihm alles entglitt. Sein Fall. Sein Leben. Seine Frau. Er ignorierte den Staatsanwalt und wandte sich an Walsh. »Captain, hören Sie mir zu. Ich werde nichts tun, was dem Dezernat schaden könnte.«

»Das haben Sie bereits getan«, entgegnete der Captain unnachgiebig. »Das ist ja das Problem. Sie hätten früher zu mir kommen sollen.«

Das hätte nichts genützt, Brinkley wusste das. Es war nur

eine Floskel, die im Nachhinein vorgebracht wurde. Er konnte nichts mehr sagen, das ihn nicht noch tiefer hineingeritten hätte, also schwieg er. Es war abzusehen, wie es weitergehen würde.

»Ich weiß, dass Sie nur getan haben, was Sie für richtig hielten, Reg, aber ich muss Sie trotzdem vom Dienst suspendieren. Eine Woche lang, unbezahlt, und ich entziehe Ihnen den Newlin-Fall. Es ist mir egal, was die Gewerkschaft dazu sagt, beschweren Sie sich ruhig, aber solche Zeitungsberichte kann ich nicht durchgehen lassen.« Walsh zeigte mit einem dicken Finger auf Kovich. »Sie würde ich auch suspendieren, wenn ich Sie nicht bei der Voruntersuchung bräuchte.«

Weder Brinkley noch Kovich erwiderten etwas darauf, wortlos erhoben sie sich wie ein Mann. Brinkley nahm sein Abzeichen heraus, zog die Pistole aus dem Schulterholster und legte beides auf das Boulevardblatt, so dass sein Foto bedeckt wurde. Dienstwaffen mussten abgegeben werden, seit ein suspendierter Polizist vor zwei Monaten seine Frau erschossen hatte, und er wollte den Captain nicht zwingen, ihm seine Waffe abzuverlangen. Es war auch so schon schlimm genug.

»Es sollte zwar selbstverständlich sein, aber: Kein Wort zur Presse, Reg«, befahl Walsh. »Das gilt auch für Sie, Stan. Verstanden?«

»Kein Kommentar«, antwortete Kovich mit schwachem Lächeln, doch Brinkley dachte nicht daran, mit einem Scherz abzutreten.

Er dachte auch nicht daran, sich aufhalten zu lassen.

37

»Ich muss ein paar Dinge wissen, Paige, wegen der Verteidigung deines Vaters«, sagte Mary, als sie der jungen Frau in ihrem Wohnzimmer gegenüber saß. Ein Strauß weißer Freesien stand auf dem Couchtisch, und die Morgensonne strömte durch die großen Fenster und tauchte den Raum in blendend helles Licht. Mary erwähnte nicht, dass sie nicht mehr Jacks Anwältin war. Eine kleine Unterlassungssünde, die sie verantworten konnte.

»So früh?« Paige blinzelte schläfrig aus ihrem blauen Chenillebademantel. Die Haare fielen ihr offen und zerzaust über die Schultern, und sie hatte graue Ringe unter den Augen. »Ich bin nicht gerade ein Morgenmensch.«

»Tut mir Leid«, sagte Mary mit einem Stich echten Bedauerns. Wenn Paige schwanger war, ging es ihr morgens sicher nicht besonders gut. Sie fragte sich kurz, ob das Mädchen vielleicht schon abgetrieben hatte, aber sie durfte sich jetzt nicht ablenken lassen. »Es ist wichtig.«

»Na gut, wenn Sie meinen.« Paige saß vor einem Becher Kaffee, den Mary ihr von unterwegs mitgebracht hatte, ohne ein Dankeschön dafür zu erhalten, aber die Unhöflichkeit des Teenagers störte sie nicht mehr so sehr wie zuvor. Sie sah sie jetzt in einem anderen Licht. Paige war in Luxus und Leid zugleich aufgewachsen, und Mary empfand immer deutlicher, dass sie kein Recht hatte, über sie zu urteilen. Sie wollte nur das Leben ihres Vaters retten.

»Übrigens, du bist doch allein heute Morgen, oder?«

»Das ist zwar eine ziemlich persönliche Frage, aber ja.«

»Entschuldige, ich wollte nur sichergehen, dass Trevor nicht hier ist. Ich dachte, ihr beide wärt vielleicht aus gewesen gestern Abend«, log Mary. Okay, das war keine Unterlassungssünde, aber die Situation erforderte drastische Maßnahmen.

»Nein, er hatte gestern keine Zeit, er musste lernen.«

Trevor hatte sie also angelogen, das war ja zu erwarten gewesen. Mary hob sich dieses Detail für später auf.

»Also, zu meinen Fragen. Erstens, ich war in deinem alten Zimmer bei deinen Eltern, und mir ist dort einiges aufgefallen, das ich nicht verstehe.« Sie fischte einen Stift, einen Anwaltsblock und einen großen, braunen Umschlag aus ihrer Aktentasche. Der Umschlag enthielt das Tagebuch, dessen rechteckiger Umriss sich gut unter dem Papier abzeichnete. Sie legte ihn mitten auf den Tisch wie einen Köder, sagte aber nichts dazu. »Vielleicht kannst du mir helfen.«

»Ich werd's versuchen«, antwortete Paige. Falls ihr der dicke Umschlag ins Auge stach, ließ sie sich nichts anmerken. »Aber warum waren Sie in meinem Zimmer?«

»Als Verteidigerin muss ich mir den Tatort ansehen. Das ist nötig, um deinem Vater zu helfen. Du willst ihm doch auch helfen, oder?«

»Klar, sicher.«

»Das dachte ich mir.« Mary warf einen Blick auf ihren Anwaltsblock, als würde sie Notizen einsehen. »Ich habe deinen CD-Spieler und einen ganzen Stapel CDs gesehen. Wie kommt es, dass du die Sachen zurückgelassen hast?«

»Ich brauchte sie nicht. Ich habe einen neuen CD-Player.«

»Aber dieser war auch neu, und die CDs ebenfalls.«

»Ich wollte einen noch neueren.«

Mary sah wieder auf den leeren Block. »Dein Führerschein lag auch in deinem Zimmer.«

»Ach ja? Ich dachte, ich hätte ihn verloren.«

»Aber er lag mitten auf deinem Schreibtisch. Du musst ihn doch gesehen haben, als du nach ihm gesucht hast.«

»Hab ich aber nicht.« Paige rutschte unruhig in ihrer kuscheligen Robe herum. »Na und?«

»Werd doch nicht gleich böse, ich wollte es nur wissen. Mir schien, dass noch eine Menge Sachen in dem Zimmer waren, die du unter normalen Umständen mitgenommen hättest. Ich hatte den Eindruck, dass du nicht mehr zurückgekommen bist, nachdem du einmal ausgezogen warst, und Dinge dort gelassen hast, die dir etwas bedeuten. Wie deine Madame-Alexander-Puppen.«

»Meine Puppen?«

»Ja.« Mary lehnte sich in das weiche Polster zurück und

beobachtete Paige gespannt. »Eine tolle Sammlung. Besonders schön fand ich die afrikanische Puppe. Und die italienische. Aber eins sage ich dir im Vertrauen: Italienerinnen tragen keine roten und grünen Bänder mehr im Haar. Das ist echt out.«

Paige lächelte bemüht, dann fiel ihr Blick auf den braunen Umschlag.

»Du hast sogar Lucy und Ethel, die beiden kleinen Puppen aus der Schokoladenfabrik. Haben sie dir auch immer Schokolade mitgebracht? Oder durftest du keine essen?«

»Äh, nein.« Paige beäugte den Umschlag. Mary sah, dass sie am liebsten damit davongerannt wäre.

»Mir gefällt auch die Puppe in dem schwarzen Spitzenkleid und dem kleinen Hütchen. Aber am allerliebsten mochte ich die große in dem blauen Kleid, eine richtige Märchenprinzessin. Wer ist das? Aschenputtel?«

»Ja, Aschenputtel.« Paiges Augen lösten sich von dem Umschlag und sahen Mary resigniert an. »Sie haben also mein Tagebuch gefunden.«

»Ja. Ich habe nicht danach gesucht, es war ein Zufall. Und ich weiß, dass deine Mutter dich schlecht behandelt hat. Sie war gemein und sadistisch zu dir. Ich weiß, dass sie dich unter ungeheuren Druck gesetzt hat wegen deiner Modelkarriere und dass du schon lange von zu Hause weg wolltest, bevor du schließlich auszogst. Sie war furchtbar wütend auf dich deswegen, stimmt's? Und dein Dad hat sich auf deine Seite gestellt, was zu noch mehr Streit und Problemen führte.«

Paiges trauriges Gesicht gab ihr in allem Recht.

»Ich weiß, dass sie dich nicht mehr in dein Zimmer gelassen hat und du deshalb alles aufgeben musstest. Alles was dir gehörte. Alle deine Sachen.«

Tränen stiegen in Paiges Augen.

»Ich weiß, dass ihr euch bei dem Bonner-Shooting gestritten habt. Außerdem weiß ich, dass du schwanger bist und überlegst abzutreiben.

Mary schob den Umschlag mit sanfter Geste über den Tisch.

»Sie haben mein Tagebuch gelesen«, flüsterte Paige und streckte ganz langsam die Hand danach aus, wie unter Schock.

»Mach es auf«, sagte Mary. Das Mädchen fummelte an den Messingklammern herum, öffnete den Umschlag und griff hinein. Das Tagebuch kam mit lose baumelndem Schloss heraus, und Paige fuhr bei dem Anblick zusammen.

»Sie haben es aufgebrochen!«, rief sie.

»Nein, es war schon auf. Jemand anders hat das getan.«

Paige schlug das Tagebuch auf und schnappte nach Luft. Die erste Seite hatte ein Brandloch in der Mitte, wie von einer Zigarette. Sie war fast vollständig verkohlt, die Handschrift ausgelöscht. Paige blätterte die Seite vorsichtig um. Die zweite Seite war genauso verbrannt, mit einem Loch in der Mitte und schwarzen Rändern. Was von der Schrift noch zu sehen war, war angesengt und unleserlich. Sie blätterte verzweifelt weiter, doch die Seiten zerfielen in ihrer Hand.

»Oh mein Gott«, stöhnte sie.

»Es war deine Mutter, nicht wahr?«, fragte Mary, worauf Paige wie in Trance nickte, die Augen starr auf die Asche gerichtet, die einmal ihr Tagebuch gewesen war.

»Natürlich war sie es. Sie wollte mir wehtun. Es gab nichts Schöneres für sie, als mir wehzutun. Sie wusste, dass ich in mein Tagebuch schrieb, wenn ich traurig war. Sie wusste, wie viel es mir bedeutete. Wahrscheinlich hat sie das getan, als ich ihr gesagt habe, dass ich ausziehe. Sie ist total durchgedreht. Dad konnte sie auch nicht zur Vernunft bringen.« Paige sah Mary mit tränennassen Augen an. »Sie haben mein Tagebuch also nicht gelesen.«

»Nein, ich habe es so gefunden.«

»Woher wissen Sie dann all diese Sachen?«

»Ich habe sie mir zusammengereimt. Habe mich gefragt, wie aus einem fröhlichen kleinen Mädchen eine unglückliche junge Frau werden konnte. Willst du es mir erzählen? Ich kann dir helfen.«

»Ich soll Ihnen von meiner Mutter erzählen? Das haben Sie bestimmt alles schon gehört, in irgendeiner Talkshow.« Paige versuchte zu lächeln, doch es wurde nur eine zittrige Grimasse daraus. »Aber wenn einem selbst etwas Schlimmes passiert, ist es, als wäre man damit ganz allein auf der Welt, als wären alle anderen normal und glücklich, verstehen Sie?«

»Ja«, sagte Mary und dachte sofort an den Tod ihres Mannes. »Das verstehe ich gut.«

»Meine Mutter ... Ich glaube, sie hat mich gehasst. Ich konnte es ihr nie recht machen. Und wissen Sie was? Ich habe sie auch gehasst. Ich vermisse sie überhaupt nicht. Ich bin froh, dass sie tot ist. Richtig froh. Das ist die ganze Geschichte, mehr kann ich Ihnen nicht sagen.« Paige warf ihre roten Haare zurück. »Bei der Beerdigung heute hätte ich Lust, zu tanzen und zu singen. Meine Mutter ist Vergangenheit. Es ist alles Vergangenheit. Ich will nicht mehr darüber reden.«

Ihre Augen wurden wieder feucht, aber Mary ignorierte das.

»Ich kann dich verstehen, aber wir müssen jetzt über die Wahrheit sprechen. Du musst mir sagen, was an dem Abend geschehen ist, als deine Mutter ermordet wurde. Ich weiß, dass dein Vater sie nicht getötet hat, und ich will nicht, dass er für ein Verbrechen verurteilt wird, das er nicht begangen hat. Und ich glaube, dass du das im Grunde auch nicht willst. Du solltest jetzt für deine Handlungen selbst die Verantwortung übernehmen.«

Paige wischte sich über die Augen.

»Was immer deine Mutter dir auch angetan hat, es rechtfertigt nicht, was du deinem Vater antust. Du lässt ihn die Schuld an deinem Verbrechen auf sich nehmen. Das ist falsch, dafür gibt es keine Entschuldigung. Also hör auf zu weinen und sprich mit mir wie eine erwachsene Frau.«

Paige schluckte mehrmals. Mary sah, wie sich ihr kleiner Adamsapfel unter dem geröteten Hals bewegte.

»Hast du deine Mutter getötet, Paige?«

Sie antwortete nicht, und Mary musste sich schwer beherrschen, die Wahrheit nicht aus ihr herauszuprügeln.

»War Trevor auch dabei?«

Sie sagte immer noch nichts und stellte Marys Nerven damit auf eine harte Probe. Hätte sie Paige im Zeugenstand vor sich gehabt, wäre sie gnadenlos über sie hergefallen, aber unter diesen Umständen hatte das keinen Zweck.

»Hör mal, Paige, ich weiß, dass du mich angelogen hast und dass Trevor an dem Abend bei dir war. Warum schützt du ihn? Weil er der Vater deines Kindes ist?«

»Woher wissen Sie ...«

»Ich weiß noch mehr, mehr als du sogar. Er taugt nichts, glaub mir. Du weißt längst nicht alles über ihn.«

»Und was wissen Sie so Aufregendes?«

Mary zögerte. Sie wollte dem Mädchen nicht noch einen Schock zumuten, aber andererseits würde sie wohl kaum eine zweite Gelegenheit bekommen, es zum Reden zu bringen.

»Trevor hat sich gestern mit einer anderen Frau getroffen, nachdem ihr euch getrennt hattet. Er ist mit ihr nach New York gefahren. Ich habe sie zusammen im Bahnhof an der Dreißigsten Straße gesehen.«

»Das glaube ich nicht!«, schrie Paige mit geröteten Wangen. »Er war zu Hause und hat gearbeitet.«

»Nein, das stimmt nicht.«

»Doch!«

»Woher willst du das wissen? Hast du ihn angerufen? Ist er rangegangen? Das bezweifle ich. Willst du deinen eigenen Vater ins Gefängnis oder auf den elektrischen Stuhl schicken, um so ein Schwein zu retten?«

»Er ist kein Schwein! Sie kennen ihn doch überhaupt nicht! Es wird jetzt Zeit, dass Sie gehen.«

Paige stand so schnell auf wie ihr Vater kurz zuvor, und

Mary gewöhnte sich langsam daran, von Mitgliedern der Familie Newlin zum Teufel geschickt zu werden. Sie griff nach ihrer Aktentasche und dem Anwaltsblock.

»Denk über meine Worte nach, Paige. Je länger du wartest, desto schlimmer wird es für deinen Vater und für dich. Und auch für Trevor. Lies die Zeitung von heute. Die Polizei ist schon hinter euch her.«

»Raus! Ich hör mir das nicht mehr länger an!« Paige rannte zur Tür und riss sie auf, aber Mary blieb auf der Schwelle stehen.

»Dein Vater hat mich heute Morgen gefeuert, weil ich ihm dasselbe gesagt habe wie dir. Er opfert sein Leben für dich. Und Trevor ruft dich noch nicht einmal zurück. Willst du wirklich so einen Mann? Für dich und dein Baby?«

Paiges einzige Antwort bestand darin, wegzusehen. Mary hätte weiter versuchen sollen, sie zu überzeugen, wenn nötig unter Gewaltanwendung. Doch sie ließ sie einfach stehen, weil sie ihre Gegenwart keine Minute länger mehr ertragen konnte.

38

Als Jack das Bewusstsein wiedererlangte, lag er allein in einer winzigen Zelle. Die Tür bestand aus massivem Stahl, abgesehen von einem kleinen Durchreichschlitz für das Essen, und die Geräusche der anderen Häftlinge drangen nur gedämpft zu ihm herein. Isolation, Einzelhaft. Eine Toilette aus Edelstahl, eine Pritsche und dreiundzwanzig Stunden mit sich allein – Jack war es egal. Eine Stelle über seinem Wangenknochen pochte, und als er die immer noch mit Handschellen gefesselten Hände daran führte, spürte er etwas Warmes, Feuchtes. Er zog seine Fingerspitzen zurück, sie waren voll Blut.

Seine Rippen schmerzten und er hatte Mühe, gleichmäßig

zu atmen. Sie mussten ihn geschlagen und getreten haben, denn er fühlte sich hundsmiserabel, und sein Overall war zerrissen und dreckig. In seinem Kopf hämmerte es, doch seine Gedanken lichteten sich allmählich wie Nebel. Mary. Die Zeitung. Die Polizei war Paige auf der Spur. Und Trevor.

Jacks Brust zog sich zusammen. Sein Plan drohte zu scheitern. Mary torpedierte ihn an allen Ecken und Enden, aber er musste ihn beibehalten. Wenn Trevor schuldig war, würde er einen neuen Weg finden, jedoch nicht, bevor das sicher feststand. Er würde nichts riskieren, was Paige schaden konnte, unter keinen Umständen. Dieser Zeitungsbericht machte ihm große Sorgen. Falls Trevor etwas mit Honors Ermordung zu tun hatte, würde er jetzt ziemlich nervös werden. Und wenn Trevor nervös wurde, war Paige in Gefahr.

Jack robbte sich an der Wand hinauf in eine sitzende Position. Jeder Knochen im Leib tat ihm weh, und er sackte nach vorn und streckte vorsichtig die Füße aus. Er musste schleunigst aus dem Gefängnis, um Paige zu beschützen. Falls bei der Voruntersuchung eine Kaution festgesetzt wurde, wäre er vorübergehend auf freiem Fuß. Er brauchte einen neuen Anwalt, einen gewieften Strafverteidiger. Einen, der die richtigen Schritte unternahm. Mary war er los. Er zuckte zusammen und verlagerte sein Gewicht auf die andere Seite. Er würde sie nie wieder sehen.

Gut so, oder? Mary hatte nur Verwirrung in ihm gestiftet. Gestern Nacht, kurz vorm Einschlafen, hatte er sich dabei ertappt, wie er hoffte, die Polizei werde herausfinden, dass er unschuldig war, und ihn freilassen. In einem schrecklichen Augenblick hatte er erkannt, dass er sein Leben geopfert hatte, weil es ihm nichts mehr bedeutete. Mary hätte daran etwas ändern können. Sie wäre es wert gewesen, noch einmal von vorn anzufangen. Die Anklage wollte nicht verhandeln, na gut. Sie würden ihm den Prozess machen und ihn verurteilen, so hatte er es schließlich eingefädelt. Kalte Furcht überkam ihn bei dem Gedanken, aber es gab keinen Ausweg.

Die Alternative würde Paige zerstören. Selbst wenn Trevor an der Tat beteiligt war, wäre Paige trotzdem verloren.

Ohne Mary war er besser dran, das wusste er. Sie wäre seine Rettung gewesen. Und sein Untergang.

39

»Miss DiNunzio, was ist im Gefängnis passiert?« »Miss DiNunzio, warum hat Newlin versucht, Sie umzubringen?« »Irgendeinen Kommentar dazu, Mary?« »Mary, haben Sie das Mandat niedergelegt?« »Hierher Mary, nur ein Foto!«

Es war bedeckt, windig und eiskalt, doch an diesem Tag beherrschten Winterwetter und Kältegefühl mal nicht die Lokalnachrichten. Die Medien scharten sich um die kleine Ziegelsteinkapelle aus der Kolonialzeit im Herzen des vornehmen Stadtviertels Society Hill. Reporter überschwemmten den schmalen Gehsteig, und Fernsehübertragungswagen verstopften die Kopfsteinpflasterstraße, die einst nur für Pferde und Kutschen gedacht war. Mary und Judy bahnten sich unter Blitzlichtgewitter und ausgestreckten Mikrofonen einen Weg durch das Gedränge. Die Neuigkeit, dass Jack Newlin seine Anwältin im Gefängnis angegriffen hatte, war durchgesickert, und alle stürzten sich auf Mary.

Sie hielt den Kopf gesenkt und boxte sich durch, unterstützt von der kräftigeren Judy. Schließlich erreichten sie das weiße Holzportal, schnappten sich ein schwarz umrandetes Programm von einem Ständer und schlüpften in die Kapelle. Beim Anblick der fast leeren Bankreihen blieb Mary abrupt stehen.

»Wo sind die denn alle?«, flüsterte sie, und Judy schüttelte den Kopf.

»Sieht aus, als wäre Honor nur bei den Reportern beliebt gewesen.«

»Na, dann ist die Kommunion wenigstens kurz.«

Die Kapelle ähnelte in Marys Augen eher einer Schule als einer Kirche. Das Innere war in strengem Weiß gehalten, aufgelockert nur durch ein paar wenige, geschmackvolle Buntglasfenster, die keine der ihr so vertrauten Kreuzigungsszenen und blutigen Dornenkronen aufwiesen. Vermutlich war es möglich, eine Religion ohne Leid und Schmerz zu haben, aber sie persönlich konnte sich keine vorstellen.

Den Altarraum erkannte sie nur daran, dass er sich vorne befand. Statt eines reich geschmückten Altars mit Kelch und Hostien und Wein gab es dort lediglich ein schlichtes Holzpult, eine Orgel und ein paar im Halbkreis angeordnete Stühle. Die Bänke waren wie der Fußboden aus altem Walnussholz. In ihnen saßen außer Paige – mit gesenktem Kopf in der ersten Reihe – nur ein paar Männer, die nach Marys Einschätzung Anwälte von Tribe & Wright waren. Ganz am Ende der Anwaltsreihe sah sie Dwight Davis.

»Trevor ist nicht da«, stellte Mary fest. »Aber Davis ist gekommen. Der lässt sich auch nichts entgehen.«

»Vielleicht hat Paige Trevor zur Rede gestellt.«

»Möglich.« Mary entdeckte den Stiernacken von Detective Kovich. Brinkley war nicht an seiner Seite, und sie fragte sich, ob sie ihn gefeuert hatten. Dieser Zeitungsbericht war seiner Karriere bestimmt nicht förderlich gewesen.

»Die Messe beginnt, Mary. Setzen wir uns.«

»Geh bitte ziemlich weit nach vorn«, flüsterte Mary, und sie ließen sich knapp hinter Paige und den Anwälten nieder. Mary wollte, dass Paige sie sah, damit sie sich an ihre Worte erinnerte. Vielleicht fielen sie ja doch noch auf fruchtbaren Boden. Diesmal konnte Mary nur noch hoffen, denn es war ihr nicht möglich zu beten. Dazu fehlten das Weihrauchfass, die Kelche mit Hostien und Wein und überhaupt die ganze Ausstattung, die für ein Gespräch mit Gott nötig war.

Paige saß in ihrer Bank und grübelte. Der Pastor sagte irgendetwas, aber sie hörte nicht zu. Sie wusste nicht, wo Trevor war, und befürchtete, dass Mary die Wahrheit gesagt haben könnte. Sie hatte zwei Mal auf seinen Anrufbeantworter gesprochen, aber er hatte nicht zurückgerufen. Merkwürdig, das war in letzter Zeit häufiger vorgekommen.

Sie biss sich auf die Unterlippe und überlegte, wann es angefangen hatte. Als sie ihm gesagt hatte, dass sie schwanger war. Ihr wurde wieder übel, aber das lag nicht an dem Baby. Sie war immer noch zu keinem Entschluss gekommen, obwohl die Zeit langsam knapp wurde. Trevor wollte heiraten, und sie wollte es eigentlich auch. Sie hoffte nur, dass sie gute Eltern abgeben würden, nicht so wie ihre eigenen. Sie hatte sogar angefangen, über Babypflege und Kindererziehung nachzulesen und seit dem Crystal keine Drogen mehr genommen.

Der Pastor sagte gerade etwas über ihre Mutter, obwohl er sie gar nicht gekannt hatte. Ihre Mutter hatte überhaupt keine Freunde gehabt, dabei war sie doch so stolz darauf gewesen, eine Dame der Gesellschaft zu sein. Paige empfand Mitleid für sie, bis sie merkte, dass sie selbst genauso allein war. Auch sie hatte keine Freundinnen, keine Vertrauten. Trevor hatte ihr einmal einen Anstecker mit der Aufschrift *»Ich werde wie meine Mutter!«*, geschenkt, aber sie hatte ihn nie getragen. Sie hing ihren Gedanken nach, mit gebeugtem Kopf, ohne zu weinen. Aus dem Augenwinkel erkannte sie Mary schräg hinter sich, sah jedoch nicht zu ihr hin. Sie wollte jetzt nicht an ihre Vorwürfe erinnert werden.

Der Gottesdienst ging zu Ende, und Paige folgte den Anwälten hinaus auf den Friedhof. Als der glänzende Sarg ihrer Mutter aus dem Leichenwagen geschoben wurde, beschloss sie, sich gegen all das zu verschließen. Der Wind fuhr ihr böig in die Haare, und sie hielt den Kopf gesenkt und presste die Lippen aufeinander. Männer vom Beerdigungsinstitut trugen den Sarg, und für eine Weile war es leicht, alles zu ignorieren, sogar die Zeremonie am Grab. Der kleine, dicke Pastor, die langweiligen Beerdigungsgesänge, das rechteckige Loch im

Boden, der arrogante Mr Whittier, der ständig auf seine Uhr sah – nichts kam an sie heran.

Als der Sarg ins Grab hinabgesenkt wurde, bemerkte sie die Pressefotografen, die draußen auf Distanz gehalten wurden. Unwillkürlich wandte sie sich den Kameras zu und strich sich über die Haare, doch dann wurde ihr bewusst, was sie tat. Sie wollte nicht auf der Beerdigung ihrer Mutter posieren. Sie wollte überhaupt nicht mehr posieren. Schnell drehte sie sich um und sah gerade noch, wie ihre Mutter für immer in der Erde verschwand. Der Anblick schnürte ihr die Kehle zu. Je mehr sie sich anstrengte, nicht daran zu denken, desto deutlicher wurde alles. Je mehr sie versuchte, sich nicht schuldig zu fühlen, desto schlimmer wurden ihre Schuldgefühle. Je mehr sie sich weigerte, ihre Mutter zu lieben, desto mehr liebte sie sie. Sie begann zu weinen und weinte noch lange, nachdem nichts mehr vom Sarg zu sehen war.

40

»Nächste Verhandlung: der Staat Pennsylvania gegen Newlin«, rief der Gerichtsdiener. »Der Angeklagte Jack Newlin wird von Mr Isaac Roberts vertreten, Vertreter der Anklage ist Mr Dwight Davis.«

»Danke und Guten Tag, meine Herren Anwälte«, sagte Richter Angel Silveria auf dem Richterpodium. Er ließ ein kleines Lächeln aufblitzen, und Mary, die ihn von ihrem Platz im vollbesetzten Zuschauerraum beobachtete, wusste, dass es das letzte Lächeln war, das man von ihm zu sehen bekommen würde. Der rundliche, gedrungene Silveria war ein ehemaliger Staatsanwalt und genoss den Ruf, der schärfste Hund am städtischen Gericht zu sein. Bei dieser Vorverhandlung war das zwar noch nicht so wichtig, aber Jack hätte sich keinen strengeren Richter aussuchen können, und Mary fragte sich betroffen, ob er am Ende tatsächlich die Hand dabei im Spiel gehabt hatte.

»Guten Tag, Euer Ehren«, antwortete Isaac Roberts.

Mary reckte den Hals, um ihren Ersatz besser sehen zu können, den Schutzheiligen aller geldgierigen Fieslinge. Roberts war einer der bekanntesten Strafverteidiger der Stadt, wenn er es auch noch nie mit einer Mordanklage zu tun gehabt hatte. Gewöhnlich beschäftigte er sich damit, hochrangige Koksdealer vorm Knast zu bewahren, eine Spezialität von Anwälten, die ihr Honorar gern in bar bekamen und sich einen Platz in der Hölle sichern wollten. Roberts trug das Beste, was man für Kokain kaufen konnte: einen dunklen Anzug von Armani, Guccischuhe und eine Jerry-Garcia-Krawatte, die wie ein vorderes Pendant zu seinem glatten Pferdeschwanz aussah. Der Typ verwechselte Gerechtigkeit mit Bereicherung, und Mary begann zu kochen. Den kümmerte es doch einen Dreck, ob Jack unschuldig oder schuldig war.

»Guten Tag, Euer Ehren.« Davis schoss wie ein Pfeil von seinem Sitz. »Die Anklage ist bereit zu beginnen.«

Richter Silveria machte ein Zeichen. »Bitte führen Sie den Angeklagten herein.«

Mary gab es einen schmerzlichen Stich, als Jack in einem orangenen Häftlingsoverall, Handschellen und Fußfesseln hereingebracht und an seinen Platz geführt wurde. Eine rote Schwellung an seiner rechten Wange verzerrte seine ebenmäßigen Züge, und das Gehen bereitete ihm offensichtlich Schmerzen.

»Wenn ich fortfahren dürfte, Euer Ehren«, sagte Davis. »Der Staat ruft Detective Stan Kovich in den Zeugenstand.«

Mary verfolgte, wie der stämmige Polizist aufstand, seine Brille zurechtrückte und schwerfällig zum Zeugenstand marschierte, wo er vereidigt wurde. Kovich sah so ernsthaft und geradlinig aus – er würde einen hervorragenden Zeugen für die Anklage abgeben. Sie fragte sich erneut, was aus Brinkley geworden war, und blickte sich im Saal um. Er war nirgends zu sehen, was sie nicht weiter überraschte. Sie hatte mehrmals im Roundhouse angerufen und Nachrichten auf seinem Anrufbeantworter hinterlassen, aber er hatte nicht zurückgerufen. Ebenfalls keine Überraschung.

»Guten Tag, Detective Kovich«, begann Davis. »Ich möchte Ihre Aufmerksamkeit auf den elften Januar dieses Jahres lenken. Haben Sie im Rahmen Ihrer Dienstpflichten gegen neun Uhr abends den Angeklagten Jack Newlin verhört?«

»Ja, das habe ich.«

»Bitte schildern Sie dem Richter, was Ihnen an der Erscheinung des Angeklagten auffiel.«

»Mr Newlin hatte offenbar menschliches Blut an seinen Händen und an seiner Kleidung.«

Die Zeugenbefragung nahm ihren Lauf, Davis führte Kovich durch die Höhepunkte des auf Video aufgezeichneten Geständnisses, und Mary hörte mit wachsender Verzweiflung zu. Sie registrierte nur zwei Einsprüche von Roberts und ein halbherziges Kreuzverhör, das jedoch sowieso nichts geändert hätte. Bei der Voruntersuchung musste der Staatsanwalt bloß belegen, dass glaubhafte Beweise für eine Mordanklage vorhanden waren, und das würde ihm mit Leichtigkeit gelingen.

Die Reporter kritzelten auf ihre Notizblocks und die Gerichtszeichner zeichneten hektisch, als Richter Silveria verkündete: »Der Staat hat in allen Punkten nachgewiesen, dass auf Grund der jetzigen Beweislage die Anklage auf Mord lauten muss. Ich ordne daher an, dass dem Angeklagten Jack Newlin der Prozess gemacht wird.«

Der Richter schlug mit dem Hammer auf den Tisch. »Sollen wir eine Kaution festlegen?«

Davis schnellte in die Höhe. »Euer Ehren, der Staat lehnt eine Freilassung gegen Kaution in diesem Fall ab. Wir denken, dass Fluchtgefahr bei Mr Newlin besteht, vor allem in Anbetracht der Tatsache, dass wir beabsichtigen, keine Abstriche bei der Höhe des Strafmaßes zu machen. Wir haben heute öffentlich angekündigt, dass wir die Todesstrafe fordern werden.«

Im Zuschauerraum spürte Mary, wie sich ihr das Herz zusammenzog. Es würde also tatsächlich keine Verhandlungen geben. Die Aussicht entsetzte sie. Sie versuchte, Jacks Gesicht am Tisch der Verteidigung zu erkennen, konnte aber nur sein Profil mit dem hoch erhobenen Kinn sehen. Sein Anwalt stand lässig auf, als ginge es um nichts.

»Euer Ehren«, sagte Roberts, »die Verteidigung versucht mit ihrer Taktik der Angstmacherei zu verwischen, dass keine wirkliche Fluchtgefahr bei Mr Newlin besteht. Es ist eine Sache, die Freilassung gegen Kaution bei der Anklageerhebung zu verweigern, aber eine andere, sie nicht bei der Voruntersuchung zu bewilligen, Euer Ehren. Ich kann mich an keinen Fall erinnern, bei dem zu diesem Zeitpunkt keine Kaution festgesetzt wurde.«

Richter Silveria bediente sich wieder seines Hammers. »Ich gebe Ihnen Recht, Mr Roberts. Ihr Mandant wird gegen Kaution freigelassen. Die Kaution wird auf 250 000 Dollar festgesetzt. Nächster Fall, bitte.«

Mary war erleichtert, trotz der hohen Summe. Sie wusste, dass Jack die zehn Prozent, die er hinterlegen musste, um freigelassen zu werden, leicht aufbringen würde, und sie konnte nun einen weiteren Versuch wagen, ihn umzustimmen. Vielleicht würde der Geschmack der Freiheit ihn für ihre Argumente empfänglicher machen.

Die Galerie leerte sich wie auf Kommando, alle Reporter, Zeichner und Zuschauer strömten hinaus, doch Mary blieb zurück.

Während Roberts seine Unterlagen in die Aktentasche packte, drehte Jack sich auf einmal um und ließ seinen Blick über die Reihen wandern. Mary fragte sich, warum, denn Paige war nicht unter der Menge, wahrscheinlich hatte er sie gebeten, nicht zu kommen. Sie stand auf, als die Letzten hinausgegangen waren, und merkte, dass Jack sie anstarrte.

Ihr Herz rutschte in die Magengrube, wo es nichts verloren hatte, und sie stand da wie festgewachsen. Er sah sie direkt an. Seine Augen verrieten eine stillschweigende Verbundenheit, bevor ihr Ausdruck wieder reserviert wurde und er sich abwandte. Aber sie hatte sich diesen Blick nicht eingebildet. Er hatte Ausschau nach ihr gehalten.

Sie blieb schweigend und aufrecht stehen, was eine Aussage in sich selbst darstellte. Jack log, doch wenn es in dieser Stadt noch so etwas wie Gerechtigkeit gab, brauchte sie nur aufzustehen und so lange die Wahrheit zu sagen, bis jemand sie hörte. Sie würde Zeugnis ablegen. Sie schwor sich, niemals aufzugeben und nicht nachzulassen, bis sie die Wahrheit ans Licht gebracht hatte.

Lange nachdem Jack aus dem Gerichtssaal geführt worden war, stand sie noch da und blickte auf das Richterpodium, die amerikanische Flagge und das goldene Siegel des Staates Pennsylvania, Symbole, die zur Ausstattung jedes Gerichtssaals gehörten und denen sie bisher keine größere Beachtung geschenkt hatte. Jetzt aber musste sie feststellen, dass diese Symbole ihr mehr bedeuteten als die Kelche, Hostien und Rosenkränze ihrer Kindheit, und sie überlegte, ob sie ersatzweise an den Hammer des Richters glaubte, weil sie nicht mehr an das Kreuz glaubte. Möglich war es. Mary wusste, dass sie die Weisheit nicht gepachtet hatte und nicht besser war als andere Menschen. Doch zum ersten Mal in ihrem Leben kam sie zu dem Schluss, dass sie auch nicht schlechter war.

Eine Viertelstunde später eilte sie aus dem Gericht und am Rathaus vorbei, vorwärts getrieben von dem kalten Wind. Die Journalisten drängten sich immer noch vor dem Gerichtsgebäude, aber sie hatte es geschafft, ihnen zu entkommen. Jetzt musste sie zurück ins Büro und versuchen, Brinkley ausfindig zu machen. Er wusste etwas, das ihn dazu gebracht hatte, Paige und Trevor zu verhören, und Mary wollte herausfinden, was dieses Etwas war.

Auf den Gehsteigen herrschte Gedränge, so dass sie nur mühsam vorankam, und plötzlich bemerkte sie überrascht, wie ein attraktiver Mann mit eindeutig interessiertem Blick auf sie zuging. Sie senkte den Kopf und hastete an ihm vorbei, doch als sie wieder aufsah, starrte sie ein weiterer Mann mit offenkundiger Neugier an. Sie war verwirrt. Männer hatten sie noch nie auf diese Weise angesehen – warum sollten sie jetzt auf einmal damit anfangen? Ihr Haar war unordentlich, ihr Mantel zerdrückt, und ihre Augen waren von den Kontaktlinsen gerötet.

»Mary«, sagte eine Stimme an ihrer Schulter, und sie fuhr herum.

Direkt vor ihr und außer Atem stand Paige. »Haben Sie kurz Zeit für mich?«

41

Es gab Schlimmeres als vom Dienst suspendiert zu sein, stellte Brinkley fest. Eigentlich merkte er – abgesehen vom Geld – kaum einen Unterschied, was wohl daran lag, dass er sich immer als Außenseiter im zweiten Dezernat gefühlt hatte. Jetzt war es eben offiziell. Außerdem hatte er so mehr Zeit für seine Arbeit. Seine Arbeit am Fall Newlin. Dank der Reporter, die ihm die Suspendierung verschafft hatten, blieb er auf dem Laufenden. Die Zeitungen hatten detailliert über Newlins Angriff auf seine Anwältin berichtet, doch Brinkley hatte sofort gewusst, dass er fingiert war. Der Mann war einfach nicht aus solchem Holz geschnitzt. Daneben hatte er erfahren, dass bei der Voruntersuchung ein neuer Verteidiger dabei war und dass der Richter eine Freilassung gegen Kaution bewilligt hatte.

Jetzt fuhr Brinkley in seinem schwarzen Käfer, Baujahr 68, mit durchgerostetem Boden und rostigen Türen, Richtung Innenstadt. Der kalte Wind pfiff durch die Rostlöcher, so dass er seine Lederjacke bis obenhin zugeknöpft ließ. Eines Tages würde das Fahrgestell ganz herausfallen, aber das gehörte zum Spaß an der Sache. Der Käfer lief immer noch wie geschmiert, und die Kunststoffsitze waren wie neu. Sheree hatte sich immer geschämt, damit herumzufahren, und nur von dem »Mistkäfer« gesprochen.

Er brauste dahin, der CD-Spieler übertönte den Mittagsverkehr, und er fühlte sich wie ein Kind, das die Schule schwänzt. Neben ihm auf dem Beifahrersitz lag ein Päckchen in einem wattierten Umschlag von Federal Express. Vor der Ampel an der Broad Street hielt ein Schwarzer in einer kirschroten Corvette neben ihm. Brinkley sah starr geradeaus. Sollte der Bruder nur einen Spruch ablassen, es ging ihn einen Dreck an, was andere für Autos fuhren.

Die Ampel sprang auf Grün, und Brinkley gab Gas. Der Corvette-Fahrer würde seine Musik genauso lächerlich finden wie den Käfer. Es war weder Rap noch Jazz, sondern Elvis. Brinkley besaß eine Sammlung von über hundert Elvis-CDs und war schon dreimal nach Graceland gepilgert. Jedesmal war er der einzige schwarze Detective aus Philly in der Warteschlange gewesen, aber das kümmerte ihn nicht. Sheree war nie mitgekommen. Sie hielt nichts vom King of Rock'n Roll, was ihn immer gewurmt hatte. Es war gut, sich ab und zu ihre schlechten Eigenschaften in Erinnerung zu rufen. Vielleicht konnte er sie nebeneinander aufreihen wie auf einer Wäscheleine und dann einfach damit aufhören, sich nach ihr zu sehnen.

Er fuhr um eine Ecke, entdeckte das Gebäude links vor sich und parkte gegenüber. Dann schaltete er die schwachen Blinker ein und stieg aus dem Käfer, den Umschlag in der Hand.

42

Mary betrat mit Paige das Büro von Captain Walsh. Es war erstaunlich schmucklos für einen hohen Polizeibonzen. Sie stellte sich vor, nahm dann an seinem Schreibtisch Platz und winkte Paige auf den Stuhl daneben. Sie hatte beschlossen, mit Paiges Geständnis direkt zur höchsten Stelle zu gehen. Die alte Mary wäre dazu zu schüchtern gewesen, doch die neue zögerte nicht, den Boss zu verlangen.

Danke, dass Sie Zeit für uns haben, Captain«, sagte sie, und Paige nickte steif.

»Selbstverständlich.« Walsh nickte ebenfalls, wobei sein kurzer, kräftiger Hals im gestärkten Kragen seines weißen Uniformhemdes versank. Er trug eine dunkle Krawatte und ein goldenes Abzeichen, und seine Haare sahen aus, als würden sie nie gekämmt. Mary vermied es, auf sein Muttermal zu starren, das gut zu den roten Flecken an ihrem Hals passte.

Captain Walsh deutete auf die sich hinter ihr öffnende Tür. »Hier kommt Detective Kovich. Ich glaube, Sie kennen sich bereits.«

»Ja, natürlich.« Mary drehte sich um. Kovich schnaufte in einem kurzärmeligen Hemd und braunen Polyesterhosen herein, die verrieten, dass er mit der FdH-Methode noch nicht weit gediehen war. Ihm folgte ein junger Mann mit stachelig nach oben gegelten schwarzen Haaren, einem schwarzen Tweedjackett und weiten, schwarzen Hosen. Mary schätzte, dass er zu der Young & Hip-Fraktion unter den Detectives gehörte.

»Der gut Aussehende ist Detective Donovan«, stellte Walsh vor, worauf Mary höflich lächelte.

»Bei unserem Gespräch in Paiges Wohnung war auch ein Detective Brinkley dabei. Wird er noch kommen?«

»Nein, Detective Donovan hat seinen Platz bei den Ermittlungen in diesem Fall eingenommen.« Walsh wandte sich an den jungen Polizisten. »Sag der netten Anwältin guten Tag, Danny.«

»Hallo, Ms DiNunzio«, flötete dieser mit einer spöttischen Verbeugung, und Mary konnte ihn auf Anhieb nicht ausstehen.

»Wo ist Detective Brinkley, Captain?«, fragte sie.

»Detective Brinkley ist von dem Fall abgezogen worden. Ich werde später eine Pressekonferenz dazu abhalten. Er wurde wegen unehrenhaften Verhaltens vom Dienst suspendiert.«

Das bedeutete im Polizeicode, dass er dem Chef widersprochen hatte. Mary fragte sich, wie Walsh und Kovich wohl reagieren würden, wenn sich herausstellte, dass Brinkley Recht hatte. Sie wartete, bis Kovich sich rechts von Walsh an einen Aktenschrank gelehnt hatte. Donovan positionierte sich neben ihn, die Hände in den Hosentaschen, und musterte sie skeptisch. Mary ignorierte die demonstrative Männerfront und räusperte sich.

»Captain, wie Sie wissen, habe ich Jack Newlin zu Anfang als Anwältin vertreten. Nach einigen Nachforschungen bin ich zu dem Schluss gekommen, dass er an dem Verbrechen unschuldig ist und ein falsches Geständnis abgelegt hat, um seine Tochter zu schützen. Dies hat sich nun bestätigt, und Paige hat beschlossen, eine Aussage zu machen.«

Captain Walsh runzelte so tief die Stirn, dass sein Muttermal sich überlappte. »Ist das wahr, junge Dame?«

»Ja«, antwortete Paige. Ihre Stimme klang sanft und jung, und Marys Herz wurde ganz weich. Sie konnte sich vorstellen, wie verängstigt das Mädchen angesichts einer drohenden Mordanklage sein musste. Fairerweise hatte sie Paige gewarnt, dass sie eventuell nicht mehr vor ein Jugendgericht käme.

»Was ich getan habe, tut mir furchtbar Leid, und es tut mir auch Leid, dass ich zugelassen habe, dass mein Vater für mich gesteht. Das war falsch. Er ist unschuldig. Ich habe es getan. Ich … habe meine Mutter getötet.«

»Nun, das ist ja eine ganze Menge auf einmal.« Walsh sah Paige durchdringend an. »An dieser Stelle sollte ich Sie wohl über Ihre Rechte informieren. Ich denke, ich weiß noch, wie das geht.«

Während er die Litanei herunterbetete, zog sich Marys Magen zusammen. So sehr sie wollte, dass Jack frei kam, so furchtbar war es gleichzeitig, Paige dafür ins Gefängnis zu bringen. Es war eine ausweglose Situation, und sie konnte nun beinahe verstehen, warum Jack sich geopfert hatte.

Walsh kam zum Ende. »Haben Sie Ihre Rechte verstanden, Ms Newlin?«

»Ja«, sagte Paige mit zittriger Stimme, und Mary drückte ihre Hand.

»Kovich, gehen Sie doch mal nach nebenan und holen uns ein Formular, mit dem sie auf ihr Recht zu schweigen verzichtet, ja?«, sagte Walsh, und der stämmige Detective stieß sich vom Schrank ab und schob aus dem Zimmer. »Ms DiNunzio, vertreten Sie Ms Newlin als Anwältin?«

»Ja, das tue ich.«

»Gut.« Walsh öffnete und schloss seine Faust, als würde er mit einem Handexpander trainieren, bis Kovich mit dem Formular wiederkam und es Mary reichte. Sie las es kurz durch und nickte, damit Paige unterschrieb, worauf der Captain dem Mädchen einen Stift reichte.

»So, Ms Newlin, dann erzählen Sie uns mal genau, was passiert ist.«

»Ja. Sicher. Okay.« Paige fuhr sich mit der Zunge über ihre trockenen Lippen. »Ich bin an dem Abend nach Hause gefahren, um mit meiner Mutter zu sprechen und ihr zu sagen, dass ich schwanger bin. Meinem Vater hatte ich es schon am Telefon erzählt, und er hatte versprochen, auch zu kommen und mir zu helfen. Ich habe meinen Freund auch mitgebracht, obwohl ich meinem Vater gesagt hatte, dass er nicht mitkommen würde.« Sie hielt kurz inne.

»Meine Mutter ist total durchgedreht, als ich ihr gesagt

habe, dass ich schwanger bin. Sie war betrunken und hat mich so hart geschlagen, dass ich vom Stuhl gefallen bin. Dann hat sie angefangen, mich in den Bauch zu treten, ganz fest, und sie hat gesagt, sie würde mein Baby aus mir heraustreten.«

Walshs dunkle Augen blitzten. »Das hat sie gesagt?«

»Sie hat immer wieder geschrien: ›Du machst es weg oder ich mach es weg!‹ Dann bin ich auch ausgeflippt. Ich glaube, das war auch wegen der Drogen.«

Paige unterbrach sich und sah Mary an. Sie hatten das alles in Marys Büro besprochen, und Mary hatte ihr geraten, nichts zurückzuhalten und die ganze Wahrheit zu sagen. Es musste alles ans Licht, und Mary hoffte, durch die Drogengeschichte auf verminderte Zurechnungsfähigkeit oder eine Anklage wegen Totschlags plädieren zu können.

»Drogen«, seufzte Walsh mit neuem Stirnrunzeln. »Auf was waren Sie denn?«

»Crystal. Ein starkes Amphetamin.«

Mary beugte sich zum Captain vor. »Ihr Freund Trevor Olanski hat es ihr gegeben. Er war bei der Tat dabei und kann ihre Aussage bestätigen. Wir haben vergeblich versucht, ihn zu erreichen. Ich habe aber Grund zu der Annahme, dass er sich gestern Nacht in New York aufgehalten hat.«

Walsh wandte sich an Paige. »Bitte fahren Sie fort.«

»Also, ich hatte noch nie Crystal genommen, und es hat total reingehauen, ich bin richtig durchgeknallt. Es fällt mir schwer, mich zu erinnern. Ich habe das Messer vom Tisch genommen und ... und ... sie erstochen.«

Tränen der Reue traten in Paiges Augen, aber sie weinte nicht, und Mary war stolz auf sie.

»Ich wusste gar nicht, dass ich so viel Wut in mir hatte. Ich habe völlig die Kontrolle verloren und immer wieder zugestochen. Irgendwann bin ich wieder zu mir gekommen und habe das Messer fallen lassen. Meine Mutter ... sie lag auf dem Boden. Dann hat mein Freund mich am Arm gepackt und dort rausgebracht. Na ja, und als mein Dad nach Hause kam, muss er meine Mutter gefunden haben und sich gedacht haben, was passiert ist. Er hat sich gestellt, aber er war es nicht. Er hat es nicht getan.«

Paige schaffte es, ihre Tränen zurückzuhalten, und Mary drückte erneut ihre Hand. Es war vorbei. Paige hatte gestanden, und Jack war gerettet.

Doch Walsh sah immer noch finster drein. »Wissen Sie, Ms Newlin, es ist nicht ungewöhnlich, dass jemand zu uns kommt und versucht, ein Mitglied seiner Familie zu schützen, vor allem, wenn es um Mord geht.«

Mary nickte. »Das wissen wir. So hat auch ihr Vater gehandelt.«

Walsh hob die Hand wie ein Verkehrspolizist. »Ich spreche mit Ms Newlin, Ms DiNunzio.«

»Das ist mir klar.«

»Dann reden Sie bitte nicht dazwischen. Wenn Sie nicht möchten, dass Ihre Mandantin eine bestimmte Frage beantwortet, können Sie ihr das sagen. Aber antworten Sie bitte nicht für Sie, klar? Ich habe meinem Heißsporn Donovan hier auch einen Maulkorb angelegt, und glauben Sie ja nicht, dass das einfach war.«

»Es ist aber nicht dasselbe, Captain.« Mary gelang es, sich nicht einschüchtern zu lassen. »Detective Donovan muss sich nicht für eine Straftat verantworten, im Gegensatz zu Paige, deren Anwältin ich bin.«

»Sie waren auch Mr Newlins Anwältin. Ich weiß zwar nicht viel über das Ethos Ihres Berufsstandes, aber es wundert mich, dass Sie beide vertreten können, obwohl es hier offensichtlich einen Interessenkonflikt gibt.«

»Erstens bin ich nicht mehr Mr Newlins Anwältin, und zweitens weiß ich durch meine Ermittlungen, dass Paige die Wahrheit sagt.« Mary warf einen Blick auf Kovich, der wieder am Schrank lehnte. »Und ehe Sie mein Berufsethos in Frage stellen, sollten Sie sich erst einmal um das Ihres Dezernats kümmern. Es steht in allen Zeitungen, dass es bei Ihnen Meinungsverschiedenheiten über diesen Fall gibt. Doch Ihre einzige Reaktion darauf war bisher, Brinkley zu bestrafen, statt einen unschuldigen Mann freizulassen.«

»Mr Newlins Unschuld ist noch nicht erwiesen, Ms DiNunzio. Aber wenn Sie mich jetzt mit seiner Tochter sprechen lassen, können wir vielleicht ein paar Fortschritte machen.«

»Nur zu«, erwiderte Mary. Captain Walsh nötigte ihr trotz allem Respekt ab, stellte sie fest.

»Sehr freundlich.« Walsh beugte sich über seinen Schreibtisch, um Paige näher zu sein. »Ms Newlin, wie Sie wissen, hat Ihr Vater ein Geständnis abgelegt, auf Grund dessen er angeklagt wurde. Er hat am Telefon beim Polizeinotruf gestanden, und er hat gegenüber den Detectives gestanden, was auf Video aufgezeichnet wurde. Niemand hat ihn dazu gezwungen oder es aus ihm herausgeprügelt. Er kam freiwillig zu uns und berichtete, was passiert war. Das verstehen Sie doch?«

Paige nickte. »Aber er hat gelogen, um mich zu beschützen.«

»Vielleicht wissen Sie nicht, dass es eine ganze Reihe konkreter, materieller Beweise gegen Ihren Vater gibt. Das Blut Ihrer Mutter klebte an seinen Händen und an seiner Kleidung. Wir haben gerade den Bericht des Gerichtsmediziners bekommen, der besagt, dass viel Kraft nötig war, um diese Stichwunden zuzufügen. Ich kann mir nur schwer vorstellen, dass ein dünnes Mädchen wie Sie das fertig gebracht haben soll.«

»Aber ich habe es getan. Ich habe sie erstochen«, protestierte Paige, während Mary bereits ein flaues Gefühl im Magen bekam.

»Es gab mehrere Stichwunden. Können Sie mir sagen, wie viele?«

»Ich glaube, zwei oder drei. An zwei oder drei kann ich mich erinnern.«

Captain Walsh schüttelte den Kopf. »Es waren fünf.«

»Meinetwegen, dann waren es eben fünf«, entgegnete Paige auf trotzige Teenagerart. »Ich weiß nicht mehr, wie oft ich zugestochen habe. Ich war high, das habe ich Ihnen doch gesagt.«

»Ich habe es gehört.« Walsh machte eine Pause. »Aber fünf Stichwunden in die Brust kosten Zeit und Kraft. Das ist harte Arbeit. Sie würden keine einzige davon vergessen.«

»Ich war high, verdammt.« Paige wurde langsam frustriert, und Donovan verschränkte aggressiv die Arme vor der Brust.

»Was ist mit den Schnitten an der Hand, Captain?«, fragte er. Walsh sah sich verärgert nach ihm um, dann wandte er sich wieder an Paige. »Wissen Sie, wenn die Tatwaffe bei einem Mord ein Messer ist, trägt der Täter meistens ein oder zwei Schnitte davon, weil das Messer so schlüpfrig ist. Das passiert fast immer. Ihr Vater hatte einen Schnitt in der Handfläche. Haben Sie auch einen?«

Paige sah auf ihre Hände, spreizte die Finger. Sie waren rosig und gepflegt, ohne einen Kratzer. Mary fühlte sich plötzlich niedergeschlagen. Sie wusste, worauf das alles hinauslief: Sie würden Paige nicht glauben. Flüchtig überlegte sie, ob es Zweck hätte, Paige zu Jack zu bringen und ihn mit ihrer Aussage zu konfrontieren, aber er würde bloß alles abstreiten.

»Aber ich habe es getan, ich weiß es doch«, rief Paige. Alle Sanftheit war aus ihrer Stimme verschwunden, sie wollte, dass man ihr glaubte. »Denken Sie wirklich, ich würde mir so etwas ausdenken? Vorgeben, ich hätte meine eigene Mutter getötet?«

»Ja, sicher«, nickte Captain Walsh ernst. »Das Gleiche behaupten Sie doch schließlich auch von Ihrem Vater.«

Kovich trat unbehaglich von einem Fuß auf den anderen. »Mir ist gerade etwas eingefallen, Captain. Darf ich?«

»Kann ich Sie aufhalten?«, fragte Walsh mit strengem Lächeln zurück, worauf Kovich fortfuhr.

»Ms Newlin sagte, ihre Mutter hätte sie mehrmals fest in

den Bauch getreten. Sie haben ja den gerichtsmedizinischen Bericht gelesen, Captain. Ein Zeh des Opfers war gebrochen, am rechten Fuß. Das könnte beim Treten passiert sein. Wir hielten es für eine Defensivverletzung, aber vielleicht gibt es einen anderen Grund.« Kovichs Augen blickten hellwach hinter seiner Goldrandbrille. »Wenn Ms Newlin die Wahrheit sagt, müsste sie deutlich sichtbare Prellungen am Bauch haben.«

»Das stimmt«, sagte Mary eifrig. Kovich half ihr, was ihn bei seinem Vorgesetzten sicher nicht beliebter machte, und sie nickte ihm dankbar zu.

Walsh sah Paige forschend an. »Ms Newlin, haben Sie irgendwelche Prellungen am Körper?«

»Ich glaube ja, bestimmt. Mein Bauch hat am nächsten Tag furchtbar wehgetan. Ich hatte Angst wegen dem Baby und rief beim Frauengesundheitszentrum an. Sie beruhigten mich und sagten, es wäre bestimmt alles in Ordnung, weil es noch so früh ist.«

»Sie werden verstehen, dass wir nicht einfach auf Ihr Wort vertrauen können«, sagte Walsh, immer noch mit deutlichem Zweifel in der Stimme. »Wir müssen die Prellungen sehen und sie fotografieren.«

»Kein Problem«, erwiderte Mary. Sie wünschte, sie hätte schon in ihrem Büro daran gedacht, aber da hatte sie noch nichts von dem gebrochenen Zeh gewusst. Die Anklage durfte den gerichtsmedizinischen Bericht noch unter Verschluss halten. »Wenn die Herren kurz den Raum verlassen würden, könnte ich einen Blick auf Paiges Bauch werfen.«

Der Captain und die Detectives erhoben sich und gingen. Kovich sah sich an der Tür noch einmal nach ihnen um, was Mary als Ermutigung auffasste. Möglicherweise hatte er erkannt, dass sein Kollege Brinkley Recht hatte. Mit dessen Informationen und ihren eigenen würde Jack entlastet werden. Kaum hatten die Polizisten die Tür hinter sich geschlossen, sprang Mary auf.

»Gut Paige, zeig mir deine Blutergüsse.«

»Okay.« Paige begann ihre Bluse aufzuknöpfen, wobei ihre langen, roten Haare nach vorn fielen und ihr Gesicht bedeckten. »Ich habe sicher welche. Ich meine, ich habe nicht nachgesehen, aber ich weiß es. Mein Bauch hat so höllisch wehgetan.«

Sie fummelte an den letzten Knöpfen herum und öffnete die Bluse. Ein spitzenbesetzter weißer BH lugte hervor, und darunter lag der hübscheste und flachste Bauch, den Mary je gesehen hatte. Nirgends war eine Prellung oder auch nur ein blauer Fleck zu sehen.

Marys Mund fühlte sich an wie Papier. »Da ist nichts«, sagte sie fassungslos, und Paige sah verwirrt an sich herunter.

»Das verstehe ich nicht. Da muss doch was zu sehen sein? Sie hat mich getreten und getreten. Das weiß ich. Ich erinnere mich genau.«

»Wie kommt es dann, dass man nichts sieht? Wieso wusstest du das nicht?« Mary versuchte, nicht allzu vorwurfsvoll zu klingen, doch ihre Hoffnungen auf Jacks Freilassung waren damit zunichte gemacht. »Siehst du dir deinen eigenen Körper nicht an?«

»Seit diesem Abend irgendwie nicht mehr ... Ich weiß auch nicht. Ich hatte kaum Zeit zum Duschen. Aber sie hat mich getreten, das weiß ich. Ich hatte solche Angst um das Baby. Sie hat dauernd geschrien, sie würde es töten!«

Mary wusste nicht, was sie sagen oder tun sollte. Was ging hier vor? Der Captain würde Paige jetzt überhaupt nicht mehr glauben, aber sie hatte die Wahrheit gesagt. Ihr Bericht hatte sich haargenau mit ihrer Schilderung in Marys Büro gedeckt, alles war schlüssig und passte zusammen. Doch Kovich hatte natürlich Recht: Wenn Paige so fest getreten worden war, dass ihre Mutter sich dabei einen Zeh gebrochen hatte, mussten Blutergüsse, blaue Flecken, irgendetwas zu sehen sein. Die einzig logische Schlussfolgerung lautete also, dass sie nicht getreten worden war.

Es klopfte sachte an der Tür. »Können wir hereinkommen, Ms DiNunzio?«, fragte Captain Walsh, worauf Mary von einer leichten Panik überfallen wurde.

»Gleich«, rief sie, und Paige knöpfte hastig ihre Bluse zu.

Walsh kam mit Donovan herein, dicht gefolgt von Kovich, der eine Polaroidkamera in der Hand hielt. Hinter ihm betrat eine Frau den Raum, die er Mary und Paige eifrig vorstellte.

»Das ist Detective Andersson, sie wird Fotos von den Prellungen machen«, sagte er, während Mary blitzschnell überlegte.

»Wir werden die Fotos machen, nachdem wir mit dem Freund gesprochen haben. Er kann alles bestätigen, was sie gesagt hat.«

»Wie? Was ist mit den Verletzungen?«, fragte Kovich, und seine Schultern sackten herab, als Walshs Blick wieder finster wurde.

»Hat sie Blutergüsse oder nicht, Ms DiNunzio?«

»Nein«, gab Mary zu, ohne sich von dem wissend-triumphierenden Ausdruck irritieren zu lassen, der Donovans Gesicht überzog. »Vielleicht sind sie nur noch nicht in Erscheinung getreten oder so was. Der Freund war dabei, das steht fest. Wenn wir ihn finden, kann er Paiges Aussage erhärten.«

»Das bezweifle ich.« Donovan verschränkte wieder herausfordernd die Arme. »Paige versucht ganz offensichtlich, ihren Vater zu schützen. Verständlich, denn sie hat bereits ein Elternteil verloren.« Er sah Paige routiniert freundlich an. »Dein schmerzlicher Verlust tut mir sehr Leid, Paige. Aber du bist ein Opfer dieses Verbrechens, genau wie deine Mutter. Dein Vater muss sich für den Mord an ihr verantworten, nicht du.«

»Ich mach das schon, Donovan«, übernahm Walsh. Er ließ sich schwer auf seinen Stuhl hinter dem Schreibtisch sinken und sah zu allen auf. »Ich sage Ihnen was, Ms DiNunzio. Sie bringen Ms Newlin jetzt ganz schnell hier raus, dann werde ich keine Anzeige gegen Ihre Mandantin wegen Falschaussage und Behinderung der Rechtsfindung erstatten. Und ich werde der Anwaltskammer auch nicht mitteilen, dass Sie Schindluder mit der Wahrheit treiben. Aber denken Sie an meine Worte: Falls eine von Ihnen beiden mit dieser Sache zur Presse geht, werde ich kurzen Prozess mit *ihr* machen.« Walsh zeigte auf Paige. »*Capisce?*«

»Captain, sobald wir den Freund gefunden haben, kommen wir wieder.« Mary konnte einfach nicht aufgeben. »Dann wird er Ihnen genau schildern, was passiert ist.«

»Ich weiß, wo dieser Freund ist, und er kann Ihnen nicht helfen.«

»Was? Wo steckt er?«, fragte Mary überrascht.

»Er befindet sich im Gewahrsam des FBI«, antwortete Captain Walsh, und Paige schnappte entsetzt nach Luft.

43

Jack verließ das Gefängnis in einem Taxi und fühlte sich seltsam in dem grauen Sweatshirt und den Jeans, die sie ihm bei seiner Freilassung als Ersatzkleidung gegeben hatten. Sein Gesicht schmerzte immer noch von den Schlägen, und seine Augen reagierten empfindlich auf direktes Sonnenlicht, doch er dachte an nichts anderes als an Paige. Jetzt, da er sich vorübergehend in Freiheit befand, würde er sie vor Trevor beschützen und herausfinden, was zum Teufel an jenem Abend passiert war.

Das Taxi brauste über den auf Pfeilern verlaufenden Teil der Schnellstraße, hinweg über verlassene Reihenhäuser und mit Graffiti besprühte Lagerhallen. Jack achtete nicht weiter auf den abschätzigen Blick des Fahrers im Rückspiegel, der natürlich wusste, wer sein Fahrgast war. Seine Feindseligkeit machte ihm nichts aus. Er hatte Verständnis dafür, dass die Leute außerhalb des Gefängnisses nicht so scharf darauf waren, ihm die Hand zu schütteln. Das Leben als geständiger Mörder würde nicht leicht sein, aber das war ganz in Ordnung so.

Das Taxi erreichte die Stadt innerhalb einer Stunde, und Jack dirigierte den Fahrer zu seinem Haus. Er wusste nicht, was er dort wollte, aber irgendwie zog es ihn dorthin. Als das Taxi davor hielt, blieb er einfach sitzen, als käme er gerade von einer Beerdigung und führe am Haus des Verstorbenen vorbei. Jack fühlte sich innerlich selbst wie tot; zumindest ein Teil seines Lebens war gestorben. Honor war tot, und er hatte noch nicht einmal an ihrem Begräbnis teilgenommen. Beschämt ließ er den Kopf sinken.

Der laufende Motor des Taxis brummte als Hintergrundgeräusch, während er an sie dachte. Er trauerte um sie, aber nicht um das Leben, das sie miteinander geführt hatten. Höchstens konnte er das Leben betrauern, das sie nach außen zur Schau gestellt hatten, doch wozu sollte das gut sein? Er sah aus dem Fenster auf sein Haus, dessen Vordertür kreuz und quer mit dem gelben Absperrband der Polizei versiegelt war. Niemand musste ihm sagen, dass er nicht hineinkonnte und noch weniger, dass er dort nicht mehr leben konnte. Alles, was er besaß, war dort drin, doch im Grunde hatte er nie etwas davon besessen und all diese Dinge auch nie gewollt. Die Sonne tauchte die Kolonialvilla in einen Millionen-Dollar-Glanz, so dass sie erstrahlte wie in einem Immobilienkatalog, aber Jack wollte sie nie wieder sehen.

Er bat den Fahrer, ihn zu einem Hotel zu bringen, und nannte ein Mittelklassehotel, in dem hauptsächlich Touristen abstiegen und keine Journalisten herumlungerten. Der Taxifahrer steuerte es wortlos an, und nach einer Viertelstunde waren sie da. Er stieg aus dem Wagen, betrat das Hotel und schob seine American-Express-Karte über den Tresen. Die junge Frau an der Rezeption brauchte seine Kreditkarte nicht erst zu lesen, um ihn zu erkennen. Auf den Titelseiten der neben ihr aufgestapelten Zeitungen prangte ein vergrößertes Foto von ihm; sein Gesicht war durch den Knick zweigeteilt, seine Nase in fünfundzwanzigfacher Wiederholung zu sehen. Die junge Frau konnte nicht anders, als entsetzt auf sein wirkliches, malträtiertes Gesicht zu starren, das die Pressefotografen noch nicht erwischt hatten. Er ignorierte sie, denn er musste sich beeilen. Paige.

Schnell nahm er seinen Schlüssel und die Karte in Empfang, eilte zum Aufzug und drückte den Knopf, wobei er dasselbe merkwürdige Gefühl empfand, das schon der Anblick seines Hauses ausgelöst hatte. Er fühlte sich von allem getrennt, als wäre die Verbindung zu seinem eigenen Leben unterbrochen worden. Sein Zuhause. Seine Familie. Mary. Er versuchte, ihr Bild im Gerichtssaal aus seinem Gedächtnis zu verbannen. Sie war seinetwegen dort gewesen, um ihn zu ermahnen, die Wahrheit zu sagen, aber sie verlangte Unmögliches, Todesstrafe oder nicht. Er durfte jetzt nicht daran denken.

Jack betrat den Aufzug, der geräumig war im Vergleich zu seiner Isolationszelle. Wie war es möglich, dass er innerhalb eines Tages von der Einzelhaft in ein Touristenhotel wechselte? Wie kam es, dass er so schnell die Häftlingskleidung gegen ein Sweatshirt eingetauscht hatte? Das Gefühl des Abgetrenntseins erstreckte sich auch auf ihn selbst, auf seinen eigenen Körper, als wäre dieser zu einem Kleiderständer geworden und als könnte er seine Identität wechseln wie Hemd oder Hose. Vater. Rechtsanwalt. Mörder. Die Aufzugtür öffnete sich, und er stieg aus.

Er wusste nicht mehr, wer er war, aber es war höchste Zeit, es herauszufinden.

Jack klopfte an die Tür des gedrungen Reihenhauses aus Backstein, aber niemand öffnete. Obwohl es sehr kalt war, fror er nicht in der Footballjacke, die er im Andenkenladen des Hotels gekauft hatte. I LOVE PHILADELPHIA stand quer über der Brust. Er glaubte aber nicht, dass seine alberne Jacke der Grund war, weshalb ihn der kleine schwarze Junge auf dem Trottoir so anstarrte. Sein stummer Blick verriet Jack, dass nicht viele Weiße in diesen Teil der Stadt kamen.

Jack klopfte noch einmal und überprüfte die Hausnummer: 639 Beck Street. Es war Brinkleys Haus, die Adresse stand im Telefonbuch. Er hatte angerufen und Brinkleys Stimme auf dem Anrufbeantworter gehört, aber keine Nachricht hinterlassen. Er wollte nichts tun, das darauf schließen ließ, dass er nicht der Mörder war.

Erneutes Klopfen. Er musste mit Brinkley sprechen, und zwar persönlich. Es war ein Risiko, aber er würde es eingehen, weil Paige in Gefahr war. Er hatte sie telefonisch nicht erreicht, nur eine Nachricht auf ihr Band gesprochen mit dem Namen des Hotels und der Bitte, ihn so schnell wie möglich zurückzurufen. Seitdem machte er sich Sorgen darüber, wo und bei wem sie sein mochte. Hoffentlich nicht bei Trevor.

Jack hämmerte gegen die Tür, während der kleine Junge langsam auf ihn zukam. Er war etwa sieben Jahre alt, trug eine schwarze Strickmütze, die ihm tief in die Stirn gerutscht war, und vergrub die Hände in die viel zu große Jacke eines älteren Bruders.

»Er ist nicht da«, sagte der Kleine. »Ich hab gesehen, wie er weggefahren ist.«

»Oh, danke.«

»Er ist ein Bulle.«

»Ich weiß.« Jack wandte sich von der Tür ab, ließ seinen Blick über den Häuserblock gleiten und ging die Stufen zum Trottoir hinunter. »Ich glaube, ich werde auf ihn warten. Hast du was dagegen, wenn ich bleibe?«

»Geht in Ordnung.« Der Junge zuckte die Achseln und betrachtete freimütig Jacks zerschlagenes Gesicht. »Schlägerei, Mister?«

»Könnte man so sagen.« Jack lächelte und hockte sich hin, um ein Gespräch mit dem einzigen Menschen in Philadelphia anzufangen, der nicht die Tageszeitung gelesen hatte.

44

»Sie!«, rief Mary verduzt. Sie hatte die Blondine auf den ersten Blick wiedererkannt. »Sie sind doch die Frau, die mit Trevor am Bahnhof war!«

»Kennen wir uns?« Die Blonde machte ein höflich-verwirrtes Gesicht, als sie die beiden Frauen an der Glastür zu den geschäftigen, modernen Büroräumen des FBI im Gebäude des Bundesgerichts in Empfang nahm. »Ich bin Agentin Reppetto.« Sie gab Mary die Hand.

»Agentin?«, wiederholte Mary verdutzt. Die Frau wirkte jetzt viel professioneller, mit dem glänzenden FBI-Abzeichen an der Brusttasche ihres dunkelblauen Blazers. Vielleicht lag es auch daran, dass ihre Zunge nicht in Trevors Mund steckte. »Nein, wir kennen uns nicht. Ich habe Sie nur gesehen, als Sie sich mit Trevor am Bahnhof trafen. Ich wusste nicht, dass Sie eine FBI-Agentin sind.«

»Das sollten Sie auch nicht wissen. Ich habe schließlich undercover gearbeitet«, grinste Reppetto, der ihr öffentlicher Knutschauftritt überhaupt nicht peinlich zu sein schien. Mary fragte sich, ob sie eine ganz neue Generation von Italienerinnen repräsentierte. »Wir hatten Olanski schon seit geraumer Weile im Visier. Er schmuggelt beträchtliche Mengen an Drogen aus New York heraus und verteilt sie an ein Netz von Kleindealern hier in Philly. Meistens verkauft er an Kids in Privatschulen. Aber vor ein paar Monaten ist er an den Falschen geraten, den Sohn eines hochgestellten Anwalts.«

»Nicht sehr clever. Was wird mit ihm passieren?«

»Er wird angeklagt werden, aber er kommt sicher vorläufig auf Kaution frei. Daneben werden wir unser Bestes tun, ihm das Geschäft zu vermasseln, indem wir ihn von den anderen Kids fernhalten. Eine Verurteilung ist in diesem Fall sicher, und er wird als voll strafmündig vor Gericht gestellt werden.«

Paige stöhnte leise auf. »Heißt das, er muss ins Gefängnis?«

Agentin Reppetto nickte. »Ich darf leider nicht mit Ihnen darüber reden. Jedenfalls sollte er bis heute Abend auf Kaution frei sein.«

»Verstehe«, sagte Mary, bemerkte aber Paiges trauriges Gesicht. Das Mädchen machte wirklich eine Menge durch und dachte wahrscheinlich gerade an Trevors Untreue. Das Mindeste, was sie für Paige tun konnte, war, die Situation zu klären, wie unangenehm das auch sein mochte. »Agentin Reppetto, hatten Sie so etwas wie eine Affäre mit Trevor, um ihn auffliegen zu lassen?«

»Nein, ich bin doch keine Spionin à la Bond«, antwortete Reppetto lachend. »Er wollte eine Ladung Stoff in New York abholen und danach zur Feier des Tages bei Petrossian mit mir essen gehen. Wir sind noch nicht einmal bis zum Kaviar gekommen. Ich wollte nur bei dem Deal dabei sein.« Sie klatschte abschließend in die Hände. »Also, wir haben Ihre Informationen an den Agenten weitergeleitet, der Olanski vernimmt. Wollen wir uns die Vernehmung ansehen?«

Zehn Minuten später traten Mary und Paige an den breiten Spionspiegel vor dem Vernehmungsraum, an dessen anderem Ende bereits die Detectives Kovich und Donovan standen. Paige war von Mary gewarnt worden, in Hörweite der Männer nichts verlauten zu lassen, während der FBI-Agent die Befragung durchführte. Die Agenten hatten Trevor auf frischer Tat ertappt, waren aber willens, mit der Polizei in Philadelphia zu kooperieren, was die Ermittlungen im Mordfall Newlin betraf. Trevor hatte sich in der Hoffnung auf ein milderes Urteil zu einem Gespräch bereit erklärt. Er lümmelte in seiner braunen Lederjacke und einem weißen Hemd am Tisch und spielte missmutig mit einer Dose Sprite.

»Ich hab Ihnen doch gesagt, ich weiß nichts davon«, maulte er.

Der ihm gegenüber sitzende FBI-Agent war ein Mann mittleren Alters, der durchtrainiert in seinem dunklen Anzug steckte und eine Dose Cola light vor sich stehen hatte.

»Sie wissen nichts über den Mord an Mrs Newlin?«

»Nein.«

Neben Trevor saß ein weißhaariger Mann in einem dreiteiligen Anzug, den Mary gleich als Anwalt erkannte. Sie mochte keine Undercover-Agentin durchschauen können, aber einen Anwalt roch sie selbst durch eine Glaswand hindurch. Der Mann sagte nicht viel, machte sich nur gelegentlich Notizen.

»Waren Sie an dem betreffenden Abend im Haus der Newlins?«

»Nein.«

»Sind sie je zuvor im Haus der Newlins gewesen?«

»Ein paar Mal.«

»Warum?«

»Eltern kennen lernen.«

»Wo waren Sie an dem Abend, als Honor Newlin ermordet wurde?«

Trevor antwortete nicht sofort. »Wann war das noch mal?«

»Am Montag.«

»Da war ich zu Hause und habe gelernt. Ich hatte ein Französischexamen am nächsten Tag, das können Sie überprüfen.«

»Sie waren also nicht mit der Tochter, Paige Newlin, im Haus ihrer Eltern?«

»Nein.«

»Wissen Sie, ob die Tochter an diesem Abend bei ihren Eltern war?«

»Sie war nicht dort, sie war zu Hause. Sie hatte Migräne oder so.«

»Sie waren also nicht im Haus der Newlins. Aber die Tochter ist ihre Freundin?«

»Ja.«

»Sie ist schwanger. Von Ihnen.«

»Das behauptet sie jedenfalls«, erwiderte Trevor, worauf Paige einen empörten Laut von sich gab. Mary stieß sie warnend an. Der FBI-Agent nahm einen Schluck von seiner Cola. »Was wissen Sie über den Mord an Mrs Newlin?«

»Nur das, was ich in der Zeitung gelesen habe. Dass der Vater sie umgebracht hat.«

»Haben Sie Paige an dem Abend irgendwelche Drogen gegeben?«

»Nein, ich war zu Hause und habe gelernt.«

»Haben Sie Paige jemals Drogen gegeben?«

»Manchmal. Um sie auf Touren zu bringen«, antwortete Trevor, und es klang so hässlich, dass diesmal Mary einen empörten Laut von sich gab.

»Haben Sie ihr nach dem Mord geholfen, sich zu beruhigen?«

»Nein.«

»Ihr Drogen gegeben, um sie zu beruhigen?«

»Nein.«

»Haben Sie ihr eingeschärft, der Polizei zu sagen, dass Sie beide an dem Abend nicht zusammen waren?«

»Nein.«

»Hat Paige ihre Mutter getötet?«

»Keine Ahnung. Soweit ich weiß, hat es ihr Vater getan.«

»Haben Sie es getan?«

»Einspruch«, sagte der Anwalt, doch Mary hatte genug gehört. Sie nahm Paiges Arm und führte sie nach draußen. Als sie gingen, lächelte Detective Donovan.

Kovich aber nicht.

Auf der Taxifahrt zurück zum Büro war die Stimmung bedrückt. Mary trat sich gedanklich in den Hintern, weil sie Paige nicht nach den Prellungen gefragt hatte, bevor sie zu Walsh gegangen waren. Sie war zu sehr darauf versessen gewesen, Paige zur Polizei zu bringen, und jetzt log Trevor und tat alles, um sich aus der Affäre zu ziehen. Sie sah aus dem

Fenster auf die vorbeiflitzende kalte Stadt und fühlte sich hundeelend. Sie hatte ihre letzte Chance vermasselt, Jack zu helfen. Wie hatte sie bloß so dumm sein können?

Paige rutschte neben Mary auf dem Rücksitz herum und sah zum anderen Fenster hinaus. Ihr musste es noch viel schlechter gehen – ihr Vater saß ihretwegen im Gefängnis, und ihr Liebhaber hatte sie gerade verraten. Ihr klassisch schönes Profil war der Stadt zugewandt, doch die Augen blieben erstaunlicherweise trocken, und das an dem Tag, an dem sie ihre Mutter begraben hatte. Mary konnte nicht ermessen, was in ihr vorging. Sie streckte den Arm aus und tätschelte Paiges Hand, die locker in deren Schoß lag.

»Tut mir Leid, dass ich Mist gebaut habe bei Captain Walsh.«

Paige lächelte traurig. »Machen Sie sich keine Sorgen deswegen. Es war auch meine Schuld, und mir tut es erst recht Leid.«

»Wir werden einen Weg finden, du und ich. Das müssen wir einfach.«

»Ich weiß«, sagte Paige, und Mary hörte eine neue Entschlossenheit in ihrem Ton.

»Wie geht es dir eigentlich jetzt, Paige? Ich meine, mich wundert, dass du nicht völlig fertig bist, nach dem, was Trevor gerade gesagt hat.«

»Nein, überhaupt nicht.« Paige schüttelte den Kopf. »Trevor hat gelogen, um seine eigene Haut zu retten. Ich glaube, ich sehe ihn langsam, wie er wirklich ist.«

»Ich habe mich geirrt, als ich sagte, er würde dich betrügen. Es tut mir Leid.«

Paige winkte ab. »Sie entschuldigen sich zu oft, wissen Sie das?«

»Wirklich? Na gut, dann lass uns ein Übereinkommen treffen. Ich entschuldige mich weniger, und du bedankst dich öfter. Einverstanden?«

»Einverstanden.« Paige lächelte. »Außerdem hat mich Trevor doch betrogen. Er ist mit einer anderen Frau nach New York gefahren und wollte dort die Nacht mit ihr verbringen. Schließlich wusste er ja nicht, dass sie vom FBI ist. Das zählt auch als betrügen, oder?«

»Streng genommen ist es nur versuchter Betrug, aber ich will dich jetzt nicht mit den juristischen Feinheiten langweilen.«

Paige lächelte wieder. »Jedenfalls ist es aus mit ihm. Ich will nichts mehr mit ihm zu tun haben.«

»Gute Entscheidung.« Mary überlegte, was das für das Baby zu bedeuten hatte, fand aber, dass dies nicht der rechte Zeitpunkt war, um die Frage anzusprechen. Paige musste sich schon über genug Dinge den Kopf zerbrechen. Das Mädchen wurde innerhalb weniger Tage plötzlich erwachsen, was Mary nicht sehr überraschte.

Erwachsen werden war noch nie eine Frage des Alters gewesen.

45

Mary saß an dem großen Konferenztisch wie eine Richterin, während Paige vor ihr stand und noch einmal berichtete, was an dem Abend der Tat geschehen war. Als sie geendet hatte, konnte Mary sich die Szene beinahe bildlich vorstellen.

»Fang noch mal von vorn an«, bat sie trotzdem. »Ich will feststellen, ob es irgendwo Ungereimtheiten gibt im Vergleich zu deinen vorigen Schilderungen.«

»Mary, ich denke mir das nicht aus. Es ist die Wahrheit, ich schwör's.«

»Ich glaube dir ja, aber irgendetwas stimmt nicht. Du müsstest Prellungen und Blutergüsse haben, nach dem, was du sagst. Fang noch mal an. Du bist mit Trevor zum Haus deiner Eltern gefahren und dann …«

Paige gab seufzend nach. »Meine Mutter fing sofort an, auf mir herumzuhacken. Sie sagte, ich wäre dicker geworden und sollte nicht so viel essen. Bei dem Shooting bei Bonner hätte man gesehen, dass ich zunehmen würde, und ich müsste aufpassen, um es zu schaffen.«

»Was zu schaffen?«

»Na ja, groß rauszukommen«, erklärte Paige, und Mary sah wieder die schwitzenden Mädchen unter den heißen Lampen vor sich, alle voller Hoffnung, aber keine mit dem Gesicht.

»Dann dachte ich plötzlich, wer ist sie eigentlich, dass sie mich so herumkommandiert? Ich bin kein Kind mehr, ich bekomme selbst ein Kind. Und ich werde eine viel bessere Mutter sein als sie. Also sagte ich: ›Ich bin schwanger, deshalb habe ich dauernd Hunger‹, und dann hat sie mich geschlagen, so dass ich vom Stuhl gefallen bin.«

»Was ist dann passiert?«

»Ich bin aufgestanden und habe geweint. Sie hat mich gepackt und wieder zu Boden geworfen und angefangen, mich in den Bauch zu treten. Zumindest habe ich das geglaubt.« Paige unterbrach sich mit verwirrtem Stirnrunzeln. »Ich kann mich daran erinnern. Ich schwöre es, sie hat versucht, das Baby aus mir herauszutreten. Sie hat es selbst gesagt.«

Mary schüttelte perplex den Kopf. Es klang alles vollkommen plausibel, vor allem, wenn Paige es selbst erzählte, aber es konnte einfach nicht sein. »Was hat Trevor währenddessen gemacht?«

»Er hat versucht, sie von mir wegzuziehen, glaube ich. Ich kann mich nicht richtig erinnern.«

»Aber er hat sich in den Kampf eingemischt?«

»Ich glaube schon. Sie hat geschrien: ›Du machst es weg oder ich mach es weg!‹ Es hat furchtbar wehgetan, und ich habe mich weggerollt, um das Baby vor den Tritten zu schützen. Aber sie hat nicht aufgehört und immer weiter zugetreten.« Paige sah aus, als würde sie gleich in Tränen ausbrechen, beherrschte sich jedoch. »Ich hatte solche Angst. Trevor hat gesagt, ich hätte nur geweint und mich auf dem Boden herumgerollt.«

Mary horchte auf. »Beim letzten Mal hast du nicht gesagt: ›Trevor hat gesagt‹.«

»Was?«

»Hat Trevor dir das gesagt oder erinnerst du dich selbst daran?«

»Ich erinnere mich. Ich habe mich später daran erinnert. Ich meine, wie ich mich auf dem Boden herumrollte und versuchte, ihr auszuweichen.«

Mary ließ nicht locker. »Erinnerst du dich wirklich, oder hat er es dir gesagt? Und wann hat er es dir gesagt?«

»Ich erinnere mich, aber wir haben später darüber gesprochen, immer wieder. Ich konnte an nichts anderes denken und musste darüber reden. Wir sind es immer wieder durchgegangen, bis du gekommen bist. Ich war so verstört, und er hat mich beruhigt.«

»Indem er mit dir über das Ganze sprach?«

»Zum Teil.« Paige strich sich eine Haarsträhne aus dem nachdenklichen Gesicht. »Ich musste darüber reden. An manche Sachen konnte ich mich nicht erinnern. Es geschah alles so schnell, und ich war so weggetreten, total high.«

»Was meinst du damit, dass du dich an manches nicht erinnern konntest?« Mary richtete sich gespannt auf. »Davon hast du bisher noch nichts gesagt.«

»Nein?« Paige fuhr sich mit flattriger Hand an die Stirn. »Moment mal. Über ein paar Dinge war ich mir nicht so ganz im Klaren. Einzelheiten. Es war alles so furchtbar, die ganze Szene.«

»Weißt du, dass es furchtbar war, oder hat Trevor es dir gesagt?«

»Ich weiß es. Ich erinnere mich. Es ist passiert. Oder?« Paige blinzelte verwirrt, und Mary hakte nach.

»Du warst high.«

»Nicht so high, dass ich nicht mehr weiß, was passiert ist.«

»Denk noch einmal genau nach.« Mary stand auf und überlegte laut. »Du gehst zu deinen Eltern. Du nimmst eine Droge, die du noch nie genommen hast und die dich ausrasten lässt. Später bist du mit Trevor zusammen, und ihr sprecht darüber, was passiert ist, als du high warst. Woher willst du wissen, was wirklich geschehen ist und was nicht?«

»Ich weiß es, weil ich mich daran erinnere.«

»Aber wie kannst du sicher sein, dass deine Erinnerung richtig ist? Unser Gedächtnis ist nicht immer zuverlässig, dazu gibt es eine Menge Untersuchungen. Diese Fälle von Kindesmissbrauch in Kindergärten zum Beispiel. Dabei wurden die Kinder so lange befragt, bis sie nicht mehr auseinander halten konnten, woran sie sich wirklich erinnerten und was ihnen eingeredet wurde. Die Kinder wollten es den Fragenden recht machen. Sie erinnerten sich an das, woran sie sich erinnern sollten.« Mary beugte sich zu Paige vor. »Denk daran, dass Drogen bei dir im Spiel waren. Du hast zum Zeitpunkt des Mordes unter Drogeneinfluss gestanden, und du hast mir gesagt, Trevor hätte dir hinterher eine andere Droge zur Beruhigung gegeben. Stimmt das?«

»Ja. Special K. Das ist Ketamin, ein Tranquilizer.«

Mary besann sich einen Augenblick. »Woher weißt du, dass es Special K. war?«

»Es sah so aus. Ein Häufchen weißes Pulver.«

Mary hatte noch nie in ihrem Leben Drogen genommen, abgesehen von Aspirin. »Bestehen nicht viele Drogen aus einem weißen Pulver?«

»Es hat mich entspannt, als wäre es K.«

»Ich schätze, viele Drogen haben eine entspannende Wirkung. Vielleicht war es kein Ketamin, Paige. Vielleicht war es eine andere Droge, eine, die dich leicht beeinflussbar machte.«

»Was?« Paige legte den Kopf schräg, so dass ihre Haare seitlich über ihre magere Schulter fielen.

»Trevor gibt dir das Crystal oder etwas, von dem er behauptet, es sei Crystal, ehe ihr zu deinen Eltern fahrt. Übrigens, warum hast du es überhaupt genommen, wenn du es gar nicht kanntest? Du wusstest doch, dass du eine wichtige Verabredung mit deinen Eltern hattest.«

»Mir war klar, dass es hart werden würde. Ich dachte, ich könnte das nicht durchstehen, ohne etwas zu nehmen.« Paige wurde rot vor Scham. »Ich weiß, das war dumm, aber Trevor sagte, das Crystal würde mich stark machen.«

»Er gibt dir also das Crystal, und du fühlst dich stark. Deine Erinnerung ist lückenhaft, du hast das Gefühl, die Kontrolle über dich zu verlieren. Dann kommt ihr nach Hause, er gibt dir ein anderes Mittel und erzählt dir, was passiert ist. Ihr habt es mehrmals durchgekaut, sagst du.« Mary wurde immer aufgeregter. »Was, wenn du dich gar nicht wirklich erinnerst? Wenn du nur noch das weißt, was er dir erzählt hat? Mit der Zeit wird es zur Wahrheit, obwohl es nur in deinem Kopf existiert.«

Paige sah sie bestürzt an. »Ist so was möglich?«

»Natürlich, und es kommt mir sehr wahrscheinlich vor, nach dem, was du mir geschildert hast.«

»Und was ist dann wirklich mit meiner Mutter passiert?«

»Schwer zu sagen, aber das Naheliegendste ist, dass Trevor deine Mutter umgebracht und dir anschließend eingeredet hat, du hättest es getan.«

»Wie?« Paiges Augen wurden groß. »Trevor soll meine Mutter umgebracht haben?«

»Das ist die logische Schlussfolgerung, oder? Wir haben nur dein Wort, dass er es nicht war. Niemand sonst war dabei.«

»Ich erinnere mich aber, das Messer in die Hand genommen zu haben.«

»Aber erinnerst du dich auch, dass du zugestochen hast, sie tatsächlich erstochen hast?«

»Ich weiß es nicht.« Paige fuhr sich mit allen fünf Fingern

durch die Haare, eine Geste, die Mary an Jack erinnerte. »Ich erinnere mich nicht. Ich weiß nicht, an was ich mich erinnere.«

»Du hast gehört, was Walsh gesagt hat. Man braucht Kraft, um jemanden auf diese Weise zu töten. Trevor ist ein großer, starker Kerl. Du müsstest dich daran erinnern, dass du deine Mutter erstochen hast, wirklich das Messer in sie gestoßen hast, fünfmal hintereinander. Tust du das? Wie hat sie reagiert, was hast du gefühlt? Hat sie sich gewehrt? An deinen Kleidern gerissen? Wie hast du sie überwältigt? Weißt du das noch?«

»Ich glaube ...«

»Du brauchst nicht so schnell zu antworten.« Mary hob eine Hand. »Konzentriere dich. Denk an die Einzelheiten. Kannst du dich wirklich erinnern? Kannst du es mir haarklein wiedergeben?«

Paiges Augenlider schlossen sich zuckend und öffneten sich wieder. »Nein, ich kann es nicht. Ich erinnere mich nicht, was zwischen dem Moment passiert ist, als ich das Messer vom Tisch genommen habe, und später, als es blutverschmiert in meiner Hand war. Ich dachte, ich wäre in einer Art Trance gewesen oder so was.« Paige schüttelte den Kopf. »Aber ich müsste es doch wissen, wenn Trevor es getan hätte, oder? Ich meine, ich war dabei, ich hätte es doch gesehen.«

»Wer weiß, was diese Droge, die er dir gegeben hat, mit deiner Wahrnehmung angestellt hat. Oder mit deinem Gedächtnis.«

Paige sah sie hilflos an. »Aber warum? Warum hätte er das tun sollen?«

»Sag du's mir.« Marys Gedanken überschlugen sich. »Er wusste, dass deine Mutter vermögend war, oder?«

»Ja, und er wusste, dass ich alles erben würde. Sie war zwar oft sauer auf mich, aber sie hätte mich nie enterbt.« Paiges blaue Augen blickten ins Leere, als sie in eine neue Richtung dachte. »Er hat mich öfter danach gefragt, und ich habe ihm alles erzählt, was ich über mein Treuhandvermögen und die Stiftung und all das weiß. Seine Eltern haben auch Geld, aber nicht so viel.«

»Du sagtest, er wollte dich heiraten.«

»Er redete dauernd davon. Er wollte, dass wir uns verloben, aber mir ging das zu schnell. Ich war mir nicht sicher. Außerdem war ich gerade erst ausgezogen und all das. Also sagte ich ihm, wir sollten noch warten.«

»Wie hat er reagiert?«

Paiges Gesicht verfinsterte sich. »Ich wurde schwanger.« In ihren Augen blitzte eine Erkenntnis auf, und Mary wusste Bescheid.

»Du denkst, er hat dich absichtlich geschwängert.«

»Ich habe immer darauf bestanden, dass er Kondome benutzt, wegen Safer Sex und so. Weil ich wusste, dass er vor mir schon andere hatte. Als ich schwanger wurde, sagte er, das Kondom wäre gerissen.«

»Mein Gott.« Mary ließ sich entsetzt auf ihren Stuhl fallen. »Trevor hat dich die ganze Zeit manipuliert. Er hat dir vor dem Besuch bei deinen Eltern Drogen gegeben, die deine Wahrnehmung verzerrten, vielleicht dein Bewusstsein ausschalteten. Ich weiß nicht viel über Drogen, aber ich wette, so etwas gibt es. Du hast deine Mutter vielleicht schreien gehört, aber sie hat *ihn* getreten, als sie sich wehrte. Er hat deine Mutter getötet und dir danach eingeredet, dass du es warst.«

»Ob er damit gerechnet hat, dass mein Vater die Tat gestehen würde?«

»Das glaube ich nicht. Trevor konnte nicht wissen, dass dein Vater die Schuld auf sich nehmen würde, aber das hat ihm natürlich gut in den Kram gepasst. Hauptsache, er kommt an dein Geld ran. Aber wenn er der Mörder ist, müsste er Schnitte oder Blutergüsse haben. Ist dir später so etwas an ihm aufgefallen?«

»Nein, aber ich habe auch nicht genau hingesehen. Wie

können wir das herausfinden? Können wir die Polizei dazu bringen, ihn zu untersuchen, so wie mich?«

»Nein. Du hast dich freiwillig anschauen lassen, aber ich bezweifle stark, dass er von der Idee begeistert wäre. Die Polizei kann ihn nur untersuchen, wenn er als Verdächtiger gilt, und das ist bis jetzt nicht der Fall.« Mary hätte sich schon wieder ohrfeigen können. »Warum habe ich nicht beim FBI daran gedacht, bei seiner Vernehmung? Tut mir Leid.«

»Du entschuldigst dich schon wieder«, lächelte Paige. »Zu dem Zeitpunkt hast du ihn doch noch gar nicht verdächtigt.«

»Hätte ich aber sollen.«

»Er hätte eine andere Erklärung für die Blutergüsse gefunden, Mary. Er ist ein Lügner, durch und durch.«

Plötzlich flog die Tür zum Konferenzraum auf, und Judy kam mit einem Umschlag von Federal Express herein. Sie war ein willkommener Anblick, selbst in ihrem schwarzen Kordträgerkleid, dem weißen Rollkragenpullover und roten Clogs.

»Hier die neuesten Nachrichten«, verkündete sie. »Ich habe euch beiden vietnamesisches Hühnchen zum Abendessen bestellt, ich habe unserer Chefin erzählt, dass Mary DiNunzio krank ist und nicht zur Arbeit kommen kann, und vor allem habe ich ein Geschenk mitgebracht.«

»Wahnsinn.«

»Ich bin fürsorglicher geworden, seit ich einen Hund habe.« Judy reichte ihr das Päckchen, und Mary riss es sofort auf. Heraus fiel ein Blatt Papier, an das ein Polaroidfoto geheftet war.

»Jesus, Maria und Joseph«, stieß Mary verblüfft aus.

Kriminalistischer Laborbericht, Polizeipräsidium Philadelphia, lautete die oberste Zeile. Sie hätte den Bericht vielleicht irgendwann auf dem Amtsweg bekommen, aber jemand wollte sie nicht warten lassen. Brinkley. Er wollte ihr offenbar helfen, auch wenn er sie nicht zurückrief. Sie verschlang den Laborbericht, der voller Fachausdrücke, aber verständlich war.

»Hier steht, dass die DNA eines Hautschüppchens an einem Fundstück B von einem männlichen Weißen stammt.«

»Sauber!« Judy schielte auf das Foto. »Könnte das wohl Fundstück B sein?«

Mary sah es sich an. Abgebildet war der hintere Teil eines Ohrsteckers, der auf einem Orientteppich lag. Was sollte das? Wo hatte sie diesen Teppich schon einmal gesehen? »Paige, liegt dieser Teppich nicht im Haus deiner Eltern?«

Paige stand auf und nahm das Foto. »Ja, das ist der Esszimmerteppich.«

»Dachte ich's mir doch.« An dieser Stelle war Honor Newlin ermordet worden. Mary studierte das Foto eingehend. »Wenn Brinkley uns das geschickt hat, handelt es sich um ein Polizeifoto. Sie machen routinemäßig Aufnahmen von Beweisstücken am Tatort. Das muss ein Ohrstecker sein, den sie dort gefunden haben. Und laut Laborbericht stammt er von einem Mann.«

Paige tippte auf das Foto. »Aber ja! Ich wette, das ist Trevors. Er hatte seinen Ohrring später nicht mehr an.«

»Was meinst du mit später?«, fragte Mary.

»Später an dem Abend ... nachdem meine Mutter tot war. Ich hatte ihm am selben Tag einen Ohrring geschenkt, ein goldenes Kreuz mit einem Steckverschluss. Aber als wir zurück in meiner Wohnung waren, hatte er ihn nicht mehr an. Anscheinend hat die Polizei den Verschluss gefunden.«

Mary dachte nach. »Brinkley hat ihn im Esszimmer gefunden.«

»Das passt«, rief Paige eifrig. »Trevor ist voll ausgerastet, als er merkte, dass er ihn verloren hat. Ich dachte, weil er aus achtzehnkarätigem Gold war, aber er hatte bloß Schiss, dass die Polizei ihn finden würde.«

Mary nickte grimmig. »Vielleicht hat er ihn bei dem Kampf mit deiner Mutter verloren, als er sie umbrachte.«

»Beweist das irgendwas?«

»Der Ohrstecker? Nein. Es ist bekannt, dass Trevor schon

zuvor im Haus deiner Eltern war. Das hat er auch beim FBI ausgesagt, erinnerst du dich? Er kann jederzeit behaupten, ihn an einem anderen Tag verloren zu haben.«

»Nein, kann er nicht. Er war zwar vorher schon bei meinen Eltern, aber da hatte er den Ohrring noch nicht. Er hat ihn erst an diesem Tag von mir bekommen.«

»Aber sie haben leider nicht den Ohrring, sondern nur den Stecker gefunden. Der Ohrring könnte identifiziert werden, aber diese Steckverschlüsse sind alle gleich. Trevor hätte ihn auch zu einem anderen Zeitpunkt verloren haben können. Er beweist gar nichts, außer dass es doch noch gute Cops auf dieser Welt gibt.«

Judy berührte Marys Arm. »Kopf hoch. Dir wird etwas Neues einfallen.«

»Meinst du?« Doch zu ihrer eigenen Überraschung war ihr schon eine Idee gekommen.

46

Davis saß in seinem Büro und bereitete die Anklage im Fall Newlin am Laptop vor. Er hatte bereits zwei Anrufe von diesem Schleimscheißer von Roberts bekommen, aber noch nicht zurückgerufen. Sollte der Kerl doch seine eigene Zeit verschwenden. Roberts hatte noch nie einen Mörder vor Gericht verteidigt. Er würde noch leichter zu schlagen sein als DiNunzio. Das Telefon klingelte, und Davis nahm ab.

»Ich bin nicht da«, sagte er, aber es war der Chef. »Was? Die sind zu Walsh gegangen? Warum hat er mich nicht informiert? Weiß er nicht, dass wir am selben Strang ziehen?«

Davis versuchte, scherzhaft zu klingen, aber die Nachricht traf ihn unvorbereitet. Newlins Tochter hatte bei Walsh ein Geständnis ablegen wollen. Was für eine verrückte Familie. Newlin musste geahnt haben, dass sie so etwas versuchen würde. Deshalb hatte er darauf bestanden, sie selbst zu benachrichtigen. Er wollte sie ebenfalls kontrollieren, wie alles andere.

»Keine Blutergüsse? Ich mag Frauen auch lieber ohne. Haben sie trotzdem Fotos gemacht?«

Davis griff nach seiner Gatorade-Dose, fast vergraben unter den Unterlagen aus Newlins Büro. Das Testament der Frau lag obenauf, weil er sich gerade damit befasst hatte, als das Telefon klingelte. Unter dem Testament lagen andere Dokumente so tief wie geologische Schichten; all die beschlagnahmten Unterlagen über die finanziellen Verhältnisse der Firma, Newlins Einkommen und seine Honorarabrechnungen. Es war schon spät, aber Davis würde sie noch durchlesen, ehe er seine Joggingschuhe anzog.

»Wie? Wohin? Zum FBI?« Davis' Laune sank. »Diese Idioten! Haben den Freund in der Mangel und halten es nicht für nötig, mir Bescheid zu sagen. Die sind ja noch schlimmer als die Cops, Chef! Scheiße, ich denk ja gar nicht dran! Ich habe keine Zeit, sie anzurufen und um Informationen zu betteln!«

Davis konnte es nicht leiden, wenn man ihn bei seiner Arbeit unterbrach. Auf dem Computerbildschirm hatte er eine Liste der Anwälte von Tribe & Wright, die als Zeugen vorgeladen werden sollten: Whittier, Field, Videon. Er hatte vor, Whittier die Gehaltsstrukturen erklären zu lassen, um dann Videon über den Ehevertrag und sein Gespräch mit Honor Newlin zu befragen. Davis griff nur ungern auf das notwendige Übel zurück, aber es blieb ihm nichts anderes übrig. Wenn er ihn ausreichend vorbereitete, würde er vielleicht im Zeugenstand nicht so viel Mist schwallen.

»Natürlich hat der Freund gesagt, dass sie es nicht getan hat. Sie *hat* es nicht getan! Der Vater war's, wie oft muss ich das noch sagen. Jetzt lassen Sie mich arbeiten. Wenn das so weitergeht, fordere ich eine Gehaltserhöhung!«, sagte Davis und legte auf. Höchste Zeit, endlich wieder eine Runde zu laufen.

Jack stand in Brinkleys Einbauküche und stützte sich auf einem Stuhl aus hellem Holz vor dem runden Küchentisch ab. Eine nachgemachte Tiffanylampe über dem Tisch stellte die einzige Lichtquelle im Raum dar; sie warf längliche Schatten auf Brinkleys ohnehin schon längliches Gesicht. Die Küche war an das Wohnzimmer angegliedert, das ebenso spärlich mit nicht zueinander passenden Möbeln eingerichtet war. Eine schwarze TV-Bank von Ikea dominierte den Raum, auf der ein kleiner Fernseher sowie eine Stereoanlage mit hohen, schmalen Boxen und viele CDs standen. Doch Jack war zu nervös, um seiner Umgebung viel Aufmerksamkeit zu schenken. Er hatte einen Plan, wie er an die nötigen Informationen über Trevor herankommen konnte.

»Ich habe ein Hühnchen mit Ihnen zu rupfen, Detective«, sagte er.

»Sie haben ein interessantes Gesicht, Newlin.« Brinkley ging zum Kühlschrank. »Bekanntschaft mit einer Kühlerhaube gemacht?«

Jack ging nicht darauf ein. »Sie haben Sachen bekannt gemacht, die meiner Familie schaden. In der Zeitung steht, dass Sie glauben, meine Tochter und ihr Freund hätten etwas mit dem Mord zu tun. Da sind Sie auf dem Holzweg. Ich habe es getan.«

»Deswegen sind Sie hergekommen? Um mir zu sagen, was für ein schlimmer Typ Sie sind?« Brinkley nahm zwei Flaschen Bier aus dem Kühlschrank und zwei leere Senfgläser aus einem Hängeschrank über der Spüle und stellte alles klappernd auf den Tisch.

»Nehmen Sie Platz«, sagte er, setzte sich und beäugte Jack so kritisch wie bei der Vernehmung im Roundhouse.

Jack blieb stehen. »Wegen Ihnen hat sich die Presse jetzt auf meine Tochter gestürzt. Sie kann nirgends mehr unbehelligt hingehen. Ich bin gekommen, um Ihnen zu sagen, dass Sie das Leben meines Kindes zerstören. Wenn Sie nicht damit aufhören, werde ich Sie und Ihr Dezernat verklagen. Sie haben keinerlei Beweise für Ihre Behauptungen. Nichts davon ist wahr.«

»Wissen Sie, Newlin, Sie sind wirklich ein schlimmer Typ, auch wenn Sie Ihre Frau nicht umgebracht haben.« Brinkley machte die Flaschen mit einem Öffner auf, der bereits auf dem Tisch lag. »Sie haben ein falsches Geständnis abgelegt. Sie wollen mein Dezernat an der Nase herumführen. Sie verschwenden öffentliche Gelder für Ihre persönlichen Zwecke. Sie lassen alle in die falsche Richtung laufen, und ich werde suspendiert, weil ich meine Arbeit tue.«

»Sie haben meine Frage nicht beantwortet. Haben Sie irgendwelche Beweise für Ihre Behauptungen?«, beharrte Jack.

»Sie wollen den Sündenbock für Ihre Tochter und den Freund spielen, aber das ist falsch. Es ist der leichteste Weg, aber der falsche. Das Richtige wäre, die Kids selbst für ihre Tat einstehen zu lassen.« Brinkley nahm einen Schluck Bier und schob die andere Flasche Jack hin. »Außerdem sind Sie ein schlechter Lügner, mein Freund. Ich glaube, Sie sind so ziemlich der schlechteste Lügner, der mir je begegnet ist, und mir sind schon eine Menge Trottel über den Weg gelaufen. Vor längerer Zeit habe ich mal einen Typen festgenommen. Er stand auf der Straße, unterhielt sich mit seinen Kumpels und trug einen Fernseher mit sich herum.« Brinkley breitete die Arme aus, die braune Flasche in der Hand. »So ein Riesending. Ich meine, der Kerl steht einfach auf der Straße und hält diese Glotze in den Armen. Mein Partner und ich, beide erfahrene Cops, kommen also zufällig um die Ecke, echtes Pech für den Knaben.« Brinkley begann zu lachen. »Und wir sagen: ›Hey, was machst du da mit dem Fernseher?‹ Darauf der Typ: ›Was für'n Fernseher?‹ Das muss man sich mal vorstellen: *Was für'n Fernseher?*« Brinkley brach in lautstarkes Gelächter aus.

Jack stand da und wusste nicht, was er tun sollte. Er versuchte, ein ernstes Wort mit diesem Mann zu reden, doch der schüttete sich aus vor Lachen. Er kam sich wie ein Idiot vor in seiner I LOVE PHILADELPHIA-Jacke und mit seinem ramponierten Gesicht, weil er wusste, das Brinkley Recht hatte. Er war kein guter Lügner, das hatte ihm von Anfang an Sorgen gemacht. Auf einmal fühlte er sich so müde und so elend und krank vor Sorge, dass ihm nur noch eins übrig blieb. *Was für'n Fernseher?* Er fing an zu lachen. Er lachte so sehr, dass er sich vor sein unberührtes Bier setzen musste, und als er endlich aufhörte und sich die Augen wischte, tat Brinkley das Gleiche, mit einer Serviette von einem Stapel auf dem Tisch.

»Also, Newlin«, sagte der Detective, immer noch lächelnd. »Reden wir Tacheles. Sie stecken in der Klemme und sind zu mir gekommen, damit ich Ihnen helfe. Sie haben Angst, dass ich Sie verrate, aber das werde ich nicht. Alles, was wir hier sagen, bleibt unter uns.«

»Woher weiß ich das?«

»Ich gebe Ihnen mein Wort.«

Jack überlegte. Wenn er die Wahrheit sagte, bestand Gefahr, dass Paige wegen Mordes angeklagt wurde. Wenn nicht, bestand Gefahr, dass Trevor sie umbrachte. Um Zeit zu gewinnen, trank er einen Schluck Bier.

»Ich will es Ihnen leicht machen, wie mein Partner sagen würde. Wir überspringen die Vorgeschichte und reden darüber, was als Nächstes passiert. Ich stimme Ihnen zu, Ihre Tochter sitzt ganz schön in der Klemme. Sie ist zumindest mitschuldig an dem Mord, aber ich glaube, der Freund ist der eigentliche Täter.«

Jacks Magen krampfte sich zusammen, als er seinen Verdacht bestätigt hörte. Trevor hatte Honor umgebracht, nicht Paige. Alles umsonst. »Wenn das stimmt, ist Paige in Gefahr. Trevor könnte ihr etwas antun.«

»Im Moment nicht. Er ist wegen eines Drogendelikts verhaftet worden.«

»Drogendelikt?«, wiederholte Jack wie vor den Kopf geschlagen. Paiges Freund? Wie war das möglich? War er so blind gewesen?

»Die Bundespolizei wird ihn sicher demnächst freilassen.« Brinkley sah auf seine Uhr. »Wo ist Ihre Tochter?«

»Ich weiß es nicht.« Jack stand beunruhigt auf. »Ich habe bei ihr angerufen, aber sie ist nicht zu Hause.«

»Sie war heute beim FBI mit dieser Anwältin, DiNunzio«, sagte Brinkley, sich ebenfalls erhebend.

»Paige war mit Mary beim FBI? Das kann doch nicht sein. Woher wissen Sie das?«

»Verbindungen an höherer Stelle.«

»Oh nein.« Jack verstand blitzartig. Paige hatte beschlossen, Mary die Wahrheit zu sagen, dann waren sie zur Polizei und zum FBI gegangen.

»Wir müssen sie suchen«, sagte er, doch Brinkley griff schon nach seiner Jacke.

47

Ein bitterkalter Wind schlug Mary und Paige entgegen, als sie durch die Drehtür des Bürogebäudes auf die Locust Street traten. Mary spürte, wie sie augenblicklich eine rote Nase bekam und ihre Wangen spröde wurden. Sie versuchte, ihre zerzausten Haare mit den Fingern zu kämmen, wohl wissend, dass es zwecklos war und sie sich sowieso keine Gedanken um ihr Äußeres machen sollte. Sie war auf dem Weg zu einem Mandanten – na schön, einem ehemaligen Mandanten. War es jetzt erlaubt, in ihn verliebt zu sein?

»Nehmen wir uns ein Taxi«, sagte sie. »Es ist zu kalt zum Laufen.«

»Das Hotel ist nur etwa zehn Blocks von hier entfernt. Dad hat mir den Namen auf den Anrufbeantworter gesprochen.« Paige schlug den Kragen ihrer schwarzen Jacke hoch und kniff die Augen gegen den Wind zusammen. »Wir können zu Fuß gehen.«

»Natürlich können wir das, aber wir müssen nicht.« Mary spähte die Straße hinauf und hinunter, aber es war kein Taxi in Sicht. Die Beleuchtung war spärlich, ebenso der Verkehr in Richtung Broad Street. Ein Mann in Wollmantel und Strickmütze ging an ihnen vorbei, sein Schal flatterte um seinen Hals. Zu dieser späten Stunde war er sicher auf dem Weg zur nahe gelegenen S-Bahn-Station. Weit und breit kein Taxi. »Warum gibt es eigentlich mehr Anwälte als Taxis auf der Welt? Taxis sind viel nützlicher.«

»Komm schon, Mary«, sagte Paige und schloss ihre Jacke. »Gehen hält fit.«

»Na gut.« Mary lenkte ihre Schritte widerstrebend auf die Market Street und das Hotel zu. »Ich gehöre ja nicht zu den Frauen, die sich aufregen, wenn ihre Haare beschissen aussehen.«

»Ich auch nicht.« Paige fiel automatisch in Gleichschritt mit ihr. »Ich habe schon viel zu viel Zeit damit verschwendet, mir Gedanken über meine Haare zu machen. Und über mein Gewicht. Und meine Augen. Und meine Hüften.«

Eine Bö traf Mary mitten ins Gesicht, die Staub in ihre Kontaktlinsen schleuderte und ihre Augen tränen lassen würde wie die eines altersschwachen Hundes. »Ich mache mir nie Gedanken über mein Äußeres.«

»Schon komisch zu denken, dass ich mein ganzes Leben mit diesem oberflächlichen Kram verbracht habe.«

»Du bist erst sechzehn.« Mary senkte den Kopf gegen den Wind. Wenn das so weiterging, würde sie eine Gesichtsstarre bekommen. »Dein Leben hat noch gar nicht richtig angefangen.«

»Und ich habe es schon vermurkst«, erwiderte Paige ganz ruhig, und Mary schielte zu ihr hin, weil die Worte sich so merkwürdig nach ihr selbst anhörten. Paiges Kopf war ebenfalls gesenkt, und ihr Haar wehte wie ein rotes Seidentuch hinter ihr her, als stünde sie vor der Windmaschine im Studio eines Fotografen. Doch sie sah nicht mehr aus wie ein

Model mit ihrem entschlossenen Gang und der schützend auf den Bauch gelegten Hand. Als sie an der dunklen Front eines aufgegebenen Ladens vorbeikamen, wirkte Paige davor so allein und verloren, dass Mary spontan ihren Arm nahm.

»Weißt du, das sehe ich überhaupt nicht so.«

»Nein?« Paige entzog ihren Arm nicht.

»Nein.« Mary gefiel es, freundschaftlich mit einer anderen Frau Arm in Arm zu gehen. Sie vermisste die Zusammenarbeit mit Judy, aber das hier war fast ebenso gut, und ausnahmsweise konnte sie einmal die Klügere sein. »Du hast zwar einen großen Fehler gemacht, aber du strengst dich wie verrückt an, ihn wieder gutzumachen. Du bist heute ins Polizeipräsidium gegangen und hast darauf bestanden, für einen Mord verhaftet zu werden, den du noch nicht einmal begangen hast, wie sich jetzt herausstellt. Dazu gehört viel Mut.«

»Wie der Vater, so die Tochter«, sagte Paige, und Mary lachte.

»Du meinst, so etwas ist erblich? Ihr Newlins lauft alle herum und gesteht zwanghaft schwere Verbrechen? Weil ihr einen übersteigerten Schuldkomplex habt?«

Marys Zähne klapperten, und eine zerknüllte Zeitung wehte über den Gehsteig wie ein städtischer Steppenläufer. Ein weiterer Mann eilte vorbei, der seinen karierten Schal bis über die Nase gewickelt hatte. Kälte und Wind kamen Mary auf einmal feindlich und bedrohlich vor. Sie entschied, dass sie die Stadt im Winter doch nicht mochte, und drückte beschützend Paiges Arm. »Bist du sicher, dass ihr nicht katholisch seid?«

Paige lächelte. »Kann ich dich was fragen? Es ist eine ziemlich persönliche Frage.«

»Das ist die einzige Art von Fragen, die ich beantworte. Der Rest ist Small Talk und Zeitverschwendung.«

»Es geht um Abtreibung.«

»Okay, ich bin ganz Ohr.« Schon fühlte sich Mary nicht

mehr ganz so klug. Sie hatte ihre eigenen Ansichten zu dem Thema, aber sie wollte sie niemandem aufzwingen. Der Wind wurde noch stärker, als sie sich einer Kreuzung näherten, so dass das Gehen ihr Mühe bereitete. Vielleicht lag es aber auch am Gesprächsthema. Sie erreichten die Ecke und überquerten die Straße bei Rot, weil nirgends ein Auto zu sehen war. »Schieß los.«

»Du weißt ja, dass ich schwanger bin. Was soll ich deiner Meinung nach tun?«

Eine neue, eisige Bö traf sie, und Mary konnte es nicht mehr ertragen. Sie machte eine halbe Drehung, um dem Wind den Rücken zu kehren, und da sah sie ihn. Einen hochgewachsenen Mann in einer schwarzen Skimaske und einem Parka, der einen halben Block hinter ihnen stand und mit einer Waffe auf sie zielte.

»Runter!«, schrie Mary. Reflexartig warf sie einen Arm um Paige, die sich gerade verwirrt zu ihr umgewandt hatte, und riss sie mit sich zu Boden, als ein Schuss krachte. Marys Brust schlug auf das Pflaster, weil sie sich nur mit einem Handballen abstützen konnte. Der explosionsartige Knall hallte durch die Straße, und sie bedeckte Paiges Kopf mit ihrem Arm.

»Mary!«, schrie das Mädchen voll Panik. »Was ist das?«

»Bleib unten!« Mary hob den Kopf und sah sich um. Ein zweiter Schuss ertönte mit einem schrecklichen Nachhall, und um die Mündung der Waffe blitzte ein Feuerschein auf. Mary duckte sich instinktiv. Sie hatte keine Ahnung, wohin die Kugeln flogen. Angst lähmte sie, sie konnte nicht denken, es ging alles so schnell. Die Gestalt kam auf sie zugerannt. Sonst war keine Menschenseele zu sehen. Er würde sie töten. Sie konnten hier nicht liegen bleiben.

»Steh auf! Renn los!«, schrie Mary. Sie kämpfte sich wieder auf die Beine und riss Paige mit sich.

»Hilfe!«, rief sie immer wieder, und Paige stimmte angstvoll mit ein, aber es war niemand in der Nähe. Sie rannten mit fliegenden Jacken die Straße hinunter.

Marys Brust stach vor Anstrengung, ihre glatten Pumps schlitterten auf dem Asphalt. Vor ihnen schimmerten die Lichter der Innenstadt. Sie sah sich hektisch nach Fluchtwegen um, aber es gab keine. Nur die schnurgerade Straße, auf der sie einer Kugel nicht entkommen konnten. Er würde sie treffen. Sie rannte mit Paige um ihr Leben. Auf der rechten Seite tauchte eine schmale Gasse auf, die zur nächsten Parallelstraße führen musste. Die meisten Gassen führten irgendwohin.

Mary sah keuchend über ihre Schulter. Der Mann kam mit Volldampf auf sie zu und hielt die Waffe dabei steif an der Seite. Er holte schnell auf, mit kräftigen, langen Schritten. Seine Augen waren nichts als schwarze Löcher. Wer war das? Trevor, wer sonst. Sie hätte es wissen müssen. Paige hatte seine Deckung auffliegen lassen, und jetzt war er hinter ihr her. Hinter ihnen beiden.

»Schneller!«, schrie sie Paige an, deren Tempo nachzulassen begann. Sie zerrte sie in die Gasse, als ein neuer Schuss loskrachte, noch näher diesmal, so dass sie beinahe aus der Haut fuhr. Sie betete, dass die Gasse keine Sackgasse war. Es war zu dunkel, um ihr Ende zu erkennen. Hatte sie einen tödlichen Fehler gemacht?

Überfüllte Mülltonnen säumten beide Seiten, und sie sprangen über Abfall und gefrorene Speisereste. Mary hörte keine Schritte mehr hinter sich. Waren sie in Sicherheit? Plötzlich entdeckte sie ein paar Meter voraus ein Licht. Menschen!

»Hilfe!«, schrie sie gleichzeitig mit Paige. Die Gestalten am Ende der Gasse sahen auf, zwei junge Männer in weißer Arbeitskleidung, die vor der Fliegengittertür einer Restaurantküche rauchten. Warmes Licht und ein Duft nach gebratenem Lamm drang durch das Gitter in die Nacht. Sie waren in Sicherheit! Trevor würde es nicht wagen, sie vor Zeugen zu erschießen. Sie mobilisierte die letzten Reserven, und selbst Paige legte noch einen Gang zu.

»Lasst uns rein!«, schrie Mary den Köchen zu, doch die drehten sich um und rannten durch die Gasse davon. In der Stadt der brüderlichen Liebe, wie Philadelphia gern genannt wurde, war man in der Not auf sich allein gestellt. Sie riss die Drahtgittertür auf, hechtete mit Paige hindurch und schlug die Haupttür hinter sich zu.

»*Was ...?*«, machte ein erschrockener Koch hinter einer Edelstahlbank, während Mary den Riegel vorschob.

»Rufen Sie die Polizei!«, brüllte sie, doch Paige hatte bereits ihr Handy aus der Tasche gezogen und hieb auf die Tasten ein.

Mary ließ sich schwer atmend gegen die Tür sinken.

Erleichterung durchflutete sie mit solcher Macht, dass ihr die Tränen in die Augen schossen. Noch nie hatte sie der Anblick einer blöden, grauen Stahltür so glücklich gemacht. Trevor konnte nicht durch sie hindurchschießen, selbst wenn er es versuchte. Die Küche war warm und sicher, voll von Bratendunst und schlecht gelaunten Köchen. Sie war am Leben. Paige war am Leben.

Mary wusste nicht, wie sie es geschafft hatte, in die richtige Gasse zu laufen, aber sie schickte einen stummen Dank an irgendwen, der gerade zuhörte.

48

Jack und Brinkley stürmten in die Lobby des Bürogebäudes, und Jack sah an dem entsetzen Ausdruck der Sicherheitsbeamtin, dass sie ihn erkannte. Sie war eine junge Frau, die von einer Sekunde auf die andere zu altern schien.

»Ich weiß, wer Sie sind«, sagte sie zurückweichend, die Hand an das Pistolenholster an ihrer Hüfte gelegt. »Sie sind der Anwalt, der seine Frau umgebracht hat.« Ihre angstvollen Augen wanderten zu Brinkley. »Und Sie sind der Cop, der dem Kollegen so zugesetzt hat. Ich habe es in der Zeitung gelesen. Wenn einer von Ihnen mir Ärger macht, schieße ich.«

»Keine Angst«, beruhigte Jack, während seine Hände den Rand des Empfangstresens umklammerten. »Wir werden Ihnen nichts tun. Wir wollen niemandem etwas tun. Wir müssen nur mit Mary DiNunzio sprechen.«

»Sie ist nicht mehr da.« Die Frau blickte nervös zwischen Jack und Brinkley hin und her. »Sie ist gegangen.«

»Wann?«

»Das geht Sie nichts an.«

»Sie ist vielleicht in Gefahr. Sagen Sie mir, wann sie hier weg ist.«

Die Sicherheitsbeamtin wurde immer nervöser. »Vor ungefähr zehn Minuten. Was für eine Gefahr?«

Brinkley bewegte sich schon wieder Richtung Ausgang. »War sie allein? Oder hatte sie ein junges Mädchen bei sich?«

»Ein Mädchen war dabei, sie sind zusammen gegangen.«

»Wissen Sie, wohin sie wollten?«, fragte Jack im Gehen.

»Nein, und wenn ich es wüsste, würde ich es Ihnen nicht sagen. Darauf können Sie Gift nehmen.«

49

Es dauerte nicht lange, bis drei Streifenwagen vor der Restaurantküche hielten. Mary berichtete den Polizisten kurz, was geschehen war, und bestand dann darauf, zusammen mit Paige zum Roundhouse gebracht zu werden. Sie wollte mit Captain Walsh sprechen und endlich Klarheit schaffen. Unterwegs rief sie Jack vom Handy aus an, unter der Hotelnummer, die er seiner Tochter gegeben hatte. Sie konnte ihn nicht erreichen, hinterließ aber eine Nachricht, dass er so schnell wie möglich zu Captain Walshs Büro kommen solle. Diesmal war es ihr egal, wie sie aussah. Na gut, vielleicht nicht völlig egal.

Ein wenig ratlos legte sie das Handy in ihre Tasche zurück. Sie war nicht sicher, ob sie ohne Jack zu Walsh gehen sollte, doch da sie bereits im Streifenwagen saßen, blieb ihr nichts anderes übrig. Außerdem konnte sie nicht länger warten. Trevor hatte versucht, sie und Paige umzubringen, und er würde es wieder versuchen. Im Roundhouse angekommen wurden sie zum zweiten Mal an diesem Tag in Walshs Büro geführt. Er begrüßte sie mit »Lange nicht gesehen«, und von da an ging das Gespräch bergab. Mary erzählte ihm die ganze Geschichte, angefangen von Paiges durch Drogen beeinflusste Erinnerungen bis zu Trevors Anschlag, aber Walsh ließ sich nicht überzeugen.

»Hören Sie«, sagte er und sah dabei womöglich noch entnervter aus als am Nachmittag. »Wir werden für Sie tun, was wir für jeden tun würden, Ms DiNunzio. Wenn jemand Sie mit einer Waffe durch die Straßen gejagt hat, ist das versuchter Mord, und wir nehmen selbstverständlich die Ermittlungen auf.«

»Es war nicht irgendjemand, sondern Trevor.«

»Sie hören mir nicht zu.« Captain Walshs dunkle Augen blickten eindringlich und ernst. »Wir werden ermitteln, Zeugen befragen, die Nachbarschaft ablaufen und feststellen, ob jemand etwas gesehen hat. Wir lassen es Sie wissen, sobald wir etwas über den Schützen in Erfahrung gebracht haben.«

»Aber es war Trevor. Es gibt keine andere Möglichkeit.«

»Woher zum Teufel wollen Sie das wissen? Der Schütze trug eine Skimaske, wie Sie selbst sagten.«

»Wer soll es denn sonst gewesen sein? Er hat ja nicht versucht, uns auszurauben. Es war ein Mordanschlag, Herrgott noch mal. Ganz eindeutig, auf offener Straße.«

»Wie gesagt, wir werden der Sache nachgehen, aber es gibt bisher keinen Beweis, dass es Olanski war. Wissen Sie, wie viele Irre mit einer Waffe in dieser Stadt herumlaufen?

»Aber es war ein gezielter Anschlag, nicht der willkürliche Akt eines Amokläufers.«

»So etwas kriegen wir einmal im Monat. Irgendein Typ hat ein Feindbild und fängt an rumzuballern, wenn er besoffen oder high ist. Im Sommer sind viele vom Angler- und Jägerverein dabei. Letzte Woche hatten wir einen Kerl, Sie haben bestimmt darüber gelesen, der auf Leute lateinamerikanischer Herkunft schoss. Wir haben ihn wegen versuchten Mordes aus rassistischen Motiven verhaftet.«

»Das war kein Verbrechen aus Hass auf irgendwelche Minderheiten, das können Sie mir glauben«, entgegnete Mary ärgerlich, und der Blick des Captains verhärtete sich.

»Noch vor wenigen Stunden sollte ich Ihnen glauben, dass Paige hier ihre Mutter getötet hat, Ms DiNunzio. Jetzt wollen Sie mir weismachen, ihr Freund hätte es getan und sie hätte sich nur *eingebildet*, sie hätte es getan.« Walsh beugte sich über seinen Schreibtisch, seine kräftigen Schultern zeichneten sich unter dem inzwischen lappig und knittrig gewordenen Hemd ab. »Wie können Sie von mir erwarten, Ihnen zu glauben? Sie erzählen von einer Minute auf die nächste etwas völlig anderes. Denken Sie, Sie können hier Ihr Spielchen mit mir treiben?«

Mary bewahrte die Fassung. »Hören Sie, ich habe mich geirrt, und es tut mir Leid. Ich dachte, Paige kennt die Wahrheit, aber das stimmte nicht, weil sie unter Drogeneinfluss stand. Jetzt wissen wir, was wirklich passiert ist.«

Paige hob die Hand wie ein Schulmädchen. »Captain, es war Trevor. Er hatte Trevors Figur und er rannte genau wie Trevor. Ich habe ihm öfter beim Lacrosse zugesehen.«

»Danke, Ms Newlin, aber darauf können wir uns nicht verlassen. Das hier ist alles, was wir an Informationen haben.« Der Captain hielt den Tatbericht der Streifenpolizisten in die Höhe, der aussah wie ein gewöhnlicher Strafzettel. »Hier steht, dass der Schütze etwas über einsachtzig groß war. Wir wissen noch nicht einmal, ob es sich um einen Weißen oder einen Schwarzen handelt, oder ob es überhaupt ein Mann war. Ich kann niemanden festnehmen lassen, bloß weil er Lacrosse spielt.«

»Warum nicht?«, fiel Mary ihm ins Wort. »Sie müssen ihn ja nicht gleich verhaften, nur vernehmen.«

»Ms DiNunzio, Sie sollten es eigentlich besser wissen. Sie sind doch Strafverteidigerin, oder?«

»Selbstverständlich«, nickte Mary. Mittlerweile durfte sie sich wohl so bezeichnen. Sie hatte nicht nur gebüffelt, es war auch auf sie geschossen worden.

»Dieser Junge hat einen der höchst bezahlten Anwälte der Stadt – nach Ihnen, natürlich. Sein Anwalt hat ihn auf Kaution freibekommen, obwohl er auf frischer Tat beim Koksdealen ertappt wurde. Bilden Sie sich etwa ein, dass er mich auf Grund dieser Beweislage mit seinem Mandanten sprechen lässt? Nie im Leben.«

»Aber Sie müssen es doch wenigstens versuchen! Er wollte uns gerade erschießen! Er hat ihre Mutter umgebracht!«

Walsh ließ seinen Blick von Mary zu Paige und wieder zurück wandern. »Bei allem Respekt, meine Damen, wir haben bereits den Mann, den wir für den Täter halten. Sein Name ist Jack Newlin, und er wird demnächst vor Gericht gestellt.«

»Er hat es nicht getan!«, rief Mary und unterdrückte mit Mühe den Impuls, mit der Faust auf den Tisch zu schlagen. Sie und Paige schwebten in Lebensgefahr, und sie war schuld daran. »Er wird es Ihnen erklären. Ich habe ihn angerufen, er sollte jeden Moment hier eintreffen.«

»Nun, bis jetzt ist er nicht da, und ich habe noch eine Menge Arbeit.« Walsh faltete den Tatbericht zusammen. »Ich denke, wir haben uns für einen Tag genug unterhalten, Ms DiNunzio.«

»Sie wollen nicht auf ihn warten?«

»Nein.« Er stand auf. »Vielen Dank für Ihren Besuch. Es ist mir immer ein Vergnügen, mit Ihnen zu sprechen. Falls Sie noch mehr Theorien haben, können Sie mich jederzeit anrufen.«

»Heißt das, Sie werfen uns hinaus?«

»Nehmen Sie es nicht persönlich«, antwortete der Captain, während er hinter seinem Schreibtisch hervorkam und die Tür aufhielt.

Ein Meer von Reportern flutete auf Mary und Paige zu, kaum dass sie einen Fuß vor das Roundhouse gesetzt hatten. Zweifellos hatten sie die Kunde von dem Anschlag über den Polizeifunk vernommen und sich sofort vor dem Präsidium zusammengerottet.

»Ms DiNunzio, können Sie uns etwas zu dem Vorfall sagen?« »Paige, Paige, hierher!« »Sind Sie verletzt worden?« »Wie sah er aus?« »Kommen Sie, Mary, hierher!«

Die Meute schwenkte Fernsehkameras, Mikrofone, Stenoblöcke und Diktiergeräte über ihren Köpfen. Blitzlichter durchschnitten die Dunkelheit und blendeten Mary momentan. Sie bekam es mit der Angst zu tun, suchte hektisch die vielen Gesichter ab. War Trevor darunter? Richtete er vielleicht gerade eine Pistole auf sie? So dreist würde er doch nicht sein, oder?

Mary packte Paiges Arm und schob sich mit ihr über den Parkplatz bis zur Seventh Street, wo sie auf eine Mauer aus Übertragungswagen lokaler und nationaler Fernsehsender stießen. Sie zwängten sich zwischen zwei Wagen hindurch auf die Straße, allerdings ohne Hoffnung, in diesem Teil der Stadt ein Taxi zu bekommen. Auch Busse gab es nur wenige, und die fuhren um diese Zeit nur noch selten.

»Mary, hat die Polizei schon einen Verdächtigen?« »Mary, was glauben Sie, wer es war?« »Paige, bedeutet das das Ende Ihrer Karriere?«

Mary wedelte wie verrückt mit der Hand, für den Fall, dass doch ein Taxi in dem spärlichen Verkehr in Richtung Schnellstraße auftauchte. Plötzlich scherte ein kleines, dunkles Auto aus der Spur und schoss direkt auf sie zu. Mary stockte der Atem, und sie machte vor Furcht einen Satz rückwärts. Das Auto kam schleudernd direkt vor ihrer Nase zum Stehen, und sie wollte gerade losschreien, als sie sah, dass ein Schwarzer am Steuer saß. Vor Schwarzen hatte sie keine Angst, nur vor weißen Privatschülern. Dann erkannte sie den Fahrer des museumsreifen VW-Käfers, trotz Cowboyhut und Sonnenbrille.

»Steigen Sie ein!«, rief Brinkley und stieß die Beifahrertür auf. »Schnell!«

Mary hechtete förmlich in den Käfer und zerrte Paige hinter sich her, so dass sie auf ihrem Schoß landete. Blitzlichter zuckten, als sie die Tür zuschlugen und davonbrausten, und ein Fernsehwagen nahm sofort die Verfolgung auf. Auch die anderen Reporter flitzten zu ihren Ü-Wagen und PKWs und setzten sich mit aufleuchtenden Scheinwerfern auf ihre Fersen.

»Alles klar!«, schrie Brinkley. Der Käfer beschleunigte und hielt auf die Schnellstraße zu. »Wohin jetzt, Newlin?«

»Lassen Sie mich überlegen«, erwiderte Jack, der sich vom Rücksitz nach vorn beugte. »Die Presseleute belagern bestimmt schon mein Hotel und kennen inzwischen auch Ihr Haus und Marys Büro.«

»Dad! Du bist auch hier! Hey, was ist mit deinem Gesicht passiert?«

Paige fuhr herum, so dass ihr Rücken Marys Nase fast zerquetschte, und Jack drückte seiner Tochter einen schnellen Kuss auf die Wange. Mary versuchte gleichzeitig, den Schock über seine Anwesenheit zu verkraften und mit gequetschter Nase attraktiv auszusehen. Wegen Paiges Rücken konnte sie sein Gesicht nur erahnen, aber sie wusste, dass noch nie ein zusammengeschlagener Mann so gut ausgesehen hatte.

»Alles in Ordnung. Ich hatte ein kleines Problem im Gefängnis, aber es geht mir gut. Ich bin so froh, dass du in Sicherheit bist, Schatz«, sagte Jack, und Mary musste wohl oder übel zur Kenntnis nehmen, dass er mit Paige sprach.

»Das habe ich Mary zu verdanken, Dad. Sie hat mir das Leben gerettet.«

Mary errötete vor Freude über das Lob, dann rang sie nach Atem. Models waren schwerer als sie aussahen. Musste an dem vielen Mineralwasser liegen.

»Haltet euch fest, Leute!«, rief Brinkley, als der Käfer den Callowhill hinaufröhrte. »Wohin soll ich fahren? Jemand eine Idee?«

»Wie wär's mit Jersey?«, schlug Jack vor. »Wir könnten sie in Cherry Hill abhängen.«

»Zu weit. Ich kenne einen Ort, wo sie uns bestimmt nicht finden«, sagte Mary mühsam, weil ihr Mund an Paiges Lederjacke klebte.

»Wo?«, fragte Brinkley, und Mary deutete um Paige herum.

»Biegen Sie an der nächsten Ampel links ab.«

»Aber klar!«, rief Brinkley, und der Käfer machte einen Satz nach vorn.

50

Davis, der immer noch in seinen Trainingssachen steckte, starrte mit offenem Mund über seinen vollgetürmten Schreibtisch hinweg auf den Bürofernseher. Der Chef hatte ihn von einem Gewerkschaftsessen aus angerufen und ihn von den Ereignissen in Kenntnis gesetzt. Auf dem Bildschirm war ein Reporter mit einem verwegenen Haarschnitt und einem Mikrofon in der Hand vor dem bogenförmigen Umriss des Roundhouse zu sehen.

»Ersten Verlautbarungen zufolge hat ein Mann in einer Skimaske die beiden Frauen, Paige Newlin, Tochter der ermordeten Honor Newlin, und ihre Anwältin Mary DiNunzio, über mehrere Häuserblocks verfolgt und auf sie geschossen. Die Polizei stellt gegenwärtig Ermittlungen zum Motiv des Schützen an. Damit zurück ins Studio zu Larry.«

Davis schaltete mit der Fernbedienung durch die Kanäle, um so viele Berichte wie möglich zu erhalten. Dann machte er den Apparat aus, lehnte sich auf seinem Stuhl zurück und trank den letzten Schluck aus seiner Gatorade-Dose. Was sollte der Scheiß? Wer konnte es auf die Tochter abgesehen haben? Davis' Gehirn arbeitete auf Hochtouren seit seinem Lauf. Er war mit neuen Ideen für seine Anklage ins Büro zurückgekehrt und hatte sich die Unterlagen von Tribe & Wright wieder vorgenommen. Als er fast damit durch war, hatte er den Anruf wegen der Schüsse bekommen.

Er warf die leere Dose in den Papierkorb, traf aber daneben. Wer war der Kerl in der Skimaske? Das führte logischerweise zur nächsten Frage: Wer wollte den Tod der Tochter? Antwort: Jemand, der von ihrem Tod profitierte. Und wer profitierte von ihrem Tod?

Plötzlich fiel Davis etwas ein, das er vor seinem Lauf gelesen hatte. Es war ihm zunächst nicht wichtig erschienen, doch jetzt gewann es eine ungeheure Bedeutung. Er blätterte hastig durch die Papiere auf seinem Schreibtisch. Da war es, ganz unten. Das Dokument, in dem detailliert die Treuhand beschrieben wurde, die Honor Newlin für ihre noch minderjährige Tochter eingesetzt hatte. Davis zog es heraus und warf es zuoberst auf den Stapel. Es war nicht lang, etwa fünf Seiten, und wiederholte im Wesentlichen, wann und zu welchen Teilen Paige die fünfzig Millionen bekommen sollte. Ein bestimmter Satz darunter war ihm aufgefallen. Davis fuhr mit dem Zeigefinger über die Seiten, bis er ihn gefunden hatte.

»Im Falle des Ablebens von Paige Newlin vor Erhalt sämtlicher Teile ihres Erbes zu den Bedingungen dieser Treuhandschaft fällt das restliche Vermögen an den überlebenden Elternteil zurück …«

Davis las den Absatz mehrmals. Es war zu schön, um wahr

zu sein. Natürlich – man musste immer nur der Spur des Geldes folgen. Laut Testament erbte die Tochter beim Tod der Mutter. Doch falls die Tochter starb, bevor sie volljährig und erbberechtigt wurde, gingen die gesamten fünfzig Millionen an den überlebenden Elternteil, nämlich Jack Newlin. Videons Schilderungen zufolge sah diese Bestimmung Honor Newlin zwar gar nicht ähnlich, doch sie hatte sicher nicht damit gerechnet, dass Newlin seine Tochter überleben könnte.

Davis richtete sich kerzengerade auf, sein Fuß wippte vor nervöser Energie. Um an das Geld seiner Frau zu kommen, gab es für Newlin also nur einen Weg: Er musste zuerst die Frau und dann die Tochter umbringen. Dann erbte er alles, das ganze riesige Vermögen. Davis schlug sich mit der flachen Hand vor die Stirn. Konnte Newlin das so geplant haben? Aber natürlich! Man musste schon ein Nachlassexperte sein und sich mit Testamenten und Treuhandschaften auskennen. Fünfzig Millionen! Gott, dieser Fall machte wirklich Spaß!

Davis griff nach dem Telefon, ohne seinen Gedankenfluss zu unterbrechen. Newlin war auf Kaution draußen, als die Schüsse fielen. Perfekt! Motiv und Gelegenheit! Garantiert hatte Newlin unter der Skimaske gesteckt.

Am anderen Ende ertönte ein Freizeichen, und sobald jemand abnahm, sagte Davis: »Geben Sie mir den Chef.«

51

»O Dio! O Dio!«, schluchzte Vita DiNunzio. Sie fiel ihrer Tochter um den Hals, kaum dass sie zur Tür herein war, und Mary bereute augenblicklich, die anderen hergebracht zu haben. In der kleinen Küche war nicht genug Platz für sechs Leute, und ihre Eltern befanden sich in heller Aufregung, weil man auf ihre Tochter geschossen hatte. Mit einer weinenden Mutter am Hals konnte man einfach keine gute Figur machen.

»Jetzt wollen wir uns alle mal wieder beruhigen«, sagte Mary, umarmte ihre Mutter noch einmal kurz und drückte sie dann sanft auf einen Stuhl. Das Aroma frisch gekochten Espressos erfüllte die Küche, und auf dem Tisch standen zwei nicht zueinander passende Tassen und Unterteller. Ihre Eltern hatten offenbar gerade ihre fünfunddreißigste Tasse Kaffee trinken wollen, bevor ihre Mutter zu Bett ging. Am Morgen würden sie dann wieder darüber palavern, warum sie nicht schlafen konnten.

»Es ist alles gut. Wir sind in Sicherheit.«

»Vollkommen in Sicherheit«, fügte Jack hinzu, doch die Unterlippe von Marys Mutter zitterte beim Anblick seiner geschwollenen Wange.

»*O Dio*«, stöhnte sie wieder, nahm die Brille mit den dicken Gläsern ab und bedeckte ihr kleines Gesicht mit einer schwieligen Hand. Ihr silbergraues, zu wirren Löckchen aufgetürmtes Haar neigte sich zur Seite wie der obere Teil eines Soufflés.

»Mama, es ist alles in Ordnung«, sagte Mary und tätschelte die Hand ihrer Mutter. »Mir und Paige geht es gut. Gut, gut, gut, hörst du? Wir haben sogar einen Detective dabei, der uns beschützt.« Sie gab ihrer Mutter die Brille, damit sie sie wieder aufsetzte, und zeigte auf Brinkley. »Siehst du? Der da. Ein echter Detective.«

»Ein Detective?«, echote die Mutter schwach und wischte sich die Augen mit einer Serviette, wobei sie einen rötlichen Streifen auf ihrer pergamentdünnen Haut hinterließ. Ihre Augen waren rund wie braune Murmeln hinter den starken Gläsern, die ihre Arglosigkeit noch betonten.

Mary musste lächeln. Falls ihre Mutter es ungewöhnlich fand, einen Schwarzen in ihrer Küche zu haben, so ließ sie es sich nicht anmerken. Schon früher waren die schwarzen

Handwerksgesellen ihres Vaters ständig zum Mittagessen bei ihnen zu Hause gewesen, zur Missbilligung der Nachbarschaft.

»Sie sind ein Detective, von der *Polizei*?«, fragte Marys Mutter.

»Ja«, antwortete Brinkley lakonisch von seinem Platz an der Wand aus.

Mary funkelte ihn vielsagend an. »Vielleicht möchten Sie noch etwas hinzufügen, *Detective.*«

Jack lachte. »Genau, Reg, erklären Sie Mrs DiNunzio, warum wir in Ihrer Obhut alle sicher sind.«

»Ja, also ...« Brinkleys Kopf stieß fast an die niedrige Decke. Als er sich bewegte, zerdrückte er mit seinem Ellbogen den hinterm Lichtschalter klemmenden Palmzweig. »Sie brauchen sich wirklich keine Sorgen zu machen, Mrs DiNunzio. Ich habe eine Pistole.«

»Eine Pistole? *O Dio*!«, heulte die Mutter auf, worauf Marys Vater hinter sie trat und ihre Schultern durch das dünne Hauskleid hindurch massierte, bis sie sich an die Vorstellung einer Waffe in einem Haus mit fünfundzwanzig Kruzifixen, zwei Marienstatuen und einer Kerze für dringende Fürbitten gewöhnt hatte.

»Möchte jemand Kaffee?«, fragte Mary betont munter, drängte sich zum Herd und nahm die Espressokanne herunter. Sie wollte gerade Tassen heraussuchen, als Jack schon den Hängeschrank öffnete, einen Stapel herausnahm und ihn mit fröhlichem Klappern auf dem Tisch verteilte. Wie konnte ihn nur irgendjemand für einen Mörder halten? Er erinnerte sie so sehr an ihren eigenen Vater, der immer noch ihre Mutter tröstete, während diese gerade zum dritten Akt von *La Traviata* überging.

»Dad, es tut mir wirklich Leid, dass wir hier so reingeplatzt sind, aber würde es dir etwas ausmachen, Mama nach oben zu bringen?« Ehe ihre Arie das Porzellan zerspringen lässt. »Wir müssen etwas Berufliches besprechen, und ich möchte nicht, dass sie sich aufregt.« Als ob noch eine Steigerung möglich wäre.

»Ja, natürlich, kein Problem, Maria«, antwortete ihr Vater, dessen eigene Tränen allmählich versiegten.

»Vielen Dank, Dad. Komm, Mum.« Mary stellte den Kaffee ab und half ihrer Mutter aufzustehen. Die anderen verabschiedeten sich im Chor, während Vater und Tochter die Mutter stützten und aus der Küche führten. Sie gingen mit ihr durchs Esszimmer und die Treppe im Wohnzimmer hinauf, was kaum weniger mühsam war als der Kreuzweg Christi durch die Straßen von Jerusalem. Nachdem Vita DiNunzio sorgsam ins Bett gepackt worden war, gab Mary beiden Eltern einen Kuss und holte ihnen dann ihren Gutenacht-Kaffee.

Als sie wieder nach unten kam, hatte Jack seine Arme um Paige geschlungen und sein Gesicht in ihren schimmernden Haaren vergraben.

»Gott sei Dank«, murmelte er, doch Paige löste sich aus der Umarmung und sah ihn an.

»Du musst auch Mary danken, Dad. Sie hat mir wirklich das Leben gerettet.«

Jacks blaue Augen strahlten vor Erleichterung und Dankbarkeit.

»Danke, Mary«, sagte er und machte einen Schritt auf sie zu.

Mary erstarrte, obwohl der Küchentisch zwischen ihnen stand. Sie wollte nicht, dass er sie umarmte, oder? Doch. Nein. Auf keinen Fall. In dieser Küche, wo sie auch ihren Mann umarmt hatte? Sie nahm die Kaffeekanne und ging damit um den Tisch, bis alle vier Tassen dampften und niemand je wieder würde schlafen können.

»Nicht der Rede wert. Ich habe schließlich auch meine eigene Haut gerettet. Setzen Sie sich doch.«

»Das stimmt nicht«, protestierte Paige.

»Alle hinsetzen«, befahl Mary mit abwehrender Handbewegung und zog sich einen Stuhl heran. Als sie vor ihrer duftenden Tasse saß, fühlte sie sich geborgen und glücklich, was sie jedoch dem vertrauten Heimatgefühl zuschrieb und nicht Jack Newlin, den sie umarmen wollte und auch wieder nicht. Ein verwirrendes Gefühl.

»Jetzt sollten wir erst mal Klarheit schaffen. Fangen wir ganz vorne an. Jack, Sie haben Ihre Frau nicht umgebracht. Oder?«

»Nein, das habe ich nicht.«

Man sah ihm an, dass er froh war, es endlich zugeben zu können, und Mary war genauso froh zu hören, dass sie von Anfang an Recht gehabt hatte.

»Ich habe ein falsches Geständnis abgelegt, weil ich dachte, Paige hätte sie getötet.«

Paige sah sehr ernst aus hinter ihrer unberührten Kaffeetasse. »Es tut mir Leid, Dad. Ich hätte dich wegen Trevor nicht anlügen dürfen.«

»Lass uns jetzt nicht darüber reden«, sagte Jack schnell. »Wir wollen uns die Tränen und Entschuldigungen für später aufheben und gleich zu den Tatsachen kommen, okay? Es war Trevor, der deine Mutter umgebracht hat, nicht wahr?«

»Ja. Wir waren high, oder zumindest war ich es. Er hat mir hinterher gesagt, ich hätte es getan, und ich habe ihm geglaubt. Ich erinnere mich wirklich, dass ich nach dem Messer gegriffen habe, aber nicht, dass ich zugestochen habe. Als Nächstes weiß ich nur noch, dass ich es in der Hand hatte. Es war ganz blutig. Und sie lag tot auf dem Boden. Aber ich glaube nicht, dass ich sie umgebracht habe. Ich war wütend auf sie, aber so etwas könnte ich bestimmt nicht tun.«

Dann erzählte Paige von ihrem Gespräch mit Captain Walsh und von der Entdeckung, dass sie keine Blutergüsse hatte.

»Trevor ist wegen eines Drogendeals festgenommen worden«, fuhr Mary fort, und Brinkley nickte informiert. »Aber wir wissen, dass er gleich wieder auf Kaution freigekommen ist, und denken deshalb, dass er der Schütze mit der Skimaske war.« Mary sah Brinkley an. »Danke übrigens für den Hinweis mit dem Ohrstecker und dem DNA-Test. Danach hatten wir Trevor erst recht im Verdacht.«

»Ich hatte mir schon gedacht, dass Ihnen der Bericht nützlich sein könnte.«

»Trevor hat versucht, Paige zu töten, weil sie weiß, was an diesem Abend passiert ist, und er läuft immer noch dort draußen frei herum. War es das im Großen und Ganzen?«

»Ich glaube ja«, erwiderte Brinkley, doch Jack schüttelte den Kopf und berührte sachte Paiges Hand.

»Aus welchem Grund sollte Trevor deine Mutter umgebracht haben?«, fragte er.

Mary fiel plötzlich auf, dass er auf Mikes Stuhl zu ihrer Rechten saß. Sie versuchte, sich nicht schuldig zu fühlen, was ungefähr so leicht war, wie nicht zu atmen.

»Wegen Geld, Dad. Er wollte mich unbedingt heiraten, praktisch von Anfang an. Er hat mich ständig gedrängt. Als ich schwanger wurde, schien es die richtige Lösung zu sein. Ich war selbst nicht begeistert davon, aber als ich es Mom erzählt habe, ist sie total ausgeflippt.«

»Es wird vielleicht langsam Zeit, dass ich dir erkläre, warum.« Jack spielte mit seiner Kaffeetasse. »Deine Mutter hat sich so aufgeregt, weil ihr das Gleiche passiert ist. Sie hat mich damals nur geheiratet, weil sie mit dir schwanger war. Ich wollte sie heiraten, sie war eine Göttin für mich, aber sie hatte das Gefühl, sich wegzuwerfen. Ihre Familie hat ihr immer vorgeworfen, sie hätte unter ihrem Stand geheiratet.«

Paige hörte schweigend zu, mit einem sanften, traurigen Ausdruck auf ihren hübschen Zügen.

»Nun zum Rest der Wahrheit. Du bist nicht sechzehn, sondern schon siebzehn. Dein Geburtstag ist zwar am 18. März, aber du bist schon ein Jahr früher geboren. Wir haben damals eine Reise gemacht, das war so üblich bei reichen Leuten, wenn man einen Skandal vertuschen wollte. Anderen

Leuten außerhalb der Familie haben wir dich erst vorgestellt, als du schon etwa fünf warst. In dem Alter ist es leicht, ein Kind als jünger auszugeben. Außerdem hatten wir sowieso nie viele Freunde und Bekannte, du weißt ja, wie deine Mutter war. Deshalb wurdest du also in der Schweiz geboren und warst deinen Altersgenossen immer ein Stück voraus. Es waren eben nicht deine Altersgenossen.«

Paige sah ihn wie vor den Kopf geschlagen an. »Du machst Witze.«

»Nein, überhaupt nicht.«

»Aber Dad, warum hast du mir das nicht früher erzählt? Jetzt verstehe ich so vieles. Vor allem, was euch beide angeht.«

»Deine Mutter wollte es nicht, und ich habe um des lieben Friedens willen mitgemacht. Uns trifft beide die Schuld. Mich vielleicht noch mehr, weil sie in gewisser Weise krank war und nicht anders konnte.«

Paige schüttelte den Kopf. »Ich verstehe das nicht. Mom hätte doch abtreiben können, oder? Ich meine, mit ihrem Geld wäre es sicher ein Leichtes gewesen.«

»Sie wollte das Baby, und ich auch.«

Paige lachte abrupt auf. »Sie wollte das Baby nicht, Dad. Ich weiß das, ich war schließlich das Baby. Sie brauchte bloß einen Grund, um unglücklich zu sein und dir vorwerfen zu können, du hättest ihr Leben zerstört. Das musste ich mir meine ganze Kindheit über anhören. Immer redete sie von der großen Karriere, die sie hätte machen können, wenn du nicht gewesen wärst. Und ich.« Sie hielt inne, ihr Mund zuckte bitter. »Karriere als was, fragt man sich nur. Als professionelles Opfer?«

Jack zuckte zusammen. »Paige, das ist nicht gerecht.«

»Doch, das ist es, Dad. Ständig hat sie anderen die Schuld an allem gegeben, nie sich selbst. Du hättest sie mal bei den Shootings erleben sollen. Entweder war der Fotograf schuld, oder die Kleider stimmten nicht oder die Beleuchtung oder sonst was. Zu Hause war es genauso. Das Mädchen war schuld, der Steuerberater, mein Hauslehrer. Nur nicht sie. Nie war sie für etwas verantwortlich.«

Paige verstummte, und Mary musste daran denken, was der Fotograf über Honor gesagt hatte und über die Kinder, die die Wahrheit erkennen. Vater und Tochter hatten da noch eine Menge aufzuarbeiten.

»Die Frage ist: Was tun wir jetzt?«, nahm Mary nach einem Moment das Gespräch wieder auf. »Trevor läuft dort draußen herum und ist hinter Paige und vielleicht auch hinter mir her. Er weiß, dass ihm nicht mehr viel Zeit bleibt. Er wird nicht aufgeben, und die Polizei glaubt nicht, dass er der Mörder ist.«

Brinkley räusperte sich mit sichtlichem Unbehagen. »Ich werde Sie und Paige schützen. Heute Nacht sollten wir uns alle erst einmal ausruhen. Hier, bei Ihren Eltern, wenn das geht. Wir könnten im Wohnzimmer auf dem Boden schlafen.«

»Natürlich.«

»Und morgen bringe ich Sie alle zusammen ins Roundhouse.«

Mary schüttelte den Kopf. »Das ist zwecklos, fürchte ich. Ich habe mich dort so zum Narren gemacht, dass die Polizei mir gar nichts mehr glaubt.«

»Uns nichts mehr glaubt«, korrigierte Paige. »Ich bin schließlich diejenige, die nicht weiß, wie ihr Bauch aussieht.«

Brinkley hob beschwichtigend die Hand. »Diesmal werden sie uns glauben, weil wir Jack mitbringen. Und Trevor.«

»Trevor? Wie wollen Sie das anstellen?«, fragte Mary, worauf Brinkley sich vertraulich über den Tisch beugte.

»Hören Sie mir zu«, sagte er, und alle rückten näher zusammen. »Wir haben das Steckerteil, aber nicht den Ohrring. Nun hat Paige uns erzählt, dass Trevor den Ohrring verloren hat, ohne zu wissen, wo. Ein interessantes Detail, das wir uns zunutze machen können. Ich sage ihm, ich hätte den

Ohrring am Tatort gefunden und an mich genommen. Wenn er ihn will, kann er ihn sich bei mir abholen.«

Jack machte ein zweifelndes Gesicht. »Warum sollten Sie so etwas tun? Sie müssten schon einen glaubwürdigen Grund dafür haben.«

»Wie wär's mit Rache?« Mary rutschte auf ihrem Stuhl nach vorn, überzeugt, dass zum ersten Mal ein Komplott in der Küche der DiNunzios geschmiedet wurde. »Und Geld. Sie bieten ihm an, Ihnen den Ohrring abzukaufen. Weil Sie sich am Dezernat für Ihre Suspendierung rächen wollen. Aber wie können wir ihn überführen?«

Brinkley zuckte gleichmütig die Achseln. »Ich werde eine Wanze tragen. Ich bringe ihn dazu zu sagen, was wir hören wollen, dann nehmen wir ihn auseinander. Eine einfache Sache.«

»Eine Wanze«, wiederholte Mary, weil es so aufregend klang, und Paige klatschte begeistert in die Hände.

Nur Jack sah besorgt aus. »Es hört sich einfach an, aber dabei kann einiges schief laufen. Mit dem Jungen ist nicht zu spaßen. Er ist ein Killer.«

»Damit kann ich besser umgehen als mit einem Privatschüler«, entgegnete Brinkley lächelnd, und Mary fand es schade, dass er nicht öfter lächelte.

»Warum machen wir es nicht gleich heute Nacht?«, fragte sie. »Je früher wir die Sache zu Ende bringen, desto besser.«

Brinkley schüttelte den Kopf. »Das geht nicht. Ich brauche etwas Zeit, um die Wanze zu besorgen. Außerdem muss ich irgendwie an eine richterliche Genehmigung herankommen, sonst wird nichts von dem, was der Kerl sagt, als Beweis zugelassen. Die Wanze sollte ich bis zum späten Vormittag haben, dann werden wir versuchen, uns den Jungen zu schnappen.«

»Wie machen wir das?«, fragte Mary und erhielt ein neues Lächeln von Brinkley.

»Wir werden ein bisschen herumtelefonieren. Der Junge

muss inzwischen ziemlich die Hosen voll haben. Er hat die Zeitungen gelesen, und er weiß, dass ich hinter ihm her bin. Wenn er meinen Namen hört, wird er anbeißen.« Der Detective griff nach der Espressokanne. »Doch zuerst wollen wir noch etwas von diesem köstlichen Kaffee trinken.«

Nachdem sie alle erforderlichen Telefonate geführt hatten, suchte Mary vier Decken und Kissen zusammen und breitete alles ordentlich auf dem Wohnzimmerteppich aus, wobei sie darauf achtete, dass Jack am weitesten von ihr entfernt lag, dazwischen Brinkley und Paige. Alle krochen erschöpft unter die Decken, und als Mary das Licht ausmachte, dachte sie, dass sie aussahen wie vier Würstchen in einer Bratpfanne. Morgen würden sie ihren Plan ausführen, den Mörder fassen und rechtzeitig zum Frühstück wieder zu Hause sein.

Paige schlief als Erste ein, dann Brinkley, doch Mary fühlte sich auch ohne seinen Schutz sicher. Trevor würde nicht auf die Idee kommen, im Haus ihrer Eltern nach ihr zu suchen, und die Medienleute würden sie hier auch in Ruhe lassen. Eigentlich war sie ja viel zu alt, um zurück ins Nest zu flüchten, und alle außer ihr wussten das. Doch Mary hatte herausgefunden, dass sie ihre Eltern um so mehr liebte, je älter sie wurde. Sie wusste sie viel mehr zu schätzen als in jüngeren Jahren, als die Zeit sich endlos vor ihr erstreckte wie eine sonnige Ebene. Jetzt war ihr klar, dass es ein Ende, eine Grenze gab; Mikes Tod hatte sie das gelehrt. Sie musste nicht erst durch die pergamentdünne Haut ihrer Mutter oder den kaputten Rücken ihres Vaters daran erinnert werden. Es würde der Tag kommen, an dem sie nicht mehr nach Hause flüchten konnte – nicht weil die Linie C umgeleitet worden war, sondern weil ihre Eltern nicht mehr da sein würden. Und mit ihnen würde auch ihr Zuhause verschwinden.

Mary zog fröstelnd die alte Decke enger um sich. Es war eine Kinderangst, diese Angst vor dem Tod der Eltern. Und während sie dort so lag, verstand sie, dass alles, was ihre Eltern ihr beigebracht hatten, nach ihrem Tod auf die Probe gestellt würde. Sie hatte keine Ahnung, wie sie weiterleben sollte, wenn sie nicht mehr da waren, aber sie wusste, sie würde weiterleben, weil sie es ihr beigebracht hatten. Das würde ihr letztes und größtes Geschenk an sie sein, und Mary dankte ihnen dafür in ihren Träumen.

Jack merkte an Marys Atemzügen, dass sie einschlief, während er sich unruhig unter der Decke hin und her wälzte. Es war nicht der harte Fußboden, der ihn wachhielt, sondern der Gedanke daran, dass alles falsch gelaufen war, und zwar nicht erst seit dem Abend, als er die Schuld an Honors Tod auf sich genommen hatte, sondern von Anfang an. Seit er Honor geheiratet und die Unwahrheit über das Alter ihrer gemeinsamen Tochter gesagt hatte.

Honor hatte das immer für eine Nebensächlichkeit gehalten, doch Jack wusste all die Jahre genau, auch wenn er es nicht wahrhaben wollte, wie falsch es war, Paige über die Umstände ihrer Geburt zu belügen. Er hatte sie von der Wiege an belogen, sie war ebenso in Lügen gewickelt worden wie in Windeln. Wie konnte er dann jetzt etwas anderes als Lügen von ihr erwarten?

War Trevor bei dir, Paige?

Natürlich nicht, Daddy.

Doch irgendeine Ahnung hatte ihm gleich gesagt, dass sie log, was Trevor betraf. Er hatte gespürt, dass der Junge zumindest eine Mitschuld an Honors Ermordung trug. Wenn er ganz ehrlich war, musste er sich eingestehen, dass es ihn nicht gekümmert hatte, ob Trevor dabei gewesen war oder nicht. In Wahrheit hatte er Paige an dem Abend im Gefängnis praktisch aufgefordert, ihn zu belügen, und er war bereit gewesen, bei ihrer Fiktion mitzumachen und sie sogar zu unterstützen. Mit ihrer Schwangerschaft war es genauso.

Jack starrte in die Dunkelheit und beschloss, sich nichts mehr vorzumachen. Er war keineswegs übermäßig erstaunt gewesen, als Paige ihn im Büro angerufen und erklärt hatte, sie sei schwanger. Er hatte gewusst, dass sie sich auf Kollisionskurs mit ihrer Mutter befand, dass sie gegen sie aufbegehrte, seit sie ausziehen wollte und für mündig erklärt worden war. Doch vor allem hatte er geahnt, dass Paige eines Tages herausfinden würde, wie sie ihre Mutter am meisten verletzen konnte: indem sie schwanger wurde wie Honor damals. Und damit eine Vergangenheit wiederholte, die sie nicht kannte, sich aber möglicherweise zusammengereimt hatte. Sie war nicht durch einen perfiden Trick Trevors schwanger geworden, sondern aus freien Stücken. Paige belog sich selbst über diesen Umstand, sich selbst und alle anderen.

Jack drehte sich auf die andere Seite. Je mehr er über Trevor nachdachte, desto unwahrscheinlicher kam es ihm vor, dass er Honor im Rahmen eines langfristigen Plans getötet hatte, um an Paiges Geld zu kommen. Trevor war ein verwöhnter, reicher Junge. Eine Niete, ein Typ, der mit Drogen handelte und Blondinen aufriss, die sich als Polizeispitzel herausstellten. Irgendetwas stimmte da nicht.

In Gedanken ging Jack noch einmal den Tag von Honors Ermordung durch. Nach Paiges Anruf hatte er den Rest des Nachmittags wie auf glühenden Kohlen gesessen. Dann hatte er wie immer seine Aktentasche gepackt und war früh genug gegangen, um sogar noch vor sieben Uhr zu Hause sein zu können, doch der Regen und der dichte Verkehr hatten ihm einen Strich durch die Rechnung gemacht.

Halt, Moment mal.

Noch etwas anderes hatte ihn aufgehalten, nämlich Whittier, der unbedingt über die Florrman-Rechnung sprechen wollte. Jack hatte sich nicht rechtzeitig loseisen können, um noch pünktlich zu sein, und währenddessen hatte Trevor Honor getötet. Das Gespräch mit Whittier hatte Trevor die Zeit verschafft, Honor zu ermorden.

Jack setzte sich kerzengerade auf. Konnte das sein? Hatte Whittier ihn abgefangen, damit Trevor Honor töten konnte?

Unmöglich. Es gab keine Verbindung zwischen Trevor und Whittier, oder? Jacks Gedanken rasten, all seine Sinne waren plötzlich hellwach. Die Möglichkeit bestand immerhin, und er musste ihr nachgehen. Es war seine Aufgabe, Trevor festzunageln, denn der Kerl hatte seine Frau umgebracht und einen Anschlag auf seine Tochter verübt. Jacks Herz schlug schneller. Er hatte die Verantwortung, doch diesmal nicht gegenüber einer Lüge, sondern gegenüber der Wahrheit. Vielleicht handelte er überstürzt, aber ihm blieb keine andere Wahl.

Leise stand er auf, schlüpfte in seine Touristenjacke und seine Schuhe und schloss sachte die Haustür hinter sich.

52

Jack näherte sich mit hastigen Schritten dem schimmernden Wolkenkratzer, der die Kanzlei Tribe & Wright beherbergte. Es war ein gutes Gefühl, selbst etwas unternehmen zu können, nicht mehr hilflos hinter Gittern zu sitzen. Falls Whittier hinter all dem steckte, würde er es herausfinden. Er tastete das Gebäude mit den Augen ab. Von den Medien war keine Spur zu sehen; die Elf-Uhr-Nachrichten waren vorüber, und die Reporter hatten sich in ihre Höhlen zurückgezogen. Es war stockfinster, die Straße verlassen. Schnell überquerte er die Straße und betrat die marmorne Eingangshalle.

Der Wachmann am Empfang riss nervös die schläfrigen Augen auf, als er Jack erkannte. Er musste ihn in den Nachrichten gesehen haben, denn den Leuten von der Nachtschicht war Jack noch nie begegnet.

»Tragen Sie sich bitte ein, Sir«, sagte der Mann, während er seine Mütze zurechtrückte und sein Blick an Jacks verwundeter Wange klebte.

»Bin mit einer Kühlerhaube zusammengestoßen.« Jack

drehte sich um und ging zum Aufzug. Seine Schritte hallten in der saalartigen Lobby wider, dann betrat er den offenen Lift und drückte den Knopf für den dreißigsten Stock.

Sobald Jack außer Sicht war, griff der Wachmann zum Telefon und wählte eine Nummer, wie man es ihm aufgetragen hatte.

Jack war schon unzählige Male durch die Flure von Tribe & Wright gegangen, auch allein und nach Büroschluss, und die Firma war ihm einst ein zweites Zuhause gewesen. Doch in dieser Nacht erschien ihm alles so fremd und abweisend wie die Mondoberfläche und genauso leblos. Die Lichter brannten, obwohl der Empfangsbereich leer und verlassen war, ebenso die Büros. Sein Stockwerk sah aus wie immer, aber er konnte ein seltsames Gefühl der Orientierungslosigkeit nicht abschütteln. Entweder hatte die Kanzlei sich verändert oder er. Oder beide.

Er ging an den Drucken mit Fuchsjagdszenen an der Wand vorbei, als sähe er sie zum ersten Mal. Ein Beistelltisch aus Tigerahorn kam ihm ebenfalls fremd vor, und er fragte sich, warum er dort im Flur stand, wo er nur im Weg war. Jack sah in zwei große Büros hinein, in denen natürlich niemand mehr war. Er konnte tun, was er tun musste.

Sein Büro befand sich am Ende des Flurs, und während er darauf zuging, ahnte er, dass es das letzte Mal sein würde. Er würde nicht mehr zu Tribe zurückkehren und nichts an der Firma vermissen. Alles, was er noch von ihr wollte, waren ein paar Antworten. Er würde sich noch einmal auf seinen Schreibtischstuhl setzen und seine Korrespondenz, seine Notizen und Zeitprotokolle dazu benutzen, den Tag vor Honors Ermordung bis ins Detail zu rekonstruieren.

Jack beschleunigte seine Schritte. Die Polizei hatte sicher einige Unterlagen konfisziert, doch hoffentlich nicht alle. Plötzlich fiel ihm etwas ein. Sein Laptop, die Buchung des Einzeltickets nach London. Die Anklage würde das gegen ihn verwenden, obwohl er die Reise nur geplant hatte, um einmal eine Weile allein zu sein und in Ruhe über seine Ehe nachzudenken und das, was seit Paiges Auszug geschehen war. Er hatte keine Zeit mehr dazu gehabt.

Jack öffnete die Tür zu seinem Büro und erstarrte. Es war vollkommen leer geräumt. Selbst die Möbel waren verschwunden. Wie konnte das sein? Die Polizei mochte einige Akten und seinen Computer beschlagnahmt haben, aber doch nicht sämtliche Akten, Aktenschränke, Bücher und Fachzeitschriften. Wo waren seine Sachen? Die Fotos von Paige und Honor? Seine persönlichen Unterlagen, Examensurkunden, Zeugnisse? Diese Dinge konnten nur durch die Firma entfernt worden sein, und zwar mit Zustimmung des Geschäftsführers – Whittier.

Jack merkte, wie er vor Wut die Kiefer aufeinander presste. Was lief da ab? War Whittier wirklich in ein Komplott gegen ihn und seine Familie verwickelt? Ein Mann, mit dem er jahrelang zusammengearbeitet hatte? Warum sollte er Honors Tod gewünscht haben? Sie hatte ihn als ihren Testamentsvollstrecker bestimmt, hatte ihm vollkommen vertraut.

Whittiers Büro lag um die Ecke, und Jack wusste, das dies der Platz war, wo er seine Antworten finden würde. Er folgte der Biegung des Flurs und wurde mit jedem Schritt wütender und entschlossener. Er würde den Raum auf den Kopf stellen und jede einzelne Schublade ausleeren, wenn nötig. Auf halbem Weg hörte er plötzlich Stimmen. Merkwürdig. Es war zu spät für das Reinigungspersonal. Die Stimmen wurden lauter, als er sich Whittiers Büro näherte – es klang nach einem Streit. Jack rannte los, und als er die offen stehende Tür erreicht hatte, erblickte er die Überraschung seines Lebens.

Whittier und Trevor standen vor ihm und starrten ihn an. Trevor sah mitgenommen aus, seine Augen wirkten glasig und lagen tief in den Höhlen. Er war high, ganz im Gegensatz zu Whittier. Der Geschäftsführer trug immer noch

Hemd und Anzughose und schien lediglich erschrocken zu sein, hatte sich aber völlig unter Kontrolle.

»Was zum Teufel …«, brüllte Jack, und auf einmal geriet alles in Bewegung.

Trevor stieß Whittier beiseite und stürzte voll Panik zur Tür, wo Jack ihn zu packen versuchte, doch der Junge hatte enormen Schwung und versetzte ihm einen Schlag, dass er rückwärts taumelte. Jack schüttelte sich und preschte hinter ihm her. Er dachte nicht daran, Trevor entkommen zu lassen. Um Whittier würde er sich später kümmern.

Trevor raste durch den Flur, ein durchtrainierter Teenager in Turnschuhen, doch der Zorn machte Jack noch schneller. Er hörte Rufe aus dem Empfangsbereich am anderen Ende des Gangs, konnte sie sich jedoch nicht erklären und rannte keuchend weiter.

»Halt, Trevor!«, schrie Jack, bog scharf um die Ecke und streckte die Hand nach Trevors Sweatshirt aus. Er hatte es schon beinahe zu fassen bekommen, als die Aufzugtüren sich öffneten und ein Trupp von Polizisten in den Empfangsbereich stürmte. Cops? Wo kamen die denn her? Was war denn jetzt wieder los? Jack bremste verwirrt ab, während Trevor den Cops buchstäblich in die Arme lief.

»Er hat eine Waffe!«, schrie Trevor. »Er will mich umbringen!«

»Stehen bleiben!«, donnerte einer der Polizisten und richtete seine Pistole auf Jack.

»Ich bin unbewaffnet!«, rief Jack, doch im selben Moment entriss Trevor dem Cop die Pistole.

»Nein!«, schrie der Cop und stürzte seiner Waffe nach. Ein zweiter Polizist kam ihm zur Hilfe, und sie rangen zu dritt um die Waffe, als ein Schuss losging und mit furchtbarem Knall in den eleganten Kanzleiräumen widerhallte. Jack hielt den Atem an und konnte nicht sehen, ob jemand getroffen war. Die Polizisten schienen es ebenfalls nicht zu wissen. Und für den Bruchteil einer Sekunde wusste es auch Trevor nicht.

»Scheiße!«, sagte einer der Cops, wütend und frustriert zugleich, als die Waffe auf den dicken Orientteppich fiel.

Jack sah voll Entsetzen, wie ein irres Lächeln auf Trevors Gesicht erschien und dann erschlaffte. Dunkelrotes Blut spritzte aus einem Loch in seinem Hals, direkt unterm Kinn. Er verdrehte die Augen und fiel nach hinten gegen die Polizisten, die sofort Maßnahmen ergriffen, um ihn zu retten. Einer sprach in ein Funkgerät, während ein anderer zum Telefon am Empfang rannte. Zwei weitere knieten sich neben Trevor, fühlten seinen Puls und versuchten, den Blutstrom zu dämmen.

Entgeistert hockte Jack sich an seine Seite. Überall war Blut, das regelmäßig mit jedem Herzschlag aus der Wunde schoss und offenbar nicht gestoppt werden konnte. Alle schwiegen, ihre angespannten Gesichter verrieten, was niemand aussprach. Auch Jack sah, wie viel Blut der Junge verlor, und ließ hilflos den Kopf hängen.

»Verdammt, es ist die Arterie«, sagte der Polizist neben Trevors Kopf. Blut quoll durch seine Finger, obwohl er das Loch mit festem Griff zuhielt. Trevors Gesicht war aschfahl, seine blauen Augen blickten starr.

»Die Halsschlagader«, präzisierte der andere Cop mit vor Bedauern erstickter Stimme.

Jack konnte es nicht fassen. Der Junge starb vor seinen Augen. Er schüttelte den Kopf, bis sein Blick an Trevors Bauch hängen blieb. Das Sweatshirt war beim Kampf etwas nach oben gerutscht, und unter dem elastischen Bund lugte ein purpurner Bluterguss hervor. Jack schob das Shirt noch höher. *Mein Gott.*

Trevors Bauch war mit Blutergüssen übersät. Das mussten die Prellungen sein, von denen Mary gesprochen hatte, die an Paige vermutet, aber nicht gefunden worden waren. Vor ihm lag der Mann, der Honor getötet hatte.

»Nein«, sagte er laut, als Whittier ihm in den benommenen Sinn kam. Er musste dafür sorgen, dass der Mann zur

Rechenschaft gezogen wurde. Jack stand auf, doch als er sich umdrehen wollte, wurden seine Arme von hinten gepackt, mit brutalem Griff zusammengehalten und in Handschellen gelegt.

»Was machen Sie da?«, rief Jack wütend und verdrehte den Hals nach hinten.

»Ganz ruhig, Newlin«, befahl ein Cop, der ihn gleichzeitig zum Aufzug schob.

»Ich habe nichts getan! Ich habe keine Waffe ...«

»Wir haben Sie schon gesucht. Sie sind verhaftet, wegen versuchten Mordes an Ihrer Tochter.«

»Was? Ich und Paige etwas antun? Sind Sie wahnsinnig?« Jack riss an den Handschellen, aber es kamen noch mehr Cops hinzu. Es war der reinste Albtraum. Man verdächtigte ihn des Mordversuchs an seiner eigenen Tochter. Trevor verblutete auf dem Boden. Whittier würde ungeschoren davonkommen. »Sie können mich nicht aufhalten, Sie haben kein Recht dazu! Holen Sie Whittier, schnell! Verhaften Sie ihn! Er steckt hinter allem, er ist für den Mord an meiner Frau verantwortlich!«

Die Cops drängten ihn zum Aufzug. »Erzählen Sie das den Detectives auf dem Präsidium«, sagte einer.

»Wie können Sie es wagen, Jack!«, ertönte Whittiers Stimme hinter ihnen. Jack fuhr im Griff der Polizisten herum, während Whittier gelassen blieb und in aller Ruhe sein Nadelstreifenjackett anlegte, das er überm Arm getragen hatte. »Falls Sie diese Verleumdung öffentlich wiederholen, werde ich Sie und die Zeitung, die das druckt, verklagen.«

»Verklag mich doch, du Arschloch!« Jack wurde von blinder Wut erfasst und machte einen Satz auf Whittier zu, doch die Cops rissen ihn zurück, so dass die Handschellen in seine Unterarme schnitten. Er widersetzte sich, als sie ihn zur Fahrstuhltür stoßen wollten. »Dieser Junge dort stirbt wegen dir, meine Frau ist durch deine Schuld gestorben, und meine Tochter ...«

»Das reicht!«, brüllte Whittier. »Dieser *Junge*, wie Sie ihn nennen, hat mich Ihretwegen erpresst. Er sagte, Sie hätten mit seiner Unterstützung Kokain verschoben …«

»Das ist eine Lüge!«, schrie Jack und widerstand weiter den Polizisten, die ihn zentimeterweise zum Aufzug zerrten.

»… und er hat gedroht, damit zur Presse zu gehen und meiner Kanzlei zu schaden.« Whittiers Ton wurde immer ruhiger angesichts Jacks Wut. »Sie haben anscheinend gewusst, dass er heute Abend zu mir kommen wollte, und deshalb sind Sie …«

»*Schwachsinn*! Sie und Trevor haben meine Frau umgebracht! Sie haben versucht, meine Tochter zu töten!« Noch während er sich selbst wüten hörte, wusste Jack, dass Whittier den glaubwürdigeren Eindruck machte. Ihm stand schließlich auch kein Mordprozess bevor. Der Gedanke machte Jack noch rasender. »Ich krieg dich, du Schwein!«

»… hier aufgetaucht, um ihn umzubringen. Sie sind nicht mehr ganz bei sich, Jack. Sie brauchen Hilfe, eine Therapie. Hat die Sucht Sie auch im Griff? Sie sind nicht mehr der Mann, den ich einmal kannte.«

»Er lügt!« Jack bäumte sich auf und ging erneut auf Whittier los. Fast wäre er dem Griff der Polizisten entwischt, doch sie schnappten ihn und drückten ihn unter viel Grunzen und Fluchen auf den Teppich nieder. Die Wunde an seiner Wange platzte auf, und ein brennender Schmerz schoss durch seinen Brustkorb. Er trat um sich und wehrte sich wie verrückt, um zu Whittier zu gelangen, doch die Cops überwältigten ihn.

»Runter, verdammt!«, brüllten sie. »Auf den Boden! Runter, Mistkerl!« Schläge regneten auf seine Arme und Beine herab, seine Rippen schienen in Flammen zu stehen.

Jack wand sich nach allen Seiten, um sich zu befreien, und schrie Whittiers Schuld heraus, bis seine Raserei durch einen Schlag auf den Kopf beendet wurde, der alles in Schwärze tauchte.

53

Mary spähte durch das Drahtgitterfenster in der Tür zum Vernehmungsraum, und ihr Herz krampfte sich zusammen. Jack war mit Handschellen an einen Metallstuhl gefesselt, der am Boden festgeschraubt war. Eine Platzwunde über seinem rechten Auge war zu einer dicken Beule angeschwollen, und die Wunde an seiner Wange klaffte und sah noch schlimmer aus als zuvor. Eingesunken saß er in seiner blutbespritzten Touristenjacke da, offenbar halb bewusstlos vor Erschöpfung und Schmerzen. Nur in seinen Augen blitzte noch ein Funke von Leben, und sie begannen zu strahlen, als Mary die Tür öffnete.

»Jack!«, sagte sie und eilte in den schmuddeligen Raum. Am liebsten hätte sie ihre Arme um ihn geschlungen, doch sie hockte sich nur neben ihn, um auf gleicher Augenhöhe zu sein, und berührte seine Schulter. Sie machte sich nicht mehr die Mühe, wie eine professionell distanzierte Anwältin zu klingen, und seine Miene sagte ihr, dass auch er beschlossen hatte, die reine Mandantenrolle aufzugeben.

»Kann ich dich wieder anheuern?«, fragte er mit einem Lächeln, das sie tiefer berührte als eine Umarmung. Ein Schnitt an seiner Unterlippe sprang auf, als er schelmisch hinzufügte: »Jetzt, wo ich weiß, dass du aus einer anständigen Familie kommst und so.«

»Abgemacht«, antwortete sie und errötete vor Freude, bevor sie sich wieder zusammennahm. Sie befanden sich zwar noch allein in dem Vernehmungsraum, aber es gab einen Spionspiegel und eine Videokamera. Vielleicht standen die Polizisten oder sogar Davis auf der anderen Seite. Mary beugte sich dicht zu Jack heran, damit niemand außer ihm hören konnte, was sie sagte.

»Sie werden dich jetzt verhören. Der Staatsanwalt ist überzeugt, dass du derjenige warst, der auf Paige geschossen hat.

Er hat die Polizei nach dir ausgeschickt. Am besten breiten wir alles vor ihnen aus, okay? Die Wahrheit, die ganze Wahrheit und nichts als.«

»Wird auch höchste Zeit«, flüsterte Jack. »Sie denken sicher, ich wollte Paige wegen des Erbes töten. Ich werde zwar in Honors Testament nicht bedacht, aber ich würde das Treuhandvermögen bekommen, wenn auch Paige vor mir stirbt. Du musst dich auf Whittier konzentrieren. Er ist der Testamentsvollstrecker in beiden Fällen, und es springt ein Honorar in Millionenhöhe für ihn und die Firma dabei heraus. Das ist alles, was wir in der Hand haben.«

»Mach dir keine Sorgen.« Mary stand auf und drehte sich zu dem Spiegel um, die Hand immer noch an Jacks Schulter. Sein Körper strahlte Wärme und Stärke aus unter ihren Fingern, aber vielleicht war es auch nur das Glück, ihren Gefühlen endlich nachzugeben.

»Okay, es kann losgehen«, rief sie.

Sofort öffnete sich die Tür und die Detectives Kovich und Donovan kamen herein.

Kovich setzte sich Jack gegenüber, während Donovan an die Wand gelehnt stehen blieb. Mary wartete das Frage-und-Antwort-Spiel gar nicht erst ab, sondern begann sofort, alles darzulegen: Jacks falsches Geständnis und Trevors Mord an Honor, nach dem er Paige mit Hilfe von Drogen glauben gemacht hatte, sie sei die Schuldige. Jack nahm den Faden auf und berichtete, dass Trevor der Schütze in der Skimaske gewesen war und Whittier hinter allem steckte. Beide ließen Brinkley aus dem Spiel, damit er nicht noch mehr Ärger bekam.

Kovich hörte aufmerksam zu, doch Donovan zog während der gesamten Schilderung ein finsteres Gesicht. »Sie wollen uns also erzählen, Mr Newlin, dass einer Ihrer Partner, Mr William Whittier, sich mit Trevor Olanski zusammengetan hat, um Ihre Frau und Ihre Tochter zu ermorden?«

»Ja«, antwortete Jack und richtete sich qualvoll an der Lehne seines Stuhls auf. »Das ist die Wahrheit.«

»Sir, warum sollte ein hochdotierter Anwalt in einer renommierten Kanzlei mit einem drogendealenden Schüler gemeinsame Sache machen?«

»Das weiß ich nicht. Ich wollte es gerade herausfinden, als ich verhaftet und hierher gebracht wurde. Sie sollten Whittier diese Frage stellen.«

Kovich sah nachdenklich drein hinter seiner übergroßen Pilotenbrille, aber Donovan schürzte abfällig die schmalen Lippen. »Wir haben Mr Whittier befragt, und seine Geschichte klingt ganz anders als Ihre.«

»Was hat er gesagt?« Neue Wut stieg in Jack auf. »Noch mehr Mist über Erpressung und Kokain?«

»Es steht mir nicht frei, mit Ihnen darüber zu sprechen, aber wir ermitteln in der Sache. Seine Aussage steht in krassem Widerspruch zu dem, was Sie uns gerade erzählt haben.«

»Das wundert mich nicht, aber ich sage die Wahrheit.«

»Das haben Sie auch bei Ihrem Geständnis beteuert, soweit ich mich erinnere. Ich habe mir das Video angesehen.« Donovan schob seine Hände tief in die Taschen seiner modisch weiten Hose. »Jetzt behaupten Sie, das sei eine Lüge gewesen. Ihre Tochter ist ebenfalls mit einem Geständnis zu Captain Walsh gekommen, das sie später als Falschaussage zurückgenommen hat. Haben Sie vielleicht Ihre eigene Tochter vorgeschickt, damit sie Sie deckt?«

»Natürlich nicht«, schnauzte Jack. »Wir haben Ihnen das alles gerade erklärt. Wenn Sie uns nicht glauben wollen, können wir daran nichts ändern. Trevor ist tot und wird keine Aussage mehr machen.« Er rutschte auf dem Metallstuhl nach vorn, so dass sich die Handschellen spannten. »Lassen Sie mich frei, dann bringe ich Ihnen die Beweise.«

»Ganz sicher nicht. Sie sind hier, um unsere Fragen zu beantworten«, erwiderte Donovan, obwohl Kovich keine Fragen zu haben schien. »Wo waren Sie, als auf Paige geschossen wurde? Der Vorfall hat sich nach unserer Kenntnis gegen achtzehn Uhr ereignet.«

»Ich war auf der Suche nach ihr. Ich wusste, dass ihr von Trevor Gefahr drohte.«

»Wo genau haben Sie nach ihr gesucht?«, fragte Donovan skeptisch. »Ich nehme an, wir können überprüfen, mit wem Sie gesprochen haben.«

Mary wusste, dass Jack zu dieser Zeit mit Brinkley zusammen gewesen war und war gespannt, ob Jack ihn als Zeugen benennen würde. Das würde Jack zwar entlasten, aber Brinkley in Schwierigkeiten bringen: unerlaubte Weitergabe von Beweismitteln, Einmischung in die Ermittlungen. Er konnte wegen Behinderung der Polizeiarbeit angezeigt werden.

»Ich habe hauptsächlich herumtelefoniert, von meinem Hotel aus«, antwortete Jack, worauf Donovan ein höhnisches Schnauben hören ließ.

»So besorgt waren Sie um Ihre Tochter, dass Sie ein bisschen herumtelefonierten?«

»Was blieb mir anderes übrig? Sie war nicht zu Hause, und ich wusste nicht, wo ich anfangen sollte, nach ihr zu suchen. Außerdem konnte ich mich nicht frei in der Stadt bewegen, da mir die Presse ständig auf den Fersen war.«

»Verstehe«, nickte Donovan und bewies, dass auch ein Nicken vor Sarkasmus triefen konnte. »Sie haben also in Ihrem Hotelzimmer gesessen und ein paar Leute angerufen. Wen zum Beispiel?«

»Freunde, einige Fotografen.«

Selbst für Mary war offensichtlich, dass er sich das ausdachte. Er wollte Brinkley nicht verraten, was zwar sehr ehrenhaft, aber nicht unbedingt klug war, und sie überlegte, es an seiner Stelle zu tun. Die Entscheidung war schwer, doch dann kam sie zu dem Schluss, dass Donovan ihnen jetzt ohnehin nichts mehr glaubte und Brinkleys Bloßstellung nur weiteren Schaden anrichten würde.

»Sie haben einige Fotografen angerufen«, wiederholte Donovan gerade mit übertriebener Geduld. »Was kam dabei heraus?«

»Nichts. Ich konnte niemanden erreichen, hinterließ nur Nachrichten, wo es möglich war.«

»Haben Sie den Polizeinotruf alarmiert, wie an dem Abend, als Sie Ihre Frau umgebracht haben?«, fragte Donovan, doch Jack ließ sich nicht provozieren.

»Ich habe meine Frau nicht umgebracht, das habe ich Ihnen bereits gesagt. Nein, ich habe den Notruf nicht alarmiert.«

»Warum nicht, wenn Sie glaubten, dass Ihre Tochter in Todesgefahr schwebte?«

»Es war nicht genug Zeit, und ich dachte, ich könnte sie selbst besser schützen.«

»Wie kamen Sie denn auf die Idee, Mr Newlin? Haben Sie eine polizeiliche Ausbildung? Schusswaffentraining, Selbstverteidigung und so weiter?« Donovan hob eine dünne Augenbraue, und Mary vermutete, dass er herauszufinden versuchte, ob Brinkley die Hände im Spiel gehabt hatte.

»Nein, ich habe keinerlei Kampfausbildung, aber sie ist meine Tochter. Ich war derjenige, der sie in diese gefährliche Lage gebracht hatte, und ich musste sie auch wieder herausholen.«

»Indem Sie telefonierten?« Donovan lächelte fast. »Ihre Telefonrechnung im Hotel müsste das ja im Übrigen bestätigen.«

»Kein Problem«, sagte Jack schnell, obwohl Mary wusste, das es eins war. Höchste Zeit einzuschreiten.

»Detective«, begann sie, »Sie haben jetzt genug Fragen gestellt, um deutlich zu machen, dass sie keinerlei Beweise haben, die eine Anklage wegen versuchten Mordes gegen Mr Newlin rechtfertigen würden. Es ist jetzt mitten in der Nacht, und mein Mandant ist erschöpft und bedarf dringend ärztlicher Versorgung. Dieses unnütze Fragespiel ist zu Ende. Lassen Sie Mr Newlin jetzt frei.« Mary stand auf, doch Donovan dachte nicht daran, sie damit durchkommen zu lassen.

»Ms DiNunzio, Sie haben uns nicht zu sagen, wann wir

fertig sind, das bestimmen wir allein. Ihr Mandant steht unter Mordanklage und wurde auf Kaution freigelassen. Jetzt wird er zusätzlich des versuchten Mordes an einer Person verdächtigt, die als Zeugin bei seiner Verhandlung aussagen könnte. Wir werfen ihm also versuchten Mord, Behinderung der polizeilichen Ermittlungen und Bedrohung einer Zeugin vor. Wir können ihn so lange festhalten, bis wir die Gesprächsnachweise im Hotel überprüft haben, und das werden wir.«

Mary und Jack wechselten einen Blick. Sie wussten, dass Donovan nicht bluffte, und am Morgen würde der Staatsanwalt wahrscheinlich Jacks Freilassung auf Kaution rückgängig machen. Jack würde bis zur Verhandlung im Gefängnis bleiben müssen, wenn Mary nichts dagegen unternahm. Sie war wieder ganz auf sich gestellt wie am Anfang, und doch war jetzt alles anders. Nicht zuletzt deshalb, weil seine Unschuld eindeutig feststand und ihre Gefühle für ihn vielleicht sogar erwidert wurden.

»In einem stimme ich Ihnen zu, die Vernehmung ist beendet. Aber Sie sind diejenige, die geht, Ms DiNunzio.«

Mary machte einen Schritt auf ihn zu. »Wenn Sie Mr Newlin weiter befragen wollen, werden Sie mich zuerst anrufen. Niemand spricht mit ihm ohne meine Anwesenheit. Außerdem werden Sie dafür sorgen, dass er medizinisch behandelt wird. Morgen werde ich bei Gericht eine Beschwerde wegen Schikanierung meines Mandanten von Seiten der Polizei einreichen.«

»Komisch, ich wusste genau, dass Sie das sagen würden«, schoss Donovan zurück, und Kovich stand auf und öffnete die Tür.

Mary entging nicht, dass er ihrem Blick auswich, als sie an ihm vorbeistolzierte.

Dwight Davis stand mit Captain Walsh auf der anderen Seite des Spionspiegels. Davis fühlte sich frisch trotz der späten

Stunde, während Walsh müde einen Arm gegen die Einfassung des Spiegels stützte, durch den man in das Vernehmungszimmer sah wie durch ein Fenster.

»Dieser Fall bringt mich noch ins Grab«, stöhnte der Captain und sah zu, wie Kovich Newlin von dem Stuhl losmachte und hinausführte. »Ich lass mich versetzen.«

»Nicht verzweifeln, Captain«, grinste Davis, seinen Anwaltsblock gegen die Brust gedrückt. Er starrte durch den Spiegel, als verfolgte er einen spannenden Fernsehkrimi. »Wir haben Newlin bei einer weiteren Lüge ertappt, und sobald ich mit dem Chef gesprochen habe, werden wir Anklage wegen versuchten Mordes erheben. Der Mann kriegt einen Prozess, dass ihm Hören und Sehen vergeht.«

»Newlin ist nicht das Problem«, murmelte Walsh mehr zu sich selbst, doch Davis hakte nach.

»Wer dann?«

»Was?«

»Wer ist das Problem?«

Walsh seufzte. »Brinkley.«

»Brinkley?« Davis' kurzgeschorener Kopf fuhr herum. »Glauben Sie, er hilft ihnen?«

»Ich werde ihn mir vornehmen.«

»Verdammt!« Davis war sauer. Diese blöden Cops. Er musste sie wohl wieder mal daran erinnern, wer das Sagen hatte. Im Gegensatz zu anderen Staatsanwälten dachte er nicht daran, dem Dezernat in den Arsch zu kriechen. »Captain, ich will offen zu Ihnen sein …«

»Ersparen Sie mir den Vortrag, Davis.«

»Nein. Wenn ich herausbekomme, dass Brinkley irgendetwas mit Newlin oder DiNunzio zu tun hatte, werde ich ihn wegen Beihilfe, Begünstigung und was ich sonst noch finden kann vor Gericht bringen. Ich werde nicht zulassen, dass ein verbrecherischer Cop meine Anklage unterminiert.«

»Brinkley ist kein verbrecherischer Cop, Herrgott noch mal«, protestierte Walsh.

»Bringen Sie ihn zur Räson, sonst tue ich es«, sagte Davis und marschierte hinaus.

54

Es war früher Morgen, als Mary das Roundhouse verließ und in die wartende Journalistenmenge eintauchte. Trotz der Kälte hatte sich die Zahl der Reporter seit dem Vorabend noch vergrößert. Trevors Tod und Jacks erneute Festnahme hatten zu einer wahren Medienhysterie geführt. Mary wurde eingekreist und von Kameras, gebrüllten Fragen, Camcordern und riesigen Mikrofonen bedrängt. Die Luft war neblig vor Atemwolken und der kleine Platz von Lärm und Hektik erfüllt.

Mary senkte den Kopf und zwängte sich durch, wobei sie an die Fernsehbilder denken musste, die sie von ihrer Chefin Bennie beim gleichen Spießrutenlaufen gesehen hatte. Merkwürdig, dass sie sich jetzt selbst in dieser Lage befand. War sie das wirklich? Und bedeutete es einen Fortschritt? War es nicht besser gewesen, als sie noch über ihren Job gejammert und eine ruhige Kugel geschoben hatte? Zumindest was diesen Fall betraf, kannte sie die Antwort.

Sie rannte zur nächsten Straßenecke. Es war unmöglich, hier ein Taxi zu bekommen, und sie hatte den Fahrer, der sie hergebracht hatte, nicht überreden können, auf sie zu warten. Brinkley konnte es bei Tageslicht nicht riskieren, sie abzuholen, also hatte sie vorausplanen müssen. Sie hatte den Busfahrplan studiert. Ein weißer Stadtbus, besprüht mit der Aufschrift *Degas im Kunstmuseum*, rumpelte vorbei, und sie rannte ihm nach, dass ihre Aktentasche um ihre Hüfte schlug.

Der Bus ging vor einer Haltestelle in die Knie, die den Namen nicht verdiente, doch der kurze Stopp genügte, um dem

Fahrer Gelegenheit zu geben, sie im Rückspiegel zu erspähen. Der Anblick eines hechelnden Fahrgastes veranlasste die Fahrer normalerweise, sofort Gas zu geben, doch dieser wartete auf sie. Entweder hatte er Mitleid, weil die Reporter hinter ihr her waren wie ein Schwarm von Mörderbienen, oder er war neu und kannte die Regeln noch nicht. Mit stechender Lunge von der kalten Luft erreichte sie den Bus, dessen Türen sich mit vertrautem Zischen öffneten. Sie umklammerte einen Haltegriff und sprang hinein. In Philly fuhren echte Anwälte eben mit dem Bus.

Mary sah, wie zwei Fernsehwagen die Verfolgung aufnahmen, doch der morgendliche Berufsverkehr hatte bereits eingesetzt, und einer der Wagen verlor sich bald darin. Sie stülpte sich eine Strickmütze über, die sie in der Tasche hatte, zog eine Umsteigefahrkarte und stieg an der nächsten Haltestelle aus, um in die Linie C zu wechseln. Niemand würde sie in einem C-Bus vermuten. Es war die unauffälligste Linie in ganz Philadelphia. Sie beobachtete, wie der zweite Ü-Wagen dem falschen Bus folgte und im zäh fließenden Verkehr steckenblieb, und fuhr beruhigt nach Hause. Mit dem Bus würde es etwas länger dauern als mit dem Taxi, aber auf diese Weise hatte sie Zeit zum Nachdenken.

Jack hatte gesagt, dass Paiges Erbe der Grund war, weshalb die Bullen glaubten, er hätte sie erschießen wollen. Mary war auf der Uni ziemlich gut in Testaments- und Nachlassfragen gewesen und wusste immer noch mehr über Erbrecht als über Strafrecht. Nach den Bestimmungen von Honors Testament und der für Paige eingesetzten Treuhand erbte Jack also im Todesfall von Mutter und Tochter das Buxton-Vermögen. Mary wusste, dass diese Regelung dieser Art in Testamenten praktisch Standard war. Whittier war als Erbschaftsverwalter eingesetzt, eine Dienstleistung, die im Allgemeinen mit zwei Prozent jährlich der gesamten Nachlassumme vergütet wurde, soweit Mary sich erinnerte. Wenn es sich um einen großen Nachlass handelte, konnten sich auch zwei Prozent auf mehrere Millionen Dollar belaufen, die jedoch erst nach dem Tod des Erblassers ausgezahlt wurden. Und im Falle von Paiges Tod würde der Testamentsvollstrecker doppelt kassieren.

Der Bus tuckerte gleichmäßig dahin, ähnlich wie Marys Gedanken. Es gab also zwei mögliche Gründe für Whittier, Honor und Paige beiseitigen zu wollen: Entweder hatte Honor vorgehabt, den Testamentsvollstrecker zu wechseln, so dass er Gefahr lief, sein Honorar zu verlieren, oder er wollte einfach den Zahltag vorantreiben, indem er beide Frauen umbringen ließ. Sie schauderte. Der Bus kam schnaufend zum Halten und sammelte auf dem Weg zu den Geschäfts- und Bürovierteln immer mehr Fahrgäste ein. Ein junger Mann mit einer beigen Baseballkappe zwängte sich auf den Sitz neben ihr. Er ließ eine schwere Büchertasche von seiner Schulter gleiten und packte sie sich auf den Schoß.

Mary kehrte zu ihren Gedanken zurück. Nur eine Sache passte nicht, und Donovan hatte sofort den Finger darauf gelegt. Wo war die Verbindung zwischen Whittier und Trevor? Der eine war Teilhaber einer großen Kanzlei, der andere ein kleiner Schüler. Wie der, der neben ihr saß. Mary schielte zu ihm hinüber, um ein paar Feldstudien zu betreiben. Irgendwie sah er Trevor ziemlich ähnlich, aber wahrscheinlich lag es daran, dass alle Teenager sich mehr oder weniger gleich kleideten. Auf seiner Baseballkappe prangte ein leuchtend rotes A, das vermutlich für die Kult-Marke Abercrombie und nicht für Angeber stand. In einem Ohr glänzte eine goldene Kreole, was sie zu der Spekulation veranlasste, dass man bei Abercrombie die Ohrringe gleich dazubekam. Der Junge mochte sechzehn oder siebzehn sein und trug ansonsten Jeans, T-Shirt und eine leichte Jacke, wie um zu beweisen, dass er keine Frostbeule war.

Mary musste lächeln. Jungs hatten sich nicht sehr verändert seit ihrer Teenagerzeit. Dieser hatte klare, blaue Augen, sah sauber und gepflegt aus und war offenbar auf dem Weg zur Schule.

Vielleicht ging er sogar auf Trevors Schule.

»Entschuldigen Sie«, sprach sie ihn an, »auf welche Schule gehen Sie?«

»Pierce«, antwortete er.

Dann halt nicht. Aber vielleicht kannte er ihn. Philly war eine kleine Stadt. »Kennen Sie zufällig einen Jungen namens Trevor Olanski? Er geht auf die Philadelphia Select.«

»Nein.«

Natürlich nicht. So viel über Zufälle, die zur Lösung eines Falls beitrugen. Sie hatte einfach ein schlechtes Karma. Außerdem war sie seit hundert Jahren nicht mehr zur Beichte gegangen. Sie gab auf und sah aus dem Fenster.

»Wie heißen Sie?«, fragte der Teenager, worauf sie sich umdrehte und feststellte, dass er sie anlächelte.

»Äh, Mary«, antwortete sie, und er nickte, als hätte sie etwas ungeheuer Interessantes gesagt.

»Ein hübscher Name.«

»Finden Sie?«

»Und der Nachname?«

»DiNunzio.«

»Mary DiNunzio. Das klingt gut zusammen.«

»Ich hatte nichts damit zu tun«, sagte sie, und er lachte herzlich. Sie verkniff sich ihr Lächeln. Wollte er etwa mit ihr flirten? Sonst sahen Männer sie nur mit diesem Blick an, wenn ein Model direkt hinter ihr ging. Außerdem war er kein Mann, er war noch ein halbes Kind.

»Wo gehen Sie zur Schule, Mary?«, fragte er scherzend.

Als Antwort schoss ihr durch den Kopf: Ich bin alt genug, um deine Mutter zu sein. Das stimmte zwar nicht, aber sie *fühlte* sich in diesem Moment so alt. Noch etwas anderes ging ihr durch den Kopf, eine Theorie zu Trevor und Whittier. Dieser Junge hatte sie darauf gebracht, obwohl er nicht auf Trevors Schule ging. Sie musste an etwas denken, das sie im Trubel der letzten Tage gehört hatte. Aber wo? Und von wem? *Wir hatten Olanski schon seit einer Weile im Visier ...*

Meistens verkauft er an Kids in Privatschulen … Vor ein paar Monaten ist er an den Falschen geraten …

Konnte das die Lösung sein? Hatte sie die Verbindung zwischen Trevor und Whittier gefunden? Möglich war es. Auf einmal fühlte sie sich wieder hellwach. Der Bus war fast an ihrer Haltestelle angelangt, sie musste aussteigen. Sie brannte darauf, Brinkley von ihrer Idee zu erzählen. Bestimmt lag sie richtig. Sie konnte den Fall ganz allein lösen. Alles war möglich. Dies war Amerika. Sie nahm ihre Aktentasche vom Boden und sprang auf.

»Mary?«, fragte der Junge, den sie ganz vergessen hatte. Er war rot geworden vor Verlegenheit und sah schon zu ihr hinauf.

Das konnte sie ihm nicht antun. Wer in so zartem Alter schon Liebesnarben davontrug, wurde am Ende gar Anwalt. Sie beugte sich herunter und hauchte ihm einen Kuss auf die Wange.

»Ich bin schon vergeben, aber vielen Dank«, sagte sie, ehe sie sich durch den Gang nach vorn schlängelte, wo der Fahrer den Bus sanft und sicher zum Halten brachte. Sie musste sich noch nicht einmal an eine Stange klammern, um tödlichen Verletzungen zu entgehen. Eindeutig ein Neuling, dachte sie, und dankte ihm beim Aussteigen. Zum ersten Mal meinte sie es ehrlich.

Mary eilte die Broad Street entlang und verfiel in einen Trab, als sie um die Ecke des heimatlichen Häuserblocks bog. Sie war schrecklich aufgeregt. Sie hatte eine Theorie. Jetzt musste sie nur noch herausfinden, ob sie stimmte. Dabei konnte ihr Brinkley helfen.

Sie rannte an Ziegelsteinfassaden und Marmorstufen vorbei, vorbei an Fenstern mit übrig gebliebenen Plastikkrippen und Weihnachtsbäumchen aus Porzellan. Die Lichtergirlanden hingen noch über der Straße, von Dach zu Dach gespannt. Sie schwankten im Wind und leuchteten schwach vor dem Morgenhimmel, ein durchsichtiger Baldachin in Rot,

Blau, Grün und Gelb. Mary liebte die Lichter. Sie liebte das Leben. Sie rannte auf das Haus ihrer Eltern zu.

Ich bin alt genug, um deine Mutter zu sein. Sie würde herausfinden, ob Whittier einen Sohn oder eine Tochter im Teenageralter hatte. Vielleicht hatte Trevor ihm oder ihr an der Schule Drogen angeboten. Das war keineswegs unwahrscheinlich, vor allem nicht in Philly. Philadelphia war in vielerlei Hinsicht eine kleine Stadt, und nach ihrer Erfahrung klüngelten die Kinder reicher Leute zusammen und kannten sich, auch wenn sie auf verschiedene Schulen gingen. Sie nahmen an denselben exklusiven Sommerlagern, Partys und Tanzveranstaltungen teil.

Mary würde Jack ein für allemal entlasten, und diese Gewissheit beflügelte sie, so dass sie zwei Stufen auf einmal nahm und zur Haustür hineinstürmte. Doch in der Küche angekommen riss sie die Augen auf.

Sie hatte nicht mit Gästen gerechnet.

55

Mary ließ vor Überraschung ihre Aktentasche fallen. »Ich wusste gar nicht, dass der Bus *so* langsam ist«, sagte sie lachend.

Detective Stan Kovich lächelte sie verlegen vom Küchentisch her an. Sein massiger Körper passte kaum auf den wackeligen Stuhl. »Ich hätte Sie gern mitgenommen, aber dann wäre ich gefeuert worden.«

Mary zog ihren Mantel aus. »Jetzt bin ich aber neugierig.«

»Kann ich Ihnen nicht verdenken.« Brinkley saß vor einem großen Teller mit gebratenen grünen Paprika und Rührei. Ihre Mutter hatte ihm zuerst aufgetan, also hatte sie wohl Frieden mit ihm und seiner Pistole geschlossen. »Setzen Sie sich zu uns, wir haben Ihnen etwas zu erzählen.«

»Si, si.« Vita DiNunzio kam in ihrem geblümten Hauskleid auf sie zu, die grauen Löckchen mit Haarklemmen über den Ohren zurückgesteckt. Sie zog Mary an den Tisch. »Maria, setz dich hin und iss. Dein Freund Jack, ist alles okay mit ihm?«

»Ja, alles okay, danke«, antwortete Mary und drückte ihrer Mutter einen Kuss auf die Wange, ehe sie sich an den Tisch setzte.

»Möchtest du Kaffee?«, fragte ihr Vater, schlurfte aber schon in seinem karierten Bademantel und den Hausschuhen herbei, die Kaffeekanne in der Hand. Er schenkte ihr ein, ein dampfender, brauner Strahl.

»Danke, Dad.« Mary sah Brinkley auffordernd an. »Gut. Reg, zuerst Sie, dann ich.«

Brinkley nickte. »Wir wissen, dass Trevor Kokain an reiche Kids in Privatschulen verkauft hat. Er ist letzte Woche hochgenommen worden, zusammen mit einem Jungen namens Ruben Stone. Einer der Schüler, dem Trevor Koks beschaffte, war Whittiers Sohn, er besucht eine Privatschule in einem Vorort. Kovich hat die Information von einem unserer Kumpel im Jugenddezernat bekommen. Das ist die Verbindung zwischen Whittier und Trevor.«

»Herrgott, ich wusste es!« Mary berichtete von dem Jungen im Bus und ihrer Erleuchtung, wurde dabei jedoch die ganze Zeit von ihrer Mutter angefunkelt, weil sie den Namen des Herrn leichtfertig im Munde geführt hatte.

»Tja, Sie hatten Recht. Hier ist der Beweis.« Brinkley schob ein Blatt Papier über den Tisch. Es sah aus wie ein offizielles Polizeiprotokoll, der getippte Text war stellenweise redigiert worden. »Kovichs Kumpel hatte einige Schwierigkeiten, dieses Protokoll zu finden. Die Anzeige wurde zurückgezogen, und zwar schon am nächsten Tag. Christian Whittier war einer der Schüler, die dabei erwischt wurden, als sie von Trevor Drogen kauften, und er wurde von einem William Whittier im Präsidium abgeholt. Wir glauben, dass

Whittier jemanden bestochen hat, damit die Anzeige fallen gelassen wurde. Es kann kein Zufall sein, dass der Officer, der die Jungs verhaftet hat, gerade im Urlaub ist.«

Mary runzelte die Stirn. »Jetzt mal ganz langsam. Trevor und Whittier sind sich also letzte Woche zum ersten Mal begegnet. Das heißt noch gar nichts.«

»Sie sind sich da nur unseres Wissens nach zum ersten Mal begegnet, aber Whittiers Sohn hat garantiert schon öfter Stoff von Trevor gekauft. Junkies bleiben meistens bei einem bestimmten Dealer, vor allem diese reichen Lümmel. Sie wollen nicht in irgendwelche verrufenen Gegenden gehen müssen, um sich Nachschub zu besorgen. Sie könnten sich ja die Hände schmutzig machen.«

Mary warf einen Blick auf Paige, die still vor einem leeren Teller saß. Sie war sehr bestürzt gewesen, als sie von Trevors Tod gehört hatte, und sah bleich und müde aus. Dennoch musste Mary nachfragen. »Paige, weißt du etwas darüber?«

»Nein.« Paige strich sich eine rote Strähne aus den Augen, in dem Versuch, sich zu sammeln. »Ich wusste nicht, dass Trevor gedealt hat, und ich kenne niemanden, dem er etwas verkauft hat. Es war einfach so, dass er immer genug Stoff hatte.«

»Schon gut«, sagte Mary und tätschelte ihre Hand. Das Mädchen machte wirklich die Hölle durch und litt wohl obendrein unter Morgenübelkeit, nach seinem leeren Teller zu schließen. Das würde Vita DiNunzio allerdings nicht davon abhalten, sie zwangszuernähren. In diesem Haushalt war die Liebe schon immer durch den Magen gegangen.

Mary wandte sich wieder an Brinkley. »Erzählen Sie weiter, Reg.«

»Wir glauben, dass Trevor und Whittiers Sohn sich zumindest gekannt haben, vielleicht sogar befreundet waren. Nehmen wir an, Whittier hat herausgefunden, dass Trevor seinem Sohn hin und wieder Koks verkauft hat. Er wusste auch, dass Trevor der Freund von Paige Newlin ist, Honors und

Jacks Tochter. Und dann hat er Trevor erpresst, Honor umzubringen.«

»Wie kommen Sie auf Erpressung?«, fragte Mary, worauf Kovich sich mit erhobener Hand bemerkbar machte.

»Das war meine Idee. Als Donovan und ich Whittier verhörten, erzählte er uns, Trevor hätte ihn wegen Newlins Drogenkonsum erpressen wollen. Das hat er auch schon in der Kanzlei behauptet, als Trevor erschossen wurde, wie ich von den uniformierten Kollegen weiß. Er musste sich schnell eine Erklärung dafür ausdenken, was er mitten in der Nacht im Büro zu suchen hatte, und nach meinem Eindruck ist er nicht gerade eine Intelligenzbestie.«

Brinkley nickte und übernahm die Geschichte von seinem Partner wie ein eingespieltes Team beim Staffellauf. »Wenn Leute lügen, erfinden Sie meistens nicht etwas aus dem Blauen heraus, sondern verändern nur die Wahrheit. Das erleben wir täglich. Fast immer steckt ein Körnchen Wahrheit in einer Lügengeschichte. Whittier behauptet, erpresst worden zu sein, aber wir glauben, es war genau umgekehrt. Er hat Trevor dazu gebracht, den Mord zu begehen. Er hat ihm gesagt: ›Du bringst die Frau um, oder ich zeige dich an, weil du meinem Sohn Drogen verkaufst.‹ Selbst in dieser Stadt kann ein einflussreicher Anwalt nicht jeden rauspauken. Vielleicht hat Whittier auch noch ein hübsches Sümmchen Geld draufgepackt, um den Handel zu versüßen.«

»Das klingt nach Trevor«, bemerkte Paige traurig. »Ich sage es nicht gern, aber er war wirklich scharf auf Geld.«

Mary dachte nach. »Dann müssen wir also nur noch Whittier zu fassen kriegen. Ich glaube, das ist meine Aufgabe.«

Erneutes Funkeln von ihrer Mutter, die gerade Rührei auf einen Teller mit Blümchenmuster schaufelte. Mary erkannte, dass es nicht der Du-sollst-nicht-fluchen-Blick war, sondern der Wenn-du-dich-umbringen-lässt-bring-ich-dich-um-Blick. Außer Vita hatten nur wenige italienische Mütter diesen

Blick perfektioniert, und diese gehörten sämtlich berühmten Mafiafamilien an. Der Teller mit Eiern und Paprika landete mit mehr Scheppern als nötig vor Mary auf dem Tisch.

»Iss«, befahl ihre Mutter, aber für Mary hörte es sich an wie: Erstick dran.

»Mama, ich werde natürlich ganz, ganz vorsichtig sein«, versicherte sie, was ihrem Vater ein Lächeln entlockte.

»Also wie gesagt, ich glaube, das ist meine Aufgabe, weil ich die Anwältin unter uns bin und zu Tribe gehen kann, ohne dass Whittier gleich Verdacht schöpft.«

»Das wäre jedenfalls ein Anfang.« Brinkley putzte seinen Teller leer und sagte zu ihrer Mutter am Herd: »Vita, das war köstlich. Das beste Frühstück aller Zeiten.«

»Sie haben es verdient«, erwiderte ihre Mutter herzlich.

Mary grinste kopfschüttelnd. Brinkley kam besser mit ihrer Mutter klar als sie selbst. »Seit wann seid ihr denn so dicke Freunde?«

»Seit ich die Zündflamme repariert habe«, erklärte Brinkley, und Mary wollte gerade in Lachen ausbrechen, als es an der Tür klingelte und sechs Köpfe erschrocken herumfuhren.

Mary starrte die uniformierten Polizisten um Detective Donovan an, die draußen auf den Marmorstufen standen, und wurde wütend auf sich selbst, weil sie ihren Eltern so etwas zumutete.

»Was wollen Sie hier?«, fragte sie unfreundlich, obwohl sie die Antwort bereits kannte.

»Wir sind auf der Suche nach Detective Brinkley«, antwortete Donovan selbstzufrieden in seinem schwarzen Wollmantel.

»Dürfen wir hereinkommen?«

»Nur, wenn Sie einen Haftbefehl haben«, entgegnete Mary.

Die harten Augen ihres Gegenübers weiteten sich plötzlich, als nicht nur Brinkley, sondern auch Kovich hinter ihr auftauchten.

»Ich dachte mir, dass ich dich hier finden würde, Reg, aber mit dir habe ich nicht gerechnet, Partner.« Donovan klang zu autoritär für seine Jahre. »Die Geschichte mit dem Zahnarzt habe ich dir glatt abgekauft.«

Vita DiNunzio kam hinter Kovich und Brinkley dreingehumpelt, zornesrot und einen Holzlöffel mit angeklebtem Rührei schwenkend.

»Was wollen Sie in meinem Haus?«, fragte sie drohend, doch Mary hielt sie zurück.

»Ist schon in Ordnung, Mama, reg dich nicht auf«, beruhigte sie und spürte, dass die Kräfteverhältnisse sich zugunsten der wütenden DiNunzios verlagerten. Es bedeutete Ärger, wenn ihre Mutter den Kochlöffel schwenkte. Die Cops hatten nur Pistolen. Ein ungleicher Kampf.

Brinkley berührte ihre Mutter sanft an der Schulter, während Bestürzung sich auf seinen hageren Zügen abzeichnete. »Alles okay, Vita«, sagte er. »Es tut mir Leid, dass so etwas hier in Ihrem Haus passieren muss. Ich werde jetzt mit diesen Herren mitgehen, es wird sich alles klären.«

»Entschuldigen Sie bitte, Mrs ... DiNunzio, nicht wahr?«, sagte Donovan mit einem Lächeln, das ihm nichts nützen würde. »Wir sind gleich wieder weg. Wenn Detective Brinkley keinen Widerstand leistet, können wir darauf verzichten, ihm Handschellen anzulegen.«

»Handschellen?«, rief Marys Mutter und holte mit dem eibeschmierten Löffel aus. »Ich werde Ihnen gleich eine schellen! Sie werden Reggie Brinkley nicht anfassen. Ist das klar?«

»Keine Sorge, Vita«, beschwichtigte Brinkley und holte seinen Mantel. Auf dem Weg hinaus umarmte er Mary lange genug, um etwas in die Tasche ihres Jacketts gleiten zu lassen. Sie hatte eine Ahnung, um was es sich handelte, würde aber erst später nachsehen.

»Ich besorge Ihnen eine Anwältin, in spätestens einer Stunde ist sie bei Ihnen«, sagte sie. Vor dem Haus warteten fünf

Streifenwagen mit laufenden Motoren, die Abgase quollen aus den Auspuffrohren und stiegen als weiße Dampfwolken in die kalte Luft auf. Uniformierte Polizisten drückten Brinkley und Kovich auf den Rücksitz des nächststehenden Wagens.

Donovan zeigte den DiNunzios sein charmantestes Lächeln. »Vielen Dank, und entschuldigen Sie bitte die Störung.«

Marys Mutter gab ein Schnauben von sich, das nicht nur in ihrer abruzzischen Heimat verstanden wurde. *»Sie!«* Sie schwenkte den Löffel. »Wollen Sie was hinter die Löffel?«

Mary saß an der altmodischen Telefonkonsole und hielt den schweren Hörer des schwarzen Telefons mit Wählscheibe in der Hand, der sie immer an den sprichwörtlichen stumpfen Gegenstand in Krimis erinnerte. Sie hätte ihren Eltern mal wieder die Vorteile eines schnurlosen Telefons predigen können, wenn die beiden nicht schon bedrückt genug gewesen wären, wie sie dort so aneinandergekauert auf dem Sofa saßen.

»Judy«, sagte Mary in den Hörer, als ihre Freundin abnahm. »Ich habe einen Mandanten für dich.«

56

Der Morgen war klar und kalt, als Mary sich mit dem Strom der Fußgänger durch das Büroviertel treiben ließ. Männer eilten vorbei, ihre Handys an die Ohren gepresst, Frauen unterhielten sich lautstark beim Gehen. Vor ein paar Tagen noch war sie eine von ihnen gewesen: eine unerfahrene Angestellte in konservativer Kleidung, die Hände um eine Aktentasche geklammert, die einen Anwaltsblock und Fotokopien von Kartellgesetzfällen enthielt. Na schön, allzu viel hatte sich nicht verändert. Sie war immer noch unerfahren, ihre Kleidung blieb konservativ, und sie trug noch dieselbe Aktentasche samt Anwaltsblock mit sich herum, wenn auch an die Stelle der Kartellgesetzfälle etwas eindeutig Ungesetzliches getreten war: die Pistole, die Brinkley ihr zugesteckt hatte, als er und Kovich abgeführt worden waren.

Sie umfasste den Griff ihrer Aktentasche fester, der fast schon mit ihr verwachsen war. Die Pistole dagegen hatte sich alles andere als vertraut angefühlt, als Mary sie in der Küche ihrer Eltern in die Hand genommen hatte, pietätvoll bemüht, nicht auf irgendwelche religiösen Gegenstände zu zielen. Natürlich hatte sie keinen Schuss abgefeuert, der die gesamte Nachbarschaft und die Polizei herbeigerufen hätte. Oder noch schlimmer, ihre Mutter. So sehr Mary Waffen hasste, musste sie doch zugeben, dass sie sich mit Brinkleys Pistole sicherer fühlte, auch wenn ein seltsamer Geruch nach Oregano von ihr ausging.

Sie blieb an einer Kreuzung stehen und sah nach unten, damit man sie nicht erkannte. Alle Zeitungen berichteten über das Newlin-Drama, und die *Daily News* hatte sogar ein kleines Foto von ihr und Jack abgedruckt. Es war merkwürdig, sich selbst in der Zeitung zu sehen, obendrein neben einem Mann, in den man verliebt war. Ein solches Foto gehörte in eine Verlobungsanzeige und nicht in einen Bericht über einen Mordfall – aber ihre Gedanken galoppierten schon wieder davon. Das musste an der Pistole liegen, die konnte einer Frau schon zu Kopf steigen.

Die Ampel sprang auf Grün, und sie überquerte automatisch die Straße, in Gedanken bei Jack und dem, was sie unternehmen musste, um ihn endgültig aus dem Gefängnis zu holen. Es würde nicht leicht sein, aber der nächste Schritt war, Whittier zu befragen. Sie würde ihn als Jacks Anwältin aufsuchen und mit ein paar harmlosen Fragen beginnen. Ihn nach seinem Gespräch mit Jack am Abend von Honors Ermordung fragen. Es vermeiden, Trevor zu erwähnen, damit er nicht misstrauisch wurde. Falls Whittier sich nicht kooperativ zeigen sollte, was anzunehmen war, da er auf keine ihrer Nachrichten, die sie bei der Sekretärin hinterlassen hatte, reagiert hatte, würde sie ihn direkt mit der Wahrheit konfrontieren.

Vor sich, nur noch einen Block entfernt, sah sie den gläsernen Turm aufragen, in dem sich die Kanzlei Tribe & Wright befand. Köpfe mit glatten Gelfrisuren hüpften auf dem Bürgersteig auf und ab, und ein Nebel von Atemwolken und Frühstückszigaretten hing in der Luft. Die Menge verdichtete sich, als sie sich dem Gebäude näherte und ihre Schritte beschleunigte, um eine Verabredung einzuhalten, die sie gar nicht hatte. Die Vorstellung, dass Jack verletzt im Gefängnis saß, machte sie ganz verrückt. Wer wusste, was Davis als Nächstes tun würde.

Vor ihr blieben zwei Männer plötzlich stehen. Was sollte das? Sie reckte den Hals und entschuldigte sich, als sie an einen Pappbecher mit Kaffee stieß, konnte aber nicht bis zum Fuß des Wolkenkratzers sehen. Auf der Straße standen Polizisten und leiteten den Verkehr von der Spur weg, die dem Gebäude am nächsten lag. Streifenwagen mit flackerndem Blaulicht parkten kreuz und quer hinter ihnen, doch die Sirenen heulten nicht mehr. Es schien keine höchste Dringlichkeit zu herrschen; offenbar räumten sie nur noch nach einem Unfall auf.

Mary drängte nach vorn, ohne sich darum zu kümmern, ob sie auffiel. Es beachtete sie ohnehin niemand; alle dachten nur an ihre Termine, zu denen sie nun zu spät kommen würden. Die Menschenmenge wurde noch dichter, je näher sie an den Büroturm kam. Stimmengewirr wogte um sie herum, übertönt von den Rufen der Polizisten. Zwei weitere Einsatzfahrzeuge kamen mit Blaulicht die Straße entlanggeschossen, gefolgt von einem Fernsehübertragungswagen. Wenn es ein Unfall war, dann offenbar ein ziemlich schwerer.

Sie zwängte sich zwischen den vielen Schultern hindurch,

kam aber nicht voran, weil die Leute zu dicht standen. Ihr blieb nicht allzu viel Zeit. Whittier war in seinem Büro gewesen, als sie angerufen hatte, aber er konnte jederzeit weggehen. Sicher war er nicht gerade scharf darauf, ihre Fragen zu beantworten. Sie durfte nicht länger zögern. Auf Zehenspitzen gestellt sah sie sich um. Es gab nur einen Weg – über die Straße.

Mary preschte vor und rannte am Bordstein entlang, Kopf an Kopf mit einem Krankenwagen, der Schritttempo fuhr, obwohl die Spur offensichtlich für ihn freigemacht worden war. Der Fahrer winkte sie erschrocken beiseite, doch sie rannte weiter und versuchte, nicht daran zu denken, dass sie eine illegale Schusswaffe mit sich herumschleppte. Außer Atem erreichte sie den Polizisten, der den Verkehr dirigierte.

»Wie kann ich in das Gebäude gelangen?«, fragte sie ihn. Hinter seinem Rücken schwärmten zahlreiche Polizisten mit Dienstmützen und schwarzen Lederjacken herum und drängten sich an einer Stelle des Gehsteigs vor dem Gebäude zusammen. Der Krankenwagen stand ein paar Meter daneben, die Hecktür war offen, der Motor lief.

»Lady, machen Sie, dass Sie von der Straße runterkommen!«, brüllte der Polizist. »Sehen Sie nicht, was hier los ist?«

»Aber ich muss in das Gebäude, es ist dringend.«

»Das geht jetzt nicht. Verschwinden Sie von hier!«

Der Cop drehte sich um, weil jemand hupte, und Mary sprintete an ihm vorbei auf den Eingang zu, gerade als die Traube von Polizisten sich aufzulösen begann. Aus ihrer Mitte traten zwei Sanitäter in blauen Uniformen hervor, die eine Bahre trugen. Auf der Bahre lag ein schwarzer, bis obenhin zugezogener Leichensack.

Mary blieb schockiert stehen. Die Sanitäter luden die Leiche in den Krankenwagen, dessen Türen sich mit einem endgültig klingenden Knall schlossen. Jemand war direkt hier auf der Straße gestorben. Vielleicht ein Herzinfarkt.

»Was ist passiert?«, hörte sie sich laut fragen, und einer der älteren Polizisten drehte sich um.

»Ein Selbstmord«, sagte er. Sein Gesichtsausdruck war düster, sein Blick wanderte nach oben. »Er ist aus einem der Fenster gesprungen.«

»Mein Gott.« Mary sah ebenfalls hinauf und blinzelte in die Schwindel erregende Höhe.

Eine zerbrochene Scheibe verunzierte die glänzende Spiegelfassade des Gebäudes, in der sich der blaue Himmel spiegelte, so dass es aussah, als hätte jemand ein Loch in den Himmel selbst gerissen. Geschäftspapiere flatterten aus dem offenen Fenster, wurden von den gegenläufigen Luftströmungen erfasst und schwebten in wildem Tanz nach unten. Sie verfolgte sie mit den Augen, bis ihr Blick sich auf die Stelle des Gehsteigs richtete, die von den Polizisten umringt worden war. Ein großes weißes Tuch lag darüber gebreitet, doch durch das Material drang bereits Blut.

»Wie furchtbar«, sagte sie, und der Cop nickte.

»Kein schöner Anblick. Dabei war er ein hohes Tier.«

Sie sah ihn wie vom Donner gerührt an. Etwas stimmte hier nicht. Sie dachte an ihre Anrufe bei Whittier. »Wer ist es? Wie heißt der Mann?«

»Wir haben die Angehörigen noch nicht benachrichtigt, Miss«, antwortete der Polizist mit einem schnellen Blick über seine Schulter. Seine Kollegen hatten begonnen, den Gehsteig wieder für Fußgänger freizugeben, nun, da die Leiche weggebracht worden war. Aber Mary hatte es nicht mehr eilig, in das Gebäude zu kommen. Ihr schwante Schreckliches.

»Von welcher Firma war er?«, fragte sie drängend. »War der Mann von Tribe & Wright?« Sie konnte sich ihre Vorahnung nicht erklären, die langsam zur Gewissheit wurde.

»Das darf ich Ihnen nicht sagen, Miss. Gehen Sie jetzt bitte weiter.«

Einer der anderen Polizisten verfolgte ihren Wortwechsel, und im nächsten Augenblick verstand sie, warum. Captain

Walsh, von seinen Untergebenen durch eine weiße Uniformmütze, dunkelblaues Jackett und dunkle Krawatte hervorgehoben, beobachtete sie wachsam.

»Ich bin mit jemandem von Tribe verabredet. Er heißt Whittier, William Whittier«, beharrte Mary.

Der Polizist sagte nichts, aber sie las die Antwort in seinen Augen, kurz bevor Captain Walsh auf sie zuschritt.

57

Walsh packte sie am Arm und steuerte mit ihr auf einen leeren, weißblauen Streifenwagen zu.

»Willkommen in meinem Büro, DiNunzio«, zischte er zwischen den Zähnen hindurch.

»Es ist Whittier, der sich da gerade umgebracht hat, nicht wahr, Captain?«, fragte sie, als er sie wie eine Puppe in den Beifahrersitz drückte, die Tür zuknallte und zur Fahrerseite stapfte. Der Ausdruck »zur Vernehmung abgeführt« kam ihr in den Sinn, aber sie schob den Gedanken beiseite. Alles geschah viel zu schnell, um es richtig verarbeiten zu können, nur eines war ihr klar: Whittiers Selbstmord kam einem Schuldgeständnis gleich. Er konnte der Schlüssel zu Jacks Freilassung sein.

»DiNunzio, Sie gehen mir unglaublich auf den Senkel, wissen Sie das?« Walsh kletterte in den kalten Wagen und riss sich die Mütze vom Kopf. »Zuerst bringen Sie zwei meiner besten Detectives in Schwierigkeiten, und dann tauchen Sie auch noch hier auf. Was hatten Sie mit Reg zu tun? Hat er Ihnen geholfen?«

»Was für ein Reg? Sagen Sie mir, was mit Whittier passiert ist.«

»Was für ein Reg? Der Reg, den wir aus dem Haus Ihrer Eltern abführen mussten.«

»So ein großer Schwarzer? Mag Rührei mit Paprika?«

»Genau der.«

»Ich kenne ihn nicht.« Mary dachte nicht daran, Brinkley zu belasten. »Erzählen Sie mir von Whittier. Ich muss wissen, was passiert ist.«

»Oh nein, das müssen Sie nicht. Brinkley und Kovich sind Ihretwegen festgenommen worden. Glauben Sie vielleicht, das ist gut für diese Stadt? Denken Sie, es ist ein Vergnügen, ein Morddezernat zu leiten, wenn zwei Detectives ausfallen? Wir sind sowieso schon unterbesetzt.«

»Ich möchte nicht über Brinkley oder Kovich reden. Ich will etwas über Whittier erfahren. Wenn Sie dazu nichts zu sagen haben, muss ich leider gehen.« Mary legte eine Hand an den Türgriff und hoffte, überzeugend zu wirken.

»Sie wollen über Whittier reden? Schön, dann erklären Sie mir mal, was Sie hier machen und warum Sie ihn den ganzen Morgen über angerufen haben.«

»Woher wissen Sie das?«

»Wir haben mit der Sekretärin gesprochen.« Walsh starrte sie finster an, seine kräftige Gestalt fand kaum auf dem Fahrersitz Platz. »Da Whittier so ein hohes Tier war, bin ich sogar persönlich hergekommen und habe sie befragt. Was wollten Sie von ihm? Sie sagten der Sekretärin, es wäre wichtig. Sie müssten Whittier wegen Honor Newlin sprechen.«

»Ich wollte ihn zur Rede stellen. Whittier ist für Honor Newlins Tod verantwortlich. Er hat Trevor dazu erpresst, sie umzubringen. Darum ging es bei dem Streit gestern Nacht in Whittiers Büro, in den Jack hineinplatzte.«

»Was? Ist das wieder eine von Ihren Theorien? Und Sie nennen ihn jetzt *Jack*?«

»Glauben Sie mir, ich kann es beschwören. Trevor hat Whittiers Sohn Drogen verkauft, und Whittier muss gewusst haben, dass wir auf die Verbindung gestoßen sind.« Mary beherrschte ihre Ungeduld, um den Captain zu überzeugen, doch seine Augen verengten sich in berufsmäßiger Skepsis.

»Ich war ihm auf der Spur, er wusste, dass es nur noch eine Frage der Zeit war, bevor er auffliegen würde. Deshalb hat er sich wohl ...«

Walsh schnitt ihr harsch das Wort ab. »Überschätzen Sie sich nicht, DiNunzio. Whittier soll sich aus dem Fenster gestürzt haben, weil Sie hinter ihm her waren? Lächerlich.«

Mary verspürte einen Anfall von Schuldbewusstsein. »Nicht, dass ich stolz darauf bin. Aber es zeigt, dass ich die Wahrheit sage. Whittier wusste, dass das Spiel aus war, und das konnte er nicht ertragen. Damit ist Jack Newlins Unschuld bewiesen.«

»Newlin hat gestanden!«

»Er hat sein Geständnis widerrufen!«

»Das tun sie alle, sobald sie merken, dass es einen anderen Ausweg gibt! Sobald sie eine junge, gutgläubige Anwältin gefunden haben, die ihre Geschichte schluckt. Mir ist nicht entgangen, wie Sie im Vernehmungsraum geflirtet haben.«

Mary ging nicht auf die Kränkung ein. Wenn man sich in seinen Mandanten verliebte, musste man eben mit blöden Sprüchen rechnen. »Ich sage die Wahrheit, Captain. Der Mord an Honor Newlin ist aufgeklärt.«

»Ich bitte Sie! Sie wissen überhaupt nicht, wovon Sie reden. Sie springen von einer Idee zur nächsten wie ein Tischtennisball und bringen anständige Leute in Schwierigkeiten. Kapieren Sie es nicht? Sie sind eine Dilettantin!«

Walsh sah aus dem Fenster, offensichtlich bemüht, seine Wut zu zügeln, doch Mary musste ihm auch diesmal widersprechen.

»Captain, ich weiß, das hört sich alles ein bisschen verrückt an, und am Anfang habe ich wirklich daneben gelegen. Ich weiß auch, dass ich keine Kriminalistin bin. Aber diesmal habe ich Recht, und Whittiers Selbstmord ist die Bestätigung dafür.«

»Hören Sie auf.« Walsh räusperte sich missbilligend und verfolgte die Vorgänge um den Streifenwagen. Immer noch liefen Polizisten hin und her, regelten den Verkehr und winkten einen gelben Wagen der Stadtreinigung herbei, der den Bürgersteig abspritzen sollte.

Nachdem er die Lage überprüft hatte, wandte Walsh sich wieder an Mary. »Glauben Sie im Ernst, wir lassen Newlin frei, weil dieser Anwalt sich umgebracht hat?«

»Aber das ist doch kein Zufall! Whittier wusste, dass ich komme, nicht wahr?«

»Ja, er hat Ihre Nachrichten erhalten, na und?«

»Wie viel Zeit verging zwischen meinem letzten Anruf und seinem Sprung?«

»Etwa eine Viertelstunde.«

»Da haben Sie's. Also kurz darauf. Was ist genau passiert?«

»Er hat seine Sekretärin hinunter in die Cafeteria geschickt, um Doughnuts zu holen. Als sie zurückkam, war er gesprungen. Ein anderer Anwalt hörte etwas krachen. Er hat zuerst das Fenster mit einem Stuhl eingeschlagen.«

»Was steht im Abschiedsbrief?«

»Kein Abschiedsbrief.«

»Also werden wir nie Gewissheit über sein Motiv bekommen.«

»Sie liegen schon wieder falsch.« Walsh lachte freudlos. »Dachten Sie etwa, er hätte geschrieben: ›Ich bin der Schuldige, ich habe Angst vor DiNunzio, deshalb springe ich‹?« Walsh schüttelte den Kopf, seinen Blick wieder auf das Geschehen vor der Windschutzscheibe gerichtet. »Wir kennen sein Motiv. Nach Aussage der Sekretärin kam Whittier heute erst spät ins Büro und hatte eine Alkoholfahne. Er sah so fertig aus, dass sie ihn fragte, was los wäre, und er sagte, er schäme sich wegen der Zeitungsberichte. Er glaubte, sich und die Firma blamiert zu haben. Sie erzählte uns, Whittier hätte bereits vier seiner wichtigsten Mandanten verloren. Wenn das kein Grund ist, aus dem Fenster zu springen!«

»Aber das ist nicht der wahre Grund. Er wusste, dass alles noch viel schlimmer kommen würde, wenn ich erst beweise, dass er eine Mandantin auf dem Gewissen hat.«

»Hören Sie doch mit diesem Blödsinn auf! Sie können überhaupt nichts beweisen! Rein gar nichts! Newlin hat seine Frau umgebracht, nicht Whittier.«

»Captain, hören Sie mir zu«, beschwor Mary ihn und erzählte ihm die ganze Geschichte unter Auslassung der Rolle von Brinkley und Kovich. Während sie sprach, überkam sie ein entmutigendes Déjà-vu-Gefühl. Walsh hielt sie einfach für unglaubwürdig, und obwohl sie ihn vom Gegenteil zu überzeugen versuchte, wusste sie, dass sie keine konkreten Beweise gegen Whittier in der Hand hatte. Es klang alles nach reiner Spekulation, zumal beim Jugenddezernat nichts gegen Trevor vorlag. Sie rannte gegen eine Wand.

»Captain, Sie halten einen unschuldigen Mann fest.«

»Das denken Sie! Ich werde es Davis ausrichten. Wie ich höre, war er auch von Ihrer Theorie mit der Tochter und den Blutergüssen sehr angetan.«

»Ich werde Ihnen die Beweise liefern.« Mary öffnete die Beifahrertür und stieg aus. »Ich werde Sie dazu bringen, ihn freizulassen.«

»Nicht nach dem, was Sie sich bisher geleistet haben, Mädchen«, rief Walsh ihr nach, aber sie drehte sich nicht mehr um.

Bloß weg von dem Streifenwagen! Sie fiel in einen leichten Trab, lief gegen den Strom der Angestellten und Geschäftsleute, von denen einige sie neugierig anstarrten. Ohne zu wissen, wohin sie wollte, ließ sie sich von ihren Füßen forttragen, weg von der blutigen Plane und Walshs Worten. *Nicht nach dem, was Sie sich bisher geleistet haben, Mädchen.*

Ihre Pumps klapperten auf dem kalten Asphalt, die Sonne blendete nur und wärmte nicht. Die kalte Luft stach ihr in die Nase und ließ ihre Augen tränen, aber sie rannte weiter, so dass Handtasche und Aktentasche an ihrer Seite wippten. Sie war vollkommen aufgewühlt. Ihre Brust schmerzte vor Kälte und Furcht, und das Atmen fiel ihr schwer.

Sie war der Lösung so nahe gewesen, hatte praktisch schon vor Whittiers Tür gestanden, und jetzt war er tot. Sie hatte nichts erreicht, außer den Mann in die Enge und in den Selbstmord zu treiben. Tränen traten in ihre Augen, und sie machte sich nicht vor, dass die Kälte daran schuld war. Trotz seiner Schandtaten hatte Whittier nicht verdient, auf diese Weise zu sterben. Sie hatte ihn vor Gericht bringen wollen, nicht unter die Erde.

Nicht nach dem, was Sie sich bisher geleistet haben, Mädchen.

Sie rannte weiter und blinzelte die Tränen weg. Eine Frau, die ihr entgegenkam, sah sie mit aufblitzendem Erkennen an, aber Mary kümmerte sich nicht darum. Jack saß im Gefängnis, und nach Whittiers Selbstmord schien sein Schicksal besiegelt. Sie hatte keine Beweise, um ihn zu entlasten, und die beiden wahren Schuldigen waren tot. Wie sollte sie zwei Toten einen Mord nachweisen?

Die Verzweiflung ließ sie noch schneller laufen. Brinkley und Kovich waren ebenfalls verhaftet worden. Konnte Judy ihnen das Gefängnis ersparen? Sie dachte an die Pistole in ihrer Aktentasche. Würde die Polizei davon erfahren? Würde das Brinkley noch tiefer hineinreiten? Hatte Walsh Recht? War sie eine Dilettantin, die nur Schaden anrichtete?

Die Straßen wurden leerer, je weiter sie sich vom Geschäftsviertel entfernte und in Richtung Süden lief. Sie wusste nicht, wohin sie sich wenden sollte, es gab keinen Ort für sie. Sie konnte nicht zu ihren Eltern gehen und sie noch mehr beunruhigen, und es würde auch nichts nützen, ins Büro zu fahren oder Jack zu besuchen.

Ihre Absätze hämmerten eilig und entschieden auf das Pflaster, begleitet vom regelmäßigen Geräusch ihres Atems. Sie war auf sich gestellt, weder Judy noch Lou konnten ihr helfen. Sie musste dieser Sache auf den Grund gehen, und zwar allein. Sie musste nachdenken, sie durfte nicht aufgeben. Sie musste es schaffen.

Als sie schließlich atemlos stehen blieb, war sie kaum erstaunt darüber, wo sie sich befand.

58

Atheisten fühlen sich nie besonders wohl in Kirchen, und Mary stellte keine Ausnahme dar. Sie war zu der Kirche ihrer Kindheit zurückgekehrt, sogar zu derselben alten Bank, ohne zu wissen, was sie hier verloren hatte, bei Unserer Lieben Frau von der Beständigen Fürsprache. Noch dazu auf den Knien.

Sie glaubte nicht an die Fürsprache der Jungfrau und war sicher, dass es nichts nützen würde, die Hände mit gekreuzten Daumen zum Gebet zu falten, wie auf einem dieser kitschigen Kommunionbildchen. Aber sie tat es trotzdem, denn ihre Füße hatten sie wie von selbst hierher getragen, und ihre Hände gehorchten ebenfalls einer unbewussten Botschaft. Mary war eine Katholikin mit Autopilot.

Es war vollkommen still in der Kirche, wie immer an den Wochentagen, wenn gerade keine Beerdigung stattfand. Sie kannte die rhythmischen Abläufe im Gotteshaus so gut wie ihre eigenen. Ein paar ältere Leute saßen in den vorderen Bänken, genau wie damals, als sie noch klein war, nur dass es jetzt ihre Eltern und deren Freunde waren, die jeden Tag zum Beten hierher kamen. Mit den Augen ging sie die Reihe der silbergrauen Köpfe ab, kannte aber keinen davon, was ihr ganz lieb war, in Anbetracht der Pistole neben ihren Knien.

Mary atmete nun wieder leichter. Der Raum war so düster wie eh und je, weil die Deckenlampen in den alten Fassungen ihr Licht nur in das hohe Gewölbe verströmten. Das Dämmerlicht brachte die blutroten Votivkerzen zu beiden Seiten des Altars gut zur Geltung, ebenso die lebhaften Blau-, Grün- und Goldtöne der Buntglasfenster mit den Stationen des Kreuzwegs. Zwei helle Lampen über dem weißen Marmoraltar ließen ihn scheinbar von innen heraus leuchten, ein Effekt, wie ihn kein Bühnenbildner besser hätte erzielen können. Doch die hellste Stelle im Kirchenschiff, illuminiert von einem einzelnen, weißen Strahler, war ein Abbild des Leidens.

Ein riesiges goldenes Kreuz mit einem lebensgroßen Christus daran hing zwischen Altarraum und Gemeinde. Die blauen Augen der Statue waren in vergeblichem Flehen gen Himmel gerichtet, und gemalte Blutstropfen flossen von der Dornenkrone über ihr Antlitz. Selbst jetzt noch, als erwachsene Frau und Anwältin, fiel es Mary schwer, sie anzusehen. Als Kind hatte sie der Gedanke nicht losgelassen, wie es sich wohl anfühlte, wenn man einen Kranz aus Dornen auf den Kopf gedrückt und Nägel durch Hände und Füße getrieben bekam. Doch als sie nun in ihrer Bank kniete und mit gefalteten Händen zu dem Kreuz aufsah, verstand Mary, warum sie gekommen war.

Die Kirche hatte sich nicht verändert, alles war noch genauso wie damals. Das kühle, glatte Holz der Bänke. Der hohle, hallende Klang, wenn jemand hustete. Die vereinzelten Farbtupfer, der weiß glühende Bühnenmittelpunkt. Außerhalb ihrer Mauern hatte sich alles verändert. Mary hatte ihren Mann verloren, ihre Eltern waren gealtert, sie hatte die Arbeitsstelle gewechselt, sich vor Kugeln in Sicherheit gebracht und einen interessanten Mandanten kennen gelernt. Aber die Kirche war immer noch dieselbe.

Sie war dieselbe und würde es immer bleiben. Warum? Weil es schon immer so gewesen war. Mary erkannte durchaus den Zirkelschluss ihrer Logik und wusste, dass die Zeit nur unter diesem Dach stehen blieb, aber sie fühlte sich trotzdem getröstet.

Denn sein ist das Reich und die Kraft und die Herrlichkeit in Ewigkeit Amen. Sie murmelte die Worte leise vor sich hin und ließ noch andere Gebete folgen, von denen sie nicht gedacht hatte, dass sie sich an sie erinnerte. Sie musste sie im Gehirnlappen für nutzlose Informationen abgespeichert haben, zusammen mit den Texten von Popsongs und den Vorschriften für Wechselgeschäfte nach dem Handelsgesetzbuch.

Auch die Gebete hatten sich im Laufe der Jahre nicht verändert, und ihr altvertrauter Rhythmus beruhigte und entspannte sie. Die Worte kamen ihr flüssig über die Lippen, während sie die Gerüche und Geräusche dieser ewigen Welt in sich aufnahm, die so freundlich und großzügig war, ihr auch nach all dieser Zeit Frieden und Raum für ihre Gedanken zu schenken. Als sie die Augen öffnete, dämmerte es draußen bereits, und obwohl die Welt jenseits der Mauern immer noch fremd und gefährlich war, hatte Mary keine Angst mehr.

Tränen, für die es keine rechte Erklärung gab, stiegen ihr in die Augen, doch als sie sie wegwischte, verstand sie, woher sie kamen. Beweisstücke A, B und C. Immer hatte sie nach Beweisen gesucht, doch jetzt liefen sie ihr die Wangen hinunter. Eine Anwältin brauchte natürlich Beweise, das lag in der Natur ihres Berufs, und jetzt hatte sie welche gefunden. Beweise dafür, dass sie sich lange Zeit selbst belogen hatte. Aber jetzt war Schluss mit den Lügen, es war Zeit für die Wahrheit.

Mary blieb noch einen Moment, um ihren Dank an jemanden zu flüstern, an den sie immer geglaubt hatte, und als sie mit ihren Taschen und der Pistole aufstand, wusste sie genau, was sie zu tun hatte.

Straßenlampen und erleuchtete Bürofenster erhellten die Ecke, an der sich der Büroturm von Tribe & Wright erhob, und Mary stellte erleichtert fest, dass sich die Menschenmenge zerstreut hatte. Ihr Warten hatte sich also gelohnt. Keine Polizei, keine Journalisten, noch nicht einmal eine Absperrung, um die Stelle zu markieren, an der Whittier gestorben war.

Sie sah zu dem zerbrochenen Fenster hinauf, das mit einer hellen Sperrholzplatte vernagelt war, und ging mit festen Schritten auf den Eingang zu. Walshs Worte waren nur noch eine blasse Erinnerung, sie fühlte sich gestärkt und entschlossen. Als Kriminalistin mochte sie eine Dilettantin sein, aber sie war eine ausgebildete Anwältin. Und dies war die Arbeit einer Anwältin.

Sie legte sich ihre Aufgabe als einen Fall zurecht, der vor Gericht verhandelt wurde. Es galt zu beweisen, dass Whittier Trevor beauftragt hatte, Honor Newlin umzubringen, damit er an seinen Teil des Buxton-Vermögens kam. Mary brauchte Beweisstücke, um den Richter und die Geschworenen zu überzeugen, und in Whittiers Büro mussten belastende Unterlagen zu finden sein, irgendwelche Dokumente, Abrechnungen oder Passagen im Testament, die seine Schuld belegten. Erwartungsvoll beschleunigte sie ihre Schritte. Eine Spur aus Dokumenten, die bei Whittier begann und endete.

Sie warf einen schnellen Blick auf ihre Armbanduhr: kurz vor acht. Spät genug. Inzwischen mussten alle in der Kanzlei gegangen sein, jedenfalls konnte sie nicht länger warten. Sie würde die ganze Nacht suchen, falls nötig, und keine Ruhe geben, bis sie eine stichhaltige Beweisführung beisammen hatte, Stück für Stück, Papier für Papier. Vor der Eingangstür holte sie ihre Sonnenbrille heraus und setzte sie auf, für den Fall, dass jemand sich an das Foto in der Zeitung erinnerte. Ihre Haare hatte sie bereits im Nacken zusammengebunden, und sie hoffte, dass diese kleinen Veränderungen genügten. Den Rest würde sie durch selbstbewusstes Auftreten erreichen.

Mary richtete sich zu ihrer vollen Größe von einem Meter achtundfünfzig auf, erinnerte sich daran, dass sie ein Juraexamen von einer Eliteuniversität hatte, und stieß die spiegelnde Tür zur Eingangshalle auf wie ein aufgeblasener Anwalt. Wobei das Attribut im Grunde überflüssig war. Die Lobby glänzte feudal, und der junge Sicherheitsbeamte trug

Goldepauletten an seiner Uniform, doch Mary eilte im Vollbesitz ihres neugefundenen Standesbewusstseins an ihm vorbei zu den Aufzügen.

»Miss? Miss«, rief er ihr hinterher, »Sie müssen Ihren Gebäudeausweis vorzeigen nach Büroschluss.«

»Oh je. Tut mir Leid.« Mary machte ein paar Schritte auf den Empfang zu, ehe sie in gespielter Verzweiflung stehen blieb. »Ich arbeite gar nicht hier, aber meine Schwester.«

»Ich dachte mir gleich, dass Sie keine Anwältin sind.«

Mary quälte sich ein Lächeln ab. So viel zu ihrem Standesbewusstsein. »Sie müssen mir helfen, bitte! Rufen Sie den Notarzt!«

Sie hastete zurück zum letzten Aufzug in der Reihe, der in die Stockwerke dreiundzwanzig bis dreißig fuhr. Tribe & Wright belegte fünfundzwanzig bis dreißig. »Schnell!«

»Was?«, fragte der Wachmann alarmiert. »Warum?«

»Meine Schwester liegt im dreiundzwanzigsten Stock in den Wehen! Ihr Baby kommt zu früh! Sie hat mich gerade auf dem Handy angerufen!« Mary schlug auf den Aufzugknopf, und die Tür glitt auf. »Rufen Sie den Notarzt! Er soll in den dreiundzwanzigsten Stock kommen! Bitte!«

Sie sprang in den Fahrstuhl und drückte den Knopf zum Schließen der Tür. »Beeilen Sie sich!«

»Okay. Sagen Sie ihr, sie soll nicht pressen!«, rief der Wachmann, und sie hörte, wie er zum Telefon griff, als die Tür zuglitt.

Mary drückte die dreißigste Etage. Falls Tribe sich nicht grundlegend von anderen großen Firmen unterschied, war Whittiers Büro ganz oben. Näher mein Gott zu dir. Als der Aufzug gen Himmel schoss, lehnte sie sich erleichtert an die getäfelte Wand. Ihr Trick müsste ihr genug Zeit verschafft haben, Whittiers Büro zu durchsuchen und wieder zu verschwinden. Dennoch verspürte sie Gewissensbisse, weil sie gleich nach der Kirche so eiskalt gelogen hatte. Was machte aus einer guten Katholikin eine gute Lügnerin?

Das Studium der Rechte.

TRIBE & WRIGHT stand in großen Goldlettern auf der holzgetäfelten Wand. An dem Geruch nach frischer Farbe und neuem Teppich erkannte Mary sofort, dass sie sich im richtigen Stockwerk befand. Die Kanzlei wollte den Zwischenfall von Trevors Erschießung natürlich so schnell wie möglich hinter sich lassen und hatte unverzüglich die notwendigen Renovierungsarbeiten in Auftrag gegeben.

Sie eilte zu dem eleganten Empfangsbereich. Die Deckenbeleuchtung brannte noch. Unter einer Glasplatte des Empfangstresens war freundlicherweise ein Lageplan ausgebreitet. Ihr blieb nicht viel Zeit, bis der Sicherheitsbeamte und die Sanitäter auf der Suche nach ihr und ihrer schwangeren Schwester hier auftauchen würden. Bis dahin musste sie alle irgendwie relevant aussehenden Unterlagen eingesammelt und das Weite gesucht haben. Mary studierte den Lageplan und ging mit dem Finger die Reihe der Büros der Firmenpartner ab, vorbei an Jacks bis zu Whittiers, das hinter einer Biegung des Flurs lag. Sie wartete einen Augenblick und lauschte. Alles ruhig, kein Laut drang aus der Etage der Mächtigen. Auf dieser Ebene arbeitete niemand so lange, nur die Loser in den unteren Stockwerken machten Überstunden. Sie hastete durch den breiten Flur und passierte ein geräumiges Büro nach dem anderen, bis sie bei dem an der Ecke angekommen war.

Sie öffnete die Tür und knipste das Licht an. Das Büro war üppig ausgestattet, mit einem ausladenden Eichenschreibtisch und diversen anderen Tischen, matt schimmernden Messinglampen und Familienfotos in schweren Silberrahmen. Sie konnte sich nicht lange mit der Einrichtung aufhalten, doch der Kontrast zwischen den geschmackvollen Möbeln und der groben Sperrholzplatte vor dem Fenster stach sofort ins Auge und ließ sie einen Moment innehalten.

Zum ersten Mal kamen ihr Zweifel an Whittiers Selbstmord. War er der Typ, der aus dem Fenster sprang, wenn es hart auf hart ging? Irgendwie passte das nicht ins Bild. Falls er wirklich geahnt hatte, dass sie oder die Polizei hinter ihm her waren – warum war er dann nicht nach Brasilien abgehauen? Hatte sich nach Europa oder auf die Cayman-Inseln verdrückt? Geld konnte nicht das Problem gewesen sein.

Mary fiel ein, was der Staatsanwalt bei der Anklageerhebung über Jack gesagt hatte. *Als wohlhabender Partner einer großen Anwaltsfirma verfügt er über umfangreiche finanzielle Mittel ... Daher besteht erhöhte Fluchtgefahr. Er könnte seine finanziellen Mittel dazu benutzen, sich der Gerichtsbarkeit durch eine Flucht außer Landes zu entziehen.* Das Argument war nicht von der Hand zu weisen und der Grund, weshalb der Haftrichter keine Freilassung auf Kaution bewilligt hatte. Warum sollte es in Whittiers Fall nicht zutreffen?

Mary starrte auf den Widerspruch aus Mahagoni und Sperrholz in dem stillen Büro. War Whittier wirklich gesprungen? Sie erinnerte sich an Walshs Bericht: Whittier hatte seine Sekretärin in die Cafeteria geschickt, und als sie zurückkam, war das Fenster zerschmettert, und er lag unten. Ein anderer Anwalt hatte das Krachen des Stuhls gegen die Fensterscheibe gehört.

Selbstmord war die naheliegende Schlussfolgerung. Aber hätte nicht jemand aus einem der anderen Büros hereinkommen, ihn bewusstlos schlagen und aus dem Fenster stoßen können? Sein Büro lag an einer Ecke des hufeisenförmigen Flurs, es war möglich, es unbemerkt zu betreten und in die andere Richtung wieder zu verlassen. Aber wer hätte Whittier umbringen sollen und warum?

»Drehen Sie sich ganz langsam um«, befahl eine Stimme von der Tür her.

59

»Hallo«, sagte der kleine Mann, der auf der Schwelle zu Whittiers Büro stand und eine schwarze Pistole auf Marys Brust richtete. »Mein Name ist Marc Videon, und ich werde heute Abend Ihr Anwalt sein.«

Mary erstarrte vor Furcht und brachte kein Wort heraus. Sie kannte den Mann nicht. Sie wusste nicht, was sie tun sollte. Es war ein böser Traum. Sie wollte nicht sterben.

»Das muss doch Mary DiNunzio sein, hinter dieser Ray-Ban.« Videon lächelte ein dünnlippiges Lächeln. »Sie sind ja inzwischen so etwas wie eine Berühmtheit. Haben Sie schon Einladungen zu Talk-Shows bekommen?«

Die Sonnenbrille hatte sie ganz vergessen. Schnell nahm sie sie ab, um ihn besser sehen zu können. Er hatte kleine, schräg geschnittene Augen, schwarze Haare und ein mit Wachs zugespitztes Ziegenbärtchen. Mary kam er wie der Teufel persönlich vor, aber möglicherweise hing das mit ihrem gerade zurückliegenden Kirchenbesuch zusammen. Oder mit seiner Waffe. Eine kalte Hand presste ihren Magen zusammen.

»Meinen Glückwunsch. Sie haben Ihren Weg in das Büro meines Partners gefunden und ihn als den Übeltäter identifiziert. Nun, Sie hatten zur Hälfte Recht. Oder sollte ich sagen, zur Hälfte Unrecht? Ist das Glas halb voll oder halb leer?« Videon legte den Kopf schräg, als dächte er tatsächlich über die Frage nach. »Ich würde sagen, halb leer, aber Sie scheinen mir zu dieser gnadenlos optimistischen Halb-voll-Fraktion zu gehören.«

Die Panik trieb Mary zur Flucht, aber sie wusste, dass sie keine Chance hätte. Er würde schießen, sobald sie sich bewegte. Sie musste einen Ausweg finden. Brinkleys Pistole war immer noch in ihrer Aktentasche. Die Sicherheitsleute und die Sanitäter würden bald eintreffen. Sie musste Zeit gewinnen.

»Ich dachte, Whittier wäre der Schurke, der hinter allem steckt.«

»Natürlich dachten Sie das, so war es von mir geplant. Der große Bill Whittier hatte zwar Format und eine feine Abstammung, aber nicht genug Grips und Schneid. Ich war es, der den Ehevertrag, das Testament und die Treuhandpapiere aufgesetzt hat.« Videon leckte sich amüsiert über seine schmalen Lippen. »Ich habe Whittier reich gemacht. Honor hat ihm immer mehr Aufgaben übertragen, und er hat dicke Honorare von der Stiftung abkassiert. Und dann auch noch als Honors Testamentsvollstrecker. Die Hälfte davon war für mich, denn ich habe ihm die nötigen Informationen über Honor und ihre finanziellen Angelegenheiten geliefert. Überrascht? Dann befinden Sie sich in guter Gesellschaft. Die gesamte Kanzlei hält mich für den dämlichen Scheidungsfuzzi, der im hintersten Winkel der Firma die Drecksarbeit macht. Ich gehöre nicht zur Familie, verstehen Sie.«

Videon hatte offenbar das Bedürfnis, ein bisschen zu prahlen. Wenn sie ihn zum Reden brachte, würde ihr das wertvolle Zeit verschaffen.

»Haben Sie Whittier umgebracht?«

»Aber nein. Der Sturz hat ihn umgebracht. Ich brauchte nur ein bisschen zu schubsen.« Videon lächelte eitel. »Ah, sehen Sie mich nicht so an. Der große Bill musste einfach abtreten. Er hat sich furchtbar aufgeregt, als er herausgefunden hat, dass ich den Jungen veranlasst hatte, Honor zu töten. Stehlen sei eine Sache, morden eine andere, meinte er. Ein Anwalt mit Skrupeln, stellen Sie sich das mal vor.« Videons Lächeln verschwand. »Schwachkopf. Er glaubte tatsächlich, Jack hätte es getan. Deshalb war der Junge – Trevor – gestern Nacht in seinem Büro. Um mich bei ihm anzuschwärzen.«

»Aber Whittier hat bei der Polizei ausgesagt, Jack wäre der Täter ...«

»Er hat eben gelogen. Dachte wohl, die Wahrheit würde die Firma in den Medien noch schlechter dastehen lassen. Niemand sollte Tribe in den Schmutz ziehen, solange der große Bill Whittier es verhindern konnte. Schließlich hing sein Lebensunterhalt und seine Pension von der Firma ab.« Videon lachte, als wäre er sein eigenes Publikum. »Ihr Auftauchen hat ihn richtig nervös gemacht, meine Liebe. Er war tatsächlich in Sorge. Ich konnte mich auf seine Diskretion nicht mehr verlassen und musste dafür sorgen, dass er nicht zur Polizei ging.«

Mary gab es einen Stich. Also war sie doch indirekt schuld an Whittiers Tod. »Wie haben Sie Trevor dazu gebracht, Honor zu töten?«

»Ich habe ihn für ein hübsches Sümmchen freigekauft, als man ihn dabei erwischt hat, wie er Koks an den Sohn des großen Bill vertickte. Er hatte den Auftrag, Honor zu beseitigen, ehe Jack nach Hause kam. Aber *warum* habe ich Honor aus dem Weg schaffen lassen? Das ist doch die interessantere Frage, oder? Sind Sie nicht neugierig?«

Mary nickte. Wo blieben die Sanitäter? Wo waren die Wachleute? Sie hätte inzwischen ein Kind zur Welt bringen können.

»Als Honor sich von Jack scheiden lassen wollte, war mir klar, dass sie die Angelegenheiten der Stiftung irgendwann einer anderen Kanzlei übergeben würde. Natürlich wollte ich diese ergiebige Einnahmequelle auf keinen Fall verlieren. Sie hat mich gedrängt, die Scheidungspapiere fertig zu machen, also musste ich sie durch ein paar Tippfehler im Entwurf hinhalten. Wir hatten zwar schon eine Menge der Buxton-Geschäfte an Whittier umgeleitet, aber warum sollte sie bei der Kanzlei ihres Ex-Mannes bleiben? Wer besitzt heute noch so viel Loyalität?«

Mary nahm an, dass es sich um eine rhetorische Frage handelte. Die Pistole war direkt auf ihre Brust gerichtet, und er stand kaum zwei Meter von ihr entfernt. Selbst ein Anwalt konnte auf diese Distanz nicht daneben schießen. Gerade ein Anwalt würde nicht daneben schießen. Wenn sie doch nur an Brinkleys Waffe herankäme …

»Wie ich sehe, langweile ich Sie, obwohl ich eine Schusswaffe auf Sie gerichtet halte. Sie sind inzwischen sicher Ihre Möglichkeiten durchgegangen, meine Liebe, aber Sie haben keine. Hier ist die Endstation. Ich wollte hier noch eine Kleinigkeit erledigen und dummerweise habe ich Sie dabei getroffen.« Videon kam einen Schritt näher und richtete die Pistolenmündung geradewegs auf ihr Herz, das einen langen Moment aufhörte zu schlagen.

»Sie können mich hier nicht erschießen. Für eine zweite Leiche finden Sie bestimmt keine Erklärung.«

»Deshalb werden Sie jetzt mit mir kommen.«

»Nein!«, schrie sie plötzlich und schleuderte Videon mit aller Kraft ihre Aktentasche entgegen. Ein Schuss krachte los, aber Mary war schon aus dem Büro und rannte um ihr Leben.

»Hilfe!«, begann sie zu rufen, sobald sie im Flur war. Wohin sollte sie laufen? Die Flucht vor Trevor in jener Nacht blitzte vor ihr auf, aber diesmal war der Abstand viel geringer, und Videon war schlauer. Er hatte bisher keinen Fehler gemacht, und er würde bestimmt nicht gerade jetzt damit anfangen. Sie hörte seine Schritte hinter sich auf dem weichen Teppichboden, als sie um die Ecke hechtete. Er wartete nur darauf, zum Schuss zu kommen.

»Hilfe!«, schrie sie wieder, als sie am Empfangsbereich vorbeiraste, keuchend vor Furcht. Die Wachleute und die Sanitäter mussten doch längst nach ihr suchen, wo steckten sie bloß?

Wo war die Feuertreppe? Fieberhaft versuchte sie, sich an den Lageplan zu erinnern. Wo war die Treppe eingezeichnet? Links? Rechts? Sie lief auf gut Glück nach rechts. Ja!

Am Ende einer Reihe von Anwaltsbüros mit den Schreibtischen der Sekretärinnen davor leuchtete das rote Notausgangszeichen. Der lange Flur dazwischen verlief schnurgerade und bot keine Deckung. Sie warf einen Blick über ihre Schulter. Die untersetzte Gestalt ihres Verfolgers stand am anderen Ende und zielte beidhändig auf sie.

»Nein!« Sie raste weiter und schlug Haken dabei, doch als sie beim vierten Schreibtisch angelangt war, explodierte der Schuss.

Der Schmerz kam gleichzeitig mit dem Knall. Lieber Gott, hörte sie sich flüstern. Hitze schoss durch ihre rechte Wade und ließ sie stolpern, aber sie fing sich und rannte weiter, warf sich gegen die Feuertür und erreichte die Betontreppe. Sie durfte jetzt nicht sterben. Sie hatte den Schurken. Sie hatte Jack. Ihre Eltern brauchten sie. Sie musste ihren Vater zum Arzt bringen und ihre Mutter zur Kirche. Verzweifelt hielt sie sich am Geländer fest, als sie halb taumelnd und halb springend die Stufen hinunterrannte.

30. STOCK war mit Schablone auf die Brandmauer gesprüht. Die Treppe wurde von einer Glühbirne im Drahtkäfig schwach beleuchtet, und aus dem Augenwinkel entdeckte sie einen roten Streifen, der über ihr Bein lief. Im Reflex tastete sie danach und fühlte ihr eigenes Blut, klebrig und feucht. Sie war einer Ohnmacht nahe, kalter Schweiß trat aus sämtlichen Poren, und ihr Magen revoltierte, als sie um den Treppenabsatz bog und weiterhastete.

An einer Wand hing ein roter Feueralarmkasten mit einem Hebel. Sie packte den Hebel und legte ihn um, worauf sofort eine Sirene losheulte, aber sie blieb nicht stehen. Die Sirene würde den Sicherheitsleuten sagen, wo sie war. Aber auch Videon.

29. STOCK. Er war hinter ihr her. Unverletzt konnte er schneller laufen als sie und würde ihr gleich den Garaus machen. In jedem Stockwerk gab es eine rote Tür, aber sie entschied sich gegen diesen Fluchtweg. Sie musste näher an den rettenden dreiundzwanzigsten Stock herankommen. Wo war Videon? Sie hatte das Zufallen der Notausgangstür durch den Lärm der Sirene nicht gehört.

28. STOCK. Hatte er den Aufzug genommen? Um ihr von weiter unten entgegenzukommen? Sie unterdrückte einen Schrei. Blut strömte aus ihrem Bein, jede Bewegung war eine

Qual. Sie konnte nicht mehr weiter. Sie musste aber. Wo blieben die Wachleute und die Sanitäter? Hörte niemand den Feueralarm?

27. Stock. Plötzlich ein Schuss. Mary zuckte zusammen und stolperte die Stufen hinunter, an einer weiteren roten Tür vorbei. Sie wusste weder, ob sie getroffen war, noch aus welcher Richtung der Schuss gekommen war.

26. Stock. Sie sah auf ihre Arme, die unverletzt in unverletzten Jackenärmeln steckten. Alles in Ordnung, er hatte sie verfehlt. Ein hysterisches Lachen entrang sich ihr vor Erleichterung, während sie weiterfloh. Atemlos, halb wahnsinnig vor Schmerz. Schluchzend vor Angst.

25. Stock. Gleich hatte sie es geschafft! Ihr blutüberströmtes Bein gab unter ihr nach, und sie machte einen Satz nach vorn. »Hilfe!«, brüllte sie im Fallen, doch die Sirene verschluckte ihre Stimme. Sie klammerte sich an das Stahlgeländer und verlor beinahe das Bewusstsein, als sie frisches Blut in der Nähe ihrer rechten Hüfte aus dem Rockstoff quellen sah. Videon hatte sie doch getroffen, sie hatte es im Adrenalinrausch nur nicht gemerkt. Gütiger Gott. Sie sah hinauf in das dämmerige Treppenhaus. Videon trampelte nur einen Stock über ihr die Treppe hinunter. Furcht lähmte sie, doch sie zwang sich wieder auf die Beine. Farbige Punkte tanzten vor ihren Augen. Sie sah kaum noch etwas, aber sie rannte weiter. Musste am Blutverlust liegen. Mit der blutverschmierten Hand am Geländer stürzte sie an der nächsten Feuertür vorbei und weiter, weiter, weiter.

24. Stock. Es wurde dunkler. Warum wurde es dunkel? Lief sie noch in die richtige Richtung? Sie hatte solche Schmerzen. War es nicht einfacher, aufzugeben? Sie rannte und rannte, zumindest glaubte sie, dass sie rannte.

»Hilfe!«, rief sie, doch sie konnte sich noch nicht einmal selbst durch das Getöse hören. Wieder fiel sie hin, ihre Hand rutschte vom Geländer. Sie hatte nicht mehr die Kraft aufzustehen. Die rote Tür war direkt vor ihr, aber sie schaffte es nicht. Alles tat so furchtbar weh. Sie ertrank im Lärm einer Sirene, die keine Rettung gebracht hatte.

Ihre Lider schlossen sich flatternd, als eine dunkle Gestalt über ihr auftauchte. Das letzte Geräusch, das sie hörte, war das infernalische Krachen eines Schusses.

60

Brinkley stand breitbeinig auf dem Treppenabsatz, eine schmauchende Waffe in der Hand. Er hatte einen einzigen Schuss auf den Mann abgegeben, der Mary töten wollte, und seine Kugel hatte ihr Ziel nicht verfehlt.

»Aaah!«, schrie der Mann, als seine Hand explodierte. Er brach heulend zusammen, seine Pistole polterte auf die Betonstufen.

»Stehen bleiben!«, rief Brinkley. Dann überwand er die paar Meter Distanz mit langen Schritten, packte den Kerl am Kragen und kickte seine Waffe über den Treppenrand. »Mit dem Gesicht nach unten auf den Boden!«, befahl er, und der Mann gehorchte, jammernd wie ein kleiner Junge.

Brinkley wusste nicht, wer das Arschloch war, aber er zielte weiter auf ihn, als er zu Mary eilte und am Hals nach ihrem Puls fühlte. Blut durchtränkte ihr Kostüm und bedeckte ihr rechtes Bein. Ihre Augen blieben geschlossen, ihr Gesicht war totenblass.

»Mary, aufwachen!« Verzweifelt versuchte er, sie ins Bewusstsein zurückzurufen. Er durfte sie nicht sterben lassen, das konnte er ihren Eltern nicht antun. Die DiNunzios lagen ihm aus irgendeinem Grund am Herzen. Er dankte dem Himmel, dass er mit seiner Vermutung Recht gehabt hatte, Mary würde der Verbindung zwischen Trevor und Whittier folgen und zu Tribe gehen. Und dass ihre Freundin Judy ihn rechtzeitig auf Kaution freibekommen hatte.

»Mary! Wachen Sie auf, Mary!«, drängte er. Seine Finger zitterten zu sehr, um einen Puls zu fühlen. Er wollte sie gerade hochheben, als ein Wachmann, gefolgt von einer Gruppe Sanitäter, durch die Feuertür gestürzt kam. Brinkley konnte sich ihr Auftauchen nicht erklären und nahm es hin wie ein Wunder.

»Sie braucht Hilfe!«, schrie er.

Die Sanitäter warfen nur einen Blick auf Mary und wussten Bescheid.

61

Die Krankenhauscafeteria war in den frühen Morgenstunden fast leer. Brinkley schob ein viel zu kleines türkisfarbenes Tablett über die Abstellfläche aus Edelstahl und ging die Reihe der Vitrinen entlang, wie betäubt vor Erschöpfung und Anspannung. Er wählte vier von den dreieckigen, in Folie verpackten Thunfischsandwiches für sich und die DiNunzios, die oben im Warteraum der Intensivstation saßen. Dann stellte er vier Styroporbecher auf das Tablett und füllte sie nacheinander mit heißem Kaffee aus einem Automaten. Beim vierten Becher tröpfelte die Flüssigkeit nur noch mit braunem Satz vermischt heraus und versiegte schließlich ganz.

»Gibt es noch mehr Kaffee?«, rief er, obwohl niemand hinter dem Tresen zu sehen war und ihn nur Poster mit tanzenden Äpfeln, fröhlichen Erbsen und Karotten beim Ringelreihen um einen grinsenden Kopfsalat anstarrten. Nichts von dem angebotenen Fertigfraß ähnelte auch nur im Entferntesten diesen vor Frische strotzenden Abbildungen. Wenn er in der Stimmung dazu gewesen wäre, hätte Brinkley gelacht. Doch Mary lag noch immer auf dem OP-Tisch, und die drei DiNunzios warteten bleich und betend auf das Ergebnis. Er war sich nicht darüber im Klaren, ob sie ihn adoptiert hatten oder er sie. So seltsam die Verbindung zwischen einem großen, schwarzen Detective und einer kleinwüchsigen italienischen Familie auf den ersten Blick erschien, so machte sie ihn doch froh, trotz des traurigen Anlasses.

Er schnappte sich eine Hand voll Portionspackungen mit Kaffeesahne und Zucker und versuchte, die passenden Deckel für die Kaffeebecher zu finden, eine ungeahnt schwierige Aufgabe. Mist. Schließlich hatte er die richtige Größe erwischt, drückte entnervt die Plastikdeckel auf die Becher und reichte der mürrischen Kantinenangestellten, die auftauchte, als es ans Bezahlen ging, einen Zwanziger. Brinkley musste die Sachen selbst in Tüten verpacken und die Becher auf ein kleines Papptablett zwängen. Auf dem Weg zum Ausgang blieb er plötzlich stehen, weil er den Mann im Anzug erkannte, der über seinen Kaffee gebeugt an einem Tisch saß.

Dwight Davis. Der Wunderknabe. Die Krawatte des Staatsanwalts war gelockert, sein Oxfordhemd unter dem Jackett zerknittert. Nirgends lag ein jungfräulicher Anwaltsblock herum, und Davis' Augen wirkten blutunterlaufen, seine hageren Athletenwangen noch eingefallener als gewöhnlich. Der Mann sah fertig aus, doch Brinkley konnte kein Mitgefühl für ihn aufbringen.

»Was machen Sie hier?« Er baute sich vor dem türkisfarbenen Tisch auf.

Davis hob endlich den Kopf. »Reg. Wie geht es ihr?«

Vor Überraschung verschlug es Brinkley die Sprache. Fragte Davis etwa nach Mary? War er ihretwegen hier?

»Sie operieren sie jetzt schon seit zwei Stunden«, sagte Davis, und Brinkley spürte, wie sich ein Knoten der Wut in seiner Brust schnürte.

»Wer hat Ihnen das gesagt?«

»Ich rufe ständig in der Aufnahme an. Die Schwestern dort geben mir Bescheid.«

»Das dürfen sie gar nicht.« Brinkleys Stimme blieb ruhig, aber in ihm tobte es.

»Wie?«

»Sie dürfen Ihnen keine Auskunft geben.« Er wollte dem Mann am liebsten eine verpassen, aber er beherrschte sich. Sie brauchten ihn oben. Er hatte die Thunfischsandwiches und den Kaffee.

»Ganz recht, Reg. Sie dürfen es eigentlich nicht. Ein Punkt für Sie. Okay?«

»Nein, nicht okay. Warum werden die Vorschriften missachtet?«

»Mein Gott, Reg!« Davis klang heiser. »Ich sage den Schwestern, dass Masterson es wissen will, und sie antworten mir eben. Was macht das für einen Scheißunterschied?«

»Es macht einen Unterschied. Sie sind kein Angehöriger.«

»Ich bin der Staatsanwalt!«

»Na und? Das ist völlig egal. Man darf Ihnen keine Auskunft geben.« Brinkley war kurz vorm Platzen. Warum regte ihn diese Nebensächlichkeit so auf? Plötzlich wusste er es. »Sie haben kein Recht zu wissen, wie es um sie steht.«

Davis lehnte sich auf dem Schalensitz aus Kunststoff zurück.

»Falsch, Reg. Ich habe ein größeres Recht darauf als jeder andere.«

»Wieso bilden Sie sich das ein, verdammt?«

»Weil es meine Schuld ist, dass sie hier ist.«

Brinkley konnte die Schuld seines Gegenübers weder bestreiten noch so etwas wie Schadenfreude empfinden. Er ließ Davis einfach sitzen und ging.

62

Ein düster blickender Brinkley trat unbehaglich von einem Fuß auf den anderen, die Hände auf dem Rücken verschränkt, Kovich an seiner Seite. Er blinzelte im Blitzlichtgewitter der Hasselblads und vermied es, in die schwarzen Linsen der auf ihn gerichteten Videokameras zu sehen. Letzte Nacht war er nicht mehr zum Schlafen gekommen und hatte gerade noch genug Zeit gehabt, sich für diese morgendliche Pressekonferenz umzuziehen, die in seinen Augen nichts als Zeitverschwendung war. Viel lieber hätte er den DiNunzios beigestanden, aber Befehl war Befehl.

Ein Wald aus Mikrofonen umstand das Pult in der Mitte des Podiums, ihre schwarzen Stämme neigten sich Captain Walsh entgegen. Der Captain trug zu diesem offiziellen Anlass seine Galauniform und wurde links von Dwight Davis flankiert. Davis wich Brinkleys Blick aus, was diesem nur recht war.

Captain Walsh hob eine Hand, um die dicht gedrängte Menge der Reporter im Konferenzsaal zum Schweigen zu bringen.

»Okay, Leute«, begann er, als Ruhe eingekehrt war, »wir möchten eine kurze Erklärung zu den neuesten Entwicklungen im Fall Newlin abgeben. Das Entscheidende ist: Wir haben sämtliche Anklagepunkte gegen Jack Newlin fallen lassen. Mr Marc Videon wurde des Mordes an Honor Newlin sowie des Mordes an William Whittier angeklagt.« Walsh nickte einmal, wie um seine Rede zu bekräftigen. »Jetzt können Sie ein paar Fragen stellen, aber bitte fassen Sie sich kurz.«

Sofort riefen und winkten alle Reporter wild durcheinander, doch der Captain zeigte auf eine Frau in der ersten Reihe. »Sie, bitte.«

»Captain Walsh, hat die Polizei wirklich den falschen Mann angeklagt? Wie konnte das passieren?«

»Wir haben einen schweren Fehler gemacht, daran gibt es nichts zu beschönigen. Newlins Geständnis war bequem für uns, deshalb haben wir es für bare Münze genommen. Das Verdienst daran, dass dieser Fehler korrigiert wurde, gebührt Detective Reginald Brinkley vom Morddezernat.«

Walsh deutete auf Brinkley, der auf seine Schuhe sah. Er hatte sie zu Hause schnell noch gewechselt. Seine Turnschuhe waren voll von Marys Blut gewesen. *Mary*. Er biss sich auf die Lippen.

Walsh fuhr fort. »Außerdem möchte ich einer Frau Anerkennung zollen, die heute Morgen nicht bei uns sein kann, nämlich Ms Mary DiNunzio, Mr Newlins Anwältin. Nächste Frage?« Er griff einen älteren Reporter heraus. »Sie, John.«

»Eine Frage an Dwight Davis. Mr Davis, Sie waren so überzeugt von Mr Newlins Schuld, dass sie Anfang der Woche verkündeten, der Staat werde kein Angebot zur Strafminderung machen. Wie erklären Sie sich das in Anbetracht von Mr Newlins jetzt erwiesener Unschuld?«

Davis trat ans Pult. »John, ich kann Captain Walsh nur zustimmen.«

Brinkley sah gespannt auf. Er hatte noch nie erlebt, dass ein Staatsanwalt einen Fehler eingestanden hätte, und konnte nicht glauben, dass ausgerechnet Davis die Größe dazu besaß, noch dazu in aller Öffentlichkeit. Es war eine Sache, sich in einer Krankenhauskantine Asche übers Haupt zu streuen, und eine ganz andere, es vor der Presse zu tun.

»Meine Anklage gegen Mr Newlin war ein Justizirrtum, der mir allein anzulasten ist. Ich werde noch heute mein Amt als Staatsanwalt niederlegen.«

Brinkley sah ihn verblüfft an. Davis stellte mit einem Schlag seine Ansichten über Anwälte auf den Kopf. Na ja, fast.

»Ich habe in diesem Fall voreilig und übereifrig gehandelt, und ich denke, es ist Zeit für mich, eine Atempause einzulegen. Weiter habe ich nichts dazu zu sagen.«

Davis trat von den Mikrofonen zurück, während ein neues Blitzlichtgewitter niederging.

Die Journalisten schrien wieder durcheinander, und Captain Walsh zeigte auf jemanden in den hinteren Reihen. »Letzte Frage, Bill.«

»Danke, Sir«, sagte der Reporter. »Gibt es etwas Neues über Ms DiNunzios Zustand?«

Epilog

Die Spätsommersonne drang durch das dichte Laub der Eichen und wärmte Jacks Schultern unter der verwaschenen Baumwolle seines Oxfordhemds. Er saß mit übereinander geschlagenen Beinen auf einer Parkbank am Logan Square und blickte zum Hotel Four Seasons hinüber. Ein flaumiger Golden-Retriever-Welpe, den er an einer roten Leine hielt, kaute vergnügt am Schnürsenkel seines Turnschuhs. Der Verkehr floss an diesem Samstagnachmittag spärlich um den Platz, so dass er und sein Banknachbar, Lou Jacobs, einen guten Blick auf das Restaurant hatten.

»Ich erinnere mich noch gut an den Tag, als ich mit Mary hier saß«, sagte Lou. Seine Augen schimmerten wie Bachkiesel in der Sonne, und seine gebräunten Hände lagen ruhig auf den Beinen seiner frisch gebügelten Khakihose. Dazu trug er ein weißes Polohemd als Zugeständnis an den feuchtwarmen Sommer in Philadelphia. »Das war kurz nachdem sie deinen Fall übernommen hatte, Jack. Wir haben hier gesessen und über den Brunnen gesprochen.«

»Den Swann-Brunnen?« Jack drehte sich um. In der Mitte eines kopfsteingepflasterten Rondells stiegen anmutige Fontänen aus einem runden Becken auf und verteilten einen feinen, kühlenden Tröpfchennebel in die Umgebung. »Was ist mit dem Brunnen?«

»Er hat ihr gefallen.«

»Kann ich verstehen«, sagte Jack lächelnd. Zwei kleine Jungen spielten unter den Augen einer nachsichtigen Mutter im Brunnenbecken und quietschten laut bei jedem kalten Spritzer. Auf das Geräusch hin reckte der Welpe seinen Hals und spitzte die lockigen Ohren. Jack atmete tief den frischen Geruch der Grünanlage und den schwachen Chlorgeruch des Brunnenwassers ein. Es gab so vieles, für das er dankbar war, und so vieles, was er bedauerte. »Was gefiel ihr daran besonders? Weißt du das noch?«

»Klar. Die Figuren um den Brunnen. Sie stellen einen Mann, eine Frau und ein junges Mädchen dar. Siehst du sie?« Lous Augen blieben auf das Hotel gerichtet. »Mary sagte, sie würden sie an dich, deine Frau und deine Tochter erinnern.«

»Das hat sie gesagt?« Jack war gerührt, dass Mary schon zu diesem frühen Zeitpunkt an ihn gedacht hatte. Auch er hatte damals schon an sie gedacht, aber er war viel einsamer gewesen als Mary, ohne es zu wissen.

»Wie weit sind sie da drin?«, fragte er und wandte sich wieder dem Hotel zu.

»Warte.« Lou hob sein Fernglas und richtete es auf das Hotelrestaurant. Dort drinnen wurde die Geschenkeparty für das jetzt zwei Monate alte Baby abgehalten, und durch die Fenster konnte er sehen, dass die Damenrunde sich allmählich auflöste. »Sieht so aus, als hätten sie endlich genug getratscht.«

»Davon können sie nie genug bekommen«, sagte Jack, stand auf und sah zum Hoteleingang. Paige veranstaltete diese Party für die Adoptivmutter ihres Babys. »Trotzdem blöd, dass Männer nicht dabei sein dürfen.«

»Ach komm schon, was sollen wir denn da?« Lou stand ebenfalls auf, das Fernglas hing um seinen Hals. »Da sitze ich doch lieber hier draußen und erzähle dreckige Witze.«

»Auch wieder wahr«, grinste Jack.

Judy kam als Erste heraus, selbst über die Straße hinweg leicht zu erkennen an ihrer Größe. Sie würde sicher gleich ihr Hündchen abholen, und er würde es ihr leichten Herzens übergeben. Es genügte ihm vollauf, eine Tochter großzuziehen, vor allem, da es mit Verspätung geschah. Während der vergangenen Monate hatte er versucht, seine Fehler an Paige wieder gutzumachen.

»Hast du meine Tochter schon gesehen?«, fragte er Lou.

»Da kommt sie.«

Lou zeigte auf Paige, die gerade durch die Tür trat. Ihre roten Haare mit der neuen Bobfrisur leuchteten in der Sonne. Sie hatte die Arme voller Babysachen, die sie in den Kleinbus der Adoptiveltern lud. Das Baby war zu Hause bei seinem neuen Vater, einem Lehrer. Jack wurde warm ums Herz bei dem Gedanken. Paige war ein ganzes Stück erwachsener geworden in den letzten Monaten und hatte nach eingehender Beratung den schwersten Schritt ihres bisherigen Lebens getan. Sie war zu dem Schluss gekommen, dass es das Beste für ihren kleinen Sohn war, ihn von einem liebevollen, verantwortungsbewussten Paar aufziehen zu lassen. Jack hatte ihr mit keinem Wort widersprochen.

»Da ist Mary!«, rief Lou.

Jacks Kopf flog herum. Mary hatte es geschafft, nicht nur ein oder zwei, sondern gleich fünf Tafelgestecke aus Rosen, Freesien und der einen oder anderen Orchidee mitgehen zu lassen. Sie bewegte sich mit den Sträußen wie ein winziger Festwagen auf einer blumengeschmückten Parade.

Jack lächelte. »Warum lassen Frauen eigentlich immer Tafelschmuck mitgehen?«

»Weil sie es können«, sagte Lou und beide lachten.

Danksagung

Man bezeichnet Verlage auch als Verlagshäuser, und jetzt endlich weiß ich, warum. Bisher habe ich sieben Bücher bei Harper Collins veröffentlicht, und dieses Verlagshaus ist mittlerweile für mich eine Art Zuhause geworden. Nicht nur, weil ich mich auf dem Weg dorthin nicht mehr in New York verlaufe, sondern wegen der freundlichen, fürsorglichen Menschen, die dort arbeiten und denen ich allen ein großes Dankeschön schulde.

Einen besonderen Dank an Jane Friedman, die Verlagsleiterin, die das Haus mit Wärme, Güte und Weisheit erfüllt und mich vom ersten Tag an bemuttert hat. Dank auch an Cathy Hemming, die nicht nur viel zur Verbesserung dieses Manuskripts beigetragen hat, sondern sogar – mit einem Rucksack voll anderer Manuskripte – zur Vertragsunterzeichnung gekommen ist. Ganz herzlichen Dank wie immer an meine Lektorin Carolyn Marino, die für mich wegen ihres Wissens, ihres sicheren literarischen Geschmacks und ihrer Freundschaft von unschätzbarem Wert ist. Wenn Ihnen meine Bücher gefallen, ist das ihr zu verdanken. Wenn nicht, liegt es daran, dass ich ihr nicht gut genug zugehört habe.

Besonderen Dank gebührt meiner wunderbaren Agentin Molly Friedrich, eine Intellektuelle im besten Sinne. Ihre Liebe zu Büchern ist wahrhaftig und unprätentiös, und sie setzt sich voll Leidenschaft für sie ein. Ich bin unendlich dankbar dafür, von ihr betreut zu werden, und sie ist obendrein die lustigste Autorenmutter, die man sich vorstellen kann. Dank auch an Paul Cirone für Rat und Tat und für sein gutes Aussehen.

Viele haben mir bei den Fakten geholfen, doch eventuelle Fehler sind ganz allein auf mich zurückzuführen. Für die Recherchen zu diesem Buch habe ich mich zuerst an John Timoney gewandt, den Polizeipräsidenten von Philadelphia, den ich netterweise einen ganzen Tag lang begleiten durfte. Mr Timoney kann mit Fug und Recht als Held dieser Stadt bezeichnet werden, und die guten Cops in diesem Buch sollen ein Dankeschön an ihn und alle Freunde und Helfer sein. Dank auch an Lieutenant Martin O'Donnell und die Beamten der Civilian Police Academy. Ich ziehe meine Baseballkappe vor euch.

Ich danke Art Mee von der Staatsanwaltschaft für seine humorvollen Ratschläge und seine elegante Kleidung sowie Glenn Gilman, einem außergewöhnlichen Pflichtverteidiger. In Nachlassfragen habe ich mich wie immer an Robert Freedman von Dechert, Price & Rhoads gewandt. Es gibt keinen Besseren und keinen, der großzügiger mit seiner Zeit und seinem Fachwissen ist.

Ein liebevolles Dankeschön zum Schluss an meine Familie: meinen Mann, meine Tochter und meine Stieftöchter Sarah und Elizabeth. Und um noch einmal kurz auf die Bedeutung von Müttern zurückzukommen – meinen tiefsten Dank an die beste von allen. Danke, Ma.